King of SCOTS

LIV STONE

King of SCOTS

TOME 1

ito

À ma marraine

Imaginez.

Imaginez l'Écosse comme un royaume indépendant.

Imaginez qu'en 1746, Bonnie Prince Charlie, jeune prétendant catholique au trône d'Écosse et d'Angleterre, héritier en exil de la lignée des Stuart, remporte la bataille décisive de Culloden, menant les Jacobites écossais à la victoire sur le roi anglais et protestant George II, dont sont issus les Windsor d'aujourd'hui.

Imaginez que le cours de l'Histoire en soit à jamais changé et qu'aujourd'hui l'Écosse soit une monarchie parlementaire indépendante, où la loi des clans pèse encore.

Le trône est occupé par le descendant de Bonnie Prince Charlie : le roi Aédan James Alexander Charles Stuart Ier.

CHAPITRE 1

LE ROI SANS CŒUR

Aédan

7 heures.

Le chant strident de la cornemuse retentit sous les fenêtres et m'extrait d'un sommeil sans rêve, aussi profond qu'inquiétant. J'en sors grimaçant, avec l'impression qu'on a passé un sale moment, mon inconscient et moi. Un poids mort est échoué en travers de mon dos, j'ai une barre dans le front et la bouche sèche. Une gueule de bois récurrente.

Ça bouge, à côté de moi, et ça gémit. Je mets quelques secondes à me souvenir que je ne suis pas seul dans mon lit. Je ne suis même pas dans ma chambre. Enfin, pas dans ma *vraie* chambre. La couverture quitte mes épaules, le froid me mord aussitôt la peau. Il faudrait que j'en touche deux mots à l'intendance, quand même. Le chauffage déficient est une bonne excuse pour se retrouver sous la couette, mais quand vient le matin, la véritable épreuve commence : sortir du cocon brûlant que l'on s'est créé, seul ou en bonne compagnie.

En parlant de « compagnie », c'est quoi son surnom déjà ?

— Ça pèle, maugrée-t-elle à voix basse, en se levant.

Je l'entends s'agiter, elle doit se rhabiller à toute vitesse.

Je ne suis pas sûr que connaître son nom change quoi que ce soit, en vérité. L'information principale à lui délivrer, d'une voix enrouée, demeure la suivante :

— L'enveloppe est sur la console, près de la fenêtre.

Ses pas absorbés par la moquette épaisse s'éloignent du lit.

— Merci, Votre Majesté. Si vous avez envie de me revoir, vous savez qui demander.

Ah. J'en toucherai deux mots à sa patronne. La règle des courtisanes de Morgane, c'est d'en changer le plus souvent possible. Il ne faut pas entretenir l'impression d'intimité, ni d'habitude. L'éphémère demeure la seule règle de la maison et c'est également la mienne.

Comme elle garde le silence et qu'elle semble attendre une réponse, je commence par pousser un soupir mesuré, ni blessant ni anodin, avant de terminer par :

— Merci à vous.

Un court silence s'ensuit, puis elle déguerpit à une allure à peine contrôlée.

Je replonge sous la couette en tentant de faire abstraction de la musique dehors. Le joueur de cornemuse royal s'en donne à cœur joie tous les matins. Une maudite tradition. Le palais de Holyrood se réveille ainsi depuis 1746. J'ai bien essayé de discuter avec le sonneur en le sommant de jouer plus loin, il a été si vexé que depuis, il se positionne juste sous mon appartement et n'en bouge plus.

Ne jamais contrarier un joueur de cornemuse. *Jamais.*

Ils sont comme tous les Écossais : irascibles, butés et fiers.

Comme je connais sa playlist sur le bout des doigts, je me force à me lever en reconnaissant les premières notes d'*Amazing Grace*. Les cendres refroidies de l'âtre me poussent à m'enrouler dans un plaid mollement posé sur une banquette.

Ici, c'est ce que j'appelle « la chambre de réception ». Je reçois mes conquêtes de passage ou les dernières recrues de Morgane. Derrière une porte près du lit, les rumeurs du palais ont fini par surnommer la petite pièce adjacente : « l'antichambre à l'îlot ». À l'intérieur, il n'y a, en effet, qu'une baignoire posée au centre, à même le plancher. Cet appartement de deux pièces affole toujours l'imagination de mes sujets. Avec raison. Même si personne ne sait ce qu'il se passe ici. À part moi, la femme présente et mon majordome, Donan.

Je pousse un pan de boiserie et descends l'étroit escalier en colimaçon planqué dans le mur. Il mène à mon véritable appartement au premier étage de l'aile nord. Je m'en réserve l'usage. Mes invitées n'aperçoivent qu'un grand salon, tapissé de bleu, avec cheminée et bibliothèques courant sur les murs. Elles ne s'y attardent jamais. Encore moins dans ma chambre attenante et dans ma salle de bains.

Mon chien, un Chesapeake Bay Retriever à la robe brune, tirant presque sur le violet, me saute dessus dès qu'il me sent. Il conserve un silence méfiant quand il croise une femme chez moi. Il la toise de loin, le regard sombre, se contentant d'un grognement peu collaboratif et jaloux. Mais dès que je suis là, toute sa gaîté déborde. Et je cède toujours, accroupi devant lui, à lui distribuer des caresses que je ne regrette jamais.

— Salut Loki !

C'est si facile à entretenir comme relation, il m'aime parce que je suis son maître, certes, mais aussi parce que je prends soin de lui. Il n'attend rien de moi, autre que mon affection et ma présence. J'ai même du mal à le décrocher à chaque fois. Je m'éloigne pour prendre une douche et me raser, il reste derrière la porte, à guetter le moindre de mes mouvements. Dès que je sors, il me suit comme mon ombre.

Mes vêtements m'attendent par miracle sur le lit.

— Bonjour, Votre Majesté.

Mon majordome – le fameux miracle – se tient debout, sur le pas de la porte.

— Bonjour, Donan.

Il s'approche sans attendre d'autorisation pour finir de me préparer en effaçant les faux plis de ma veste et en inspectant ma tenue de son regard brun imperturbable. J'apprécie beaucoup Donan, mais il me fait plus l'effet d'un automate que d'un être humain. Il se conforme à toutes mes instructions et obéit aveuglément à l'intendance du palais. Comme tous les employés de cette maison, il se doit de ne rien démontrer : aucune émotion, aucune désapprobation, aucun contentement. Mon grand-père disait toujours que « nos gens font partie des meubles ». On finit par oublier que la plupart nous tourne autour, voient et écoutent ce que nous faisons et disons.

Mais Donan gravite bien trop près de moi pour que je l'ignore. Après de longues discussions, il a fini par accepter que je m'habille seul, mais il ne peut pas s'empêcher de vérifier que tout est droit. Car, comme ma grand-mère me le répète souvent avec gravité : « l'honorabilité de la maison Stuart avant tout ».

En parlant « d'honorabilité », lui seul pourra me répondre :

— Est-ce qu'elle est bien partie ?

— Oui, Votre Majesté. Je l'ai reconduite moi-même jusqu'à la porte.

Comme il m'est dévoué corps et âme – et que, quelque part, il doit craindre que l'on découvre mes penchants pour les courtisanes de Morgane –, Donan s'assure toujours que mes maîtresses quittent le palais avec autant de discrétion que possible.

— Votre café et vos journaux vous attendent.

— Merci, Donan.

Et il disparaît.

Je me retrouve seul, dans un fauteuil, près du feu, Loki à mes pieds, la cornemuse en fond. Donan n'a pas manqué de me fournir un cachet, je l'avale en jetant un œil sur la pendule : 7 h 47. Je n'ai qu'une dizaine de minutes pour parcourir la presse. Mon service de communication s'en charge généralement pour moi, mais je préfère voir par moi-même. Étant donné l'heure, je me contente d'un bref balayage des gros titres : climat politique et social de l'Écosse, décisions parlementaires, faits divers, affaires de justice…

À 7 h 58, mon portable vibre sur la table basse. Je l'attrape.

Satisfait ?

Morgane. Une amie. Elle est un peu la tante folle à lier dont tout le monde a honte, mais que personne ne peut bannir. Elle connaît tous les vices des clans du royaume. Elle pourrait en faire tomber, des têtes de chefs puissants.

Peut mieux faire.

Vous m'en voyez désolée.
Elle débute. Prometteuse,
j'en suis sûre.

Je te fais confiance.

Je repousse mon téléphone pour boire quelques gorgées de mon café.

Je ne sais plus vraiment ce que c'est, une fille croisée par hasard. Une attirance qui naîtrait d'un sourire ou d'une bousculade dans la rue. Est-ce que je l'ai jamais vraiment su d'ailleurs ? J'ai passé toute mon adolescence dans une académie militaire fermée. Chacune de mes rencontres a été orchestrée, par ma propre famille ou par un parti extérieur. Il n'y a que les courtisanes de Morgane que je choisis moi-même. Ces courtisanes et quelques écarts lors de fêtes, qui pourraient me coûter très cher si jamais on les découvrait.

— Ne me regarde pas comme ça, grondé-je en captant les yeux de mon ancêtre, dont le portrait est accroché au-dessus de la cheminée.

Bonnie Prince Charlie semble me toiser avec perplexité. Je devrais le changer de place, afin d'avoir quelqu'un d'autre sous le nez chaque matin. Mais il est mon garde-fou. L'illustre ancêtre qui a repris le trône d'Écosse à l'Angleterre en 1746. L'indépendantiste de notre pays, le libérateur. Le modèle.

Un exemple à suivre.

— Toi aussi, tu as ton lot de casseroles. L'histoire les a oubliées, c'est tout.

Parfois, je me demande ce que l'on retiendra de moi, Aédan Ier, roi d'Écosse et des Territoires de l'Alba, entité intouchable et bénie des dieux, souverain désigné par l'assemblée des clans et approuvé par le Parlement, et homme perdu au milieu d'une illusion constante, sans plus aucune vérité dans sa vie.

*

Halley

8 heures.

J'ai dû dormir deux ou trois heures dans l'avion, trop fatiguée et trop excitée à la fois pour espérer une vraie nuit de sommeil. Le vol Los Angeles-Édimbourg, avec escale à Delta, en Virginie, m'a mangé une journée entière : départ en matinée, arrivée en matinée, le lendemain. J'attends que ma valise pointe le bout de son nez sur le tapis roulant, impatiente de sortir de l'aéroport pour gambader à nouveau à l'air libre. Les grandes affiches vantant le tourisme local qui déroulent leurs paysages sauvages et humides accaparent mon regard dès que je lève la tête.

Je suis heureuse d'être ici, pourtant l'Écosse ne m'a jamais fait rêver. Je suis née à Los Angeles, sous le soleil de la côte Ouest, les palmiers et les plages à perte de vue. Tout est bleu ciel et blanc dans mon imaginaire. Alors que l'Écosse est sombre, grise et pluvieuse. Mais lorsque la très respectée Enora McKenzie, cheffe étoilée du palais royal écossais de Holyrood, vous invite à faire partie de sa brigade, on ne rechigne pas, on ne refuse pas et encore moins parce que le pays où elle se situe ne nous enchante pas. Enora McKenzie a une démarche de mentor – c'est reconnu depuis les débuts de sa faramineuse carrière – et se lance chaque année dans un tour du monde pour repérer les nouveaux talents. Ces derniers décrochent une année de contrat dans ses cuisines, un véritable ticket d'or pour un brillant parcours comme celui que j'envisage.

Je m'étire et vérifie si mon bagage ne se cache pas dans la nouvelle fournée qui apparaît. Commise du chef pâtissier Jacques Garnier, la chance de ma vie. La quarantaine, pâtissier royal, lauréat de plusieurs prix dont celui du meilleur ouvrier de France, un grand nom du chocolat. Il a tout appris à Paris, dans les palaces et leurs cuisines renommées. J'ai une telle soif de réussite et j'ai tant à prouver à toutes ces personnes qui n'ont pas cru en moi… Après tant d'années de galères, je ne vois plus quel obstacle oserait se dresser sur ma route à présent. En acceptant de venir jusqu'ici, j'ai sécurisé un futur incertain à la base. Faire des gâteaux m'a sauvée. Peu de personnes peuvent en dire autant.

Ah, ma valise, enfin ! Je l'attrape, déploie la poignée rétractable et franchis les portes du terminal pour atteindre le hall des arrivées de l'aéroport d'Édimbourg. Je ralentis et sonde les visages, à la recherche de celui, familier, de Malcom, mon demi-frère. Il est mon ange-gardien. Même si on n'a pas grandi ensemble, loin de là. Notre mère est notre seul dénominateur commun. Lorna McLeod s'est mariée une première fois avec un Écossais bien né et elle a eu Malcom. Mais Lorna n'a jamais été heureuse, encore moins satisfaite. Elle a tout plaqué et s'est enfuie aux États-Unis pour suivre un rêve absurde d'actrice. Elle s'est brûlé les ailes, est tombée amoureuse d'un coursier, l'a épousé, m'a eue sans me vouloir – j'allais ralentir sa carrière, bien entendu – a divorcé et m'a traînée avec elle sans que je ne revoie plus jamais mon père. Qui n'a jamais cherché à me garder.

Je n'ai plus aucun souvenir de cet homme, ni dans ma mémoire ni dans un album photo.

— Halley !

Malcom agite la main au-dessus de lui, un large sourire égayant son visage recouvert de taches de rousseur. On ne se ressemble pas tant que ça : il est grand, très pâle, très roux, toujours impeccable, vêtu d'un costume coupé sur mesure, avec une rosette bleu et blanche officielle épinglée sur sa veste. Moi, j'ai souvent l'impression d'être une hippie avec mon bronzage entretenu et mes cheveux blond vénitien en pagaille que je tente de dompter par tous les moyens. Je ne porte que des shorts – enfin, j'ai adopté le pantalon pour débarquer ici – et des débardeurs – des pulls quoi.

— Malcom ! m'exclamé-je en lui tombant dans les bras.

— Tu as fait bon voyage ?

— Oui, même si j'avais hâte d'arriver.

Mon demi-frère affiche un large sourire un brin moqueur. C'est vrai que j'ai pas mal grogné en amont. Disons, avec mauvaise foi. Je n'ai posé qu'une seule fois les pieds en Écosse, quand j'avais huit ans. Ce séjour de deux mois estivaux avait été le résultat d'une combinaison de plusieurs facteurs inédits : ma mère partait tourner un film indépendant sans argent au Mexique – mais avec un réalisateur prometteur, « un futur Tarantino », d'après elle – et n'avait plus un rond pour me payer une garde durant deux mois ; mon père était introuvable depuis longtemps ; mon honorable grand-père, le chef Graham McLeod de Skye, s'est décidé un jour à me rencontrer malgré le fait qu'il a déshérité sa fille et sa progéniture, c'est-à-dire *moi*. J'ai donc été balancée dans un avion du jour au lendemain, avec un paquet d'avertissements contre ce vieil homme aux idées passéistes et « incapable de tendresse paternelle ». Graham a tout pris en charge : voyage, service d'accompagnement de mineur et séjour. Mais à aucun moment, je n'ai ressenti chez cet homme l'envie de me connaître. J'étais juste là, dans ses pattes. Et il me regardait de loin, avec froideur.

J'en garde un souvenir… glacial. Mon demi-frère était absent, parti en vacances, un total inconnu. Il n'y avait que moi, mon grand-père et deux invités *très* spéciaux. Un vrai été de merde. J'étais trop petite pour tout appréhender, mais je me souviens de pas mal de choses que j'oublierais volontiers.

— Tu avais vraiment hâte ? s'amuse Malcom en me guidant jusqu'à sa voiture.

— C'est un tremplin pour moi, assuré-je en tassant le ressentiment que j'éprouve envers l'Écosse. En sortant de mon année dans les cuisines de la cheffe Enora, toutes les portes s'ouvriront et mon plan deviendra possible. Étape une : je postule dans la grande pâtisserie Mirador à New York. Le chef est un ami d'Enora McKenzie alors j'ai bien l'intention de lui demander une recommandation. Étape deux : j'ouvre ma première boutique dans Little Italy où on servira un melting-pot d'influences *et* des *cannoli*. Étape trois : après avoir conquis la Grosse Pomme, retour à Los Angeles où je rachèterai une boutique qui m'est chère et pourquoi pas devenir une *trend* sur les réseaux.

Je soupire au bout de ma tirade, toujours aussi satisfaite de moi.

— Ça vaut bien un pays, rajouté-je.

— Wow, c'est le plan de route le plus intense que j'ai entendu.

— D'ailleurs, je ne pourrais jamais assez te remercier d'avoir glissé mon nom à la cheffe.

— Je n'ai fait que ça. Sa curiosité a été piquée, elle s'est déplacée jusqu'au restaurant dans lequel tu travaillais, et tu as fait tout le reste.

Il déverrouille sa voiture et ouvre le coffre pour que j'y cale ma valise.

— La parole d'un député au Parlement est sacrée, m'amusé-je en désignant la rosette épinglée à sa veste.

Mon demi-frère s'empourpre. Il a mené un sacré combat pour en arriver là où il est. Quand on est l'héritier d'un des clans les plus puissants du royaume, on n'est pas naturellement destiné à devenir un élu du peuple.

L'Écosse a un fonctionnement qui n'appartient qu'à elle : d'un côté, la monarchie, qui repose sur les clans et leurs territoires. Ces derniers disposent d'un pouvoir certes limité mais néanmoins existant, notamment celui de rendre la justice sur des affaires locales et non criminelles, et de mener une politique relative à leurs terres. Et de l'autre, un Parlement qui promulgue des lois nationales et veille à leur application, tout en espérant un jour détrôner la fonction de « chef·fe de clan ».

— Graham doit tellement grincer des dents, déclaré-je avec une grimace pleine d'humour.

— Il a accepté parce qu'il n'a plus que moi, répond Malcom avec un haussement d'épaules. Sinon l'un de nos cousins pourrait prendre la direction du clan. Sans compter que tu pourrais prétendre toi aussi à sa tête.

Je pouffe sans me retenir. Il faudrait que je sois réhabilitée et ce n'est pas dans mes plans. Malcom sourit en secouant la tête. Il sait déjà ce que je pense de tout ça. Pourtant, il me jette un regard soucieux dans la foulée.

— Tu penses venir nous voir à Skye ?

— Certainement pas, je suis déshéritée et Graham n'a jamais cherché à m'aider.

— Il n'était pas toujours au courant de ce que faisait notre mère, tempère Malcom en démarrant.

J'ouvre la bouche pour répliquer avec sévérité, mais il me devance.

— Je me fais l'avocat du diable.

— C'est toi qui m'as retrouvée et qui m'as tendu la main, précisé-je.

— J'aurais aimé être là plus tôt pour toi.

Je rêve, voilà qu'il culpabilise ! Malcom est un trésor d'intégrité. Il aurait pu se contenter de me refourguer de l'argent, mais il m'a surtout aidée à trouver une solution sur le long terme, pour que je puisse m'en sortir par moi-même, grâce à mon habilité pâtissière.

— Tu l'es aujourd'hui, insisté-je.

— Tu aurais aussi pu accepter le logement que je te proposais, surenchérit-il.

— Non, non, non. J'ai déniché un appartement dans le centre avec d'autres commis, une colocation dans le monde réel, c'est tout ce qu'il me fallait !

Il sourit, toujours concentré sur la route.

— Je t'envierais presque, tu sais.

— Ton internat n'était pas comme une coloc géante ? plaisanté-je.

Un rire incrédule éclate dans l'habitacle.

— Avec des fils de chefs et le dernier Stuart ? On peut dire ça ! concède-t-il, hilare. Mais rajoute par-dessus une couche de discipline militaire et un paquet de règles toutes plus désuètes les unes que les autres.

Je veux bien le croire. C'est ce qu'il combat aujourd'hui, d'ailleurs. Tout me semble hors du temps ici. L'Écosse est pourtant un pays développé et moderne, mais qui repose sur une base traditionnelle encore très puissante. C'est inné pour chacun des sujets du royaume, contrairement aux personnes comme moi qui n'y ont posé les pieds que deux mois. Par exemple, au-delà du fait que je n'hériterai de rien – ni fortune, ni nom, ni terres – puisque ma mère a tout plaqué, je n'ai pas non plus le droit de me revendiquer en tant que McLeod de Skye, ni de porter le tartan du clan, ni d'afficher sa devise sous peine d'être bannie *ad vitam* des terres familiales.

Personnellement, je n'en ai rien à foutre. Mais Malcom y accorde encore beaucoup d'importance tant c'est ancré dans sa culture. Il demeure partagé sur de nombreux points. Quoi de plus normal quand on n'a toujours connu que cela ?

— Et comment Sa Grandiose Somptuosité a pris ton élection ? relancé-je d'un ton revêche et curieux à la fois.

Malcom ralentit à un feu, ce qui lui permet de tourner un air blasé vers moi.

— Mal, bien sûr, grommelle-t-il.

Oui parce que, non seulement mon demi-frère a été l'un des camarades du roi pendant leurs études à la prestigieuse académie militaire de Saint-Andrew, mais en plus, les deux invités de mon huis clos estival à Skye quand j'avais huit ans, étaient Alexander IV, le père du roi actuel, et son fils alors qu'il avait une quinzaine d'années. Mon grand-père détenait – ou détient peut-être encore, je ne sais pas vraiment – la charge de garde-chasse royal. Alexander s'absentait donc souvent avec Graham pour battre la campagne, fusils à l'épaule, nous abandonnant, Aédan et moi, de longs après-midis.

Et quel ado insupportable je me suis fardée ! Imbus de sa personne, fumeur en cachette, tortionnaire de gamine. Un sale con.

Oh bon sang, je n'avais jamais fait ce rapprochement, mais Aédan est devenu mon patron…

— J'espère qu'il ne se souvient pas de moi, grogné-je.

— C'était il y a quinze ans, me rassure Malcom sans me témoigner une assurance folle.

Je me mordille la lèvre avec nervosité, en le fixant du regard.

— Il t'a sûrement oubliée, il ne m'a jamais parlé de toi, ajoute-t-il.

— Moui, pourquoi évoquer une victime avec son grand frère ?

Malcom baisse un air inquiet vers moi avant de se reporter sur la route.

— Il t'a laissé un souvenir impérissable, on dirait.

Ouaip, j'éprouve encore une rage sourde à son encontre. Alors que tant d'années ont passé.

— C'était vraiment un crétin. Une fois, il m'a enfermée deux heures dans les combles d'une tour pour ne pas s'occuper de moi.

Il m'avait même affublée d'un surnom pourri qui demeure scotché dans mon crâne.

J'impose un silence compatissant. On est sur la même longueur d'onde, Malcom et moi, à ce sujet. Même si j'ignore encore beaucoup de choses sur mon demi-frère. Je sais cependant qu'il a eu et a encore peut-être une amitié forte avec son groupe d'amis de Saint-Andrew, dont fait partie Sa Grandiose Somptuosité. Si je suis cash dans mes déclarations, je ne veux pas non plus le blesser. Alors je n'en rajoute pas.

J'espère qu'on pourra se voir plus souvent et rattraper le temps perdu.

On approche du palais de Holyrood qui fait face au Parlement. Le ciel est gris mais clair. Le Siège d'Arthur, un petit volcan d'un vert émeraude éclatant inclus dans le domaine royal, offre un aperçu de la nature écossaise en plein cœur de la ville. Il paraît que la vue est très belle de là-haut lorsque le commun des mortels y a accès, chaque dimanche.

Malcom se gare dans le parking du Parlement, puisqu'il y a à présent son bureau et que ma cuisine est de l'autre côté de la rue. Il coupe le moteur et on demeure immobiles une poignée de secondes.

— Tu te rends compte que le roi t'a baby-sittée ? déclare-t-il, songeur.

Ça m'interloque sur le coup. Mais après tout…

— T'as raison, avoué-je.

On rit tous les deux, ça envoie paître une tension qui traînait encore entre nous.

— T'en n'as pas parlé à Enora, hein ? Je ne veux pas que ça se sache, m'inquiété-je alors.

— Bien sûr que non. C'est même mieux que tu n'évoques pas du tout le roi avec elle, ils n'ont pas des relations… *simples*.

J'acquiesce avec détermination. On sort de la voiture, je récupère ma valise, il me donne son numéro de téléphone et m'invite même à dîner dès que j'aurai du temps, on s'enlace une dernière fois et je passe de l'autre côté du miroir.

*

Aédan

9 heures.

D'une main sûre, une domestique dépose la tasse de thé fumant devant moi, sur le cuir impeccable de ma table de travail. Je la remercie d'un sourire distrait. L'odeur du gingembre et du citron me picote le nez. Le temps s'est vraiment rafraîchi, le feu de bois mériterait d'être attisé. Je jette un œil dehors, le ciel d'octobre a pris ses couleurs changeantes d'automne. Je parie que les arbres commencent à rougir. Un frisson m'envahit. De fraîcheur et d'envie. J'ai toujours préféré l'extérieur, les montagnes, la mer, les landes de bruyères, un loch ambré, un pic rocheux surgissant au détour d'un chemin, la brume noyant tout sur son passage, le vent balayant mon visage, le froid et la pluie me glaçant jusqu'à l'os… Et lorsque vraiment je n'en peux plus, rentrer, m'emmitoufler dans un tartan de laine, boire une lampée de whisky fumé, laisser les flammes d'un âtre me lécher et étreindre le corps brûlant d'une femme.

Je me mords la langue de frustration. De toute façon, je ferais tout pour ne pas être là, assis dans cette immense pièce aux boiseries murales sombres, à la tête de cerf surmontée d'une croix placée au-dessus de la porte, au petit mobilier du XVIIIe siècle retapissé plusieurs fois de tissu moderne, aux portraits démesurés de mes ancêtres souverains et à l'irremplaçable guéridon envahi de photographies de famille. Mais le temps fait bien les choses et a arasé mes envies de révolte.

Un raclement de gorge me tire définitivement de mes rêveries. J'en ai presque oublié les cinq personnes qui me font face en silence, les cinq de mon Conseil privé. Mon cerveau se reconnecte à la réalité.

— Votre Majesté ?

Mon interlocuteur, l'intendant du palais, un vieil homme dynamique, a toujours occupé ce poste, aussi loin que remonte ma mémoire. Alistair McDonald dirige un clan allié très proche et très fidèle au mien. Les McDonald ont toujours été administrateurs de la Maison du Roi. Ça fait partie des choses immuables de mon monde… Tout tournera toujours en rond. Dès que le vieux McDonald se retirera, un membre âgé de son clan prendra le relais et on se retrouvera à nouveau avec un vieux McDonald à l'intendance.

Dire qu'à une époque, alors que j'avais à peine vingt ans et que je me cherchais en tant que roi, je voulais abattre cette appellation d'une autre époque… Ça excite même les femmes de me servir des génuflexions accompagnées de « Votre Majesté », « seigneur », « sire », « mon roi », le pire étant « maître ». Mais pas une pour me sortir un « Aédan » depuis que je suis couronné.

— Keir, appelle Flora, ma grand-mère.

Je souris en interceptant son clin d'œil. Keir, « noir », est le surnom que me donne ma famille depuis ma naissance, à cause de mes cheveux sombres et mes yeux charbon. Je compte sur les doigts de la main les personnes qui me nomment ainsi.

— Je vous écoute, confirmé-je alors.

Mes cinq interlocuteurs échangent des regards tracassés, comme s'ils avaient répété la scène au préalable, avec une appréhension palpable. Leur embarras devient soudain évident. Tous finissent par converger vers ma grand-mère qui hoche la tête, l'air déterminé.

— Je t'écoute, répété-je en comprenant que le sujet est grave au point que les quatre conseillers délèguent l'affaire au membre le plus susceptible de se faire entendre.

Et ils ont raison, j'adore ma grand-mère. Avec ses cheveux argentés et courts, son visage ridé d'une harmonie parfaite et ses yeux d'un bleu limpide, elle a ce caractère fonceur, facétieux et malin des dames écossaises, celles à qui on se fie à nos risques et périls.

— Aédan, tu vas entrer dans ta trentième année très bientôt et tu n'as toujours pas de compagne sérieuse.

Je laisse échapper un petit rire amusé. Je vois bien à leurs mines figées qu'ils ne plaisantent pas mais je me demande encore s'ils savent bien à qui ils s'adressent. Je n'ai aucune intention de me marier. Absolument *aucune*. Alors que mon devoir le plus grand, en tant que souverain, est d'engendrer un héritier et de perpétuer la lignée.

Ce n'est pas pour rien que j'ai ignoré tous leurs sous-entendus jusque-là. Le vieux McDonald laisse souvent un projet de côté comme le réaménagement de l'appartement en face du mien, celui de la future reine, en affirmant qu'un avis féminin serait préférable. Je ne relève jamais. Ma grand-mère brandit continuellement les photos de mariages réussis des têtes couronnées qui nous entourent en soupirant de larmoyants « Je verrai peut-être le tien avant de mourir », le tout appuyé de ses yeux de biche éplorée… Sans rire, quand on songe qu'elle a soixante-quinze ans et assez d'énergie pour encore monter à cheval tous les dimanches !

Les trois autres membres du Conseil sont moins fins. Pour Gareth, le directeur de ma sécurité – une armoire à glace aux cheveux ras, issu du milieu ouvrier, diplômé d'une école militaire réputée, dévoué comme personne et rempli de fierté –, c'est une tempête d'ennuis en approche qu'il n'a pas très envie d'anticiper. Pour Siobhán, la directrice de ma communication, c'est le Graal. Cette femme d'une quarantaine d'années, avec son carré châtain parfait et son visage rond tacheté de rousseur, n'attend que ça. Elle a tous les modèles de souvenirs et d'assiettes commémoratives prêts, il ne manque plus que la photo de ma promise. Quant à Angus Campbell, chef du clan Campbell, Laird d'Inveraray, dans l'Argyll, et porte-parole des chefs de clan, grand rival devant l'Éternel des Stuart, il verrait bien quelqu'un de sa propre famille accéder au titre de reine. Sa personnalité sévère et critique se reflète à la perfection dans son physique sec et anguleux. J'attends encore le jour où je le verrai sourire.

Voilà donc l'enjeu de cette réunion à laquelle ils me suppliaient de participer : je suis seul, ça ne peut plus continuer.

— Et ? m'impatienté-je.

Ma réaction les a tous renfrognés mais ils n'ont pas l'air de vouloir passer à autre chose pour autant. Ma grand-mère, elle, ne se démonte pas, loin de là. Ce qui est très mauvais signe, en général.

— Nous nous sommes dit que nous allions remettre au goût du jour une tradition oubliée de la Cour : le *Taisbeanadh*. À l'occasion de la grande assemblée des clans, et après leur en avoir parlé bien entendu, nous demanderons à chacun d'entre eux de convier une jeune femme à marier. Tu pourras passer un temps égal avec elles et au bout de cette revue, tu auras peut-être un choix évident à faire.

Et ils se mettent tous à sourire, avec une nervosité immanquable, redoutant ma réaction – avec raison. Je m'affaisse dans mon fauteuil, plein d'hésitation. Je suis le dernier héritier direct des Stuart d'Écosse. Si je meurs, le trône passerait à une branche cousine, ou une nouvelle dynastie écossaise choisie par les clans, ou, pire, aux Windsor d'Angleterre, nos très lointains cousins que nous avons battus à Culloden – ils n'ont jamais perdu de vue la possibilité de récupérer l'Écosse. Et ça, personne n'en veut ici. Pas même le Parlement. Autant dire qu'ils commencent tous à s'impatienter autour de moi.

À force de repousser le sujet, il fallait qu'un jour le Conseil vienne me le rappeler et, à voir leurs expressions mal à l'aise, l'angoisse au ventre.

Il faut parfois lâcher du lest sans pour autant rompre un vœu. Et je savais qu'un jour je devrais passer par cette étape de recherche active. Rien ne m'engage à la conclure par un mariage, elle pourrait tout simplement ne pas aboutir. En attendant, mon entourage sera, si ce n'est satisfait, *rassuré* que je m'y emploie.

— Je sais que nous sommes loin du temps où l'on se mariait pour des raisons politiques, mais il me semblait, fut une époque, que vous suggériez une alliance avec une maison européenne. Vous avez abandonné l'idée ? m'intéressé-je, curieux.

Plusieurs grognements s'élèvent. Ma grand-mère se dépêche de répondre pour couper court à la mutinerie qui gronde.

— Aédan, souviens-toi de ce qu'il s'est passé avec la princesse suédoise…

Elle ponctue sa phrase d'un regard lourd de sens qui me percute soudain. J'avais oublié. Et c'était mieux ainsi.

— Un mariage avec une jeune femme d'ici, c'est tout ce qu'espèrent ardemment tes sujets.

« Ardemment » ? Ma grand-mère s'enflamme pour un rien.

— Trouve ta Kate Middleton, ajoute-t-elle en papillonnant des paupières.

Si on était seuls tous deux, j'aurais éclaté de rire. Elle ne cache pas sa plaisanterie, mais je doute que l'assemblée du bureau l'identifie.

— Rien que ça, dis-je alors.

— Rien que ça, confirme Flora. Après tout, il ne s'agit, pour toi, que de faire de nouvelles rencontres.

— De qualité, précise Angus, les dents serrées.

Je le fusille du regard, il enchaîne aussitôt.

— Vous ne l'avez peut-être pas encore lu, mais il sort aujourd'hui.

Sans lui accorder d'attention, il adresse un signe de la main à Siobhán qui se met à fouiller un sac en toile pendu à sa chaise. Elle en sort un livre qu'elle vient déposer sur mon bureau avant de retourner s'asseoir, sans un seul mot et avec beaucoup d'embarras. La couverture est barrée d'un bandeau « Exemplaire presse ».

Titre : *Un Roi sans cœur*. Autrice : Lilibet Murray.

Merde.

Je le savais bien que je n'aurais pas dû la sauter, cette journaliste. J'avais accepté un entretien avec elle, un accord de confidentialité en demi-teinte conclu, lui permettant donc de publier ce que j'allais lui raconter. On s'est retrouvés dans cette même pièce. Elle avait de longs cheveux bruns et des jambes satinées. Je l'ai dévorée du regard, elle a craqué. Une chose en entraînant une autre, elle a fini sans culotte sur la banquette et on est ressorti de là deux heures plus tard. J'ai peut-être été un peu trop direct avec elle dans l'explication qui a suivi. Mais elle devait bien se douter que je n'allais pas non plus l'inviter à dîner après ça…

Je consulte le sommaire : rapide aperçu de l'enfance et de la famille, anecdotes volées de mon passage à l'académie militaire, accession au trône, drames familiaux, déconnexion du monde réel, multiples débauches au palais, et chapitre final : « Le roi, ce *sex addict* ».

Oh merde.

Autant ne pas s'appesantir sur cette bombe qui va m'éclater au visage.

— « Sans cœur », elle y va un peu fort, devisé-je.

Angus soupire, excédé. Il ne supporte pas ma nonchalance et j'adore le provoquer.

— Tout ce qu'elle raconte est scandaleux, grogne-t-il. Ça ne retombe pas seulement sur vous, mais sur nous tous et sur le royaume. Les chefs de clans vous ont choisi, même symboliquement ! Autrement dit, *nous* avons mis sur le trône un roi…

Il laisse la fin de sa phrase en suspens, mais j'imagine bien un « roi dépravé », ou quelque chose du genre. J'interroge du regard les autres membres du conseil, Siobhán et Gareth baissent le front, gênés, le vieux McDonald marmonne dans son coin et ma grand-mère semble peinée pour moi. Je pourrais aussi compter sur les doigts de la main les personnes qui osent l'ouvrir en ma présence. Ça devient lassant.

— Vous l'avez tous lu ? interrogé-je alors.

— Pas l'temps, répond Gareth en haussant les épaules.

— Euh, quelques passages seulement, indique Siobhán, le visage rouge.

OK, donc elle a lu le graveleux. En même temps, ça doit être le plus intéressant.

— Ce n'est pas mon genre littéraire préféré, tu le sais, m'assure ma grand-mère avec compassion.

— Je l'ai lu en entier, oui, confirme le Laird d'Inveraray.

Il inspire et gigote sur son fauteuil comme s'il voulait en rajouter, mais il se retient, les muscles de ses mains se contractant nerveusement. Lui aussi, il a ses propres limites.

— Bon, si on le lit toutes et tous, on pourra faire un club de lecture et en parler, plaisanté-je en mettant le livre de côté.

Seuls Siobhán et Gareth osent un sourire amusé. Ils sont bien mes seuls liens tangibles avec le monde merveilleux de la réalité à l'extérieur du palais. Heureusement qu'ils apprécient quelques notes d'humour. J'ai déjà l'impression de me noyer d'ennui d'une manière générale, mais si en plus mes plus proches conseillers sont hermétiques à tout, autant se pendre. Cependant, pour ne pas trop contrarier Angus Campbell et lui rappeler que je ne me fous pas totalement de ma position, j'ajoute :

— Convoquez nos avocats, nous déposerons une plainte contre la maison d'édition.

J'élude toute responsabilité dans l'histoire, ce qui provoque un serrement de mâchoires compressées du Laird.

— Pouvons-nous prévenir les clans au sujet du *Taisbeanadh* ? relance Flora.

Je ne peux pas contenir un soupir, mais j'acquiesce. Je trouverai bien une issue à tout cela. Le Conseil se relève avec la probable impression du devoir accompli, si j'en crois leur air un peu plus détendu.

— Votre Majesté, si je puis me permettre, à 16 heures, vous rencontrez le nouveau personnel des cuisines, me rappelle le vieux McDonald, le dos courbé. Vous savez combien Enora est pointilleuse avec les retards.

Il ponctue sa phrase d'un rictus dépassé. Enora McKenzie, la cheffe étoilée de Holyrood, est une femme redoutable. Elle en fait trembler plus d'un au sein du Conseil. Le pauvre McDonald se retrouve très souvent dans une situation similaire à celle d'une fine tranche de cheddar compressée entre deux pains robustes : Enora et moi.

— Je n'ai pas oublié, le remercié-je avec un sourire encourageant.

Et en parlant forte tête, le Laird d'Inveraray s'apprête à franchir la porte quand je le retiens.

— Angus ?

— Votre Majesté ? dit-il en revenant vers moi.

— Pourquoi n'ai-je toujours pas de nouvelles du vieux McLeod de Skye ?

Ma question le surprend assez pour le figer. Lui qui ressemble déjà à une momie, le voilà raidi comme un cadavre.

— Il me semblait que cette tâche vous incombait, ajouté-je d'un ton impatient. À moins que je ne me trompe depuis le début ?

Une petite humiliation, ça marche toujours. Son visage se décompose à mesure que ma jouissance augmente. Je sais très bien que McLeod ne cèdera jamais, c'est bien pour ça que j'ai chargé Angus de cette mission. Je parviendrai à mes fins, d'une manière ou d'une autre, mais si au passage Campbell perdait de sa superbe, alors le jeu en vaudra la chandelle.

— McLeod n'a aucune intention de vendre ses terres. J'ai déjà insisté plusieurs fois, vous le savez très bien.

— Mmh. Au lieu de vous préoccuper de la qualité des femmes que je fréquente, je vous suggère d'accomplir votre devoir. Vous êtes là pour gérer les chefs de clan. Je veux ces terres de McLeod et vous allez faire en sorte que je les obtienne.

Blême de rage, Angus demeure coi alors qu'il semble bouillir sur place.

— Vous pouvez disposer.

Il parvient à s'incliner devant moi et à sortir du bureau sans rugir. Parfois, il faut rappeler qui est le boss ici.

Je bois des gorgées de mon thé. J'ai quelques minutes de liberté devant moi avant de reprendre les tâches quotidiennes d'un roi dans une monarchie parlementaire : s'enquérir des affaires du royaume sans interagir avec elles, paraître aux yeux du monde, inaugurer des bâtiments, participer à des œuvres de charité, gérer les clans et vérifier si leurs décisions et prises de position n'entrent pas en conflit avec le Parlement…

Je me suis souvent demandé quel emploi j'aurais bien pu avoir si je n'étais pas né ici. Le fait est que je n'ai aucune réponse. Je ne sais pas si je manque d'ambition ou si j'ai jeté l'éponge au point de ne même pas imaginer d'alternatives.

Alors pourquoi tomber amoureux d'une femme et la balancer dans cette vie sans but ? Être reine, c'est oublier toute aspiration, toute carrière, tout rêve, pour ne devenir qu'un pantin. Enfanter. Perpétuer. « Sois belle et tais-toi. »

Finalement, épouser la première héritière de clan venue n'est pas si dénué de sens. Je peux dénicher la parfaite opportuniste qui a envie de briller, ce sera un rôle sur mesure pour elle. Je lui ferai trois ou quatre enfants, elle vivra son rêve de grandeur et j'aurai la paix…

Est-ce que ça aussi, ça fait de moi un roi sans cœur ?

Je croise les regards de Kenna, ma sœur jumelle, et d'Eliza, sa meilleure amie, toutes deux photographiées le soir de notre vingtième anniversaire. Le cadre ne quitte pas mon bureau. S'il y a bien quelqu'un qui pourrait me répondre avec la plus grande franchise, c'est Eliza. J'attrape mon portable et cherche son contact.

— Tu crois que c'est une bonne idée ?

Kenna referme la porte en trompe-l'œil derrière mon bureau et s'avance jusqu'à moi. Elle rassemble sa longue chevelure d'ébène sur son épaule et regarde par-dessus mon épaule. Ma sœur ne quitte jamais sa petite robe noire. Dès que je le lui fais remarquer, elle me balance l'historique de la mode à la française à la figure, avec Chanel en préambule et en épilogue.

— Tu vas m'en empêcher ?

Elle se hisse sur ma table de travail et croise les bras avec un œil critique. On se ressemble beaucoup, tout le monde l'a toujours dit. Les traits réguliers, le regard sombre, l'espièglerie qui surgit au coin d'un sourire, on a tout ça en commun. Pourtant, alors qu'on approche des trente ans, j'ai l'impression que Kenna reste figée dans ses vingt. Peut-être qu'une jumelle est un peu ce reflet du miroir qui ne vieillit jamais.

— Non, mais je peux te rappeler que tu as suffisamment souffert avec cette histoire, réplique-t-elle. Vous vous êtes quittés, vous êtes restés en bons termes et c'est chouette, mais ce n'est pas une raison pour la contacter dès que tu penses à elle.

Elle ponctue sa démonstration d'un clignement rapide de paupières. Je repose mon portable avec un soupir. Elle a évidemment raison.

— Tu crois vraiment que je n'ai pas de cœur ? demandé-je alors, en lui désignant le livre posé près de moi.

Kenna s'en empare pour le feuilleter sans rien dire.

— Attends, là, tu hésites ?

— Nooon, nie-t-elle en fronçant tout son visage avec exagération.

— Garce.

Et elle me dégaine son grand sourire de pure malice.

— Désolée, frangin !

Je me renfrogne. C'est pour ça que je voulais poser la question à Eliza. Elle l'aurait pris au premier degré.

— Tu es sérieux ? remarque-t-elle.

— Je ne devrais pas l'être, mais… vraiment ? « Sans cœur » ? J'aime juste avoir des aventures, ici et là, et j'aime le sexe. Je ne vois pas pourquoi ça ferait de moi un homme « sans cœur ».

— Tu *as* un cœur.

Elle insiste, mais bon, c'est ma sœur jumelle. Et soudain, le début de doutes qui m'avait rattrapé s'évapore. Je m'interroge réellement sur ma capacité à avoir des sentiments ? Depuis quand je suis aussi stupide ?

— Tu ne sais peut-être plus comment t'en servir, ajoute Kenna.

Je grimace en lui prenant le livre des mains.

— Je vais régler ce problème en me mariant au printemps.

Tout son corps tressaille alors que moi, je ne vois qu'une logique implacable dans cette déclaration : me marier balayerait ce genre d'affirmation.

— Quoi ? Tu as quelqu'un et tu ne m'as rien dit ?

— Je n'ai personne, j'ai juste dit que j'allais me marier.

— Euh… comment ça va régler le problème ?

— Le monde entier verra une belle histoire qui finira en mariage et en ponte intensive. La naissance de petits princes et princesses devrait éviter la sortie de publications poubelles de ce genre à l'avenir.

Kenna hoche la tête.

— OK. Je vois. Le cœur du roi sera pris aux yeux de tous. Mais… et le tien ? Keir ?

J'élude parce que je n'ai plus d'espoir en réalité. Je ne sais pas ce que j'attendais comme réponse de la part d'Eliza, mais ça ne m'aurait rien apporté.

Trois coups à la porte coupent court à notre échange. Kenna saute du bureau et me tapote l'épaule.

— Fais attention à toi, grand frère.

— Je n'ai que dix minutes de plus que toi.

— Dix minutes, c'est tout ce qui nous sépare.

Elle me sourit avec complicité et s'efface comme elle est venue, par la porte en trompe-l'œil, derrière moi.

*

Halley

Une fois devant les grilles du palais, l'excitation m'a envahie et j'ai sautillé comme une gamine. J'ai suffisamment souffert, dans l'enfance, pour m'estimer optimiste aujourd'hui. Je n'aime pas sombrer dans les idées noires ni les entretenir. Peut-être que c'est une réminiscence de ma mère et de ses délires d'actrice : toujours paraître souriante, heureuse et fraîche ; le public suivra ce genre de personnage. Le fait est que je l'applique aussi souvent que possible sans m'en rendre compte. Je refuse que les autres voient ma réalité derrière le masque.

Le passage obligé par les contrôles de sécurité, à l'entrée, et la fouille méticuleuse de mes affaires, n'ont rien raboté de mon enthousiasme. Même pas après avoir signé un contrat de confidentialité me menaçant des pires châtiments si je m'avisais de vendre ou de publier des photos et des informations sur la vie privée de la famille royale.

Munie de mon nouveau badge, j'ai pu accéder à la cour principale et au palais, imposant avec ses deux grosses tours carrées munies de tourelles aux angles, ses gardes royaux aux couleurs des Stuart – un tartan à dominante rouge et noir – et ses drapeaux flottant au vent : le drapeau écossais bleu et blanc, et le lion rampant rouge sur fond jaune des souverains. Le parc s'étend tout autour. Une vieille abbaye se dresse sur la gauche, dans laquelle se trouvent les tombeaux de la dynastie.

Tout est là pour en mettre plein la vue et bien intimider le simple sujet.

J'ai franchi le porche d'entrée du château avant de me diriger vers le rez-de-chaussée de l'aile sud. L'arrivée dans le vestiaire des cuisines et l'ambiance pro qui règne là m'ont rendue soudain nerveuse. J'ai enfilé la veste de cuisinière à mon nom et au blason de Holyrood, j'ai rencontré tous mes collègues et je suis tombée dans les bras de Brianna, une Australienne avec qui j'ai gardé le contact après son passage à Los Angeles. Ensemble, on a cherché un appartement pour quatre, bien trop heureuses de nous retrouver toutes les deux ici. On a visité l'immense cuisine ultra moderne, le garde-manger et la cave qui feraient rêver n'importe quel gourmand du monde entier.

Les nouveaux commis se sont ensuite réunis dans le grand réfectoire réservé au personnel, et nous voilà, Brianna et moi, face à nos deux autres colocataires : Gio et Lucie.

— C'est incroyable que tu aies pu faire ce tour du monde pendant tout un été, admire Gio en ébouriffant sa chevelure brune.

— Ma partie préférée reste le découpage de poissons fraîchement pêchés au Japon, répond Brianna. Les marchés sont fabuleux, et les produits uniques. On ne les trouve que là-bas, je peux vous l'assurer ! Mais j'avoue que j'ai hâte de plonger dans les spécialités du coin, le homard, les écrevisses, l'agneau…

Brianna, avec sa coupe pixie brune, ses yeux noisette et sa petite bouche charnue, a tout de l'aventurière débrouillarde et fascinante. On s'est tout de suite bien entendu toutes les deux et j'ignore encore pourquoi elle m'accorde autant de confiance. C'est une fille sincère, mais dont l'assurance m'intimide en réalité.

— Halley, elle, est tombée amoureuse de la pâtisserie italienne, c'est tout autant étonnant quand on sait qu'elle n'est jamais sortie de Los Angeles, enchaîne-t-elle.

L'attention se tourne vers moi.

— J'ai fait mon apprentissage dans une pâtisserie traditionnelle là-bas, dis-je. D'ailleurs, il n'y a pas que les amaretti ou les *cannoli* dans la vie, mais aussi la foccacia.

Gio pose sa main sur mon épaule.

— On va bien s'entendre alors.

Je lui rends son sourire tout à fait charmant. Les hommes bruns aux yeux clairs sont un peu la faiblesse de beaucoup. Mais rajoutez à cela un accent chantant et un sourire à dix mille volts, et vous obtenez le coup de cœur assuré ! Sans compter sa passion secrète pour… la chasse aux fantômes. Si j'ai pris ce détail de sa présentation pour une plaisanterie – on est dans le pays des fées et des fantômes, hein – je commence à croire qu'il y voue un réel intérêt après l'avoir entendu nous proposer de rester tard un soir pour explorer les sous-sols du palais. Disons que ça fait partie de sa personnalité démonstrative et *fun*.

— Et toi, Lucie ? Ta spécialité ? enchaîne Brianna.

— Oh non, ne me demandez pas ça, je suis française, et pourtant je me voue corps et âme à la cuisine scandinave, déclare-t-elle, presque embarrassée.

J'imagine qu'on a toujours des attentes de malade niveau cuisine vis-à-vis d'une personne née dans LE pays de la gastronomie. Elle a bien sûr un bagage traditionnel aussi énorme qu'une soute d'avion pleine, mais finalement, ce qui lui plaît le plus, c'est la finesse de la frugalité nordique. On la chahute un peu, mais avec une bienveillance qui la fait sourire. Elle resserre sa queue de cheval blonde et remonte ses lunettes sur ses yeux bleus, avant de changer de sujet :

— Vous avez vu que Bucati a été choisi pour être le parrain du concours de cuisine *Chefs in Kilts* cette année ?

— Bucati, le pâtissier romain ? demandé-je avec des frissons d'excitation. Celui qui a réinventé le tiramisu ?

— Ouaip ! On devrait faire des soirées *Chefs in Kilts* à l'appartement, propose-t-elle.

— Oh oui, on cuisinera nos spécialités ! approuve Brianna.

— Je suis partant, dit Gio.

J'acquiesce à mon tour, incrédule de la chance que j'ai. Un job incroyable et une colocation avec trois camarades adorables, aux mêmes centres d'intérêt et aux mêmes ambitions que moi. Je n'en reviens toujours pas d'en être là !

— J'ai hâte de voir les candidats chialer toutes les larmes de leur corps sur une musique dramatique, plaisante Brianna.

C'est pile à cet instant de cohésion entre nous qu'Enora McKenzie fait son apparition dans la salle. Elle frappe trois fois dans ses mains pour attirer notre attention et le silence se fait immédiatement. Sa réputation la précède, mais la voir en vrai, avec sa veste et son nom, le blason de la médaille de l'ordre du Chardon cousu près du cœur, me paralyse. Elle a une chevelure poivre et sel volumineuse, coiffée avec soin en un chignon lâche et complexe, sans pour autant laisser dépasser des mèches. Ses yeux gris sont vifs et sévères.

— Je suis très fière de vous accueillir ici, dans cette institution, au cœur d'Édimbourg. Si vous êtes là, c'est parce que j'ai vu en chacun d'entre vous un potentiel formidable. Et chacun d'entre vous repartira d'ici avec une expérience unique.

Son discours, plein d'encouragements, nous fait tous bomber le torse de fierté.

— Je ne vous cache pas que l'année sera difficile, il s'agit de cuisiner pour la famille royale et l'ensemble du personnel du palais tous les jours, de préparer des buffets, des petits-déjeuners, des collations, des dîners. Il arrivera à certains d'entre vous de suivre le roi et de travailler dans une autre de ses demeures, et donc de vous adapter à une nouvelle hiérarchie et à de nouveaux matériels, parfois inattendus. Nous devrons également faire face à des challenges comme les repas de galas ou les grandes réceptions. Vous régalerez des chefs d'États, des diplomates et des souverains du monde entier.

Ah oui, voilà qui me ramène sur terre. Je n'ai jamais cuisiné pour une clientèle aussi importante. Enora poursuit :

— Mais rien ne sera plus difficile que de satisfaire le grand patron.

Je ne sais pas pourquoi, j'imagine qu'elle parle alors d'une force divine et barbue bien au-dessus de nous avant de me rendre compte qu'elle fixe d'un regard critique quelque chose derrière moi. Les têtes des commis pivotent. Je ne suis pas sûre que beaucoup aient remarqué le portrait pourtant magistral du roi Aédan, accroché au-dessus de la cheminée du réfectoire. J'ai l'impression qu'il se fout de moi, même peint, avec sa façon de regarder un peu pardessous, comme s'il avait dix longueurs d'avance sur tout le monde.

— Car même si vous êtes ma brigade et que je suis votre cheffe, et même si vous répondrez directement à vos chefs de partie une fois en cuisine, le vrai patron reste le roi. Avec ses attentes, ses commandes et parfois ses caprices.

Je me mords la langue pour me retenir de chuchoter à l'oreille de Brianna un « je le savais, despote un jour, despote toujours » qu'elle ne comprendrait pas. Je n'ai jamais évoqué ce chapitre avec personne et je ne suis pas près de le faire.

— Ce qui me mène au dernier point, annonce Enora. Je serai dure, mais je serai aussi votre meilleur soutien. Vous avez des difficultés ? Un problème ? N'hésitez pas à m'en parler, on trouve toujours une solution. Vous faites à présent partie du personnel de la Maison du Roi et je n'exagère pas en pensant que nous nous apparenterons à une grande famille. Cependant, si jamais vous vous aventurez au-delà de notre cercle, si jamais vous « copinez » avec les personnes que vous servez, non seulement vous perdrez votre place ici, mais je ferai en sorte que votre carrière périsse. Et je connais chacun de vos projets, ajoute-t-elle avec un sourire qui me fait froid dans le dos.

OK, elle ne plaisante vraiment pas avec ça ! D'ailleurs, toute la salle est plongée dans un silence d'effroi.

— Je rajouterai bien malgré moi, *mesdemoiselles*, que le grand patron possède la fâcheuse tendance à piocher ses maîtresses dans *mon* personnel. Je vous demanderai donc de m'en référer si jamais il me faisait à nouveau l'affront de corrompre un membre de mon équipe.

Elle serre les poings et vocifère la fin de sa phrase tant elle semble encore marquée par un événement passé. Mon regard croise celui de Brianna. Je lis très bien son envie de commenter tout ça, qu'elle réprime d'un mordillement de lèvres.

— Bien ! Buvez un dernier café, soufflez un peu. Dans une demi-heure, je vous retrouve toutes et tous aux cuisines pour former les parties. À 16 heures, le roi passera pour vous accueillir dans sa Maison de manière officielle. C'est une formalité, donc ne soyez pas nerveux. Restez vous-mêmes.

Elle termine avec un sourire à la fois bienveillant et bourré d'avertissements.

La nervosité ne me quittera pas tant que je ne lui aurai pas fait face au moins une fois pour m'assurer qu'il ne me reconnaîtra pas. Car vu l'opinion qu'Enora McKenzie a de lui, je me garderai dix fois plus de me rappeler aux bons souvenirs de mon baby-sitter.

CHAPITRE 2

BRIOCHE

Aédan

Je boutonne la veste cobalt de mon costume sous l'œil approbateur de Loki. J'attrape les boutons de manchette d'argent de mon père et les mets tout en me dirigeant dans mon salon. Me changer au cours de la journée a été l'une de mes meilleures trouvailles. Je peux fuir mon bureau et souffler une poignée de minutes, seul.

Loki me talonne et se met à geindre, me suppliant de le sortir. Je regarde l'heure, 15 h 58.

— Désolé, mon vieux, mais je suis déjà en retard, lui dis-je en m'accroupissant devant lui pour des caresses. J'accueille les nouvelles recrues de la méchante sorcière de l'Ouest et on se promène juste après.

Trois coups retentissent à ma porte.

J'enjoins toujours à ne pas être dérangé durant ces pauses. Toute affaire, peu importe sa nature, peut bien attendre au moins cela. Si j'ignore le visiteur, ça m'évitera de le virer sans aucune forme de procès.

Les trois coups se répètent.

On ne peut jamais être tranquille.

— Entrez.

Evan passe une tête.

— Je peux ?

Je me détends aussitôt.

— Bien sûr, entre.

Evan referme derrière lui, un air malin collé au visage. On se connaît depuis l'académie militaire. Il a été le bon camarade, l'ami, le compagnon de galère. Et il est devenu le confident, une sorte de bras droit. Evan Grant, héritier du clan Grant, grand brun rieur et complice, a l'autorisation de venir jusqu'ici. Tout comme Malcom McLeod avant qu'il ne traverse la rue pour se retrouver au Parlement.

— Tu ne devais pas passer ce soir ? demandé-je en refusant de songer davantage à cet ami déserteur.

— Ce soir, je serai pris, répond-il avec un haussement de sourcils familier.

— Et elle a un nom ?

— Probablement !

Je secoue la tête, amusé. Je serais vraiment hypocrite si je le jugeais !

— Suis-moi, on va discuter en chemin, je dois adouber la nouvelle équipe d'Enora.

Evan grimace par avance. Il faut dire que je fais moi-même preuve d'un entrain digne d'un condamné à mort se rendant sur l'échafaud.

— Elle t'en veut toujours ?

— Oh oui ! Je suis sûr qu'elle a déjà mis ses ouailles en garde contre moi et ma soi-disant manie de « piocher » dans le petit personnel.

— Combien d'années va-t-elle encore passer à te maudire ?

— Jusqu'à ce qu'elle parte des cuisines de Holyrood, j'imagine.

Loki aboie dès que j'attrape la poignée de la porte.

— Je t'emmènerais bien, mais tu n'as pas le droit de poser les pattes là-bas.

— Laisse-le venir, soutient Evan en haussant les épaules avec provocation.

— Je ne tiens pas à ce que le vieux McDonald me répète l'exposé complet du protocole sanitaire du palais.

Evan penche la tête sur le côté tout en me cédant le point.

— Lâche-le dans le parc, tu auras une bonne raison de prendre l'air après.

— Bonne idée. Allez, viens Loki.

Mon chien se précipite à mes pieds et y reste. Il n'y a pas plus gentil que cet animal ici. Je compte beaucoup sur lui pour augmenter mon capital sympathie que je mets tant à mal. Loki est connu des journaux et des réseaux sociaux, tout le monde craque pour lui.

Je pousse la porte de mon appartement et jette un œil sur celle d'en face, au bout d'un passage qui surplombe l'escalier menant à la grande galerie du premier étage. Je réprime un frisson à l'idée que cet appartement vide soit bientôt habité par une épouse tombée du ciel. Je m'en détourne bien vite et, tout en me rendant au rez-de-chaussée de l'aile sud pour rejoindre l'intendant qui doit s'impatienter, je m'entretiens avec Evan à voix basse. Il n'y a rien de plus vrai, à Holyrood, que l'adage suivant : « Les murs ont des oreilles. » Surtout pour la conversation que nous allons avoir. Car Evan est mon dealer attitré. Quoi que je lui demande, il me le fournit. Entre ma nuit décevante, mon ennui chronique et la nouvelle lubie mariage du Conseil, j'ai vraiment besoin de me changer les idées, et le plus discrètement possible. J'ai déjà un lourd passé émaillé de scandales. Les médias s'en sont bâfrés, ils le peuvent encore. Je pense qu'avec l'âge, j'ai appris à mieux me cacher. Ou à me préserver. Evan m'est donc devenu indispensable.

— J'aimerais que tu me trouves une distraction. Il faudrait qu'elle soit régulière et invisible. Le livre de Murray va me frapper de plein fouet, je n'ai pas le luxe d'un autre scandale en ce moment.

Evan approuve, pensif. Il a des ressources insoupçonnables. Pendant nos études, il nous guidait toujours hors des murs de l'académie, Malcom et moi, quand on espérait boire au pub ou voir des filles. J'ignore encore comment il se débrouillait, mais jamais on nous a pris la main dans le sac.

— C'était une mauvaise idée de sauter cette autrice, je me permets de le redire parce que je le pensais déjà avant, me sermonne-t-il.

Je lève les yeux au ciel.

— Je sais, grogné-je. Je m'en veux suffisamment comme ça.

— Les courtisanes de Morgane ?

Je hausse les épaules avec un soupir.

— J'en ai fait le tour. Et il n'y a aucun défi.

Je m'immobilise près d'une baie vitrée du rez-de-chaussée côté est, dans une belle galerie baignée du soleil d'automne. Je laisse sortir Loki avant de refermer derrière moi.

— Je cherche une *vraie* distraction.

— OK, je vois. Du sexe et une personnalité.

Evan sait que je veux éviter tout sentiment, il le comprend d'ailleurs très bien. Mais je préfère préciser :

— Rien de transcendant. Juste de quoi m'occuper.

Il hoche la tête avec assurance.

— À vos ordres.

Je me remets en route, il me rattrape.

— Je t'accompagne, en soutien moral.

Et il me suit dans le dédale du palais, parmi les salles et les couloirs bourrés de tableaux de maîtres et d'objets d'art plusieurs fois centenaires, jusqu'à ce que l'on aperçoive l'intendant McDonald tourner en rond. Dès qu'il me voit, le vieil homme se précipite vers nous en exécutant une révérence pressée quasi acrobatique.

— Votre Majesté, vous voilà…

Une goutte de sueur perle sur son front. Elle le terrorise. Littéralement. Et il me craint parce que je le domine par ma position de roi. Alors il demeure là, pris entre deux feux, angoissé à mort.

Il nous guide avec hâte, titubant presque, alors que les portes s'ouvrent devant nous. J'ai hâte d'en finir avant même de poser les pieds aux cuisines. J'entends une voix annoncer ma venue, je fais quelques pas, suivi de près par Evan. Enora nous accueille, un sourire crispé aux lèvres. Ce ne sera jamais l'amour fou entre nous. Elle est pourtant une femme admirable, têtue, douée, mais on n'a jamais trouvé de terrain d'entente.

— Votre Majesté, je…

— Cheffe, je suis impatient de rencontrer vos prodiges, dis-je avec mon sourire de façade habituel.

Toujours la couper. Ça la rend furieuse, ça fait ma journée.

Elle fulmine donc, mais elle ne se laisse pas démonter. Au contraire. Elle tend la main devant elle et se lance dans une présentation de son personnel, tous alignés derrière les fourneaux plantés au centre de la vaste pièce en pierres noires et en briques orangées. Fut un temps où je tentais de retenir le nom du personnel, mais vraiment, ça n'a aucun intérêt. Il va et vient, d'autant plus ici. J'ose à peine croiser leurs regards. La dernière fois que j'ai seulement discuté avec une commise de la rôtisseuse, Enora l'a blâmée sans le moindre scrupule. Alors je me contente de les passer en revue, un par un, d'appuyer un sourire à chaque révérence, même si elle est maladroite, sans écouter les noms ni les affectations.

Ils se ressemblent tous, comme des figurants au fond d'une scène qu'on ne voit plus.

Je serre les dents, constatant que la plupart baisse la tête avant même que j'arrive à leur niveau, comme s'ils avaient peur de moi – Enora a fait un bon boulot de prévention, c'est certain – quand une paire d'yeux retient mon attention. Très furtivement, comme un flash. Un regard émeraude et direct. Le genre rare. Il lui suffit d'une demi-seconde pour m'échapper mais trop tard, il m'a accroché. Et je n'ai pas entendu son nom, juste un « pâtissière », ou quelque chose dans le genre. On passe déjà au suivant.

Je lève la main pour arrêter Enora, fais un pas en arrière et reviens à cette silhouette inconnue de jeune femme. Elle regarde ailleurs et semble… raide. Les cheveux roux en boule, retenus par un bout de ruban, ça, ça me dit quelque chose. Le grain de beauté au coin de l'œil gauche aussi. Et cette couleur verte si particulière…

Merde. Je la connais. Mais pas sous cette forme.

Je me plante sous son nez alors qu'un silence pesant nous entoure et qu'elle paraît figée, dans l'expectative.

Ça me revient comme une claque !

— Brioche ?

*

Halley

Oh non. *Non.* Tout mais pas ça.

Mes camarades pouffent autour de moi alors que le roi s'est arrêté sous mon nez juste pour me dire ça. Le cauchemar. Il aurait pu m'ignorer et poursuivre sa route en traînant sa mine lasse comme il l'a fait jusque-là, mais non.

Pourquoi est-ce qu'il n'a retenu que ce surnom débile de ces deux pauvres mois du passé ?! « Brioche », ça me rend folle ! Tout ça parce que j'étais un peu ronde quand j'étais petite. Si seulement je pouvais lui tarter la figure…

J'ai pourtant tout fait pour éviter son regard depuis qu'il a posé le pied dans la cuisine mais la curiosité l'a emporté. Je voulais voir s'il ressemblait encore à cet abruti d'ado. Alors OK. Il a changé, physiquement parlant. C'était inévitable. Il a grandi et il a de sacrées épaules – ce qui est sûrement un effet de son costume taillé sur mesure, ne soyons pas naïfs. Ses cheveux noirs et courts ont plus de volume au sommet de son crâne. Ça donne envie de plonger la main dedans parce qu'ils ont l'air tout soyeux, comme la crinière d'un animal fantastique…. Ouais, genre une licorne dépravée. Son regard lui, reste le même. Toujours aussi insaisissable, juge, malin. Le diable incarné. Lui et ses cils un peu trop longs.

— Un problème ? s'enquiert Enora d'une voix glaciale.

— Croyez-le ou non, reprend ce maudit Aédan. Mais j'ai baby-sitté cette pâtissière.

Les rires étouffés retentissent à nouveau alors que je croule sous l'embarras, le visage à vif. J'entends très bien la moquerie jouissive dans sa voix grave. Quel salopard !

— C'était il y a longtemps, me dépêché-je de dire en fixant Enora, le cœur battant. Très longtemps.

— Ah, se contente-t-elle de commenter.

Bordel ! Je ne peux pas déjà lui inspirer de la méfiance ! Je n'ai même pas pu encore faire mes preuves ! Je ferme les yeux, désespérée. J'aurais pu passer inaperçue, bosser comme une malade, briller et partir avec une réputation merveilleuse, et *bam !* En une seconde, je suis devenue la gamine baby-sittée par Sa Grandiose Somptuosité de Merde !

Je me mords la langue très fort pour ne pas répliquer.

Il se détourne pour reprendre sa visite.

— Brioche, répète-t-il en secouant la tête.

Je serre les poings, incapable de me retenir plus.

— Halley, corrigé-je sèchement.

Ça l'immobilise direct.

Je n'ai jamais été du genre à ne pas l'ouvrir. Jamais. Quand il s'agit de s'interposer ou de se battre pour une cause, je suis toujours en première ligne. J'ai souvent tenté d'endiguer cette part de moi qui peut parfois partir à l'aveugle et m'attirer des ennuis – comme un sabotage intérieur –, mais c'est plus fort que tout. Cet idiot royal n'a aucun autre but que de m'humilier devant tous mes pairs, je ne vais pas laisser passer ça.

Aédan me fixe d'un œil interloqué alors que la tension explose dans la cuisine. Je pose un index sur le nom brodé sur ma veste.

— Halley Morland, ajouté-je.

J'évite de chercher l'approbation d'Enora, je ne pense pas que je la trouverai. Mais quitte à me pourrir dès le premier jour, autant qu'elle voie que je peux répondre et non accepter passivement une telle chose.

— Halley, réplique Aédan avec calme.

Mon cœur effectue une embardée de malade ! Je ne pensais pas qu'il reviendrait comme ça sur ma provocation. Ça sonne comme une victoire, non ?

— Tu seras peut-être comme la comète, de passage.

Son commentaire me glace le sang. Si je n'étais pas sur mon lieu de travail, au milieu de collègues, j'aurais poussé une beuglante de fou. Mais Brianna m'attrape le poignet pour me calmer. Comme je garde le silence, Aédan reprend son inspection et repart comme il est venu. Les conversations reprennent autour de nous, à voix basse. J'ai l'échine parcourue de frissons de rage. Enora revient vers moi.

— Brioche, dans mon bureau.

J'acquiesce en déglutissant. Brianna me masse vite les épaules tout en me glissant des paroles de soutien à l'oreille sans oser revenir sur cette histoire de baby-sitting.

*

C'est le jour 1 et je suis déjà convoquée dans le bureau de la cheffe.

Une flopée de diplômes et de photos sont accrochés derrière son fauteuil : Enora McKenzie a cuisiné avec Anne-Sophie Pic, Enora McKenzie a serré la main de Michelle Obama, Enora McKenzie a fait une marche pour le climat avec Greta Thunberg... Enora McKenzie en met plein les mirettes. Je me tasse sur la chaise. Un visage revient plus souvent près du sien, dans des cadres privés, posés près de son ordinateur et de ses livres de recettes : une jeune femme qui lui ressemble beaucoup. Elle a peut-être une fille.

Enora entre dans la pièce et referme derrière elle. Je me redresse avec une nervosité qui dépasse l'entendement.

— Je suis désolée ! m'exclamé-je pour devancer tous les reproches qu'elle risque de me faire.

Enora lève une main tout en prenant place devant moi.

— Doucement, tempère-t-elle. Je n'ai rien contre les caractères fonceurs et retors, sache-le. J'aurais peut-être dû prévenir mes nouveaux éléments que le roi pouvait se montrer… importun. Le but est de ne pas réagir puisqu'il est… ?

Elle laisse en suspens la fin de sa phrase avec une interrogation en l'air. Ce n'est pas demandé avec mépris, mais la leçon est rude.

— Le grand patron, marmonné-je.

— Voilà. À présent, dois-je m'inquiéter ?

Elle croise les mains devant elle et me fixe sans cligner des paupières.

— Non, répliqué-je, livide. Cette histoire de babysitting est très vieille, mon grand-père m'a refourguée au grand patron pendant deux mois quand j'avais huit ans, c'est tout.

Enora tique à mon explication bancale.

— Ton grand-père ?

— Un chef de clan qui a déshérité ma mère, dis-je sans plus contrôler ma langue. On n'a plus aucun lien.

Elle semble d'abord perplexe puis elle se met à hocher la tête.

— Ah oui, la demi-sœur du député McLeod, se souvient-elle. Je vois.

J'espère que c'est bon signe.

— Un jeune homme admirable, concède-t-elle avec un sourire.

Oh merci Malcom !

— Cheffe, si je suis là, c'est pour travailler avec vous, et non pas pour tisser des liens avec des personnes qui ne m'intéressent pas, insisté-je.

Son sourire redouble, je me détends.

— Bon. Soit. N'oublie pas la devise du roi, la prochaine fois que tu auras affaire à lui : *Nemo me impune lacessit*, « Nul ne me provoquera impunément. »

Je hoche la tête, soulagée d'une part, nouée de l'autre. Il ne faudrait pas non plus que je me mette le grand patron à dos. Je sors du bureau, lessivée. Brianna m'attend de l'autre côté, m'attrape par le bras et me guide jusqu'à une porte de service qui donne sur le parc. On rejoint quelques cuisiniers qui prennent l'air. Les arbres environnants jaunissent et le soleil est rasant. La fraîcheur me réveille et m'apaise tout à la fois. Mon chef de partie, le célèbre Jacques Garnier, m'accorde un signe de la main avec un sourire encourageant.

— Ne t'en fais pas, Brioche, lance-t-il. On a tous un surnom ici, tôt ou tard. C'est une tradition. Mon second, Poche à Douille, pourrait t'en raconter d'autres.

L'homme à lunettes, près de lui, acquiesce, l'air fataliste. OK. Ça, ça désamorce mon angoisse du surnom. Je souffle à moitié, car Brianna, Gio et Lucie m'encerclent vite pour en savoir plus sur toute cette histoire. Moi qui pensais la mettre de côté, je suis obligée d'en dire davantage pour m'en sortir. Je leur sers un résumé raccourci de partout, prétextant que c'est une histoire si ancienne que je ne l'ai même plus particulièrement en tête. Je leur précise même que je refuse d'être liée aux McLeod. Mes colocataires semblent compréhensifs. Curieux, mais compréhensifs.

Le fonctionnement des clans nous dépasse, nous venons tous d'environnements où être déshérité – sans fortune ni nom – ne représente pas grand-chose. Je leur rappelle que je m'en suis sortie par moi-même et que mon frère n'est qu'un soutien très récent. C'est d'ailleurs lui qui les interpelle : un député, ça, c'est intéressant. Même si je lis très bien au fond de leurs yeux toute la fascination que le roi inspire, moi qui l'ai côtoyé de manière si familière par le passé.

Je présume que l'aura de l'inaccessible fait tout, alors que pour ma part, ce n'est qu'un mufle mal élevé, né avec une petite cuillère en argent dans la bouche. Il ne m'intrigue pas autant que les autres nouveaux commis.

— Bon, de toute façon, chez nous, on leur a coupé la tête, déclare à voix basse Lucie. C'est d'ailleurs très bizarre de me retrouver ici, dans un « royaume ».

— Les nôtres aussi ont fini par dégager, confirme Gio.

Brianna dodeline de la tête.

— L'Australie a un gouvernement, mais on est toujours sous la souveraineté du roi anglais Charles III Windsor.

— C'est pas *le* pire ennemi des Stuart, d'ailleurs ? lance Lucie.

— Disons que si le roi baby-sitter ne se presse pas de pondre un héritier ou une héritière, le trône peut revenir aux Windsor, ce sont des cousins lointains qui se détestent cordialement, confirme Brianna.

Mes trois camarades se tournent ensuite vers moi. Je hausse les épaules.

— Je suis américaine, on s'est débarrassé du roi anglais avant la Révolution française.

— Mais ton clan, là… commence Gio.

Je lui assène un coup de coude dans le bras.

— Enfin, le clan de ton grand-père, il est proche du roi ?

— Mon demi-frère est républicain, c'est tout ce que je sais. Et je ne connais pas mon grand-père.

Ils sont prêts à lâcher le morceau et c'est l'irruption d'un chien qui me sauve définitivement la mise. Il déboule au milieu du personnel de cuisine, excité comme une puce.

— Oh c'est Loki ! s'exclame Lucie en s'accroupissant pour le câliner.

— Loki ? m'étonné-je.

— Le chien du roi, c'est une star sur les réseaux !

Les nouveaux arrivants se rassemblent autour de la mascotte de Holyrood et se pâment tout en sortant leurs portables pour prendre des photos et des vidéos.

— Je croyais que c'était interdit, marmonné-je.

— Sauf pour Loki !

Je vois, c'est le capital sympathie du palais. Et pourquoi Loki se priverait d'autant de caresses ? Tout le monde tombe sous son charme.

— Ah, il me semblait bien que cet attroupement n'était pas anodin, déclare la cheffe rôtisseuse en s'avançant à son tour et en sortant de son tablier des morceaux de viande blanche.

Loki se précipite sur elle et sautille, pressé, langue pendante. Il se goinfre de la petite provision de la cheffe avant de reprendre sa tournée de cajoleries. Il sait très bien qu'en s'aventurant par ici, près des cuisines, il aura droit à des friandises.

Au bout d'un moment, un sifflement retentit au loin. Les oreilles de Loki se dressent. Il s'immobilise, aux aguets, et détale à toute vitesse, provoquant une vague de déceptions chez ses fans. Le chien rejoint son maître dans le parc et se montre encore plus exalté. Aédan le couvre de caresses et j'ai soudain l'impression d'être témoin d'une scène bien trop intime. Ça n'empêche pas les « moooh » touchés de mes collègues. Je jette un regard de travers à Brianna qui papillonne et lui pince l'avant-bras pour la sortir de cet état mièvre.

— Aïe ! Oui, OK, OK, j'ai compris ! Mais tu avoueras quand même que c'est mignon !

— Un homme et son chien ?

— Ben, un homme qui prend soin de son chien, oui, c'est mignon… Aïe ! D'accord, ça va, je reprends mon filtre cynique.

— Merci. Tu m'as fait peur.

— Halley Morland ?

La voix derrière moi, inconnue, me surprend. Je pivote et reconnais l'homme qui suivait Aédan comme son ombre lors de son passage en revue des cuisines : jeune, brun, les yeux de la même couleur, et un air… *malhonnête*.

— Oui ? dis-je, avec hésitation.

— Evan Grant, du clan Grant. Je m'occupe du bien-être du roi.

Est-ce qu'il se fout de moi ou non ? Il y a vraiment un type dédié au « bien-être du roi » ? Ça semble peu probable et en même temps, je ne peux pas le contredire.

— Il m'a chargé de te passer commande d'une pâtisserie pour ce soir. Le roi a l'habitude de travailler tard, je lui ai conseillé de prendre le temps d'apprécier des douceurs pour contrer la pression qui lui incombe. Tu te présenteras à 22 heures dans son bureau. Des questions ?

Je retiens mon souffle.

Je ne vais pas déjà me faire limoger ? Je ne vois que ça comme raison d'en arriver là. Blême, j'opine de la tête. Evan se fend d'un sourire qui me paraît faux puis il s'éloigne.

— Pourquoi moi… murmuré-je, découragée.

— Du calme, fais-lui un truc incroyable qui tassera toute cette histoire. Tu ne seras pas virée ce soir, tu m'entends ? soutient Brianna.

Je croise les bras contre moi, la nervosité m'envahissant à nouveau.

— Tu as une suggestion ?

Ma coloc commence par hausser les épaules avant d'afficher un sourire complice.

— Une brioche ?

*

Aédan

— Tu as toujours été du soir.

La voix de Kenna me sort de la lecture d'un rapport ministériel. La nuit est tombée depuis longtemps. Loki somnole devant la cheminée, le calme est saisissant dans mon bureau. Je travaille toujours le soir. Le gros du personnel est parti, nul ne peut me déranger.

Sauf ma sœur, allongée sur l'un des deux canapés de la pièce.

— Tu ne prépares pas une sortie en douce ? me demande-t-elle en se redressant.

— Ça fait longtemps que j'ai arrêté, tu sais.

— Pourquoi ? Tu t'ennuies, d'après ce que tu dis.

— Parce que je vieillis, petite sœur.

Kenna éclate d'un rire sardonique.

— La mauvaise excuse !

Je brandis le livre qui occupe une partie de mes pensées depuis qu'il a surgi sous mes yeux. J'ai pris le temps d'en lire des passages, ça a fini par me faire sourire. Maigrement. Rien sur les courtisanes de Morgane, Dieu merci, mais ça me pend au nez.

C'est fou le contraste entre ma réalité et ce que perçoivent les autres. On attend de moi un comportement et une morale irréprochables. Je n'ai pas le droit à l'erreur. Et en plus, on se permet de surinterpréter chacun de mes faits et gestes.

— Je ne vais pas en rajouter.

— Tout le monde aura oublié dans quelques jours.

La pendule sonne 22 heures et juste à cet instant, on frappe trois coups à la porte.

— Evan ? suppose Kenna avec une moue critique. Encore ?

Ma sœur bondit sur ses pieds avec l'intention de fuir le bureau au plus vite. Elle n'a jamais caché son animosité envers Evan. Mais comme Kenna n'en n'a jamais évoqué la raison avec moi, je n'ai pas cherché à en savoir davantage.

— Evan est occupé ce soir. C'est forcément un problème, à cette heure-ci.

Kenna ralentit, mais semble décidée à s'occuper de son côté.

— Pourquoi tu détestes autant Evan ? la retiens-je alors.

— Keir ! soupire-t-elle en levant les bras au ciel. Ce type te tire vers le bas, rien de bon ne peut venir de lui.

— Evan est mon ami.

— Oui, mais un mauvais ami. Où est Malcom ? Ça fait longtemps que tu ne l'as pas vu. Je l'aime bien, lui.

Oui, moi aussi. Seulement, il a choisi une autre voie contraire, celle de la politique. On était pourtant inséparables, lui, Evan et moi.

— Il ne viendra plus ici comme il en avait l'habitude. Tout ce qui l'intéresse à présent, c'est de nous éliminer.

L'amitié peut se transformer en haine féroce en un tour de main. Il sait mieux que personne qui je suis, comme je connais moi-même une bonne part de ses faiblesses. Je ravale un soupir et repense à ce maudit livre. Kenna s'approche de moi alors que je rumine. Elle pose sa main sur mon épaule et affiche ce sourire si particulier, qui lui est propre : à la fois protecteur et inquiet.

— Keir, est-ce qu'il n'y a que moi qui le vois ?

— Quoi ? relevé-je, intrigué par sa question.

Son visage si lisse semble alors plus âgé. Mon cœur marque un arrêt.

— Que tu n'es pas heureux.

Mon premier réflexe est un sourire. Il est désabusé, je le sais. Parce que, vraiment, est-ce qu'être heureux a encore un sens aujourd'hui ? Est-ce que c'est passager ? Un but dans la vie ? Naît-on heureux et soudain, on ne l'est plus ?

— Moi, je souhaite que tu le sois, ajoute-t-elle.

Je n'ai pas le temps de lui dire que je le suis, bien sûr – autant que l'on puisse –, car déjà Kenna me tourne le dos et referme la porte en trompe-l'œil derrière elle.

« Être heureux », sérieux. Qu'est-ce qu'elle peut être naïve quand elle s'y met… Ma sœur voudrait que je tombe amoureux et que j'épouse *l'élue*. Une vision étriquée et éloignée de toute réalité.

Les trois coups se répètent.

Je referme la grosse boîte tapissée de cuir bleu, au couvercle marqué des mots « The King » en lettres d'or, et rabats la chemise sur les papiers que je suis en train de lire. Chaque jour, la Première ministre me fait parvenir les affaires du Royaume. Même si je n'ai aucune incidence directe, je dois tout savoir. Symboliquement, c'est moi qui ai tous les pouvoirs. Je les ai seulement délégués.

— Entrez.

Le battant s'ouvre et l'apparition la plus inattendue fait quelques pas dans mon bureau.

Brioche. En chair et en os.

Avec une seconde d'hésitation, je regarde la pendule pour m'assurer de l'heure. Les aiguilles affichent bel et bien 22 heures. Qu'est-ce qu'elle fait encore là ? Il est tard pour traîner.

Elle s'avance, une assiette à la main, l'air tendu. Est-ce qu'elle vient me présenter des excuses ? J'apprécie qu'on me réponde, mais beaucoup moins l'insolence. Enora a dû lui secouer les puces, forcément.

Elle s'immobilise devant mon bureau, les mâchoires compressées, une rougeur sans nom sur les joues, les doigts crispés sur le rebord en porcelaine. Elle transpire la colère. Comme quand elle était gamine et qu'elle s'arrêtait de respirer lorsqu'elle était à bout.

Pourquoi je me souviens d'elle à ce point ? J'ai une bonne mémoire, soit, mais je ne l'ai connue que deux mois. Et c'était il y a quinze ans ! La gamine a bien grandi, tout ce qui fait d'elle une femme aujourd'hui est plutôt attirant : ses lèvres un peu charnues, des cils longs qui soulignent ses iris comme deux joyaux, de jolies formes pulpeuses… mais elle conserve ce regard sévère qui me pousse à la provoquer. C'est si étrange, ce passé et ce présent qui se percutent de la sorte sous mon nez.

Une chaleur inattendue s'allume au fond de moi. J'esquisse un sourire.

Elle s'éclaircit la gorge et m'expose l'assiette.

— Votre ministre du bien-être m'a commandé une pâtisserie, la voilà.

OK. Bon. Moi, je me souviens surtout d'une fillette autoritaire qui marchait pour tout et à tous les coups. C'était bien trop drôle de la manipuler et de lui faire faire les pires bêtises. Mais je ne m'attendais pas à ça de la part de l'adulte. De quoi elle parle, au juste ? De *qui* elle parle ? Je détecte bien un ton sarcastique ?

Elle est un peu barrée, non ?

— Mon « ministre du bien-être », répété-je, perplexe.

Ma voix la fait très discrètement tressaillir. J'imagine bien son état nerveux. Je n'aimerais pas me faire face, moi non plus. Mais ça reste étrange venant d'elle, elle ne s'est jamais retenue en ma présence par le passé. La voir aussi distante et figée avec moi maintenant, ça ne me donne qu'une envie : l'inviter à s'asseoir et à prendre un verre pour discuter.

— Evan Grant, du clan Grant, marmonne-t-elle entre ses dents.

Oh. Je commence à comprendre. Evan, témoin de notre échange en cuisine, a dû se dire que ce serait une bonne idée, ce tête-à-tête tardif. Mais non. *Très* mauvaise idée, Evan. Enora ne me le pardonnerait jamais, ça soulèverait tout le palais, et puis elle reste Brioche. Avec un corps d'adulte, certes, mais je n'oublie pas la gamine à couettes qui m'appelait le « prince méchant ».

Cela dit, je ne vais pas désavouer mon ami devant le personnel.

— Ah, oui bien sûr, confirmé-je en repoussant mon dossier de sous mes yeux.

Elle tend le bras et pose l'assiette devant moi. Lorsqu'elle se redresse, de l'autre côté du bureau, elle abandonne derrière elle une odeur d'épices et de pommes cuites. Simple, mais douce et réconfortante. La tartelette est dorée à souhait, avec de fines tranches de pommes roulées en spirale autour d'un cœur jaune et brillant. Brioche croise les mains dans son dos et me fixe intensément. J'ai l'impression d'être un juge de concours. Ça me rendrait presque nerveux de goûter sa pâtisserie.

— Donc, tu me présentes une tarte aux pommes.

Toute sa personne s'électrifie. Si elle pouvait rejeter de la fumée par les oreilles et par le nez, ou tirer des lasers par les pupilles, je suis sûr qu'elle le ferait ! Elle ferme les yeux une poignée de secondes avant de forcer un sourire aimable.

— C'est une tartelette aux pommes Elstar caramélisées au beurre salé, avec des éclats d'amandes et de noisettes torréfiées, de la cannelle, une touche de cardamome et une gelée de yuzu au centre, corrige-t-elle sur un ton si lisse qu'elle pourrait être l'une de ces voix de lecture automatique.

Je me garde de répondre dans la foulée. Tout est dans la lenteur, dans la pression que j'insuffle à l'autre, à rester là, silencieux. D'ailleurs, Brioche ressemble de plus en plus à une cocotte-minute. Je me demande si elle va finir par exploser… Ou plutôt, *quand* elle va finir par exploser. Allez. Je ne vais pas la laisser bouillir plus longtemps. J'ouvre la bouche, lui fais croire que je vais répondre, mais reste silencieux tout en attrapant la cuillère. Une onde de rage s'échappe d'elle et me frappe le visage. Ah, c'est si jouissif ! Je touille les pommes avant d'enfin prononcer les bons mots, au bon moment :

— Oui, c'est une tarte aux pommes, quoi.

Elle fulmine, tendant les bras le long de son corps, les poings serrés, une grimace déformant ses traits, tout en baissant les yeux, retenant pour sûr un éclat de voix plus intense.

— Tu n'es pas d'accord ? Tu peux parler librement, Enora n'est pas là.

En guise de réponse, elle me lance un regard noir et accusateur. Enora a vraiment dû lui remonter les bretelles. Je suis presque déçu qu'elle n'ose rien. Brioche est devenue une adulte comme les autr…

— Il est 22 heures passées.

Ou pas.

Je plonge la cuillère dans la tartelette pour la goûter.

— Et alors ? relevé-je.

— Je n'ai même pas eu le temps de défaire ma valise. Cette pâtisserie est parfaite pour un en-cas du soir.

Oui, elle est très bonne d'ailleurs.

— Être à mon service est une question de dévouement, dis-je en reposant le couvert. Tu te trompes de travail, si tu penses compter tes heures.

Une mèche de ses longs cheveux roux s'échappe et tangue contre sa joue cramoisie. J'ai comme l'intuition que sa fureur n'est pas seulement due à l'heure qui tourne. Elle me reproche autre chose ? Moi qui croyais qu'on s'entendait bien, par le passé. Ou alors mes souvenirs sont biaisés. Pourquoi elle est si en colère aujourd'hui ? Juste pour un surnom ? Je vais creuser ça.

— Tu sais, Brioche…

— Comment tu… vous avez pu m'appeler ainsi, devant tous mes collègues ? souffle-t-elle avant de ravaler toute une suite plus bruyante.

OK. Plus de tutoiement, ça peut se comprendre. Même si j'apprécie l'erreur de parcours en début de phrase.

— Tout le monde a un surnom dans les cuisines. Tu devrais demander à Cul de Poule comment il se sent.

Elle enrage de plus belle.

— Mais toi… vous, vous m'avez jugé sur mon physique quand j'avais huit ans !

Je hausse les sourcils. C'est vraiment ce qu'elle pense ? Depuis toutes ces années ? OK. Là, non, je ne peux pas laisser passer ça. Je lui désigne une chaise en face de moi et ordonne, de mon meilleur ton autoritaire :

— Assieds-toi.

— Je dois rentrer chez…

— Assieds-toi !

Je rêve, elle discute !

Elle prend place avec un soupir. On dirait que tout son corps exécute des angles droits tant elle semble tendue. Je vais essayer de ne pas être trop ferme. Je m'accoude sur le bureau pour la jauger.

— Tu crois vraiment que je t'ai surnommée Brioche pour cette raison ?

— C'est tout à fait ça, oui, rétorque-t-elle du tac au tac, avec un sérieux détonnant.

Et ma seule réaction, que je ne parviens pas du tout à contenir, est de sourire. Avec beaucoup trop d'amusement. Non pas que j'amoindrisse l'affront qu'elle a apparemment vécu, mais la franchise devient si rare autour de moi qu'elle me fait plaisir. Je me reprends très vite car un tic nerveux fait battre sa paupière.

— Cette présomption me blesse, sache-le.

Elle croise les bras, abandonnant peu à peu le rôle de bonne employée qu'elle n'a pas l'air de bien maîtriser.

— On a tout de même partagé un fort de couvertures, tous les deux, ajouté-je d'un ton indigné.

— Que tu as fait écrouler exprès sur moi.

Oh oui… c'est vrai, j'ai fait ça.

— Tu ne te souviens vraiment pas ? insisté-je en songeant au « Brioche ».

— La fois où tu m'as enfermée dans le grenier ? Si. Très bien.

Wow, elle a l'air de traîner des reproches vieux comme le monde !

— Je ne vois pas ce qui te dérange dans ce surnom. Les brioches sont délicieuses.

Pourquoi je balance ça, au juste ? La faute à son air ronchon qui m'a déconcentré. Elle braque sur moi un regard de lapin pris dans des phares. Vraiment, de mieux en mieux.

Retour au vrai sujet.

— Toi, tu m'appelais le « prince méchant ».

Elle relève un air renfrogné vers moi.

— Parce que tu n'étais pas très gentil, grogne-t-elle, agacée.

Je me mords la langue pour ne pas éclater de rire. À la place, je m'affaisse dans mon fauteuil avec toute l'assurance possible.

— Tout ceci appartient au passé. Aujourd'hui, tu travailles pour moi, Brioche.

Elle se détend sur le coup.

— Alors… je ne suis pas limogée ?

Surprenant qu'elle en soit arrivée là toute seule.

— Non. Tu viens d'arriver.

Le soulagement la submerge.

— Mais je pense que tu peux mieux faire, niveau pâtisserie, dis-je en tapotant l'assiette avec la cuillère.

Que dire… Je ne suis pas un saint.

— Présente-moi autre chose, demain, à la même heure.

Ah, son air outré est adorable ! Elle bondit sur ses pieds, furieuse.

— Ce sera tout ?

— « Ce sera tout », qui ?

Je crois que je viens d'allumer un incendie dans ses yeux ! Tout son corps se raidit à nouveau et ses poings se referment.

— Ce sera tout, Votre Majesté ? répète-t-elle, les dents serrées.

Ju-bi-la-toire.

— Oui, merci, Brioche.

Elle tourne les talons pour sortir, je l'arrête aussitôt.

— Le protocole exige que tout visiteur sorte à reculons, personne ne me tourne jamais le dos.

Elle s'immobilise à mi-parcours et pivote avec une lenteur de tueuse à gages avant de reculer.

— La révérence, Brioche, la révérence.

Avec toute la mauvaise volonté possible, elle s'incline, marmonne un dernier « Votre Majesté » et sort. Ah ! je vais adorer la torturer chaque soir. Elle ne le sait pas encore, mais à partir de maintenant elle est de corvée pour me changer les idées.

Je m'affaisse dans mon fauteuil et termine son merveilleux dessert. Pourquoi gâcher ?

Lorsque j'enfourne la dernière cuillérée, mon portable vibre. Sans surprise, il s'agit d'Evan s'enquérant du cours de son plan.

Alors ?

Elle est parfaite.

*

Un rideau de pluie me tombe dessus dès que je pose le pied dans la cour du palais. Brianna, Lucie et Gio m'ont laissé un message dans les vestiaires tout en embarquant ma valise : « On t'attend à l'appart avec un dîner tout chaud ! ». Une fois le portail passé, je cours m'abriter sous l'arrêt de bus de la ligne 11 qui dessert notre domicile.

Je me frotte les bras, encore agacée par ce… ce crétin de roi ! Cet abruti ! Qui prend un malin plaisir à rabaisser les gens. Ah ça, il n'a pas changé ! Mais pourquoi j'ai eu envie de venir jusqu'ici ? Il y a pourtant plein de chefs renommés partout dans le monde. OK, peu offrent de telles opportunités et Enora connaît le pâtissier du Mirador, New York, première étape de mon plan infaillible. Mais pourquoi me jeter dans la gueule du loup ? En plus, il fait froid, il pleut, les rues sont sombres, bâties en pierre de noir et rouille… C'est lugubre. La Californie, son soleil et ses plages infinies me manquent déjà.

Et puis, les gens ont tous un accent à couper au couteau, ici.

Même *lui*, avec sa voix grave, il prononce certains mots d'une façon curieuse, un son rauque s'échappant de sa gorge au détour d'une syllabe.

— « Les brioches sont délicieuses », marmonné-je en l'imitant.

Mon cœur s'emballe. Je déborde de colère, il faut que je me calme, que je mette tout cet épisode de mon enfance de côté. Sinon, je risque de ne pas survivre à mon séjour à Holyrood.

Lorsque le bus approche, je me lève et grimpe dedans, décidée à me caler sur un siège au fond et à m'abandonner au rythme lent du trafic jusqu'à mon nouveau chez moi. Je sors mon portable et envoie un message à Malcom. À vrai dire, ça me travaille. J'aimerais repousser avec plus de violence cette curiosité malsaine pour ce pan de ma famille que je ne connais pas, mais ça me trotte dans un coin de la tête, comme une écharde dans le doigt. Et je sais très bien pourquoi je ressens ce besoin : je veux une attache. Je veux être désirée, je veux qu'on m'attende quelque part. Et je refuse de laisser ce sentiment me mener par le bout du nez.

À huit ans, j'avais le cœur gonflé d'espoir en débarquant ici. Je m'étais inventé une histoire avec un grand-père adorable qui allait m'ouvrir son château et me parler des fées qui peuplent Skye. Je me disais qu'au bout des deux mois, il me garderait, parce qu'il n'imaginerait plus sa vie sans sa petite-fille. Que je réchapperais à la vie en pointillés que ma mère m'imposait. Mais non. Rien de tout ça. Juste un vieil homme aigri. Un adolescent royal qui s'en foutait. Je suis rentrée à Los Angeles plus triste encore.

J'observe mon clavier sans savoir quoi écrire. Je ne veux pas que mon demi-frère, qui s'est lancé dans la vie avec une pleine confiance, se retrouve avec une petite sœur à border, attachée à son pied comme un boulet en plomb. Les gens vont et viennent dans ma vie, ce sera peut-être le cas avec lui aussi. J'en ai vu passer, des « beaux-pères » qui buvaient trop, des assistantes sociales qui croulaient sous les dossiers. Même des collègues de cuisine sympas et qui finissaient par partir sous d'autres cieux.

La vibration de mon téléphone me surprend.

Un message de Malcom. Il me devance.

Alors, ce premier jour ?

Je vais profiter de sa gentillesse, tant qu'elle est là.

Crevant, mais emballant !
Au fait, il ne m'a pas oubliée...

Ah non ! Et ça va ?
Tu veux que je lui parle ?

Oh là là, surtout pas !

Non, non, tout roule, ne t'en fais pas !
J'ai perdu toute crédibilité auprès de mes collègues, mais c'est tout

OK

Ouf ! Si un député débarque dans le bureau de Sa Grandiose Somptuosité pour lui sommer d'être gentil avec sa petite sœur, on ne s'en sortira pas !

Tu sais, il n'est pas dans un bon moment
Il faut le pardonner

Son message me surprend sur l'instant, puis tout se tasse. Ils ont été amis durant de longues années. Malcom doit le connaître mieux que personne. Mais bon, je ne vais pas commencer à plaindre les rois...

Si tu le dis.
J'arrive à l'appart, merci encore !
À très vite !

À très vite, petite sœur

Ça me réchauffe le cœur. *J'ai un frère*. Il a débarqué un jour, alors que je ne pouvais plus rien payer et que tout s'effondrait autour de moi, *encore*. On ne lui avait parlé qu'une ou deux fois de cette demi-sœur que sa mère avait eue, loin de lui. Et il a cédé à la curiosité en souhaitant me connaître.

Je plonge mon portable dans ma poche et sors du bus, les membres engourdis par la fatigue. L'appartement que nous avons choisi se situe au premier étage d'une ancienne demeure. Je grimpe l'escalier et frappe, n'ayant pas encore la clé. Brianna apparaît dans un encadrement lumineux et chaud.

— Oui ! Tu as survécu !

Elle m'attire à l'intérieur du couloir et me fait faire un rapide tour des lieux : nos deux chambres accessibles dès l'entrée, le salon confortable et les deux autres chambres attenantes, la cuisine miniature qui nous fait doucement rigoler après avoir vu le gigantisme du palais, et la salle de bains plutôt moderne et agréable. Je me change en vitesse et me laisse tomber sur le canapé, épuisée mais heureuse d'être enfin dans un environnement bienveillant. Gio débarque de la cuisine avec une assiette brûlante qu'il pose devant moi, sur la table basse. Ils ont déjà mangé de leur côté, mais ils m'attendaient pour le dessert. Brianna prend place à côté de moi et Lucie me sert un verre d'eau avant de s'installer dans un fauteuil, près de celui de Gio. Tout est dépareillé ici, mais tout ressemble à un petit paradis à mes yeux.

— Alors ? s'empresse Lucie, pendue à mes lèvres.

J'aurais dû m'y attendre, ils veulent tous savoir comment s'est passé la dégustation royale.

— Alors je dois lui refaire une pâtisserie demain soir, dis-je, à nouveau agacée par son despotisme. Ma tartelette Elstar n'était pas au niveau, selon lui.

Mes trois colocataires ont la même réaction : ils sont scandalisés. Des gens sains d'esprit. Aucun doute.

— Enora t'a fait venir jusqu'ici pour une bonne raison, soutient Gio.

Lucie approuve avec fermeté.

— La bonne nouvelle, c'est que tu restes parmi nous. Et puis, Enora nous avait prévenus, le grand patron est difficile, tente Brianna avec un sourire.

Ils savent me faire relativiser les choses.

— C'est vrai, vous avez raison, dis-je en raclant le fond de mon assiette.

— Est-ce que quelqu'un connaît son dessert préféré ? interroge Lucie.

On reste tous silencieux. Et je m'en veux immédiatement. J'aurais dû lui poser la question moi-même. Je suis trop nulle ! Gio plonge dans son portable.

— Peut-être que ça apparaît quelque part, suppose-t-il.

— T'as pas remarqué quelque chose d'utile dans son bureau ? me demande Brianna.

J'ai à peine fait attention à la pièce, à vrai dire. J'étais obnubilée par l'idée de passer l'épreuve et de rentrer à l'appartement, l'esprit serein. Le bureau d'Aédan est confortable, plein de boiseries et de meubles tapissés. Loki somnolait près du feu de cheminée. En réfléchissant bien, je revois des bouteilles posées sur un bar de bois précieux.

— Le whisky, dis-je avec un haussement d'épaules, démunie face à mon ignorance.

— Lequel ? reprend Brianna.

— Aucune idée.

— Talisker, précise Gio, toujours plongé dans ses recherches. C'est son préféré. Fumé, note d'agrume et pointe de sel.

— C'est un bon début, accorde Lucie avec un sourire réconfortant.

L'assemblée acquiesce. Je marmonne pour moi-même qu'il y avait une pointe de sel et un agrume dans ma tartelette, mais c'est en effet une piste.

— J'ai discuté avec des domestiques du palais, enchaîne Gio en posant son Lugh sur la table basse et en ouvrant une boîte de biscuits. Je cherchais des anecdotes fantomatiques, mais j'en suis ressorti avec d'autres histoires. Il paraît que le roi a une garçonnière cachée avec une chambre et une « antichambre à l'îlot ».

Il mime des guillemets tout en prononçant ces derniers mots.

— Une quoi ? demandé-je en dégustant un shortbread.

— Une pièce recouverte d'or, dans laquelle il n'y aurait qu'une baignoire.

Lucie devient rouge comme une tomate et Brianna sourit en secouant la tête. Moi, ça ne m'étonnerait pas du tout que l'ado nonchalant soit devenu un pervers notoire. Tout à fait son genre.

— Reste à savoir si c'est lui qui se baigne ou s'il baigne l'autre, lance Brianna d'un ton léger.

— Il est peut-être… tricophile, s'amuse Gio avec emphase.

— Tricoquoi ? relève Lucie en me devançant.

— Tricophile, un fétichiste des cheveux, nous éclaire Gio. Il aime peut-être laver la chevelure de ses maîtresses chaque soir !

Il provoque sans peine nos rires avec ses mimes de shampoings.

— Tu crois qu'il en a plusieurs ? rit Brianna.

— Bien sûr ! C'est un Stuart ! L'un de ses ancêtres, Charles II, a eu pas moins de vingt et un bâtards. Vous imaginez ?

Lucie ouvre de gros yeux en hochant la tête.

— Les queutards, commente Brianna, hilare.

Peut-être parce que je viens de discuter avec lui, le cours de la conversation me met mal à l'aise. Je préfère la détourner.

— Vous avez un surnom, vous ?

Les trois se mettent soudain à grogner des « non » rembrunis.

— Avoir un surnom dans les cuisines de Holyrood, c'est vraiment être adoubé par l'équipe, soutient Lucie.

— Le second de ma partie s'appelle Spatule, grimace Gio. J'espère que je m'en sortirai mieux.

— J'ai juste appris que ton chef de partie, Jacques Garnier, était surnommé Mister Chocolat, déclare Brianna, séduite. C'est sexy !

Ça lui colle plutôt bien, il paraît être le calme incarné. Un homme délicat et attentionné. Et plutôt sexy, c'est vrai.

— Il a plus de quarante ans, Brianna, la sermonné-je tout de même.

— Raison de plus, il doit être super expérimenté.

Elle ponctue sa phrase d'un petit soupir rêveur.

— « Épouse, couche, tue » ? lance Gio dans la foulée. Avec la même proposition pour tout le monde : votre chef·fe de partie, Enora et le roi.

Lucie lui sourit en hochant la tête. Elle semble plus réservée sur ces questions, mais partante pour s'amuser. Brianna, elle, tape dans ses mains. Gio et elle sont les plus sociaux du groupe, on sent tout de suite qu'ils vont devenir de vrais potes.

— Brianna, tu commences ?

Elle croise les mains et fait mine de réfléchir, mais elle avait l'air de connaître la réponse avant même que le jeu soit lancé.

— J'épouse le roi pour devenir reine, je couche avec Enora pour avoir de l'avancement et je tue mon chef de partie. Je n'ai rien contre lui, mais c'est la vie ! Cependant, si Mister Chocolat était mon chef de partie, je couche et je l'épouse. Sans hésiter.

Gio secoue la tête avant de se tourner vers Lucie.

— Et toi ?

— Presque comme Brianna. Je tue ma cheffe de partie, j'épouse Enora et je couche avec le roi.

— Quoi ? Pas de couronne ? s'insurge Brianna.

— Non, qui a envie d'être reine ? C'est triste à mourir comme situation.

— Pour ça que vous les avez guillotinés, taquine Gio.

Ils éclatent de rire.

— Et toi, Halley ? reprend Gio.

Moi, j'ai un choix tout arrêté. Depuis le début du jeu. Parce que m'imaginer coucher avec ce type, ça me retourne l'estomac. Alors je l'ai catalogué direct !

— Je tue le roi, je couche avec Enora et j'épouse Mister Chocolat.

Ils me fixent tous les trois avec des yeux ronds.

— Tu tuerais ton baby-sitter ? feint de s'outrer Lucie.

— Sans hésiter, affirmé-je avec détermination.

— Wow, cruelle, murmure Gio avant de me faire un clin d'œil complice.

— À ton tour Gio, tu ne vas pas y couper ! relance Brianna.

Il s'affale dans son fauteuil avec assurance.

— J'épouse Enora, je tue mon chef de partie et je couche avec le roi. Même si j'aime les femmes, je veux savoir ce qu'il fait dans cette salle de bains secrète !

CHAPITRE 3

« MON CŒUR EST DANS LES HIGHLANDS... »

Aédan

Je le toise d'un regard noir, un café fumant près de moi. Bonnie Prince Charlie me nargue, tandis que le son strident de la cornemuse s'acharne sous ma fenêtre.

— Tu peux me dire pourquoi tu as institué ça ?

Le portrait me renverrait presque un demi-sourire moqueur.

Nouveau coup d'œil à ma montre : plus que deux minutes. Mon père a toujours été d'une ponctualité désarmante. Même à plus de deux mille kilomètres. C'est la première année qu'il ne pourra pas assister au grand rassemblement des chefs de clan. Il a toujours été assez solide jusque-là. Son absence sera immanquable. Techniquement, c'est lui, le chef du clan Stuart, je ne suis que son suppléant. Il a été roi, aussi. Atteint d'une maladie incurable, il a préféré abdiquer et me céder le trône quand j'ai eu vingt ans. Depuis, il vit dans le Sud de la France et profite du climat plus sec et chaud que celui humide et froid de l'Écosse. Lui qui n'aime que les Highlands, les tempêtes et l'éclat des montagnes…

La sonnerie de mon portable retentit, je décroche sans attendre. Le visage de mon père, Alexander, apparaît. Amaigri, mais souriant. Il se laisse pousser la barbe et porte ses éternelles petites lunettes de soleil rondes. On dirait un ancien hippie, fatigué de tous ses excès, toujours un peu planant et de bonne humeur. Lorsque je suis devenu roi, j'ai eu droit à tant de portraits croisés avec mon père : même chevelure noire, même regard peu déchiffrable, et pourtant un caractère si différent. Le roi Alexander IV était doux et compréhensif, je suis cinglant malgré moi. Ça, je l'ai hérité de ma mère.

— Keir !

— Papa, comment vas-tu ?

— Plutôt bien, malgré tout, répond-il en détournant les yeux.

Il garde le sourire. Et le soleil derrière lui aide. Il s'est posé à l'extérieur, sur la terrasse de notre maison à Monaco, avec la mer en fond. Comme je sais qu'il n'aime pas discuter de ses résultats médicaux – en tant que roi, je ne me gêne pas pour appeler son médecin quoi qu'il en soit –, je contourne le sujet.

— Tu penses que tu pourras prendre l'avion pour les fêtes de fin d'année ?

— Oui, les conditions seront différentes. Venir en Écosse pour une seule soirée à l'occasion du grand rassemblement, ce n'était pas raisonnable, si important soit-il.

Mon père sait choisir les bons mots et le bon ton pour rassurer son interlocuteur. Il ne dévoile rien de son véritable état tout en projetant une suite.

— Ta grand-mère m'a appelé, enchaîne-t-il vite. Elle m'a dit que tu avais accepté le *Taisbeanadh* ?

Bien sûr, Flora n'a pas pu s'empêcher d'appeler son fils à la suite de cette décision. Deux semaines se sont écoulées depuis, les clans savent tous que je vais me lancer dans la recherche de l'épouse idéale. Le rassemblement va être le théâtre d'un épisode du *Bachelor*, je le sens.

Dans ma résignation, je me dis encore que me marier au printemps est une possibilité, mais je ne tiens pas non plus à accorder trop d'importance au *Taisbeanadh*. Avec ou sans lui, j'aurai une épouse ou non.

— Oui, ça devrait les occuper un moment, dis-je avec un haussement d'épaules.

— Attention, fils, ne prends pas ce rituel à la légère. Tu sais combien les clans tiennent aux traditions. Ils vont tous espérer que tu choisisses l'une des leurs.

— Je m'étonne encore que Grand-mère abandonne la possibilité d'un mariage extérieur. Malgré cette trouble histoire de princesse suédoise, marmonné-je.

— Les alliances entre les maisons royales n'ont plus vraiment de sens aujourd'hui, répond mon père. Ce qui compte, ce sont celles que tu formes dans ton propre royaume, avec les personnes qui t'entourent.

J'acquiesce en sentant mon sourire se crisper. Entendre tout cela de la bouche de mon père me met un coup de pression. Me marier au printemps, OK, mais pas avec n'importe qui non plus.

— Cela dit, tu peux encore trouver une femme qui te plaise, peu importe ses origines, rajoute mon père.

Je me contente de hocher la tête, plus détendu, mais sans ajouter de commentaires. Mon père fait face à assez de difficultés pour que je lui balance ma totale désillusion à ce sujet.

— Tu veux que je fasse passer un message aux clans de ta part, ce soir ?

— Non. Ou si, peut-être. À McLeod de Skye. Où en es-tu des terres que nous voulons lui acheter ?

— Nulle part. Je pousse Angus Campbell à s'en charger, mais les McLeod et lui ne se sont jamais bien entendus.

Mon père perçoit tout à fait mon mince sourire sadique. Je l'entends même en rire.

— Tu tortures Angus avec cette histoire.

— Oui, ça me plait assez.

— Il va bien falloir trouver une autre solution.

Je pourrais lui dire que le vieux McLeod de Skye, chef de clan, a vu son seul héritier direct devenir député au Parlement pour restreindre le pouvoir des clans et de la monarchie, et que la petite-fille qu'il a déshéritée a débarqué sous notre toit, dans nos cuisines, mais… mon père me jugerait. Il comprendrait que j'utiliserais volontiers mon meilleur ami – ou ex-meilleur ami – et une fille sans importance pour atteindre leur grand-père. Ce serait pourtant efficace. Mais c'est une carte bien trop fragile pour la jouer maintenant. Je préfère la garder dans mon jeu encore un moment.

Et puis, ça ruinerait les rares instants pétillants de ma vie : tous les soirs à 22 heures, quand Brioche McLeod – Halley Morland, comme elle aime à me le rappeler – m'apporte une pâtisserie. Pâtisserie que je fais toujours mine de ne pas finir ni de trop apprécier, seulement pour qu'elle revienne le lendemain. Parce que, en toute franchise, nos piques, ses fulminations intempestives et la joie qui en découle en moi, sont tout ce que j'attends chaque jour avec impatience. J'ai remplacé le frère par la sœur.

— Pourquoi tu souris comme ça ? s'aperçoit mon père.

— Pour rien. Je me disais que je devrais sortir davantage, j'ai tendance à grignoter le soir.

Mon père pousse un soupir envieux.

— Les balades dans la nature me manquent. « Mon cœur est dans les Highlands, mon cœur n'est pas ici/ Mon cœur est dans les Highlands, à chasser le daim/ Chassant le daim sauvage et la biche/ Mon cœur est dans les Highlands, où que j'aille. »

Il ponctue sa récitation d'un regard dans le vague, plein de regrets et de désirs à refouler. Mon père et son amour pour Robert Burns, barde et poète écossais, héros national. Il connaît son œuvre sur le bout des doigts. Amoureux de littérature, il a souffert de son passage à l'académie militaire : il a toujours préféré les balades poétiques dans les Highlands aux stages de survie intensifs. Alors que moi, les sports de combat et les randonnées à la dure, c'est mon truc.

— Nous irons à Eilean Donan pour les fêtes, lui assuré-je. Il y a de quoi se promener dans les environs.

— J'ai hâte.

— Moi aussi.

— Keir, j'ai une dernière chose à t'annoncer.

— Je t'écoute.

— Ta mère est dans un avion, avec Mark, ils ne devraient pas tarder d'ailleurs.

Il ne manquait plus que ça. Autant je suis très proche de mon père, autant ma mère – une princesse norvégienne –, est une alien pour moi. Elle a suivi mon père dans son exil et s'est installée à Monaco auprès de lui, mais leur mariage n'a pas survécu. Officiellement séparés, ma mère s'est trouvé un compagnon depuis peu : Mark Spencer, aristocrate anglais que ni moi ni mon père ne supportons.

— Hedda a insisté, ajoute mon père.

Je crois qu'il l'aime toujours. En fait, je sais qu'ils se sont vraiment aimés. Mais les épreuves ont détruit ce qu'il y avait de beau entre eux.

L'amour. Il n'y a rien de plus illusoire et éphémère.

— OK. Elle pourra assister au grand rassemblement, si elle le souhaite. Mais Mark ne portera pas de tartan.

— Grands dieux, non, approuve mon père.

On discute encore un peu, de tout et de rien, de ses lectures, des affaires du royaume, comme si nous étions dans la même pièce, autour d'un whisky, jusqu'à ce que trois coups à ma porte sonnent le début de ma journée et la fin de notre conversation.

*

Halley

L'horloge du réfectoire sonne 15 heures. L'après-midi s'annonce intense, au moins autant que celle de la veille. C'est notre première grande réception au palais : quatre cents convives. Quatre cents bouches à nourrir. Enora nous a distribué un menu de buffet chaud et froid, hors de question de garder à table autant d'invités. D'autant plus que, à l'entendre, les chefs et cheffes de clan ont plutôt tendance à boire et à discuter en petits groupes, à danser et s'emballer pour un rien. Un plan de table ne serait d'aucune utilité. Elle le sait mieux que personne, elle est elle-même la cheffe du clan McKenzie et a donc dû donner les pleins pouvoirs à ses chefs de partie pour palier son absence.

— Si jamais tu m'entends dire que j'ai envie de faire des petits pâtés en croûte à la truffe, tue-moi, me glisse à l'oreille Brianna. Ce sera mon clone, pas moi.

Elle enfourne un club sandwich au saumon pour ponctuer sa phrase, deux beaux cernes creusant ses pommettes. Tout en mâchant le mien, j'acquiesce avec un sourire qui promet d'exécuter sa volonté.

— J'ai dû en enchaîner une cinquantaine, de ces trucs, j'en peux plus, ajoute-t-elle en se laissant choir sur un banc du réfectoire.

— J'ai fait deux cents macarons ce matin, je suis morte, renchéris-je en prenant le temps de boire quelques gorgées d'eau.

On se regarde et un même sourire naît sur nos lèvres : en fait, on est ravies. On ne s'est jamais autant dépassées que sous le coup de feu des cuisines.

— J'ai hâte de refaire ces petits pâtés, avoue Brianna en dévorant la fin de son sandwich.

La bouche pleine, je ris en secouant la tête. Moi aussi, je suis pressée de me lancer dans la suite. Il règne une ambiance de tension et d'excitation comme on en a rarement connu au cours de toutes nos expériences dans des restaurants. Les équipes ont trouvé un rythme et une cohésion, on s'entend tous bien, c'est agréable et stimulant !

— Et sinon, le dessert préféré de Sa Majesté ? me balance Brianna en se levant, prête à reprendre la bataille.

Je me rembrunis aussitôt. Deux semaines que Môssieur me fait rester tard dans les cuisines pour que je lui concocte un dessert qui ne lui convient jamais. Il m'énerve tellement que je n'arrive pas à lui poser la question. L'interroger à ce sujet, ce serait reconnaître que je cherche à lui faire plaisir. Autant m'arracher une dent !

— Nan, j'ai pas, grogné-je.

— Si seulement Lilibet Murray donnait la réponse dans son livre, s'amusait Brianna.

Un Roi sans cœur a fait le tour des cuisines, tout le monde a au moins lu quelques passages, les plus croustillants en général, et ce, dans la plus grande discrétion. Car même si Enora McKenzie n'est pas la plus grande fan du roi, elle ne supporte pas le colportage de ragots sur la famille royale. Elle honore ses devoirs envers la Couronne avec beaucoup de décence. C'est finalement ce qui se détache le plus à force de travailler dans cet environnement : on parle beaucoup du roi, on plaisante, on fantasme, on le critique, mais surtout on le *respecte*. Il règne une déférence innée et profonde dans le cœur de chaque Écossais qui me paraît bien difficile à comprendre.

Je n'ai pas lu le livre, j'ai laissé Brianna me faire un retour de lecture avec Gio et Lucie. Le bouquin doit encore traîner sur notre table basse. J'ai appris certaines choses, d'autres m'étonnent moins, mais au final, ça n'a pas éveillé d'intérêt chez moi. Peut-être parce que je n'arrive pas à le voir autrement que comme un homme, alors que pour beaucoup il passe pour une entité hors du temps et de la réalité.

— Tu pourrais demander à son entourage, si tu n'oses pas lui poser la question, me conseille Brianna avec un battement de cils moqueur.

Elle pivote et sort du réfectoire avec un signe de la main en guise d'encouragement. Je pousse un lourd soupir en jetant un regard noir sur le portrait géant de Sa Grandiose Somptuosité. Mon estomac se noue aussitôt.

Ah bon sang ! Ça m'agace ! Je n'en peux plus de cette première pensée qui fuse dès que je le vois : il est canon. Voilà, c'est dit. Ça m'agaaace d'être nerveuse quand je me retrouve derrière sa porte à cause de ça ! Peut-être que si je me l'avoue franchement, sans aucun détour, ça va devenir une information superflue. Il n'y a pas de mal à reconnaître qu'un connard est canon, ça ne change rien. C'est un simple constat.

D'accord, Aédan est canon.

Mais *vraiment* canon. C'est pénible. Et bordel ! Ça me stupéfie de me sentir flattée à l'idée de débarquer dans son bureau le soir, seule avec lui, en tête-à-tête.

Son sourire provocateur est ultra sexy tant il est cynique, son accent beaucoup trop étrange et ensorceleur pour l'ignorer, et bon sang, ses yeux ! Noirs et limpides. Plonger dedans, c'est comme tomber dans un ciel de nuit. Sans étoiles, sans lune. Juste une immensité chaotique et pleine à craquer de choses que l'on ne perçoit pas. C'est attirant, dérangeant, troublant, terrifiant...

— Brioche !

Je sursaute. Poche à Douille m'interpelle depuis l'entrée.

— On va terminer le montage et le pochage dans le Grand Hall.

J'engouffre le reste de mon sandwich, me lève et suis le second de mon chef. On se faufile parmi les équipes en plein travail. Les ordres fusent de toutes parts. Les odeurs éparses et les fumées donneraient presque le tournis. Mon chef de partie, Jacques, est prêt à partir avec un haut chariot à roulettes. Il me désigne des poches remplies de crèmes, je m'en empare et m'élance derrière Mister Chocolat et Poche à Douille. On traverse une suite de couloirs et de pièces au pas de course.

J'ai le cœur qui bat à toute vitesse. Ces deux premières semaines de travail ont été intenses, c'est vrai, mais si géniales ! J'apprécie vraiment mon chef et son second, ils sont d'une gentillesse à toute épreuve, si pro, si doués… et si amoureux l'un de l'autre. Ça a fini d'anéantir le *crush* de Brianna.

En deux semaines, il y a déjà pas mal de rumeurs de couples et de coucheries parmi les commis. Ça n'a pas tardé. Moi, je craque pour Gio. Et je pense que lui aussi. Disons qu'on est conscients de flirter l'un avec l'autre. On se retrouve tous les deux le matin dans notre mini cuisine à préparer le petit-déjeuner, à nous chercher, à nous taquiner. C'est agréable, rien que ça. Je sais que cibler mon coloc *et* mon collègue est une très mauvaise idée, mais c'est plus fort que moi. Ses fossettes, sa frivolité, son côté rassurant quand il me félicite pour des croissants… ça me fait fondre.

— Tu as prévu quoi demain ? m'interroge Mister Chocolat en poussant son chariot.

Après quinze jours sans interruption, Enora nous offre une journée de repos pour nous récompenser du travail accompli ces dernières quarante-huit heures. Une petite partie des cuisines est déjà en congé afin de prendre la relève demain matin.

— Dormir, surtout, réponds-je avec un sourire.

Mes deux chefs s'en amusent, comme s'ils étaient habitués à ce genre de réponse.

— Aucune virée dans les Highlands ? s'enquiert Poche à Douille, tout en remontant ses lunettes.

— Si, on aimerait bien, mais on va commencer par Édimbourg. Tout ce qu'on a pu faire jusque-là, c'est un Ghost Tour.

Gio nous y a traînées et quelle rigolade ! Les guides maquillés, les complices cachés qui surgissent en hurlant dans un vieux cimetière, les histoires horrifiques... c'était génial. Sans compter que Samhuinn approche et que ça semble très important ici. C'est le Halloween local. Gio est déterminé à nous attirer dans une vraie chasse aux fantômes sur notre lieu de travail, le palais de Holyrood. J'ai hâte de faire équipe avec lui et qu'on grappille du temps seuls tous les deux.

— C'est une bonne introduction, affirme Mister Chocolat. Les Écossais sont très fiers de leurs fantômes.

Je me mets à rire, avant de m'interrompre moi-même en constatant qu'aucun des deux ne semble plaisanter à ce sujet.

— Il vaut mieux ne pas remettre en question leur existence devant la famille royale, me conseille avec sérieux mon chef de partie. Ils craignent tous le fantôme d'Agnes Sampson, brûlée vive au XVIe siècle par leur ancêtre, James VI, juste devant le palais.

— Elle a été torturée durant des jours, dans le sous-sol du palais, ajoute Poche à Douille. Et pour l'empêcher de jeter des sorts, ils l'ont affublée d'un *scold's bridle*, un masque en fer fermé par un cadenas, avec un embout pointu glissé dans la bouche pour blesser la langue si jamais elle parlait.

Dès qu'il termine sa phrase, on s'arrête tous devant une porte-fenêtre de la galerie est. Deux ou trois secondes s'écoulent sans qu'aucun de nous ne bouge.

— C'est monstrueux, soufflé-je.

Mister Chocolat se décide enfin à pousser le battant pour que nous sortions.

— Voilà pourquoi il ne faut jamais froisser les fantômes de Holyrood, dit-il tout en manœuvrant le chariot.

Je vais en toucher deux mots à Gio, je veux bien qu'on se déguise et qu'on s'amuse, mais pas qu'on fâche le fantôme d'une sorcière sur notre lieu de travail !

Poche à Douille et moi lui emboîtons le pas. Le plateau entre mes mains tremble, je suis déjà flippée. Pas que je croie aux fantômes et autres créatures fantastiques, mais j'ai l'impression que les murs du palais sont moins chaleureux qu'au départ.

On dévale prudemment une rampe en bois posée sur les marches d'un perron et on s'engage sur une allée qui mène au Grand Hall. Le palais historique de Holyrood a été bâti dans des dimensions plutôt modestes. Si on le compare avec Buckingham Palace bien sûr. Pour le commun des mortels, c'est gigantesque, mais pour la famille royale, beaucoup trop étroit. Alors au XIXe siècle, un autre ancêtre d'Aédan, le roi David III, pris d'une frénésie de bâtisseur, a fait construire dans le parc un édifice entièrement consacré aux fêtes.

C'est une sorte d'énorme galerie, haute de plusieurs mètres, avec une tribune pour des musiciens, des dorures et des sculptures à profusion, des symboles répétés le long des corniches – lion rampant rouge, licorne blanche, chardon violet – et un plafond peint à la gloire des Jacobites, ces héros qui ont repris l'indépendance écossaise en soutenant Bonnie Prince Charlie.

Une fois arrivée, je ne peux m'empêcher de me tordre le cou pour admirer l'incroyable démesure des Stuart. L'architecture elle-même est un spectacle. L'équipe de décorateurs est en train de fignoler les dernières touches : de larges bandes de tartan aux couleurs des différents clans sont nouées aux guirlandes végétales de chêne et de roses blanches qui parcourent toute la salle et pendent au-dessus des fenêtres.

— Brioche !

Je reviens sur terre et me presse jusqu'aux tables alignées le long des murs et nappées de blanc. Mon chef, avec une délicatesse à toute épreuve, extrait les éléments de sa sculpture en chocolat du chariot. Les cuisines sont trop bruyantes et animées pour lui, il préfère monter sa pièce dans la salle, au calme.

— Désolée, c'est vraiment impressionnant ici, dis-je en m'activant.

— D'habitude Enora organise une visite du palais pour les nouveaux arrivants, mais elle n'a pas encore eu le temps, regrette Mister Chocolat en sortant un réchaud, un chalumeau et des lames tranchantes avec râpe.

On dirait un expert en soudure de laboratoire, avec son tablier et son air si sérieux.

Poche à Douille superpose les gâteaux sur le support qui nous attendait. On disposera ensuite les macarons et autres mignardises tout autour, à la fin. Comme Mister Chocolat m'a félicitée pour les crèmes et les pochages que j'ai exécutés jusque-là, il m'a chargée de cette tâche précise ce soir. J'ai sorti ma meilleure recette de chocolat *gianduja*, apprise dans une petite chocolaterie artisanale italienne à Riverside, en dehors de tout circuit, et je l'ai inclus à une crème qui tiendra à la température ambiante de la salle. Ah, et j'y ai rajouté une pointe de piment doux et de whisky.

Pas pour faire plaisir à Monseigneur le Grand Despote. Seulement pour tester, savoir si ça plaît, si je peux lui proposer ce genre de choses sans craindre de devoir revenir le lendemain avec une nouvelle création. Parce qu'en deux semaines, je lui en ai fait, des pâtisseries ! Fraisier revisité, tarte au citron meringuée, biscuits aux épices, douceur aux fruits confits… et toujours aucune touche !

— Je vais chercher le reste, chef, annonce Poche à Douille en s'éloignant.

Mister Chocolat me fait un rapide récapitulatif de la tâche qui m'attend, puis il se lance dans sa création. On en a pour quelques heures de travail, je me dis que c'est une occasion en or pour lui poser *la* question qui me hante :

— Chef, vous connaissez le dessert préféré du roi ?

Comme je n'ai pas de réponse immédiate, je lui lance un regard en biais : Jacques est concentré, mais il affiche aussi un sourire en coin.

— Le roi n'a pas de dessert préféré, à ma connaissance. Il préfère le salé.

OK. Donc il me fait bien venir tous les soirs juste pour me torturer. Jamais je ne le satisferai avec une pâtisserie. Il faudrait que je parte sur la voie des desserts salés que peu tente, mais qui existe bel et bien. Pas du tout mon terrain favori.

Je me plonge dans mon travail en essayant de le balayer de mon esprit. Concentrée sur mon pochage, je fais le vide. Voilà, c'est mieux. Je n'entends plus les bruits des décorateurs. L'odeur du chocolat et de la crème m'enveloppe doucement. Je soigne chaque touche sur le gâteau. Tout est régulier, harmonieux, efficace. C'est merveilleux, la pâtisserie. Je veux que ce gâteau soit incomparable, qu'il sublime les sens.

Je termine le premier niveau et me lance dans le second quand une odeur étrange me parasite le nez : de l'écorce sauvage. Vraiment bizarre. Ça ne correspond pas au chocolat, ni au *gianduja*. Peut-être le citron vert qui m'attend près du zesteur, pour la touche acide ? Bon, de toute façon, rien qui puisse me déconcentrer de mon travail et me…

Un doigt ramasse toute une ligne de pointes de crème juste sous mon nez, d'un long geste bien appuyé. Je m'immobilise, horrifiée par la traînée qu'il laisse derrière lui.

Mais qui peut bien oser un truc pareil ?!

— Pas mal, cette crème.

Aédan se passe la langue sur ses lèvres, apparemment content de lui et de sa grossièreté. J'ai envie de hurler, mais mon chef de partie a lui aussi relevé la tête de son travail. C'est vraiment une épreuve que de se contenir face à Sa Foutue Grandiose Somptuosité de Mes Deux !

— Le mérite en revient à Brioche, c'est sa recette, déclare Jacques en maintenant une pièce sur une autre, le temps que le chocolat fige.

Aédan me renvoie un regard à la fois amusé, pétillant et sournois.

— Tu es peut-être là pour une bonne raison alors.

Je force un sourire poli, mais je me retiens à grand-peine de lui rentrer dans le lard. Je tente surtout de me rassurer : son prochain dessert est tout trouvé. Il ne pourra pas changer d'avis aussi vite. Je prends une spatule pour retirer la crème touchée et pouvoir pocher à nouveau sur une surface propre.

Au même moment, Mister Chocolat s'éloigne en m'invitant à garder un œil sur sa sculpture. Je porte toute mon attention sur la création de mon chef de partie, et le roi, lui, en profite pour profaner à nouveau ma crème.

— Arrêtez de toucher ce gâteau, grogné-je.

Je suis assez fière d'avoir pu le vouvoyer du premier coup. Quand on s'est déjà roulés par terre, en pleine bataille d'oreillers, avec son pire ennemi qui a aussi été le pire baby-sitter du monde, ce n'est pas facile d'en revenir à la courtoisie une fois adultes.

— Sinon quoi ? réplique-t-il, à la fois provocateur et curieux.

Bonne question ! Sinon je lui enfonce ma poche à douille dans le gosier pour lui faire péter l'estomac de crème ? J'aimerais tellement lui tartiner la figure avec ! Mais le grand patron ne m'inspire à nouveau qu'une nervosité excessive, avec son pull noir près du corps, aux manches un peu retroussées et découvrant une montre au bracelet de cuir brun, avec son kilt à ses couleurs, et toutes les idées les plus folles que ce vêtement véhicule…

Je ravale une réponse qui n'aurait ni queue ni tête, et repasse ma spatule sur la seconde zone sinistrée du gâteau.

— Personne ne vous attend ailleurs ? parviens-je tout de même à prononcer.

— À vrai dire, si, répond-il en se rapprochant de moi.

Son parfum d'écorce sauvage m'emplit les narines. Il y a bien un moment où il arrêtera de me troubler, hein ? Forcément. Les hommes comme lui, ça déstabilise temporairement. J'ai hâte d'en arriver au moment où il ne me fera plus aucun effet.

— Ton grand-père sera là ce soir. Je peux arranger une rencontre, si tu le souhaites.

Mon échine est parcourue d'un long frisson. Je dois renvoyer une impression de stupéfaction et de rejet. J'ai tant absorbé l'aversion de ma mère pour son propre père, même si je conserve encore une once de curiosité pour lui, que je ne peux que refuser une telle offre. Je ne veux pas être à nouveau déçue par lui. Cette demande ne vient même pas de sa part.

— Je n'y tiens pas, non.

Aédan semble surpris sans vraiment l'être. Si bien que le besoin de m'expliquer me tord le ventre.

— J'ai passé plus de temps avec toi qu'avec lui. C'est dire.

Il hausse très lentement les sourcils.

— Je veux dire, avec vous. Cet été-là. Si on peut appeler *ça* un été.

Je termine ma phrase sur un rire gêné, bien malgré moi. J'aurais aimé être plus tranchante. Et comme il ne me facilite pas la tâche, avec son air froid de roi du Nord, je finis par déglutir, le cœur battant. Foutus yeux ! Si noirs, si impénétrables. Je m'étais déjà promis de ne plus le fixer de cette façon. Alors j'inspire avec détermination, me redresse et parviens à me détourner de ce regard qui renverse tout.

— La crème m'attend, marmonné-je.

Il semble approuver d'un « mmh » grave et pensif avant d'ajouter :

— Présente-moi quelque chose, ce soir.

— Ce soir ? m'interloqué-je.

— Je ne reste jamais jusqu'au bout de ce genre d'événements, réplique-t-il en me tournant le dos pour vaquer à ses occupations.

Mes épaules s'affaissent. Heureusement qu'on ne travaille pas demain, mais l'idée de patienter en cuisine ce soir me lessive déjà. Au moins, j'ai la crème de prête.

Mister Chocolat revient avec Poche à Douille et un nouveau chariot rempli de douceurs et de matériels. Leur conversation animée sur l'organisation des tables parvient à me remettre dans le bain.

La pâtisserie avant tout.

*

Aédan

Cent cinquante chefs de clan et leur suite vont se presser au palais ce soir. Édimbourg est pris d'assaut par une myriade de tartans différents.

Certains m'ont demandé audience au préalable, d'autres ont été convoqués dans mon bureau. À cette occasion, les alliances se font et se défont. Le Parlement enrage de ce genre d'événements auquel il n'est pas convié. Ce n'est peut-être pas une politique globale et sociale qui est décidée ici, ce soir, mais les clans peuvent choisir de limiter, de refuser ou d'appliquer certains textes, au grand dam du Parlement. Mon rôle, dans tout ça, est de m'assurer qu'ils ne contrent pas trop durement les décisions des députés. Tout est dans la nuance et dans la relativité. J'ai mis du temps à comprendre comment tout fonctionnait et faire des concessions. Cela dit, je peux au moins compter sur une chose : la parole en Écosse, les promesses et les discussions que j'échange avec les chefs et cheffes de clan sont sacrées. Alors que le Parlement exige des rapports écrits, datés et signés de ce genre de rencontres. Choses que j'esquive allègrement. La Première ministre me le reprochera à nouveau, lors de sa prochaine visite.

Après deux rencontres et une expertise de ma part, je profite d'une pause en compagnie d'Evan qui grommelle.

— Mon père va présenter sa nièce pour le *Taisbeanadh*, il espère que je te glisse quelques mots favorables à l'oreille pour elle.

— Tu n'as pas l'air convaincu.

— Ma cousine est une vraie peste, m'assure-t-il.

— Une Grant.

Evan approuve en riant.

— Si tu veux qu'elle te casse les couilles toute ta vie, fonce.

J'avale le fond de mon whisky pour éviter de répondre, les yeux rivés sur la cour du palais. Tout le monde s'agite pour la soirée. Moi, je guette et redoute l'arrivée de ma mère.

— Et sinon, toujours rien ? sous-entend Evan.

Je sais très bien de quoi il parle. Ce n'est pas que je n'y ai jamais pensé, mais ce n'est pas ma priorité.

— Non. Brioche me rappelle trop la gamine qu'elle était.

La gamine a disparu, mais c'est une explication simple qui ne requiert pas plus de détails.

— À la base, tu étais censé t'envoyer en l'air.

— Me « changer les idées », c'était ça, le but.

Des coups discrets à la porte accaparent à nouveau mon attention. Le valet posté devant ma porte, pour filtrer les visiteurs en ce jour particulier, ouvre le battant.

— Le député Malcom McLeod vous demande audience, Votre Majesté.

— Non mais je rêve, murmure Evan. Il se fait annoncer comme ça, maintenant ?

Le titre m'a frappé moi aussi, mais je ne commente pas. Malcom devance la visite de son grand-père, ce n'est peut-être pas plus mal.

— Faites-le entrer.

Le valet s'efface. Evan esquisse une sortie à son tour, mais je le retiens.

— Tu partiras lorsque Graham se présentera.

Il acquiesce, plutôt satisfait d'être le témoin de cette rencontre. Il est mon principal allié dans la nouvelle configuration de notre groupe. Malcom entre, l'air plutôt détendu, vêtu du kilt bleu et vert de sa famille, le *crest* épinglé à sa veste, cette broche d'argent en forme de boucle ceinturée, contenant la devise et le symbole du clan : *Hold fast*[1] et une tête de taureau pour les McLeod de Skye. Un reflet sans équivoque de leur opiniâtreté.

— Aédan, Evan, nous salue-t-il.

On se serre la main, comme si de rien n'était.

— Monsieur le député, asticote Evan.

— Non, non. Je ne suis là qu'en tant qu'héritier du clan, corrige Malcom.

Et en effet, il ne porte pas la rosette du gouvernement près du cœur.

— C'est le valet qui a insisté, explique-t-il avec embarras.

— Le héros du peuple, plaisante à moitié Evan.

— Les députés le sont depuis le XIXe siècle, tempéré-je d'un sourire.

À l'image de nombreux pays à cette époque-là, les troubles politiques, économiques et sociaux ont débouché sur la monarchie parlementaire qui est la nôtre à présent.

— Le peuple aime son roi, assure Malcom.

Comme on aime un château ou une peinture.

— Le problème repose davantage sur le pouvoir décisionnaire que détiennent les chefs de clans, ajoute-t-il.

— Corrige-moi si je me trompe, mais tu *es* l'héritier de ton clan, et donc un futur chef, réplique Evan.

Malcom affiche un sourire serein qui trahit l'habitude d'entendre ce genre de remarque.

— Allons, allons, mon parti ne veut pas faire disparaître les clans, on veut juste restreindre leurs pouvoirs pour les remettre au Parlement.

1. « Tenir bon. »

Le problème de cette idée, c'est que la monarchie – et donc, moi – repose sur les clans. Leur retirer du pouvoir serait affaiblir ma position et pourrait signer ma fin pure et simple.

Je me détourne de la discussion pour remplir trois verres de whisky. Je ne suis pas apte à répondre sur une politique en cours. Encore moins à en discuter avec un élu.

— Pourquoi es-tu là ? En avance ? lancé-je en revenant vers eux.

Ils se servent et on trinque mécaniquement.

— Pour te parler de ma sœur, Halley.

Il n'ergote pas. Et je n'ose pas devancer sa réelle demande.

— Je t'écoute.

— Je ne voudrais pas que notre situation empiète sur la sienne, lance-t-il.

Deux possibilités : soit Brioche s'est plainte à son grand frère, soit Malcom me connaît trop bien. J'ignore quelle est celle qui me dérange le plus. Je préfère garder le silence un instant, alors qu'il semble attendre une réaction de ma part.

— Halley Morland travaille sous la supervision d'Enora McKenzie, rappelé-je avec un haussement d'épaules. Et tu sais bien que ses ouailles sont intouchables.

Il dodeline de la tête, ce qui fait sourire Evan. Il n'est pas dupe. Pas élu pour rien. Malcom est le plus droit et le plus juste d'entre nous. Je me moquais souvent de lui à l'académie, avec ses idéaux naïfs. Je me moquais parce que je l'enviais quelque part. Je n'ai jamais eu le droit d'en avoir. Les idéaux sont une perte de temps lorsque l'on est roi.

— Je *sais*, c'est bien pour cela que j'insiste, répond-il.

Je soupire et bois une gorgée de whisky. Il n'ose pas me parler avec plus de franchise ? Il est pourtant du genre honnête.

— Et si tu allais droit au but ? Arrête les circonlocutions.

Malcom me fixe de son regard le plus résolu.

— Soit. Ne touche pas ma sœur. Je ne peux pas être plus clair.

Evan hausse les sourcils et je capte son air incrédule. Le problème avec moi, c'est que les interdits, je leur fonce dessus.

— Je ne pensais pas que toi, entre tous, tu prêtes autant de crédit à toutes ces histoires, lancé-je avec calme.

Pure mauvaise foi. Evan et Malcom sont les témoins privilégiés de mes frasques. Malcom se rembrunit et boit son verre. L'étincelle sadique d'Evan s'éveille dans ses iris, et j'ai très envie de la suivre. Je pourrais choisir la tempérance et me plier à la volonté de Malcom, mais défier ses prétentions m'attire davantage.

Ma conviction que Brioche finira sur mes genoux à poil atteint cinquante pour cent.

— Tu es mon ami, Aédan, reprend Malcom. Alors je vais te prévenir parce que je ne souhaite pas envenimer les choses.

Il capte à nouveau mon attention.

— Le Parlement ne prête aucun intérêt à ce torchon de Lilibet Murray, *officiellement*. Mais tout le monde l'a lu et le livre nourrit toutes les discussions.

Bordel, je ne m'en déferais jamais, de ce *Roi sans cœur* !

— Les députés n'ont rien d'autre à faire ? relève Evan à voix basse.

— Ma vie sexuelle intéresse les élus à ce point ? grogné-je.

— L'intérêt se situe plus dans ce que les gens en déduisent : que tu n'as aucune stabilité. L'image éraflée de la royauté réjouit certains cercles. Il devient difficile de te défendre.

Je vois. Et j'imagine bien que si la demi-sœur du très sérieux député McLeod se retrouvait au milieu de tout ça, dans le lit du roi parmi les courtisanes et les conquêtes d'un soir, ce serait un véritable camouflet. Un scandale honteux pour l'honorable député.

— Fais attention à toi, me conseille-t-il avec une bienveillance dont je doute à peine.

Il possède plusieurs intérêts de son côté : sa sœur et sa carrière, mais il aurait pu ne rien me dire et se contenter d'exiger.

OK, disons que je ne suis plus que persuadé à quarante pour cent de coucher avec Brioche.

Les coups à la porte sonnent la fin de ce face-à-face tendu. Le valet annonce l'arrivée du grand-père de Malcom. Evan repose son verre après l'avoir vidé et m'accorde un signe de soutien avant de laisser sa place à Graham McLeod de Skye, chef du clan McLeod et Laird de Dunvegan.

— Votre Majesté, me salue-t-il en plantant ses yeux bleus dans les miens.

Le vieux McLeod n'est pas si âgé que cela. Soixante-dix ans à tout casser. Mais il est tellement bourru et attaché au passé qu'il en fait bien dix ou vingt de plus. Le crâne chauve, la barbe drue, entretenue et argentée, le regard glacial, surmonté de sourcils broussailleux et d'un front constamment plissé, ne reflètent qu'une personnalité intransigeante et peu avenante. Je me demande encore s'il a su sourire, à un moment donné de sa vie. Il n'a toujours renvoyé qu'une impression d'ignorer la moindre expression enjouée.

On prend place sur les deux canapés qui se font face, près du feu. Quel duo bancal ils forment, tous les deux : le chef de clan traditionaliste et le jeune héritier député.

— Je suppose que vous souhaitez me renouveler de vive voix votre désir d'acheter quelques parcelles de mes terres sur Skye ? grommelle Graham.

— En partie, oui, confirmé-je. Mon offre est toujours discutable.

Je le précise car il n'a jamais dénié la considérer.

— Elle est déjà au-delà des prix du marché, précisé-je.

— Pour des collines et des arpents de terre inexploitables ?

Son ton est rhétorique, il ne saisit pas mon entêtement, ni moi le sien. On ne fait qu'entretenir des dialogues de sourds. Mais mon père y tient, et je veux respecter sa volonté.

— Vous vous doutez bien de ma réponse, Votre Majesté. Ces terres sont dans notre famille depuis toujours, je ne les céderai pas aux Stuart. Ce n'est pas en m'envoyant Angus Campbell que je changerai d'avis.

Il est temps de sortir ma botte secrète.

— C'est donc que vous préférez les céder à l'État ?

Alors que le vieux chef hausse les sourcils, *a priori* surpris, son petit-fils se redresse, stupéfait que j'ose mettre cette histoire sur le tapis. Le principal héritier, c'est lui. Bon, il y a aussi Brioche, mais elle a été mise hors-jeu. Elle n'a pas son mot à dire. Bien sûr, si l'envie m'en prenait, je pourrais pousser le chef de clan à reconsidérer sa petite-fille. Les Stuart ont l'autorité sur tous les clans, après tout.

Je n'ai pas besoin d'étoffer plus, Graham adresse un regard féroce à son petit-fils.

— De quoi parle-t-il ?

Malcom s'humidifie les lèvres avant de parler.

Eh oui, je reçois la Première ministre toutes les semaines et je lis tous les rapports, tous les projets et toutes les décisions du gouvernement. La demande du député McLeod ne m'a pas échappé. Et me sert. C'est sournois, certes, mais qu'y puis-je ? Je suis le « roi sans cœur ».

— C'est un projet que j'ai déposé pour faire de ces parcelles un parc naturel, géré par l'État.

— Les clans se sont toujours occupés de la protection des terres, s'agace Graham.

— Beaucoup ont déjà franchi le pas. L'État peut mettre en place une politique commune de protection de la faune et de la flore et décrocher des aides européennes.

— Et tu penses que je vais te laisser faire ça ?

— Tu n'auras peut-être pas le choix, s'entête Malcom avec un soupir. Sauf si tu me déshérites, moi aussi. Et il te restera qui au bout ?

Graham grogne de colère.

— L'avantage, avec mon offre, c'est que ces terres resteraient sous la garde d'un clan, relancé-je avec un sourire commercial parfait.

À en juger les flammes qui jaillissent au fond des yeux de Malcom, je perds des points dans son estime.

Autant enchaîner.

— Les McLeod ont-ils l'intention de présenter une candidate au *Taisbeanadh* ? Un tel événement bien ancré dans nos traditions, j'imagine que vous ne passerez pas à côté.

Cette fois-ci, ils sont raccords et affichent le même air impatient et méfiant.

— Aucune McLeod ne se prêtera à ce jeu sordide, rétorque Graham.

Si le contexte avait été différent, j'aurais ri avec lui. Mais son mépris est inéluctable. Il aurait respecté la coutume si elle ne me concernait pas.

OK. Je passe à quatre-vingt-dix pour cent.

— Très bien, dis-je avec la plus grande simplicité avant de me lever. À ce soir.

Ils captent mon mouvement et sortent du bureau sans regarder derrière eux. J'ai bien mérité une pause cigarette dans le parc avant de me préparer pour la soirée. Je me balade dans le château en ébullition, croise Donan, lui demande mon manteau et poursuis ma route. Mon majordome, un véritable magicien, me rejoint juste au moment où j'atteins la galerie du rez-de-chaussée avec mon vêtement et Loki, frémissant d'excitation à l'idée de se dégourdir les pattes.

Je m'éloigne parmi les arbres pour échapper aux allées et venues entre le Grand Hall et le palais. J'allume une cigarette et admire le pelage humide de Loki qui s'ébat dans les feuilles mortes. Tout prend une teinte ocre et rouge dehors. J'ai hâte de partir quelques jours sur l'une de mes propriétés des

Highlands afin de profiter des montagnes recouvertes d'or et de brumes. Après Samhuinn. Bientôt.

Je repense à mon père et à son poème favori.

« Mon cœur est dans les Highlands. »

Je vérifie mon portable. Un message de ma mère.

Je suis descendue à l'hôtel Royal avec Mark.
On se voit ce soir.

Ma cigarette se consume à toute vitesse. Je n'ai vraiment pas hâte. Entre ces retrouvailles et le lancement du *Taisbeanadh*… Je vais devenir une cible de chasse pour les clans les plus ambitieux.

La lueur flamboyante de la chevelure de Brioche apparaît à la sortie du Grand Hall. On dirait un bouquet de bruyère sauvage. Elle a l'air de s'amuser avec ses collègues. Quel luxe de pouvoir rire en toute sincérité avec d'autres.

Allez, disons quatre-vingt-dix-huit pour cent. Parce que son sourire est attirant.

Je devrais d'ailleurs mettre mon nez dans les équipes de cuisine qui vont m'accompagner après Samhuinn.

Mon père a peut-être raison…

« Mon cœur est dans les Highlands, où que j'aille. »

Ce sera une bonne piste pour tenter de remettre la main sur le mien.

CHAPITRE 4

LE *TAISBEANADH*

Halley

Les mets sont disposés dans le Grand Hall et le ballet des arrivées vient de commencer. La plupart des cuisiniers en ont terminé pour la soirée, on s'occupe à présent de nettoyer les plans de travail. Les chefs de parties et leurs seconds vont rester un peu plus tard pour s'assurer que tout se passe bien. Les commis sont libres de rentrer chez eux. De mon côté, je demeure encore en veste, les manches retroussées. J'en profite pour faire des bonbons au chocolat en utilisant le fond de ma crème au whisky que je proposerai au roi à 22 heures.

— Halley, on y va, tu veux prendre l'air une minute ? me propose Brianna.

Gio et Lucie ont déjà leur manteau sur le dos.

— J'arrive !

Je mets mes bonbons dans un frigo, m'essuie les mains sur mon torchon coincé dans mon tablier et suis mes camarades par la porte qui donne sur les jardins. Puisque la cour est occupée par les invités, le personnel doit parcourir discrètement la petite allée qui relie le rez-de-chaussée aux portes sécurisées du château. On ne peut pas s'empêcher de ralentir en longeant les parterres de gazon brunis par l'humidité et de jeter des regards curieux vers les voitures qui déposent les fameux chefs et cheffes de clan ainsi que leurs proches.

Je ne sais pas pourquoi, mais je m'attendais à des personnes trapues des montagnes, drapées dans un tartan élimé et centenaire, la fierté ayant relégué le confort aux abysses. Mais non. Ils arborent certes leurs couleurs avec des kilts et des robes taillés à la perfection, mais ils ont aussi revêtu des vestes de smoking pour les hommes, et des corsets ou des robes de haute couture pour les femmes. Les joyaux de famille brillent à leur cou et à leurs bras, les broches épinglées rappellent leur titre et leur devise. Ils sont l'aristocratie du pays. Les Lairds et les Dames imposent puissance et richesse.

— J'ai entendu dire que ce soir la nouvelle reine serait forcément présente dans le Grand Hall, déclare Gio, à la pointe des dernières nouvelles.

On se tourne toutes les trois vers lui, ébahies.

— Quoi ? Qu'est-ce que tu veux dire ? lance aussitôt Brianna.

— Ce soir, un ancien rite va être lancé. Le *Taissbénade*… quelque chose comme ça, c'est un terme gaélique écossais. On m'a dit que ça signifiait à la fois « exposition » et « révélation ». En gros, chaque clan présente au roi une candidate au mariage, et il devra choisir l'une d'elles pour qu'elle devienne reine à ses côtés.

Je ne peux pas dissimuler ma perplexité et je ne suis pas la seule.

— Ça existe encore ces machins-là ? doute Brianna.

— Bientôt trente ans et *sex addict*, rappelle Lucie à voix basse.

— Elle en aura de la chance, l'heureuse élue, ironise Brianna.

Gio hausse les épaules.

— C'est un peu comme la tradition des mariages arrangés par les familles, je suppose. L'union n'est pas toujours conclue mais c'est une façon comme une autre de faire des rencontres.

— Il me ferait presque de la peine, maintenant, bredouille Lucie. Il doit subir une pression de malade pour se marier à l'aveugle.

Si on bavardait d'une humeur légère, ce point nous assagit.

Il a tout. Il ne faut pas l'oublier. L'argent, la position, le confort, le pouvoir de sa stature. Mais je n'envie pas ses obligations. Si je dois obéir à mes supérieurs et consacrer un temps limité à mon travail, je suis libre de sortir du palais le soir pour retrouver la même vie quotidienne que tout le monde.

— Wouah, regardez, murmure Lucie.

Une dame d'une classe folle s'extrait d'une berline rutilante, vêtue d'une robe écarlate spectaculaire. Ses cheveux noirs et lisses sont ramassés en un chignon parfait. Rien ne dépasse. Un diadème en diamants couronne sa tête et son maintien sans faute. Un homme en smoking prend son bras et ils passent la porte du palais avec cérémonie.

— C'est la mère du roi.

La voix nous fait sursauter. Malcom se tient derrière nous. On ne l'a pas vu venir, il surgit du même chemin que nous.

— Désolé, s'excuse-t-il après notre bond général. Je te cherchais, Halley, on m'a dit que tu étais sortie.

— On va y aller, décide Brianna en agrippant les bras de Gio et Lucie qui semblaient soudain moins pressés.

Ils sont tous curieux de connaître mon demi-frère. Ils s'éloignent pourtant, joyeusement, et on fait demi-tour avec Malcom.

— Pourquoi tu me cherchais ?

— Je travaille notre grand-père pour qu'il accepte que tu viennes à Dunvegan à Noël, m'annonce-t-il.

Je fronce les sourcils, plutôt surprise par sa résolution. Ce n'est pas comme si j'avais envie de passer du temps là-bas. Je croise les bras et le jauge avec accusation. Il lève aussitôt les mains comme pour se protéger des balles que je vais tirer.

— Avant que tu t'emballes, laisse-moi préciser le fond de ma pensée. J'imagine que tu seras seule pour les fêtes de fin d'année et personnellement, j'aimerais que ma sœur soit avec nous. Ça ne t'engage à rien, c'est juste pour deux ou trois jours.

Pour lui, je pourrais. Mais je crains de devoir parler de ma vie. C'est déjà un peu tendu avec mes colocataires qui aiment étaler toutes les anecdotes rigolotes ou dramatiques de leur passé et qui attendent toujours que j'en fasse de même. Mais je me limite à des histoires de cuisine et de bouffe, jamais je ne m'étends sur ma vie familiale ou amoureuse – qui est inintéressante au possible. Jamais eu de petits copains, juste des plans culs. Pas envie de m'engager, avec personne. Aucun ami de longue date, juste des connaissances ponctuelles. Lucie, Brianna et Gio seraient prêts à se jurer une amitié à la vie à la mort, mais je suis convaincue qu'une fois notre année en commun passée, on se perdra de vue et que je ne les recontacterai pas.

— Halley, s'il te plaît, Graham ne posera pas de problème.

J'acquiesce avec mollesse, les dents serrées.

— Je vais y réfléchir, c'est promis.

Il hoche la tête, l'air amusé.

— J'ai l'impression de négocier avec l'opposition quand je parle avec toi.

— Désolée, bredouillé-je, embarrassée.

— T'avoir chez nous serait l'occasion qu'on fasse mieux connaissance, toi et moi. Qu'on parle… de notre mère.

Il termine sa phrase à voix basse. Ma gorge se noue avec une douleur bien trop familière. Elle l'a abandonné alors qu'il était tout gamin et n'a plus jamais cherché à le revoir. Il doit se poser tout un tas de questions légitimes auxquelles je n'ai pas envie de répondre. Il n'a pas l'air de se rendre compte de sa chance : son père s'est remarié, il a eu une belle-mère présente, un foyer. J'ai peut-être eu notre mère, mais avec tout ce que ça impliquait.

Je marmonne un « on verra » tout en reprenant ma route.

— Tu as prévu quoi de beau pour ton jour de congé demain ? interroge-t-il d'un ton plus léger.

— On va binge-watcher *Chefs in Kilts* en lézardant dans le canapé. Pas question d'aller plus loin que notre salon.

Malcom rit alors qu'il tire le battant de la porte des cuisines.

— Même pas un petit tour dans le nord ?

— Pas encore prévu, non.

La chaleur de la cuisine me frappe alors que je referme derrière moi. Mon demi-frère répond aux signes de la main et aux sourires qu'on lui adresse.

Il a l'air de plaire aux travailleurs du monde réel. Il échange des salutations comme s'il était en campagne, et il s'éloigne pour rejoindre l'assemblée, affichant avec une fierté non dissimulée son tartan bleu et vert. Je retourne auprès de Mister Chocolat et de Poche à Douille qui me proposent un café. Le calme a repris sa place sous la voûte de l'antre d'Enora.

J'imagine que tout ne doit que débuter dans le Grand Hall.

*

Aédan

La galerie est pleine à craquer. Cent cinquante chefs de clan et leur suite se pressent contre les tables du buffet dans un brouhaha que l'orchestre traditionnel, perché sur la tribune, couvre avec peine. Dès qu'ils auront bien bu, les invités danseront, je n'en doute pas une seconde. Au moment où j'ai mis le point final à mon discours de bienvenue, ils ont applaudi et se sont divisés en deux groupes : ceux qui se sont dispersés comme un troupeau de moutons lâchés dans la montagne pour dévorer les mets, et ceux qui se sont rangés dans la file en face de moi.

Cette réunion annuelle est surtout l'occasion de renouveler le serment de fidélité des chefs et cheffes de clan envers leur roi. Tous se présentent face à moi, un par un, leur *dirk* – poignard cérémoniel – lame dirigée vers le bas pour symboliser le pacifisme et posée contre le cœur pour prononcer ces quelques mots : « Je jure fidélité à la Couronne des Stuart, mon bras armé et mon clan demeureront à son service tant que *Lia Fàil* sera pleine et entière. » Même au XXIe siècle, les clans prêtent un serment inviolable sur *Lia Fàil*, la pierre du destin – rocher sur lequel le souverain s'assied lors de son couronnement et qui aurait été, d'après la légende, apporté en Écosse par les enfants de Dana, des dieux légendaires originaires d'Irlande. La raison est passée par là depuis, mais les croyances se sont fichées au cœur de mes sujets. On ne déconne pas avec les serments, notamment celui sur *Lia Fàil*.

Une fois ces paroles prononcées, mes invités boivent une gorgée d'eau dans le *quaich* de Bonnie Prince Charlie – une coupe en métal à deux oreilles dans laquelle on raconte que mon ancêtre aurait fêté l'indépendance de l'Écosse. Depuis quelques dizaines d'années, on a remplacé le whisky par l'eau, car cent cinquante gorgées d'eau-de-vie abattaient systématiquement le roi.

Je ne serais vraiment pas contre un verre, maintenant que j'en vois le bout. D'autant plus après avoir remarqué, ici et là les regards appuyés d'une myriade de femmes sur leur trente-et-un. L'intendant McDonald lui-même attend avec sa candidate au mariage que j'en finisse avec les serments pour pouvoir me la vendre. Ma mère, livide de froideur – son teint habituel –, se tient près de moi sans piper mot, son idiot de compagnon à son côté. Elle s'impatiente et grommelle quelque chose à l'oreille de Mark qui lui frotte le dos en retour. Je ne réchapperai pas à une confrontation.

Et Enora McKenzie qui entre dans la file sans masquer son animosité n'aide pas ma tension. Je vais finir par les pires même si Angus Campbell et

Graham McLeod se sont pressés dès le départ pour s'en débarrasser. Enora, elle, est plutôt du genre à infliger une pression de loin avant d'achever sa victime lessivée par des dizaines de serments.

D'autant plus que ce qui provoque son sourire narquois ne m'a pas échappé : elle est venue seule, Eliza n'est pas là.

Je capte le regard de ma grand-mère paternelle, toujours bienveillante, et de ma sœur, Kenna, posée dans un coin de l'estrade où parade notre famille, le poing serré en guise de soutien. Elle se tient à l'écart, elle a toujours détesté ce genre de folklore d'un autre âge. Je puise dans son sourire le courage de faire face à Enora qui s'avance avec une sérénité suspecte.

— Votre Majesté, je viens prêter serment, comme le veut la coutume.

Je ne lui coupe pas la parole cette fois-ci, pas durant une telle démonstration.

— Cheffe McKenzie, mes compliments à votre brigade, le buffet est une réussite.

— Je leur passerai le message.

Elle sort son poignard et le plaque contre sa poitrine. Elle récite le serment et j'ignore pourquoi mais mon cœur s'emballe d'appréhension. Elle paraît bien trop calme.

Le domestique me tend le *quaich* et je bois une gorgée d'eau avant de le tendre à Enora. Elle s'exécute sans broncher. Elle n'aurait aucun intérêt à exprimer un mécontentement à cet instant précis. C'est déjà arrivé, par le passé, avec d'autres. Et ce genre d'affronts clanesques a entraîné tant de conflits, autant physiques que moraux, que plus jamais aucun clan n'a osé protester l'autorité du roi lors d'un grand rassemblement.

Lorsque je rends le *quaich* au domestique, je me fends d'une phrase passe-partout que j'offre à la plupart des chefs et des cheffes. Même si dans le cas d'Enora, je crains sa réponse. Fut un temps où j'étais pourtant proche des siens.

Une autre histoire, une autre époque.

— J'espère que votre famille se porte bien et que de bonnes choses vous attendent.

Son sourire s'élargit. Elle prend son temps, je dois le reconnaître.

— Merci, Votre Majesté. Nous avons en effet de bonnes raisons de nous réjouir, Eliza s'est fiancée. Nous fêterons le mariage de ma fille l'automne prochain.

Elle incline la tête et s'éloigne, sans un mot de plus.

Mon cœur, lui, s'arrête.

Eliza va se marier.

Un autre chef prend sa place et me prête serment. J'agis par automatisme : la salutation, l'écoute, le *quaich*, la phrase banale et on passe au suivant. Plus que trois.

Je ne devrais pas être étonné, ni même m'autoriser à ressentir quoi que ce soit. J'ai accepté depuis longtemps qu'elle vive loin de moi, sans que nous n'ayons réellement gardé contact. Mais cette nouvelle me plombe l'estomac. Lorsqu'enfin il n'y a plus de chef devant moi, je m'écarte de l'estrade et me dirige vers l'une des tables du buffet pour qu'on me serve un whisky.

Eliza est fiancée, elle va se marier.

Enora ne cache pas sa jubilation. Elle n'a jamais approuvé. Nous n'avions que vingt ans et plein de projets fous en tête. Comme seuls deux gamins amoureux peuvent en avoir. Ce mariage est un coup de massue du temps. Eliza est passée à autre chose. Et moi… moi, je ne me pose pas. Je ne m'attache pas. Je ne veux rien, ni ne désire rien. J'entends les voix des invités autour de moi qui me félicitent pour la soirée, me souhaitent le meilleur, lèvent leur verre de whisky sur mon passage en lançant des « *Slàinte !* »… Je réponds du bout des lèvres des mercis distraits.

Eliza.

J'étais sûr d'avoir surmonté. *Est-ce vraiment le cas ?* Je le croyais.

C'est cette solitude vide de sens, dans laquelle je me perds jour après jour, qui me saisit à la gorge.

— Il fallait s'y attendre.

Kenna me sourit avec sa gentillesse naturelle. J'acquiesce en essayant de me détendre.

— C'est vrai, oui.

— Elle aurait pu te l'annoncer elle-même, cela dit, réprouve-t-elle.

— Je suppose que je méritais de l'apprendre par l'intermédiaire d'Enora. Il y a au moins quelqu'un de ravi dans l'histoire.

Ma sœur prend mon bras et pose sa tête sur mon épaule.

— Je suis désolée, Keir.

Je termine mon verre, soulagé d'avoir ma jumelle auprès de moi.

— Tu devrais manger un macaron, ils sont délicieux, dit-elle avec un clin d'œil.

— Bonne idée.

Je change de table, slalome entre les invités qui s'écartent de mon chemin en s'inclinant. Du coin de l'œil, j'aperçois le vieux McDonald avec sa prétendante, fendant la foule pour m'atteindre. J'accélère le pas. Kenna a raison, un macaron de Brioche McLeod, c'est la seule chose qui me semble indispensable à cet instant. Un morceau de douceur, avec un zeste acide de répartie. J'arrive au but, m'empare d'une assiette et y dépose un macaron abricot zébré d'or. La crème au whisky que je me suis permis de goûter sous son nez attire mon reste d'attention. Elle parvient même à me faire sourire. Je pose une part de gâteau sur l'assiette, pressé de la déguster. Alors que je n'ai jamais été féru de sucré.

Ma cuillère plonge dans ma sélection. La crème me résiste une fraction de seconde avant de se laisser fendre avec onctuosité.

Par tous les dieux des Highlands, Brioche est douée.

— Votre Majesté !

Damned. On ne peut pas être tranquille deux minutes.

Le vieux McDonald s'approche de moi, le visage rougi d'effort, de satisfaction et de vin. Il est secondé par une jeune femme au sourire figé. Je ne crois pas l'avoir déjà croisée. Ma mémoire est devenue très sélective. Pourtant, les yeux émeraude de Brioche m'ont tout de suite interpellé.

— Je vous présente Rose McDonald, ma petite-nièce, annonce l'intendant avec fierté.

Elle est tout à fait charmante avec sa chevelure brune ramenée en arrière, ses pommettes roses et ses lunettes qui glissent sur son nez. Mais je me rends compte que ces rencontres forcées vont épingler un gros *a priori* sur le front de chacune d'entre elles. Rose McDonald exécute une révérence parfaite et son grand-oncle se lance dans sa présentation : majore de promotion à l'université privée de Sainte-Margaret en relations commerciales internationales, férue d'art contemporain et de photographie réaliste, engagée dans l'humanitaire depuis le lycée, championne de débat dans les simulations universitaires des gestions d'urgences à l'ONU, ceinture noire de karaté, porte-parole des donateurices d'organes sur les terres des McDonald, référente lors des reconstitutions de batailles historiques à Stirling, et j'en passe. C'est sûr, elle a un pedigree royal parfait.

On échange des banalités sur la soirée, elle me parle, les lèvres serrées. Elle a peur de moi ou je l'impressionne ? On dirait qu'elle passe un entretien pour le job de sa vie. C'est d'ailleurs comme ça que je devrais prendre les choses. J'ai eu droit à tout son parcours de formation, et là voilà qui me raconte son expérience en tant que membre active du clan McDonald, et les projets qu'elle aimerait réaliser pour promouvoir les petites entreprises écossaises. À croire que ce mariage ne serait qu'une affaire professionnelle.

Je l'écoute tout en mangeant le gâteau à la crème de Brioche. Le whisky fumé dans le chocolat, la note de noisette… Elle m'a cerné pour le coup. Alors qu'elle ne m'a rien donné d'autre que des râles ferrés au fond d'elle et qui débordent d'une manière délicieuse.

— … mais j'ai déjà beaucoup parlé. Et vous, Votre Majesté ?

Je termine ma bouchée, surpris. Qu'attend-elle au juste comme réponse ? J'imagine qu'elle a misé sur une question que personne n'oserait me poser, si j'en crois l'air espiègle qui émane d'elle. Mais c'est si mal venu. Quelle aspiration puis-je bien avoir ? Je suis né héritier du trône, je suis roi et le resterai jusqu'à la mort. Il ne se passera rien d'autre dans ma vie.

J'attrape le macaron et refile mon assiette à l'intendant. Allez, on va arrêter là avec cette candidate alors que le *Taisbeanadh* n'a même pas été annoncé. Pas de rose pour Rose.

— Ce fut un plaisir. J'espère que de bonnes choses vous attendent.

Je ne cherche même pas à croiser le regard interloqué du vieil intendant et m'éloigne. Je salue ici et là les invités sans ralentir jusqu'à l'estrade. Il est presque 22 heures, j'ai un plan à mettre en marche. Je surveille quelques têtes, dont les deux McLeod qui déambulent le plus loin possible des Campbell, et aperçois ma grand-mère m'adresser un signe de tête. C'est elle, à la place de mon père, qui va annoncer l'ouverture officielle du *Taisbeanadh*. À partir de là, toutes les femmes présentes à l'intérieur du Grand Hall seront considérées comme des candidates potentielles au titre de reine aux yeux des clans, sans qu'aucun d'eux ne puisse remettre en question mon choix.

J'attrape un domestique au passage et lui glisse deux mots à l'oreille. Il s'échappe en me promettant de revenir vite. J'en profite pour marquer une pause. Il ne manque qu'une seule personne ici, pour que tout soit en place.

*

— Est-ce qu'une… Brioche McLeod se trouve ici ?

Le ton indécis du valet surprend notre groupe. Puis tous les yeux se fichent sur moi avec des sourires serrés. Je déglutis. « Brioche », c'était déjà pas mal. Mais « Brioche McLeod » ? Là, le baby-sitter va trop loin ! Je me lève en retenant des jurons et autres menaces sur ses royales fesses à botter. Le valet me remarque et fait tomber son masque de perplexité, comme s'il doutait jusque-là que cette « Brioche » soit réelle.

— Sa Majesté ne sera pas dans son bureau à 22 heures, j'ai donc été chargé de vous escorter auprès de lui.

Je roule mes yeux dans leurs orbites avec discrétion. Évidemment qu'il n'en a pas fini avec son grand rassemblement ! Il n'a pas besoin de son dessert du soir, il veut juste faire durer sa torture. Mais au moins, en revenant aux cuisines, je pourrais ramasser mes affaires et rentrer à l'appart pour plonger sous ma couette et ne pas en ressortir avant demain midi. Je saisis la petite coupe en cristal dans laquelle roulent trois bonbons au chocolat, puis je suis le valet guindé dans sa livrée d'un autre âge à travers le palais. On remonte un couloir tapissé d'un motif de tartan bleu quand un autre employé, vêtu de la même manière que mon guide, l'interpelle depuis une pièce attenante. Le valet ralentit.

— Donnez-moi un instant, s'excuse-t-il poliment en faisant demi-tour.

J'avance de quelques pas et m'appuie contre une porte un peu plus loin. Ma poche vibre alors que je

ma poitrine. On attire tous les regards ici, zéro discrétion ! J'aimerais me faire toute petite. D'autant plus lorsque je croise l'air intrigué d'Enora McKenzie, époustouflante dans sa robe de tartan bleu et vert. Il ressemble à celui des McLeod, mais le motif diffère. C'est la seule observation que je me permets, trop occupée à baisser les yeux, angoissée à l'idée qu'elle traverse le vide laissé au milieu de la pièce pour me tirer les vers du nez. J'espère depuis le premier jour qu'elle ne découvre pas mon occupation de 22 heures. Mon chef de partie et mes collègues ne lui ont jamais rien dit, j'aurais voulu terminer ainsi sans que ça s'ébruite.

Arrivés au bout de la salle, près d'une estrade tapissée de rouge, le valet m'entraîne à l'écart, sur le côté, alors que plusieurs coups portés sur un tambour *bodhrán* retentissent. Je me réfugie près d'un mur, parmi le personnel, intimidée.

— Mes chers amis, je suis si heureuse de vous voir toutes et tous ici ce soir, à Holyrood, lance une dame âgée depuis les marches, toute vêtue du tartan des Stuart.

L'assistance approuve d'une exclamation joyeuse.

— Je me souviens encore, il y a de ça quelques dizaines d'années, d'un grand rassemblement du temps de mon époux, où ce cher Alistair McDonald avait à peine moins de cheveux blancs qu'aujourd'hui.

Elle provoque un éclat de rire général. J'en conclus qu'elle est la fameuse Flora, la grand-mère du roi. Ce dernier se tient juste à son côté, attentif mais silencieux.

— Vous non plus, ma Dame, vous n'avez pas changé, répond le vieil homme, les pommettes rougies. Vous êtes toujours la plus belle et la plus redoutable !

— Quel flatteur, s'amuse-t-elle.

D'autres rires fusent, dont un plus haut que les autres, comme si la personne tentait d'appâter l'attention de l'ancienne reine.

— Ne riez pas trop fort, ni trop vite, chef Grant, lui assène alors Flora. Je vous ai vu rouler sous cette même table alors que vous n'aviez pas tout à fait quatorze ans !

Hilare, la foule en redemande. Là, ils illustrent à la perfection l'image que je me faisais d'eux : des personnes un poil rustres, détendues et qui se fichent pas mal des conventions. Cette joute verbale entre la grand-mère du roi et l'assemblée semble plonger tout le monde dans une humeur espiègle et, quelque part, fébrile. Elle repousse quelque chose.

Je parcours la salle des yeux, le pied de ma coupe entre la moiteur de mes mains, quand je croise les sourcils broussailleux couronnant des iris bleu gris familiers. Je me pétrifie. Mon grand-père, Graham, me fixe avec froideur, alors qu'il se tient juste en face. Il n'a pas l'air de participer à la liesse générale, bien au contraire. Il semble plutôt mécontent, les poings serrés. Je déglutis. Il me terrifie toujours autant. Je veux bien qu'il n'en ait rien à faire de moi, mais qu'il me voue un tel mépris sans me connaître, ça me dépasse. Et ses yeux ressemblent tant à ceux de ma mère… que je baisse les miens, le souffle coupé. Je veux sortir de là, mais je ne peux que passer par l'espace central tant les invités font bloc sur les côtés. Mon cœur se met à battre durement. Je guette Aédan en espérant qu'il me fasse signe de déguerpir, mais il est rivé sur le hall, imperturbable.

— Ce grand rassemblement est aussi l'occasion de vous annoncer de vive voix que Sa Majesté Aédan Ier a donné son accord pour le *Taisbeanadh*, relance Flora alors que l'atmosphère s'était relâchée. Comme le veut la tradition, toutes les femmes de cette assemblée sont concernées. Peu importe le choix de Sa Majesté, s'il se porte sur l'une de vous et si vous l'acceptez, personne ne pourra contester l'union, pas même votre famille. Je souhaite le meilleur à mon petit-fils, ainsi qu'à la Couronne d'Écosse.

Elle impose une gravité soudaine qui saisit à la gorge.

— Que la future reine soit digne du cœur du roi et digne de sa tâche ! conclut-elle d'une voix forte.

Alistair McDonald, le vieux chef de clan raillé au début de la prise de parole de Flora, s'avance au milieu du cercle et lève la main avant de s'exclamer :

— Longue vie au roi ! Longue vie aux Stuart !

La foule scande les paroles dans une clameur qui me fait trembler de la tête aux pieds. Puis ils applaudissent et la musique reprend en fond, alors que des valets débouchent des bouteilles de whisky hors de prix.

Je demeure figée dans mon coin, incapable de me détourner du visage d'Aédan, toujours aussi détaché, comme s'il n'était pas concerné par ce qui se passait. Je ne comprends pas pourquoi il n'a vraiment rien à dire. Ou le peut-il ? Siobhán évoquait une obligation de s'unir, mais que peut-il bien en penser, lui ?

Lorsqu'il quitte l'estrade et se fraie un chemin jusqu'à moi, sans accorder la parole aux membres des clans qui se pressent vers lui, je suis saisie d'une nouvelle nervosité bien plus vibrante et effrayée que la première. J'ai presque envie de lui jeter un des bonbons entre les mains et de tourner les talons pour ne pas devoir lui parler ni l'entendre. Son sourire est… indéchiffrable. Il est le centre de l'attention et pourtant, il se conduit comme s'il était seul. Il a troqué son pull contre une chemise blanche et une veste noire galonnée aux armes des Dragons de Saint-Andrew, et sur laquelle sont épinglées des médailles attestant son rang. Une écharpe en tartan rouge et noir est retenue près de son épaule avec le *crest* familial et la fameuse devise de la royauté : *Nemo me impune lacessit*[1].

Si j'ai toujours gardé la tête haute en toutes circonstances, je dois bien avouer que je n'en mène pas large à cet instant.

— Alors, que me proposes-tu pour ce soir, fait-il mine de s'enquérir avant de glisser l'un des bonbons sur sa langue.

Personne n'ose l'approcher. Et aucun mot ne peut franchir mes lèvres. Je sens encore le regard brûlant de colère de Graham sur moi et aperçois, derrière Aédan, Malcom, les bras croisés, me fixant de loin, plein d'inquiétude.

— C'est très bon, Brioche.

Le compliment recentre toute mon attention. Je m'empourpre avant de douter.

— Mais ? devancé-je.

Son sourire en coin confirme le traquenard.

---

1. « Nul ne me provoquera impunément. »

— Mais tu as triché.

— C-comment ça ? bredouillé-je, abasourdie.

— Tu me proposes ce que tu as proposé à tout le monde ce soir.

Il se penche vers moi, son air malin – et hautement baffable – collé au visage.

— Je veux que tu prépares quelque chose rien que pour moi, Brioche.

Ça ne l'empêche pas de se servir à nouveau en se redressant.

— Reviens demain, dans mon bureau.

— C'est mon jour de congé, rétorqué-je sans attendre qu'il s'évapore.

— Ah oui, se rappelle-t-il sans paraître désœuvré pour autant. J'espère pour toi que tu me proposeras quelque chose d'exceptionnel après-demain soir, pour te rattraper.

Mes épaules s'affaissent. Il s'évade et se fond parmi la foule qui le cherchait. Je mets bien une poignée de secondes à m'échapper en slalomant à pas rapides parmi les invités, dans l'espoir de ne croiser ni Enora McKenzie, ni Graham McLeod. Lorsque je peux enfin pousser les portes, j'emplis mes poumons d'air et presse le pas.

Quel mufle. Crétin. Gâcheur de talent. Connard magnifique.

*

Aédan

Le grand rassemblement a enfin touché à sa fin, il est près de 3 heures du matin. Le ballet des voitures a repris en sens inverse et les portes du Grand Hall ont été fermées pour le reste de la nuit. Je fume une dernière cigarette dehors, la tête trop pleine d'informations. Je sais d'ores et déjà que le joueur de cornemuse me réveillera à l'heure habituelle, mon sommeil sera de courte durée.

— Aédan.

La voix rude et froide de ma mère m'appelle à quelques pas. Je l'ai si bien évitée et repoussée toute la soirée qu'elle ne pouvait qu'être ici, maintenant. C'était irréaliste de songer qu'elle rentrerait sagement à son hôtel avec son compagnon.

Elle s'avance vers moi. Son visage harmonieux, aux traits anguleux et sévères, n'affiche plus qu'une expression depuis des années : l'impatience. On n'a jamais eu des relations faciles. Surtout depuis mon couronnement et donc sa destitution du titre de reine. Elle a enfilé un long manteau de laine aussi noire que ses cheveux. Depuis sa séparation d'avec mon père, elle ne peut plus porter le tartan des Stuart ni prendre la parole en Écosse au nom de la famille royale.

— Mère.

— Tu ne peux pas m'ignorer plus longtemps.

— Je ne t'ignore pas, voyons, tempéré-je.

Alors que je fais tout pour la fuir. Mais je sais de quoi elle veut me parler et je n'ai jamais trouvé le courage d'aller plus en profondeur sur le sujet. Ce serait reconnaître l'immense échec de ce mariage bancal et arrangé qui a lié mes parents. Et cette évidente confirmation ferait quoi de nous ? Ma sœur et moi ? Des « obligations » ? Des êtres non désirés, c'est certain. Mon père a aimé ma mère, mais ça n'a jamais été partagé. Cette histoire plane au-dessus de moi chaque fois que j'imagine pondre des gamins. Une raison de plus de ne pas vouloir franchir ce pas pour ma part.

Hedda tend la main vers moi sans un mot, je sors une cigarette de ma petite boîte en argent glissée dans la poche intérieure de mon costume, elle l'attrape sans attendre que je la lui offre et la plante dans son bec. Je l'allume.

En vérité, on se ressemble beaucoup trop. Je ne parviens toujours pas à savoir si je l'aime ou si je la déteste.

— Alors, est-ce que tu vas encore noyer le poisson, ou bien tu vas enfin m'accorder ton attention ?

Une chose est sûre, elle n'est pas ma mère pour rien. Pour tout commentaire, je souffle une longue volute de fumée qui l'agace plus qu'autre chose.

— Aédan !

— Je n'ai toujours pas de bonnes nouvelles pour toi, lâché-je alors.

Elle devait s'y attendre parce que sa colère émanait d'elle avant même de venir à moi.

— Je suis ta mère ! Et c'est à moi de te supplier ?

Ma gorge se noue. « Je suis ta mère », oui, c'est une réalité génétique et généalogique. Cependant, depuis des siècles, les souverains confient leurs engeances à des nourrices, des précepteurs et des internats. On ne peut pas dire qu'Hedda ait été une vraie « mère » pour moi. Alors que mon père a vraiment tenté de passer du temps avec nous. Quelque part, je la comprends. Elle a dû enfanter, elle a enfanté. Elle a fait son devoir.

— Je ne te demande pas de me supplier, répliqué-je avec calme. Tu connais ma situation, un divorce est inenvisageable, l'Église ne l'accepterait pas et m'en voudrait.

Je suis d'accord, c'est stupide, mais si mes parents veulent divorcer, ils doivent obtenir mon accord ainsi que celui de l'Église.

— Mais ton père n'est plus roi !

— Vous êtes les parents du roi, rien n'a changé.

Elle se détourne de moi en jurant dans sa langue natale, s'éloigne nerveusement et revient à la charge. Cette fois, toute l'émotion lui remonte en travers de la gorge. Elle a les yeux humides et la mâchoire crispée. Cette nouveauté dans sa maigre panoplie d'expressions me serre le cœur.

— Toutes ces années passées ne m'autorisent-elles donc pas un peu de bonheur ? souffle sa voix éraillée.

Nous associe-t-elle tant que cela au malheur ? Jamais elle ne m'avait encore reproché quelque chose d'aussi frontal. Je ne le devrais pas, mais je me sens blessé.

— Avec ton Anglais mal dégrossi ? rétorqué-je.

Les gros yeux assassins de ma mère enflamment ma part sadique et satisfaite de l'être.

— Il m'aime, assure-t-elle.

J'ouvre la bouche, furieux, mais elle me coupe dans mon élan.

— Et je l'aime, moi aussi.

Elle ne s'en cache pas, alors que c'était de cette manière que je pensais la désarmer : elle veut divorcer seulement parce qu'elle n'a jamais aimé mon père. Ce qui est puéril. Tout le monde le sait. Mais personne ne l'a jamais affirmé à haute voix. Jusqu'à ce soir.

Le fait que je garde le silence provoque chez elle un mince sourire. Pas du même sadisme que moi, mais plutôt de l'assouvissement maternel à rappeler qu'elle m'a enfanté, qu'elle a donc de l'avance sur moi et que son bagage est plus grand.

— Mais que pourrais-tu bien savoir de tout cela ? Je commence à me dire que cette journaliste que tu as probablement sautée n'a écrit que la vérité. Tu as perdu ton cœur, fils.

Que ces mots sortent de sa bouche me font l'effet d'une volée de poings dans l'estomac. C'est elle qui ose me parler ainsi ?

— Mon père n'a pas pu venir cette année, déclaré-je avec froideur. Ne peux-tu pas attendre d'être veuve ? Tu seras libre de faire ce que bon te semble.

Ses épaules s'affaissent et son regard change. De colérique, il devient incrédule et méprisant. Moi-même, je coule sous l'amertume après avoir prononcé de telles paroles, au point d'en avoir la respiration coupée par un flot de culpabilité.

— Quelle cruauté, souffle-t-elle. Crois-tu vraiment que j'attends la mort de ton père à ce point ? Je ne veux pas l'espérer pour pouvoir vivre comme il me plaît. C'est toi qui transformes sa fin prochaine en libération, pas moi.

Elle s'approche et écrase le reste de sa cigarette sur ma boîte.

— Je veux un divorce, dit-elle avant de tourner les talons.

L'odeur de tabac brûlé me retourne l'estomac. J'aimerais pouvoir rentrer et noyer toute cette discussion, mais la silhouette tendue de Malcom se dresse sur le chemin de ma mère. Cette dernière le reconnaît et ralentit en passant près de lui.

— Je vous cède la place. Courez vous casser les dents sur Sa Majesté, misérable petit serviteur du peuple.

Et elle poursuit sa route sans se retourner. Pas ma mère pour rien. Mes haut-le-cœur ne se sont pas apaisés, mais disons que la mine heurtée de Malcom calme un peu mon tourment. Pourtant, son apparition annonce un second round dont je me passerais bien.

— Je ne reste pas, lance-t-il en venant à moi. J'imagine que tu as d'autres chats à fouetter.

Fut un temps où je lui aurais parlé de ce qui venait de se passer avec ma mère. J'en aurais été soulagé et j'aurais espéré ses paroles rationnelles et bienveillantes plus ardemment encore que d'habitude. Mais nous n'en sommes plus là.

— Et qu'est-ce que tu veux ? interrogé-je, épuisé.

— Te dire que tu es allé trop loin.

Contrairement à notre entrevue de tout à l'heure, où il affichait une mine sympathique, reflétant tout l'espoir qu'il emmagasinait à l'idée de conserver une bonne entente entre nous, Malcom ne cache à présent plus son exaspération.

— Tu avais besoin de me le dire en personne ? soupiré-je.

— J'en avais besoin, oui. Tu as inclus ma sœur au *Taisbeanadh* alors que je t'avais expressément demandé de la laisser tranquille.

Toute la tension qui émane de lui rallume mon audace.

— Mais peut-être que j'ai des prétentions sur elle, dis-je d'un haussement d'épaules.

— Tu as des prétentions sur nos terres, corrige Malcom, pas du tout d'humeur à plaisanter.

— Ça, c'est à vous décider ce qui vous manquera le plus.

Il secoue la tête, de plus en plus agacé. Ce n'est pas le même animal que ma mère, plus prompte à me blesser d'une tirade assassine. Malcom est trop honnête, c'est trop facile.

— Mais même si tu choisissais Halley, tu crois sérieusement qu'elle accepterait ?

Je ne peux que sourire à présent, et pencher la tête sur le côté, à nouveau empli d'une volonté agressive de planter mon fiel sur cet ami bien trop parfait.

— Ne me mets pas au défi.

Ça le secoue, pourtant il semblait s'y attendre parce qu'il a une réaction que je n'anticipe pas : il rit. Il recule d'un pas en levant les mains.

— OK, j'abandonne. Tu as ce que tu voulais, non ? Tu veux t'isoler de tout le monde ? Félicitations ! C'est un franc succès.

Et il se détourne de moi. Alors que je n'en ai pas terminé, loin de là.

— Tu ne m'as pas dit si tu préférais tes terres ou ta sœur ?

Il s'arrête et ne me montre que son profil, sans prendre le temps de me regarder en face.

— Je n'ai jamais été ton ennemi. Jusqu'à ce soir.

Il poursuit sa route et disparaît sous les arbres du parc.

CHAPITRE 5

SAMHUINN

Halley

Mister Chocolat et Poche à Douille m'ont entraînée dans un court inventaire des denrées réservées à la pâtisserie et au dessert. Poche à Douille s'occupe souvent des courses et des commandes, mon chef de partie ne se déplace que pour des produits d'exception que lui seul peut examiner. Il m'a promis de m'emmener avec lui la prochaine fois, et j'ai hâte de le suivre dans les marchés de gros et chez les producteurs locaux. Il est peut-être spécialiste du chocolat, mais il aime aussi créer des desserts avec ce qui l'entoure. Il a d'ailleurs réinterprété le cranachan, une spécialité écossaise à base de crème, de miel, de framboises, d'avoine et de whisky, qui lui a valu un prix de concours l'année passée.

— Brioche, j'ai fait parvenir des instructions aux cuisines du château de Gualachulain, normalement tu auras tout sur place, mais il faudra que tu veilles au frais. À-Point s'en occupera auprès des fermes du coin pour le lait et la crème, il te suffira de demander en amont les quantités dont tu as besoin.

J'acquiesce tout en prenant des notes.

La rôtisseuse et supérieure de Lucie, Rose Swinton *aka* À-Point, sera la seule cheffe de partie présente là-bas. C'est elle qui dirigera les cuisines à Gualachulain, durant le séjour du roi. Avec Enora et ses collègues, et la bénédiction d'Aédan bien entendu, elles ont organisé une petite équipe, privilégiant les commis pour qu'ils découvrent d'autres environnements de travail.

— Une dernière chose, ajoute Mister Chocolat en nous guidant en dehors du cellier et de la partie sucrée. Au cours de la réunion, Enora nous a parlé de la possibilité d'un banquet de mariage royal au printemps prochain. Brioche, Poche à Douille, vous avez carte blanche pour me proposer des recettes de gâteaux. Si jamais vous me convainquez, votre création sera au menu officiel du banquet.

Sans se concerter, on échange un regard excité, le second de Jacques Garnier et moi. Proposer un gâteau de mariage pour un tel événement, c'est LA ligne incroyable d'un CV de pâtissière ! L'occasion ne se représentera pas, elle est bien trop unique pour qu'elle me passe sous le nez. Pas de concurrence en plus, ce genre de célébration peut aligner plusieurs desserts.

L'aubaine de sortir de cette année de contrat avec une recommandation d'Enora McKenzie et un gâteau prestigieux... Mirador ne pourra que m'accepter ! New York m'ouvrira ses bras et j'encadrerai la photo de ma création dans ma première boutique pour m'en vanter avec toute la fierté possible !

— Merci chef, dis-je, le cœur battant, des idées plein la tête.

— On va tâcher de te présenter le meilleur, chef, assure Poche à Douille.

— J'en suis certain.

On retourne en cuisine où c'est l'heure de la relâche. Ce soir, c'est Samhuinn, l'équivalent d'Halloween, même si la fête écossaise est plus ancienne que l'américaine. Le palais organise chaque année des festivités pour les employés durant toute la nuit, au sommet du Siège d'Arthur, dans le parc. Puisqu'on fête le passage des saisons estivales aux saisons hivernales, on allume des feux sur les hauteurs, on danse et on joue à des jeux traditionnels. L'occasion pour le personnel de dégainer les déguisements que la plupart ont planqués dans leurs casiers. C'est donc une assemblée bariolée que l'on retrouve dans la grande salle : Lucie et Brianna se sont associées pour jouer aux zombies et Gio a misé sur une cape noire de vampire. Mon chef de partie et son second s'esquivent – ils dînent en amoureux dans le centre-ville avant de rejoindre tout le monde – et je me rue dans le vestiaire pour enfiler mon costume dont je suis particulièrement fière.

On trouve les monstres qu'on peut. Le mien s'habille en costume cravate, porte une couronne dorée en plastique et un ruban de tissu imprimé du motif tartan de son clan. Puisqu'il est interdit de porter le tartan officiel d'un clan dont on n'appartient pas – et plus précisément, l'étoffe de laine traditionnellement tissée en elle-même, et non le motif –, l'industrie touristique a détourné la loi clanique pour vendre des tissus et des rubans imprimés du motif de chaque clan pour les visiteurs et les fans. Je me suis donc fendue d'une imitation épinglée près du cœur.

— Mais en quoi tu es déguisée ? s'interroge Gio en débarquant.

Je pivote avec emphase.

— C'est pourtant évident !

Il se mord la lèvre inférieure pour éviter de hurler de rire.

— Ça ne me va pas, c'est ça ? m'amusé-je.

— Non, non, pas du tout.

Gio se rapproche de moi alors que je ferme mon casier.

Bon. Il y a une semaine de cela, on s'est… comment dire… collés sur le canapé devant un film alors que Lucie et Brianna, crevées après notre soirée *Chefs in Kilts*, étaient parties se coucher. Pas de baisers, ni de réelles caresses, mais son bras dans mon dos, nos cuisses l'une contre l'autre, nos murmures, et ma tête qui a fini sur son épaule alors que je somnolais… Toutes ces petites choses piquantes et douces nous ont encore plus liés tous les deux. Je ne sais pas ce qu'on attend pour aller plus loin. Ni lui ni moi n'osons sauter le pas. Je crois, au fond de moi, que j'aime bien ce flirt sans incidence. Peut-être que lui aussi. Mais j'ai envie de plus. Enfin, de sexe. Avec lui. Et rien d'autre. Et j'ai peur que ça foute le bordel dans notre coloc.

— J'me demandais si tu accepterais de faire le jeu du chou avec moi ? Quand on ira sur le Siège d'Arthur.

Je croise les bras, intriguée.

— Le quoi ?

— Le jeu du chou, c'est une coutume divinatoire typique de Samhuinn.

C'est à mon tour de pouffer en secouant la tête.

— Ça a l'air très étrange, m'amusé-je. Tu m'expliques ?

Gio se met à agiter ses mains – il parle beaucoup avec ses mains, on le chambre souvent là-dessus et parce qu'il est italien, mais c'est la pure vérité – et se lance dans une explication alambiquée, à la fois franche et pleine de détours. Je m'appuie contre mon casier, appréciant sa démonstration.

— En gros, quand deux adultes consentants s'apprécient, ils se bandent les yeux, se prennent par la main et s'avancent jusqu'à un tas de choux. Ils en attrapent un et ce choix va déterminer toute la suite !

— Mais quoi ? Ils lisent l'avenir de leur « relation » dans un légume ?

— Ouais, répond-il avec un haussement d'épaules taquin.

Je ris d'autant plus.

— Selon si le chou est petit ou gros, et ferme ou ratatiné, on détermine la taille et l'intensité du *crush*.

— Ah bah oui, logique !

— S'il y a un reste de terre sur sa base, c'est un bonus de chance pour la concrétisation, et si le goût de la tige est amer, c'est que le *crush* ne sera pas de tout repos. Au bout du compte, si le couple est content de sa pioche, il conserve la tige.

Gio s'arrête là, à quelques centimètres de moi. Il range sagement ses mains dans ses poches et attend, ses yeux bleu clair braqués sur les miens. OK, il a parlé de *crush* et de concrétisation le premier, je crois que je peux poser la question qui me taraude à présent.

— Ce « couple », là, qui choisirait un chou, il ferait quoi au juste ? Il s'amuserait ou il irait plus loin ?

— Ben, ça dépend du chou, t'as rien écouté, plaisante-t-il avec un sourire si suave que j'en déglutis.

— Tu m'as très bien comprise, Gigi, grogné-je.

Il s'humidifie discrètement les lèvres, mon cœur, lui, part à toute vitesse. J'avais déjà remarqué son parfum de café grillé le soir du film, le nez dans son cou, mais là, c'est comme si les grains étaient frais moulus. Son sourire oscille entre moquerie et tendresse, ça ne me donne qu'envie de l'embrasser pour ne plus m'interroger sur son véritable sens.

— Souviens-toi du jeu « épouse, couche, tue », finit-il par dire. J'épouse Enora, je tue mon chef de partie et je couche avec le roi, conclut-il en donnant une pichenette dans ma couronne.

Je m'empourpre, ravie. On est sur la même longueur d'onde. Alors je saisis les rubans qui nouent sa cape noire doublée de rouge pour l'attirer à moi. On va pouvoir passer aux choses sérieuses ! Nos lèvres se frôlent enfin quand Brianna et Lucie déboulent dans les vestiaires, nous faisant sursauter et reculer.

— Hé, on vous attend !

Je me décolle de mon casier, l'air de rien, peu sûre de moi vis-à-vis de mes deux autres colocs. Est-ce qu'elles doivent savoir ou pas ?

— On est prêts, assure Gio en suivant le mouvement.

Il m'accorde un clin d'œil alors qu'on sort du vestiaire. C'est excitant, ces premiers instants où un baiser peut arriver à tout moment ! J'en ai des frissons d'impatience. Un regain d'énergie et de bonne humeur me submerge. Je partage la nouvelle du gâteau de mariage royal et mes colocs pétillent d'enthousiasme pour moi. Ils voient tout de suite la célébrité alors que je cherche la réussite. Mais ils n'ont pas tort sur un point : mon gâteau, s'il était sélectionné pour l'occasion, sera dans tous les magazines spécialisés et partout sur les réseaux sociaux. Lucie nous annonce qu'elle a enfin été baptisée par ses collègues et partage son surnom sur un ton à la fois blasé et fier : Gravlax, comme le saumon norvégien. Ce qui est ironique puisque le saumon gravlax est cru alors qu'elle bosse dans la partie rôtisserie avec À-Point. Brianna et Gio trépignent. Toujours rien à l'horizon pour eux.

Les cuisines se sont vidées. On traîne encore quelques minutes au milieu des fourneaux, le temps que le personnel déserte le palais. Après de fines recherches et des infos récoltées çà et là, Gio nous a organisé une visite officieuse des sous-sols de Holyrood. On rejoindra les festivités extérieures après. Dès qu'il juge le moment bon, on se range dans son sillage, partagées entre l'excitation de l'aventure et la peur d'être pris la main dans le sac. Il y a pleins d'endroits interdits dans le palais : les appartements royaux, bien sûr, les bureaux de la sécurité, les appartements-musées – là où se déroulent les événements officiels et la chambre intacte de la reine Mary Stuart – et certains coins des sous-sols. Autant dire qu'on n'est dans nos petits souliers lorsque l'on descend les marches menant à une porte métallique fermée au niveau des caves. Gio s'avance avec assurance et tapote un code sur un clavier numérique collé au mur.

— Et on peut savoir comment tu as eu cette info ? marmonne Lucie.

— J'ai bradé un renseignement contre un autre à un homme de ménage.

— Si le service de propreté peut descendre ici, on va dire qu'on ne brave pas d'interdit trop grand, relativise Brianna.

— J'espère, je me suis trop battue dans la vie pour être dégagée des cuisines d'Enora pour ça, murmuré-je, angoissée.

— Je prendrais le blâme, nous tranquillise-t-il en poussant le battant.

On se retrouve dans un couloir voûté tout en pierre, uniquement éclairé de petits néons de sécurité avec le mot « Exit » en vert. Ça confère à ce long corridor obscur une atmosphère inquiétante. Des portes latérales, toutes en fer et numérotées, une petite fenêtre noire au niveau des yeux, donnent l'impression d'une sinistre prison avec des cellules dans lesquelles on n'oserait pas poser un orteil.

Gio nous tend des minuscules lampes de poche avec l'entrain d'un véritable chasseur de fantômes.

— Tu sais qu'on a des lampes sur nos téléphones ? souligne Brianna, sceptique.

— Mais c'est beaucoup moins drôle avec les portables, proteste-t-il.

— Il y a un interrupteur aussi, là, indique Lucie.

Les épaules de notre ami s'affaissent. Je décide de voler à son secours.

— On cherche quoi ? lancé-je en faisant quelques pas, mon faisceau lumineux balayant les portes qui nous entourent.

Gio me rattrape, un sourire aux lèvres.

— On cherche *qui* ? corrige-t-il. Et le nom est Agnes Sampson, la sorcière !

Des frissons me parcourent aussitôt.

— Euh, la sorcière, là ? Qu'il ne faut pas déranger ? Celle qui a été torturée ?

— Elle-même, confirme Gio.

— C'est quoi ces conneries, encore, grommelle Brianna qui nous colle, la voix chevrotante.

Lucie agrippe son bras avec le même air craintif.

— J'en ai appris un peu plus sur son histoire, ça vous intéresse ? poursuit Gio.

— Dis toujours, l'encouragé-je.

On a l'air fins, tous les quatre ! Collés les uns ou autres, un vampire, deux zombies et un roi bancal.

— En 1590, le roi James VI, fils de Mary Stuart, revenait du Danemark avec sa jeune épouse la princesse Anne. Ils ont essuyé de terribles tempêtes qui les ont forcés à faire demi-tour et les ont immobilisés plusieurs semaines sur la côte norvégienne. Des accusations de sorcellerie furent lancées dans les deux royaumes après la plainte d'un amiral contre une Danoise. De retour en Écosse, plusieurs sorcières ont été arrêtées à North Berwick, à quelques kilomètres d'ici. On les a fait avouer d'avoir soulevé les vents et provoqué les tempêtes qui ont menacé la vie du roi. Elles ont été torturées et brûlées.

— Quelle horreur, souffle Brianna.

— Agnes Sampson en faisait partie ? demande Lucie.

— Oui, on raconte même qu'elle les dirigeait, qu'elle a été enfermée et interrogée par le roi ici même, à Holyrood, et que les nuits de Samhuinn, on entendrait encore ses cris dans les sous-sols.

J'en déglutis et me presse d'enfiler mon bras au coude de Gio. J'ai peur mais c'est aussi une bonne excuse pour me coller à lui le temps de notre expédition.

*

Aédan

Le palais s'est peu à peu vidé. L'ensemble du personnel, sauf celui d'astreinte, se dirige sur les hauteurs du Siège d'Arthur. J'irai plus tard, histoire de faire acte de présence. Il me reste encore quelques papiers à lire et une liasse de lettres écrites par toutes les jeunes femmes à marier présentes lors du *Taisbeanadh* et qui souhaitent me rencontrer. J'en ai lu quelques-unes avec une perplexité que j'aimerais abattre mais qui persiste. Impossible d'identifier une personnalité dans ces mots : ils se ressemblent, veulent tout et rien dire, et tombent à plat comme une mauvaise plaisanterie. Il faudra pourtant bien que je commence à organiser des entretiens, histoire d'aller plus loin. Il est trop tôt pour rétropédaler vis-à-vis du Conseil.

Je repousse le courrier et jette un dernier coup d'œil sur le protocole de l'inauguration du centre hospitalier Saint-James à laquelle je dois participer demain, à Glasgow. Une fois cet événement passé, je partirai directement pour Gualachulain, près de Glencoe, et me reposerai une dizaine de jours loin de Holyrood et des visites en continu. J'emporterai certes la boîte bleue avec mon travail de roi qui ne s'arrête jamais et on me livrera les nouvelles quotidiennes, mais je n'aurai plus de rendez-vous, plus de Conseil et plus d'ennuis de ce genre. Bien sûr, j'embarque Brioche avec moi. C'est bien pour cette raison que, grand prince, je l'ai exemptée de pâtisserie ce soir pour qu'elle profite de Samhuinn.

Les coups à la porte précèdent une entrée que je n'ai pas le temps d'accorder. Evan apparaît, suivi de près par Gareth, le responsable de la sécurité. Je fronce les sourcils, surpris. Autant mon ami affiche un air excité, signe annonciateur d'une bêtise à venir, autant Gareth paraît anxieux.

— Aédan, écoute un peu ça.

Gareth s'avance avec une tablette à la main, non sans lancer un regard impatient vers mon ami. Il contourne mon bureau et me tend son écran.

— Votre Majesté, on a surpris des employés en vadrouille dans les sous-sols. Comme l'intendant est absent, je me suis dit que vous en saviez peut-être davantage à ce sujet avant d'intervenir.

La tablette, branchée sur le réseau des caméras de surveillance, me donne à voir Brioche, entourée de commis des cuisines dont le nom m'échappe, tous déguisés, en pleine exploration d'une partie du château d'habitude fermée.

— Je ne pense pas qu'ils aient de mauvaises intentions, mais je peux aller les chercher si vous voulez, me propose Gareth. Si on en parle à Enora, elle risque d'être…

Il hésite sur ses mots, confus de s'être embarqué sur un tel sujet.

— Sévère, termine-t-il à mi-voix.

Je capte très bien l'expression complice d'Evan et il a raison. L'occasion de me rapprocher de Brioche est trop belle. Je la vois tous les soirs, oui, mais dans une configuration maître-employée qui ne peut mener nulle part. Là, même si notre statut ne bouge pas, elle est en costume et en faute, elle me sera redevable. On fera autre chose qu'une dégustation avec jugement rendu au bout.

— C'est très probable, oui, confirmé-je. Je vais m'en charger. J'avais besoin de sortir de ce bureau, j'ai enfin une bonne excuse.

Le responsable de la sécurité hésite.

— Vous êtes sûr, Votre Majesté ?

— C'est Samhuinn, Gareth. Ils ont tout l'air de chercher un fantôme et je connais le palais comme ma poche.

Gareth finit par acquiescer, probablement malgré lui.

— Très bien, je vous laisse donc.

— Merci.

Il sort du bureau et Evan croise les bras, impatient de saisir l'opportunité. Je referme mes dossiers et on s'évade dans les entrailles du palais. J'ai hâte. Je retire de ma torture journalière de Brioche McLeod une telle satisfaction et un tel plaisir ! Mais quelque part, j'aimerais en savoir plus sur elle. Qu'a-t-elle fait entre le jour où elle a quitté Dunvegan, le château de son grand-père, les larmes aux yeux, l'air si désemparé que ça m'a marqué sans que je puisse en interpréter la cause, et le jour où je l'ai revue dans les cuisines, lors de mon inspection de la nouvelle brigade d'Enora ?

Lorsque nous arrivons en bas, la porte est ouverte. Pas besoin d'échanger une parole, Evan et moi, on sait quoi faire : les surprendre sans faire de bruit. Le groupe n'est pas très loin et compact. Ils sont tous les quatre serrés les uns aux autres, chuchotant, balayant le couloir de leur lampe de poche. J'avance à pas de loup, remerciant les dieux d'avoir fait reculer Brioche en bout de file.

— C'est moi le roi, donc vous me protégez, semble-t-elle s'amuser à voix basse.

— Pourquoi t'avoues pas simplement que tu as la trouille ? rouspète la commise brune aux cheveux courts.

— Parce que ce serait mais alors totalement faux, réplique-t-elle avec fermeté.

Je fais un pas de plus, juste derrière elle, me penche sans me faire capter mais suffisamment pour sentir cette fameuse odeur de fourneaux, de pâtes beurrées et de fruits cuits qui traîne dans ses cheveux roux.

— Bouh.

Brioche commence par s'élancer en avant puis par pousser un cri qui alerte les trois autres et provoque le même enchaînement de réactions chez eux. Ils pivotent alors qu'une lampe rebondit sur le sol. Les trois faisceaux restants se plantent dans mes yeux, me forçant à lever le bras en guise de bouclier. Durant la poignée de secondes qui suit, je n'entends que des respirations saccadées. Des jurons prennent le relai, témoignant de leur panique incontrôlable.

— Vous voulez bien arrêter de m'aveugler ? demandé-je alors, histoire de pouvoir reprendre le contrôle de la soirée.

— Oh pardon, pardon, s'excuse la blonde à toute vitesse.

Elle m'offre la possibilité d'abaisser mon bras et de constater l'effroi général.

— Je peux savoir ce que vous faites là ?

Ils échangent des regards comme des braqueurs débutants pris sur le fait. Les trois filles du groupe saisissent alors les bras de leur ami et l'envoient devant elles. Le commis se passe nerveusement la main dans les cheveux. Il a tout l'air du type qui fomente des coups fourrés et qui s'en sort toujours.

Je le vois regarder sur le côté, la bouche tordue : il va me sortir soit la vérité, soit une excuse bidon. Brioche, elle, se mordille la lèvre, les yeux fixés sur lui, comme si elle lui insufflait du courage.

— On faisait une chasse aux fantômes, finit-il par dire. Je les ai entraînées dans cette histoire, elles ont tenté de m'en dissuader.

Je vois. Le héros sincère. Qui ne regrette rien.

— Pourquoi ? répliqué-je, curieux.

Les quatre commis paraissent dubitatifs face à ma question anodine.

— C'est pourtant le meilleur endroit pour trouver un fantôme, complété-je en me baissant pour attraper la lampe de poche à terre.

Ça suffit à les faire souffler, la tension chutant d'un coup dans leur groupe.

— Holyrood est l'un des châteaux les plus hantés de toute l'Écosse, approuve Evan. Vous cherchiez qui en particulier ?

— Une certaine Agnes Sampson, répond Gio, ragaillardi.

Je ne peux pas m'empêcher d'écarquiller les yeux, ce qui les intrigue aussitôt sans qu'ils n'osent m'assaillir de questions. Elle n'est pas le fantôme le plus aimable du palais. Mais après tout, s'ils veulent des sensations fortes, ils seront servis. Je dois gagner des points avec Brioche.

— Agnes, je vois. On a encore la vierge noire dans l'une des réserves.

— Ah oui, confirme Evan qui entre dans mon jeu.

— La quoi ? murmure la blonde en remontant ses lunettes.

— La vierge noire, répété-je en traversant leur groupe pour les guider.

Ils me suivent comme des canetons, sans savoir dans quelle gueule de loup ils vont se fourrer. Si mes souvenirs sont bons, elle doit se situer dans la cellule 42, avant l'embranchement avec un second corridor. Une fois devant, je tape le code qui déverrouille la pièce. J'ai peut-être tous les droits sur le domaine et sur le mobilier de Holyrood, tout étant catalogué et protégé par le service de conservation de la Maison du Roi, mais je ne peux pas non plus faire n'importe quoi avec les œuvres appartenant aux Stuart. J'actionne l'interrupteur et un néon blanc clignote avant de s'allumer pour de bon, projetant une lumière crue sur la pièce voûtée. Un contrôleur d'humidité ronronne dans un coin, parmi des caisses fermées. Droit devant moi, contre le mur opposé, se dresse le sarcophage en métal à l'unique fente obscure au niveau des yeux.

— Elle est bien là, confirmé-je en m'écartant pour les inviter à entrer.

Le commis n'hésite pas. Il éteint sa lampe de poche et entre. Il accorde un regard d'encouragement à Brioche qui grimace, visiblement peu emballée. Elle agite ses mains l'air de dire « passe devant, je te rejoins ». Les deux autres commises lui emboîtent le pas, Evan derrière elles. Ils s'avancent au centre de la pièce, le souffle court, impressionnés par ce cercueil imposant qui a terrifié des générations de conservateurs et de Stuart. Evan se lance dans le récit à ma place : l'intérieur est tapissé de pointes, on y enfermait la sorcière et on la laissait s'embrocher sur les éperons durant des heures, sans se préoccuper de ses supplications.

Brioche n'est pas entrée, je vais rester auprès d'elle. Ce n'est qu'à cet instant, alors qu'elle fronce les traits fins de son visage, que je remarque son costume. La couronne en toc ne m'avait pas échappée, mais je ne lui avais accordé aucun sens. C'est le ruban aux couleurs des Stuart qui me lance sur la piste. Je fais courir la lampe poche sur elle.

— Tu es déguisée en quoi, au juste ?

Elle met bien trois ou quatre secondes à se tourner vers moi, comme si elle se donnait un temps d'avance pour sortir la réponse adéquate.

— Vous voulez l'explication de l'employée ou celle de la gamine que vous avez torturée dans le château de son grand-père ?

Décidément ! Rien que pour ça, cette étincelle de rage et de plaisir qui brille au fond de ses yeux émeraude, ça en valait la peine. La soirée est réussie. Parce qu'elle en prend, du plaisir, à me répondre de la sorte. Je ne sais pas si elle s'aperçoit qu'elle attise tout mon appétit pour elle en agissant ainsi.

Bon. Bien sûr que je veux les précisions de la gamine, mais je ne veux pas l'appeler « gamine » alors que je ne vois que la jeune femme épanouie. D'ailleurs, la chemise blanche ample ne cache pas ses jolies formes, au contraire. Le tissu les frôle et ne fait qu'affoler l'imagination avec sa légère transparence. La couleur sombre de son sous-vêtement n'a pas échappé à mon œil d'expert.

— À ton avis, *Brioche* ? rétorqué-je en appuyant bien sur le surnom.

Double étincelle !

— Je suis déguisée en l'être le plus égocentrique que j'aie jamais rencontré.

Elle ponctue son insolence d'un tel défi que je me sens désarmé à la seconde.

— C'est bien le but d'Halloween, non ? poursuit-elle. Se déguiser en monstre pour passer inaperçus parmi eux ?

Oh, wow. L'effet du « *Brioche* » insistant était imprévisible. Je dois être un peu maso, parce que mon cœur s'emballe, à la fois d'une volonté de riposter et d'un désir d'agripper sa cravate pour la plaquer au mur, l'embrasser et exiger plus. *Vraiment maso*.

— Pure curiosité, c'était quoi la réponse de l'employée ? dis-je alors, en exagérant bien ma nonchalance naturelle.

Elle se crispe aussitôt. Elle sait très bien qu'elle ne devrait pas me parler comme ça, mais bon, l'autorité et elle ne sont pas la meilleure combinaison. Peut-être soulagée par le fait que je ne la rabroue pas, en tout cas rembrunie, elle détourne les yeux.

— En vous, Votre Majesté.

— Mmh. Je préfère la première, commenté-je à voix basse.

Elle écrase de force un sourire amusé et secoue la tête. Eh bien voilà, on va peut-être réussir à échanger sans se tirer dans les pattes ! Je voulais tellement qu'on en arrive là. Ou plutôt, qu'on en *revienne* là.

— Pourquoi tu n'es pas entré ? demande-t-elle d'un ton plus apaisé.

— Parce que mon ancêtre a torturé et brûlé l'occupante de la vierge noire.

Brioche grimace, à la limite de la moquerie.

— On dirait que tu crois vraiment qu'elle va te sauter à la gorge si tu oses passer la porte.

— C'est le cas, soutiens-je.

Elle pivote face à moi, bras croisés.

— Donc… les fantômes existent *réellement* ?

— Bien sûr. Et fais attention à ce que tu dis, ils sont plus présents durant Samhuinn.

— Pourquoi ?

Je me permets le soupir condescendant de circonstance qui lui fait rouler ses yeux.

— Parce que cette nuit, le voile entre les mondes est plus fin que d'habitude. C'est le passage entre l'été et l'hiver, la fin d'une époque et le début d'une autre. Cette nuit, les elfes et les fées dansent autour des feux, et on entrevoit plus clairement le passé et l'avenir.

Elle acquiesce, la mine plus sérieuse.

— Ah, c'est pour ça, les choux, murmure-t-elle.

Elle a au moins entendu parler de divination légumeuse.

— On va en tirer un, avec Gio, ajoute-t-elle, l'air de rien.

Oh là, minute ! Je ne vais pas me faire griller par un simple commis !

— Tes ancêtres sont quand même des sauvages, commente-t-elle.

Impossible de la contredire sur ce sujet.

— Tu sais ce qu'ont fait les tiens ?

Brioche a une seconde d'hésitation avant de hausser les épaules, le regard fuyant. Elle n'est venue qu'une seule fois chez les McLeod et n'a apparemment jamais eu plus de curiosité pour eux. Alors qu'elle est issue d'un des clans les plus importants d'Écosse.

— Ils ont renié ma mère, dit-elle plus pour elle-même que pour moi.

Je ne sais rien de cette inconnue, la fille de Graham, si ce n'est les interrogations qui ont tracassé Malcom toute sa vie sur celle qui l'a enfanté et abandonné. Le ton de Brioche me ferait froid dans le dos si j'étais un homme comme les autres. Si on m'a appris à ne jamais rien démontrer et à *paraître*, ça ne m'empêche pas de percevoir la rancœur tenace contenue dans les mots de la si gentille Brioche.

— Je parlais de ton ancêtre de Dunvegan qui a enfermé sa première femme dans le grenier d'une tour et l'a laissée mourir de faim et de soif.

Elle relève ses yeux vers moi, ahurie. Il me semblait qu'on en avait parlé ensemble, il y a quinze ans. Ce n'est pas notre première chasse au fantôme.

— … dans le grenier où tu m'as enfermée, alors que j'avais huit ans ? formule-t-elle.

Ah oui, c'est plus ce fait-là qui l'indigne, et non l'anecdote en elle-même.

— Tu ne te souviens vraiment pas de ce qu'il s'est passé ?

— Je me souviens très bien avoir eu peur dans un grenier.

— Parce que tu m'as demandé de te laisser seule là-haut, tu voulais prouver que tu en étais capable.

Elle fronce les sourcils, dubitative.

— J'avais quinze ans, ma mémoire est plus fiable, ajouté-je comme si l'argument suffisait.

Elle baisse les yeux, la bouche de travers.

— Peut-être, je ne me le rappelle pas.

Je veux relancer la discussion, mais le groupe mené par Evan ressort de la pièce, un peu déçu et soulagé tout à la fois. Agnes ne s'est pas manifestée. Gio se rapproche de Brioche et elle lui tapote le bras pour le consoler et se moquer de lui. Mon regard croise celui d'Evan qui capte aussitôt le fond de ma pensée.

— Je vous propose de poursuivre cette chasse mais en nous divisant en trois groupes, lance-t-il. Avec Gio, on va aller plus loin dans les souterrains, là où on raconte que se situaient les geôles.

Il ne laisse au commis aucune chance de choisir Brioche pour son duo, c'est parfait. Les deux échangent une expression frustrée sans pour autant protester. C'est qu'ils ne doivent pas être allés bien loin encore.

— Lucie, Brianna, la salle du trône vous attend. La crème de la crème des revenants s'y baladent.

Les deux filles sourient, elles semblent contentes de quitter les lieux pour un endroit plus lumineux et moins effrayant. Brianna jette un sourire aux dents serrées à Brioche, alors que cette dernière comprend qu'elle se retrouve avec moi.

— On laisse la royauté entre elle, s'amuse Evan en nous désignant tous les deux.

Dès que les deux groupes filent de leur côté, après la promesse de se retrouver aux vestiaires un peu plus tard, les épaules de Brioche s'affaissent. Elle a fixé Gio jusqu'à ce qu'il disparaisse. On va vite lui changer les idées.

— Allons-y, je t'emmène dans la chambre de Mary Stuart.

— Un instant, m'interrompt-elle.

Elle entre dans la cellule de la vierge noire pour inspecter de plus près le sarcophage à la seule lueur de sa lampe torche. La voilà téméraire à nouveau ! Son faisceau parcourt les lignes incurvées de l'objet tout en se focalisant plusieurs fois sur la fente au niveau de la tête. Je pourrais la laisser se mettre à l'épreuve seule, ou bien tenter le diable. Je décide de jouer la seconde carte et fais un pas à l'intérieur. L'atmosphère devient aussitôt glaciale. Avec ma sœur, enfants, on descendait souvent ici, à Samhuinn, pour se faire peur. Je me rapproche de Brioche et me demande si elle ressent ce que je perçois à cet instant : un cisaillement, comme si j'étais dans le sarcophage de torture moi-même. Puis, d'abord discrètement, comme le battement de cœur d'une souris, une respiration se fait entendre. Pas celle pondérée de Brioche, ni la mienne qui s'approfondit. Une troisième. Saccadée. Chaque souffle expirant d'un fond de gorge épuisé. Ma partenaire de chasse recule d'un pas sans un mot. Son dos me heurte. Le faisceau de sa lampe tremblote. Pourtant, elle ne dit rien. Ni moi non plus. J'allonge le bras pour saisir son poignet et guider sa lampe sur la fente noire. Là, deux yeux sombres nous dévisagent, alors que des rigoles de sang noir strient le peu de peau cireuse qu'il nous ait donné de voir.

Cette fois, Brioche s'emmêle les pieds en voulant reculer.

— Je veux sortir de là, hoquète-t-elle.

Je la prends par les épaules pour la guider vers la sortie. Elle détale à pas rapides.

— Désolé de t'avoir dérangée, Agnes, dis-je en refermant la porte derrière moi.

Le signal du verrouillage interrompt la froideur ambiante. Brioche, elle, est appuyée contre le mur, les yeux écarquillés, une main sur le cœur. On pourrait penser que les fantômes ne sont que des esprits frappeurs, qui surgissent en hurlant ou qui font tomber des choses sous le nez des vivants. Mais bien souvent, ils ne sont que douleur. Un condensé de leurs souffrances passées.

— Ça va ? m'enquiers-je.

— Je crois que j'ai des hallucinations.

— C'est l'effet que peut produire un fantôme la première fois. Tu portes les couleurs du clan Stuart, tu ne pouvais pas t'attendre à une autre réaction de sa part.

Brioche me fusille de ses beaux yeux sans broncher.

— Mary Stuart ne sera pas de la même humeur, viens, enchaîné-je en ouvrant la marche.

Elle me suit en silence mais je perçois très bien les grognements refroidis qu'elle émet dans mon dos. On remonte au rez-de-chaussée et je l'emmène dans la tour James V. J'emprunte les escaliers dissimilés, ceux qui sont accessibles seulement si on les connaît bien. Le palais a connu beaucoup de réfections, et heureusement pour moi car les appartements d'apparat du roi n'existent plus. Ouverts à tous et dépourvus d'intimité, ils sont devenus des salons de musique ou de réception. La chambre de Mary est une exception. En haut des marches d'un étroit colimaçon, on pénètre directement dans la pièce aux boiseries et tapisseries au mur intactes. Le plancher grinçant, le lit à baldaquin, le plafond à caissons en losanges, la cheminée et les tableaux d'époque, tout est d'origine.

Brioche me talonne littéralement, une main frôlant mon pull, prête à s'agripper en cas d'apparition sauvage. Encore une fois, elle envoie sa lumière dans les moindres recoins de la pièce.

— Et elle est morte comment déjà ? interroge-t-elle à voix basse.

— Décapitée par la reine anglaise Elizabeth Ire.

Elle aspire une bouffée d'air et la conserve dans ses poumons avant de souffler d'un ton aigu :

— Cool !

— Son exécution ne s'est pas déroulée ici, la rassuré-je. Le palais était sa maison. Cela dit, son secrétaire particulier, Rizzio, a été assassiné ici, lui. On voit encore la tache de la flaque de sang sur le parquet dans l'antichambre, à côté.

— Mmh-mmh ! Et si je t'attends en bas de l'escalier en colimaçon, c'est grave ?

— Tu as peur à ce point ?

— Noooon ! nie-t-elle en fronçant tous ses traits. C'est juste histoire de te donner une longueur d'avance, te laisser tâter le terrain, savoir comment elle va, tout ça. Tu m'appelles si elle veut bien dire bonjour ?

Je n'ai même pas le temps de me moquer d'elle qu'elle se faufile dans les marches et disparaît. La trouillarde ! Elle me lâche alors que j'ai tant rabaissé mon niveau d'antipathie pour elle. Je secoue la tête et prends place sur la banquette en bois posé près de l'âtre éteint, au coussin de velours rouge et au dossier sculpté. Je lui donne dix minutes pour voir si elle me rejoint ou non. Mon but n'est pas de patienter seul ici, à guetter une apparition de mon aïeule. Qui est fort sympathique, quand on sait comment s'adresser à elle.

— Tu chasses le fantôme, toi ?

La voix de ma sœur me saisit par surprise. Je tressaille avant de la voir se pencher par-dessus mon épaule, toute de noir vêtue. Elle me sourit et prend place à côté de moi.

— Ça fait deux semaines que tu ne t'es pas manifestée, lui reproché-je.

Elle dodeline de la tête, embarrassée.

— Ce que tu as dit à maman… et à Malcom, c'était vraiment pas cool.

— Au point de m'ignorer durant quinze jours ?

Elle hausse les épaules.

— Malcom n'a pas tort, tu t'isoles.

Bon sang, elle a vraiment tout épié. Je soupire en m'appuyant contre le dossier du banc. L'inconvénient d'une sœur fantôme, je présume.

— Notre mère veut un divorce et l'Église le refuse. Je suis censé faire quoi ? Si je me marie, je n'aurai pas le choix, moi non plus.

— Les temps changent. Tu peux ne pas donner le choix au pape, Keir. Et puis, ce n'est pas comme si on était très croyants dans la famille.

— Viens-en au fait, Kenna.

Elle soupire avant de parler.

— Tu ne veux pas que papa finisse sa vie seul.

Ses paroles s'enfoncent dans mon estomac comme une pierre dans un puits. C'est la vérité, et ce n'est pas la vérité tout à la fois, je ne m'en rends compte que maintenant. Oui, je crains que mon père meure seul, loin de nous. Mais il est *déjà* seul, notre mère ne vit plus auprès de lui. Ce que j'entends en moi, dans la réponse de ma sœur, se répand en un écho douloureux.

« Je ne veux pas mourir seul parce que je *suis* seul. »

Je m'éclaircis la gorge pour chasser les larmes qui me montent aux yeux.

— Tu n'as jamais espéré que nos parents se remettent ensemble ? questionné-je en espérant masquer mon abattement.

— Comme tous les enfants, j'imagine. Mais on sait, toi et moi, que ça n'arrivera pas.

J'inspire avec plus de calme.

— Je sais, oui.

On garde le silence un instant, assis tous les deux dans le noir. J'ai des souvenirs de Samhuinn bien plus heureux : toute la famille réunie, près d'une cheminée, mes parents assis sur un canapé avec un grog ou un whisky, ma grand-mère touillant une tasse de thé en nous racontant des histoires de fantômes, et ma sœur et moi, allongés sur un tapis, pendus à ses lèvres, déguisés en revenant ou en fée. Je ne peux que mesurer le gouffre qui me sépare à présent de cette enfance si paisible. Ma grand-mère veille à mon mariage, mon père survit à des milliers de kilomètres, ma mère me déteste et ma sœur est un fantôme.

— Tu es sérieux avec la sœur de Malcom ? reprend Kenna, curieuse.

— Bien sûr que non.

— Mmh.

Elle croise les jambes, peu convaincue.

— Tu sais qu'on s'aimait bien, tous les deux ?

Je lève un regard stupéfait sur elle.

— Quoi ? Il ne m'en a jamais parlé.

— Bien sûr que non. C'est une affaire sérieuse de convoiter la sœur d'un ami aussi proche, énonce-t-elle comme une leçon immuable.

Je me rembrunis.

— Et je suis censé te croire ?

— Crois-le ou non, réplique-t-elle en haussant les épaules. C'était… la magie des premiers instants, les étincelles qui pétillent dans le ventre, le flirt avec un unique baiser qui ferait tomber à la renverse le pire blasé de la terre.

Elle pousse un soupir bruyant.

— Mais on n'a jamais eu le temps d'aller plus loin, conclut-elle à voix basse, perdue dans son souvenir.

Je rêve… Malcom me défend de voir sa sœur, mais il ne s'est pas gêné de son côté ! Et sans même m'en parler. Il craignait quoi ? Que je le lui interdise ? Ma sœur n'a jamais eu besoin de mon approbation pour sortir avec quelqu'un ! Bon, soit. Je l'aurais peut-être mal pris, égoïstement. Mais tout de même !

— Et qu'est-ce que tu fais seul, ici ?

— Je ne suis pas tout à fait seul, grogné-je, agacé par ce que j'entends.

— Ah bon ? J'ai pas suivi tes derniers exploits, je boudais.

— Elle a peur, elle m'attend en bas.

La silhouette de Kenna se raidit, excitée.

— T'as un *date* ? s'exclame-t-elle.

— Je ne sais pas si on peut appeler ça comme ça, grommelé-je.

Elle bondit sur ses pieds et court dans l'escalier en lâchant un « ouh je suis trop curieuse, je vais voir à quoi elle ressemble ! » Elle ne sera pas déçue, c'est certain. D'ailleurs, elle revient aussi vite qu'elle était partie, mais avec moins d'entrain.

— La sœur de Malcom ? Alors que c'est « pas sérieux » ? commente-t-elle en mimant les guillemets.

— Étant donné que vous vous tourniez autour tous les deux, sans m'en parler, je n'ai pas à me justifier.

Elle fait claquer sa langue contre son palais avec impatience.

— Ma confidence sur Malcom et moi n'est pas une raison pour toi d'aller plus loin, au contraire. On se plaisait, tous les deux. Toi, tu veux juste faire une connerie pour prouver que tu as raison.

— Tu te méprends, petite sœur.

Son regard s'assombrit. Elle croise les bras, debout face à moi, et se contente de me scruter en silence. Embarrassé, je fais mine de regarder l'heure et me redresse.

— Ce n'est pas tout, mais on a une galerie à visiter, dis-je en la contournant.

Comme elle ne réplique rien, je crains qu'elle ne disparaisse à nouveau plusieurs jours.

Je sais que je risque de perdre la tête en conversant aussi longtemps avec le fantôme de ma sœur, que rien de bon ne peut en sortir, que je me suis enfermé dans une dépendance bien trop grande. Je *sais*. Ça fait dix ans que je m'accroche à elle. Je ne veux pas qu'elle s'en aille.

— Tu restes dans le coin, hein ? m'assuré-je en jetant un œil par-dessus mon épaule.

Son ombre s'évapore juste à cet instant, sans me délivrer de réponse. Je me retourne complètement et guette le moindre recoin de la chambre, en vain. Le cœur serré malgré moi, je rejoins Brioche.

*

Aédan fait une tête de dix pieds de long lorsqu'il réapparaît. Et pourtant, dès qu'il me voit, il retrouve le sourire et c'est comme si l'accablement qui pesait sur ses épaules une seconde plus tôt s'était évanoui en un clin d'œil.

— Mary n'est pas apparue. On va jeter un œil dans la galerie des portraits.

— OK, dis-je seulement.

Une grosse part de moi-même se sent toujours aussi intriguée, flattée et peu sûre d'elle auprès de lui. Et une autre n'a qu'envie de le remettre à sa place et de se conduire comme une… une amie. C'est le fouillis total dans ma tête ! J'ai le souvenir tenace de ce petit con qui me jouait des mauvais tours et je le considère encore comme un connard magnifique, et pourtant, quelque part, j'ai une sensation doucereuse au creux du ventre quand je le côtoie. Comme si la moi du passé m'envoyait un signal de paix avec son baby-sitter. Peut-être que les choses que j'entends autour de moi à son sujet me font relativiser aussi. Siobhán – la chargée de communication de Holyrood, j'ai fini par l'apprendre – avait bel et bien prévu le coup. Depuis plusieurs jours, les journaux s'en donnent à cœur joie : « Le roi est *enfin* prêt. » « Un mariage royal l'année prochaine ! » « Qui sera reine ? Les paris sont ouverts ! » En vérité, on lui casse déjà beaucoup de sucre sur le dos pour que j'en rajoute. Et ça me donne envie d'adoucir mon tempérament en sa compagnie, pour l'épargner.

— Pourquoi la pâtisserie ?

La question surgit au milieu de notre silence, alors qu'on se déplace dans le palais sur le rythme d'une balade du dimanche. Je lève les yeux sur lui, il ne semble pas plaisanter, il paraît juste curieux.

— Ce n'est pas le premier métier auquel on pense quand on s'imagine vivre à Los Angeles, ajoute-t-il.

J'ai le choix entre plein de réponses possibles : la véritable que je me réserve, et les autres qui ne sont pas dénuées de vérité pour autant mais que je distille quand on me pose la question.

— Ma mère a eu beaucoup de copains de passage qui se moquaient bien que je sois dans les parages, mais Livio était différent. D'ailleurs, il se déguisait en King lui aussi, m'amusé-je.

— Comment ça ? s'intrigue-t-il.

— Le seul, l'unique King.

À la tronche dubitative qu'il me sert, je lève les yeux au ciel.

— Elvis, voyons ! *Le* King ! Il était l'un de ses sosies sur Hollywood Boulevard. Quand après ma journée au collège, je le rejoignais, je distribuais des tracts pour lui et je rameutais des touristes pour prendre des photos. Puis il m'emmenait dans le quartier italien pour manger un morceau. Son père tenait une pâtisserie, c'était une légende du coin.

À mesure que je raconte, ma gorge se noue. C'était une époque colorée et heureuse, c'est ainsi que je m'en souviens. Les drapeaux vert, blanc et rouge, les murs terre de Sienne, le kaki des pistaches et l'orange gorgé de soleil des agrumes, les gros citrons jaunes de Sicile… C'était bruyant aussi, toujours des interjections dans ce quartier, des rires, de la musique. Livio m'avait accueillie dans son monde avec toute sa tendresse, et son père, Tommaso, me refilait une cuillère en bois de temps en temps pour mélanger une crème à l'amande. La famille était ultra importante pour eux, au point de m'intégrer, moi, alors que je n'étais pas de leur sang.

— C'est là que tu as compris que c'était fait pour toi ? questionne Aédan.

— Oui et non. Même si la relation entre ma mère et Livio a été longue par rapport aux précédentes, elle l'a quitté un matin pour un autre. J'ai voulu continuer à le voir, mais elle m'en a empêché. Son nouveau copain était assistant de producteur pour un studio, il fallait faire bonne impression. Cela dit, chez ce type que je ne supportais pas, il y avait une belle cuisine et des ingrédients qu'on n'avait pas les moyens de s'acheter. Alors, je me suis mise à y pâtisser, pour Livio et Tommaso. Et ça ne m'a plus jamais quitté, finis-je, un sourire aux lèvres, le cœur battant.

J'ai l'impression d'avoir dévalé une piste de slalom olympique à ski. J'ai esquivé tous les passages les plus difficiles pour servir une version sans accrocs, avec un soupçon de drame et d'anecdotes sympas. Vraiment fière de moi. Je ne sais pas pourquoi ça me rendait aussi nerveuse. Ce n'était pas la même pression quand j'ai dû faire ce récit à mes colocs durant la classique soirée « tour de table autobiographique ». J'ai l'impression qu'Aédan me connaît malgré tout avec ces deux mois de mon enfance dont il a été témoin.

— Tu es faite pour ça, approuve-t-il avec un haussement d'épaules.

Oh wouah ! Alors Monseigneur le Grand Despote est capable de gentillesse ? Lui ? Sa Grandiose Somptuosité ? Punaise, j'aurais dû enregistrer notre conversation. J'ai envie de le lancer sur sa propre carrière, mais je doute. A-t-il autre chose à dire que « je suis né pour être roi » ? Et puis, je risque de bien trop me moquer de ses explications pour couvrir ma nervosité.

— Et ton père ?

Sa question me surprend mais ne me pose aucun problème. Il est vraiment le cadet de mes soucis, ce lâche.

— Un inconnu.

— Vraiment ? s'étonne-t-il.

— Ma mère a toujours détesté me parler de lui.

Il acquiesce sans perdre son air avide d'en savoir plus mais sans oser poser la question suivante. Il ralentit devant un double battant peint en blanc et dont chaque relief taillé dans le bois est recouvert de feuilles d'or. Il saisit les deux poignées et ouvre les portes en grand.

— Tu ne sais pas qui est ton père et tu ne connais rien de la famille de ta mère, alors que moi, je peux remonter ma généalogie jusqu'à mille ans.

Il n'y a pas de vantardise dans son ton, mais une sorte de flegme fatigué qui m'échappe. On pénètre dans la fameuse galerie des portraits. Les lustres au plafond diffusent une lumière du soir discrète mais efficace. Les murs céladon et le plafond blanc renvoient la lueur à la perfection alors que nos pas s'enfoncent dans l'épaisse moquette rouge qui revêt le sol. Lieu de réception moins imposant que le Grand Hall, la galerie demeure pourtant impressionnante en taille.

— À l'origine, mon ancêtre du XVIIe siècle, Charles II, a commandité une série de portraits de tous les rois d'Écosse, aussi bien légendaires que réels, pour décorer la galerie. Il a même demandé au peintre de leur donner le même nez que lui, histoire de bien insister sur sa légitimité au trône d'Écosse, puisqu'à cette époque, les Stuart régnaient sur l'Angleterre et l'Écosse et qu'ils passaient le plus clair de leur temps à Londres. Et puis, mon aïeul David III, le bâtisseur du Grand Hall, a décidé de déposer la plupart des portraits au musée d'Édimbourg au XIXe siècle. Il n'a conservé que les Stuart et commandé les portraits manquant des chefs et cheffes du clan.

Chaque portrait dans la pièce est donc celui d'un membre de sa famille et chaque tableau est un élément formant un arbre généalogique démesuré, jusqu'à lui. Parce qu'ils ont bien entendu poursuivi cette nouvelle tradition après David III.

— Alain Fitzflaad est l'ancêtre le plus lointain que nous connaissons, m'expose-t-il en désignant une interprétation à l'huile de son aïeul. L'un des compagnons d'armes de Guillaume le Conquérant.

— Aaah, mais vous êtes français alors ! me moqué-je en serrant les dents.

Aédan me jette un regard de juge austère, perché au sommet de sa sinistre estrade.

— Normands, plutôt, corrige-t-il. Ils étaient vikings à l'origine.

Je pouffe en songeant à Lucie et à sa passion pour la cuisine nordique. Ce n'est pas si incohérent, au fond.

— L'Écosse et la France ont une alliance qui perdure depuis le XIIIe siècle, tu sais, ajoute-t-il comme un prof d'histoire. Il n'y a que les Américains pour détester les Français.

Ce qui me fait d'autant plus rire.

— Fitzflaad, c'est quand même moins vendeur que Stuart, m'amusé-je.

— L'arrière-petit-fils d'Alain, Walter Fitzalan, a été nommé *stewart* d'Écosse, ce qui signifie « sénéchal », d'où le patronyme Stuart. Mais ils n'ont véritablement porté la couronne qu'à partir du XIVe siècle.

Cette fois, je bats des paupières.

— Attends, là. Tu es en train de me dire que ça fait sept cents ans que les Stuart sont à la tête de ce pays ?

Il se contente d'un regard provocateur avec une pointe d'arrogance, tout à fait en adéquation avec son statut de souverain de droit divin. Moi, ça me fait déglutir, la nervosité déboulant à nouveau au galop dans mon ventre alors que je la perdais. On pourra dire tout ce qu'on voudra, c'est impressionnant. Mais ça me démange de le vanner. Je me mordille la lèvre en croisant les bras alors qu'on fait quelques pas. Je l'ai quasi traité de monstre dans les cuisines et ça l'a fait rire. Alors que l'insolence le titille en temps normal.

« Nul ne me provoquera impunément. » Il ne faudrait pas non plus l'oublier. Je ravale un « tout ça pour ça » et avance jusqu'à un portrait plus grand que les autres, au cadre en bois doré majestueux. Le jeune homme, le visage poudré de blanc et à l'allure brave, partage quelques traits communs avec mon voisin, sans aucun doute. Mais son regard est d'un brun doux et clair, bien loin du noir intense d'Aédan.

— Et lui ?

— Tu es sérieuse ? réplique-t-il, dubitatif.

Ah. Je scrute le cartel métallique au bas du cadre dans l'espoir de déchiffrer le nom de l'inconnu malgré la distance.

— Bonnie Prince Charlie ? Il ne te dit rien ? relance Aédan.

Comment lui répondre sans le vexer... J'en ai entendu parler puisqu'il est une figure incontournable de ce pays : celui qui a libéré l'Écosse du joug de l'Angleterre. Mais de là à le reconnaître en peinture, il ne faut pas exagérer.

— Ah, oui, oui, marmonné-je. C'est alambiqué comme surnom, tu trouves pas ?

Il dodeline de la tête sans vraiment me contredire.

— Moins que son véritable nom en entier, murmure-t-il, comme s'il ne voulait pas vexer son illustre aïeul.

— Ah ouais ? Vas-y ? l'encouragé-je en me rapprochant de lui.

— Tu comptes ?

Je hoche la tête, un grand sourire aux lèvres. Aédan se met à énumérer plusieurs prénoms sans se presser, juste pour le jeu. J'écarquille les yeux au fur et à mesure.

— Charles Édouard Louis John Casimir Sylvester Severino Maria... Stuart.

— Ah oui. OK. C'est bien Bonnie Prince Charlie en fait, lui assuré-je en riant. Et toi ? Tu en as plus ? Au fil du temps, j'imagine que c'est la surenchère, non ?

— Non, au contraire. Aédan James Alexander Charles Stuart.

— Seulement quatre ? C'est le début de la fin, le taquiné-je.

Il sourit davantage et par tous les *cannoli* d'Italie, c'est beau à voir. En temps normal il ne sourit jamais. Je ne passe pas mon temps à le fixer, mais chaque fois que je l'ai croisé, et sur chaque photo de lui, il n'affiche qu'un rictus un peu trouble. Je ne me souviens plus si l'adolescent exprimait autre chose que de l'apathie grognonne typique de son âge. Ses yeux se plissent et une fossette apparaît sur sa joue droite, le côté favori de ses sourires en coin pleins de provoc.

— Je n'ai qu'un seul prénom, c'est bien suffisant.

— Tu es sûre ? me défie-t-il.

Qu'il ose me servir un Brioche maintenant et il va voir !

— Halley Brioche McLeod Morland, récite-t-il en exagérant un ton pensif.

Rha, j'le déteste.

— Te moquer du physique d'une gamine, vraiment, rouspété-je, les joues en feu.

— Pour la dernière fois : tu te trompes.

— Alors pourquoi ?

Il grimace, comme s'il mesurait le pour et le contre. Étrange tout de même. Est-ce qu'il se cherche une excuse légitime ?

— Fais travailler ta mémoire, décide-t-il en s'avançant vers moi.

— Mouais.

On marche côte à côte, sans pour autant rester fâchés, même si je doute de sa bonne foi. Je ne perds pas du tout mon humeur narquoise, quoi qu'il en soit. La sonnerie de son portable rompt le silence. Il se rembrunit et plonge sa main dans sa poche pour vérifier ses messages. Ah, voilà, le retour de l'être impassible. Est-ce que la nouvelle qu'il vient de recevoir l'embête ou est-ce qu'il s'en contrefout ? Dans tous les cas, je détecte zéro gaîté ! Et j'ai trop envie de savoir, aussi.

— Un problème ? interrogé-je de ma voix la plus innocente.

— Je dois inaugurer un centre hospitalier demain, avant de me rendre à Gualachulain, répond-il sans grande motivation. Je déteste ça.

Il murmure à peine la fin de phrase. J'ignore s'il a honte de penser de telles choses ou s'il en a juste assez de jouer à tout ça, mais ça me met mal à l'aise d'un coup. C'est plus maladroit que cruel, ce genre de déclaration. J'espère.

— Il est en activité ?

— Depuis un mois.

— Visite la maternité, suggéré-je d'un haussement d'épaules.

Son regard en biais me transperce.

— Tout le monde veut voir le roi cajoler des bébés, c'est mignon, ajouté-je.

Si, moi, je m'empourpre en me traitant d'idiote finie, lui, il a l'air de concéder d'un mouvement de tête et écrit sa réponse aussitôt. J'en suis réduite à ça ? Ça y est ? La fangirl qui fantasme une personnalité masculine avec des bébés potelés plein les bras ?

— Tu te réjouis d'aller à Gualachulain ? enchaîne-t-il en rangeant son portable.

— Tant qu'on ne loupe pas *Chefs in Kilts*, ça me va de m'enterrer au milieu de nulle part.

— *Chefs in Kilts ?* relève-t-il, perplexe.

Il vit dans une grotte, ce n'est pas possible !

— Le concours culinaire, parrainé par Bucati, le pâtissier romain. C'est le carton de la télévision en ce moment !

— Alfredo Bucati ?

— Oui.

— C'est un ami de la famille, je lui demanderai comment ça se passe.

Je m'immobilise au centre de la galerie. Je ne m'attendais pas à être seulement à une personne près de mon idole pâtissière ! Je discute avec quelqu'un qui connaît Bucati ! Je veux l'assommer de questions sans aucun but précis – je finis par penser que si jamais Aédan parvenait à être satisfait par mes créations, il pourrait me présenter au chef multi-étoilé qui travaille au cœur de la capitale italienne…

Mais au lieu de cela, une brise glaciale me balaie de la tête aux pieds. Mes muscles se raidissent d'un coup. Une silhouette diffuse apparaît devant moi, marchant droit devant elle, un plaid de tartan rouge et noir noué à la taille, une veste longue de brocard dorée sur les épaules, une épée au fourreau à la taille, une perruque à rouleaux blanche sur la tête. Un fantôme d'une autre époque, qui ne m'a pas du tout demandé la permission pour me passer au travers ! Il poursuit sa route tout en jetant un œil vers moi par-dessus son épaule. Ma poitrine se serre douloureusement, je ferme les poings. Ces yeux-là, couleur chocolat, je viens de les croiser en peinture. Le fameux Bonnie Prince Charlie. Et il n'a pas l'air commode, loin de là.

— *Neach-brathaidh*, dit-il d'un ton revêche avant de disparaître au bout de la galerie.

Je ne reprends mon souffle qu'à cet instant.

— Toi aussi, tu l'as vu ?

Ma voix tremble, alors je me rapproche du descendant du fantôme afin de retrouver une aura plus chaleureuse.

— N'est-ce pas ? insisté-je.

— Oui, je l'ai vu, confirme Aédan.

— Qu'est-ce qu'il a dit ?

Le roi passe sa main sur sa bouche avec hésitation.

— Il a dit…

Il ne termine pas sa phrase tout de suite, je reste pendue à ses lèvres.

— Il t'a qualifiée de traîtresse, finit-il par expliquer.

Je recule d'un pas, stupéfaite. La sueur au front, je cherche quelle bêtise j'aurais pu commettre sans m'en apercevoir.

— Quoi ? Comment ça ? J'ai rien fait !

— Je ne pense pas qu'il fasse allusion à quelque chose de présent, mais plus à ton ancêtre, le chef Norman McLeod, qui lui a tourné le dos et a trahi la cause jacobite.

Je lève les yeux au ciel, pourtant soulagée.

— C'était il y a trois cents ans.

— Pour Charlie, elle est toujours d'actualité.

L'Écosse. Prise en étau entre tradition et modernité. Le poncif ultime de ce genre de contrée. Je secoue la tête. Et si je l'avais imaginé ? Et si Aédan me jouait un tour ? À base d'hologramme ou un truc du genre ? Ce ne serait pas déconnant avec la vierge noire. L'objet pourrait être truqué. Je n'ai jamais cru au surnaturel, ce n'est pas ce soir que je vais m'y mettre.

— On va au vestiaire ? proposé-je, impatiente de retrouver mes amis pour partager nos expériences.

— Allons-y, concède Aédan.

On fait demi-tour et on descend au rez-de-chaussée afin de rejoindre les communs, plus détendus. Il me parle de Gualachulain, là où les Stuart possèdent un vieux château médiéval et où ils l'ont rénové pour en faire une résidence pas trop éloignée d'Édimbourg, mais tout de même au milieu d'une nature sauvage procurant un isolement total. Il a hâte d'y aller, ça se sent. Je n'ai pas encore très bien saisi l'entièreté de son travail et je ne m'intéresse pas du tout à tout ce qui l'entoure de près ou de loin : la presse, son travail public, ses prises de paroles… Je sais qu'il était à un match de rugby opposant l'Écosse à l'Angleterre la semaine dernière – la plupart des employés de la cuisine l'ont suivi durant leur pause au réfectoire – et que demain, il inaugure un établissement médical, ou encore qu'il travaille tard le soir en lisant tout un tas de papiers sortis d'une boîte bleue officielle, mais c'est bien tout.

— Chut, attends, murmure-t-il soudain, alors qu'on arrive près des communs du rez-de-chaussée.

Une voix bourrue et basse se fait entendre dans le couloir, sur notre gauche. Aédan m'attire à lui alors qu'on arrive à l'angle. Surprise, je pose une main sur ma bouche pour m'empêcher d'émettre une protestation involontaire. Il glisse son bras autour de ma taille, sans raffermir son étau pour autant, et nous plaque contre le mur. Je me retrouve le nez contre son épaule, la douceur du cachemire à huit mille dollars frôlant ma joue. Mon cœur bondit à nouveau. J'ignore à quoi on joue, mais je ne m'attendais pas à me serrer contre lui ce soir. Ni à me serrer contre lui tout court ! La chaleur qu'il dégage me file des vertiges. Et je saisis parfaitement pourquoi : c'est agréable alors qu'il est cerné par l'interdit.

— C'est bien de cela dont nous parlons, oui, dit celui qui se pense seul.

J'observe le visage d'Aédan : il fronce ses traits, inquiet ? Il se penche sur le côté pour jeter un œil et je l'agrippe à la dernière seconde pour l'en empêcher. Si on se cache comme ça, c'est bien parce qu'il ne veut pas se faire remarquer par la personne qui doit téléphoner, si j'en crois le blanc qu'elle laisse. Aédan me fixe avec impatience. Je hausse les épaules en désignant le couloir, l'air de dire : « C'est vraiment pas prudent ! » Puis, je lève les mains pour lui signifier que ça le regarde, après tout. Il roule ses yeux et se penche à nouveau sur le côté. Je suis le mouvement.

Un vieil homme maigrichon et sec tourne en rond, un téléphone collé à l'oreille. Bien sapé, il doit être important, j'imagine. C'est peut-être pour cette raison qu'il s'est isolé dans les communs, là où personne ne l'identifierait au premier coup d'œil. D'ailleurs, Aédan doit bien le connaître pour s'être arrêté rien qu'au son de sa voix.

— Ma petite-fille est candidate au *Taisbeanadh* et le palais fait tout pour retarder sa demande d'audience avec le roi. J'ignore ce que manigance Dame Flora, mais c'est évident que les autres membres du Conseil se sont ligués contre les Campbell.

Campbell. Ce nom m'est familier. C'est celui qu'évoquait Siobhán lorsqu'elle disait qu'ils seraient les grands bénéficiaires des paris si sa petite-fille épousait le roi. Une histoire d'*outsider* de l'amour… Visiblement, le plan de contrecarrer cette union ne passe plus inaperçu pour le chef du clan concerné.

Si le ton de sa voix sonnait comme une semonce, la fin de sa conversation ressemble plus à de la résignation.

— Le pacte de Glencoe nous lie, quoi qu'il en soit.

Et il raccroche. Aédan se redresse, m'entraînant avec lui. Je crains que le vieil homme ne passe par notre cachette et nous surprenne, mais non. Il s'éloigne de l'autre côté du couloir. On patiente une poignée de secondes pour nous assurer qu'il est bien parti, puis le roi retire son bras de ma taille. Je n'y faisais plus attention. À vrai dire, j'ai les deux paumes posées à plat contre lui – sur ce cachemire de malade – et les narines encore bercées de ce parfum d'écorces qui me parasite les neurones dès qu'il se rapproche de moi.

Je reprends mes mains et recule d'un pas, agacée d'être encore troublée par Sa Grandiose Somptuosité. Si seulement je pouvais juste passer à autre chose !

— C'était étrange, non ? commenté-je, perturbée.

Aédan demeure pensif, il ne me répond même pas. Son sourire passe-partout, plein de politesse, se colle à nouveau à ses lèvres.

— Je vais te laisser rejoindre les autres. Tu n'auras qu'à dire à mon ministre du bien-être que je l'attends dehors. Je dois passer aux festivités du Siège d'Arthur, ajoute-t-il en consultant sa montre.

OK. On va en rester là. J'ai envisagé un quart de seconde de lui balancer la discussion que j'avais surprise entre Siobhán et Gareth, mais ce n'est vraiment pas une bonne idée. Je ne suis pas censée en avoir été témoin. Et puis, Sa Grande Suffisance ne veut plus discuter.

— Je lui dirai, affirmé-je en partant sur la droite.

— Halley ?

Une pierre roule au fond de mon estomac en entendant enfin mon prénom dans sa bouche, sans cynisme ni critique. Et avec son accent écossais chelou et sexy tout à la fois, il sonne plutôt bien aux oreilles, je dois l'admettre. Je pivote, intriguée. Aédan me rejoint, un poil plus apaisé.

— Merci pour ce soir, cette chasse aux fantômes m'a changé les idées.

Je veux lui répondre qu'à moi aussi, que c'était plutôt cool et que je découvrirais bien comment il m'a embrouillée la tête avec ces apparitions spectrales, mais il ne m'en laisse pas le temps. Il se penche vers moi et dépose une bise sur ma joue. Une manie européenne que Lucie et Gio se retiennent de pratiquer. Mais Aédan se le permet, lui. Cette empreinte de peau chaude, qui aurait besoin d'être rasée, et cette touche discrète d'agrume finissent de m'embraser de l'intérieur. Il se redresse et rebrousse chemin sans s'attarder, heureusement ! Figée, avec l'impression d'avoir blêmi sur le coup, j'abandonne mes pommettes à une cuisson bouillante qui me fait suer. Je passe une main sur mon front humide et déglutis.

— Non mais, n'importe quoi, moi, murmuré-je, hébétée. Faut que j'arrête avec ça.

Craquer pour le roi, c'est la piiire des conneries !

*

J'allume ma cigarette dans le parc, manteau sur les épaules et Loki aux pieds, excité d'avance à l'idée d'aller crapahuter dans les hauteurs. Gareth et deux de ses hommes patientent à quelques mètres. Evan finit par me rejoindre en accélérant le pas, un sourire amusé aux lèvres. Il a l'air ravi de sa soirée, au moins tout autant que moi. Si je n'avais pas surpris l'appel mystérieux de Campbell, elle aurait été parfaite. Je ne comprends pas encore tout des accusations qu'il porte aux membres du Conseil, mais je reconnais que je n'ai pas vu passer de lettre de sa petite-fille parmi celles envoyées par mes prétendantes. On l'aurait intentionnellement écartée ?

— Je suis prêt ! lance-t-il.

— Tu sonnes comme un Fraser.

Evan ricane et on se met en route, mes deux gardes du corps dans notre sillage.

— Alors ? s'enquiert mon ami. Brioche McLeod ?

Alors, ce sera facile. Brioche est mignonne, elle n'a pas sa langue dans sa poche, je la trouble sans aucun doute, elle me cèdera. Mais j'hésite sur le ton à adopter pour répondre. Parce que même si je voulais m'assurer de ce point, j'ai passé un moment agréable. On a réveillé une complicité qu'on avait déjà tous les deux et cette résurgence est rassurante.

— Tu le sais déjà, elle est la distraction parfaite.

Evan acquiesce et s'humecte les lèvres avec hésitation alors qu'on approche d'une grille surveillée qui mène au chemin grimpant le Siège d'Arthur. Un passage public de l'autre côté permet à mes sujets de s'y promener les dimanches.

— Quoi ? m'étonné-je face à son silence.

— Est-ce qu'elle ne pourrait pas être plus ? Je veux dire : au-delà de ton plan de t'en servir pour emmerder le vieux McLeod et le « misérable petit serviteur du peuple » qu'est Malcom ?

Je pouffe en même temps que je souffle une volute de fumée.

— Plus ? me moqué-je. Evan, elle ignore qui est son père et sa mère devait être folle à lier. Son passé a l'air balisé de bombes à retardement pour en faire une prétendante sérieuse. Un mariage entre nous serait humiliant, pour elle et pour moi.

Sans compter qu'elle a une carrière toute tracée.

Evan secoue la tête alors qu'on franchit la sécurité. Loki déguerpit, familier des lieux. Il grimpe en courant la côte du Siège d'Arthur avant de revenir pour m'encourager à accélérer.

— Ce serait un pied de nez intéressant pourtant, non ? réfléchit Evan.

— C'est vrai que Campbell se tirerait probablement une balle dans la tête si je choisissais la petite-fille déshéritée de McLeod. Mais non. Je dois trouver la candidate la plus neutre et fade qui soit. Et en parlant de cela, je vais organiser un premier rendez-vous à Gualachulain.

— Oh ! Avec laquelle ?

Je ménage mon suspens en affichant un sourire complice qui pend Evan à mes lèvres.

— La petite-fille Campbell.

D'abord éberlué, mon ami finit par éclater de rire.

— Tu refuses de voir ma cousine mais la fille du pire ennemi de ta famille, oui ?

— Ça fait longtemps que les Campbell ne sont plus les ennemis des Stuart.

— Le fait qu'ils aient pris le parti des Anglais en 1745 contre Bonnie Prince Charlie, peut-être, mais les répercussions sont toujours d'actualité. Les sanctions que les Stuart leur ont imposées étaient encore présentes jusqu'à la fin du XIXe siècle. Il a fallu attendre qui pour qu'un Campbell fasse son entrée au Conseil ?

— Mon arrière-grand-père.

— Il n'y a donc pas si longtemps. En plus, Angus Campbell ne te respecte pas et il est odieusement riche.

Evan hausse les sourcils avec insistance pour terminer son exposé d'historiographe.

— Et c'est pour cela que sa prétendante n'est pas dénuée d'intérêt, répliqué-je.

Il baisse les bras.

— Soit. Je compte sur ton récit, je suis vraiment curieux de savoir comment va se passer un tel rendez-vous.

Je lui promets et pense même convier quelques amis à Gualachulain pour une soirée de détente. Je songe à Eliza, à savoir si elle répondrait à l'invitation. Puis, toutes mes pensées convergent vers les trois mots prononcés par Campbell : « pacte de Glencoe ».

On ne plaisante pas avec ça. Jamais. Que se passe-t-il dans sa vie pour qu'il évoque ce serment inviolable pour tout Écossais ? À qui téléphonait-il ? Et pourquoi écarter sa famille du *Taisbeanadh* ?

Après l'ascension du Siège d'Arthur, Loki ne sait plus où donner de la tête tant il y a de monde et de festivités. Le personnel du palais vient en famille lorsqu'il en a la possibilité. Aussi, mon chien se rue vers les enfants qui piaillent d'excitation en le voyant débarquer. Des feux imposants sont installés sur la surface plus ou moins plane de la hauteur. Des jongleurs lancent des torches dans le ciel et les rattrapent à une allure vertigineuse. Un groupe de musiciens, mêlant la traditionnelle cornemuse au rock de la guitare, offre un surplus de bonne humeur à la soirée. Les commis sont déjà là. Ils rient devant la carriole pleine de choux et vont probablement s'engager dans un jeu des pommes flottantes. Attraper le fruit dans des bassines d'eau avec les dents est un divertissement typique de Samhuinn, autant que la fabrication de lanternes creusées dans des navets.

Le cortège d'artistes qui déambule dans la ville depuis le début de la soirée fait un stop ici. Le roi de l'hiver et le roi de l'été répètent leur face-à-face théâtral devant moi, durant lequel il ne peut y avoir qu'un gagnant : le roi de l'hiver. La Cailleach, déesse protectrice des cultures et la nature, préside le combat et le déclare grand vainqueur, inaugurant ainsi les saisons froides. Sous les applaudissements de tous, le cortège me salue et les artistes reprennent leur route. Les deux rois vont s'affronter toute la nuit devant les spectateurs.

C'est bon enfant, plein de rires et de discussions légères. Pourtant, je ne partage pas cette grâce. Est-ce qu'un jour j'y parviendrai, même ? Mon mégot est planqué dans ma boîte en argent et je me contente de scruter de loin, Gareth à côté de moi, un sourire banal aux lèvres. Brioche, elle, s'amuse avec Gio, ils rient tous les deux avec un chou bancal sur les bras. Il est un peu… le roi de l'été, drôle et lumineux. Et je suis le roi de l'hiver, plus sombre et froid. Celui qui vient prendre sa place en ce jour de Samhuinn.

Lorsque j'aperçois Malcom retrouver sa sœur et qu'ils s'enlacent avec joie, je ne pense qu'à la facilité avec laquelle je pourrais les réduire d'un claquement de doigts.

C'est à cette idée-là que je fais un pas en arrière.

Mon père m'a dispensé beaucoup de leçons, mais l'une d'elles m'a marquée : « Lorsqu'un jour, tu te diras que tu as tous les pouvoirs, que tu peux anéantir une vie sans rencontrer aucun obstacle devant toi, détourne-toi. »

Est-ce que j'ai atteint cette limite ?

CHAPITRE 6

LA VIE DE CHÂTEAU

Halley

Glencoe.

Je n'ai pas tellement de souvenirs des paysages, lors de mon séjour estival, enfant. J'étais trop obnubilée par ce que je vivais pour lever les yeux et admirer mon environnement. Car c'est bien de cela qu'il s'agit aujourd'hui, alors que nous garons la voiture louée sur le parking du centre des visiteurs de Glencoe. De l'admiration. Situé au fond d'une vallée, au cœur d'un écrin composé de montagnes chauves et arrondies, le bâtiment accueille les amateurs de grand espace, d'histoire et de randonnée. On est le 1er novembre, jour férié, et on a décidé de faire une marche dans le coin, sur la route de Gualachulain. La tête encore lourde des bières et des rires de Samhuinn, nous ne pouvons pourtant nous empêcher de nous émerveiller face à cette nature si familière des Highlands et si inédite à nos yeux.

Tout est mordoré : l'herbe, les feuillages, la bruyère… Les nuages caressent les sommets, une brume opaque coule au fond de la vallée, les troncs d'arbre sont noirs à force d'être rincés par les pluies battantes. Le froid brûle tant il est glacial et humide, c'est peut-être ce qui me rappelle le plus… Aédan. Tout lui ressemble ici, absolument tout. Cet aspect voilé et dévoilé du brouillard traînant qui enrobe tout le paysage de mystères, alors que les odeurs de végétation embourbée d'eau me ramènent à la dureté du climat et du terrain, à l'organique d'un lieu déserté et grandiose.

Je reste là, de longues minutes, le nez chatouillé, les mains dans les poches de ma veste épaisse, à m'éprouver pour contempler cette beauté à couper le souffle. Tout est comme lui ici. Tout me dérange et me fascine, tout est inaccessible et dangereux. Je n'avais encore jamais ressenti d'attache pour ce pays et voilà que je songe à la fierté d'appartenir à moitié à cette contrée sauvage.

— Ça va ?

Gio surgit à côté de moi. On n'a pas la même réaction face au spectacle de la nature ! Si je suis émue aux larmes devant Glencoe, Gio, lui, paraît plus amusé de me voir chouiner qu'autre chose.

— Oui, grommelé-je en passant le dos de ma main sur mes yeux.

— On pensait prendre un café et faire le tour de l'exposition temporaire à l'intérieur avant d'attaquer la marche, ça te dit ?

— Vous espérez que la brume se lève ?

Gio haussa les épaules, peu convaincu.

— On nous a dit qu'il ne fallait pas trop compter là-dessus. Mais je te réchaufferai, promis.

Il fait un pas vers moi et me donne un inoffensif coup d'épaule qui me fait sourire. On rejoint Brianna et Lucie au centre tout en s'interrogeant sur l'organisation du logement à Gualachulain. Contrairement à Holyrood, le staff des cuisines sera logé sur place.

On va vivre la vie de château ! Et du coup, sous nos questions tout à fait légitimes, il y a un véritable intérêt : est-ce que l'occasion de nous retrouver seuls tous les deux se présentera ?

Je commande un *latte* au pain d'épices et on s'égare dans une salle pleine de vitrines et de panneaux qui expliquent l'histoire de la vallée ainsi que ses particularités naturelles. Brianna plaque sa main sur ses yeux devant des photos du coin en proclamant « spoil ! » alors que Lucie tente de la piéger en vain. De mon côté, mon esprit mouline…

« Le pacte de Glencoe nous lie. » Est-ce que ces mots sortis de la bouche du conseiller Campbell hier soir ont un lien avec la région ? Je me perds dans les vitrines historiques, en quête d'une réponse. Aédan n'a pas caché combien cet étrange coup de fil l'a intrigué. Il n'a pas donné d'explication non plus. Il n'a pas à m'en donner, d'ailleurs. Mais je suis curieuse. « Les murs ont des oreilles » à Holyrood, rien n'est plus vrai.

Mes yeux recherchent le terme « pacte » sans s'attarder sur le reste, je passe toutes les autres infos sous silence et arrive bredouille au bout du parcours. Agacée, je retourne sur mes pas jusqu'à une dame qui se tient debout dans un coin, une cocarde accrochée sur son gilet en laine noisette, indiquant qu'elle répondra à toutes les questions des visiteurs. Elle semble rarement sollicitée, pourtant elle affiche un sourire attendrissant et une bonne humeur inépuisable. D'un certain âge, les cheveux grisâtres attachés en un chignon piqué d'une épingle en forme de chardon, elle me sourit dès que je m'arrête devant elle. Je copie sa mimique polie avec la crainte qu'elle ne m'embarque dans des heures d'explications. Ce serait bien le genre.

— Excusez-moi, madame, j'aurais une question pour vous.

— Oh mais bien sûr, *lassie*, je suis là pour ça, répond-elle avec une gentillesse qui bat tous les records de sucre.

Son accent est si prononcé qu'il me faut bien une à deux secondes pour poursuivre, le temps que mon cerveau fasse la traduction alors qu'on parle la même langue, mis à part le *lassie*, « jeune fille », que j'ai fini par comprendre à force de l'entendre ici et là, à Édimbourg.

— Savez-vous ce qu'est un pacte de Glencoe ? Je n'en trouve pas mention dans l'exposition.

Tout son visage si affable et penché sur le côté se raidit. Elle me renvoie une expression investie, comme si on venait d'agiter le potin du siècle sous son nez, alors que personne au monde ne l'a encore entendu.

— Oh, un pacte de Glencoe.

Sa voix si douceâtre se casse et gronde.

— Oui, je peux t'en parler. C'est une affaire bien sérieuse, ici.

Je retiens un « Ah bon ? » perplexe et acquiesce, décidée à entrer dans son jeu dramatique. Elle me fait signe de la suivre et on s'enfonce au cœur de l'exposition. Je jette un œil derrière moi avec l'espoir que Gio m'aperçoive. Ce dernier, heureusement, regardait dans ma direction – comme très souvent en fait, on se scrute, on se sourit, on se grimace… ça sert, en vrai – et s'échappe aussitôt des « spoils » balancés par Brianna pour me rejoindre. Moi qui espérais une réponse courte et simple, j'ai l'impression d'avoir foncé dans un traquenard. Et d'y entraîner Gigi avec moi.

La guide se poste devant une chronologie et je sens poindre le poids de l'histoire sur mes épaules.

— Comme vous le savez peut-être, au XVIe siècle, la reine Elizabeth Ire qui régnait sur l'Angleterre n'a pas eu d'enfant. Son trône est alors revenu au fils de sa cousine et grande rivale Mary Stuart, James VI d'Écosse. En 1603, il est devenu le premier roi à régner sur les deux royaumes réunis sous le nom de James VI d'Écosse et James Ier d'Angleterre. Les deux couronnes sont restées sous l'autorité des Stuart jusqu'en 1692, quand William III d'Orange a écarté James II Stuart du trône pour s'en emparer. Il faut attendre la révolte jacobite de 1745 pour que les Stuart reprennent l'Écosse et que les deux royaumes redeviennent indépendants.

J'agrippe le bras de Gio, désespérée par la rengaine de ces conflits entre catholiques écossais et protestants anglais. Gio, lui, s'amuse à me chatouiller les doigts glissés au creux de son coude. Je voulais juste en savoir plus sur le pacte de Glencoe, moi ! Pas endurer l'historiographie des guerres du passé.

— Mais revenons-en à 1692 ! relance la guide en nous faisant avancer.

Elle nous arrête face à un panneau avec une carte de l'Écosse. En détaillant d'un œil hâtif le découpage du territoire par clans, je m'aperçois que les Stuart apparaissent à divers endroits, dont Gualachulain. Bon, je sais déjà que les Stuart sont pleins aux as – ce sont eux qui possèdent le pétrole dans les mers au nord, une véritable fortune ! – mais le nombre de terres marquées de leur nom me scie en deux.

— Lorsque William s'empare du pouvoir, il demande à tous les clans d'Écosse de lui prêter serment de loyauté sous peine de terribles représailles.

— Et tous l'ont fait ? m'étonné-je.

Non, parce que bon, le fantôme du héros jacobite Bonnie Prince Charlie me prend pour une traîtresse, plusieurs siècles après un incident impliquant les McLeod, alors j'espère qu'il en hante beaucoup d'autres !

— La plupart, oui. Par crainte que leurs enfants ne leur soient enlevés pour être élevés en Angleterre dans la tradition protestante afin d'en faire de « bons sujets ».

— C'est un argument, concède Gio.

— Mais pas les Stuart, n'est-ce pas ? ajouté-je tout de même.

— Bien sûr que non, réplique la guide avec une fierté incommensurable. Quant aux McDonald – car à Glencoe, il s'agit d'eux –, ils ont tardé le plus possible à prêter serment. Vous savez combien les Écossais peuvent être têtus, commente-t-elle d'un ton complice.

Elle a bien compris, grâce à nos accents, que nous ne sommes pas d'ici.

— Alors le roi William leur a dépêché son capitaine, son meilleur allié, Robert Campbell.

Campbell, comme le nom du vieil homme qui a évoqué ce pacte ! Je retiens mon souffle. Enfin un peu de concret.

— Accompagné de soldats anglais, Campbell est venu jusqu'ici, à Glencoe, chez les McDonald, pour les convaincre de prêter allégeance au nouveau roi. Mais les McDonald restaient indécis pour ne pas montrer qu'ils ne plieraient pas. Ils ont pourtant accueilli les Anglais chez eux, dans leurs demeures, auprès de leurs femmes et de leurs enfants, durant deux semaines. Alors que la neige tombait dehors, ils ont offert gîte et couvert à leurs ennemis. L'hospitalité à l'écossaise ne fait pas de différence.

La guide avance de quelques pas et ralentit devant une vitrine dans laquelle sont conservés des morceaux de tartans, des poignards anciens et des restes de vaisselles. Des petits objets personnels – comme des médaillons, des jouets ou des bijoux – complètent la collection de reliques. Je crains la suite. D'autant plus que la dame adopte un ton tragique des plus réussis.

— Et puis, en pleine nuit, alors que tout le monde dormait, le capitaine Campbell et les Anglais ont reçu l'ordre de tuer les hommes et les enfants mâles dans leur sommeil. Ils ont violé les femmes et les ont jetées dehors avec leurs filles. La plupart sont mortes de froid en tentant de fuir dans les montagnes.

La dame marque une pause alors que je me suis rapprochée de Gio.

— Le massacre de Glencoe est un événement aussi tragique que déterminant dans les révoltes jacobites qui ont suivi. Les survivants du clan sont partis en exil chez leurs alliés en Écosse, en France ou à Rome, et ils ont juré de ne prêter serment d'allégeance qu'aux Stuart. Ce serment, que l'on a fini par appeler « pacte de Glencoe », est devenu un accord inaliénable entre deux partis. Il demeure très difficile à contourner car il implique l'honneur des deux côtés. Même si pour vous, ce n'est qu'un accord verbal ou écrit, pour tout Écossais, il n'y a pas plus solennel. C'est toute la mémoire de ces

Jacobites assassinés en 1692 qui pèse sur chaque pacte passé.

Je déglutis. Je crois que je n'avais pas mesuré l'ampleur du truc. Aédan, lui, en avait parfaitement conscience, même s'il n'a rien laissé paraître.

Mais pourquoi le descendant du responsable du massacre, un Campbell, prêterait ce genre de serment ? Ça n'a aucun sens… Avec qui l'a-t-il passé, d'ailleurs ? Forcément avec quelqu'un de peu de confiance pour s'assurer qu'il ou elle tienne parole.

— On dirait l'épisode des *Noces pourpres* dans *Game of Thrones*, réfléchit Gio tout haut. Avec le massacre des Stark alors qu'ils banquettent.

Le visage de la guide s'éclaire alors qu'il était empreint de gravité.

— Oui, tu as tout à fait raison ! L'histoire de l'Écosse est jonchée d'épisodes comme celui-ci qui ont inspiré des œuvres contemporaines.

Gio caracole, fier de lui. « T'as vu ? » me glisse-t-il à l'oreille alors que je secoue la tête, amusée de feindre l'abattement. On remercie la guide qui nous conseille deux ou trois points forts dans la vallée pour en savoir plus sur les McDonald – dont une reconstitution de maison de l'époque avec des mannequins tout à fait remarquables.

On rejoint Lucie et Brianna qui nous attendent dans le coin café. Je retire ma main avec douceur du bras de Gio. On n'en a pas encore parlé avec nos colocs. Et à notre actif, nous n'avons qu'un baiser échangé hier soir, alors qu'on riait avec notre chou divinatoire. Un baiser un peu accidentel, instinctif, réussi. Court et flamboyant.

— On a une carte pour la balade et des barres de céréales, nous annonce Lucie.

Brianna, elle, a les yeux rivés sur son portable. Je me penche au-dessus de son épaule.

— Tu regardes quoi ?

— Le grand patron qui inaugure le centre hospitalier à Glasgow.

On se serre tous les quatre autour de Brianna avec curiosité. Dès que je vois Aédan, un microscopique bébé dans les bras, mon estomac se serre et un *rush* jouissif me monte aux joues, au point de sourire sans pouvoir m'en empêcher. Je ne sais pas s'il l'avait réellement prévu au programme ou s'il m'a écoutée, mais le voir avec un nouveau-né dans les bras illustre ma théorie, au moins autant que les « moooh » conquis autour de moi : c'est mignon. Beaucoup trop mignon. Et il suffit de voir les étoiles dans les yeux de la mère du bébé, du père et du personnel de l'hôpital pour en avoir la confirmation.

*

Aédan

Dès que je mets un pied dehors, les cris et les appels de la foule entassée de part et d'autre de l'entrée s'abattent sur moi. Je trouvais toujours ces démonstrations effrayantes, quand j'étais enfant. Tous ces inconnus qui vouent une telle ferveur à la famille royale ne sont à mes yeux qu'une masse informe et mouvante sans visage et sans nom. Des panneaux « On vous aime » ou « Épousez-moi » sont brandis à bout de bras, des centaines de portables pointés sur moi pour photographier ou filmer le moindre de mes gestes, ma sortie du centre hospitalier retransmise sur les réseaux sociaux devant des millions de personnes… J'ai vite appris à me cacher sous un masque passe-partout : un sourire aimable, un salut de la main répété ici et là, et le petit quelque chose qui charme sans trop se forcer. J'opte pour le coup des doigts lascifs dans mes cheveux. Anodin sans l'être.

Je grimpe dans la Nébuleuse anthracite, la voiture blindée royale, au double vitrage fumé, qui m'emmène partout. La portière qui se referme derrière moi coupe enfin le brouhaha de l'extérieur. Je respire et retire mon manteau. Gareth et Siobhán prennent place tous les deux sur la banquette en face de moi. Ma chargée de communication affiche un air à la fois serein et inquiet. Je me rends directement à Gualachulain, elle doit vouloir discuter de quelques points avant que mon chauffeur ne la dépose près d'une autre voiture pour la ramener à Édimbourg.

— Tout s'est bien passé, anticipé-je.

— Oui, Sire, c'était une très bonne idée de passer à la maternité, confirme-t-elle, ravie du cours de l'inauguration, une tablette entre les mains. Positif, bienveillant, les réseaux sociaux sont emballés. Le *hashtag* « #Ilestprêt » revient très souvent pour le mariage ET pour la paternité, au point d'en faire une tendance. Le message que vous venez d'envoyer à vos sujets est limpide.

Ah. Je n'avais pas vu ça sous cet angle. Mais après tout, la recherche d'une épouse va de pair avec la marmaille. Brioche a eu une bonne idée. La maladie de mon père et les longs séjours répétés dans des environnements de soin m'ont passé l'envie d'arpenter les couloirs des malades. Ce n'est pas que je ne compatis pas avec eux, mais ils me rappellent sans cesse les dix années de crainte et d'angoisse qui s'égrènent derrière moi. Combien d'autres encore devant moi ?

— Je visualise déjà la photo à dix millions de livres, papillonne Siobhán, les joues roses. Vous, le bébé royal et Loki. Le combo par-fait.

Quelle horreur. C'est tout ce que l'image m'inspire. Je regarde dehors, la ville défile sans pause. Une escorte de sécurité nous dégage les voies, aucun feu, aucune voiture, rien ne peut arrêter mon cortège. J'ai hâte d'arriver, de plonger dans le loch qui borde le château, de marcher sur ses rives avec Loki et de me balader à cheval dans les montagnes. Et je dois reconnaître, aussi, que j'ai hâte de retrouver Brioche. Pas de pâtisserie ce soir, elle est en congés. Je lui demanderai le double demain. En dédommagement de son absence.

Siobhán se racle la gorge pour m'interpeller. Elle n'en a pas fini, je n'ai entendu que le bon côté de la journée, reste le moins agréable.

— Si vous me le permettez, je dois évoquer deux points avec vous avant que vous partiez, dit-elle d'une voix fluette.

— J'écoute.

Elle ramène une mèche de son carré impeccable derrière son oreille, le regard fuyant.

— Une info est parvenue jusqu'à moi, débute-t-elle avec maladresse, avant de croiser l'air intrigué de Gareth.

— Et ? m'impatienté-je, inquiet à mon tour.

— Il paraît que vous allez recevoir la candidate Campbell au *Taisbeanadh* dans les jours qui viennent ? À Gualachulain ? Seuls tous les deux ? Au milieu de nulle part ?

Plus ça va et plus sa voix devient un murmure craintif.

Je ne suis vraiment pas étonné que la nouvelle fasse déjà le tour. Le Conseil en a peut-être parlé en tenant Angus Campbell à l'écart et a mandaté Siobhán auprès de moi pour fourrer son nez dans mes affaires personnelles. Enfin, *presque* personnelles. C'est leur affaire aussi, ce *Taisbeanadh*. En somme, ils agissent comme je l'attendais.

— Il faut bien commencer quelque part, prétexté-je.

— O-oh, oui, oui, tout à fait, bredouille-t-elle. Mais peut-être que vous devriez recevoir une ou deux autres candidates durant votre séjour ?

Elle échange à nouveau un regard avec Gareth qui écrase ses mâchoires l'une contre l'autre comme pour s'empêcher d'intervenir.

— Histoire de ne pas favoriser un parti en particulier. Surtout les Campbell. Vous savez que malgré leur fortune, ils n'ont pas l'approbation de tous.

— Mon temps à Gualachulain n'appartient qu'à moi. Je ne vais pas m'imposer plus de rendez-vous durant ces dix jours.

Elle hoche la tête, nerveuse à souhait.

— Je sais, Votre Majesté. C'est pour cela que j'ai une proposition à vous faire.

Sans rien ajouter, elle ouvre son porte-documents et déplie plusieurs journaux, tous plus réputés les uns que les autres : le *Scotsman*, le *Times d'Édimbourg* et le *Guardians of Scotland*. L'heure devient grave.

— Hier au Parlement, il y a eu une prise de parole critique envers la Couronne. Ça n'a pas fait les gros titres, mais elle a été rapportée par la presse sérieuse. Tenez.

Elle me tend les pages concernées, avec des marques de surligneurs sur certains passages. Je n'ai que feuilleté très rapidement les journaux ce matin, comme d'habitude, et rien n'a retenu mon attention. Qu'ai-je manqué au juste ?

« Le député Malcom McLeod appelle la Couronne à revoir à la baisse l'impôt qui lui est allouée pour payer les frais de représentation. En moyenne, chaque Écossaise et Écossais donne 2,10 livres pour Holyrood, McLeod espère abaisser à 1,80 livre. »

— Ah.

— C'est discret dans les médias traditionnels, pour le moment, poursuit Siobhán. Mais l'image du député frondeur, qui a tourné le dos aux privilèges pour se mettre au service du peuple, fonctionne très bien sur le public et sur les réseaux.

Malcom m'en veut, donc il m'attaque, mais je ne peux pas l'accuser d'utiliser l'opinion à son avantage. Même sans notre conflit, il serait allé dans cette direction.

— Il n'est pas le premier ni le dernier à critiquer la Couronne, dis-je en prenant soin de lire tous les passages surlignés.

Ce ne sont peut-être que des faits rapportés, mais je sens la pointe d'admiration entre les lignes des journalistes. S'extraire des clans si soudés et loyaux pour foncer tête baissée contre son propre milieu exige une sacrée dose de courage. Je dois bien lui reconnaître cela.

— Certes, mais on sait qu'il est votre ami, répond Siobhán, embarrassée.

Je lève les yeux de ma lecture, étonné. Je ravale un « et alors ? », ma chargée de communication n'est pas au courant de tout, elle ne comprendrait pas.

— Pour que votre ami si intègre et proche des considérations du peuple se détourne de vous, eh bien…

Elle n'ose pas aller plus loin, le visage empourpré. Je lui rends sa revue de presse et révèle pour elle le fond de sa pensée.

— Cela signifie que je suis bel et bien un connard sans cœur.

— Ce n'est pas ce que je voulais dire, répond-elle vite, affolée.

— Mais c'est ce que la plupart vont penser.

De quoi confirmer les doutes soulevés par ce torchon de Lilibet Murray. Je soupire, agacé de me sentir piégé. J'ai toujours haï cette sensation claustrophobe de ne pas avoir le choix. Ou du moins, d'en avoir fait un mauvais sans le regretter et de payer les pots cassés derrière.

— Et quel est le rapport avec le fait que je reçoive la candidate Campbell à Gualachulain ? relancé-je en me massant la tempe droite.

Siobhán remue sur son siège, elle me donne l'impression d'avoir passé le pire.

— Oui. Ma proposition, donc. En regardant votre programme, j'ai vu que vous alliez réunir quelques amis proches. Alors je me disais… que si vous acceptiez d'élargir votre cercle en conviant à l'occasion une ou deux candidates au *Taisbeanadh* ainsi que le député McLeod… disons que personne ne pourrait rien vous reprocher.

Bon. Elle est maligne, c'est vrai. Et je me débarrasserai de deux candidates d'un coup en plus. Mais Malcom, c'est une autre histoire.

— Je doute que le député accepte l'invitation.

— Alors laissez-le refuser, dit-elle avec un simple haussement d'épaules. Laissez-le devenir le méchant de l'histoire qui se détourne de la main tendue par son ami. On se chargera de le faire savoir.

Sous ses allures sympathiques et pimpantes, se cache une chargée de communication capable de tout ! Gareth hausse les sourcils, ahuri par la phrase qui vient de sortir de la bouche inoffensive de sa collègue.

— OK, concédé-je. Ce plan tient la route. Je demanderai à Holyrood de m'envoyer le dossier avec les candidates…

— Il est déjà parti pour Gualachulain avec le reste de vos affaires, dit-elle, tout sourire.

Putain, elle est forte.

Une minute plus tard, la voiture s'arrête, Siobhán rassemble ses affaires et nous salue avant de sortir. On reprend la route. Le prochain arrêt est la résidence Stuart de Gualachulain. Gareth plonge dans une série de vérifications en passant plusieurs appels à voix basse. De mon côté, je sors mon portable et découvre un message d'Evan.

J'ai son numéro, je te l'envoie.

Enfin ! Je n'ai pas voulu mettre mon nez moi-même dans les fichiers du personnel de Holyrood pour n'éveiller aucun soupçon, j'ai donc dépêché Evan pour se salir les mains. J'enregistre le contact dans mon téléphone, remercie mon ami et pianote mon premier message à Brioche.

Si je pouvais la faire craquer avant que son frère débarque – s'il débarque –, ce serait parfait. Et s'il ne vient pas, il s'en voudra de ne pas avoir été là pour l'empêcher de se compromettre avec moi. Dans les deux cas, je gagne. Avec, en bonus, faire jouir Halley.

Si la pâtisserie t'ennuie,
tu peux entrer dans mon Conseil.

Rien que d'imaginer ses soupirs, ses iris émeraude rongés de désir et ses mains baladeuses, j'en ai l'aine douloureuse… Il me faut un plan B. Dans le cas où elle me dise non. Je me suis tenu à carreau après la sortie du livre de Murray, c'en est assez. J'envoie mon message à Brioche en joignant un post Instagram sur ma visite réussie de la maternité avant de passer en revue les courtisanes de Morgane. Peut-être que je devrais revoir ma règle d'éviter les habitudes. J'ai besoin d'un plan cul discret mais loyal. Je n'ai le nom d'aucune d'entre elles, mais la surnommée Cobalt m'avait laissé un bon souvenir. Je pose une option sur elle. Juste au cas où.

*

Halley

Ce n'est pas la vie de château telle que je l'imaginais. Gualachulain est en réalité une forteresse de pierres sombres posée au bord d'un loch ambré, cernée de montagnes dorées par l'automne. C'est grandiose, oui, mais sobre. Le château médiéval a été réaménagé à l'intérieur sans toucher aux proportions des pièces d'origine. La cuisine se trouve donc au rez-de-chaussée d'une grosse tour, accolés à un corps de logis massif qui abrite les appartements du roi. On peut heureusement compter sur un matériel neuf malgré l'étroitesse de l'endroit qui nous contraint à nous marcher sur les pattes pour travailler.

À-Point, la rôtisseuse et cheffe de partie de Lucie, a pris les commandes et nous a assigné des tâches toute la journée. On cuisine pour le roi, oui, mais aussi pour les membres de sa Maison qui l'ont suivi jusqu'ici et le personnel local venu prendre leur fonction. À côté de Holyrood, le nombre de repas servi est minime. À-Point nous a promis que le temps dégagé nous permettra de découvrir les produits du coin et de passer plus de temps à les sélectionner en amont. Elle ressemble un peu à Enora, à vouloir nous guider et nous former au mieux. Avec Gio, Brianna et Lucie, on se réjouit des journées studieuses qui nous attendent.

S'il y a bien une chose qui n'a pas changé ici, c'est la pâtisserie de 22 heures. Le domestique qui est passé en cuisine dans l'après-midi pour la commande m'a annoncé que Sa Grandiose Somptuosité en réclamait même deux pour rattraper le congé d'hier. Il ne manque vraiment pas d'air.

Je jette un œil sur l'horloge alors que je peaufine ma présentation. Étant donné la différence d'approvisionnement – à Édimbourg, on peut avoir des ingrédients rares et en quantité –, j'ai fait avec les moyens du bord : crème glacée au sirop d'érable avec éclats de noisettes torréfiées d'un côté, et petit mont-blanc composé d'une meringue, d'une crème acidulée à la pomme et d'une crème de châtaigne maison, le tout issu de produits locaux et en trompe-l'œil. Pour ne rien gâcher, j'en ai fait plusieurs dans l'espoir que mes collègues se régalent demain.

Trois coups frappés au battant ouvert me font lever la tête. Un homme se tient dans l'entrée, en costume noir, les yeux bruns statiques et les cheveux ras. Il affiche une expression si dénuée d'émotion que j'ai l'impression de voir un robot anthropomorphique.

— Je viens vous chercher, le roi vous attend, annonce-t-il dans un anglais impeccable.

Aucune trace d'accent.

— J'arrive, dis-je en retirant mon tablier et en vérifiant l'état de ma veste de cuisine.

J'attrape la coupe et l'assiette et suis le domestique dans les méandres du vieux château. Entre les marches inégales de l'escalier, creusées à force d'être empruntées, et les planchers qui grincent dès qu'on pose un pied dessus, cet endroit a de quoi affoler l'imagination. Une fois la nuit tombée, il règne une atmosphère étrange, lugubre et pleine de mystères. Les lueurs blafardes des lustres tombent sur les visages délavés des tapisseries et procurent des ombres profondes aux tableaux qui ornent les murs.

Rien qui m'aide à freiner ma nervosité. Je n'ai pas croisé Aédan depuis la chasse aux fantômes et sa bise me perturbe toujours autant. Sans compter qu'il m'a envoyé un message hier, sur mon portable – pas signé, mais qui ça peut être d'autre, hein ? – et je ne lui ai pas répondu. Pour dire quoi ? Quel ton adopter ? Est-ce que ça ne laisse pas une trace écrite d'un échange qui ne devrait pas avoir lieu ? Je ne sais toujours pas quoi en penser. Sur le coup, mon cœur a bondi et toutes mes entrailles se sont nouées dans tous les sens. La même information s'est répétée dans ma tête, sur plusieurs plans différents.

Le roi m'a envoyé un message ! – l'incrédulité.

Le roi m'a envoyé un putain de message ! – l'excitation.

Le roi m'a envoyé un message. – la réalisation.

Le roi m'a envoyé un message… – mais bordel qu'est-ce que ça veut dire ?

Le roi… m'a envoyé… un message… – et je fais quoi, moi ?

J'ai le 06 du roi. – ça vaut combien sur le net, ça ?

Et maintenant que je me retrouve derrière la porte de son antre, tout s'accélère : ma respiration, les battements de mon cœur, ma tension. J'ai l'estomac au bord des lèvres et l'envie de refiler mes desserts au domestique pour mieux fuir en courant.

— Entrez, dit la voix de l'autre côté de la porte.

Le domestique l'ouvre, fait une révérence et annonce ma venue avant de s'écarter pour me céder le passage. Durant un quart de seconde, je demeure figée, les pieds plantés dans le tapis qui absorbe mes pas. Puis, comme si une force aliène me poussait à le faire, j'avance d'un mètre et entre dans la pièce, livide. Aédan est installé à un bureau, sa fameuse boîte bleue ouverte près de lui, des documents parsemant la table.

— Merci, Donan, ce sera tout, congédie Aédan.

Le domestique s'incline et referme derrière moi.

— Donne-moi une minute, Brioche, requiert-il en reprenant son travail.

Immobile, j'en profite pour examiner le joli salon aux boiseries sombres, afin de tasser mon angoisse.

Un feu de cheminée sur ma droite crépite doucement, Loki s'est allongé sur un tapis devant et somnole en toute quiétude. Un canapé en tissu, plein de coussins et de plaids en tartan, lui fait face. Tout est un appel au calme ici. Même le coin bureau d'Aédan, plus confortable et chaleureux que celui de Holyrood, procure un certain apaisement.

Dommage que le silence accusateur du roi me cisaille de l'intérieur ! J'ai envie de vomir une suite de phrases sans aucun sens pour trouver une excuse valable à mon absence de réponse, persuadée que c'est pour cette raison qu'il ne bronche pas un mot. Il écrit, concentré sur un rapport d'État, l'air tout à fait serein. Alors que je me liquéfie sur place. Et que ma crème glacée fond bêtement. J'aurais dû monter avec un pain de glace, il ne m'épargnera rien dès qu'il verra ma soupe froide au sirop d'érable ! Je déglutis, les mains tremblantes. Loki finit par lever le museau et m'accorder un regard plein de pitié. J'en suis là, quoi. Une journée de travail dans les jambes et les bras, la tête pleine d'informations nouvelles, et à 22 heures passées, je fais le pied de grue dans le bureau de Sa Grandiose Somptuosité Qui Sent Bon.

Quand, au bout de cinq bonnes minutes – ce qui est très, *très* long en vérité –, Aédan repose son stylo-plume, referme une chemise en cuir et boucle sa boîte bleue, il me regarde enfin sans rancune apparente, ni impatience, se contente de sourire aimablement et de dire :

— Je suis à toi.

La sueur glaciale qui dégouline le long de mon échine me fait tressaillir. Ses mots m'envoient une drôle de sensation dans la poitrine, entre la chatouille et la brûlure. J'avance et dépose les desserts sous ses yeux, sur un plan de travail en cuir brun usé. La contre-attaque de son parfum m'assaille les narines. Je recule d'un pas.

C'est fou, ça ! Tout est si rationnel avec Gio. On a des craintes, certes, mais c'est limpide. Avec Aédan, rien ne va. Alors qu'il passe sa main dans ses cheveux noirs qui ont l'air aussi soyeux que le crin d'une licorne, ses yeux se plissent et ses longs cils frémissent de perplexité. Il décortique ma glace fondue dont il ne reste qu'un dôme mou au milieu de la coupe. Si je donne une explication, je vais bredouiller. Avec la nervosité d'une démineuse face à un bagage abandonné, j'essuie mes paumes moites sur ma veste dans mon dos, prête à piquer un sprint au moindre commentaire négatif.

Le dos de sa cuillère tapote le dôme et s'enfonce dans le liquide nacré.

— C'est quoi ? finit-il par demander.

Il touille une glace ratée d'un air dégoûté, au lieu de se concentrer sur la merveilleuse châtaigne en trompe-l'œil, recouverte d'un glaçage brillant et lisse, qui ferait jouir n'importe quel adepte de *food porn* ! Si canon soit-il, il reste imbuvable.

— Une crème au sirop d'érable, marmonné-je.

Avec des morceaux de noisette naufragés ici et là.

— Quel est l'intérêt ?

TE FAIRE PARLER ET ÇA MARCHE !

Je me mords l'intérieur des joues pour me retenir d'exploser. Je n'ai pas de réponses satisfaisantes à fournir, toutes mes options sont mauvaises ! « C'est une crème glacée fondue parce que tu m'as fait attendre près du feu, abruti ! » « Il n'y a jamais eu aucun intérêt à ton caprice de la pâtisserie de

22 heures, despote ! » « Est-ce que je te demande si une monarchie a un quelconque intérêt de nos jours, hein ?! »

Face à mon silence, il lève les yeux sur moi et s'immobilise. Je dois ressembler à une cocotte-minute en fin de cuisson. Soit il m'achève, soit il passe à autre chose. Et les dieux de la pâtisserie merci, il se redresse sur son fauteuil, repousse la coupe de l'échec et rapproche la petite assiette sans rien ajouter sur la crème.

— Ça, en revanche, c'est magnifique.

… Non, mais là, la montagne russe est trop haute. Ce n'est plus un ascenseur émotionnel, mais une chute libre dans la tour de la terreur. Toute mon exaspération s'évanouit et je me raccroche au « magnifique ». J'esquisse même un pas vers lui, pendue à ses lèvres.

— Ah oui ? murmuré-je.

Depuis le début, je n'ai pas eu droit à une seule bonne critique de sa part !

— Oui, entre la forme, la couleur et la perfection du rendu, et mise à part la taille, on dirait un vrai marron.

Je retiens mon souffle au dernier moment.

— Une châtaigne, corrigé-je.

— C'est la même chose, non ?

— Le marron est impropre à la consommation, toxique.

— Et la crème de marron, alors ?

— De la châtaigne en vrai, depuis toujours.

Bon, allez, goûte ! On s'en fout de la différence entre le marron et la châtaigne !

Aédan plonge sa cuillère dans ma pâtisserie et en détache un morceau avant de le porter à sa bouche. Mes ongles s'enfoncent dans mes paumes tant je serre les poings. Il acquiesce tout en reposant son couvert dans l'assiette et en terminant sa bouchée. Non seulement, il est roi d'Écosse, mais aussi du Gaspillage. Je ne l'ai jamais vu finir son assiette.

— C'est bon, Brioche.

J'attends quelques secondes, mais il n'en dit pas plus. Avare de paroles positives, en plus. Moi, j'ai envie de le pousser un peu : est-ce qu'il a perçu la note de poivre du Sichuan dans la crème à la pomme ? Et la meringue, est-ce qu'elle ne prend pas trop de place ? Elle ne coupe pas trop le côté fondant du dessert ? Rien sur la crème de châtaigne ?

Je me rembrunis lorsque je comprends qu'il n'ira pas plus loin. Tout ce travail pour ça…

— Merci, dis-je, déroutée. Je les ramène en cuisine ?

Et j'entame un mouvement pour reprendre les deux desserts quasi intacts, sauf qu'Aédan effectue un geste qui me fige : il repousse hors de ma portée l'assiette avec mon mont-blanc en trompe-l'œil.

— Tu peux te charger de la crème bizarre, m'autorise-t-il, le regard fuyant.

J'attrape la coupe mais impossible de partir. Mon estomac bout ! Est-ce que, en fait, l'arrogant Aédan Ier *finit* mes desserts de 22 heures ? Après tout, je pars toujours avant, un domestique débarrasse derrière. Mais là, en petit comité, je me suis dévouée, au cas où.

— Je vois, dis-je, sans bouger pour autant.

Je jubile. Littéralement.

— Tu vois quoi ? s'étonne-t-il en se calant contre son dossier.

— Tu vas racler l'assiette.

Son sourire s'allonge et son regard pétille comme une pluie d'étoiles filantes.

— Je n'irai pas jusque-là, mais oui.

Il finit mes desseeerts ! Le Gaspillage devra se trouver un nouveau souverain, Aédan n'a plus qu'une parcelle chez eux. Parce que ma crème glacée, elle, il ne l'a pas touchée alors qu'il m'avait commandé une deuxième douceur.

Comme il a l'air de vouloir poursuivre sur le ton amical de Samhuinn, je me motive à enchaîner pour faire ce qui me rebute en temps normal : présenter des excuses.

— Je, euh… je suis désolée, je n'ai eu pas le temps de répondre à ton message…

En prononçant ces mots, le ridicule de la situation me frappe. Si ça se trouve, ce n'est pas lui qui m'a écrit, mais son pote, là, le « ministre du bien-être ». Pour se foutre de ma gueule.

— Mon offre tient toujours, mais je doute que tu quittes un jour la pâtisserie avec le talent que tu as, se contente-t-il de dire.

Oh là, là, il neige aux Enfers, ce n'est pas possible ! Autant de gentillesse en si peu de temps, il va user tout son quota à l'année si ça continue.

— Je ne quitterai pas la pâtisserie, non, pour rien au monde, commenté-je, fière de moi.

On approche d'une satisfaction royale là, non ? Je pourrais lui proposer d'arrêter les pâtisseries de 22 heures du coup, mais quelque part, ces rendez-vous me plaisent. Même si je râle à chaque fois. Je fais ce que j'aime, j'explore de nouveaux produits, je tâtonne. Et j'espère qu'il approuve. Ce qui est… vicieux quelque part. J'ai besoin de l'approbation d'Enora, ma vraie patronne professionnelle, et non pas du roi. La coupe entre les doigts, j'hésite à m'éclipser tout de suite. En fait, cette dynamique plutôt sympathique entre nous m'encourage à poser enfin la question qui m'aiderait à créer le meilleur gâteau de mariage possible. J'ai un avantage sur Poche à Douille, je côtoie Aédan d'une façon plus familière que lui.

— Est-ce que je peux te poser une question ?

— Bien sûr.

Il ne semble pas pressé de me renvoyer, ça tombe bien.

— C'est quoi ton dessert préféré ?

— Mon dessert préféré ? répète-t-il en réfléchissant. Je n'en ai pas.

Bon. Mister Chocolat avait donc raison.

— J'attends que tu me le proposes, ajoute-t-il avec son sourire méga suave.

Si je pouvais éviter de cramer devant lui, ce serait pas mal. Cela dit, impossible de réfréner un sourire similaire.

— C'est un défi ? le relancé-je.

— Exactement, Brioche.

— OK.

Je fais quelques pas en marche arrière pour entamer une retraite sur cette note parfaite, quand Aédan me retient au dernier moment.

— Une seconde, Halley.

S'il me prend par les sentiments, après tout. Je m'immobilise.

— Je vais donner une soirée ici, dans quelques jours, avec des amis. Ton frère fait partie de mes invités, tu devrais te joindre à nous.

Ah. Je ne m'attendais pas à ça. Et je ne sais pas quoi dire. Enfin, si, je sais que je n'en ai aucune envie et qu'il en est hors de question. Mais je ne veux pas le brusquer. Peut-être que cette décision n'est que le fruit de la politesse.

— Je ne préfère pas, ma place n'est pas parmi… *vous*.

Pour ne pas dire « parmi les héritiers des clans friqués *and co* ».

— Et puis, si Enora apprend que je « copine » avec les personnes que je sers, je peux dire adieu à ses recommandations et à ma carrière.

Ses traits se crispent et il hoche la tête. Il doit savoir de quoi je parle, Enora et lui ne s'entendent pas si bien que ça, à en croire les piques et les bruits qui courent. J'ai déjà de la chance qu'elle ne m'ait rien dit au sujet de mon intrusion dans la grande salle lors du rassemblement des clans.

— Je vois. L'invitation reste ouverte, si jamais tu veux passer du temps avec ton frère. Tu verras avec lui.

Je ne le contredis pas et on en reste là. Si Malcom vient jusqu'ici, je suis sûre qu'on ira faire un tour tous les deux pour discuter sans que je doive participer à une fête non autorisée par ma cheffe. Je ramène la coupe de crème fondue dans la cuisine, lave et range les derniers ustensiles et file au dernier étage de la grosse tour. Tout là-haut, s'emboîtent les chambres du personnel : des petites pièces avec deux lits une place, une armoire et deux minuscules tables de nuit. Les sanitaires sont collectifs. La *vraie* vie de château ! C'est étroit, mais confortable, je dois bien l'avouer. La literie n'est pas si mal, c'est bien chauffé et la salle de repos regorge de livres, de jeux et de fauteuils pour se poser le soir.

Je traverse le couloir jonché d'appliques murales aux abat-jour en motif de tartan, jusqu'à la chambre qu'on partage avec Brianna. Les répartitions ont été organisées en amont par l'intendant de Holyrood, donc sans fantaisie : les filles avec les filles, les garçons avec les garçons. De quoi creuser la frustration entre Gio et moi. Je pousse la porte et découvre avec bonheur mes trois colocataires pelotonnés sur les deux lits, en train de discuter et de rire. Tout en essayant de suivre la discussion qui les rend tous les trois hilares, je saisis mon carnet d'idées de recette et note à la suite de « Whisky Talisker, tourbé, sel et agrume » : « crème de châtaigne et mont-blanc, trompe-l'œil ». Tout ce que le roi aime, je le garde. Je puiserai dedans pour élaborer un gâteau de mariage personnalisé unique. J'ai même esquissé des formes inspirées par lui : de la licorne kitsch à un drapé de tartan au motif peint.

Je m'affale ensuite auprès de Gio sur mon lit.

— De quoi vous parlez ?

— D'un mot à dix mille points au Scrabble, s'amuse Brianna.

— Et je précise : encore une fois rapporté par Gio, ajoute Lucie.

— Comment ça, « encore une fois » ? s'insurge-t-il.

— Ton tricophile me hante, l'accuse Lucie avec grandiloquence.

— Donc, c'est du même niveau, constaté-je en jetant un œil faussement réprobateur sur mon voisin.

Gio lève les bras pour se dédouaner.

— Vous me vexez.

— Oooh mais vas-yyy, dis-nouuus, le chambre Brianna.

Il s'éclaircit la gorge avant de se lancer.

— Ce mot est : *vajazzle*.

Un blanc s'impose.

— J'ai peur de comprendre, marmonne Lucie.

— Le *vajazzle* consiste en la décoration du pubis avec des strass et des paillettes, poursuit Gio alors qu'on éclate de rire. C'est un maquillage comme les autres !

— Mais où est-ce que tu vas chercher tout ça ? m'intrigué-je.

— J'ai entendu deux palefrenières en parler dans les écuries alors que je jetais un œil sur les box et les chevaux.

— Tes oreilles traînent un peu trop, ça te jouera des tours, prévient Brianna.

Je les laisse digresser et envoie un message à Malcom.

À vrai dire, j'aimerais tout balancer à mes colocs : l'offre d'Aédan de participer à cette fête ultra sélect car confidentielle, dans l'une des résidences privées du roi, mais je n'y arrive pas. OK, on a signé un accord de confidentialité avec la Couronne, donc même si je leur disais, ils ne pourraient rien en faire. Mais mon cœur n'a pas cessé de battre sur un rythme puissant depuis que j'ai quitté son bureau. Ma nervosité est revenue au galop. Que dois-je faire de ses échanges familiers avec lui ? La première réponse qui me vient toujours en tête, c'est de poursuivre. J'aime me confronter à ses yeux noirs et profonds, j'aime guetter ses sourires les plus francs, ceux qui sont difficiles à décrocher, et j'aime le son de sa voix. Ça ne mène à rien, c'est une attirance puérile pour un type inaccessible par excellence et canon comme personne… C'est trivial et stupide, mais c'est là. Si seulement cette fascination pouvait s'évanouir ! Il ne fait rien pour m'aider, en abaissant autant les armes. J'essaie d'être en colère contre lui – et je le suis, sincèrement – mais ça part en sucette dès qu'il sourit.

Malcom est l’élément rationnel et froid, il le connaît beaucoup mieux que moi, je vais espérer qu’il débarque bel et bien dans quelques jours pour me remettre du plomb dans la cervelle. Et je vais conclure avec Gio. Ça va tout balayer ! On est là pour s’amuser, pas plus, alors au diable les scrupules de l’utiliser pour enterrer un *crush* royal inapproprié !

Hey Malcom, ça va ?
Apparemment Sa Grandiose Somptuosité organise une fête privée ici, tu en es ?
Ce sera l’occasion de nous voir 😊

Je tente de reprendre le cours de la discussion mais suis aussitôt coupée par la vibration de mon téléphone.

Tu parles de moi comme ça à ton frère ?

Je relis plusieurs fois sans comprendre avant de subir un violent frisson qui trouble ma vue durant une fraction de seconde.

— Putain d’merde, juré-je sans réfléchir.

Les voix autour de moi se taisent. Impossible de détourner les yeux de ma bourde. J’ai envoyé mon message sur la conversation laissée en plan avec Aédan.

Je viens de signer mon arrêt de mort.

— Quoi ? Qu’est-ce qu’il y a ? relève l’une des filles de la chambre, pleine d’inquiétude.

Parasitée par ma connerie, je n’identifie pas tout de suite la personne qui parle. Je bondis sur mes pieds et me mets à tourner en rond, affolée. C'est irrattrapable ça ! Je ne peux pas lui envoyer un bête « désolée » alors que je viens de l'appeler « Grandiose Somptuosité » avec toute la moquerie possible ! Et en plus en échangeant avec Malcom ! Dans quel merdier je viens de plonger mon frère ?

Une main me prend le bras avec douceur et stoppe mes mouvements paniqués.

— Halley, tout va bien ? demande Gio.

Je déglutis. Impossible de leur raconter ça, impossible ! Ils ne peuvent pas savoir que le grand patron a mon numéro. Comment il l'a eu d'ailleurs ? Il a vraiment pioché dans les dossiers du personnel ? Nos données sont si peu sécurisées ?

— Euh, oui, pardon, bredouillé-je. J'ai envoyé un message à la mauvaise personne et il n'était pas forcément… sympathique.

— À quel point, sur une échelle d'un à dix ? demande Brianna avec un pragmatisme qui m'échappe.

« Cataclysmique », c'est le seul terme qui me vient en tête.

— Douze, réponds-je, le souffle court.

— Ah.

— Envoie un message pour t'excuser, si la personne n'est pas trop stupide, elle comprendra, propose gentiment Gio.

Si seulement il savait… Je ne vais pas en dormir de la nuit. Et je ne peux pas alarmer plus mes colocs. Alors j'approuve et souris en secouant la tête.

— Vous avez raison.

Je me rassieds, fébrile.

Désolée, c'est un surnom stupide
de gamine, Malcom ne l'a jamais
employé... C'est lui que je taquine
avec ça, il prend toujours ta défense

Et j'envoie, un nœud à l'estomac. Je copie-colle mon premier message dans la bonne conversation avec mon frère – tout en retirant le « Grandiose Somptuosité » –, décidée à en parler avec lui de vive voix. Durant de longues minutes, je fixe mon écran dans l'espoir de voir apparaître un « C'est pas grave » d'Aédan qui ne vient pas. Malcom est le seul à me répondre.

Je n'avais pas prévu de venir
mais puisque tu es là-bas,
pourquoi pas !

Merci Malcom.

Une heure après, lorsque je me couche, éreintée et obsédée par le silence d'Aédan, je fixe le plafond, les tempes martelées par un flot de sang continu et brutal. J'ai plusieurs fois cru que j'allais vomir sur le joli tapis de la chambre. Je me retiens d'envoyer plein d'excuses plus bidons les unes que les autres, et finis par tomber d'accord avec moi-même pour une dernière tentative.

Pardon.

Simple, bref, efficace… Je l'espère.

CHAPITRE 7

LE REFUGE DANS LA MONTAGNE

Aédan

Je pivote sur le dos, au beau milieu des eaux sombres du loch. La nature est statique et le ciel d'un gris opaque, aucun vent n'agite la cime des arbres. Des sensations glaciales m'encerclent malgré la combinaison de nage en eau froide que j'enfile pour ce genre d'activité sportive. Donan patiente avec son flegme légendaire, une serviette enroulée sur une bouillote, prêt à me réceptionner. Seul Gareth fait les cent pas sur la plage de galets, angoissé à l'idée que je coule comme une pierre, qu'un touriste déboule de nulle part pour m'égorger ou qu'un monstre m'attire dans les tréfonds du loch.

Si seulement. Toute cette mascarade cesserait.

C'est sans compter Loki qui aboie sur la berge, me sommant de revenir m'occuper de lui. Il n'a pas tort, plusieurs tâches m'attendent. Je nage jusqu'à la plage tout en y songeant.

Premièrement : convier Miss Campbell à ma soirée et l'inviter à passer la journée du lendemain avec moi. Il lui faut donc une chambre et une occupation. Une balade à cheval peut-être. Est-ce que je préviens la presse ? Siobhán a ses contacts, mais j'ai également les miens. J'ai envie de pousser le Conseil dans ses retranchements. On me cache beaucoup trop de choses.

Deuxièmement : j'ai commandé Cobalt, la courtisane de Morgane, hier soir. Je dois briefer Donan maintenant. Il va grincer des dents et lever les yeux au ciel, mais franchement, j'ai été sage et mon troisièmement m'y a un peu poussé.

Troisièmement : Brioche. Juste *Brioche.* « Sa Grandiose Somptuosité. » Alors, je sais qu'elle m'en veut pour X raisons – je n'ai toujours pas compris – mais qu'elle me surnomme ainsi et *avec* Malcom, je ne m'y attendais pas. Impossible de savoir si elle me dit la vérité sur son frère. Je doute qu'il prenne ma défense face à elle. Donc, j'ai pris une décision. Aux grands maux, les grands moyens. Malcom a décidé de venir parce que Brioche est là, c'est le moment ou jamais de la compromettre. Et de me consoler avec Cobalt.

Je sors de l'eau et mon majordome déplie dans un geste méticuleux le drap de bain chaud pour que je m'enveloppe dedans.

— Merci, Donan, dis-je en enfilant des chaussures avant de rentrer au château. Tant que nous sommes isolés, je dois vous prévenir que je vais avoir de la visite.

C'est le code pour « une courtisane va bientôt débarquer ». L'homme impassible se tend comme s'il venait de croiser Méduse. Pourtant, il ne laisse rien transparaître d'autre.

— Bien, Votre Majesté. La chambre au Cerf ?

— Ce sera parfait, oui.

— Et quand aurons-nous le *plaisir* de la recevoir ?

Il appuie sur le mot « plaisir » et m'arrache un rire guttural. Malgré son comportement robotique, il n'est pas dénué d'humour.

— Ce soir.

— Splendide, commente-t-il d'un ton précieux.

Donan m'escorte jusque dans ma chambre, je prends une douche, m'habille d'un pantalon et d'un pull en laine douce, et vérifie l'heure. Afin de mettre un petit coup de pression sur Brioche, je lui ai commandé un thé et une pâtisserie pour 16 heures – parce qu'à 22 heures, j'aurai sûrement mieux à faire. Je grimpe donc dans mon petit salon de travail, Loki sur les talons, et on s'installe sur le canapé. Mon chien vit sa meilleure vie, ici. Il peut m'accompagner partout, courir partout et profiter de moi autant qu'il le veut. Il peut même être témoin de mes meilleures prises de tête.

Car je suis partagé. J'ai hâte de punir Brioche comme il se doit, mais quelque part… tout au fond de moi, je suis blessé. Qu'elle me voie comme ça. Il ne pourrait pas en être autrement, je l'avoue. Ça me plaît qu'elle ose me parler avec franchise – c'est le cliché favori de la fiction nous concernant, nous, les « *royals* » –, mais si c'est un faux semblant, alors tout empire. Elle n'a pas à se foutre de moi, ni à avoir pitié.

Je crois… qu'un séjour dans le grenier hanté de Gualachulain s'impose. Ça lui fera les pieds. Et il débloquera peut-être la mémoire sur notre séjour à Dunvegan.

La mélodie annonçant un appel de mon père fige soudain la pièce. Même Loki paraît suffisamment intrigué pour dresser les oreilles et ne pas grogner en me voyant abandonner mes caresses. Tous nos appels sont prévus à l'avance. On se donne rendez-vous avec une heure précise pour être sûrs que les affaires du royaume n'empiètent pas sur ce temps-là. Il sait que je suis en vacances, mais est-ce la véritable raison de cet appel ?

Je redoute. Un jour viendra où on m'appellera de France pour m'annoncer son décès. Je ne suis pas prêt. Je ne le serai jamais. La sonnerie s'entête alors que je n'ose pas l'interrompre. C'est Loki qui finit par enfouir son museau sous mon coude. La gorge nouée, je décroche en me forçant à rationaliser : les médecins n'utiliseraient pas son téléphone pour me joindre, quoi qu'il en soit.

— Papa ?

— Keir, je ne te dérange pas ?

Le ton volontaire de mon père me rassure. Il peut encore m'annoncer une mauvaise nouvelle – et je songe aussitôt à sa venue remise en question pour Noël – mais au moins, il semble en forme.

— Non, je suis à Gualachulain.

— Aaah, est-ce que les baies des chasseurs sont mûres ? soupire-t-il avec envie.

Un sourire déborde de mes lèvres. Sa nostalgie me perce toujours autant la poitrine. Elle devrait pourtant me ragaillardir : mon père est une machine, question nostalgie. Si elle se situe à un degré aussi haut, alors tout fonctionne chez lui.

— Je ne sais pas, je ne me suis pas encore baladé par là-haut. Si j'en vois, je t'en enverrai.

— Tss, ne dis pas n'importe quoi, Keir. Pense à la taxe carbone, me sermonne-t-il en riant à moitié.

Son souffle devient rocailleux et l'amusement passager provoque une quinte de toux qui me plonge à nouveau dans l'angoisse.

— Pardon, murmure-t-il après s'être repris.

— Pardon de quoi ? De ne pas t'être arraché la gorge ? grogné-je.

— De t'avoir arraché les tympans plutôt.

— Comment vas-tu ? Tu m'appelles pour me parler de ta santé ? Est-ce que je dois convoquer ton médecin ?

J'arrête là en me mordant la lèvre pour retenir un flot de questions proches de l'ordre.

— Tu n'es pas roi pour rien, se moque-t-il.

— Papaaa, grondé-je.

— Je t'appelle pour discuter un peu, rien de plus. Et par « discuter un peu », j'entends parler de ta mère.

Mes épaules s'affaissent.

— Ah.

— Tu comprends bien qu'elle m'a rapporté votre échange.

Mon estomac se met à bouillir ! Kenna m'a fait la gueule pendant deux semaines à cause de cet échange, j'espère bien que mon père ne va pas enchaîner avec une série de reproches qui vont aboutir au silence plusieurs jours durant.

— À quel point est-elle entrée dans les détails ?

Mon père voudrait certainement masquer son soupir. Manque de pot, je le perçois très bien.

— Est-ce que ça signifie que votre conversation était en réalité plus musclée ?

Ah, Hedda n'est peut-être pas allée plus loin que les simples faits. Tant mieux. Je préfère ne pas m'appesantir sur le sujet.

— J'ai envoyé un courrier officiel à l'évêque d'Édimbourg pour poser la question d'un divorce entre deux membres de la famille royale. Je suis resté vague pour ne pas citer vos noms.

— Tu as reçu une réponse ?

— Celle attendue, oui.

Le silence qui suit est parlant. Il espère beaucoup plus que cela. Je refreine comme je peux l'amertume qui bouillonne en moi.

— C'est-à-dire ? relance-t-il.

— Qu'ils ne peuvent s'opposer légalement, mais que l'Église le vivrait comme un camouflet après tout ce que Rome a fait pour les Stuart. Le Vatican a accueilli nos ancêtres en exil, leur a permis de reprendre la main sur l'Écosse avec Bonnie Prince Charlie…

Mon père s'esclaffe.

— Oh bien sûr, oui ! Le Vatican n'a jamais fourni aucune armée. Nous payons encore bien cher le gîte et le couvert de nos ancêtres.

Je ris à mon tour, amusé par son sarcasme.

— Enfin voilà où nous en sommes, poursuis-je. Que veux-tu que je fasse de plus ?

— Keir, ils ne peuvent rien faire *légalement*, me rappelle-t-il.

Le ton de sa voix est posé. Quelle gravité, soudain !

— Mais on se les mettra à dos.

— Les temps changent. Et puis, tu devrais penser à toi. Ce divorce va créer un précédent qui pourrait te servir.

Mon souffle se coupe.

— Mais je suis roi, moi, réexposé-je avec froideur.

— Certes, oui. Et je te rappelle que tu n'as fait qu'accepter le *Taisbeanadh* à regret. Si jamais tu te maries et que ton cœur est rempli de doutes, tu pourras te séparer à ton tour.

Je déglutis. À quoi bon se marier, alors ? Quelle vie insensée…

— Fils, l'amorce du divorce vient de ta mère, c'est vrai, mais je n'ai pas l'intention de le contester. Je suis même au-delà, je le veux, moi aussi. Donne-moi ce divorce.

La douleur sourde de toute cette dégradation familiale qui se joue sous mes yeux, sans que je n'y puisse rien du tout, me contracte l'estomac.

— Je ne veux pas faire de ta mère une veuve, tu comprends ?

La vague de honte due à mes propres mots me fouette le visage. Il ne comprend pas. Accepter ce divorce, c'est accepter le délitement de tout ce qui me reste. J'ai déjà tant perdu, Kenna, Eliza, ma liberté. Si mes parents divorcent, ma mère disparaîtra des radars, loin de nous, abandonnant mon père à sa mort certaine, seul. Et c'est tout ce qui me pend au nez. Alors pourquoi chercher le véritable amour ? Pourquoi se farder des amis, qui de toute façon, me tourneront le dos ? Tout le monde est éphémère autour de moi, et rien n'est plus définitif que cette idée. Me préserver avant toute chose, moi et mon cœur disparu.

— Keir ?

— Je vais voir ce que je peux faire.

— Bien. Profite des montagnes pour moi, tu vis pour deux, tu sais.

J'entends son sourire à l'énoncé de cette phrase qu'il me sort de temps en temps. « Vivre pour deux », parle-t-il de Kenna, ou de lui-même ? Chacune des versions me plonge dans l'abîme.

— Je sais…

Ma voix déraille. Assez pour aujourd'hui.

— On se rappelle, lancé-je pour en finir.

— Oui. Je t'aime, Keir.

Je décolle à peine mon portable de mon oreille lorsque je l'entends prononcer ces mots. Impossible de le lui dire. Il est encore en ligne, il attend, et pourtant je raccroche. Ça sonne comme des adieux. C'est le genre de choses qu'on balance sur son lit de mort, non ? Le silence, c'est rendre obligatoire un nouvel appel pour avoir une chance de partager une telle déclaration.

Je m'affaisse dans le canapé, chamboulé. Loki grimpe à côté de moi et squatte mes genoux. Ce chien perçoit tout, il mérite bien ses caresses ! Je me vide la tête auprès de lui, plus du tout d'humeur à m'amuser avec Brioche. Je vais juste la congédier et la laisser mariner dans son coin. Une soirée près de la cheminée, une balade nocturne peut-être plus tard et une bouteille de whisky sont les compagnons parfaits pour une fin de journée comme celle-ci.

Lorsque les trois coups retentissent à la porte, pile au moment où l'horloge affiche 16 heures tapantes, je suis déterminé à raccourcir au maximum le face-à-face.

— Entrez, invité-je.

Donan ouvre la porte, s'incline et laisse le passage à la silhouette tendue et livide de Brioche. Il nous laisse alors qu'elle avance à petits pas, les lèvres droites. Sa chevelure ébouriffée semble s'échapper de toutes parts de son chignon et ses yeux, d'un vert translucide, me fixent avec effroi. La vaisselle sur le plateau d'argent qu'elle porte s'entrechoque. C'est à la fois pathétique et drôle. Et peut-être que mon moral est suffisamment épuisé pour en arriver à rire, au risque de la vexer.

Ça la sort de son inertie. Elle s'avance et pose le plateau sur un guéridon qui n'attendait qu'elle. Elle verse le thé qui dégage une odeur réconfortante de gingembre et d'agrume, puis elle recule de trois pas, mains dans le dos, les yeux brillants d'angoisse.

— J-je suis désolée, bredouille-t-elle. Pour le message. C'était nul.

Elle déglutit en bout de phrase et demeure là, silencieuse, en attente d'une réponse.

D'où ça sort que je peux renvoyer le personnel d'un claquement de doigts ? Ça n'est jamais arrivé. J'ai McDonald et un gestionnaire pour s'en charger.

— C'était maladroit, ajoute-t-elle.

— Immature, corrigé-je en attrapant ma tasse pour la porter à mes lèvres.

— Complètement, oui, approuve-t-elle sans discuter. On sait bien que tu es grandiose à ta façon mais somptueux, c'est… Non pas que tu n'es pas somptueux, mais c'est pompeux et exagéré. Bien sûr que c'est totalement faux, stupide et immature. Plus jamais je n'enverrai de surnom pareil à Malcom – et jamais je ne l'ai utilisé avec aucun autre, tout le monde ne témoigne que du respect pour toi – et sache que Malcom m'a toujours reprise à ce sujet. C'est seulement la gamine de huit ans qui parle et je…

Wow. Elle me donne l'impression d'être en train de creuser sa propre tombe, tout en babillant des excuses sans queue ni tête.

— … et jamais je ne recommencerai.

Un lourd silence nous tombe dessus, j'en suis presque surpris.

— Tu as fini ?

Elle se contente d'opiner, cette fois. Elle qui tient tête si facilement, la voir aujourd'hui si ébranlable m'interpelle. Son travail lui importe à quel point ? Pour qu'elle craigne constamment de le perdre ? Son message est une preuve écrite si jamais je voulais me débarrasser d'elle, plus flagrante qu'une conversation rapportée. J'avais plutôt envie de solitude après l'appel de mon père, mais Brioche parvient toujours à détourner le cours de mes idées. Je jette un œil sur le plateau : elle me présente une nouvelle châtaigne en trompe-l'œil. Je n'ai pas le temps de donner un seul commentaire, elle me devance.

— Je n'ai pas pu faire autre chose. D'habitude, je pâtisse après la journée de travail. Je peux revenir plus tard, ce soir, si tu veux.

… Après tout. J'ai l'avantage !

— J'ai une autre idée.

Elle arrondit ses yeux, peut-être étonnée ou soulagée. J'avoue que ses expressions sont de plus en plus sibyllines pour moi, il me manque des informations pour la comprendre. Je termine ma tasse de thé et reprends le fil de mon plan.

— Pour te faire pardonner, tu vas m'accompagner dans le grenier.

Je me lève et son visage si pétri d'angoisse se renfrogne. C'est à nouveau très drôle à voir. Elle *sait* que j'exagère. Mais elle ne va pas protester, elle n'en a pas le luxe cette fois-ci.

— Pour quoi faire ? grommelle-t-elle, suspicieuse.

— Tu n'es pas en position de discuter.

Le ballon de baudruche se dégonfle. J'attrape mon portable en me mordant l'intérieur des joues. Elle me suit tout en marmonnant qu'on l'attend en cuisine, mais je n'y prête pas attention. Enora McKenzie se trouve loin d'ici, elle ne viendra pas me chercher. Je l'entraîne donc dans les étages jusqu'à une porte qui ne s'ouvre que par un bon coup d'épaule. Un vieil escalier noueux et grinçant, en colimaçon pour combler le tout, mène dans la toiture du corps de logis. Ce grenier-là m'a toujours paru fabuleux, comme une porte ouverte sur un autre monde, une armoire qui conduit à Narnia. Quelque chose de merveilleux, de perché et d'accessible. La charpente du XVIIIe siècle ressemble à une toile d'araignée en bois, trois coffres sont posés dans un coin et des cadres vides, leurs toiles de maîtres ayant été déposées dans les collections royales, produisent un effet de musée à l'abandon des plus parfaits. On s'amusait là, avec Kenna. On jouait aux brigands des montagnes, aux pirates, aux Jacobites ou aux valeureux guerriers McDonald joutant contre les Anglais.

— Tu vas m'abandonner là pour me punir ? grogne Brioche qui croise les bras, l'air désabusé.

Tout ce qui fait qu'on ne meurt pas de froid ici est le conduit de cheminée qui charrie la chaleur. C'est contre lui que je l'entraîne après avoir fermé la porte derrière nous. Si on s'assied contre les briques rouges chaudes, on ne ressent plus la tiédeur ambiante.

— Non, on va guetter un fantôme.

Brioche prend place à côté de moi en traînant des pieds.

— C'est Gio qui aime chasser le fantôme, pas moi.

— Sa Grandiose Somptuosité l'exige, alors tu t'exécutes, tranché-je.

C'est suffisant pour enterrer sa protestation.

— Je t'écoute, ajouté-je alors.

Elle ramène ses genoux près d'elle et me lance un regard en coin dubitatif.

— À quel sujet ?

— Sur cette histoire de grenier à Dunvegan. Tu as oublié que l'idée d'y être enfermée seule venait de toi, alors tu te souviens de quoi, de ton côté ? Je te raconterai ce qu'il s'est passé du mien en retour.

Brioche bat des paupières et plonge dans une réflexion sérieuse.

*

Halley

De quoi je me souviens, au juste ? D'avoir été seule, d'avoir pleuré aussi. Je pleurais beaucoup à l'époque. J'étais si déçue de ce séjour et du manque d'attention de mon grand-père. Je souffrais déjà de celui de ma mère… Je me suis mise à penser que le problème venait de moi, que je n'étais pas assez intéressante, pour personne.

Et puis, il y avait *lui*. Il passait beaucoup de temps avec moi, parce qu'il n'avait pas le choix. Son père était là sans être là, sans arrêt avec mon grand-père, à chasser dans les montagnes. *Lui*, il n'aimait pas ça. Ni la chasse, ni veiller sur moi. Il le faisait à contrecœur. Ça se sentait. Je l'ai toujours senti : de la part des baby-sitters payées au lance-pierre, qui se servaient dans le minibar de ma mère ou invitaient leurs petits copains en m'envoyant bouler, de la part des services sociaux qui menaçaient de me prendre mais qui rechignaient à rajouter une énième gamine à leurs dossiers – « On en a trop, vous comprenez ? Faites un effort », avais-je surpris un jour dans la bouche d'une assistante sociale qui réprimandait ma mère.

Pourquoi je voulais être seule dans ce grenier ? Ça ne rime à rien. Peut-être que je voulais juste attirer l'attention. Pour couronner le tout, il ne s'était rien passé. Aucun fantôme n'était apparu. Aédan m'a laissée là-haut, il a refermé la trappe et il a disparu. Et moi…

— J'avais peur, admis-je, la gorge nouée.

— De voir un fantôme ?

Des nœuds se forment partout en moi : entrailles, poitrine, cerveau. Tous mes muscles se raidissent et mes doigts deviennent gelés alors que je n'ai pas particulièrement froid.

Je comprends ce que je craignais maintenant.

— Non. Que ma mère m'abandonne.

C'était pourtant évident mais je l'avais oublié. J'ai projeté toute la faute sur Aédan.

Ma mère, qui m'a tant malmenée, mise en danger, pas désirée… Cette femme déséquilibrée m'avait envoyée dans un autre pays, chez son père qui nous détestait, comme on enverrait un colis par la Poste. Il y avait de grandes chances qu'elle ne me récupère pas. Le billet d'avion était réservé, mais un appel de sa part suffisait à l'annuler et à me planter là. Je me rends compte qu'à huit ans, j'en avais pleinement conscience, et qu'en plus j'espérais, en vrai, le contraire. J'avais été déçue de l'accueil à Dunvegan, moi qui imaginais enfin un amour parental tombé du ciel, mais j'espérais que ma mère me reprendrait. Peut-être que ça signifierait quelque chose, qu'elle me voulait, qu'elle m'aimait.

Je n'en avais pas terminé avec elle.

— À ce point ? finit par dire la voix d'Aédan.

— Elle a accouché de deux enfants qu'elle n'a jamais voulus. Et je l'ignorais à cette époque, mais elle avait déjà abandonné son premier sans regarder derrière elle. Peut-être qu'elle m'a récupérée seulement pour… prouver à son père qu'elle maîtrisait quelque chose. Malcom…

Je soupire pour m'éviter de fondre en larmes. J'aimerais bien me sortir indemne de cette discussion de grenier.

— Il espère de moi que je lui confirme que notre mère pensait à lui, mais la vérité, c'est qu'elle ne m'a jamais, *jamais* parlé de lui. À aucun moment. Comment je suis censée lui apprendre ça ?

Jusque-là, j'évite de regarder mon voisin dans les yeux, bien trop gênée par le cours de la conversation. Pourtant, j'ose un rapide coup d'œil : il semble pensif, le regard bas. J'aimerais me donner une claque pour m'empêcher de parler autant, mais j'ignore pourquoi, le combo grenier-Aédan me délie soudain la langue.

— Il devra bien l'entendre un jour, me dit-il. Ce n'est de toute façon pas à toi d'endosser cette culpabilité-là. Le père de Malcom s'est remarié et son épouse l'a élevé comme son propre fils. Ton grand-père Graham lui a permis de porter son nom pour être l'héritier du clan, il n'a pas vécu les mêmes difficultés que toi.

— Peut-être, mais… ça n'empêche pas que sa mère l'a abandonné.

Il paraît surpris par mon raisonnement. Ses iris noirs me scrutent comme s'ils tentaient de décortiquer le mécanisme de ma pensée. Il n'y a pourtant rien de plus logique. Oui, Malcom a été privilégié et il l'est encore, mais il reste des blessures qui ne connaissent aucune distinction sociale.

— Tu me plaindrais, moi, si ça m'était arrivé ?

Il accompagne sa question d'un soupçon de défi et d'une sincérité qui m'embrouille. Peut-être qu'on glisse trop sur un terrain personnel, le grand patron et moi. Bon, on glisse depuis longtemps sur cette piste, mais là… ça me rend si nerveuse que je pouffe avec un haussement d'épaules.

— Non, tu es roi, voyons ! Tu es le plus privilégié des privilégiés !

Il écarquille les yeux et acquiesce.

— OK, je vois. *Ça* fait tout de même de grandes distinctions !

« Ça » ? Il est sérieux, le Grand Despote ?

— Je te signale que je suis revenu vers toi, dans ce grenier, avec le goûter. La fameuse brioche qu'on nous servait toujours dans l'après-midi et dont tu te régalais. D'où ton surnom.

J'ouvre la bouche pour protester et la referme aussitôt. Un flash aussi bref et violent qu'une sueur froide me strie l'échine. Je le revois s'asseoir à côté de moi, poser une assiette avec une grosse tranche dorée de brioche fumante et enlacer mes épaules.

Il m'a consolée. Avec de la brioche. Que j'adorais.

Pourquoi j'ai oublié ça ?

— Je suis désolée, balbutié-je, émue.

Je crois que mes yeux rougis le mettent mal à l'aise, mais je ne parviens pas à me reprendre. Je ne comprends pas ma mémoire. Pourquoi j'ai zappé la tendresse pour ne conserver que les instants difficiles ? Qui, en plus, ont été distordus par mon cerveau ?

— Ce n'est pas grave, finit-il par grogner en regardant ailleurs. Arrête de pleurer.

J'écrase mes larmes dans les manches de ma veste de cuisinière, embarrassée, et m'empresse de m'éclaircir la gorge avant de reprendre sur un autre ton.

— Je n'oublie pas le fort de couvertures qui s'est écroulé sur moi ni la partie de cache-cache que tu as abandonnée sans me prévenir, dis-je du ton le plus ferme dont je suis capable dans un moment pareil.

Le tremolo dans les premiers mots est immanquable, mais je suis plutôt fière du retournement de situations.

— La partie de cache-cache… réfléchit-il, le front plissé.

— Je suis restée plus d'une heure dans un placard à balai avec une serpillière qui pue.

Ça lui arrache un sourire sadique et enfantin. Un charmant mélange qui ravage tout sur son passage.

— OK, d'accord, je veux bien reconnaître que je t'ai utilisée comme souffre-douleur, reconnaît-il enfin.

— Aaah, j'le savais ! m'exclamé-je sans pouvoir réprimer un rire.

C'est complètement idiot comme échange, mais pour une fois, on s'en amuse ensemble. Je me détends et croise les jambes devant moi. Son sourire pétillant s'embourbe une fois de plus dans ma cage thoracique. À chaque fois, il agit comme une attaque de glaive qui érafle mon cœur. La douleur provoquée devient exquise.

— Et je peux savoir pourquoi tu agissais comme ça ? enchaîné-je, une nouvelle boule de nervosité éclatant en moi.

Il commence par un soupir sonore, histoire de se reprendre. C'est que l'explication ne doit pas contenir la même insouciance que nos dernières paroles.

— Disons que je devais partir en vacances avec ma mère et ma sœur en Norvège, mais mon père venait de nous apprendre qu'il était malade, sans espoir de guérison, et qu'il abdiquerait dans quelques années pour me laisser sa place. Je n'ai pas pu me résoudre à le quitter alors qu'il n'avait besoin que de solitude pour encaisser la nouvelle.

Il s'arrête là en me donnant l'impression de porter l'Himalaya sur son dos. Voilà pourquoi il restait des après-midis entiers avec moi, au lieu de se balader avec son père. J'ai entendu dire que ce dernier vivait loin pour raison de santé. Abdiquer signifie l'incapacité de régner et peut-être bien la mort qui approche. Il a anticipé.

Je n'ai aucun souvenir de ce roi que je ne croisais quasiment jamais. Je savais qu'il était là mais sa fonction me paraissait si irréelle que je ne lui prêtais aucune importance. Alors que son gamin torturé restait avec moi.

— Je suis désolée, murmuré-je, à nouveau en proie à l'émotion.

— Arrête de t'excuser, gronde-t-il d'un ton las. En fin de compte, tu as détourné mon attention durant deux mois. C'est peut-être tout ce dont j'avais besoin.

Son discours pourrait être plus sensible, mais il reste froid. Je ne me doutais pourtant pas de cette histoire personnelle. Il y a finalement plusieurs strates qui recouvrent cet homme. Je me demande à quoi il ressemble tout au fond, là où il n'y a plus besoin de creuser et là où son cœur est à vif. Est-ce que la femme qu'il épousera pour combler son entourage aura la chance de le voir ? Est-ce qu'il acceptera même de la laisser l'atteindre ?

Son destin manipulé par les siens me coupe le souffle. Je secoue la tête.

— OK, OK. Tu es privilégié mais tu as le droit d'être plaint.

Il dégaine un sourire teinté de tristesse.

— Vous êtes trop bonne, madame la juge.

— Circonstances atténuantes, nous sommes dans un grenier.

C'est agréable de l'entendre rire et de me joindre à lui.

— On attend quel fantôme, d'ailleurs ? enchaîné-je en espérant maintenir une atmosphère plus détendue.

— Un ancêtre du Moyen Âge mort bêtement en se penchant un peu trop par-dessus le chemin de ronde pour observer des canards, en bas.

J'éclate de rire au risque d'invoquer ce revenant qu'on guette.

— La famille a chassé une centaine de canards pour ses funérailles, c'est rapporté dans les chroniques des Stuart.

— Oh les pauvres volatiles.

— Autre temps, autres mœurs, répond Aédan, plus apaisé. Et en parlant de mœurs, tu en es où avec le commis Gio ?

Le changement de cap me surprend tellement que je me redresse, empourprée. Il a dû remarquer quelque chose à Samhuinn, rien de surprenant. Mais qu'il l'évoque directement, ça l'est beaucoup plus ! Je n'ai pas envie de parler de ça avec lui. C'est comme si… je fermais une porte.

Quelque part. Non pas que j'espère quoi que ce soit avec lui, ce serait *vraaaiment* n'importe quoi ! Mais demeurer accessible, c'est toujours mieux. Dans ma tête.

— Nulle part, on n'est pas ensemble, répliqué-je sans frémir.

Il fronce les sourcils, étonné.

— Ah bon ?

— Non.

— Il ne t'intéresse pas ? Evan a cru comprendre que lui, il te voulait.

Mon cœur s'emballe au point de me retourner l'estomac. Ce n'est pas tant la suspicion d'Aédan qui donne la nausée, mais plus la possibilité que Gio soit plus mordu que je ne l'imagine.

— Je ne cherche pas à me caser, réfuté-je. Mais vraiment pas du tout.

— Ne sois pas autant sur la défensive, j'ai l'impression de t'avoir accusée de quelque chose d'infâme.

— Ce n'est pas ça !

Je hoquète, perturbée. La perspective d'avoir une telle attache, un Gio-copain, à mes côtés, pour des années… ça me fout en l'air !

— Je ne veux rien de sérieux, pas question de m'engager dans quoi que ce soit.

Aédan acquiesce, les lèvres serrées. C'est sûr que je lui donne de quoi se foutre de moi avec cette histoire.

— Donc tu veux juste te taper Gio, conclut-il.

Une bouffée de chaleur m'enflamme la tête.

— On peut dire ça comme ça, rien de plus, déclaré-je, au comble de l'embarras.

Je sors mon portable et regarde l'heure avant de bondir sur mes pieds. Baignant dans une nervosité sans fond, j'organise ma fuite.

— Bon, ce n'est pas tout, mais je dois retourner en cuisine, on va commencer à préparer le dîner. Dommage pour l'amateur de canards, une autre fois peut-être ?

Aédan se lève à son tour et approuve sans broncher. Je tourne les talons et me retiens de courir pour atteindre la porte.

— Halley, attends.

Rha il va falloir qu'il arrête avec ça ! Trop d'ascenseurs émotionnels ! Son « Halley » rocailleux me vrille le cerveau… et, accessoirement, me fait perdre tous mes moyens. Je pivote aussitôt pour revenir vers lui comme une droguée en manque. Ou un yoyo à peine lancé et qui revient à toute vitesse.

— Oui ?

Il fiche ses yeux noirs si extraordinaires sur moi, les mains croisées dans le dos. Rien qui n'apaise ma tension.

— Si tu ne cherches rien de plus, tu peux aussi te tourner vers moi.

Il me faut bien deux secondes pour entendre la vraie proposition derrière cette phrase on ne peut plus banale, et sentir tout mon sang quitter mon visage pour se rabattre avec force dans mes joues au point de les gonfler et pour bouillir mes neurones.

— Q-quoi ? balbutié-je.

Si ça se trouve, c'était une hallucination auditive. Une sorte de mélange entre ce que je désire en secret et une phrase bateau qu'il me sortirait comme ça.

Sans prononcer un mot, Aédan avance d'un pas. Il est si près de moi à présent que les battements de mon cœur s'intensifient. Dès que je perçois son parfum, plus rien d'autre ne compte. Il règne dans le grenier une odeur d'humidité et de renfermé qui titillait jusque-là mes narines ; elle disparaît. Le feu de bois dont est empreint son pull et l'agrume corsé qui s'échappe de son cou annule tout.

Hors de question de reculer, je suis ultra partante ! S'il s'approche de moi pour ne pas m'embrasser, je m'arrangerai pour que le roi regarde les canards d'un peu trop près. Parce que là, il se plante juste sous mon nez, m'impose sa chaleur irradiante et son charme tangible. Mes paupières s'alourdissent, mes genoux tremblent, ma respiration s'affole… s'il fait tout ça pour rien, je le vivrai mal. Mon plan, c'est de le laisser décider. Lâcheté est mère de sûreté. Pas d'emballement, pas de retour en arrière, je suis un poteau, je suis un arbre. Dont la sève risque de jaillir de toutes parts à tout moment, mais je suis un arbre.

— Je disais que si tu ne cherches rien de plus que du sexe, tu peux venir à moi. Je ne cherche rien d'autre, moi non plus.

Au moins, les termes sont clairs… Plus le temps d'analyser tout ça, il se penche vers moi et dépose sa bouche sur la mienne. J'agrippe aussitôt son pull pour m'assurer de ne pas tomber. La douceur de ses lèvres ! Par tous les dieux de la pâtisserie, elles ont encore le goût de son thé au gingembre et le fumé de la note de whisky qui le parfumait. Et ce n'est qu'un aperçu, je me retiens de les léchouiller mais pas d'en enfermer une entre les miennes pour conserver son goût. Ça l'enhardit car l'une de ses mains glisse sur ma joue et s'enfonce dans mes cheveux. Il me rend la pareille, emprisonne ma lèvre inférieure et la mordille.

Mes jambes deviennent du coton. C'est le bon moment pour m'enrouler autour de son cou et avoir une chance d'enfin toucher ses cheveux noirs… mais il met fin à ce baiser pile au moment où je me décide. Il recule tout en emportant avec lui ma lèvre qu'il relâche lentement entre ses dents. On dirait qu'il aspire tout mon désir rien que pour l'affoler un peu plus. Je me dépêche de me sucer la lèvre pour garder son empreinte.

J'en veux encore ! C'était trop court, on n'a même pas mis la langue…

— Je t'autorise à venir dans ma chambre la nuit, personne n'en saura jamais rien, murmure-t-il de sa voix rauque et brûlante.

Les paupières vibrantes, j'ouvre les yeux, toujours aussi soufflée par la situation.

— Tu crois vraiment que je prendrais ce risque ? chuchoté-je, la respiration saccadée.

Son sourire suffisant finit de m'étrangler.

— Tu viendras.

Aédan me contourne et sort du grenier d'un pas sûr et tranquille alors qu'il abandonne une pâtissière cramée derrière lui. Peut-être pas plus mal que je sois seule quelques secondes. Je dois me ressaisir et vite ! Si je redescends en cuisine dans cet état, on va se poser des questions. Étant donné ma fièvre, je pourrais toujours invoquer une grippe ou quelque chose du genre. Mais les pupilles dilatées de désir et les seins dressés, à part une lubricité au top niveau, je ne vois pas trop comment les expliquer.

Je peux le rejoindre dans sa chambre la nuit.

Non. J'ai l'*autorisation* de le rejoindre dans sa chambre la nuit.

Mais bordel ! Devenir la maîtresse du roi, c'est la pire des conneries que je pourrais faire ! La *piiire* ! Enora va me rayer de la carte si elle l'apprend. Je risque de tout perdre, le gâteau royal, mon plan en trois étapes et la possibilité de croiser la route d'Alfredo Bucati. Peut-être qu'Aédan ne dira rien, mais si on m'aperçoit dans ses appartements, si quelqu'un se doute de quoi que ce soit…

Je redescends du grenier en mode pilote automatique. Une fois en cuisine, je ne regarde personne. Pas de contact visuel, comme ça je passe inaperçue. Je mets tout de côté pour me concentrer sur ma tâche.

— Brioche ? m'appelle À-Point.

— Cheffe ?

— Demande à l'intendance s'ils savent si on peut encore trouver des baies des chasseurs dans le coin. Le roi aimerait servir un dessert avec ces fruits pour sa soirée. Si tu en as, il faudra que tu élabores quelque chose. Je peux te faire confiance ?

C'est demandé comme un prof qui assigne un devoir à son élève.

— Oui, cheffe !

Voilà qui va me changer les idées ! Aédan veut des baies des chasseurs, il aura des baies des chasseurs. Même si je n'ai aucune idée de ce que c'est.

*

Impossible de dormir, je ressasse toute la scène du grenier, la tête froide.

C'est quoi l'embrouille ?

C'est ce que j'ai fini par me demander. On se taquine avec une complicité héritée de ce séjour de deux mois, il y a quinze ans, soit. Mais aujourd'hui, on n'est vraiment rien l'un pour l'autre. On n'a rien en commun, aucun objectif. Alors oui, ça rend le sexe sécurisant pour ma part, parce qu'il ne s'accrochera pas à moi et je ne m'accrocherai pas à lui. Il va se marier, je vais repartir des cuisines d'Enora avec mon ticket d'or.

De fait… c'est le coup parfait. Et le pire tout à la fois. Le risque prend tellement de hauteur sur l'échelle d'évaluation qu'on n'en voit plus le sommet.

Je roule sur le dos, harassée par les interrogations en bataille qui fusent dans ma tête, et pousse un soupir que j'espère discret pour ne pas réveiller Brianna.

— Tu ne dors pas ? relève aussitôt la voix claire de ma coloc.

— Toi non plus ?

— Non. À quoi tu penses ?

Je me mordille la lèvre – ce qui me catapulte le souvenir en 4D du baiser d'Aédan en tête – et grogne.

— T'as déjà eu envie de coucher avec la mauvaise personne ? balancé-je, coincée dans ma réflexion.

Brianna n'a pas l'air plus surprise que cela par la teneur du sujet.

— Tu penses à Gio ?

Pas du tout. Le nœud de culpabilité que j'éprouve depuis que je l'ai croisé en revenant du grenier ne m'a pas quitté. Ce n'est pas comme si on s'était promis quoi que ce soit, ni exclusivité ni sexe, mais c'était dans les tuyaux. Et en mener deux de front, je ne sais pas si j'en serai capable. Aédan s'en contrefout, mais Gio…

— Oui.

— Tu as peur que ça mette le feu à la coloc ?

Ça n'arrangerait pas mon travail de coucher avec Aédan, c'est certain. Ça va détourner mon attention comme c'est déjà en train de le faire. Et coucher avec le grand patron, même si ce n'est pas Enora, quelle erreur à la con !

— En quelque sorte, oui.

— Et que ça foute en l'air votre amitié ?

Pour le coup, l'amitié avec Aédan ne fait pas partie de l'équation. On ne va rien gâcher. Cependant, du côté de Gio, je me suis déjà posé la question.

— Ouais. Il n'y a pas de réponse limpide sans essayer.

— Mmh. Peut-être, dit Brianna.

Le ton préoccupé de ma coloc me saute soudain aux oreilles. Impossible de distinguer ses traits dans l'obscurité de la chambre pour confirmer, mais c'est peut-être mieux. On peut parler avec moins de pression sur les épaules.

— À qui tu penses, toi ?

Un court silence suit, rompu par une voix devenue fluette.

— À Lucie. Il se peut que je craque pour elle.

Avant même que je ne lui réponde, elle ajoute :

— C'est nouveau pour moi. Enfin, je crois.

— Qu'est-ce que tu veux dire ?

— J'ai toujours trouvé Natalie Dormer sexy, mais sans me dire que je pouvais éprouver plus, tu vois ? Et puis, à Samhuinn, avec Lucie, on s'est déguisées ensemble, on a choisi un chou toutes les deux, pour rigoler, et puis elle m'a pris la main et…

je sais pas. Je l'aime bien, je crois. J'imagine… ses baisers.

J'ai bien imaginé ceux d'Aédan dans un coin de ma tête.

— Je crois que je suis bi, conclut-elle, peut-être un peu dépitée.

— Tu n'as pas l'air surprise.

Je l'entends bouger sur son lit.

— Toi non plus.

Un rire m'échappe, Brianna surenchérit. Le ballon d'appréhension se dégonfle.

— Est-ce que ça va, toi ? lui demandé-je alors.

— Oui, répond-elle avec assurance. Je suis un peu confuse, mais en parler à voix haute me conforte dans ce que je ressens.

La perche qu'elle me tend sans s'en rendre compte m'emballe sans que je parvienne à la saisir. Avouer que le roi m'a embrassée dans le grenier pourrait ouvrir une porte infernale sur les bruits qui courent, même si je veux bien avoir confiance en Brianna. Elle pourrait craindre pour moi, s'emporter, ou s'enthousiasmer, je n'ai aucune garantie.

— Est-ce que tu veux que j'enquête discrétos auprès d'elle ? Grappiller des infos pour savoir si tu lui plais ? lui proposé-je en enfouissant toute possibilité d'aveu.

— Non, non. Je ne suis pas prête à lui confesser quoi que ce soit.

Sa crainte ne m'échappe pas.

— Je ne dirai rien, tu peux compter sur moi. Tu peux compter sur la coloc, on est avec toi.

Elle laisse échapper un rire touché.

— Je sais, oui. Je ne veux pas perdre son amitié, quoi qu'il en soit. Tu n'as pas peur de ça avec Gio ?

— Si.

Argument de plus pour tout arrêter avec Gio et se tourner vers Aédan. Je ne perds pas d'amitié avec lui. Même si mon cœur se serre douloureusement en songeant à lui, adolescent, à mes côtés, à lui et à sa confidence sur son père.

Demain après-midi, je me lance dans une quête : chercher des baies des chasseurs. L'intendance m'a prévenue qu'il y en avait peut-être dans la montagne, je vais profiter de mon temps libre pour les dénicher et créer un dessert parfait pour le roi.

— C'est tout ? relance Brianna qui devait s'attendre à plus.

— Je ne sais pas encore ce que je fais avec Gio.

— … OK. Donnons-nous du temps. Et si on gâche tout, on s'installe en coloc toutes les deux.

— *Deal*, m'amusé-je.

— Bonne nuit, Brioche.

— Bonne nuit, mon Petit Soufflé.

Brianna ravale sa bouffée d'air.

— M'appelle pas comme ça ! Pas question que ça devienne mon surnom en cuisine !

Je me contente d'un rire de sorcière qui me vaut un oreiller dans la figure.

Quand enfin on trouve le sommeil – ou plutôt quand Petit Soufflé le trouve –, je rabats la couverture sur le côté, enfile mon pull abandonné au pied du lit, chausse mes baskets, le tout dans un silence de cambrioleuse professionnelle. Je sors de la pièce avec la même discrétion et referme la porte sans aucun bruit.

Je connais la localisation des appartements privés d'Aédan, mais sa chambre, c'est une autre histoire. Parce que j'ai bien l'intention d'y aller. En vrai, je n'ai rien à gâcher avec lui, je ne supporte pas son arrogance et même si son parcours n'est pas seulement jonché de lumière et d'or, il est roi. La dernière personne à plaindre. Le livre de Lilibet Murray voyait juste : il est en plus un *sex addict*. Je vais donc prendre les choses comme elles sont et coucher avec un *toy boy* de luxe.

Je monte les étages, la peau parcourue de frissons et le cœur en chantier. Je guette le moindre bruit, apeurée qu'on me croise par inadvertance dans le coin. J'aurais zéro excuse. Lorsque je reconnais la porte du salon privé dans lequel je suis entrée plus tôt dans la journée, je commence à penser que je suis quasi sortie d'affaires. La seule pièce où il y a encore de la lumière doit être son repaire, il n'y a personne d'autre que lui dans ce château au milieu de nulle part.

Les pieds cloués au sol, je demeure face à ce beau battant en chêne une bonne minute avant de lever le coude et de frapper trois coups. Cette fois, il n'est plus question de faire demi-tour. J'entends du bruit derrière et des pas qui se rapprochent. Mon envie de sexe avec lui part dans tous les sens, c'est n'importe quoi ! J'ai hâte de le toucher et de lui faire ravaler son sourire tout en espérant qu'il me dévore de ses lèvres si douces. Si je lui demande gentiment, il acceptera un cunnilingus ? Qu'est-ce que je peux lui demander d'ailleurs ? Tous les hommes avec qui j'ai couché n'étaient que des inconnus pour moi, on se contentait d'épuiser un débordement de désir brut. Je n'en suis pas dénuée maintenant, mais *lui*, je le connais un minimum. C'est bizarre ! Ça aurait été tout autant bizarre avec Gio, en fait.

Oh là là. Mon plan était de me jeter sur lui aussi bêtement que possible, et voilà que la nervosité de discuter avant me noie ! La poignée de la porte bouge, je déglutis, fiévreuse. Ma culotte est trempée, mes lèvres au supplice, on peut dire que je brûle littéralement de me jeter sur lui. Le battant s'écarte et la lueur ardente d'une cheminée me réchauffe le visage.

— Bonsoir.

Une femme. Nue. Ou presque, son kimono de soie noir est grand ouvert. Belle à en crever. Quoi qu'il en soit.

Pas du tout la personne que j'escomptais. Je me suis trompée de chambre ? J'inspecte l'encadrement et note un bois de cerf couronnant le linteau. Rien qui n'indique réellement qui est le propriétaire du lit recouvert d'un tartan rouge et noir. Même si c'est bien le motif d'un Stuart et qu'il n'y en a qu'un seul entre ces murs.

— C'est pour quoi ? finit par demander l'apparition.

— Hum…

Je baisse les yeux et les écarquille lorsque j'aperçois le triangle formé de minuscules diamants décorant son pubis. Mes dents saisissent ma langue avant qu'elle ne fourche. Elle porte un *vajazzle* !

Ne ris pas.

— Brioche ?

La voix me fait bondir sur le côté. Je pose une main sur mon cœur et sens une pierre dégringoler dans mon estomac. Aédan me fixe, imperturbable, dans le couloir. La panique me force à reculer. Il n'y a pas trente-six explications possibles à la situation : Aédan m'a lancé une proposition en présumant que je viendrai tout en ayant prévu un autre plan cul au cas où. Parce que c'est un mufle.

— Ce n'est pas ma chambre, ici, ajoute-t-il avant de regarder sa montre. Et il est minuit passé.

Autrement dit : je suis punie de ne pas avoir accouru.

Connard arrogant. Grand Despote machiavélique ! Grandiose Somptuosité des Égouts ! Il était sûr de me coller dans son pieu ? Je lui ferai ravaler ses certitudes.

— Ça ne se reproduira pas, affirmé-je sans trembler, avant d'effectuer un demi-tour sans fautes.

Je souris à la femme parfaite, témoin de cette scène absurde.

— Très joli maquillage.

— Merci, répond-elle, un rictus en coin plus malin qu'il n'y paraît.

Et je trace. Je n'en reviens pas d'être aussi stupide ! Pourquoi risquer mon seul point d'ancrage dans ce monde, à savoir mon job, pour coucher avec un putain d'égoïste ? Je devrais le remercier en fait !

Je remonte fissa dans la tour en réfrénant mon pas militaire. J'arrive enfin au bon étage et dans le bon couloir quand une silhouette familière se dresse sur ma route. Je sursaute à nouveau, l'autre aussi.

— Halley ! chuchote Gio, rassuré.

— Gigi ? Qu'est-ce que tu fais là ?

— Je venais te voir.

— Au beau milieu de la nuit ?

— Oui. Mon pote de chambre est parti dans une autre chambre parce que la coloc de sa copine leur a cédé la place. Alors je me suis dit… que tu serais peut-être partante pour t'amuser avec moi. Bon, bien sûr, si mon camarade n'était pas parti avec toutes les capotes, on aurait pu aller plus loin, mais si ça te dit, on peut toujours utiliser nos mains.

Et il agite ses doigts en guise d'illustration. Moi, ça me convient tout à fait. J'agrippe le col de son tee-shirt pour le tirer vers moi et l'embrasser. Il m'enlace aussitôt.

Je ne sais pas pourquoi Gio m'attire en vérité. Il assume un côté gamin qui me plaît étrangement alors que j'ai toujours préféré coucher avec des hommes plus mûrs. J'ai souvent espéré que ce besoin de piocher des amants de passage dans un panel de partenaires plus âgés que moi – sans avoir non plus le double de mon âge – ne soit pas lié au fait que je n'ai jamais eu de père, sans parvenir à m'en convaincre à cent pour cent. Je me persuade surtout qu'ils savent ce qu'ils font grâce à leur expérience. J'aime quand le sexe est rapide et efficace. Je cherche un moment d'oubli et d'extase, pas des caresses qui traînent en longueur, du blabla pour tourner en rond quand on pourrait aller à l'essentiel.

Gio est le premier de mon âge. Une part de moi est curieuse, une autre redoute.

Il m'attire dans sa chambre, referme derrière lui et on n'entend plus que nos souffles qui s'agitent. Il ignore que je suis déjà bien excitée malgré la volte-face royale que je viens de vivre et que je culpabilise un peu de cela. Aussi, je compte bien satisfaire Gio pour au moins lui prouver qu'il mérite le meilleur.

*

Les croissants n'ont jamais été aussi bons, croustillants et beurrés à souhait. D'habitude, les petits-déjeuners de Gualachulain sont préparés par l'intendance qui vit ici : œufs brouillés, scones, pain et beurre. Aujourd'hui, c'est Brioche qui est aux fourneaux. C'est bien la première fois qu'on a des croissants dignes de ce nom ici. Modelés par les mains de la si douce et piquante Brioche. Aux lèvres charnues et farouches. Brioche qui m'a rendu mon baiser. Une réaction imprévisible, je dois bien l'avouer. Plus étonnant encore, le fait que je sois… *touché* par notre discussion du grenier. Difficile, pourtant, d'être touché lorsque notre cœur manque à l'appel, non ?

Brioche McLeod fait des miracles.

Mais bordel, quel *mauvais timing* hier soir ! J'ai attendu qu'elle se pointe sans lui avoir indiqué quelle chambre était la mienne. J'ai vraiment douté, au point de rejoindre Cobalt qui patientait. Et bien sûr que Brioche a frappé à la mauvaise porte. Cela dit, je ne m'en sors pas si mal : la courtisane de Morgane m'a divertie, Brioche a mordu à l'hameçon le jour même et elle m'a servi d'intéressantes informations au sujet de Malcom sur un plateau. D'un autre côté, à présent, elle connaît elle aussi l'une de mes faiblesses. Je n'avais plus évoqué la véritable raison de ce séjour estival à Dunvegan depuis des années.

— Qu'avez-vous prévu aujourd'hui, Votre Majesté ? me demande Gareth, comme chaque matin.

— Course et nage, j'ai bien l'intention de finir ces croissants, je vais devoir les dépenser d'une manière ou d'une autre.

— Le plus tôt sera le mieux, on annonce des averses et un vent violent dans l'après-midi.

Je dévore un second croissant qui fond sur la langue avant de me sucer les doigts pour ne pas en perdre une miette.

— Alors ne tardons pas, dis-je en me levant, motivée par la journée qui s'annonce.

La matinée et le déjeuner passent en un rien de temps, l'après-midi coule paisiblement. Je félicite Morgane pour sa courtisane, échange quelques messages avec Evan parce que je lui ai confié les invitations de nos amis, sors Loki, regarde un épisode de *Chefs in Kilts* en replay et passe un bon moment à voir des candidats cuisiniers pleurer devant leurs échecs, j'évite les journaux comme la peste, et prends enfin un café au coin du feu, avec la vue sur le loch et ses couleurs automnales.

Comment je peux piéger à nouveau Brioche ? Elle a tourné les talons avec un avertissement beaucoup trop mignon : « Ça ne se reproduira pas. » Moui, jusqu'à la prochaine fois. Des femmes comme Cobalt sont un passe-temps de qualité, mais Halley possède ce petit quelque chose qui me harponne inlassablement.

Ce baiser… J'ai envie de plus et elle n'a rien contre. C'est ça, l'information capitale de la journée d'hier.

— Votre Majesté ?

L'irruption de Gareth m'extirpe de mes pensées. D'une manière générale, je ne le croise jamais l'après-midi lorsque je suis au château, sa venue m'intrigue aussitôt.

— Que se passe-t-il ?

Gareth s'éclaircit la voix et referme la porte derrière lui avant de faire quelques pas.

— Il se peut que nous ayons un problème. L'une des employées est partie dans la montagne en début d'après-midi et comme le temps est en train de se dégrader, ses collègues s'inquiètent de ne pas la voir revenir.

— Elle est partie sans téléphone ?

— Elle ne répond pas. Vous savez combien le réseau est timide là-haut.

Certes.

— Qui serait assez stupide pour grimper sur les hauteurs sans vérifier la météo avant ? grogné-je.

Gareth sort son calepin de notes de sa poche. On dirait un inspecteur de police en plein compte-rendu.

— Une certaine Halley Morland.

Oh mais bien sûr ! Qui d'autre ?

— Mais qu'est-ce qu'elle fiche au milieu de nulle part, seule ?

Mon chargé de sécurité poursuit la lecture de ses notes.

— Selon Petit Soufflé – c'est le surnom de la commise que j'ai interrogée –, elle serait partie cueillir des baies pour un dessert.

L'annonce me raidit.

— Quoi ?

— Toujours selon Petit Soufflé, elle avait besoin, et je cite, de « souffler deux minutes ».

Oh non, Brioche… Tu vas te prendre une bonne douche écossaise, dans les règles. Gareth referme son carnet et, une goutte de sueur roulant sur sa tempe, m'adresse son air le plus suppliant possible. Il me connaît trop bien. Il me sert depuis mon couronnement et m'a traqué dans chacune de mes fugues de jeunesse.

— Votre Majesté, je me dois d'insister, je vous en conjure même, promettez-moi de rester ici, au château, en sécurité, pendant que je me rends là-haut avec un chasseur pour la ramener. S'il vous plaît.

Je me lève et il soupire aussitôt.

— Non, je vais m'en occuper. Si c'est bien l'intendance qui a renseigné Brioche McLeod sur les baies auxquelles je pense, je sais où elle se trouve, contrairement à vous.

— Hors de question que vous partiez seul, me prévient Gareth en bombant le torse avec l'espoir d'inspirer de l'autorité tout en craignant de m'offenser.

— Je ne serai pas seul, je pars avec McBeth.

Mon employé grimace et murmure un « Qui ? » gêné.

— Un Clydesdale de neuf cents kilos.

Sa réaction dépitée ne peut que me faire sourire. Mais je ne veux pas l'enfoncer plus. Il n'y a pas plus dévoué que lui, je vais lui faciliter la tâche.

— Allez aux écuries pour demander à le préparer, je vais me changer. Il y a un refuge dans les hauteurs, avec un téléphone. Dès qu'on sera à l'abri, je vous appelle. Et si à 18 heures, vous n'avez pas de nouvelles, je vous autorise à déclencher tous les protocoles de sécurité que vous voulez. On reviendra dès que le temps le permettra. Ces averses ne durent jamais.

Je marque des points au fur et à mesure et Gareth finit par baisser les bras. Il sort, j'en profite pour changer de tenue et enfiler des bottes avec l'aide de Donan, ainsi qu'un imperméable à capuche brun idéal pour les déluges. Lorsque je débarque dans la cour du château, McBeth m'attend avec un palefrenier. Ce géant à la robe alezan et aux jambes blanches aux fanons fournis s'ébroue d'impatience. Mon cheval favori, gentil, volontaire, endurant. Il me reconnaît dès que je suis devant lui et me donne des coups de tête tandis que je lui caresse l'encolure.

— Vous serez prudent, Votre Majesté, n'est-ce pas ? s'inquiète Gareth.

— Mais oui.

À bien regarder, quelques membres du personnel se sont réunis là et semblent anxieux, à me toiser de loin. Je reconnais les trois commis et camarades de Brioche qui se rongent les sangs. Elle s'est juste égarée en montagne au mauvais moment, elle n'est pas non plus portée disparue à jamais. Ils commencent à me faire peur, tous. Je mets le pied à l'étrier et me hisse sur la selle. Peut-être que je sous-estime la catastrophe innée chez elle. Je pars sans attendre plus longtemps tout en saluant Gareth.

McBeth est tellement grand que je dois baisser la tête lorsque l'on franchit la porte de l'enceinte du château. Une fois l'entrée passée, je rejoins le chemin qui sillonne les bois avant de monter les pentes alentour vers les sommets. La fraîcheur et l'humidité deviennent intenses dès que je m'enfonce dans le bois. Les feuilles dorées frémissent et forment un tapis brunâtre sur le sol. Des promeneurs ont déjà posé des branches sur les creux du chemin pour passer les flaques de boue au moment des pluies. Je me demande avec quel attirail une Américaine d'Hollywood, plus habituée à la plage qu'aux Highlands, a bien pu partir dans cette expédition. Peut-être qu'ils ont tous raison de s'inquiéter. Ça commence à me nouer l'œsophage.

Plus haut, je croise un couple de locaux qui redescend, des bâtons à la main. C'est courant de croiser les gens du coin, ils ne s'étonnent plus de me voir et me saluent toujours avec entrain. Entre membres du clan Stuart, rien de plus naturel.

— Bonjour Votre Majesté ! me salue madame, ravie.

Je ralentis le trot de McBeth et en profite pour enquêter.

— Bonjour.

— Attention si vous montez, me prévient monsieur. Ce qui approche va remplir plusieurs *sherry butts* de whisky !

Je souris pour le décorum, mais ses paroles enjouées rajoutent une couche d'inquiétude. Il y a une expression en Écosse, quand il pleut : « La pluie d'aujourd'hui est le whisky de demain. » Et le *sherry butt* donne le ton : il est le tonneau le plus volumineux autorisé dans la production de l'alcool, près de six cents litres.

— Vous n'auriez pas croisé, par le plus grand des hasards, une Américaine rousse et gauche dans le coin ?

J'espère percevoir une étincelle positive dans leurs yeux, mais le couple secoue la tête à la négative.

— Oh non, pauvre *lassie*, plaint tout de suite madame. Est-ce que vous voulez qu'on organise des recherches ?

Les Écossais, le cœur sur la main !

— Non, elle ne peut pas être allée bien loin. Rentrez chez vous.

Ils s'inclinent, me souhaitent bon courage et poursuivent leur chemin. Je pars de mon côté. À l'orée du bois, la route commence à grimper. Les arbres cèdent la place aux buissons, aux genévriers et à la bruyère qui bousculent les pierres au fil du temps. Tout est mordoré ici. Les ruisseaux ambrés dévalent les pentes et la brume précède le rideau de pluie grise que j'aperçois au fond de la vallée. Je presse McBeth pour qu'on accélère. Les baies des chasseurs, si mes souvenirs sont bons, poussent sur des arbustes dans des creux, à l'abri des bourrasques. Car là où je me trouve, le vent du Nord nous frappe de plein fouet.

J'arrive enfin sur la crête. On s'arrête et je prends le temps d'observer les alentours. D'un côté, le loch aux eaux ténébreuses, bordé du château de Gualachulain, et de l'autre, les reliefs chauves, rocailleux et colorés de la montagne *Beinn Sgulaird*. J'inspecte les recoins remplis de bruyères, dans l'espoir de voir surgir la chevelure enflammée de Brioche. Mais bon, quelle idée aussi d'être rousse. Elle se fond merveilleusement bien dans le décor.

— Halley ! appelé-je alors que le vent se charge d'humidité. Halley !

Je passe de l'autre côté de la crête pour tenter ma chance plus loin, l'angoisse s'implantant dans ma poitrine. C'est pour moi que cette irritante petite pâtissière est partie se perdre dans la nature. Si je ne remets pas la main sur elle, je vais me coltiner Enora et tout le clan McKenzie, Malcom et tout le Parlement, sans compter le grand-père McLeod grincheux, même s'il a l'air de se foutre complètement de sa petite-fille.

— Halley ! Bordel ! m'agacé-je.

Je m'aventure encore plus loin. Je me rapproche certes du refuge, mais toujours rien en vue. Ça va finir en appel de secours avec hélico et tout le reste, sur *mes* terres, avec *mon* employée perdue… Siobhán va devoir rédiger des communiqués sur le bien-être des salariés du palais et moi qui suis incapable de retrouver une commise surnommée Brioche !

— Halley !

En plus, le vent me coupe la voix, l'emporte dans l'autre sens, et le voile de pluie se rapproche de plus en plus, au point de boucher l'horizon…

— Halley ! Foutue pétrisseuse de beurre ! Sors de là !

— Mais quoi ?

Je tourne la tête. La voix est ténue, mais je l'ai entendue. Et c'est probablement grâce au vent qui me bat de toutes parts. Là-bas, au milieu d'un tas d'arbustes rouges, jaunes et orange, une tête se relève.

— Putain, je rêve, grommelé-je en tirant sur les rênes pour faire demi-tour et descendre avec prudence dans le creux.

Brioche s'extraie de sa cueillette et lève les bras pour éviter de s'accrocher aux branches de genévriers. Elle tient un sachet en plastique rempli de baies des chasseurs. Non seulement elle n'est vêtue que d'une veste doublée de laine mais en plus, lorsqu'elle parvient enfin à sortir du fourré, je remarque qu'elle ne s'est chaussée que de baskets en toile pleines de boue. Elle cherche vraiment les emmerdes, comme une touriste de base incapable de décrypter un guide et ses conseils. Je m'arrête près d'elle, on dirait qu'elle mesure un mètre, vue d'ici.

— Pétrisseuse de beurre ? relance-t-elle, indignée.

— Vois le bon côté, c'est ce qui t'a fait lever la tête.

Ses mâchoires se contractent avec fureur en guise de réponse. Je lui tends la main.

— Allez, viens.

Elle jauge la monture avec une aversion déroutante.

— Je ne vais pas grimper là-dessus. On dirait le cheval de Troie.

Finalement, est-ce une si grande perte que de l'abandonner ici ? En vrai ? Les croissants me manqueront, mais l'employée…

— Viens là, grogné-je. Tout le monde s'inquiète pour toi et ce qui approche ne va pas nous faciliter la tâche.

Elle paraît surprise.

— Comment ça ? J'ai trouvé ce que je voulais et je vais rentrer, pas de quoi paniquer, affirme-t-elle d'un haussement d'épaules.

— Tu oublies le plus important, m'agacé-je en désignant le rideau de pluie menaçant.

Je ferme mon manteau jusqu'au col et ramène la capuche sur ma tête.

— Les nuages ? doute-t-elle.

— Ce ne sont pas des nuages.

Et au même instant, l'averse glaciale s'abat sur nous, la faisant crier de surprise.

— OK, d'accord !

Les bras raidis et les yeux écarquillés, elle me saisit la main, ses doigts gelés se plantant dans mon poignet. Je la hisse tant bien que mal alors qu'elle tente de prendre appui sur l'étrier que j'ai libéré pour elle. Affalée devant moi, elle parvient à balancer l'une de ses jambes de l'autre côté et se retrouve à califourchon face à moi. Pour la grâce, on repassera.

— Désolée, je n'ai jamais fait de cheval !

C'est *évident*, Brioche.

— Tiens-toi à moi, lui conseillé-je en reprenant les rênes.

Elle se colle contre mon torse. La pluie est si drue qu'on ne voit pas à trois mètres. McBeth rechigne à grimper la côte mais s'exécute avec toute la prudence qui le caractérise.

— « Pétrisseuse de beurre », grommelle-t-elle, tendue.

— Ce n'est pas exactement ce que tu fais ? répliqué-je, nerveux.

— Ça ne te déplaît pas, aux dernières nouvelles, puisque les corbeilles de croissants reviennent toujours vides.

Elle embrase tout mon être avec ses répliques sèches. J'ai envie de hurler que ce n'est vraiment pas le moment de discuter alors que je sens son corps trembloter contre le mien. Je me mords la langue pour éviter de répondre trop durement, je me concentre sur la progression difficile de McBeth. Mais une fois sur le chemin de la crête, je ralentis. Même avec l'équipement adéquat, je sens l'eau s'infiltrer par les interstices de mes vêtements. Je n'ose pas imaginer l'état de Brioche. Je repousse ma capuche en arrière, afin d'améliorer ma vision périphérique.

— Détache-toi, sommé-je à la silhouette trempée.

Après une seconde d'hésitation, elle obéit. Sa chevelure rousse dégouline et ses lèvres sont brillantes d'eau. J'ouvre mon imperméable et écarte les deux pans pour qu'elle se protège un minimum.

— Allez, viens.

Elle hésite. Non mais sérieux… Son regard fuyant finit par se planter sur moi. La pluie nous fouette le visage tant le vent s'acharne et elle trouve le moyen de faire la fine bouche !

— T'es pas obligé de jouer au prince charmant, je peux très bien me débrouiller seule et…

— Mais tais-toi ! l'interromps-je, sidéré. Je t'offre juste un abri !

— Je ne t'ai rien demandé ! rétorque-t-elle.

Le retour des iris flamboyants et des pommettes rougies. Elle possède un fond de colère bien particulier, celui de la blessure. Celle qui démange malgré soi. On se fait face, plus proches que jamais, et je ne pense qu'à une chose : dévorer sa fureur et voir ce qu'il y a dessous.

— Arrête de discuter, c'est un ordre.

Elle ouvre des yeux ronds.

— Sinon quoi ?

L'éclair de provocation ne me fait pas hésiter un seul instant.

— Sinon je t'embrasse.

Un mouvement de recul trahit sa surprise. Pourtant, elle ne saute pas de cheval et ne se blottit toujours pas contre moi pour qu'on reprenne la route.

— T'as loupé le coche, rétorque-t-elle avec aplomb.

Bon sang, est-ce qu'elle est vraiment convaincue de ce qu'elle dit ? Je souris en ferrant un rire plus franc au fond de moi. C'est donc ça ? Elle m'en veut pour hier soir ? La pluie nous rince, on est perchés sur un Clydesdale de deux mètres, perdus dans une montagne, et elle m'en veut d'être allé voir ailleurs au moment où elle s'est enfin décidée.

— Tu crois ça ? m'amusé-je. Je dirais qu'on est en plein dedans, moi.

— Tu te trompes, désolée de te corriger.

Une seule réaction m'apparaît adéquate en l'entendant : fondre sur ses lèvres pour un baiser difficile à réfréner. Je m'arrête pourtant à un ou deux centimètres pour m'assurer qu'elle soit bel et bien partante. C'est donc elle qui fait le chemin restant, ses doigts s'agrippant à mon pull, alors je la ramène contre moi d'un bras ferme. Elle glisse ses bras frigorifiés autour de ma taille et je la relâche un peu à contrecœur. Elle enfouit son visage sur mon épaule, je rabats mon imperméable sur elle et reprends les rênes.

— Je vois, c'est comme ça que ça marche, me vanté-je, satisfait.

— Tais-toi, grogne-t-elle.

Je lance McBeth au petit trot pour arriver le plus vite possible au refuge. Je donne un coup de talon dans le flanc de mon Clydesdale pour nous hâter.

Les murs de pierres anthracite et le toit d'ardoise finissent par surgir sur notre route. Le refuge dans la montagne tient bon depuis des siècles. C'est là que s'arrêtaient mes ancêtres lorsqu'ils chassaient et qu'ils avaient besoin d'un abri. Aussi, il est équipé de tout ce dont nous avons besoin : une étable d'un côté pour les chevaux, une pièce de l'autre pour les hommes et les femmes qui s'aventurent jusqu'ici. Je m'arrête devant la haute porte en bois du coin écurie. Brioche saisit la manœuvre puisqu'elle se laisse glisser sur le sol en s'accrochant à mon bras sans discuter. Elle ouvre les battants tandis que je pose le pied à terre à mon tour. On entre tous dans l'abri sec, rempli de paille et de foin. McBeth s'agite, gêné par l'eau qui dégouline sur son pelage. Je tiens fermement ses rênes en fouillant ma poche intérieure pour donner les clés du refuge à une Brioche muette, plaquée contre un mur pour éviter le gigantisme du Clydesdale.

— Mets-toi à l'abri, j'arrive.

Elle acquiesce et s'esquive sans rien dire. J'en profite pour calmer McBeth, lui retirer les rênes et prendre une poignée de paille pour le débarrasser de l'eau et de la sueur qui maculent sa robe. Le mur entre les deux parties du refuge renferme le conduit de la cheminée et réchauffera l'étable dès qu'un feu sera allumé. Je ne m'en fais pas pour le confort de ma monture. Il a de quoi manger et boire après que j'ai versé de l'eau dans son abreuvoir, je peux le laisser tranquille.

Je sors en vitesse et passe d'une porte à l'autre alors que la pluie n'a pas cessé. Une fois au sec, je referme le battant et surprends Brioche en train d'essorer sa longue chevelure indomptable sur son épaule, mouillant un fin débardeur blanc rendu transparent par l'averse. Sa poitrine se dévoile à mes yeux de la plus délicate des manières. Une vision merveilleuse qui me coupe d'abord le souffle avant de provoquer un *rush* brutal de sang dans l'entrejambe. Jusque-là, je ne l'ai côtoyée qu'en veste de cuisine ou en chemise ample à Samhuinn. J'en vois enfin un peu plus et le spectacle est ravissant.

OK. La nervosité grimpe. Le baiser sur McBeth était une allumette craquée. Je retire mon imperméable pour le pendre aux patères de l'entrée. Elle a allumé un feu dans le poêle grâce au kit de démarrage, et a exposé à la chaleur ses vêtements trempés, étendus sur le dossier d'une chaise.

On n'a rien d'autre à faire. Que s'engueuler ou s'envoyer en l'air. Alors, comme j'ignore tout de ses intentions et qu'elle ne bronche pas, son regard me défiant de loin, je plonge dans la première option en espérant tasser la seconde à coups de pieds.

— Vraiment, partir seule et aussi peu préparée, c'était totalement inconscient ! m'exclamé-je.

Elle se raidit alors que j'avale l'espace en trois pas pour ouvrir un placard, près de la cuisinière prête à l'emploi. Je saisis une serviette pour la lui tendre, elle me l'arrache des mains pour s'emmitoufler dedans. Pas plus mal. Le combo chevelure mouillée et débardeur transparent aurait fini par m'achever.

— Mon chargé de sécurité allait quitter le château pour courir la montagne à ta recherche alors que ce n'est *pas* son travail !

Ma mauvaise foi ne m'échappe pas, mais peut-être que Brioche ne la verra pas du tout passer.

— Je suis une adulte qui fait seulement son travail ! s'agace-t-elle en désignant le sachet de baies des chasseurs posé près de l'évier.

Rempli de fruits violacés. Parce que je les voulais.

— L'intendance est là pour ça, rappelé-je alors.

— L'intendance ne sait pas sélectionner un bon produit comme moi, rétorque-t-elle.

— Mais l'intendance ne part pas seule sans dire où elle se rend !

Elle aspire un bol d'air pour rugir mais s'interrompt. Elle ravale ses mots.

J'ai réussi à la faire taire, incroyable ! Cependant, si on ne s'engueule plus… reste la seconde option. Et bordel, comme j'ai envie d'elle ! Elle est venue à moi, hier soir ! Notre résistance vaine, imposée par notre position, me booste et m'apporte quelque chose de nouveau. Une impatience et une fébrilité que je n'avais plus ressenties depuis bien longtemps.

À chaque baiser, elle a participé. Elle me les a rendus, me parle comme à n'importe qui, m'engueule… Peut-être qu'à la longue, cet état des choses m'insupportera, mais pour le moment, il m'exalte.

D'une voix suffocante, je reprends la parole.

— Je réitère ma proposition.

— Quelle proposition ?

Elle m'arrache un sourire et mon désir prend de l'ampleur. Elle n'est pas dupe, ça se voit à son mince rictus en coin plein de provoc. Encore une fois, Brioche perd de vue ma devise. Son regard résolu me fait bouillir alors qu'elle se frotte les bras.

Je n'ai donc pas tellement l'intention de mâcher mes mots.

— Même si tu mérites une fessée pour ton imprudence, je te suggère la banquette si tu préfères la douceur. Pour du plus corsé, le mur ou la table offrent une alternative intéressante.

La balle est dans ton camp, Halley.

*

Halley

Le plan du « Regarde ce que tu loupes » marche du feu de dieu. Peut-être même un peu trop bien. Je ne pensais pas que le roi foncerait tête baissée. Cela étant, il a le discours que j'attends d'un plan cul, mais encore une fois, il me prend au dépourvu. Et si je me suis perdue dans la montagne, c'était aussi pour dépenser ma colère. Parce que d'accord, avec Gio c'était sympa. On s'est bien amusés. Mais je n'arrête pas de penser à ce mufle et à son « trop tard ! » d'hier soir. J'en bous encore.

— Une place s'est libérée dans ton planning, c'est ça ?

Il lâche un sourire d'un sadisme qui mériterait des claques.

— Quoi ? m'agacé-je.

— Rien, rétorque-t-il avec un haussement d'épaules.

— Non mais tu crois vraiment que je suis à ta disposition ?!

Il s'avise de pencher la tête sur le côté, les bras croisés, l'air de dire « Ben oui, petite Brioche, je te paie ton salaire. » J'enrage.

— Je ne t'ai pas attendu hier soir et je…

Aédan lève un index qui me coupe le sifflet.

— Avant que j'oublie, m'interrompt-il en pivotant pour décrocher un téléphone posé sur un buffet, à côté de la cuisinière.

Il compose un numéro alors que je le fixe, ahurie.

— Gareth ? C'est bon, on est à l'abri… À plus tard.

Et il raccroche.

— Tu disais ?

L'audace.

Et alors, pourquoi ? Pourquoi cette situation m'excite ? Pourquoi le fait qu'il me fasse perdre les pédales de la sorte m'emplit d'un désir fou pour lui ? Je ne pensais pas être masochiste à ce point.

— Que je ne t'avais pas attendu hier soir ! m'exclamé-je.

Je ne dirais pas que l'annonce le déstabilise, mais il tique, très discrètement.

— Le commis ?

— Gio, corrigé-je en avançant d'un pas, les bras croisés.

On se retrouve de nouveau l'un en face de l'autre dans ce petit refuge confortable. La chaleur du poêle à bois commence à se répandre et je me sens bien trop fiévreuse pour me poser devant en ignorant mon royal compagnon.

— Combien ? relance-t-il sans bouger.

— Combien de quoi ?

— D'orgasmes.

— Hein ? On n'est pas des machines, un seul.

Mais pourquoi je réponds à ça, moi ? Le voilà qui acquiesce, l'air entendu. Quel sale type imbuvable et prétentieux !

— Il était très bien ! ajouté-je, avec colère et nervosité.

— Je n'en doute pas.

— Je ne te demande pas combien tu en as eu hier soir, moi !

— Deux et demi.

Mais quoi ?

— C-comment ça, « deux et demi » ?

— Le second était si intense qu'elle ne pouvait pas me dire si elle en avait eu un puissant ou deux de suite.

Il ponctue sa réponse d'un tel sourire que j'ignore s'il me raconte la vérité ou un incroyable mensonge seulement pour me balader, comme il l'a tant fait lorsque nous étions gamins. « Mais si, le haggis est un petit animal qui court la bruyère avec des plumes aux pattes », « Puisque je te dis qu'il y a un mort derrière cette porte condamnée, il a été emmuré vivant juste avant ta naissance », et j'en passe.

— N'importe quoi, grommelé-je.

Il soupire en posant les mains sur sa taille.

— Allez, arrête de noyer le poisson. J'en ai très envie et je suspecte que toi aussi. Je te répète les termes ?

Mon souffle se coupe, je me liquéfie de l'intérieur, comme un chocolat qui fond au bain-marie. Le fait est que j'ai envie de lui, si fort ! C'est irrationnel. Ça n'a pas de sens. J'ai beau entretenir de la colère pour le repousser, je le veux plus encore.

Et il le veut aussi. Pourquoi ? Comment c'est possible ? Je ne suis pas tellement du genre à me déprécier au-delà du raisonnable, mais après avoir vu l'allure de ses maîtresses habituelles, je me pose tout de même des questions.

— Halley ?

Je déglutis et inspire un grand coup.

— J'ai tout à perdre, préviens-je avec gravité.

— J'ai tout à perdre, moi aussi. Si l'un de nous parle, je perds la confiance des clans et du Parlement.

Tout le monde sait que l'on se trouve tous les deux ici, mais avec une raison béton. Tout ne repose donc que sur notre parole à présent.

— J'ajoute que je me fous de ce que tu fais avec Gio ou un autre, et que tu n'as pas à savoir ce que je fais de mon côté. Mais lorsque nous sommes seuls comme maintenant, tu te consacres à moi.

Les battements de mon cœur frappent ma cage thoracique et mes tempes avec une brutalité que je n'avais pas encore expérimentée. Aédan se tient devant moi, le son de sa respiration fait frémir mes oreilles. Il glisse son index dans mon jean, prêt à le déboutonner.

— J'attends trois choses de mes partenaires, poursuit-il, la voix de plus en plus éraillée. Un rapport protégé en toutes circonstances, un consentement sans aucun doute possible, un abandon complet. Pas de retenue avec moi, Brioche. Je veux t'entendre gémir, approuver, ordonner, crier, jouir… Je veux tout.

Il s'arrête là, me cédant la parole. C'est bien la première fois de ma vie que tout est aussi limpide avant un rapport. J'ai toujours pensé que c'était l'opposé de la spontanéité, mais j'avoue que ses paroles, prononcées avec une impatience gutturale, m'excitent comme rarement des préliminaires l'ont fait. Des réponses s'emmêlent dans ma tête, je décide de les balancer dans le désordre. Le principal reste de les délivrer.

— Mon consentement pour le mur, tu l'as. Je déteste le missionnaire. Pour l'abandon, ça dépendra de ce que tu as à offrir. Quant aux capotes, je n'en ai pas sur moi.

Et là, s'il pouvait en faire apparaître comme par magie, ce serait parfait.

Aédan fait sauter le bouton de mon pantalon avec assurance. Il baisse la braguette, frôlant mon pubis de sa main, et recule.

— Retire ton jean.

Il retourne fouiller le placard près de la cuisinière. Secouée, je me débarrasse de mon bas humide dans une suite de gestes empressés. Lorsqu'il revient, il tient une boîte de préservatifs dans la main. Je vois. Je suis dans sa garçonnière des montagnes, quoi.

— Tu ne pratiques pas la chasse ici, constaté-je.

— Non, réplique-t-il seulement.

D'un geste, il ôte son pull, découvrant un morceau de ventre qui disparaît sous son tee-shirt à manches longues.

Je vais le voir à poils. Logique, mais ça m'avait quand même échappé jusque-là. Et il a l'air de toute beauté. Sa peau ferme et légèrement hâlée, son parfum infernal qui me donne envie de planter mes crocs dans son cou, le son grave de sa voix qui déclenche frémissement sur frémissement ! Je m'appuie contre le mur, une barre en travers de la gorge. Ses cheveux noirs et humides, l'arête droite de son nez, la jonction de son cou et de ses épaules… Je m'emplis les yeux de tous ces détails que j'ai toujours trouvé sexy chez un homme. Il retire ses bottes et s'avance vers moi. Il me soulève comme si je ne pesais rien et me plaque contre la cloison en bois. J'écarte les jambes pour l'accueillir tout contre moi, mes genoux se serrent sur ses hanches et mes mains se posent sur ses épaules. Le silence s'émaille de nos respirations de plus en plus agitées. Ses yeux si sombres comme un ciel de nuit me paraissent mille fois plus beaux de près.

Mon cœur valdingue et mon corps m'échappe. Tous mes membres deviennent du coton à son contact alors qu'il me semble aussi solide qu'une montagne. Je fonds sur ses lèvres sans attendre, tandis que sa main libre s'égare sur ma jambe, jusqu'en haut de la cuisse, suffisamment pour m'arracher un gémissement plaintif et en réclamer davantage.

Mes doigts peuvent enfin se perdre dans ses cheveux d'ébène, aussi soyeux et épais que je l'imaginais. Il reprend son jeu de mordillements sur mes lèvres alors que ma langue s'attarde sur les siennes, impatiente de danser. Mais ça a l'air de l'amuser, de refuser ce baiser approfondi pour le moment.

— « Ça ne se reproduira pas », grogne-t-il en riant à moitié, avant de reprendre ma bouche.

La pique d'agacement qu'il éveille en moi me fait réagir au quart de tour.

— Je te déteste, grommelé-je, incapable de le repousser.

Je le déteste et je le désire plus que tout au monde. Voilà qui est inédit. Ma phrase l'amuse et il me mord la lèvre inférieure avec plus d'intensité encore. Pis encore, il plonge ses mains dans ma culotte et enfonce ses doigts dans ma peau pour agripper mes chairs. Je hoquète de plaisir. Si un « je te déteste » provoque ce genre de chose, je peux lui en sortir des tas ! Ses ongles laissent une empreinte douceâtre qui m'embrase.

— Tu aimes ça, s'aperçoit-il.

Je m'enroule autour de son cou pour lui mordiller l'oreille et en profiter pour lui faire une confidence. À vrai dire, je me sens en totale sécurité avec lui. Puisqu'on a tout à perdre ensemble, tout restera en vase clos entre nous.

— Je n'ai jamais rien eu contre les fessées.

Son souffle s'emballe dans mon cou. Et pour bien prouver que je suis à l'aise sur ce terrain-là, je glisse mes mains contre son torse et défais le bouton de son pantalon pour caresser son membre raidi à travers le tissu de son boxer. Le soupir qu'il lâche dans ma nuque m'enhardit. Il retrouve ma bouche et cette fois, sa langue vient taquiner la mienne. Elles peuvent enfin s'ébattre, accaparant toute notre attention. Ma main sur sa queue ralentit et les siennes se contentent de me retenir contre lui.

Ce baiser, bordel ! Fondant, passionné, sans défaut. Une valse effrénée.

Il faut qu'il tombe des couches. C'est ultra excitant de se frotter à un homme habillé, mais ça suffit.

Je parviens à sortir de ma torpeur de baiser parfait pour remonter son haut. Ses abdos contractés et chauds m'envoient des frissons directement dans la colonne vertébrale. Il saisit le message car il me repose et fait un pas en arrière, rompant une fusion torride entre nos deux corps. Aédan retire son haut et son pantalon. Cet homme est bâti comme une statue de dieu grec. J'ai hâte de le mordre partout. Et notamment au niveau du cœur, là où se déploie un tatouage inattendu et circulaire. Je reconnais le style celtique du motif sans l'identifier pour autant. Aédan revient auprès de moi et je pose mes doigts sur sa poitrine.

Oh mais sa peau… si ferme et douce, si chaude…

J'en déglutis encore, affamée de lui.

— Tu es tatoué ? formulé-je avec maladresse, les idées parasitées par son boxer noir déformé par mes soins.

— Un dragon, tous les étudiants de l'académie militaire le font où ils le souhaitent. Tu es tatouée, toi ?

Je hoche la tête, obnubilée par son corps et mes caresses.

— Au bas du dos.

Il me saisit délicatement le bras et me fait pivoter. Le dos de sa main caresse ma chute de reins, là où mon tatouage d'adolescente se situe.

— Un cupcake ? s'amuse-t-il.

— Oui, confirmé-je d'un rire.

Sa morsure sur le glaçage noir et blanc qu'il m'impose me fait jurer. Tout ce qu'il fait me rend si sensible ! Il longe mes bras, me prend les poignets et pose mes mains sur les patères, au-dessus de moi.

— Accroche-toi, me somme-t-il.

J'obéis, pleine d'impatience. Aveugle, le cœur tambourinant, j'attends. Durant une poignée de secondes, je ne perçois rien, ni mouvements, ni paroles. Puis, Aédan se met à abaisser ma culotte avec une lenteur ravageuse. Mes doigts compriment nerveusement les crochets. Je tressaille lorsque je sens la délicatesse de ses lèvres entre mes jambes. Dès qu'il embrasse mon intimité, je retiens ma respiration. Il écarte un peu mes cuisses et s'aventure plus en profondeur, sa langue traçant un sillon entre mes petites lèvres, jusqu'à mon clitoris.

— Oh bordel, murmuré-je.

Il s'est agenouillé pour me lécher, je ne pouvais pas espérer mieux ! Sa bouche aspire mon point de jouissance, le mordille, l'embrasse, si fort et si bien que je me réjouis de la solidité des installations dans le gîte, mes jambes devenant aussi robustes que de la fougère. Il me mène avec talent sur le chemin de l'orgasme dont j'avais le plus envie. J'avais tellement faim de lui qu'il n'avait vraiment pas grand-chose à faire. Mon front s'appuie contre le mur alors que je suffoque.

Je veux l'appeler, le supplier de ne pas s'arrêter, mais voilà que le fil de mes pensées est parasité par la question suivante : comment m'adresser à lui à cet instant précis ? Je ne vais pas sortir un « Votre Majesté » alors qu'il m'offre le cunnilingus de ma vie ? Une bouffée pleine de délices m'arrache un gémissement. Bordel ! Je vais jouir, pourquoi je pars dans de telles considérations !

— Aédan… soufflé-je avec passion. C'est bon !

Le bout de sa langue s'enroule autour de mon clitoris avec plus d'énergie encore. Si bien que tous mes muscles se contractent d'un coup avant de se relâcher, m'emmenant si haut dans la jouissance qu'un tremolo s'intercale entre mes plaintes.

— Aédan, bon sang, oui !

J'ai l'impression de sangloter alors que des vagues de plaisir me balaient. Mes doigts sont douloureux à force de serrer les crochets. Je peine même à les défaire pour les ramener à moi, essoufflée. Je me laisse reposer contre le mur, satisfaite et pourtant impatiente de lui demander plus.

Aédan s'est relevé derrière moi.

— Ça va, Halley ? demande-t-il d'un ton taquin.

Il vient de m'assommer à coup de langue, mais oui !

Incapable de parler, je hoche la tête, les sens encore shootés à l'endorphine. Ses mains glissent sur mon ventre avec douceur, je me décolle de la paroi pour m'affaisser en arrière, contre son corps si chaud. Il me grignote l'oreille, ses paumes brûlantes remontant sous mon débardeur pour caresser ma poitrine, me privant à nouveau de tous mes moyens.

— Tu veux plus ? Ou on arrête là ?

Il pétrit mes seins avec avidité et sa voix devient si rocailleuse qu'elle diffuse de nouvelles ondes d'excitation en moi, ravivant mon bas-ventre, me poussant à me cambrer. Je sens alors son membre tendu et dur derrière moi et profite de ma position pour le presser de mes fesses. Il raffermit son emprise sur ma poitrine en laissant échapper unc plainte si grave que j'en tremble.

— Plus, beaucoup plus… confirmé-je, ravie.

— Ne bouge pas, me dit-il alors.

Il pince la pointe sensible de mes seins avant de me relâcher. Je l'entends déchirer l'emballage d'un préservatif pour l'enfiler. Je trépigne. Mon intimité s'engorge à nouveau, prête à l'accueillir. Lorsque l'une de ses mains se pose sur ma hanche, la seconde guidant son sexe à l'entrée du mien, mon cœur part à toute vitesse. J'ai besoin d'oxygène alors que je me penche pour l'accueillir au mieux. Il s'enfonce doucement en moi, en plusieurs fois, avec une délicatesse qui me fait fondre. Une fois prêt, il me saisit par la taille avec fermeté et engage un va-et-vient rythmé. Tout ce qui faisait la douceur et la langueur du moment disparaît. Tout n'est qu'ardeur et feu à présent. Même quand il ralentit, il attise. Je me mets à bouger avec lui et chaque fois que nos corps se rencontrent, il m'arrache des gémissements que je ne réprime certainement pas.

Sa main quitte ma hanche pour m'asséner une tape sur la fesse, un nouveau sanglot s'échappe de ma bouche. Une bulle de plaisir grossit chaque fois que sa queue s'aventure en moi et que je fais tout pour la retenir, provoquant chez mon partenaire une série de soupirs comblés. Pourtant, au bout de plusieurs minutes aussi progressives qu'intenses, Aédan ralentit, essoufflé.

— Ça va ?

En plus, il prend le soin de savoir si tout va bien ? J'ai envie de rire pour lui confirmer que de mon côté, c'est le pied ! Mais je me souviens aussi qu'il veut l'entendre. Je jette un œil par-dessus mon épaule.

— Oui, c'est parfait…

Il en profite pour dégager ma nuque en ramassant mes cheveux détachés sur mon épaule et l'embrasser, sa queue logée au plus profond de moi. Ses doigts caressent mon clitoris et cette pause mène ma bulle de plaisir au paroxysme de sa taille. Tendue et vibrante, elle est prête à exploser.

— Ne recommence jamais ça, grogne-t-il alors.

Surprise, je fronce les sourcils.

— Quoi donc ?

— Disparaître comme ça.

Étrange, ce reproche. Ou cet avertissement.

— D'accord.

En guise de réponse, il m'enlace, relève une de mes jambes, me mord la nuque et reprend un rythme effréné. Étourdie par cette reprise et par cet échange imprévu, j'abandonne le cours de mes pensées et me laisse aller. Il se consacre avec attention à sa cajolerie sur mon point de jouissance et tout mon corps m'échappe à nouveau. Un second orgasme violent me saisit à la gorge. Aédan gémit au creux de mon oreille, remué à son tour par la volupté de cet instant.

CHAPITRE 8

LE POT DE CONFITURE

Aédan

Elle s'est assise sur la banquette, emmitouflée dans un tartan à mes couleurs, sa longue chevelure de feu déployée dans son dos. J'ai préparé du thé et demeure appuyé contre la cuisinière, derrière elle, les doigts serrés sur une tasse brûlante. D'une façon tout à fait imprévue, je me sens… possessif. Dès qu'elle a prononcé mon prénom, à vrai dire, en plein cunni. Son corps contre le mien, aux formes délicates et épanouies, différent des corps standards des courtisanes de Morgane, m'a captivé. J'en veux encore. Je veux qu'elle soit à moi mais dans cette configuration : isolée et loin de tout. Je pourrais la revendiquer, lui offrir une demeure quelque part et la garder. Une maîtresse cachée, pour laquelle j'épuiserai tout mon désir avant de la relâcher.

Mes pensées s'égarent dans le coin le plus sombre et malsain de mon esprit. Ce n'est qu'une manifestation des peurs les plus brutes que j'éprouve. Si je pouvais, j'enfermerais tous mes proches pour les garder auprès de moi et m'assurer qu'ils ne m'abandonnent pas. Rien de réaliste, juste un vœu inavouable. Je n'avais seulement pas encore ressenti cela pour une femme depuis Eliza. Il fallait que ça tombe sur *elle*.

— Pourquoi ces baies ?

Sa voix m'interpelle alors qu'elle s'est levée et qu'elle ouvre son grand sachet posé près de l'évier. Elle en goutte une et me regarde de ses grands yeux verts. J'ai envie de l'embrasser juste pour profiter encore de ses lèvres mais jouer la carte du charme ne fonctionnera pas avec elle. Elle ne cherche que du sexe. Et elle me déteste. Ce qui est parfait. On se trouve tous les deux dans le risque zéro.

— Mon père en cueillait dès qu'il venait à Gualachulain, réponds-je en la rejoignant pour en manger une.

La baie éclate entre mes dents, avec tout son sucre et son acidité. Ça faisait longtemps.

— On dirait du cassis, avec un goût de fleur de sureau, analyse Brioche. Peut-être en faire un coulis ou un confit en accompagnement.

— Si on t'en rapporte plus, tu pourrais en faire quelque chose qui se conserve jusqu'en décembre ?

Elle acquiesce en refermant le sachet.

— Une confiture ? propose-t-elle.

— Ce serait parfait. Je demanderai à l'intendance de t'en ramener.

Elle retire le tartan de ses épaules pour le plier. La pluie s'est arrêtée depuis quelques minutes sans avoir l'air de revenir tout de suite. Le soleil parvient même à transpercer la masse nuageuse. J'enfile mon pull et mon manteau avant d'ouvrir la porte. La gouttière perle encore et la nature brille d'eau. Le chemin s'annonce boueux.

— Tu veux monter sur McBeth ? lancé-je à Brioche tout en sortant le Clydesdale de l'étable.

— Je peux très bien marcher, réplique-t-elle en nouant ses cheveux.

Je me contente d'un coup d'œil critique sur ses baskets en toile avant d'oser un :

— Tu es sûre ?

— Oui !

On se met en route, les rênes de McBeth dans ma main. Elle prend garde à chacun de ses pas mais je parie qu'elle va s'étaler dans la forêt, lorsqu'il faudra franchir les mares de boue. Quelle entêtée… Comme son frère. Au-delà de la satisfaction d'un orgasme partagé, il y a celle d'avoir bel et bien perverti la petite sœur de Malcom. Enfin, *perverti* est un grand mot, elle l'est de base. Vu son inclinaison pour baiser contre le mur et son attrait pour les fessées, il semble que je n'ai pas grand-chose à lui apprendre.

Une fois au bas de la montagne, on s'engage sur le chemin des bois et c'est une autre paire de manches pour ma compagne de route qui exécute des acrobaties à force de glisser. Je m'arrête devant l'un des passages de branches posées sur le sol pour admirer son numéro d'équilibriste, les bras écartés et le pied hésitant.

— Dix contre un qu'elle s'affale, murmuré-je à McBeth qui s'ébroue tandis que je lui caresse le muscau.

Deux secondes plus tard, Brioche s'agite et tombe en avant comme une tartine beurrée, le menton dans la boue et un juron à l'accent très américain à la bouche.

Eh oui, c'est avec elle que je viens de coucher. Est-ce que je m'améliore dans mes choix de partenaire ? Ou est-ce que c'est le début de la fin ? Très bonne question.

— Euh, d'accord, c'est peut-être mieux si je monte sur le cheval, admet-elle en se redressant.

J'approche ma monture près du rebord du sentier, plus en hauteur, pour lui offrir un marchepied. Brioche se hisse sur la selle et nous repartons. Heureusement que le temps a fait fuir les promeneurs. La vision qu'on offre ne passerait pas inaperçue : entre la pâtissière, son sachet de baies à la main, en train de s'essuyer le visage d'un revers de manche, perchée sur un Clydesdale, et moi, un roi à pied, qui ouvre la route.

J'aimerais pouvoir dire qu'on s'en sort jusqu'au bout, mais en arrivant au château, il y a un témoin qui, apparemment, me guette, cigarette au bec. Son sourire s'élargit à notre approche alors qu'un palefrenier accourt pour s'occuper de McBeth. Je lui confie les rênes avant de me diriger vers Evan. Il était censé débarquer après-demain, avec le reste des invités. Je suis toujours content de le voir, mais Gualachulain incarne un refuge pour moi, un endroit où mon quotidien ne me poursuit pas.

— Evan, qu'est-ce que tu fais là ?

D'un œil, je surveille la silhouette de Brioche qui remercie le palefrenier avant de s'éloigner. Ses yeux croisent les miens très vite, elle les détourne presque aussitôt et presse le pas. Chacun retourne à sa place.

— Je ne reste pas, j'ai fait un détour sur la route d'Oban parce que j'ai de bonnes nouvelles à t'annoncer.

Je l'entraîne avec moi à l'intérieur, impatient de prendre une douche chaude. Même si ça signifie perdre l'odeur de Halley.

— Je t'écoute.

Gareth m'ouvre la porte, soulagé de me réceptionner en un seul morceau.

— Déjà, Malcom sera des nôtres.

La surprise est partielle, j'ai vu le message de motivation de Brioche à son frère bien malgré moi. J'en conclus qu'elle a excellé pour le convaincre.

— Et vu que tu balades sa sœur sur ton cheval, j'imagine que c'est plié ?

Je *pourrais* tout lui raconter, comme je le fais très souvent. Mais… non. Le souvenir de cette chevelure rousse et de son corps enroulé dans mon tartan me trotte dans la tête, je n'ai pas envie de le balayer. Il n'appartient qu'à moi.

— Elle s'est perdue dans la montagne, je l'ai seulement ramenée, dis-je en prenant l'escalier pour mes appartements. Tu es venu jusqu'ici pour ça ? Je me doutais bien que Malcom viendrait pour sa sœur.

— Non, la vraie bonne nouvelle, c'est qu'Eliza sera là.

Mon cœur manque un battement. Je m'immobilise dans l'escalier et pivote, les yeux ronds. Evan a anticipé, il a stoppé quelques marches plus bas, bras croisés, l'air malin. Je redescends à son niveau.

— Eliza vient ? répété-je, stupéfait.

— Ouaip. Et c'est pour la tête que tu fais maintenant que j'ai fait le détour jusqu'ici.

Impossible de réfréner un sourire.

Abruti. Mais je l'aime.

— Viens boire un café avant de repartir.

— Avec plaisir, Votre Majesté.

*

J'ai vécu le retour de cette montagne comme si j'étais sous médicaments. Moi qui suis d'habitude alerte, j'ai eu l'impression de flotter dans une sphère à la fois de satisfaction et de torpeur.

J'ai couché avec Aédan Ier.

Je voudrais m'en vanter auprès de tous mais je ne peux rien dire. Ça m'effraie aussi. Je n'arrive pas à croire que je m'en sorte aussi bien. Personne ne se doute de quoi que ce soit alors que j'avais peur de subir un interrogatoire en revenant. On a passé deux heures ensemble, dans un refuge, isolés, et rien. Mes colocs ont démontré un soulagement de malade – alors que de mon point de vue, je me suis contentée d'une balade sans risques – et ils m'ont chouchoutée pour être sûrs que tout allait bien. Soit, la pluie qui s'est abattue sur nous était violente, mais pas de quoi faire appel aux secours… Aédan m'a exemptée de la pâtisserie de 22 heures et je suis allée me coucher sans arriver à fermer l'œil.

La journée suivante est passée à toute vitesse. À-Point nous a délégué des tâches pour la réception des invités du roi et la rumeur s'est propagée comme une traînée de poudre : des candidates au *Taisbeanadh* viendront. Il faut que tout soit impeccable pour l'honneur de la maison Stuart. L'intendance de Gualachulain a passé le château au peigne fin pour s'assurer que tout était parfait, de fond en comble. Des chambres ont été préparées et la grande salle a été dépoussiérée pour un dîner non officiel, mais digne d'une maison royale. L'intendance a même dégainé le service en porcelaine blanche du château, frappé d'un bois de cerf et du nom du domaine en or au fond des assiettes et des bols. Les couverts et les verres ont les mêmes marques sur le dos ou sur le ballon.

En gros, un dîner royal mais amical. Si bien que notre cheffe nous a mis à contribution pour le menu et qu'en accord avec les deux seconds présents, elle a étudié, retouché et approuvé nos propositions pour demain. Brianna et Gio se sont alliés pour cuisiner le poisson des rivières alentours avec un velouté de navet aux morceaux de truite fumée, accompagné d'un flan aux morilles. Lucie va se lancer dans le gibier avec de la perdrix rôtie sur feu de bois. Enfin, de mon côté, la nature parcourue hier m'a inspirée. Je vais créer un entremets avec une base en biscuit aux cèpes – j'explore le dessert salé –, une mousse aux bourgeons de sapin, et un insert à la baie des chasseurs. Le tout sera monté en forme de palet épais recouvert de chocolat et d'une décoration qui rappellera l'enchevêtrement des fourrés automnaux que j'ai fouillés pour ma cueillette.

L'intendance m'a aussi apporté deux kilos de baies des chasseurs pour que j'en fasse de la confiture. Autant dire que ma journée a été intense, entre les infusions de bourgeons, les marmelades et, bien sûr, la pâtisserie de 22 heures. Le soir est tombé depuis un moment, je mets la touche finale au dessert que j'ai choisi : une tranche de pain d'épices tartinée de beurre frais et de la fameuse confiture encore tiède. Puisqu'il attend de découvrir son dessert préféré, autant en revenir aux bases. Les choses les plus simples sont souvent les meilleures.

Je retire mon tablier et suis le majordome du roi qui m'attendait pour m'accompagner à ses appartements. Il m'annonce à l'entrée du petit salon confortable d'Aédan. J'aurais cru ressentir beaucoup plus de nervosité que cela à l'idée de revenir à lui comme ça, mais non. J'ai juste une bouillote à la place de l'estomac.

— Entre, Brioche, m'accueille-t-il avec un sourire des plus sereins.

Je ralentis avant même d'atteindre sa table de travail. Est-ce qu'il est… heureux ? Son expression détendue m'ébahit. Lorsqu'il sourit, d'habitude, c'est très souvent lié à un contentement sadique. Mais là, je ne saurais dire pourquoi, il semble confiant, limite insouciant.

Bon, on a couché ensemble, d'accord. Ça me rend encore fébrile et incrédule, mais on n'est pas non plus tombés dans une dimension amicale, tous les deux. Alors je me tais. Je dépose l'assiette sous son nez. Il repousse ses papiers et observe mon dessert avec un plaisir non dissimulé. Ça me file de la tension en vrai ! Qu'est-ce qu'il lui arrive ? Le sexe délasse, oui, mais il n'affichait pas un air aussi relax après sa nuit avec la créature *vajazzlisée*. Ça ne peut pas être moi…

— Une tartine, donc, constate-t-il.

— Avec de la confiture de baies des chasseurs.

L'arme secrète ! Il goûte au pain d'épices et acquiesce d'un air appréciateur.

— Ce n'est pas mon dessert préféré, mais tu es sur la bonne voie, confirme-t-il en daignant croquer à nouveau dans la tartine.

Chose qu'il s'est toujours bien gardé de faire en ma présence ! Décidément, il n'est pas dans son état normal. Quelque chose a changé. Je hoche la tête, fascinée par ce visage inédit qu'il m'offre.

— Je peux te remonter une deuxième tartine si tu veux, lui proposé-je alors qu'il engloutit la première. Il me reste de tous les ingrédients.

Il prend le temps d'avaler sa dernière bouchée avant de refuser, invoquant le retour de l'Aédan procédurier.

— Non, ton assiette suffit. La confiture est très bonne.

Oh là là, mais si ça se trouve, depuis qu'on est là, le roi a un mode « gentillesse » insoupçonnable et activable sous certaines conditions. Et je me trouve en plein dedans !

— Brioche, j'ai une requête pour toi, enchaîne-t-il.

— Oui ?

— Je vais recevoir une personne spéciale, demain. J'aimerais te commander un dessert particulier pour la prochaine dégustation de 22 heures.

Oooh ! Gio avait raison, des candidates au *Taissbénétruc* seront bel et bien présentes à Gualachulain parmi ses invités. Et l'une d'elles a apparemment retenu son attention. Voilà pourquoi il est tout guilleret. Je me mords la langue pour ne pas l'assommer de questions et m'intéresser plutôt à la commande.

— Qu'est-ce qui vous ferait plaisir ?

Je passe au vouvoiement, avec l'impression de m'adresser à mon grand patron et non plus à l'ami-amant-casse-pieds qu'il est devenu depuis hier. Tout est encore bien nébuleux et chaotique dans ma tête. Rien n'était plus naturel que nos échanges de piques et que cette complicité héritée d'un unique épisode de notre enfance. Aujourd'hui, je ne sais plus vraiment où se situe la frontière entre nous. Par contre, je suis sûre de ne pas ressentir de gêne ni de jalousie à l'idée de cuisiner pour l'une de ses prétendantes.

— J'aimerais que tu revisites la pomme d'amour.

Moooh Aédan est amoureuuux !

Impossible de ne pas afficher un sourire. Ça le fait immédiatement réagir.

— Tu as un commentaire à faire ?

Le retour du ton suspicieux.

— Non, non. Une envie particulière ? Ou je suis libre ?

— Tant que c'est réussi…

— Et si je fais à l'assiette, je ne prépare que deux pâtisseries ou une seule à partager avec deux cuillères ?

Crache le morceau !

Aédan s'affaisse dans son fauteuil, l'œil critique. Aaah, j'aime bien l'asticoter et il aime ça lui aussi.

— Fais-en deux. Et soigne la présentation.

Je hoche ostensiblement la tête.

— Elle sera charmée, lui assuré-je.

Il pousse un soupir impatient pour la forme.

— Ne sois pas impertinente, Brioche, prévient-il.

Pfiou, j'ai vraiment envie de l'être ! Je me retiens de peu. Je recule pour sortir, avec le mince espoir qu'il me retienne ou qu'il m'invite à le rejoindre plus tard. Mais il ne dit rien. Il se replonge dans son travail. Je ne devrais pas être trop étonnée. Aédan attend une « personne spéciale », il n'a pas la tête à coucher avec sa pâtissière. Je regrette un tout petit peu. Je ne m'estime pas accro, mais c'était vraiment un bon coup, et j'aimerais bien remettre ça avec lui.

Après être redescendue en cuisine et avoir posé ma veste, je m'enveloppe dans mon manteau et sors dans la nuit pour rallier d'un pas pressé mes camarades installés au bord du loch, autour d'un feu de bois. Ils ont improvisé une veillée avec quelques bières et des châtaignes à griller en compagnie d'autres membres du personnel de Gualachulain. Gio me décapsule une bouteille avant même que je me plante devant lui.

— Alors, ce dessert ? s'enquiert Brianna.

— Franc succès, me vanté-je en trinquant. Vous ne trouvez pas qu'il est plus sympa ici qu'à Holyrood ?

Brianna ricane aussitôt.

— Halley, il est parti te chercher à cheval dans la montagne sans garde du corps, j'espère bien que tu le trouves plus sympa, se moque Lucie.

Je me rembrunis direct.

— Je n'avais rien demandé, j'étais juste partie chercher des baies, rien de plus. C'est vous qui avez paniqué, là, grommelé-je en buvant une gorgée de ma *ale* fraîche.

— Oui, enfin, tu as vu dans quel état tu es revenue ? surenchérit Gio.

Ma gorge se noue. Les images torrides de notre moment dans le refuge me reviennent par vague. Est-ce que mes colocs ont remarqué quelque chose de louche quand on est redescendus ? J'avais peur que les morsures délicieuses du roi ne laissent une marque sur ma peau, mais je n'ai pas eu l'impression d'en constater.

— Comment ça ? bredouillé-je.

— Couverte de boue et trempée.

— Ah, ça ! m'exclamé-je, soulagée. Oui, bon, la météo n'était pas de mon côté, et puis le cheval était immense alors j'ai marché plutôt que de l'escalader sur une partie de la route, d'où l'état de ma tenue.

Ne pas penser à Aédan qui me pressait contre lui sous la pluie… Ni à son baiser. Et encore moins à ses mains partout sur moi…

— Mais dis donc, suspecte Brianna en se plantant sous mon nez. Tu rougis ?

Et elle se met à tapoter ma joue du bout de son index avec malice. Elle va me faire payer son surnom de Petit Soufflé que toute la cuisine a adopté.

— Dis pas d'connerie, la rabroué-je.

— En vrai, on dirait une de ces romances écossaises, là, poursuit Lucie. *Enlevée par le Highlander* !

Les deux filles se mettent à glousser à mes dépens.

— Oh, non, non ! *Enlevée par le baby-sitter* ! corrige Brianna, hilare.

— Ah bah c'est malin, m'agacé-je. T'as quelque chose à rajouter, Gio ?

Il se contente de lever les mains en guise de reddition. Du moins, dans un premier temps. Car après une gorgée de bière, il ne peut s'empêcher de dire avec une pointe d'amertume :

— Tu le trouves sympa et votre escapade ressemble à une romance, que pourrais-je ajouter ?

Tout ce que je craignais : que Gio s'attache un peu trop, qu'il soit jaloux. Alors qu'Aédan ne témoigne que de l'indifférence pour mes aventures, et même pour moi. C'est ce qui me conforte à ne pas pousser plus loin avec mon collègue. J'aimerais déjà revenir en arrière pour ne pas me retrouver dans ce genre de discussion tendue.

— Rien, parce qu'il n'y a rien, asséné-je sèchement.

Je tourne les talons et me réfugie auprès des palefreniers pour les remercier de leurs soins. Je m'en veux un quart de seconde plus tard. J'atteins peut-être mes limites en relations sociales. Par le passé, j'ai déjà enchaîné des mois de contrat au même endroit sans pour autant m'embourber dans le marais de l'amitié avec mes collègues. Là, je travaille avec eux, vis avec eux, dors au même endroit qu'eux… je ne sais pas gérer ce long terme et cette constance.

Alors que j'étais pleine de confiance et de sérénité, me voilà bousculée par tout ce qui m'entoure : mes colocs… et Aédan.

Je me retrouve à faire ce qui m'a toujours profondément gonflé. Je lance une recherche sur Internet pour voir à quoi ressemble sa liste de maîtresses. La première chose qui me frappe est sa longueur. Des sites se sont amusés à répertorier tous les noms qui ont fuité et c'est… impressionnant. Des mannequins, des femmes de la haute, des héritières de clans, des actrices, des femmes du monde entier… Des photos par milliers d'Aédan au bras de canons ambulants pour des soirées officielles, des galas ou des vacances au soleil. Des photos volées de lui, torse nu, sur la Côte d'Azur. Son tatouage de dragon me fait déglutir. Je peux confirmer que rien n'est retouché, il est aussi chaud que ces clichés !

Mais bordel, en passant en revue tous ces sites, je comprends qu'il n'ait pas l'intention de me rappeler. C'était un *oneshot* merveilleux, point final.

*

Le lendemain, dans la matinée, tout est redevenu normal. Gio plaisante, Brianna me rassure et Lucie m'envoie des clins d'œil de loin. Mais l'angoisse sourde qui s'est infiltrée dans mes veines la veille ne m'a pas quittée. Je marche sur un terrain inconnu, je dois m'endurcir pour le traverser.

— Ils arrivent ! annonce une domestique aussi excitée que nous.

On lève tous nos museaux de nos fourneaux pour fixer À-Point et espérer son accord. La cheffe de partie de Lucie lève les yeux au ciel et baisse les bras.

— Très bien, prenez quelques minutes de pause avant le coup de feu.

Un mouvement de groupe agite la cuisine, aussitôt stoppé dans son élan par la voix autoritaire d'À-Point.

— Et pas de bêtise ! Vous représentez la Maison du Roi !

On acquiesce tous, l'enthousiasme rabaissé d'un degré, avant de nous précipiter dehors. Ce qui attise autant notre curiosité débarque en convoi de voitures. Chaque véhicule dépose ses occupants dans la cour puis s'en va se garer plus haut sur la route par manque de place ici. On se masse dans un angle de la muraille, près des écuries, impatients de découvrir à quoi ressemblent les amis du roi et surtout ses fameuses prétendantes. Les bruits qui ont couru la veille en ont évoqué deux. Est-ce que la « spéciale », celle pour qui il veut des pommes d'amour, paraîtra évidente à nos yeux ?

Une suite d'hommes et femmes sont chaleureusement accueillis par Aédan sur le perron de son château, tous en kilts, en pantalon de tartan et en bottes, munis d'imperméables kaki ou beige pour contrer la brume ambiante. Ils ne sont pas nombreux, une dizaine, et tous ont l'air proches d'Aédan, au point de lui arracher des sourires bien trop honnêtes et des accolades. L'une des femmes lui est présentée par l'un des types et la poignée de main se fait bien plus fraîche. Elle n'est pourtant pas dénuée de charme avec ses cheveux bruns ramassés en chignon soigné et ses lunettes en écailles de tortue. Elle possède ce port altier et fier que j'ai déjà vu lors du rassemblement des clans, parmi les invitées. On peut cocher une première prétendante.

La pétarade d'un moteur nous interpelle tous. Les souffles se ravalent et les regards se braquent sur l'entrée. Une moto déboule sur les dalles de pierre et le bruit sourd se répercute contre les parois du château. On entend même des hennissements interloqués des chevaux dans les box et des coups de sabot par terre. La motarde coupe le moteur après s'être arrêtée près de l'entrée, bien en vue de tous. Lorsqu'elle se redresse, elle dévoile une silhouette élancée, gainée de cuir noir. Elle retire son casque et libère une longue chevelure châtain ondulée qu'elle agite.

— Oh wow, soufflent des voix autour de moi.

— Beaucoup trop canon, murmure Lucie.

Brianna et moi partageons un regard au même instant, elle, saisie, moi, opportuniste.

— Tu trouves ? relancé-je aussitôt.

— T'as vu son *flow* ? réplique Lucie avec évidence.

La créature magnifique sort un petit King Charles d'un sac à l'arrière de sa moto et le dépose sur le sol. Le chien s'agite et se dégourdit les pattes alors que Loki dresse les oreilles. La nouvelle arrivée s'approche du roi et lui serre la main, il dégaine son sourire en coin charmé – et comment ne pourrait-il pas l'être face à cette irruption imprévue dans le ballet barbant des voitures ? Ils échangent quelques mots et, curieusement, le roi nous désigne d'un mouvement de tête. Son invitée jette un œil sur nous, attrape son petit chien qui tournait autour d'un Loki désarmé, et s'avance vers nous. Notre groupe s'électrise. Les gorges s'éclaircissent, les torses se bombent et les cheveux se remettent en place. La démarche pleine d'assurance et un parfum floral envoûtant, elle nous fait un signe de la main avant de s'immobiliser devant nous. Les yeux noisette et des taches de rousseur sur les joues complètent tous ses charmes.

— Bonjour ! lance-t-elle avec un grand sourire.

Elle a l'air ultra gentille en plus !

— Je m'appelle Jenny Campbell, je fais partie des invités du roi et je me demandais si je pouvais vous passer une commande un peu spéciale pour Queenie.

La chienne aboie aussitôt.

— Queenie, c'est elle, s'amuse Jenny Campbell en caressant ses oreilles. Elle est au régime, ordre du véto. Il lui faudrait des petites portions de viande blanche et de légumes vapeur. Est-ce que c'est possible ?

Durant une ou deux secondes, on demeure muets face à la requête. Alors, OK, c'est adorable, mais on ne cuisine pas pour les chiens. Seulement, je suis en minorité avec cette pensée, à première vue, car le groupe finit par acquiescer et se tourner vers la commise de la rôtisseuse, Lucie, qui balbutie.

— Oh, euh, oui, bien sûr, je vais m'en occuper.

Oh la vache ! Je balance mon coude dans le flanc de Brianna en me retenant de trop sourire. Mais je crois que là, elle a une réponse concernant les attirances de son *crush* !

— Super ! se réjouit Jenny en se tournant vers elle, tout sourire. Merci…

Elle laisse sa phrase en suspens, dans l'attente d'une précision de prénom qui ne vient pas. C'est Brianna qui finit par répondre pour elle, alors que notre coloc rougit, sans voix.

— Lucie. Elle est française, elle a un peu de mal, prétexte-t-elle.

Jenny semble se réjouir, se met à parler dans la langue de Molière et débloque Lucie qui prend enfin la parole. Elles échangent quelques mots, puis Jenny nous salue et rejoint Aédan de l'autre côté de la cour.

— On vient peut-être de discuter avec la future reine, suppose Gio.

Si c'est elle, la « pimbêche » décrite comme une concurrente sérieuse par la chargée de communication du palais, je veux bien croire en ses chances, je comprends pourquoi ils ont tenté de la mettre de côté.

— Peut-être, confirmé-je.

En tout cas, je suis certaine d'une chose : les pommes d'amour sont pour elle.

L'arrivée de mon frère semble clore le ballet. Autant il semble heureux de voir certains membres du groupe qui s'est formé autour d'Aédan, avec des accolades et des sourires à la clé, autant sa poignée de main avec le roi est on ne peut plus froide. Étonnant. Lui qui a toujours défendu son ami malgré leurs différences. Il me fait un signe de la main auquel je réponds. Je sais qu'on va se retrouver un peu plus tard pour parler tous les deux. Mais pour le moment, on doit rentrer et finir de préparer la collation de midi qui sera servi dans la grande salle du château.

*

Aédan

Je regarde ma montre. Son vol a eu un peu de retard, mais Eliza ne devrait plus tarder. Tout le monde s'est réuni dans le grand hall de banquet, avec ses deux cheminées et sa charpente peinte, ses tables repoussées sur les côtés et son buffet chaud et froid qui contente mes invités. Les éclats de voix et le crépitement du feu égaient la salle, au moins autant que Loki et Queenie qui s'entendent comme larrons en foire. J'ai invité Ella Gordon, la sœur d'un ami de l'académie, candidate au *Taisbeanadh*, en plus de Jenny Campbell, histoire de noyer le poisson. La première est sympathique et inoffensive. J'apprécie son frère donc je ne lui ferai pas l'affront de l'ignorer complètement. Mais j'ai bien l'intention de passer plus de temps avec Jenny et ses lubies de libertés et de rires à gorge déployée. Elle ne manque pas d'atouts, c'est certain.

— Aédan, Evan nous a prévenus que tu voulais t'entretenir avec nous ?

Les Sinclair se tiennent droits devant moi, toujours aussi espiègles que durant nos années d'études. Tous les deux blonds, à la barbe courte et au tatouage de dragon sur la gorge, l'un à droite, l'autre à gauche, les frères Sinclair sont des jumeaux miroirs. Leur ressemblance troublante a été un avantage pour toutes les conneries qu'on a pu faire par le passé. J'aimerais les voir plus souvent, mais leur clan est installé dans les Orcades, des îles tout au nord, et ils passent beaucoup de temps à l'étranger pour leur travail – disons que je sais le principal : ils ont une place dans les services secrets écossais.

— Oui, suivez-moi.

L'intérêt de ce genre de hall médiéval, c'est la niche dans le mur, avec ses deux banquettes qui se font face et sa fenêtre à vitrail gothique, un peu en retrait et pourtant immanquable. C'était là que le roi discutait à l'abri des oreilles indiscrètes lorsqu'il recevait, et c'est là que je poursuis cette coutume. On s'installe tous les trois et j'ai l'intuition qu'ils se doutent déjà du sujet sensible que je vais aborder.

— J'ai besoin de vous. J'ai entendu certaines choses à Holyrood, Je dois en savoir plus. Au dernier rassemblement, tous les chefs et toutes les cheffes m'ont prêté serment sur *Lia Fàil*, mais il est possible que certains ne soient pas fidèles à leur parole.

Finn et Logan paraissent surpris. Je l'ai été moi aussi, mais c'est la seule explication plausible à un pacte de Glencoe. Lui seul pourrait outrepasser un serment de fidélité à la Couronne.

— Est-ce que tu as un ou plusieurs noms, pour commencer ? me demande Finn.

— Un seul, et pas des moindres. Campbell.

Je prends bien garde à le prononcer à voix basse pour ne pas attirer l'attention. Les jumeaux murmurent les « Bien sûr, qui d'autres ? » attendus.

— Il faudra peut-être aussi fouiller du côté du Conseil. Il se passe quelque chose et je veux savoir quoi.

Les deux frères acquiescent puis échangent un regard.

— Nous aussi, on a entendu des bruits inquiétants, engage Logan.

— Je vous écoute.

Finn s'éclaircit la voix. Je jette un œil autour de nous, mes invités sont tous occupés à discuter en petits groupes, l'air insouciant.

— Il se pourrait que la Black Watch soit de retour.

Voilà qui ramène toute mon attention sur mes deux interlocuteurs. Une sueur froide roule le long de mon échine. La Black Watch – ou « Garde noire » – ressurgit de temps en temps, depuis sa création par les Anglais en 1739. Il s'agissait d'une troupe de Highlanders sympathisants qui chassaient les jacobites en Écosse pour la Couronne anglaise. Les Campbell la dirigeaient et la composaient à ses débuts. Il a fallu attendre Bonnie Prince Charlie et l'indépendance pour la démanteler. Mais elle est restée un terreau de rébellion contre le trône écossais. J'ignore encore si les bruits disent vrai.

Cependant, mon intuition alarmante se resserre autour de ma gorge.

— De quoi est-on sûrs ?

— De rien, ce ne sont que des rumeurs ici et en Nouvelle-Écosse, précise Finn.

Ah, la Nouvelle-Écosse. Avec la Nouvelle-Zélande, cette contrée d'Amérique forme les Territoires de l'Alba qui se situent sous la juridiction de l'Écosse. Chacun de ces territoires possède un ou une Première ministre et un parlement, mais on bat la même monnaie qu'à Édimbourg, ma tête décore leurs timbres, et mon portrait est accroché dans tous les bâtiments officiels. Si la Nouvelle-Zélande s'en porte bien, c'est moins le cas de la Nouvelle-Écosse où les mouvements indépendantistes émergent dans les moments les plus difficiles. Crises politiques ou économiques, crises sociales, influence ponctuelle des pays frontaliers… chacun de ces événements est un déclencheur.

— Pourquoi la sécurité intérieure ne m'a-t-elle rien dit ? m'inquiété-je.

— On n'a pas assez pour faire un rapport et le confier au gouvernement et à Holyrood. Pour l'instant, ce ne sont que des murmures. Cela dit, ils se propagent aussi ici, en Écosse. Plusieurs cellules ont été réanimées pour surveiller ce genre de mouvement.

Je hoche la tête, de plus en plus préoccupé.

— Dites-moi tout, ne me cachez rien. Si je dois renforcer la sécurité des miens, je veux le savoir.

Ils opinent sans discuter mais ajoutent tout de même un avertissement.

— N'en parle pas, à personne. La Black Watch est peut-être déjà présente à Holyrood, peut-être autour de toi. Si tes doutes se confirment au sujet de traîtres, alors peut-être que tout est lié. Ne donne d'indice à personne.

— Bien sûr, oui. Allez vous restaurer et boire, pensons à autre chose.

Ils sourient tous les deux en se redressant.

— Tu ne nous piégeras pas avec l'alcool, on tiendra droit sur notre monture pour les Dix Cibles, répliquent-ils en riant.

Les jumeaux Sinclair s'éloignent en donnant l'impression de n'avoir partagé aucune nouvelle d'une gravité troublante. Ils ont hâte de remettre ça sur le terrain en amont du château. Le fameux jeu des Dix Cibles était l'une des épreuves physiques les plus battues à l'académie militaire. Il implique un cavalier et son arc, dix cibles éparpillées sur une large surface et le but est de toutes les atteindre au galop.

— Est-ce que je peux me joindre à vous ?

Ella Gordon passe à l'attaque tout en m'apportant un verre. Je me retiens avec peine de regarder ma montre mais pas la porte du hall dans l'espoir de voir Eliza apparaître.

— Je vous en prie, réponds-je en ferrant mon impatience au fond de moi.

Elle me tend un verre de whisky et s'assied face à moi. Jenny Campbell rit avec Evan et, Dieu seul sait pourquoi, Malcom. La maîtresse de Queenie semble rassembler les éléments les plus distants.

— J'imagine que le *speed dating* commence maintenant, plaisante-t-elle avec nervosité.

— Je crains que oui.

— C'est tout de même quelque chose de très étrange, j'en ai déjà fait dans des clubs, mais je ne m'attendais pas à celui-là.

Elle a un joli sourire et tout comme avec Rose McDonald, je sens que cette fille est cultivée, intelligente et d'ambitieuse. Ce qui est un bon point pour une reine.

— Vous n'avez donc jamais trouvé chaussure à votre pied ? relancé-je en décidant de creuser mes prétendantes.

Son sourire se crispe une demi-seconde.

— Oui et non.

Je fronce les sourcils.

— Comment ça ?

— J'ai été très amoureuse, il y a longtemps, dit-elle en passant ses doigts derrière son oreille. Mais ça n'a pas fonctionné. Ou disons que mes sentiments n'étaient pas réciproques. Et quel bon début de conversation pour apprendre à se connaître, n'est-ce pas ?

Elle parvient à m'arracher un sourire amusé.

— Je suis désolé, c'est moi qui vous ai lancé sur cette voie.

— Au moins, je peux me permettre de vous renvoyer la même question, même si la réponse est évidente.

Ça me tombe comme une pierre dans l'estomac. Moi aussi, j'ai été très amoureux, je le suis sûrement encore, et mes sentiments étaient réciproques. Mais… mais tant d'obstacles ont fait que non, je n'ai pas trouvé chaussure à mon pied. Et non, je n'ai pas envie de dévoiler tout ça. Je suis le roi sans cœur, après tout.

— Pourquoi avoir accepté de participer au *Taisbeanadh* ? relancé-je en esquivant sa demande.

Elle balbutie, ne s'attendant pas à ce que je l'ignore, puis se reprend sans se démonter pour autant. Bon point, là aussi. Ce n'est pas parce qu'on est roi ou reine, qu'il ne faut pas s'attendre à des contradictions ou des refus.

— Je n'ai personne dans ma vie, alors mes parents me l'ont proposé sans pression.

Alors que je laissais le whisky me brûler la gorge, sa remarque m'intrigue.

— Sans pression ?

Ella Gordon hausse les épaules.

— Ce n'est pas le cas de toutes vos prétendantes, certaines sont poussées à vous décrocher pour avoir le titre de reine. Si je suis là, c'est seulement parce que je suis curieuse de vous connaître un peu mieux, mais pas forcément pour vous épouser au bout. Et la cheffe du clan Gordon est du même avis.

OK. Au moins, c'est clair et sans accro.

— Et que savez-vous de moi, pour le moment ?

Elle affiche un sourire malin qui me fait presque regretter la question.

Pitié, ne me sors pas le livre de Murray !

— Principalement ce que mon frère m'a raconté après avoir partagé un dortoir avec vous à l'académie, s'amuse-t-elle.

Bien joué. Je souris à nouveau.

— Et ça ne vous a pas découragé ?

— Il faut croire que non !

Je passe au stade « rire sincère ». Elle est forte ! Si forte que je n'ai pas fait attention au domestique qui s'est approché de moi pour me glisser à l'oreille que ma dernière invitée venait d'arriver. Mon cœur bondit brutalement dans ma cage thoracique.

— Excusez-moi, dis-je en me levant. Nous poursuivrons un peu plus tard.

— Avec plaisir, répond-elle.

Ella Gordon vient de voir son nom noté dans ma *short list*. Elle a passé haut la main la première conversation. Je pose le verre de whisky sur une des tables et fais tout pour ne pas courir. Pourtant je dévale les marches de l'escalier et repousse sans ménagement le lourd battant de la porte qui donne sur la cour. Une voiture est arrêtée et la silhouette familière attrape son sac avant de se redresser et de se tourner vers moi.

La même chevelure brune et les mêmes yeux gris, le même sourire ravageur, la même allure pétillante que dans mes souvenirs. Trois années se sont écoulées depuis la dernière fois que nous nous sommes vus, et Eliza n'a pas changé. Les mêmes larmes de joie et de douleur, la même cicatrice qui marque son cou pour descendre plus bas et la même grimace qui tord ses lèvres lorsqu'elle est émue.

— Oh bon sang, Aédan, s'en veut-elle en reniflant.

J'ai rarement la gorge nouée, mais là, c'est comme si les mains d'un géant m'étranglaient. J'avance jusqu'à elle pour la prendre dans mes bras, elle noue les siens dans mon dos et se laisse soulever en riant.

— Je suis si heureux de te revoir, lui dis-je, à deux doigts de fondre en larmes à mon tour.

— Moi aussi, si tu savais, chouine-t-elle.

On ne se lâche pas, parce qu'on sait très bien, chaque fois qu'on se retrouve, qu'il manque quelqu'un dans notre équation : la présence bien vivante de Kenna. Auprès d'Eliza, l'absence de ma sœur s'intensifie et devient aussi brûlante qu'une blessure à vif. Nos retrouvailles sont toujours teintées d'un chagrin qui serre les entrailles.

Et puis, le parfum de coton d'Eliza se réaccapare mes sens et les caresses de mon amante déboulent dans mon esprit. Tout comme les moments heureux. On se décroche l'un de l'autre mais j'emporte avec moi ses mains pour les garder encore un peu au creux des miennes.

— Tu ne changes pas, toujours aussi beau gosse, hein ? s'amuse-t-elle, les yeux rouges.

— Et toi, toujours aussi merveilleuse.

— Oooh, flatteur !

Mes doigts lissent les siens jusqu'à rencontrer un obstacle à son annulaire gauche. Je baisse les yeux, l'éclat du diamant me saute au visage. Voilà qui tasse toute ma joie en une fraction de seconde. Je ne sais comment, mais j'avais oublié ce détail pendant un instant. Eliza se mord la lèvre.

— J'ai beaucoup de choses à te raconter.

J'acquiesce, dévasté. Mais je ne montre rien, je souris.

— Viens, les autres sont impatients de te revoir.

— Moi aussi, j'ai hâte.

Je l'entraîne avec moi par la main.

— Un Dix Cibles se prépare ? J'ai vu les installations en arrivant au domaine.

— Et avec un peu de chance, il ne va pas pleuvoir.

— C'est toujours entre hommes ou les femmes peuvent s'inviter ? me taquine-t-elle.

— Je ne t'ai jamais empêchée de participer, m'amusé-je.

— Je ne pensais pas à moi, mais peut-être à d'autres invitées. Tu sais très bien de quoi j'ai l'air sur un cheval.

Je ris avec elle et pense soudain à Brioche et à son numéro d'équilibriste sur mon Clydesdale. Alors que mon corps et mon esprit sont passés par tous les stades émotionnels en quelques minutes avec l'arrivée d'Eliza, au point de me rendre nauséeux, tout se pose, tout se calme. La chevelure rousse de Halley, ses lèvres douces, le sucre de ses desserts… toutes ces choses qui l'entourent me réchauffent le ventre et me font remarquer… qu'elle me manque.

*

Halley

L'après-midi démarre au quart de tour avec les préparations du fameux dîner « royal mais amical ». D'autant plus pour moi, puisque j'ai aussi les fameuses pommes d'amour à créer pour 22 heures. Afin de m'en sortir au mieux, j'exécute en avance toutes mes préparations et mon montage des desserts forestiers pour les laisser au froid. Je n'aurai plus que la décoration à faire avant le service. Concernant le second dessert, plus confidentiel, je suis partie dans l'idée de fabriquer des petites boules de sucre soufflé rouges et d'y incorporer une mousse de pomme Granny et un cœur de caramel au beurre salé. Restons simples, c'est un dessert d'enfance, familier et connu.

— Wouah, c'est trop joli, complimente Gio en s'appuyant sur mon plan de travail.

— Merci ! Tu veux en goûter une ? J'en suis aux essais.

— Avec plaisir, se dévoue-t-il en croquant dans l'une des mini pommes en sucre.

Je reste pendue à son jugement. J'observe la moindre de ses réactions jusqu'à ce qu'il finisse par acquiescer.

— Revisite de la pomme d'amour ?

— Oui !

— C'est délicieux, Halley.

Aaah, ça fait plaisir à entendre !

— Mon seul bémol, si tu me permets, c'est l'acidité de ta mousse.

Ah. Ça fait moins plaisir.

— Comment ça ? C'est trop ?

— Non, c'est parfait, en vrai. Le sucre et le caramel contrebalancent à merveille.

— Bah, tout va bien alors ? m'étonné-je.

— Oui, mais… l'amour n'a rien d'acide comme ça. C'est chaud et rond, doux et sucré. Tu vois ce que je veux dire ?

Absolument pas, non, parce que l'amour et moi, ça fait soixante-douze. Mais je hoche quand même la tête avec un faux sourire de convenance.

— OK, je vois. Peut-être utiliser une autre pomme alors.

Il y a d'autres variétés dans le cellier. Ça se tente.

— Je ne voulais pas te torturer avec mes visions, semble s'excuser Gio, une main sur la nuque. Mais je venais te chercher pour aller voir les aristos faire du cheval. Ça te changera les idées. À-Point nous a permis de prendre une pause tant que ça n'entravait pas notre travail.

— Bonne idée, j'ai besoin de prendre l'air, décidé-je en détachant mon tablier avant d'enfiler ma veste.

Je devais être plongée dans mon monde de façon hermétique, car je ne remarque qu'à cet instant la cuisine désertée. On traverse la cour à pas rapides pour rejoindre le terrain, en dehors de la forteresse. Brianna, Lucie et d'autres membres du personnel sont déjà sur place, à l'écart du roi et de ses invités.

— Qu'est-ce qu'on a loupé ? m'intéressé-je alors que les nuages défilent de plus en plus vite au-dessus de nous.

— Plusieurs choses, entame Brianna d'un ton d'expert. Premièrement, ton frère est visiblement frileux, il ne participe pas.

La silhouette rousse de Malcom se tient à l'écart, mais il demeure attentif à l'exercice.

— Il m'a toujours donné l'impression d'un intellectuel plus que d'un sportif, dis-je en haussant les épaules.

— Deuxièmement, Jenny Campbell est ultra cool, poursuit Brianna en tendant le bras en direction du terrain.

Une cavalière est en train de galoper parmi les cibles tout en décochant ses flèches, le tout avec une force et une agilité débordantes. Elle captive tous les regards, avec sa chevelure châtain au vent. Même Lucie qui s'est avancée de quelques pas, les deux mains plaquées sur ses joues, gloussant d'une admiration sans bornes. Je me rapproche de Brianna qui semble dépitée.

— Et on est d'accord que Lucie bave littéralement devant Miss Campbell ? marmonné-je à son oreille.

— Ah ça, on est bien d'accord, oui, grogne-t-elle.

— C'est bon signe, non ?

— Tu trouves ?

— Il ne se passera rien entre elles, on ne « copine » pas avec les gens qu'on sert.

Je m'étrangle moi-même en fin de phrase. En fait, si. On copine beaucoup. Si moi j'ai pu coucher avec le roi, il n'y a aucune raison pour que Lucie ne puisse pas avoir une aventure même d'une nuit avec une héritière de passage.

— Pas faux, soupire Brianna.

Je n'ose pas revenir sur ma parole.

— Il y a un troisièmement ? enchaîné-je.

Ma coloc se contente d'un mouvement de menton en direction d'Aédan. Il tient la bride de McBeth et s'entretient avec une femme que je n'ai pas vu arriver. Il devrait saliver devant le spectacle, mais non, il se consacre à cette invitée aux longs cheveux bruns et au manteau blanc, trop éloignée pour que je distingue ses traits.

— Troisièmement, une nouvelle prétendante a pointé le bout de son nez, résume Brianna. Et le roi a l'air très épris d'elle.

Mon pouls s'emballe rien qu'à cette idée. Jusque-là, il n'a témoigné que peu d'emballement pour ses prétendantes et ça me contentait. Cuisiner pour une « personne spéciale » que je ne voyais pas me contentait aussi. Mais voilà que cette dernière devient *réelle*. Je devrais m'en moquer, mais voilà que ça me titille.

La poisse.

— Ils ne se sont pas quittés des yeux depuis le début de la partie, ajoute Brianna.

— On n'a peut-être pas parlé à la future reine, finalement, commente Gio.

Brianna et moi, on se retrouve à grogner dans notre coin toutes les deux. Malcom choisit cet instant précis pour se joindre à nous. Mes colocs s'éloignent d'eux-mêmes, nous isolant tous les deux.

— Hé, ça va ? me demande-t-il en souriant. Comment tu trouves la rase campagne ?

L'herbe est brunie, les pentes des montagnes dorées, la bruyère oscille entre le rose et l'ocre, la brume humide ne cesse de caresser les hauteurs…

— Assez magnifique en fait.

— Attends de voir Skye.

Il insiste vraiment avec ça. Je botte en touche.

— Tu sais, le message que je t'ai envoyé pour te demander de venir ?

— Oui ? s'intrigue-t-il.

— Je l'ai envoyé par erreur à Aédan juste avant, en l'appelant Sa Grandiose Somptuosité. T'imagines le malaise ?

Malcom échappe un rire incrédule.

— Tu n'as pas fait ça, refuse-t-il de croire.

— Oh si.

— Il l'a mal pris, j'imagine ?

Que répondre ? Ça nous a menés dans un grenier avec un baiser à la clé. Décidément pas le truc que je peux raconter à mon frère. Je grimace en guise de réponse. Une poignée de secondes silencieuses passent. Il reprend la parole, le ton plus posé.

— Comment ça se fait que le roi, ton employeur, ait ton numéro de téléphone ?

Je me glace sur place. Je n'avais pas pensé à ça. Il déduit d'ailleurs que c'est forcément lui qui m'a contactée le premier sans que je ne le lui indique. Il le connaît trop bien.

— Qu'est-ce que tu veux dire ? balbutié-je avec maladresse. Il est l'employeur, il a accès à tous nos dossiers.

— Il ne devrait pas avoir accès aux données personnelles de ses employés.

Ma bouche s'assèche aussitôt. Mais pourquoi je lui ai parlé de ça, moi ?

— N'en fais pas toute une histoire, il n'y a aucun drame. On ne communique pas par message, c'était une erreur.

Le regard perçant de Malcom me fixe encore un moment. Je déglutis dans mon coin.

— Tu es sûre qu'il ne t'importune pas ?

— Mais non ! balayé-je en secouant la tête.

— OK, OK, semble-t-il abandonner.

Ouuuf !

— Dis-moi plutôt, c'est qui la fille avec lui ? questionné-je en espérant tasser tout ça dans les profondeurs de la Terre.

— Elle, c'est Eliza McKenzie, la fille d'Enora.

Oh mais oui ! Elle est trop éloignée de moi pour que je voie son visage, mais j'aurais pu la reconnaître puisqu'elle est en photo dans le bureau d'Enora. Donc la fille de notre cheffe et le roi sont proches à ce point-là ? C'est elle, la « personne spéciale » ?

— Tu la connais ?

— On la connaît depuis toujours, c'était la meilleure amie de Kenna, la sœur d'Aédan. Et aussi, le grand amour du roi, même si ça a mal tourné.

Le « grand amour » d'Aédan. Ça me file des frissons rien qu'à l'entendre. Je ne perds pas mon impression de tracas, bien au contraire. Mais je n'identifie pas ce tourbillon d'émotions disparates qui m'embrouille.

— Qu'est-ce qu'il s'est passé ?

Malcom hausse les épaules.

— Il l'a demandée en mariage, elle a dit non.

Cette fois-ci, mon estomac se retourne. Je comprends maintenant pourquoi il a l'air si détaché et si cynique au sujet de son prochain mariage. J'ai envie d'assommer mon frère de questions mais je n'ose plus rien dire. Je me sens déjà illégitime à recevoir ce genre de confidences. Ça ne me regarde pas et je suis persuadée qu'Aédan ne souhaite pas que cette nouvelle-là s'ébruite. Malcom ne devrait même pas en parler, mais il s'adresse à sa propre sœur, il doit se dire que sa parole ne craint rien.

Jenny Campbell revient en triomphe vers le groupe qui l'applaudit. Aédan grimpe sur son majestueux Clydesdale et s'élance à son tour, avec la même virtuosité.

Je ne pense qu'à la pomme de ma mousse. Gio a raison, la Granny est trop acide. Surtout pour un « grand amour ». Contrarié, qui plus est. Il veut peut-être la reconquérir, retenter sa chance, avec mon dessert comme soutien.

— Excuse-moi, je vais retourner au travail, dis-je à Malcom en reculant.

— On se voit plus tard ce soir ?

— Oui, pas de souci !

*

Le dîner est un franc succès, il culmine avec le dessert de Brioche qui apparaît sous nos yeux. Des « Oooh » admiratifs parcourent mes invités, je retiens de peu le mien en découvrant sa création : un fourré de buissons en chocolat avec des touches de couleurs automnales. Il ne manque que sa chevelure rousse de « pétrisseuse de beurre » au milieu. C'est délicat, foisonnant, d'une perfection qui ne m'étonne plus de sa part. Elle met un point d'honneur à servir des créations qu'elle estime accomplies. Il n'y a que sa crème glacée au sirop d'érable qui a connu l'échec. Tout le reste était fabuleux. Je plonge ma cuillère à travers le fourré. L'intérieur me résiste une fraction de seconde, puis le cœur se met à couler. Le biscuit aux cèpes surprend tout le monde, la mousse aux bourgeons de sapin rafraîchit dans un second temps puis le coulis à la baie des chasseurs sucre le tout avec sa touche acide unique.

— C'est vraiment très étonnant, commente Jenny, à ma droite.

Elle soulève une approbation générale.

— Tu féliciteras ta sœur pour son travail, Malcom, lance Evan.

Le député relève des yeux surpris de son assiette, ne s'attendant pas à une telle déclaration. Ni moi non plus, d'ailleurs. La tablée saute aussitôt sur la nouvelle, Eliza la première.

— Tu as une sœur ?

Elle est déconnectée de nous depuis bien longtemps.

— Oui, une demi-sœur à vrai dire. On s'est retrouvés il y a quelque temps. Elle travaille pour ta mère aujourd'hui.

— Pourquoi est-ce qu'elle n'est pas ici, avec nous ?

Tout en l'interrogeant, elle me jette un regard de côté. Je vais laisser Malcom se dépatouiller avec ça.

— Tu connais la politique de Holyrood, les serviteurs avec les serviteurs, les héritiers avec les héritiers, répond Malcom. Ma sœur ne porte pas notre nom, j'espère encore que mon grand-père va finir par la recevoir.

Eliza opine de la tête, l'air compatissant.

— Je sais ce qu'il en est de tout cela, crois-moi. En tout cas, Aédan, j'espère que tu remercieras les cuisines pour nous, c'était incroyable.

— Je leur ferai bien sûr passer le message. J'ai demandé qu'on serve du whisky et des cafés dans le salon du billard, ajouté-je en me levant.

L'assemblée me suit, repue. Un coup d'œil sur les emplacements de chacun et je m'aperçois qu'aucun reste ne les entache. Je me ferai un plaisir de l'annoncer moi-même à Brioche, elle sera contente de savoir que tout le monde a raclé son assiette. La plupart de mes invités vont repartir ce soir, seuls Eliza, Jenny et Evan s'attardent pour la nuit.

— N'oublie pas que tu dois une bouteille de Jura 60 ans d'âge au vainqueur des Dix Cibles, relance l'un des frères Sinclair alors que nous prenons l'escalier.

— Est-on sûrs du résultat, hein ? discute Jenny. J'ai bien recompté, c'est évident que j'ai remporté le nombre de points sur les cibles.

— Mais tu ne les as pas toutes touchées, objecte Logan Sinclair.

— Je n'en ai loupé qu'une à cause du vent qui s'est levé, corrige-t-elle d'un ton taquin.

Elle provoque des rires.

— Il n'y avait pas de vent, proteste Finn Sinclair en secouant la tête.

— Si nous n'arrivons pas à nous départager, nous la boirons ensemble, proposé-je en ouvrant le salon du billard.

Les cheminées fonctionnent déjà, du café et du thé chauds attendent sur des plateaux en argent et plusieurs whiskys rares sont ouverts, prêts à être dégustés. Mes invités se dispersent automatiquement dans la salle, certains pour boire un verre, d'autres pour entamer une partie de billard. Je trépigne d'enfin me retrouver seul avec Eliza. Je m'empare de la fameuse bouteille de Jura 60 et en propose autour de moi à ceux qui ont participé aux Dix Cibles. Au fur et à mesure que les intéressés s'effacent, je me retrouve avec Malcom. Il n'ose pas venir quémander une part de la récompense pour une épreuve qu'il n'a pas passée, mais il semble disposé à me parler.

— J'imagine que tu n'es pas là pour le whisky, devancé-je en rebouchant la bouteille.

— Non, répond-il simplement en lui préférant le gin. Tu n'as jamais perdu le jeu des Dix Cibles, pourquoi un si mauvais score aujourd'hui ?

Rien ne lui échappe. Ou alors les autres ont le tact de ne pas faire de remarque, contrairement à lui.

— J'avais plus envie de voir qui se battrait pour la première place.

Et tout mon esprit était occupé par Eliza, je n'avais pas le cœur à gagner ce genre de jeu superficiel. Malcom ne répond que par une grimace critique. Je ne m'en formalise pas, c'est inutile. Je connais les points sur lesquels nous sommes en désaccord. Rien ne changera. Cependant, rien ne m'empêche de jeter ma ligne dans sa mare de sujets sensibles.

— Où en sont tes projets de révision du budget alloué à Holyrood ?

Malcom boit une gorgée de son verre, semblant profiter de mon hameçon avec quiétude.

— Comme le palais n'a pas pris de décision concernant le budget des frais de représentation, j'ai déposé une proposition en commission du Parlement. La Couronne a encore des soutiens, mais l'économie en possède bien plus.

J'incline la tête.

— Je dois donc me préparer à revoir les comptes.

— C'est possible.

J'admets qu'il s'y prend bien. Il ne se vante pas, énonce des faits et demeure prudent. Mais ses pupilles pétillent de l'excitation à me clouer le bec. À mon tour de jouer.

— Tu sais ce qu'inclut ce budget, n'est-ce pas ? Des dîners comme celui-là. D'autres cours ont fait cette économie-là : pas de cuisine aussi dispendieuse sur place. Dès qu'un gala se profile, on fait appel à l'un de ces traiteurs qui tournent parmi les gens de bonnes familles. Bien sûr, Enora le prendra mal, mais elle se trouvera bien une place ailleurs.

Malcom pousse un soupir tout en se pinçant les sinus.

— C'est quoi ces menaces ?

— Quelles menaces ? Je me contente de t'informer des conséquences de tes actes.

— Non, tu menaces à nouveau ma sœur.

— Il se trouve que ta sœur travaille aux cuisines de Holyrood, oui.

— Ce budget touche plusieurs secteurs, *tu* as choisi les cuisines.

Je hausse les épaules.

— Enora ne me porte pas dans son cœur, tu le sais. Pourquoi choisirais-je les moyens de transport ou la garde-robe ?

Malcom termine son verre cul-sec et le repose.

— Tu crois gâcher des vies, mais tes employés sont plus tenaces que tu ne le crois, Halley comprise. Elle rebondira mieux que personne si tu la saques pour m'atteindre, moi.

Et il tourne les talons pour partir à l'autre bout de la pièce sans rien dire à personne. Il aime le drame, lui aussi ! Si jamais le Parlement me force à réduire le budget des frais de représentation de la Couronne, je sais déjà que m'attaquer à Enora serait suicidaire. Et que je pourrais pallier avec mon propre apport dans le cas où nous n'aurions pas le choix.

— C'est moi ou vous ne vous entendez plus du tout, vous deux ? intervient Eliza.

— Malcom a traversé la rue, il n'est plus des nôtres.

Elle bat des paupières, indécise.

— Parce qu'il est député, c'est terminé ?

— Parce qu'il s'attaque à moi, surtout.

Comme elle semble peu convaincue, elle enchaîne. Sa présence me rassure et me rappelle de bons souvenirs. Je découvre aussi qu'elle me perturbe. J'ai toujours eu peur de perdre ce que nous avions, notre complicité, notre capacité à deviner ce que l'autre allait dire ou pensait. Et voilà que cette crainte se concrétise sous mes yeux.

— J'aurais bien aimé rencontrer sa sœur. Quand je pense que je suis passée à côté de cette information !

— Je l'ai rencontrée il y a quinze ans.

— C'est vrai ? À quoi elle ressemble aujourd'hui ?

Sa chevelure rousse, ses lèvres douces, le sucre de ses desserts…

Il faut que j'arrête avec cette rengaine.

— Plutôt à son frère, à vrai dire.

— Oh là, là, j'ai encore plus envie de la connaître.

— Tu la verras à 22 heures. Je lui ai commandé quelque chose pour conclure la soirée.

— Ouh, j'ai hâte, me dit-elle, tout sourire.

Moi aussi.

*

Halley

Une pluie de compliments est tombée sur les cuisines à la suite du dîner. Les proches du roi sont plus loquaces que ses invités habituels de Holyrood. À-Point nous a félicités à son tour et a débouché des bouteilles d'un vieux cidre qu'elle conservait pour une grande occasion. Malgré le froid, on se retrouve comme hier au bord du loch, près d'un feu, à trinquer à notre réussite. J'ai même eu un mot particulier de la part de la cheffe pour les châtaignes en trompe-l'œil qu'elle s'est permise de goûter. Je suis épuisée mais heureuse comme rarement je l'ai été. Je me suis vraiment battue pour en arriver là, contre moi-même, contre les autres qui doutaient, et voilà que des cuisinières et des cuisiniers de renom me félicitent.

Malcom finit par apparaître et se joindre à nous. On lui sert du cidre qu'il ne refuse pas. Il distribue des compliments à son tour et envoûte mes camarades. Un héritier, un député, ici, parmi nous, gentil et abordable, c'est rare !

— Halley, tu marches avec moi ? me propose-t-il au bout d'un moment.

— Ouais, allons-y.

Je remplis mon verre et le suis sur la plage de galets alors que la lune se reflète dans les eaux sombres du loch.

— J'espère que le roi sait ce qu'il fait, vous formez une super équipe en cuisine, déclare mon frère avec regret.

Je lève des yeux étonnés sur lui.

— De quoi veux-tu parler ?

Il hésite une seconde en se mordillant la lèvre avant de se lancer.

— Mon groupe parlementaire a déposé une proposition de diminution du budget des frais de représentation du roi. Aédan a parlé de couper au niveau des cuisines.

Après le dîner fabuleux qu'on vient de servir et pour lequel il nous a félicités ? L'enfoiré ! Je ralentis puis m'immobilise, l'angoisse me comprimant la poitrine.

— Concrètement, ça donnerait quoi ?

Malcom hausse les épaules.

— Probablement une réduction drastique des équipes.

Les derniers arrivés seraient les premiers partis. Donc, potentiellement, je risque de perdre mon poste.

— Oh, ne puis-je que dire.

Tout se passait si bien, c'était trop beau pour être vrai !

— Ne t'en fais pas, il n'y a encore rien de fait. Le Parlement apprécie la royauté en majorité, ce n'est pas dit qu'il accepte.

J'acquiesce, mais je demeure intriguée.

— Pourquoi as-tu lancé cette idée alors ?

— On ne peut pas exiger du peuple ce genre de taxe.

— Mais elle paie aussi des salaires.

— Pour le service d'un seul homme et d'un seul milieu.

— Pour la réception d'États étrangers aussi.

Malcom hoche la tête.

— Certes. Mais ça reste une décision politique qui peut en entraîner d'autres plus symboliques encore. Je travaille sur une proposition de loi pour retirer les pouvoirs judiciaires et décisionnaires aux chefs et cheffes de clan. C'est le but ultime de mon parti, qui sera sûrement contré par beaucoup de parlementaires.

Interloquée, je resserre la prise autour de mon verre.

— Graham est au courant ? Il ne te le pardonnera jamais.

Malcom affiche un maigre sourire.

— Il faudra bien qu'il l'apprenne un jour et que je me retire de l'héritage à mon tour. Mais je n'ai pas envie de le blesser. Je l'aime, ce vieux râleur. Il a tellement fait pour moi.

On reprend notre marche en silence. J'observe les traits déterminés de mon frère, en hésitant entre l'admiration et l'incompréhension.

— Tu as l'intention de te mettre à dos le roi, ses partisans et la majorité du Parlement, c'est ça ? tenté-je avec plus de légèreté.

Ça le fait rire mais il approuve quand même, toujours aussi résolu dans son parcours.

— Changeons de sujet, tu veux bien ?

Même si je me doute de ce qu'il souhaite aborder, je pose tout de même la question, un nœud au ventre.

— De quoi veux-tu parler ?

— De notre mère.

Je l'avais si bien esquivée jusqu'à maintenant. J'imagine que je ne peux pas fuir plus longtemps. J'inspire un grand bol d'air froid, au point de me cisailler les narines.

— Que veux-tu savoir ?

— Quel genre de femme elle était ? Pour avoir tout plaqué et être partie à l'autre bout de la terre ? Est-ce que… est-ce qu'elle n'a jamais regretté ?

J'évite le plus souvent de songer à elle, la plupart du temps, disons. Tout n'est que douleur avec Lorna, comme si j'avais grandi avec un fantôme. J'imagine qu'elle est assez proche de cela pour Malcom aussi, quelque part. Cette inconnue loin de lui. Il l'a peut-être idéalisée, imaginée comme une femme bercée de rêves. Et peut-être qu'elle l'a été au début. Mais je ne l'ai jamais connue si elle a existé. Elle a disparu en nous laissant tous les deux sur le bord d'une route incomplète.

— Quel genre de femme elle était, répété-je, incertaine.

Je ne sais même pas par où commencer, ni comment entamer une réponse qui ne le décevra pas trop d'un coup. Est-ce que je peux lui mentir et inventer un personnage de roman audacieux et chimérique ?

— Est-ce qu'elle te ressemblait ? questionne-t-il en prenant place sur un rocher.

— Pas tellement, en fait, dis-je alors, d'une voix cassée. On avait les mêmes cheveux, mais j'ai compris très tôt que je devais grandir plus vite pour me débrouiller, alors qu'elle restait… enfantine.

— Comment ça ?

— Elle courait après un rêve irréalisable, peu importait les dégâts que ça causait autour d'elle.

Il acquiesce avec sérieux, mais sans perdre un mince sourire heureux d'en apprendre enfin plus sur elle. C'est ce qui me perturbe le plus, à vrai dire. Moi, je n'arrive pas à me réjouir de cette discussion et l'agacement à l'idée de parler d'elle en bien me fend le cœur.

— Est-ce qu'elle jouait bien la comédie au moins ? Pour vouloir être actrice ?

— Comme une starlette ratée, répliqué-je d'un haussement d'épaules.

Si mon ton se veut rêche, lui, ça le fait rire. Je vois d'ici le personnage qu'il se monte : une starlette mignonne et attendrissante avec son jeu imparfait. Ça me donne envie de vomir.

— Elle n'a jamais décroché de vrais rôles, elle a même fait un film érotique nul.

Cette fois-ci, il braque son regard clair sur moi.

— Pas du porno, hein ?

— Non, ça n'allait pas jusque-là. J'espère en tout cas, mais je n'ai rien trouvé de tel en rangeant ses affaires.

— Elle a déjà eu d'autres jobs ?

— Quand elle n'avait pas le choix, oui. Serveuse et barista, très souvent. Mais elle s'ennuyait vite et plaquait son travail à la première contrariété.

Il sourit encore, avec cette nostalgie que je ne comprends pas.

— Un peu rebelle, quoi.

Il semble oublier que cette mère rebelle avait une fille à loger et à nourrir.

— Si tu veux, oui, marmonné-je. Si tu penses que dormir dans des chambres d'hôtel pourries et me faire manquer l'école, c'est un comportement de rebelle.

J'aurais voulu garder au fond de moi cette phrase, mais impossible de ne pas la plaquer sur ses attentes. D'ailleurs, il se redresse, surpris du changement de ton et des nouvelles informations que je lui apporte.

— C'était aussi compliqué que cela ?

J'aimerais hurler « Mais bien sûr que oui ! À quoi tu pouvais bien t'attendre ?! » mais cette fois, je ravale mes reproches. Il ignore tout, comment je pourrais lui balancer ça ?

— Ça nous est arrivé de dormir dans une voiture plusieurs nuits de suite. Jusqu'à ce que les services sociaux la rappellent à l'ordre.

Et ne lui disent, en ma présence, que je ne ferai jamais rien de ma vie à cause d'elle. Ce genre de déclaration se grave dans la tête de toute gamine qui l'entend. Elle me poursuit encore et me pousse à réussir pour leur cracher à la gueule.

Malcom semble enfin troublé.

— Je suis désolé.

Mon problème, lorsque je pense à tout cela, c'est que la nervosité et la colère que ça génère en moi s'apaisent difficilement. Je lui en veux de m'avoir lancée dans cette histoire.

— Tu n'as pas à l'être. Elle ne m'a jamais parlé de toi, à aucun moment elle n'a évoqué avec moi la naissance d'un autre enfant. Elle me traînait déjà comme un boulet à son pied parce que j'étais là, sans père ni grands-parents pour m'endosser. Tu ne mesures pas ta chance…

J'aurais voulu modérer mon ton, mais tout est sorti sans barrière ni tact. Je déglutis, la gorge serrée, incapable d'aller plus loin. Malcom s'est relevé, les yeux écarquillés, des volutes s'échappant de sa bouche plus rapidement que tout à l'heure. S'il était impatient et heureux d'en savoir plus, il n'affiche plus qu'une blessure profonde et que je ne peux que comprendre. La culpabilité me ronge à nouveau. Je saisissais pourtant cette blessure, au départ. Mais me confronter à lui sur ce sujet me fait perdre cette empathie.

— Ma chance ? Ma mère m'a abandonné sans regarder derrière elle, dit-il, bouleversé.

Je passe le dos de ma main sur mes yeux, à fleur de peau.

— Elle était déséquilibrée, dépressive, hyperactive, inconsciente de beaucoup de choses, bredouillé-je en reniflant. Tu as eu une vraie famille, des personnes attentives auprès desquelles tu rentrais le soir, une famille qui te désirait. Je n'ai rien connu de tout ça !

Et c'est exactement ce que je refusais de lui reprocher. Confuse, je recule d'un pas. Il a raison, en quoi ça minimise le traumatisme d'une mère qui l'abandonne ?

— C'est vrai, j'ai eu tout ça, répond-il à mi-voix. Mais on ne parlait jamais d'elle chez nous, ni mon père ni notre grand-père. Alors je voulais juste…

Il soupire et son regard devient fuyant. Le silence s'emplit de tous ses vœux qu'il n'ose plus formuler.

— Je ne te poserai plus de questions sur elle.

Malcom s'éloigne, me laissant dans une brèche ouverte que j'évitais par tous les moyens. Je n'ignore pas les coups de couteau que je viens de lui asséner en plein cœur, alors je le rattrape, refusant qu'on se quitte sur ça.

— Mal, attends !

Il ralentit, je lui prends le bras.

— Pardon, je suis désolée, ce n'est pas quelque chose de facile pour moi…

— Arrête, tu n'as pas être désolée. J'aurais dû prendre en considération ce que tu as vécu avec elle.

— Tu ne pouvais pas deviner, insisté-je.

— C'est moi qui suis désolé. J'aurais voulu qu'on te retrouve avant pour que tu n'aies pas à subir tout ça.

Au milieu de toute ma détresse, ses mots me font du bien. Même si ça n'est jamais arrivé, ce souhait tardif comble un vide en moi. Malcom m'enlace et me frotte le dos. On n'avait encore jamais fait ça tous les deux. Lorsqu'il me relâche, il a retrouvé un sourire qui se veut réconfortant.

— Je ne vais pas te forcer, mais j'aimerais quand même que tu viennes à Skye pour les fêtes. Laisse-nous une chance, d'accord ?

J'acquiesce et le regarde partir, toujours aussi chamboulée. Il est bientôt 22 heures et tout ce que j'espère, c'est qu'Aédan me demande de rester auprès de lui malgré son « grand amour ». Le sexe me ferait oublier tout ça et tasserait cette souffrance sans fond qui déborde de partout, sans aucun contrôle. J'abandonne les autres pour me réfugier en cuisine et finir de préparer mes pommes d'amour en sucre.

*

Aédan

Enfin nous sommes seuls, dans mon salon privé, assis côte à côte sur le canapé, près du feu. Enfin Eliza me raconte ces trois dernières années, tout en m'agrippant le bras, les genoux repliés contre elle. Il s'appelle Edmond – « Ne te moque pas de son prénom, je l'ai déjà fait ! » Elle l'a rencontré au ski en Suisse, en lui tombant dessus au point de l'étourdir. C'était mal parti, il l'accusait d'être un danger public, et elle un poteau de signalisation périmé. Leurs proches ont dû les séparer – « Un vrai début de romance stupide, je te dis. » Ils se sont recroisés dans un restaurant, se sont mis à rire alors qu'ils se menaçaient l'un l'autre d'un jet de sauce malheureux, et se sont promis de boire un café le lendemain pour enterrer la hache de guerre.

Une année est passée, elle ne se rendait même plus compte du temps qui s'écoulait à ses côtés. Edmond est anglais mais il vit à l'étranger. Il se considère plus comme un Suisse à présent. Il aime le fromage suisse – « Attention, on parle de gruyère, pas d'emmental, tu te mettrais tout le pays à dos ! Je le sais, j'ai commis l'impair. » – les sports de montagne et les chats – « Enfin un homme dans ma *team*… ». Ils se sont installés ensemble à Bâle où elle a trouvé du boulot. Plusieurs mois ont passé, ça devenait évident qu'ils étaient prêts à aller plus loin. Le jour où il lui a parlé mariage, c'était pour s'assurer qu'ils étaient sur la même longueur d'onde et s'il pouvait lui faire une demande grandiose à laquelle, du coup, elle s'attendrait.

Elle a dit oui.

— On va le programmer pour l'année prochaine, à l'automne, termine-t-elle, ses doigts croisés aux miens.

Moi, j'ai l'impression d'avoir avalé des couleuvres au fil de son récit. Même si elle a tenté de refréner son enthousiasme, il déborde de ses expressions et de ses yeux brillants. Je me dis que ce n'est peut-être pas pour rien qu'elle est venue ici, à Gualachulain. Alors que sa vie est si parfaite à Bâle. Peut-être qu'elle attend quelque chose de moi ? Je n'interprète rien de sa proximité, elle est présente depuis qu'on se connaît, mais elle aurait aussi pu juste téléphoner. Puis-je me permettre d'espérer encore ?

— T'as toujours été attirée par les hommes de la *team* chien, contredis-je en grondant.

— C'est ce que tu crois, s'amuse-t-elle.

— Depuis quand tu aimes le gruyère ? Je croyais qu'un fromage à trous n'avait aucun intérêt, que c'était une perte inutile.

Elle éclate de rire et Dieu que son expression joyeuse m'avait manqué !

— Alors d'abord, c'est le gruyère français qui a des trous, pas le gruyère suisse, et ensuite, je reste fidèle à cette conviction. Le fromage à trous est une perte inutile.

On dirait Halley avec son marron et sa châtaigne.

— Et la Suisse ? Vraiment ? Tu vas t'ennuyer.

Elle dodeline de la tête.

— On s'ennuie à deux, tu sais.

— Alors ça y est, la vie plan-plan t'a rattrapée ?

— Elle va te rattraper aussi quand tu auras choisi ta promise.

— Ce sera sûrement moins romantique.

Eliza me sourit avec tendresse.

— Ça, tu ne le sais pas encore.

Tout en gardant sa main dans la mienne, je me redresse sur le canapé dans lequel on a fini avachis. Elle suit mon mouvement, ses yeux gris à la douceur infinie sur moi. Je ne manquerai pas cette chance tombée du ciel, même si je n'ai qu'un pour cent de chance de la garder auprès de moi. Toute cette histoire malheureuse de *Taisbeanadh* pourrait juste avorter. Tout pourrait cesser ce soir, si elle m'aime encore. Si elle m'affirme droit dans les yeux que ce qu'elle a aujourd'hui avec cet homme insipide ne dépasse pas ce qu'on a eu, et ne le dépassera jamais, alors rien n'est perdu.

— Eliza, est-ce que tu l'aimes ? l'interrogé-je sans la quitter du regard.

Ses paupières vibrent de surprise et sa tête recule d'un millimètre.

Parce que moi je t'aime plus que tout.

Elle ouvre la bouche mais trois coups à la porte l'interrompent. Je retrouve ma respiration. Il est 22 heures. Les pommes d'amour finiront peut-être par l'emporter. On en avait dévoré avant notre premier baiser, quand on avait seize ans. Elle n'a pas pu oublier ça.

— Entrez, dis-je en me levant.

Eliza m'imite et s'éloigne de deux ou trois pas. Brioche apparaît, une assiette creuse dans les mains. Une petite mine ternit son expression mais son sourire – de façade il me semble – ne tarde pas à revenir. Elle se plante devant nous.

— Alors c'est toi, la sœur de Malcom, se réjouit Eliza.

Brioche se crispe sans répondre, elle cherche mon attention à la place, comme si elle exigeait une explication.

— Halley Morland, la présenté-je alors.

J'espère qu'elle va noter mon effort pour ne pas ramener son surnom dans la conversation.

— Halley, répète ma précieuse invitée. Moi, c'est Eliza McKenzie, la fille d'Enora.

Brioche se contente d'un regard bas et de marmonner un « Enchantée » pas du tout enchanté. Puis elle se tourne vers moi avec son assiette et son air que j'interprétais comme triste me paraît plutôt proche de la fatigue, finalement.

— Voici les pommes d'amour revisitées que vous m'avez commandées, dit-elle en s'adressant à moi.

Elle me présente de petites sphères rouge brillant desquelles part un fil de sucre durci faisant office de bâtonnet. C'est à la fois aussi précieux qu'un bijou et aussi amusant qu'une confiserie de foire. Brioche a bien cerné le challenge. Eliza et moi croquons dans une douceur. La coque en sucre est si fine qu'elle semble fondre après avoir craqué sous nos dents. La mousse à la pomme et le caramel au beurre salé confèrent toute leur douceur pour finir. On dirait une véritable pomme d'amour mais pleine de tendresse.

— C'est trop bon, assure Eliza, les joues rosies de plaisir.

— Tu t'es surpassée, approuvé-je à mon tour.

Moi qui pensais que Brioche allait balbutier et se vanter, elle se contente d'un demi-sourire à peine convaincu.

— J'ai fait un peu de pâtisserie moi aussi, mais je n'ai jamais eu ce niveau-là, admet Eliza. Ma mère doit beaucoup t'apprécier.

Brioche hoche la tête, le sourire serré.

— Je l'espère, murmure-t-elle.

— La connaissant, je n'en doute pas, appuie Eliza avec sa gentillesse en or.

Elle parvient enfin à arracher une expression plus détendue et reconnaissante à la commise qui dépose l'assiette sur un guéridon.

— Si vous n'avez plus besoin de moi…

— Ça ira, merci, Halley.

Elle disparaît comme une souris, aussi vite et discrètement. Je ne sais pas ce qu'elle a vécu aujourd'hui, mais ça ne semble pas drôle.

— Elle ressemble beaucoup à son frère, mais elle n'est pas bavarde, constate Eliza.

— La journée a été longue, excusé-je.

— Tu n'aurais pas dû faire ça pour moi, même si elles me rappellent de bons souvenirs, ne pas les manger serait définitivement du gâchis, ajoute-t-elle en enfournant une nouvelle petite pomme d'amour.

— Je ferais tout pour toi.

J'annonce une évidence qui la raidit tout de même. Elle avale sa bouchée, les joues fonçant un peu plus.

— Je sais, Aédan, affirme-t-elle avec un sourire.

Je reviens vers elle, le cœur battant à vive allure.

— Est-ce que tu l'aimes ? répété-je, déterminé à aller jusqu'au bout.

Elle réduit la distance entre nous et pose ses mains sur ma taille, le regard fuyant. Elle doit mouliner pour trouver une réponse adéquate. Pourquoi ? Si c'était si manifeste, elle l'aurait affirmé haut et clair ! Je fais glisser mes mains sur ses joues, elle ne m'en empêche pas, elle demeure troublée. De la lave qui coule dans mes veines. Je joue ma vie, ou ce qu'il en reste, ici et maintenant.

— Parce que moi je t'aime, plus que tout.

— Aédan… balbutie-t-elle en se mordant la lèvre.

— Épouse-moi. Reste avec moi. Je sais qu'avec toi à mes côtés, je pourrais endurer toute cette vie.

Elle remonte ses mains jusqu'à mon visage alors que je suis pendu à ses lèvres, débordant d'un espoir douloureux.

— Cette vie-là n'est pas faite pour moi, répond-elle les yeux brillant de larmes. J'aime Edmond, mais j'aime aussi mon quotidien loin de toute pression. Je ne veux pas vivre recluse dans une fonction et abandonner toute liberté.

Ma bouche s'assèche et pourtant je poursuis, il y a forcément une solution !

— Et si j'abdique ?

Eliza retire ses mains, effarée.

— Ne dis pas de bêtises ! Tu mettrais le pays à feu et à sang pour moi ? C'est ridicule.

— Je ferais tout pour toi, tu as oublié ? répété-je d'une voix dure.

— Tu ne feras pas de moi la femme qui a provoqué ça, pas question !

— Je ne suis d'aucune utilité, ça ne changera rien !

— C'est là que tu te trompes ! s'exclame-t-elle en s'échappant de mes bras. Tu rassembles les gens, tu maintiens un équilibre et tu es un point immuable dans le royaume. Tu rassures et tu fais rêver. Crois-moi, ça a son utilité.

Je déglutis, plein de frissons et d'une rage absurde.

Je suis ça pour elle ? Un rêve, un mirage ?

Mes cigarettes sont posées sur le meuble, près de la porte. En trois enjambées, je les attrape.

— J'ai besoin de fumer.

J'ouvre le battant et le referme. Je traverse le couloir, grimpe l'escalier et donne un coup d'épaule dans l'étroite porte en bois. Le chemin de ronde est plongé dans une nuit glaciale. J'avais si chaud et mon cœur battait si fort que ça ne me dérange pas. La lueur blanche de la lune s'égare sur les pierres sombres du mur crénelé. Je fais trois pas et allume une cigarette. J'aspire tout ce que je peux avant de souffler jusqu'à vider mes poumons.

Je suis tout ce qu'il y a de plus déséquilibré et changeant, je passe mon temps à diviser et à contraindre, et je suis un rêve ? Je ne suis même pas réel aux yeux de mes proches. Même si elle me disait oui, elle serait malheureuse avec moi. C'était déjà l'objet de son premier refus. Elle m'avait dit « Si tu avais été quelqu'un d'autre, un boulanger ou un joueur de poker, je n'aurais pas hésité. » J'avais misé sur notre jeunesse et notre manque de maturité. On avait vingt ans, elle venait de survivre à un accident qui a avalé la moitié de moi-même, et elle m'a quitté.

Dix ans plus tard, rien n'a bougé pour elle. Ni même pour moi.

— Aédan ?

Elle surgit de la porte à son tour, emmitouflée dans un plaid.

— Pourquoi tu es venue ?

— J'avais l'intuition que c'était… ce que Kenna voulait, confesse-t-elle à demi-mot.

Maudit fantôme.

— Je te devais de venir te voir avant de me marier.

Je me sens soudain vidé de tout. Ce *rush* de sentiments et d'espoir depuis qu'elle est apparue s'évanouit, laissant derrière lui une terre désolée. J'avais oublié pourquoi j'avais fini par enfermer les restes de mon cœur à double tour.

— Tu ne me dois rien du tout.

— Crois-moi, je…

Elle soupire en cherchant ses mots.

— Je suis désolée. Et je suis persuadée que tu trouveras la bonne personne pour toi, comme j'ai fini par trouver la mienne.

— Je la trouverai, oui, déclaré-je comme on dirait « il fait beau aujourd'hui ».

Je vais poursuivre le *Taisbeanadh* jusqu'au bout, je vais contenter le monde et me marier pour en finir avec cette fuite en avant, mais en ajoutant un vœu par-dessus cette comédie : jamais je n'épouserai une femme pour laquelle j'aurai une once de sentiments. Jamais plus je ne laisserai une femme me dire qu'elle m'aime mais qu'elle souffre de cette vie stupide et insensée à mes côtés. Jamais je n'enfermerai une personne à laquelle je tiens dans ma prison de rêve. J'en fais le serment.

Eliza pose sa main sur la mienne.

— Je t'aimerai toujours, affirme-t-elle, un trémolo au fond de la gorge.

Comme on aime un meuble ou une peinture, un amour de musée, pour une chose conservée dans du formol, sans vie, sans évolution possible…

— Mais pas assez, répliqué-je en écrasant mon mégot sur la pierre.

Je me détourne d'elle pour rentrer.

— Je partirai demain matin.

— Très bien ! répliqué-je sans m'arrêter.

— Aédan, je voudrais juste que tu sois heureux.

Ça en revanche, ça m'immobilise. Et la colère que j'ignorais déboule comme une vague frappée par la bourrasque. Je pivote, plus d'humeur à la complaisance.

— C'est quoi cette prétention, au juste ? Pourquoi tout le monde souhaite que je sois heureux ? Ce n'est pas ton problème, Eliza ! Ça ne l'a jamais été !

Elle plaque ses mains sur sa bouche. Je ne vois plus que la femme que j'ai tant aimée, depuis toujours, la meilleure amie de ma sœur, cette fille qui a peuplé mes pensées et mes meilleurs souvenirs depuis si longtemps, fondre en larmes sans plus rien dire.

— Rentre chez toi, et restes-y.

J'aimerais emplir mes yeux de son image, mais je ne conserverai plus dans ma mémoire que ses sanglots à présent. Je fais demi-tour et m'enfonce dans mon château, l'une de mes belles demeures de rêve qui m'enfermeront jusqu'à la mort. Je retourne dans le salon, referme derrière moi et me mets à tourner en rond. La nervosité atteint un pic. J'ai besoin de me changer les idées. Et à vrai dire, je sais comment. Les pommes d'amour me le rappellent très bien.

Mon portable, un message, et l'invitation part.

Tu veux me rejoindre ce soir ?

Je n'ai plus qu'à attendre. Je bois une gorgée de whisky pour chasser le goût de la cigarette et songe à l'odeur de pâte et de fruits cuits qui entoure Brioche. J'ai hâte de la serrer dans mes bras. Les coups discrets à la porte ravivent encore plus mon impatience. Je n'attends pas qu'elle ouvre, je le fais moi-même, la faisant sursauter. Elle aussi, son souffle est court. Elle a enfilé un pull et a détaché ses cheveux qui retombent dans toute leur masse informe et flamboyante.

— Tu as envie de coucher avec moi ? lancé-je sans préambule.

Je lui coupe le sifflet. En même temps, j'ai fait mieux que cette demande directe dans un couloir. Pourtant, Brioche hoche la tête.

— Oui, répond-elle sans détour.

J'agrippe son pull, l'attire à moi, referme derrière elle et l'embrasse. Elle se pend à mon cou et me rend chaque mordillement et chaque coup de langue. Je la soulève pour la garder contre moi. Alors que je me sentais glacé jusqu'aux os, tout mon être se réchauffe grâce à elle. Je dirais même, quelque part, que le fait qu'elle déboule ainsi dans mon salon et dans mes bras me rend… heureux. Comme quoi. Je n'ai pas besoin du souhait stérile des autres, seulement d'une tranche de Brioche.

Je veux l'entraîner sur le canapé et, en effectuant des pas incertains, je bouscule le guéridon sur lequel sont posées l'assiette et les confiseries rouges. Le plat chute et se brise sur le sol, interrompant notre baiser. Je repose Brioche dont les mains glissent dans mon dos.

— Je nettoierai après, si tu veux, propose-t-elle, les lèvres gonflées.

Je les reprends entre les miennes en guise de réponse. Et puis, j'ignore si c'est la vue des pommes d'amour brisées par terre, ou si c'est la voix consolante de Brioche, mais mes pensées s'éloignent du sexe pour replonger dans ce qui vient de se passer.

Je chasse l'image d'Eliza pour serrer mon amante contre moi et lui mordre le cou, provoquant un gémissement bien doux à mon oreille.

Est-ce que j'ai vraiment laissé Eliza en pleurs là-haut ? Pour revenir ici et coucher avec la sœur de Malcom ?

Je presse Halley contre moi, elle enroule à nouveau ses bras autour de ma nuque tout en me picorant de baisers. J'aimerais participer mais je perds le fil.

J'ai demandé Eliza en mariage, elle m'a dit non, encore, et j'ai refusé tout dialogue, au point de la faire pleurer.

J'enfouis mon visage dans le cou de Halley, abandonnant tout désir sexuel. Je veux juste la tenir contre moi, alors que ses mains cherchent à soulever mon sous-pull pour me toucher.

À qui pourrais-je bien me confier ? Je ne peux pas retourner vers Eliza. Kenna n'est plus là, ni même Malcom, et ce ne sont pas des choses que je partage avec Evan. Je n'ai personne, sauf elle, qui est là au mauvais endroit et au mauvais moment.

Je serre les dents pour ne pas craquer. Elle finit même par juste m'enlacer, comprenant que j'ai cessé toute caresse. Je sens sa poitrine secouée par les battements rapides de son cœur contre mon torse.

Je ne sais plus quoi faire, si ce n'est que je ne peux pas imposer ça à Halley qui n'a rien demandé. Elle était d'accord pour seulement coucher, rien d'autre, alors que je voudrais la laisser absorber toute ma détresse d'une seule étreinte. Je me force à desserrer l'étau et à reculer. Je me détourne d'elle avant qu'elle puisse être témoin de ma perte de contrôle.

— Je suis désolé, c'est une erreur, dis-je en me servant mécaniquement un verre avec l'espoir que l'alcool annihile tout sur son passage. Pas ce soir.

Je n'entends plus que sa respiration qu'elle semble tempérer avec peine. J'aimerais entendre ses pas se diriger jusqu'à la porte, mais elle ne bouge pas.

— Aédan, ça va ?

Putain, pourquoi ils insistent tous comme ça !

— Sors d'ici, répliqué-je plus durement.

Je me mords aussitôt la langue avec regret. Mais je suis au bord des larmes, je veux être seul, rien de plus.

— S'il te plaît, ajouté-je alors.

Cette fois-ci, elle s'exécute et referme derrière elle. Je peux enfin m'appuyer contre le mur et me laisser aller.

*

La voiture suinte encore de la pluie nocturne. Je me retiens de poser mon front contre la vitre, perché à l'étage de mes appartements. J'observe la silhouette d'Eliza s'approcher de la portière ouverte, lever la tête vers moi et me regarder à travers le verre centenaire de ma fenêtre. Puis elle s'engouffre à l'arrière et le chauffeur démarre.

Elle part et moi je reste là, dans ma cage dorée.

J'ai encore Jenny Campbell à divertir. Il me restera ensuite une poignée de jours ici avant de rentrer à Holyrood et de reprendre la vie publique. Je dois tenir quelques heures encore, et je pourrais m'enfermer à cet étage sans croiser âme qui vive.

Donan m'apporte mon blouson, je le remercie et traverse le couloir.

— Je l'ai fait pour toi.

La voix de ma sœur retentit dans mon dos. Je jette un œil par-dessus mon épaule. Kenna se triture les doigts devant elle, l'air aussi fautif qu'elle avait gamine, après une bêtise.

— Me briser le cœur une seconde fois, tu veux dire ?

Elle baisse ses yeux noirs sans témoigner de regrets pour autant. Je l'abandonne à ses plans et descends reprendre le mien : trouver une reine.

Jenny Campbell est déjà hissée sur la jument sélectionnée par ses soins, la même qu'elle a chevauchée la veille pour le jeu des Dix Cibles. Queenie aboie à ses pieds, Loki se rue vers moi, soulagé de retrouver son maître. Nos chiens occuperont le silence si vraiment nous ne savons pas de quoi parler.

— Bonjour Aédan ! me salue Jenny avec son entrain naturel.

— Bonjour, Miss Campbell. Prête ?

— Toujours !

— Alors allons-y.

On sort de la cour du château, suivis par un troisième cavalier, un homme dépêché par Gareth. S'il avait grogné lors de mon escapade en solitaire pour retrouver Brioche, cette fois-ci, il n'a pas lâché le morceau. Hors de question de me retrouver en tête-à-tête avec une Campbell. Elle pourrait me tuer derrière un rocher, ou m'enfermer dans une cave secrète quelque part dans la montagne… La seule exigence que j'ai pu décrocher est qu'il nous suive à une certaine distance pour ne pas entendre nos échanges.

On s'engage sur un chemin qui borde le loch. La principale qualité de Jenny Campbell est définitivement sa langue bien pendue. Elle me raconte ses débuts chaotiques d'équitation, ses courses gagnées durant son adolescence – une cavalière chevronnée ! –, elle se demande encore comment des poneys aussi microscopiques que les Shetlands peuvent exister et s'offusque des inégalités de ce monde.

Son ton décomplexé et cette étincelle dans son regard me rappellent étrangement Brioche. Elles ont un truc en commun, c'est certain.

— Alors, est-ce que jusque-là la pêche est bonne ?

Surpris par la teneur de la question, je lève les yeux sur elle. Elle m'observe, un sourire en coin un peu moqueur.

— De quelles proies parle-t-on au juste ?

— De vos prétendantes bien sûr, s'amuse-t-elle.

— Je n'en ai pas rencontré beaucoup pour le moment.

Comme elle a l'air de ne pas trop se soucier de l'étiquette, j'ose la franchise à mon tour.

— Et vous, est-ce que vous faites partie des prétendantes forcées ou de celles qui viennent en touriste, par curiosité ?

Jenny sourit de toutes ses dents sans prendre ombrage de ma question.

— Mon honorable grand-père aurait répondu « ni l'un ni l'autre », mais si je devais être honnête, je dirais que je suis dans le camp des prétendantes forcées. Avec une nuance, cependant. Je ne m'ennuie pas du tout.

J'apprécie son honnêteté pour le coup.

— Pourquoi avoir accepté alors ?

— Je suis l'unique descendante directe d'Angus Campbell. Du moins, légitime.

— Pardon ? relevé-je, surpris qu'elle me balance tout l'envers du décor de sa famille.

— Mon père a eu tellement de maîtresses, soupire-t-elle. C'est bien simple, il n'est jamais à la maison. Toujours à parcourir le monde. Si avec ça, il n'a pas quelques bâtards ici et là… Jamais un homme n'aura si bien porté son diminutif : Richard « Dicky » Campbell.

Son cynisme me fait rire. Si un jour on m'avait dit que l'héritière Campbell livrerait les plus bas secrets de famille sans restriction, je ne l'aurais pas cru ! Pourquoi je n'ai jamais parlé avec elle avant toute cette mascarade ?

— Donc, on vous force.

— Je fais mon devoir familial. Et je vais vous permettre de rayer un nom sur votre liste, annonce-t-elle.

— Vous abandonnez déjà ?

— Puis-je compter sur votre discrétion ?

Elle m'interroge d'un regard plus sincère que tous les autres jusque-là.

— Vous le pouvez, oui, accordé-je alors.

— Si j'étais née autrement, j'aurais tout fait pour gagner cette place tant convoitée. Mais je suis lesbienne. Ce qui, dans le monde actuel, reste une entrave à certaines situations.

J'acquiesce, perturbé. Pas par son aveu, mais plus par son attitude tranchante et consciente des limites. C'est sûr que si Angus Campbell mise tout sur sa petite-fille parce que son fils le déçoit, il tombera de haut en apprenant l'orientation sexuelle de son héritière. Elle pourrait toujours enfanter si elle le souhaite, mais il n'y aurait pas le père pour former une alliance de sang. Chose encore très importante pour ces vieux cercles.

— Je ne dirai rien, rassurez-vous.

Elle sourit en retour.

— Cela dit, je peux peut-être vous garder encore un peu dans ma liste, si cette idée vous arrange autant que moi, ajouté-je.

Je freine ma monture. Jenny avance encore un peu avant de pousser sa jument à faire demi-tour et à revenir vers moi. Nous voilà face à face, mais dans une direction contraire.

— Que voulez-vous dire ? s'intrigue-t-elle.

— Je ne suis pas sans pression non plus. Voici le plan que je vous propose : je vous courtise même s'il n'en est rien, j'ai une prétendante sérieuse pour endormir les inquiétudes des miens et vous pour calmer celles de votre grand-père.

— Mmh, intéressant, admet-elle avec une lueur d'intérêt au fond de ses yeux noisette.

— Saurez-vous jouer la femme éprise d'un homme ? lui proposé-je en tendant ma main vers elle.

— Votre Majesté, c'est mon plus grand rôle depuis des années, répond-elle en la serrant.

Je lui cache que je garderai ainsi un œil sur les Campbell – toujours garder ses ennemis au plus près de soi – et me penche pour déposer un baiser sur le dos de sa main.

— C'était nécessaire ? s'étonne-t-elle.

— Pour la photo, oui.

Elle n'a pas besoin d'explication pour deviner ce qu'il se passe. J'apprécie d'autant plus que je n'avais pas envie de me justifier. Afin de faire un pied de nez à mon Conseil, j'ai évidemment fait venir un photographe pour ce genre d'image de presse de rendez-vous parfait avec l'*outsider* la plus en vue du *Taisbeanadh*.

— Vous m'utilisez déjà, se rend-elle compte, sans colère.

— J'en ai bien peur. J'aurais pu ne rien dire, mais notre accord a changé les termes.

Elle incline la tête. Peut-être prend-elle conscience de ce que tout cela implique.

— Un digne héritier Stuart, commente-t-elle sans rancune mais avec un pique digne du meilleur clan rival.

— Vous voulez rentrer ou on continue la route ?

Jenny met sa monture dans le même sens que la mienne.

— Allons plus loin, cher Aédan.

*

Au matin du dernier jour à Gualachulain, je m'apprête à sortir de mon isolement. J'ai décommandé Brioche pour la pâtisserie du soir tous les jours restants, profité du loch et de longues brassées, bu plus qu'il n'en faut, rattrapé mon retard sur *Chefs in Kilts* et attends même avec impatience le prochain épisode. Mes bagages ont été faits et bouclés dans le coffre de la Nébuleuse en bas. Le personnel de Holyrood est parti un peu plus tôt, celui de Gualachulain va changer la literie, couvrir les meubles de draps blancs et attendre mon prochain passage. Je parcours mes appartements une dernière fois, m'assurant que rien n'a été oublié hier soir, quand mon regard tombe sur un objet posé sur le guéridon du salon.

Un pot de confiture avec un morceau de papier plié dessus. Je le saisis, la belle couleur violacée, proche du noir, m'indique aussitôt le fruit : la fameuse baie des chasseurs. Je déplie le mot, l'écriture de Halley s'étale en à peine trois lignes.

En tout, il y en a six, ce pot compris.
Mais j'en ai déclaré cinq qui t'attendront là où tu le souhaites.
Profite de celui-ci,
Halley

Il contient tous les meilleurs moments de ce séjour catastrophique : Brioche dans les fourrés, Halley dans mes bras, ses desserts gourmands, les baies des chasseurs que mon père pourra savourer à Noël. Tout ce qu'il y a de bon est là, dans un pot de confiture.

J'attrape mon portable et lui réponds par message en prenant le pot en photo, en espérant que la distance que j'ai imposée ne l'ait pas découragée.

Merci, Pétrisseuse de beurre

CHAPITRE 9

UN QUATRE-QUARTS POUR SAINT ANDREW'S DAY

Aédan

— … et nous finirons donc par un feu d'artifice tiré depuis Calton Hill. Je pense que nous avons fait le tour des festivités de Saint Andrew's Day, conclut le vieux McDonald en refermant son dossier.

Le Conseil reporte son attention sur moi, en attente de mon approbation. La fête nationale écossaise se tient, depuis le XIXe siècle, le jour de la fête de saint Andrew, le 30 novembre, soit dans une quinzaine de jours.

— Tout me semble parfait. Je passerai en revue la Compagnie royale des archers, le régiment Ogilvy et la Troupe royale des cornemuses avant qu'elles remontent le Royal Mile, je remettrai les traditionnelles décorations aux nouveaux chevaliers et chevalières de l'ordre du Chardon, et à 17 heures tapantes, je prendrai le thé avec la plus redoutable Écossaise du royaume.

Ma grand-mère s'empourpre.

— J'espère que tu n'as pas oublié, c'est notre tradition.

— Jamais, m'assure-t-elle. J'ai hâte de voir ce que tu me réserves cette année.

Je souris sans rien dévoiler de mon plan.

— Bien, en a-t-on fini ?

Les voilà qui échangent à nouveau des coups d'œil, à la recherche d'un missionnaire hardi à la tâche.

— Eh bien, si Votre Majesté nous le permet, nous pensions faire un point sur le *Taisbeanadh*, hasarde Siobhán.

À mon retour de Gualachulain, j'ai eu droit à une revue de presse des plus froides de la part du Conseil, à la suite des photos qui ont fuité – officiellement parlant – lors de ma balade à cheval avec Jenny Campbell. Angus, lui, n'a pas osé protester, bien trop satisfait de voir que sa petite-fille avait brillé. Depuis mon retour, j'enchaîne les rendez-vous avec les prétendantes.

— Pourquoi ? soupiré-je, ennuyé par avance.

— Nous voulons juste nous assurer que tout se déroule bien, Sire, déclare ma chargée de communication avec un sourire on ne peut plus faux aux lèvres.

Qu'est-ce qui leur prend, encore ? Je m'affaisse dans mon fauteuil.

— J'ai mis plusieurs noms de côté pour le moment. Je dois avouer que ma grille d'évaluation m'est d'un grand secours.

Cynisme, quand tu nous tiens !

— Une grille d'évaluation, Votre Majesté ? marmonne Gareth.

— Pour faire le meilleur choix, oui, éclairé-je. J'ai répertorié les qualités incontournables qu'une reine doit avoir pour les cocher dès que je les identifie chez mes prétendantes.

Le Conseil m'observe sans oser commenter, l'embarras planant dans la pièce.

— Keir, l'idée était que tu fasses de vraies rencontres, tente tout de même ma grand-mère. Pas une sélection de compétition…

— Le *Taisbeanadh* n'a pas d'autre but que de dénicher la reine parfaite, l'interromps-je. En a-t-on terminé pour aujourd'hui ?

J'espère que mon impatience va juste les faire tous hocher la tête et sortir, mais apparemment non. Même s'ils baissent les yeux et pâlissent en m'entendant. C'est à nouveau ma grand-mère qui se lance – l'heure doit être grave.

— Nous avons un dernier point à aborder avec toi, si tu le veux bien.

Raclement de gorge général et bruits de chaise qui grince ponctuent son annonce. Je crains le pire à présent.

— Nous avons cru comprendre que depuis quelque temps tu passais beaucoup de temps avec une jeune personne qui se trouve être la petite-fille de Graham McLeod et la demi-sœur du député McLeod.

AH. Depuis qu'Evan a révélé le lien entre Brioche et Malcom en plein dîner à Gualachulain, il fallait s'attendre à des débordements. Le Conseil a fini par en avoir des échos. Je préfère garder le silence, curieux de savoir jusqu'où ils sont allés dans leurs réflexions et conclusions. Brioche a repris le dessert de 22 heures à notre retour à Holyrood et nous échangeons brièvement mais toujours sur un ton amical et taquin, voilà bien tout.

On se fixe tous en chiens de faïence durant de longues secondes.

— Et ? soupiré-je en craquant le premier.

Ma grand-mère concentre l'attention des autres. Vraiment des lâches.

— Et on voudrait s'assurer qu'il n'y a rien de plus entre vous. Une McLeod de Skye avec un Stuart, ça ferait grincer des dents.

— Plus qu'une Campbell et un Stuart ? relevé-je en me retenant de rire.

— Mes ancêtres étaient des soutiens déclarés aux Anglais, sans se cacher, corrige Angus en grommelant. Les McLeod étaient vos alliés avant de trahir. Il y a une différence.

Quand je pense à l'état de notre amitié, à Malcom et à moi, je me dis qu'au final l'histoire se répète. Ou presque. Jenny est une alliée aujourd'hui. Peut-être qu'un jour, Angus se dira que son propre sang l'a trahi. Il fera moins de nuance.

J'espère que l'affaire de la pâtisserie de 22 heures ne va pas arriver tout de suite aux oreilles du vieux Graham. Il n'est déjà pas simple à gérer, mais s'il prend la mouche, ça pourrait devenir incontrôlable.

— Halley Morland, puisque c'est son nom, a été déshéritée par les McLeod et travaille aux cuisines. Elle se contente de me servir une pâtisserie le soir, exposé-je d'un ton plus que las. D'autres questions ?

— Non, je te remercie pour ton temps, sourit ma grand-mère.

Tous se lèvent aussitôt. Je n'en retiens aucun, je vais enchaîner avec l'évêque d'Édimbourg, de quoi passer à nouveau un *bon* moment. L'Église a fini par m'accorder l'entretien que je désirais pour aborder, avec tout le tact possible, le sujet du divorce au sein de la famille royale. Je sens déjà poindre la leçon de catéchisme et le ton condescendant.

À ce niveau, c'est dévorer ou être dévoré.

*

Halley

La *Deacon Brodies Tavern*, sur Lawnmarket, est pleine à craquer en ce début de soirée. Les employés de bureau viennent prendre un verre après le travail, au milieu des touristes qui se réjouissent de boire un verre là où Stevenson a trouvé l'inspiration pour *L'Étrange Cas du Dr Jekyll et de Mr Hyde*. Avec son sol tapissé d'un motif de tartan rouge, ses vieilles peintures de la ville aux murs, sa musique folk à cornemuse en fond et son ancien comptoir en bois imbibé de bière, l'endroit incarne le pub écossais par excellence. Dès qu'on a fini notre journée, on s'y est rendus en groupe pour boire un verre et fêter le surnom de Gio, dernier commis à avoir reçu le sien.

— À Ketchup-Mayo, qui complète enfin notre coloc de son doux pseudonyme, s'amuse Brianna en levant sa pinte de bière.

— À Ketchup-Mayo !

Gio, rougi de plaisir d'être adoubé, toussote avant de prendre la parole.

— Petit Soufflé, Gravlax, Brioche, merci. Grâce à vous, j'ai pu attendre cet instant sans trop de peine. J'avoue que pour un saucier, j'espérais mieux, mais finalement, je ne suis pas déçu.

On trinque en riant pour enfin profiter de notre temps libre. Je n'ose pas leur confier les risques de coupes budgétaires qui pèsent sur nos postes. J'ai décidé de mettre cette information de côté tant qu'il n'y avait rien de sûr. Ce serait alimenter de l'angoisse pour rien. Le Parlement n'a rien voté, et Aédan n'a rien approuvé ni désapprouvé. Cela dit, lorsque je vois les cuisines en plein coup de feu et la bonne ambiance qui règne dans les équipes, mon cœur se serre à l'idée que tout soit un jour balayé.

Si je regarde l'heure de temps en temps pour redescendre à temps à Holyrood afin de servir la pâtisserie de 22 heures, je vais pour le moment profiter de mes colocs et de leurs conversations sans prise de tête. On s'est sortis de Gualachulain en un seul morceau alors qu'on a tous les quatre vécu un moment particulier : Gio et moi, on a couché ensemble sans que je lui donne suite, Brianna s'est confiée à moi sur son coup de cœur pour Lucie sans aller plus loin pour le moment, Lucie n'a pas cessé de parler de Jenny Campbell et de ses clins d'œil que l'héritière lui aurait accordé au passage. Quant à moi, beaucoup trop de choses se sont déroulées. Entre le sexe ultra brûlant avec Aédan dans un refuge, ma discussion tendue avec Malcom, et le fait que le roi m'ait dévoilé une face vulnérable inattendue… je ne sais plus trop sur quoi porter mon attention.

Manifestement, tout ne s'est pas bien fini avec Eliza McKenzie. Je n'ai pas insisté auprès d'Aédan car ce n'est pas mon rôle, mais sa détresse m'a frappée. Et je n'ai pas résisté à lui laisser un lot de consolation un peu stupide avec mon pot de confiture. Il a eu l'air de l'apprécier. Même s'il m'appelle, à présent, Pétrisseuse de beurre. Ce qui me fout en l'air à chaque fois. Puisque j'ai fini par avaler le « Brioche », il s'est jeté sur une autre occasion de titiller ma patience et il le fait bien, c'est peu de le dire !

— Vous faites quoi pour les fêtes ? interroge Lucie. Vous allez vous inscrire pour le service de la famille royale ou rentrer chez vous ?

Enora laisse toujours le choix du volontariat pour les fêtes de Noël.

— Je retourne en Italie, auprès de ma famille. C'est une affaire sérieuse, Noël, ajoute Gio avec un sourire attendri par ses souvenirs.

— Ce sera l'inverse, de mon côté, déclare Brianna. Mes parents viennent avec ma sœur, ils ont toujours rêvé de visiter l'Europe, ils vont en profiter. Ça ne te dérange pas s'ils dorment dans ta chambre, Gio ?

— Non, pas du tout.

— Comme je retourne en France, ta sœur pourra même prendre la mienne, propose Lucie.

— C'est vrai ? Vous êtes vraiment les meilleurs colocs, s'enchante Brianna. Et toi, Halley ? Tu tentes Skye, ou pas ?

J'ai pris le temps de réfléchir, histoire de ne pas refuser sur un coup de tête. Et malgré ma curiosité, j'ai plus l'impression de me forcer à accepter que d'y aller de bon cœur.

— Non, je vais m'inscrire sur la liste d'Enora. Mister Chocolat et Poche à Douille pourront partir sans se retourner, comme ça.

Mes colocs acquiescent sans rien commenter. Plus ça va et plus je sens une tension entre nous lorsqu'il s'agit de mon histoire et de ma vie. Je botte toujours en touche quand on me pose des questions et ils finissent par abandonner mais tout en s'agaçant probablement de ce… manque de confiance. Ils le prennent peut-être ainsi.

Je me réfugie dans ma pinte pour m'éviter de penser. Gio relance la discussion sur mes idées pour le gâteau de mariage. Comme Enora n'a sollicité que l'équipe pâtissière sur ce projet pour le moment et que mes camarades ont bien vu combien ça m'importait, ils me posent souvent la question et j'en profite pour leur exposer mes concepts en cours. Après ce séjour au milieu de la nature, j'ai ajouté dans mes notes plusieurs inspirations : « baies des chasseurs, loch ambré, pommes, grand amour ». Notre discussion dévie ensuite sur les dîners à venir et une proposition de balade sur une plage à Édimbourg. Ce qui me plonge dans la plus grande confusion. Une plage, ici, dans ce pays froid et trempé par la pluie ? J'ai envie de voir ça !

Gio nous réapprovisionne en pintes et je me détends enfin. Ce n'est pas dans mes habitudes de boire. J'ai trop vu par le passé ce que ça pouvait donner. Pourtant, ce soir, assaillie de doutes au sujet de ces maudites fêtes de famille, je prends le risque de couper mon cerveau. Lorsque je me porte volontaire pour commander au bar, je prends également conscience de l'heure alors que l'alcool a rendu mes pas peu sûrs et mes pensées un poil troublées.

J'appelle le barman et demande trois pintes pour mes amis et un demi pour moi, histoire de terminer en beauté mais vite. Le temps qu'il prépare les verres, Gio me rejoint et s'accoude près de moi.

— Je peux te poser une question, Halley ?

— Oui, bien sûr.

Il prend une profonde inspiration mais ne prononce pas un mot durant de longues secondes.

— Ne va pas croire que je veux m'acharner, finit-il par prévenir. C'est ta décision et je la respecte.

Oh non, il ne va pas insister avec le fait que je ne me rends pas à Skye ? Pitié !

— Mais je voulais savoir pourquoi tu n'as jamais voulu aller plus loin avec moi, termine-t-il avec difficulté.

Ah. La question demeure périlleuse même si elle ne concerne pas le sujet « famille ».

— Est-ce que j'ai fait ou dit quelque chose de mal ? s'enquiert-il.

Bon sang, ça, c'est mon penchant pour le zéro prise de tête et donc le zéro discussion qui me revient en pleine figure.

— Non, non, réponds-je avec insistance. Le moment qu'on a partagé était vraiment extra, je t'assure. Et tu as été respectueux. C'est juste que…

J'ai couché avec le roi juste après toi. Et je ne veux pas t'entraîner dans tout ça. Pas du tout la confidence que je peux me permettre.

— Je t'aime bien, finis-je par dire, un léger tournis en tête. Je tiens à ton amitié et je ne veux pas la gâcher avec ça.

Dire « je t'aime bien » à quelqu'un, grande première. La faute à la bière. D'ailleurs, dès que mon demi atterrit sous mes yeux, je me dépêche d'en boire une gorgée.

— OK, je comprends, dit Gio d'un ton sincère et déçu tout à la fois.

Il aurait voulu plus. Ça n'aurait eu aucun sens de coucher avec lui sans aller plus loin. Ça nous aurait enfermés dans quelque chose de malsain : un mélange d'attente et de fuite qui n'aurait produit que du mal.

— Alors on reste amis ? ajoute-t-il en me tendant la main.

Je la serre, soulagée.

— Amis.

Et il boit sa pinte à son tour.

— Et elles, tu crois qu'elles vont réussir à se trouver ou pas ? enchaîne-t-il en désignant Lucie et Brianna d'un mouvement de menton.

Les deux filles discutent avec emphase.

— Tu as deviné ?

— Bah, Lucie n'est pas très discrète sur son coup de cœur pour Miss Campbell, et Brianna regarde Lucie comme on baverait sur une glace en plein soleil.

Je hoche la tête en espérant qu'il n'ébruite rien, même si ce n'est pas tellement le genre de Gio. Il est fidèle en amitié.

— On ne peut qu'espérer, dis-je alors.

On récolte la moisson de pintes pour revenir à table en slalomant parmi les clients. Je termine vite mon verre, passe aux toilettes et souhaite une bonne soirée à mes colocs avant de sortir du pub. J'ai trop traîné ! Avec un peu de chance, l'air froid va me dégriser. Je me mets en route, sachant pertinemment que je ne marche pas droit. Des drapeaux écossais pendent déjà aux fenêtres puisqu'on approche de la fête nationale. Le traditionnel joueur de cornemuse entame les morceaux les plus connus près de la cathédrale Saint-Gilles. Les rues commerçantes pleines de souvenirs restent encore ouvertes pour quelques minutes, le temps d'appâter les derniers touristes en quête du meilleur magnet pour frigo ou du mug à l'effigie du roi. J'ai l'impression de connaître le Royal Mile sur le bout des doigts à force de l'arpenter. Tout ce qui semblait nouveau et inconnu dans cette ville me paraît enfin familier. Jusqu'à l'entrée du palais de Holyrood, face au Parlement.

Je regarde l'heure, 22 h 12.

— Merde...

*

Aédan

Les trois coups à ma porte finissent par retentir. C'est bien la première fois que Brioche McLeod tarde à ce point. J'ai même cru qu'elle ne viendrait pas.

— Entrez.

La tête rousse se glisse dans la mince ouverture, comme pour vérifier que je suis bel et bien là, et seul.

— Pardon pour le retard, s'excuse-t-elle platement.

Puis elle entre et s'avance avec une assiette dans la main. Elle n'a pas revêtu sa veste de cuisine mais porte un pull de laine rose bonbon, au col lâche qui laisse apparaître une bretelle en dentelle bleu canard. Une tenue inédite qui balaie d'un claquement de doigts mon beau discours face au Conseil, comme quoi la pâtisserie de Brioche McLeod se situe dans un cadre tout à fait professionnel. Et ce n'est pas pour me déplaire. Après mon renvoi à Gualachulain, je n'ai pas osé l'inviter à nouveau à me rejoindre dans ma chambre. Pas dans l'immédiat, en tout cas.

Le bruit clinquant de la petite cuillère qui tombe de l'assiette pour rebondir sur le parquet me sort de ma contemplation.

— Oups, désolée.

Elle se dépêche de la ramasser, de l'essuyer sur son pull et de la replacer sur le plat. J'écarquille les yeux, prêt à éclater de rire et déconcerté tout à la fois. Est-ce qu'elle vient vraiment de faire ça ? Sous mes yeux ?

Brioche dépose sa pâtisserie sur mon bureau et recule de deux pas.

J'aimerais faire honneur à son petit chou à la crème, mais j'ai très envie d'elle et ne songe qu'à un plan pour l'attirer dans mes appartements. Je ne touche pas la cuillère, je saisis le chou avec mes doigts pour croquer dedans, en pleine réflexion. C'est trop risqué de rester ici, n'importe qui peut entrer. Alors que dans mon espace privé, seuls Donan ou Evan, à la rigueur, peuvent entrer sans être annoncés. La crème de vanille au rhum me surprend suffisamment pour en revenir au chou et témoigner d'un « mmh » appréciatif.

— Il est bon, hein ? me devance-t-elle.

— La crème est délicieuse.

Elle s'approche et – chose totalement imprévisible – passe son pouce à la commissure de mes lèvres pour recueillir une pointe de crème égarée.

OK. Si Gareth avait été présent dans la pièce, il l'aurait plaquée au sol avec une rare violence. On ne touche pas le roi sans invitation, pas de cette façon, en tout cas. Mais je suis si fébrile depuis qu'elle a débarqué en pull rose que mon cœur s'emballe. Elle en a peut-être autant envie que moi.

— Je ramène l'assiette ? demande-t-elle, les joues cramoisies.

Ça y est, elle se rend compte de ce qu'elle vient de faire. Je pivote sur mon fauteuil pour lui faire face. Elle semble avoir les deux jambes plantées dans le sol, le corps raidi.

— Laisse-la. La vraie question serait plutôt : est-ce que je te ramène, toi, dans ma chambre ?

Son visage passe par toutes les couleurs possibles, du pâle beige au livide, puis du rose au carmin. Elle ouvre la bouche, aucun son ne s'échappe.

— C'est une invitation que tu peux décliner, précisé-je, perturbé.

Est-ce que j'interprète mal ?

— Non, non, je pensais juste que tu n'allais pas me proposer à nouveau de...

Elle s'embrouille avec des onomatopées tout en faisant croiser ses doigts dans un mime maladroit d'acte sexuel. Je serre les dents avec la furieuse envie de rire.

— ... ken, termine-t-elle.

« Ken », elle en est là ?

— Tu en as envie ? relancé-je.

Elle hoche la tête avec entrain.

— Oui !

Je me lève, l'attrape par la main et l'entraîne avec moi. Le chou attendra que je l'aie dévorée, elle, pour que je le finisse avec mon travail. Ses doigts se nouent autour de ma paume. Je pousse ma porte et nous voilà dans les couloirs du palais désert.

— Mais si on croise quelqu'un ? panique-t-elle soudain à voix basse.

— On ne croisera personne à cette heure-ci.

Le seul témoin pourrait être Gareth au poste de sécurité. Si jamais le Conseil me parle de cette escapade avec la petite-fille de Graham McLeod, je saurais qu'il l'ouvre trop alors qu'il ne le devrait pas du tout.

— Mais on va quand même emprunter les passages secrets, ajouté-je.

Au cas où l'on croise des domestiques près de mes appartements pour X raisons. On descend donc un escalier alors que mon bureau se situe au même étage que ma chambre, et on se retrouve dans les grands salons d'apparat, à arpenter l'antichambre et la salle du trône avant de filer dans les suites de salons de musique et d'art – là où il y avait, au XVIIe siècle, la chambre du roi. On atterrit dans la grande galerie de portraits des Stuart.

— Tu vois la porte secrète ? lui demandé-je en ralentissant. Tu pourras passer par-là si tu veux me rejoindre dans mes appartements.

Elle s'avance d'un pas sans lâcher ma main et semble observer le mur.

— Près de Bonnie Prince Charlie, indiqué-je.

Brioche tourne la tête vers le roi désigné et scrute la paroi. Je décide de m'avancer en sa compagnie pour la sortir de l'impasse et lui dévoiler le battant caché derrière un tableau plus petit, représentant le frère cadet de Charles III Stuart, Henry.

— L'astuce est de donner un petit coup de pied dans la plinthe au coin gauche de la porte, le mécanisme se débloque et elle s'ouvre, lui expliqué-je en exécutant la manœuvre.

L'étroit couloir sombre qui apparaît ne semble pas l'inspirer.

— On rencontre des fantômes par-là ?

— Pas à cette époque de l'année.

— Tu peux partir devant ? Pour t'en assurer ?

Je lui lâche la main, elle tangue une demi-seconde sur ses jambes. Je décide donc de ne pas aller trop loin dans le couloir qui longe la galerie jusqu'à un escalier en colimaçon. Je m'arrête à deux mètres.

— La voie est libre ! lancé-je.

Je l'entends alors déblatérer depuis la galerie.

— Allez, bye bye, Charlie ! Ton descendant et moi, on va ken !

Mouais. J'en doute, personnellement.

Brioche me rejoint dans le couloir et attrape ma main dans la sienne en gloussant, les joues rougies. Elle n'est pas dans son état normal. On va pas ken du tout. Mais je l'emmène tout de même avec moi en espérant qu'elle se souviendra du chemin. On emprunte l'escalier pour arriver à l'étage suivant. On a le choix entre une porte et un nouveau colimaçon.

— Ici, ce sont mes appartements privés, lui dis-je en désignant la porte.

Elle tente de la pousser, en vain.

— Je ne reçois jamais personne dans ma vraie chambre. Si tu dois revenir ici, il faudra que tu grimpes le deuxième escalier.

Une fois en haut, on parvient enfin dans la « chambre de réception ». Un feu est allumé, le lit est fait, les canapés ont leurs plaids, tout est en place pour une nuit de débauche, même le tapis épais est déroulé devant la cheminée. Brioche tourbillonne dans la pièce, l'air fasciné.

— C'est ta garçonnière secrète ?

— On peut dire ça.

— Et la porte, là, mène à « l'antichambre à l'îlot » ? demande-t-elle en mimant les guillemets.

Elle en a entendu parler, les rumeurs vont bon train.

— C'est exact.

Elle s'élance dans cette direction et jette un œil dans la pièce adjacente. Soudain, elle affiche une moue déçue.

— Je croyais que les murs étaient en or.

Quelle drôle d'idée…

— Qu'est-ce qu'il se passe ici ? suspecte-t-elle en tournant autour de la baignoire.

— À ton avis ?

— Est-ce que tu es… tricophile ?

Je pouffe en entendant sa suspicion sortie de nulle part.

— Pas du tout.

— Pourquoi seulement une baignoire alors ?

Je m'approche d'elle et me penche juste au-dessus de sa jolie bouche.

— Pour l'occupation la plus scandaleuse d'entre toutes : prendre des bains.

Ses grands yeux verts m'absorbent de longues secondes. On dirait deux lagons rares, cachés quelque part dans une forêt dense et fabuleuse.

— On pourra essayer une autre fois, si tu le désires, lui proposé-je.

En guise de réponse, elle se hisse sur la pointe des pieds et m'embrasse. Son baiser me confirme une chose : la bière qui macule ses lèvres. Et même si j'aurais bien voulu masser d'un savon parfumé chaque parcelle de son corps sans en oublier une, je la repousse avec délicatesse.

— Halley, corrige-moi si je me trompe, mais tu es ivre, non ?

Elle grimace aussitôt et, confuse, nie avec force.

— Nooon, je ne bois jamais en service !

Elle serre ensuite les dents pour ne pas rire.

— Moui. Viens avec moi, pour voir.

Je l'entraîne dans la chambre, lui saisis les mains et la mets au défi.

— Pose ton index sur ton nez, tends l'autre bras et suis la latte du plancher devant toi.

Je recule, elle vacille sans même avoir fait un pas.

— C'est ridicule, affirme-t-elle.

— Si tu y arrives sans problème, oui.

Elle fait glisser son pied le long de la latte jusqu'à plier le genou, puis elle se redresse en ramenant son autre jambe derrière elle, le tout en se balançant sans tomber pour autant.

— Ah ! s'exclame-t-elle victorieusement.

— Tu es ivre, Halley.

Ses épaules s'affaissent et ses bras retombent le long de son corps.

— D'accord, j'ai peut-être un peu bu. Mais j'avais le droit, j'étais en pause.

— Oui, tu avais le droit, confirmé-je en soupirant.

Dommage.

— Tu veux dormir ici ? Personne ne viendra t'embêter. On éviterait de tirer un chauffeur de son lit pour te ramener.

Ma proposition la fait hésiter.

— Dormir ici ?

— Il y a des toilettes derrière la paroi du fond de l'antichambre, indiqué-je. Envoie un message à tes amis pour leur dire que tu dors sur place, le personnel a toujours des chambres de secours au cas où. Ça n'éveillera aucun soupçon.

Elle acquiesce et s'assied sur le lit comme pour tester le matelas.

— C'est vrai que j'ai sommeil, constate-t-elle en sortant son portable de la poche de son jean.

Elle se met à tapoter l'écran de son téléphone. J'en profite pour lui servir un grand verre d'eau en ouvrant le bar disposé sous une fenêtre, et le poser sur la table de nuit.

— Si tu as faim, il y a de quoi grignoter dans le meuble.

Brioche retire ses chaussures, vide le verre et se relève pour batailler avec quelque chose dans son dos.

— Tu peux m'aider ? grogne-t-elle.

— Qu'est-ce que tu fais ?

— Je veux juste enlever mon jean et mon soutien-gorge pour dormir.

Elle ne m'aura vraiment rien épargné ! Je glisse ma main sous son pull pour dégrafer son sous-vêtement, elle se tortille pour l'enlever sans quitter son haut et le laisser chuter sur le sol. Puis elle déboutonne son pantalon et s'en débarrasse en un tour de main. Elle se glisse sous la couette et s'étale, les bras en croix, visiblement abattue par la fatigue. Les paupières lourdes, elle lutte néanmoins.

— Bonne nuit, Aédan, dit-elle en bâillant.

— Bonne nuit, Pétrisseuse de beurre.

— Arrête de m'appeler comme ça, gronde-t-elle.

— Je ne peux pas m'en empêcher.

Elle lève les yeux au ciel, roule sur le côté et cède aux bras de Morphée. Je prends place sur le bord du lit, pensif.

Pourquoi suis-je aussi conciliant avec elle ? J'aurais pu la balancer dans un taxi pour qu'elle rentre chez elle et lui montrer le chemin de ma chambre un autre jour. Il ne faudrait pas qu'elle me rende… plus fragile que je ne le suis déjà. Je tends la main pour écarter ses cheveux roux de son visage.

— Ne t'avise pas d'aller plus loin, Halley, je n'ai pas de place pour ça.

*

Halley

Le son strident de la cornemuse me réveille en sursaut. Je me redresse, la tête embrumée. Je réchappe peut-être à la chape de plomb de la gueule de bois, mais je n'ai pas les idées claires pour autant. Il fait à peine jour dehors, je ne suis pas dans mon lit, mes affaires traînent par terre, la fraîcheur règne et ces airs écossais pure souche – quand on ne s'y attend pas – me plongent dans une vague angoisse. Je vérifie mon portable, Brianna a répondu hier soir alors que je comatais.

T'en fais pas, dors bien et à demain !

Bien, ils ne se doutent de rien. Je ne pourrais pas leur raconter à quoi ressemble la garçonnière du roi qui a tant alimenté les récits entre nous, ça c'est dommage ! Je m'aventure dans l'antichambre à l'îlot, trouve les toilettes avec un lavabo, le tout encastré dans des boiseries sombres et du marbre noir veiné de blanc. Les placards recèlent de serviettes, de savons et de brosses à dents neuves – une véritable réserve pour ses maîtresses de passage, c'est bien pensé tout ça. Avec un sèche-cheveux, des capotes et du lubrifiant. Prudent, le *sex addict*.

Je prends une douche dans la fameuse baignoire et m'enroule dans un peignoir qui sent bon la fleur de frangipanier. Détendue et réchauffée, je sors et fais quelques pas dans la chambre jusqu'à m'immobiliser, surprise de trouver Aédan près des fauteuils, frais et dispo. Il renvoie une classe folle avec son kilt à ses couleurs, sa chemise blanche bien ajustée, sa fine cravate charbon, son veston et sa veste anthracite. Très sexy. Rasé de près, en plus.

— Je venais m'assurer que tu avais bien dormi.

Je suis à moitié nue devant lui, dans sa chambre de débauche, je ne vais pas me cacher que j'ai envie de lui. Je l'avais suivi pour cette raison hier soir. Mon désir n'a pas vraiment bougé, il est même hypé par son allure, le son de sa voix, son accent discret et son regard – encore et toujours lui – noirci et brûlant comme une mèche de bougie qui se consume.

— Euh, oui, oui, finis-je par dire, nerveuse.

— Tu te souviens de tout ?

De tout le déroulé, oui. Les détails, peut-être moins. Je contiens tant de choses en moi pour échapper à la curiosité des autres que l'alcool semble libérer des portes habituellement fermées à double tour. C'est un sacré désinhibiteur chez moi.

— Je crois… hésité-je alors.

— Si je te dis « cuillère » ?

Ah merde… on a couché ensemble ? En cuillère ? Et je ne me souviens de rien ?

Je dois blêmir à toute vitesse, je me sens même vaciller.

— On a fait quoi au juste ? soufflé-je, la sueur au front.

— Rien, même si tu t'es vantée devant le portrait de mon ancêtre qu'on allait, et je te cite, « ken ».

Oh putain, ça, je me le rappelle subitement ! Il n'était pas censé avoir entendu ! La honte. Je croise les bras, embarrassée.

— Oui, ça, oui, grommelé-je. On n'a vraiment rien fait, hein ?

— Non, rien du tout.

Bon, je peux souffler. Et compter sur Aédan pour rester correct. Au même moment, alors que je me détends, deux coups à la porte me raidissent. Elle s'ouvre aussitôt, sans attendre de permission. Je reconnais le majordome qui était venu me chercher en cuisine à 22 heures à Gualachulain. Tout se tord dans mon ventre, alors qu'Aédan demeure serein.

— Votre café, Votre Majesté, annonce-t-il en déposant un plateau sur la table basse de la chambre.

— Merci Donan.

Il repart comme il est venu. Aédan verse dans deux tasses de la liqueur brune et fumante.

— Euh, tu n'as pas peur qu'il parle ? questionné-je.

— Si Donan avait parlé chaque fois qu'il avait vu quelque chose ici, voilà bien longtemps que j'aurais été guillotiné sur la place publique, m'assure-t-il.

Il s'assied dans l'un des canapés pour siroter son café. J'aurais cru qu'il se dépêcherait de l'avaler pour partir travailler. Je pourrais aussi attraper mes vêtements et m'habiller à côté, mais je préfère m'attarder près de lui. Je prends place sur le canapé, en refermant avec soin mon peignoir, et savoure la boisson chaude qui attise toute ma poitrine en descendant dans mon estomac.

— J'ai une demande spéciale à te faire, dit-il alors, confirmant qu'il ne reste pas ici sans raison. Tous les ans, pour la fête nationale, j'invite ma grand-mère à prendre le thé. L'année passée, j'avais fait venir du thé blanc de Bourgeons argentés du Ceylan, un thé très rare. L'année précédente, c'était un caviar blanc alma d'une petite production en Mer caspienne assez réputée…

Il me donne des sueurs avec ses produits d'exception ! Est-ce qu'il veut que je concurrence une chose pareille ? Je porte la tasse à ma bouche en me demandant si un jour les mises à l'épreuve cesseront sur mon parcours.

— Cette année, j'aimerais penser les choses différemment, à savoir faire moi-même un gâteau, annonce-t-il. Et tu vas m'apprendre.

J'avale de travers ma gorgée, toussote et repose la tasse pour m'essuyer la bouche devant son air dubitatif.

— Hum, tu veux faire un gâteau, *toi* ? relancé-je, perplexe.

— Oui, *moi*, réplique-t-il.

— Mais… tu as déjà…

Que je choisisse bien mes mots.

— Préparé quelque chose ?

Je n'ose pas lui demander frontalement : est-ce que tu sais faire cuire une omelette ? Mais le cœur y est !

— Tu te doutes bien de la réponse, s'impatiente-t-il. Tu ne serais pas là si je faisais tout dans mon propre palais.

Je hoche la tête avec l'envie d'éclater de rire. Il dit ne pas aimer l'insolence, mais il savoure nos joutes, au moins autant que moi.

— C'est vrai, c'est vrai. On fera une recette simple, pour être sûrs. Et je prévoirai un autre gâteau, juste au cas où.

Il lève les yeux au ciel.

— Tu m'accordes si peu de crédit.

— Non mais j'ai hâte de te voir casser des œufs, chose aussi rare que du thé de Bourgeons argentés ou du caviar alma.

Le fond de ses yeux flamboie alors que je me mords la lèvre pour éviter d'aller plus loin et de creuser ma tombe. En vrai, je trouve son initiative adorable. Le grand roi Stuart qui met la main à la pâte pour faire plaisir à sa grand-mère, c'est chou.

— Est-ce que tu dois être aussi pugnace que ton frère avec moi ?

Il fait peut-être allusion à la proposition de Malcom déposée au Parlement, de réduire le budget alloué à Holyrood. Je préfère ne pas m'engager sur cette voie.

— Ne me tends pas de perche, dis-je avec un simple sourire.

Il dépose sa tasse sur la table et s'accoude au dossier du canapé pour me faire face.

— Et puis-je espérer enfin un peu de douceur de ta part ?

Je m'empourpre ! Il n'y a pas trente-six significations à sa phrase. Je ne suis pas la pro de la douceur – dans tous les cas, je ne l'estime pas – mais je ne suis pas contre des caresses. Alors je m'approche de lui, passe une jambe au-dessus de ses genoux et m'assieds à califourchon sur ses cuisses.

Il se redresse, satisfait, et me presse le dos pour me ramener à lui.

— Tout à fait ce que j'avais en tête, soupire-t-il de sa voix rauque.

Je glisse mes bras autour de son cou, une bouffée de chaleur me faisant rougir davantage. J'en avais tellement envie, de perdre la tête dans ses bras, d'oublier tout dans ses yeux.

— C'est mieux comme ça ? demandé-je, la voix tremblotante.

— Conduis-toi comme la maîtresse dévouée que j'attends, et je te dirai.

Une pointe d'exigence sabre sa déclaration. Je vois. Il donne l'intonation du jeu, et ça me va.

— Très bien.

Je dépose un baiser sur ses lèvres et déboutonne sa veste. Il était prêt à partir travailler, je vais tenter de ne pas démanteler toute sa tenue. Il accepte de retirer au moins son habit pour le poser à côté de lui. Et par tous les pâtissiers de France, le roi est d'un sexy, juste en chemise et en gilet sans manches, son kilt effleurant la peau fine de mes cuisses… La qualité de sa confection lui confère une telle délicatesse que je ne peux pas m'empêcher de me frotter à lui, appréciant les milliers de petites frictions électriques que ce contact provoque.

Aédan reprend mes lèvres, mais cette fois, je m'échappe. Je quitte ma place pour me lever devant lui et retirer le peignoir qui tombe en boule à mes pieds. Je l'entends retenir son souffle alors que le mien se saccade avec douleur. Plusieurs hoquets me secouent la poitrine. Être nue devant quelqu'un a toujours été un moment d'une vulnérabilité qui me cisaille de l'intérieur. Mais en cet instant, je n'attends qu'une chose de lui, qu'il me désire autant que je le veux. Cette pensée me fait tourner la tête d'angoisse et d'espérance.

Je m'agenouille entre ses genoux, sur la masse informe du déshabillé, et ne laisse plus aucun mystère planer sur mes intentions. Les deux mains sur ses jambes, je m'amuse à confondre sa peau ferme et le tissu doux, tous deux aussi dispensateurs de plaisir l'un que l'autre. Aédan se penche en avant pour reprendre mes lèvres, ses baisers se faisant plus fiévreux que jamais. Ses mains se baladent sur mes épaules et ma nuque, hérissant toutes mes zones sensibles. Je m'enhardis et lance les miennes dans l'exploration.

— Je me suis toujours demandé ce que vous portiez sous vos kilts, dis-je entre deux baisers, alors qu'il s'est lancé pour mission de mordiller ma lèvre inférieure jusqu'à la rendre écarlate.

— Vas-y, regarde, me défie-t-il en reculant.

Je frôle ses cuisses de plus en plus loin, le cœur tambourinant à vive allure. Je m'attends à toucher la peau fine de son sexe, mais je rencontre le tissu élastique d'un boxer à la place. Impossible de masquer ma surprise. J'ignore pourquoi j'étais persuadée du contraire.

— Ça t'étonne ? remarque-t-il d'un air moqueur.

— Je croyais que le grand mystère était justement la nudité.

— On est au XXIe siècle, Halley, commente-t-il comme si c'était évident. On n'est plus… Oh bordel !

Il s'étrange dans ses propres mots à l'instant où je serre son sexe dans ma main. Il pousse une plainte gutturale et s'accoude en arrière.

— Tu me permets ? lui demandé-je, ravie qu'il perde pied aussi vite.

— S'il te plaît, oui…

Je remonte son kilt et baisse son boxer suffisamment pour dénuder sa queue. La fellation ne m'a jamais déplu, d'autant plus lorsqu'elle emporte mon partenaire dans cette zone d'abandon à l'autre. Ma langue la longe jusqu'au gland que je suce, mes doigts stimulant la base de son membre. Aédan ferme les yeux, je regarde avec une certaine satisfaction sa poitrine se soulever. Quelques instants de mon entreprise très au point – j'en suis parfaitement consciente ! – suffisent à engorger son sexe, à le durcir et l'épaissir, nouant peu à peu une corde à mon cou tant mon désir prend de l'ampleur. Alors j'ajoute des épices, de quoi relever l'exercice. Je chatouille sa queue de mes dents, je la caresse avec plus de vigueur, si bien qu'Aédan revient peu à peu à moi, le regard dévoré de plaisir, la bouche entrouverte. Il m'effleure la joue et enroule ses doigts dans mes cheveux, sans contrainte, juste pour s'attacher à moi d'une quelconque manière.

— Halley, m'appelle-t-il d'une voix suffocante.

Je relâche son sexe et lève les yeux.

— J'ai envie de toi, viens, m'invite-t-il en me ramenant à lui.

Je grimpe sur le canapé, toujours entre ses jambes, prenant peu à peu conscience de mon état d'excitation extrême. Sa main frôle ma poitrine et provoque un tel émoi que je déglutis et gémis bien malgré moi. Mon intimité est si mouillée que j'observe les gestes réfléchis de mon partenaire comme un vampire affamé devant sa proie. Il sort un préservatif de sa veste, déchire l'emballage et le place.

L'interrogation qui devrait me tarauder plus tôt me parvient enfin.

— Tu en as toujours avec toi ?

— J'avais l'espoir d'en arriver là, corrige-t-il avec son sourire en coin suave.

— Tu es sûr que ce n'est pas pour ton rendez-vous matinal ?

Il se met à rire et jette un œil sur sa montre.

— Je dois voir un cardinal de l'Église et j'ai déjà cinq minutes de retard, j'en doute.

Même si je n'en peux plus de vouloir le sentir en moi, je partage mon hésitation.

— Tu veux y aller ?

Il arque son bras dans mon dos pour me garder contre lui. Mes mamelons sensibles se confinent contre son veston.

— Tu ne m'échapperas pas si facilement, s'amuse-t-il de sa voix rocailleuse.

J'écrase mon sourire sur sa bouche, mes doigts s'agrippant à ses cheveux noirs avec bonheur. Il guide son sexe à l'entrée du mien et cède la direction. Tout n'est que douceur et patience, là encore. Comme la première fois. Il me laisse m'habituer à lui, il me laisse même bouger la première, il me laisse le privilège du premier frisson de plaisir, pulsé par la pénétration. Lorsque j'engage un rythme lent, accoudée à ses épaules, aussi fébrile qu'un animal traqué, il saisit mes fesses à pleines mains pour participer.

— Que t'avais-je dit dans le refuge, à Gualachulain ? exige-t-il, le souffle court.

Il me demande de réfléchir, là ? Alors que mon esprit s'échappe et que je m'abandonne à ce besoin brut de presser et de garder sa queue en moi ?

— Qu'avais-je dit ? relance-t-il en ponctuant sa requête d'une tape sur le haut de la cuisse.

Il ne m'aide pas du tout à me concentrer, au contraire ! Comme un caillou jeté dans l'eau, les cercles concentriques se répandent en moi et me font frissonner de plaisir. Je me creuse pourtant la tête et l'exigence du roi finit par me revenir.

— De ne me consacrer qu'à toi quand on est tous les deux.

La sensation de m'attacher à lui, avec une telle déclaration, me noue la gorge. Quelle preuve d'intimité !

— C'est bien, me complimente-t-il.

Son sourire carnassier et outrageusement arrogant, à ce moment précis, me donne l'impression d'un tapotage sur la tête en guise de récompense pour bien lui faire l'amour. Alors, je décide de faire ce que je ne devrais pas faire : je lui mords le cou au point de le marquer. Il tressaille et m'assène une fessée très loin de m'assagir. On accélère tous les deux avec passion avant de ralentir, essoufflés.

Nos yeux se croisent et je crains qu'il ne me jette sur le côté, mécontent, mais non. Il m'encadre le visage de ses mains, repousse mes cheveux collés sur mon front humide et m'embrasse.

— Ma petite maîtresse survoltée, tu me détestes toujours autant ?

Question sincère ou juste complice, la réponse n'est plus aussi évidente qu'avant. L'ai-je vraiment détesté auparavant ? Ou seulement l'idée que j'avais de lui ? Quoi qu'il en soit, on a assez brisé de barrières entre nous à mon goût. Alors je botte en touche avec un sourire vantard.

— Plus que jamais.

Il ne me manifeste que du… soulagement. Ou de l'appréciation, je ne sais pas quoi en penser.

— Continue comme ça, approuve-t-il en dépêchant son pouce sur mon clitoris.

Pas le temps de remettre en question cet échange. Son doigt s'enroule sur mon bouton de plaisir, me faisant arquer le dos et reprendre un va-et-vient intense. Aédan en profite pour couvrir ma poitrine de baisers et de morsures, doublant son attention sur mes points érogènes, nous menant à l'orgasme aussi sûrement que le soleil se lève chaque matin. Tous mes muscles se contractent sur sa queue au plus haut d'une vague qui me fait décoller. Je gémis si fort que je ne perçois pas immédiatement les manifestations de plaisir d'Aédan, au creux de mon cou. Il jouit juste après moi, avec un petit décalage qui me permet de contempler ses yeux noirs s'obscurcir davantage et devenir des planètes hors de ma portée.

*

Lorsque je sors de la salle de bains après lui, rafraîchie et habillée, Aédan enfile sa veste tout en jetant un œil dans le vieux miroir accroché près du lit. Le suçon se perd à moitié dans son col, me plongeant tout à la fois dans un amusement sadique et le regret.

— Tu reçois vraiment un cardinal ?

— Et pas le plus drôle, confirme-t-il en serrant le nœud de sa cravate. Vu mon retard, il ne sera vraiment pas d'humeur à déconner.

Pendant une fraction de seconde, je me demande quel genre de roi il est, à coucher avec sa pâtissière plutôt que de se rendre à un rendez-vous avec une éminence de l'Église. Et puis, je finis par me dire que moi aussi, je traînerais les pieds si je devais faire face à ce genre de personnage.

— On se voit ce soir ? s'enquiert-il en évoquant le dessert de 22 heures.

— Oui, avec un essai de gâteau de mariage, dis-je, enthousiaste à l'idée d'enfin proposer un premier jet au principal intéressé.

Contrairement à Poche à Douille, je peux tester LE gâteau de l'année avec le roi lui-même. Autant profiter de cette chance si particulière.

— Quel gâteau de mariage ?

Ma réplique moqueuse s'étouffe dans l'œuf lorsque je constate qu'il ne plaisante pas. Comment ne peut-il pas être au courant d'un truc pareil ? Qu'on soit en compétition pour proposer la meilleure recette, soit. Mais son gâteau de mariage, tout de même ! Est-ce que son déni est si fort ? Est-ce que j'ai mis les pieds dans le plat ?

— *Ton* gâteau de mariage, précisé-je avec peine. Enora nous a lancés dans la recherche de recettes pour cette occasion.

Ses traits se froncent une poignée de secondes avant que ses yeux se détournent de moi. Mon cœur effectue une embardée de cascadeur.

— Ah oui, je vois, confirme-t-il en esquissant un sourire. J'ai hâte de goûter.

Peut-être que je commence à mieux le connaître, parce que son ton neutre et son air détaché ne me font penser qu'à une chose : il ment. Cette histoire vient de le troubler et il ne veut pas le montrer plus que cela. J'ai envie de m'excuser, mais je crains d'en rajouter. Il m'invite à le suivre dans l'escalier en colimaçon. En bas, il s'arrête et pousse la porte de son appartement privé.

— Tu devrais poursuivre dans le couloir de service, pour qu'on ne nous voie pas sortir d'ici ensemble.

— Oui, à plus tard, dis-je en tournant les talons, angoissée d'avoir commis un impair.

Enora n'aurait pas prévenu le grand patron au sujet du menu de son propre mariage ? Ou est-ce qu'Aédan avait tout simplement mis de côté cette information et se surprend à l'entendre au détour d'une conversation banale ? Si tel est le cas, à quel point ne souhaite-t-il pas cette union ?

*

Aédan

En cette veille de 30 novembre, fête nationale, j'arrive enfin au bout de la liste de mes prétendantes avec une première sélection. Ma *short list* coche toutes les cases de ma grille d'évaluation et me donne l'impression d'être un chasseur de têtes pour former une équipe parfaite de reines en puissance. J'imagine chacune avec une couronne sur la tête, en pleine inauguration d'une bibliothèque, et chacune me paraît adéquate pour le moment. Cependant, je ne me projette personnellement avec aucune. Il le faudra bien, pour l'une d'elles. Il faudra bien que je parvienne à imaginer une intimité, un peu de politesse et un accouchement à la clinique royale. Est-ce que j'en suis capable ? Ne vais-je pas tout simplement devenir ce que je déteste chez ma mère ? Je vais faire des enfants pour faire des enfants, parce que Holyrood l'exige.

— Queenie ! Reviens ici !

La voix retentit au loin alors que les aboiements plus aigus que ceux de Loki approchent. Mon chien détale pour aller à la rencontre de sa nouvelle meilleure amie et les voilà qui sautillent et se courent après dans le parc, heureux de se retrouver. Jenny Campbell se précipite vers moi, son souffle se découpant dans l'air, un sourire gêné aux lèvres.

— Désolée ! Depuis qu'elle sait qu'on vient au palais, Queenie est excitée comme une puce !

La petite King Charles n'en peut effectivement plus de bonheur.

— Attention que Loki ne lui saute pas dessus, dis-je, en voyant combien mon chien est tout autant déchaîné.

Jenny se met à rire en balayant l'air de sa main.

— Euh, crois-moi, Queenie saute sur tout ce qui bouge, ce serait plutôt à Loki de faire gaffe à ses fesses.

Je secoue la tête, amusé, et lui tends mon coude. Elle y glisse son bras et on entame notre balade. Elle est la première prétendante à bénéficier d'un officiel second rendez-vous. On a échangé plusieurs messages, on s'est même appelés deux ou trois fois. Le fait est que non seulement on est complices dans notre arnaque, mais qu'en plus on s'entend bien. Elle est aussi la seule avec laquelle j'imagine un futur parce que je sais que je ne l'intéresserai jamais. Quel beau duo de têtes couronnées nous ferions !

J'ai sollicité une enquête sur elle à Gareth – les Campbell demeurent après tout des rivaux depuis toujours, je serais idiot de lui faire confiance sans rien vérifier – et il s'est avéré que sa vie personnelle apparaît comme très lacunaire. Elle vit à Glasgow, dans l'un de ces quartiers réhabilités où les lofts fleurissent, adore les soirées dans certains clubs très ouverts de la ville, et part souvent dans le Sud de la France – comme beaucoup d'héritiers qui cherchent le soleil. Quant à ses conquêtes… seulement des rumeurs. Aucune photo. Aucun nom. Ce qui me conforte dans l'idée qu'elle me dit la vérité, car elle a tout le profil d'une femme ultra prudente avec son secret.

— Alors, quelles nouvelles de ton côté ? me lancé-je. Angus a l'air si satisfait de la situation au Conseil.

— Oh oui, il l'est, m'assure-t-elle. Avec ma mère, ils épluchent les catalogues de mariage sans me consulter, figure-toi.

Jenny sourit et grimace tout à la fois, témoignant de son embarras.

— Les cuisines du palais sont en train d'élaborer les gâteaux de mariage sans m'en avoir touché un mot, appuyé-je avec un haussement d'épaules.

Je n'ai pas trahi la confidence de Brioche à ce sujet – et d'ailleurs, elle ne pensait pas commettre d'impair tant il semblait évident que je sois au courant – mais ça ne m'étonne pas d'Enora. Bien trop pressée de me caser pour conclure définitivement mon histoire avec sa fille.

À la pensée d'Eliza, mon cœur se serre. Elle m'a envoyé un message pour savoir comment j'allais, je l'ai aussitôt effacé. Si Enora le savait, elle cesserait d'apporter de l'eau au moulin et la pression qui m'entoure chuterait au moins d'un degré.

Je propose une cigarette à ma compagne, elle refuse en sortant une vapoteuse. Une odeur de fraise l'embaume, couvrant partiellement celle du tabac que je produis.

— Et ton père ? Il en pense quoi ? enchaîné-je.

— Dicky a si bien fui la situation jusque-là que mon grand-père l'a convoqué officiellement à Inveraray, en qualité de chef de clan.

Je fronce les sourcils, surpris.

— Ça semble un peu mélodramatique, non ? m'étonné-je.

Jenny hausse les épaules.

— Je trouve aussi. À mon avis, cette perspective imaginaire d'union entre toi et moi n'était pas le seul sujet en lice. Mais rien n'a filtré.

Ça la trouble. Moi, je ne songe qu'à une seule chose.

— Jenny, est-ce que tu as déjà entendu les tiens parler d'un pacte de Glencoe qu'ils auraient passé ?

Je tente le tout pour le tout. Différentes options : soit Jenny me mène en bateau et mon interrogation parvient aux oreilles d'Angus Campbell – dans ce cas, il saurait que je *sais* –, soit Jenny m'est loyale et je peux espérer qu'elle me confie toute information en sa possession. Reste le cas tout à fait probable où elle sait quelque chose mais refuse de trahir son clan. Ce qui la ferait doucement tomber dans le premier cas : je ne pourrais plus lui accorder mon entière confiance.

Jenny, de son côté, s'est immobilisée en m'entendant. Je la vois hésiter à rire et donc à serrer les dents, incrédule.

— Ce serait parfaitement ridicule. Et bien trop cynique quand on connaît l'histoire, réfléchit-elle. Mes ancêtres ont massacré leurs hôtes pour le compte des Anglais, pourquoi prêteraient-ils un serment sur la tête de leurs victimes aujourd'hui ?

— Peut-être que quelqu'un leur force la main, supposé-je.

La voilà qui passe du trouble à l'inquiétude.

— Ils n'ont pu que le passer avec un clan qui soutient les Stuart si jamais ils ont osé, affirme-t-elle alors.

J'acquiesce. C'est aussi le fond de ma pensée.

— Est-ce que tu as entendu quelque chose ? s'enquiert-elle ensuite.

— Des bruits qui courent, rien de sérieux pour le moment, la rassuré-je sans lui avouer que ma source est son grand-père lui-même.

Elle garde le silence une poignée de secondes.

— Est-ce que tu veux que je garde un œil sur cette histoire ?

Ce serait si parfait ! Mais la culpabilité de me servir un peu trop d'elle me rattrape.

— Je ne peux pas te demander une telle chose, espionner ta propre famille pour les Stuart.

— Si les miens se risquent sur de telles pentes glissantes, je veux le savoir. Ce ne sera pas que pour tes beaux yeux, Aédan. J'espère pouvoir en attendre de même de ta part.

Comment lui promettre une telle chose ? Et en même temps, en ai-je encore le luxe ? Aucune nouvelle des jumeaux Sinclair, chargés de recueillir des renseignements à ce sujet. Jenny Campbell devient incontournable.

— C’est une promesse, dans la mesure du possible, nuancé-je avec sincérité.

Pour le meilleur et pour le pire, comme on dit.

On reprend notre balade dans un parc qui affiche les couleurs d’une fin d’automne. Plus de feuilles aux arbres, les parterres sont au repos et des techniciens sont en train d’accrocher des décorations lumineuses aux arbres les plus proches du palais. Toutes les villes ont leurs guirlandes de Noël, prêtes à briller dès le 1er décembre. Les sapins sont déjà en place, dans l’attente d’une inauguration en grandes pompes par les élus locaux et par les chefs et cheffes de clans.

On échange des banalités sur les fêtes de fin d’année et je lui propose qu’on fasse les choses en grand pour la prochaine fois, ce qui l’enchante par avance. Lorsqu’elle parvient enfin à attraper Queenie et à la garder dans ses bras, Jenny me donne une bise et s’éloigne pour rentrer chez elle. Je tiens Loki par le collier pour l’empêcher de lui courir après. Je m’accroupis près de lui pour des caresses alors qu’il gémit, le regard attristé.

— Allons, allons, tu vas la revoir, le rassuré-je.

— Qui ?

Evan me salue d’un signe de la main.

— La Queenie de Jenny.

— Il y en a au moins un qui a trouvé la perle rare dans cette histoire.

Je reprends ma route, Loki à mes talons, le museau bas.

— Ça devient sérieux avec l’héritière Campbell, non ?

— C’était le but du *Taisbeanadh*.

Je maintiens à nouveau Evan en dehors du secret.

— Une Campbell reine, le Conseil ne s'en remettra pas, s'amuse-t-il.

— Rien n'est encore joué, le corrigé-je.

— Et Brioche ?

Il va bien falloir que je lui lâche quelque chose. La raison voudrait que je sacrifie Halley qui n'est rien pour moi. Juste un passe-temps, une menace si jamais on nous découvrait. Voilà quinze jours que, après 22 heures, je l'invite à me rejoindre dans ma chambre de réception. Halley est… rafraîchissante. Drôle, sexy. L'amante parfaite.

— À ton avis ? soupiré-je alors.

Le sourire d'Evan s'allonge.

— Et alors ?

Plus je banaliserai, moins il s'en préoccupera.

— Elle n'a pas l'excellence d'une courtisane, ni le même don au lit, mais elle est la diversion idéale. Débutante et toujours partante à la fois.

— Et pourtant, tu ne t'en lasses pas ?

Je me contente d'un mince sourire sans commenter.

— Elle sera modelée à la perfection lorsque tu la remettras sur le marché.

J'ai toujours apprécié la présence légère d'Evan à mes côtés, mais je dois reconnaître que son ton railleur et ses paroles me rendent nerveux. Je devrais approuver, mais non. Aucune envie qu'il parle ainsi de Brioche.

— Je dois me rendre aux répétitions des festivités, prétexté-je pour filer.

— On se voit demain alors.

Je m'éloigne et ralentis. Si Evan sait à présent, une mise en garde devient indispensable.

— Evan Grant ! l'appelé-je alors qu'il part dans la direction opposée.

Il pivote, l'air intrigué. Je n'utilise pas son nom de famille pour rien. J'engage son clan dans mon avertissement.

— Pas un mot, pour le moment. C'est une carte trop importante dans mon jeu, le préviens-je.

Sa réaction n'est pas tout à fait celle que j'attendais. Il acquiesce avec un sourire entendu, mains dans le dos.

— Très bien, profite.

Et il s'en va.

*

Halley

— Bonne soirée, Brioche !

— Bonne soirée, réponds-je au dernier membre des cuisines qui part enfin.

Le gros des préparations pour le déjeuner de Saint Andrew's Day est prêt mais la journée de demain sera tout de même intense. Enora et les chefs et cheffes de partie nous attendent au tournant et nous ont sommés de nous reposer ce soir. De mon côté, à 22 heures, j'ai une leçon de pâtisserie à dispenser. À présent que je suis seule aux cuisines, j'envoie un message à Aédan pour lui signifier que la voie est libre et sors les ingrédients nécessaires pour la confection prévue.

Quelques minutes plus tard, Sa Majesté pose les pieds dans les communs. La dernière fois qu'il est passé par là, c'était pour m'afficher devant tout le monde. On a fait du chemin depuis, lui et moi.

— Je suis prêt, lance-t-il.

À vrai dire, j'attendais cet instant avec impatience. On couche peut-être ensemble assez régulièrement depuis deux semaines, et Aédan est l'amant expérimenté parfait pour prendre du plaisir sans conséquence, mais j'avais envie de passer ce temps-là avec lui. Avec l'Aédan « ami ». Et je ne voudrais pas me targuer de savoir le lire mieux que ses proches, mais il semble content d'être là.

— Premièrement, on met un tablier, lui dis-je en le glissant autour de son cou.

Il se penche pour m'aider, aussi ravi que moi. J'attrape les deux liens qui pendent de chaque côté, les enroule autour de sa taille et les noue contre son ventre. Et franchement, je n'aurais jamais cru que ce geste quotidien puisse un jour me paraître aussi séduisant que ce soir. Il se laisse faire, avec son mince sourire et son parfum boisé qui remuent encore et toujours mes entrailles. Je ne m'en lasse pas.

— Et on se lave les mains, ajouté-je en ouvrant le robinet de l'évier, sur mon plan de travail.

— Est-ce que je dois t'appeler « cheffe » ? ironise-t-il en s'exécutant.

— J'avoue que ce serait plaisant, mais je ne peux pas contraindre le grand patron.

— Ce n'est pas ce que tu fais depuis le départ ?

— Ce ne sont que les règles élémentaires d'hygiène. D'ailleurs, on dit « tablier sale, manches propres » en cuisine, cité-je en retroussant ses manches.

— Ça, c'est dans *Ratatouille*, s'amuse-t-il à remettre en question ma leçon.

— Ils ont consulté les bonnes sources, lui rétorqué-je.

— Soit, cède-t-il. Que faisons-nous alors ?

Je lui tends la recette de mon choix que j'ai adaptée pour l'occasion.

— Un quatre-quarts. Le gâteau le plus simple que je connaisse, mais tout de même bon.

Je me retiens de rajouter que c'est tellement simple que sa grand-mère et lui en ont probablement jamais mangé auparavant. J'aurais peut-être dû mentir en fait… raconter que c'est une recette de grand pâtissier, ils n'auraient pas fait la différence. Aédan lit mes notes en silence.

— Je pensais aussi ajouter un truc en plus, pour plaire à ta grand-mère.

— C'est-à-dire ?

— Est-ce qu'elle a un arôme préféré ? Ou un fruit ?

— Les framboises.

— On doit en avoir au cellier, je reviens.

Je pars fouiller la réserve, déterminée à le faire triompher de l'épreuve. En plus de l'initier à la pâtisserie, bien sûr. Je reviens avec un bol de framboises et une bouteille de liqueur.

— Je ne veux pas remettre tes capacités en doute, Brioche, mais tu n'as noté aucune quantité des ingrédients, à part trois œufs. Je suis à jour dans *Chefs in Kilts*, j'ai remarqué !

Ouh ça commence ! Mon estomac pétille par avance. Et puis, Aédan s'est mis à *Chefs in Kilts* ? Il va falloir qu'on parle.

— Déjà, les cuisiniers de *Chefs in Kilts* sont des pros. Et ensuite, c'est un quatre-quarts, rappelé-je en battant des paupières.

Il ne semble pas faire le lien et se contente de me fixer, perplexe.

— Œufs, farine, beurre et sucre, complété-je.

— Et alors ?

Ne souris pas trop, trop fort.

— Tu te moques déjà, remarque-t-il alors que je fais tout pour me réfréner.

— Non ! Tiens, dis-je en posant les trois œufs et un bol sous son nez. Tu vas les casser et peser le tout, on aura la quantité de base pour le reste. Puisque c'est un quatre-quarts.

Un « hiiiiin » franchit ses lèvres.

— Tu as déjà cassé des œufs ?

— J'en ai déjà jeté contre des vitres, ça compte ?

Je secoue la tête en riant et on se lance ensemble. Je lui montre comment faire, il répète après moi : casser les œufs, les peser, séparer les jaunes des blancs, les mélanger avec le sucre, faire fondre le beurre, le rajouter au mélange, ajouter la farine et la liqueur de framboise, et monter les blancs en neige dans un robot. Il observe le mouvement circulaire de la machine avec une gravité digne d'un bon élève. Ce n'est d'ailleurs que là, alors qu'on est suspendu au résultat, que je remarque la farine qu'il a sur la joue.

— Comment tu fais pour t'en mettre jusque-là ?

— Quoi donc ?

— De la farine.

Je préfère lui montrer la zone sur mon propre visage pour ne pas le toucher. Car ça a fini par me revenir en tête, mais le soir de ma cuite, il me semble bien que j'ai retiré de la crème sur ses lèvres sans prévenir. Il a eu le tact de ne pas mentionner l'incident, ça ne signifie pas que je l'ai oublié.

D'un revers de main, il s'en rajoute encore plus.

— C'est pas mieux.

Ça le contrarie. Il plonge la main dans le bocal de farine, en saisit une poignée et me la jette au visage en guise de représailles. Je ne m'y attendais tellement pas que je me raidis, stupéfaite.

— On ne t'a jamais appris à ne pas jouer avec la nourriture ?

— Non, jamais, réplique-t-il en réitérant. C'est plaisant.

Oh bon sang ! S'il veut la guerre…

Je plonge ma main à mon tour et le tartine sans semonce. La situation… nous échappe. C'est à qui mettra le plus de farine sur l'autre. Et si d'habitude, le toucher provoque des frissons d'excitation avant le sexe, là, c'est jouissif d'avoir seulement sa peau et de gagner ! À coup d'éclats de rire, on se retrouve essoufflés et blancs, l'un en face de l'autre. Marrant comme le plaisir peut aussi venir de là, d'un simple jeu. Une suite de constats s'impose à moi, tous baignés d'émotions doucereuses qui me tombent dessus en cascade, alors qu'il se passe les mains sur les yeux pour les nettoyer.

1/ Je passe toujours un bon moment avec lui.

2/ Il me fait souvent rire. À ses dépens comme volontairement.

3/ Je l'aime bien.

Putain. *Je l'aime bien.* C'est un premier *red flag.* Je passe un torchon sur mon visage et regarde le robot, perturbée. Je ne peux pas penser ça… c'est le début des emmerdes ! Ce n'est pas juste le temps passé avec lui, c'est *lui*.

— Je pense que les blancs en neige sont prêts, dis-je après m'être éclairci la voix.

On reprend la recette qui touche au but en incorporant le premier mélange aux blancs. Il ne reste plus que le moule à cake à beurrer pour le remplir de pâte. Il en verse la moitié et je l'interromps.

— On va mettre les framboises maintenant. Elles vont humidifier la pâte, il faudra faire attention à la cuisson, mais à la découpe, ce sera beau de les trouver en rang au milieu.

Il s'exécute avec application, verse la seconde partie de la préparation et on enfourne. Je profite du temps de cuisson pour nettoyer nos exploits et ranger les ustensiles. Aédan se poste devant le four et demeure pensif, même lorsque je le rejoins.

— Alors, cette expérience de pâtisserie ?

— Satisfaisant, confesse-t-il, à mi-voix. C'est peut-être la première fois que je fais quelque chose de concret, de mes propres mains, du début à la fin.

Je comprends tout à fait le sentiment qui le traverse à cet instant. Je le cherche dès que je pâtisse.

— C'est un accomplissement, à chaque fois, confirmé-je.

Il pousse un soupir calme.

— Tu as de la chance, de pouvoir te le permettre.

Alors qu'il est roi ? Puissant ? Riche comme Crésus ? Pourquoi m'envierait-il ?

— Je suppose, dis-je sans réelle conviction. C'est vrai qu'il y a une plage à Édimbourg ?

Sans transition. Ça fait le job puisqu'Aédan relève un regard surpris.

— C'est vrai, oui, pourquoi ?

— On pensait y aller avec les autres commis.

— Le lieu est agréable dans mes souvenirs, mais ne t'attends pas à une plage californienne, tu serais déçue.

— Tu crois vraiment que j'ai ce genre d'attente ? m'amusé-je.

— Sinon pourquoi tu me demanderais mon avis sur la plage de Portobello ?

Et nous repartons dans de la taquinerie qui ne fait pas de mal.

Lorsque le four sonne la fin du temps programmé, je plonge une lame dans le gâteau pour m'assurer de la bonne cuisson et décide de le laisser encore quelques minutes. Lorsqu'on le démoule dans un plat, pour qu'il refroidisse, Aédan a hâte d'être à demain. Au moins autant que moi pour entendre le retour de sa grand-mère.

— Merci cheffe, finit-il par dire en retirant le tablier.

— Avec plaisir.

— Est-ce que tu veux monter avec moi ?

Je l'espérais et le redoutais à la fois. Je regarde l'heure : presque minuit. Je n'ai plus dormi dans sa garçonnière pour ne pas éveiller de soupçon, je suis toujours rentrée à l'appartement après avoir couché avec lui. Mon cœur me secoue pour exiger de le suivre mais ma raison freine. Trop de questions font valser mes certitudes.

— Je vais rentrer, on a une grosse journée demain, prétexté-je.

— D'accord.

Il recule pour esquisser un départ.

— À demain, Halley.

— À demain, Aédan.

Il disparaît d'un pas paisible. J'inspire un grand bol d'air et tourne en rond avant de me décider à me changer au vestiaire pour partir. Je déboutonne ma veste pour la pendre au cintre et attraper mon sac. En refermant le casier, une silhouette apparaît près de moi, me faisant sursauter. Evan, le ministre du bien-être du roi, me fixe avec un sourire de façade quelconque.

— Désolé, je ne voulais pas te faire peur.

C'est raté.

— Un problème ? répliqué-je aussitôt.

Parce que pour débouler à minuit dans les communs alors que le palais est désert, ça ne peut qu'être un problème. Soit qu'il rapporte, soit qu'il crée. Ce type ne m'a jamais inspiré rien de bon, toujours l'expression caustique, à marcher dans l'ombre d'Aédan…

— Non, au contraire. Le roi est très content de toi, c'est ce qu'il m'a dit en tout cas.

OK. Je le savais déjà. Sa posture, en plus de son discours sans fond, me met mal à l'aise. Il reste là, debout, me barrant le passage.

— Tant mieux, dis-je en avançant pour le contourner. Il est tard, je vais courir prendre mon bus…

— Je me disais qu'on pourrait prendre un café, demain. Pour discuter, enchaîne-t-il en attrapant mon bras. J'ai des choses à te dire qui pourraient t'intéresser.

Je me glace. J'ai déjà vécu des situations de ce genre dans le milieu des cuisines de restaurant, souvent très masculin. Les invitations non désirées, qui ressemblent plus à des impératifs, le fait de me coincer tard le soir, pour qu'on soit seuls, cette pression imposée par des paroles vides de sens…

Sa main desserre son étau et s'attarde sur mon bras, comme un simulacre de caresse. Un haut-le-cœur me retourne l'estomac. Ce type est genre le favori du roi, il serait capable de briser des carrières en un claquement de doigts sans aucune crainte ! Pourquoi est-ce qu'il décide de s'attaquer à moi maintenant ? Je libère mon bras, décidée à déguerpir et à tout faire pour l'éviter.

— Ça ne m'intéresse pas, désolée.

Cette fois, je force le passage et marche vite, l'abandonnant derrière moi en espérant qu'il ne me suive pas.

— Tu devrais faire attention ! lance-t-il alors, me forçant à ralentir.

Il me menace ?

— Fais attention avec lui. Ne lui accorde pas ton entière confiance, tu le payeras un jour ou l'autre.

Mais de quoi parle-t-il ?! Il remet en question Aédan ?

Evan ne me laisse pas répliquer ni partir en courant, il me dépasse sans un mot de plus et disparaît des communs, me laissant à fleur de peau et le cœur à vif.

*

Aédan

Le clou de la journée du 30 novembre, après les cornemuses, la revue des régiments, les défilés et le déjeuner en compagnie des nouveaux chevaliers et chevalières de l'ordre du Chardon, c'est le fameux thé avec ma grand-mère. Depuis l'abdication de mon père, elle a été mon principal soutien familial à Holyrood. Elle m'a pris sous son aile à mon couronnement, m'a montré les ficelles du métier de roi, m'a secondé. Et si parfois, on a traversé des turbulences, sans celui qui est son fils et mon père, je sais que j'ai de la chance de l'avoir encore auprès de moi aujourd'hui. Il y a cinq ans, j'ai institué le thé de Saint Andrew's Day en sa compagnie, pour la remercier de sa présence. On dîne et déjeune de temps en temps ensemble puisqu'elle vit au palais, mais ce thé-là est particulier.

Flora admire donc la tranche de quatre-quarts à la rangée de framboises en son centre, posée dans une assiette de faïence près de sa tasse fumante.

— C'est toi qui l'as fait ? répète-t-elle, masquant avec peine son incrédulité.

— Oui. Avec la supervision d'une professionnelle, certes, mais oui. Goûte.

Elle plonge sa cuillère dans le quatre-quarts et savoure une première bouchée, visiblement conquise. Elle me saisit la main, émue.

— Je suis si fière de toi, avoue-t-elle, le regard brillant.

— Pour avoir fait un gâteau ? douté-je.

Elle hoche la tête en souriant et en se resservant.

— Oui, pour avoir fait un gâteau.

— Si je l'avais su, je m'y serais mis depuis longtemps, plaisanté-je en goûtant à mon tour.

Brioche avait raison, c'est simple, sans fioritures. Je suis parvenu à « faire quelque chose de bon », et ce n'est pas peu dire !

— C'est meilleur que le thé Bourgeons argentés ?

— Meilleur que tout le caviar du monde, confirme-t-elle. J'espère que tu remettras ça l'année prochaine.

Pourquoi pas, après tout. Même si Brioche ne sera plus là, mais dans une cuisine de palace, à faire des étincelles loin de Holyrood… C'est d'une tristesse, quand on y pense.

— Ton père a hâte de nous rejoindre à Eilean Donan pour les fêtes, se réjouit-elle. Il a eu le feu vert médical pour faire le voyage, sauf si changement de dernière minute.

— Il me l'a dit, oui, confirmé-je avec impatience.

— Et il est d'accord avec moi, c'est une bonne idée.

Flora Stuart affiche son air malin préféré, tout en remuant sur sa chaise avec l'enthousiasme d'une gamine. Je crains soudain le pire.

— Quelle idée ? grogné-je.

— Celle d'inviter tes prétendantes au bal des Ghillies en janvier.

Je m'affaisse dans ma chaise. Le bal des Ghillies est donné chaque année à Holyrood par la famille royale pour remercier tout son personnel. Les princes dansent avec les domestiques, voilà le but.

— Je déteste cet événement.

— Oui, on s'en doute depuis dix ans, ironise ma grand-mère. Mais je me suis dit que ce sera un bel aperçu de la tâche qui attend l'une d'elles.

— Je ne danse jamais au bal des Ghillies.

— Ce n'est pas grave, Keir, me rassure-t-elle en me tapotant le bras. Puisque ce sont elles qui devront danser avec le personnel.

Je retourne au gâteau pour ne pas protester plus, je sais d'ores et déjà que c'est inutile avec elle.

Quand elle a une idée en tête, autant baisser les armes. Cependant, moi qui voulais éviter le sujet, je vais m'y précipiter sans remords.

— Toi qui connais tout le monde à la cour, parmi les clans, as-tu entendu parler de la Black Watch ces derniers temps ?

Ces deux mots sonnent comme le glas. Ma grand-mère lève le nez de son assiette qu'elle appréciait jusque-là, livide. Je ne me souviens pas qu'on ait abordé un jour le sujet ensemble. Elle l'a sûrement fait avec mon père, lorsqu'il était roi. À cette époque-là, une Black Watch s'était formée en Nouvelle-Écosse et menaçait nos vies pour réclamer l'indépendance de la province.

— Quelle est cette question ?

— N'est-elle pas assez claire ?

Elle fait ce que j'espérais ne pas distinguer, elle baisse les yeux et se met à sourire, d'une manière tout à fait polie et neutre, comme elle le ferait avec un étranger à la famille.

— Je n'ai pas entendu parler de Black Watch ou autre groupuscule du genre depuis bien longtemps, rassure-toi. Le Conseil t'en informerait, quoi qu'il en soit.

Elle ment.

— Cela dit…

Et cette fois, elle plante son regard bleu cicl dans le mien.

— Ce que j'entends autour de moi peut te concerner parfois, dit-elle à voix basse, alors que nous sommes seuls. Tu dois te marier, Aédan.

Son insistance me surprend à nouveau. Elle provient du Conseil dont Flora fait partie. Poursuit-elle ce matraquage évident pour demeurer sur la même ligne depuis le départ ? Ou bien… agit-elle sous pression ?

Elle me saisit à nouveau la main, mais avec plus de force.

— Prouve que les Stuart peuvent être constants et dignes du trône, où tu risques des soulèvements. Tu n'évoques pas la Black Watch sans raison.

Je me penche vers elle, de plus en plus inquiet.

— Que sais-tu et que tu me caches ?

— J'en ai assez dit. À toi de faire en sorte d'éviter le retour de cette maudite Garde noire.

CHAPITRE 10

YULE LOG

Aédan

La neige s'est mise à tomber sur l'Écosse depuis hier. Si mes sujets se réjouissent pour les fêtes, j'ai craint jusqu'au dernier moment que l'avion de mon père ne puisse pas atterrir. Il devait arriver le 22 décembre, c'est finalement le 23. Les pilotes ont fait des miracles, slalomant entre les tempêtes jusqu'à ce soir, 21 heures. Le froid est mordant, même avec tout l'attirail d'hiver pour couvrir mains, cou et tête. Je pourrais rester à l'abri dans la Nébuleuse, mais dès que le jet de mon père s'est posé, je suis sorti et je guette maintenant l'ouverture de la porte, impatient. Lorsque l'escalier est déployé, j'avance.

Des mois que je ne l'ai pas vu en chair et en os. Mon père a encore maigri, mais il se tient droit, appuyé sur une canne, le cou perdu dans une lourde écharpe de laine. Son majordome se tient juste derrière lui, les bras fébriles, prêt à l'agripper. Mes muscles se tendent nerveusement. Moi aussi, j'ai peur qu'il fasse un faux pas. Alors qu'il m'a toujours paru comme la personne la plus inébranlable du monde. La fatalité qui nous rattrape me rend malade. Je tasse au maximum mon angoisse pour lui sourire. Dès qu'il pose le pied sur le tarmac, je le rejoins.

— Keir, m'accueille-t-il, les yeux humides.

— Papa...

On s'enlace. J'ai la sensation de le porter... De pouvoir le briser en une étreinte. La balance s'est inversée en quelques mois seulement. Je voudrais être heureux et insouciant mais son réel état de santé enfonce la porte et s'impose dans ma tête.

— Viens vite à l'abri, lui dis-je en le prenant par le bras.

— Je suis content de te voir, moi aussi, ironise-t-il.

— Ne commence pas, ton médecin t'a confié à notre garde, et j'ai bien l'intention de te rendre en un seul morceau.

Il sourit et tapote mon bras.

— « Notre » garde ? relève-t-il.

— Grand-mère, moi et... Mère.

Il semble soudain troublé alors qu'un garde du corps ouvre la portière de la Nébuleuse.

— Hedda sera là ?

Je l'aide à aller à l'intérieur et m'y glisse à mon tour. Il fait chaud, pourtant je déplie une couverture pour la poser sur les genoux de mon père.

— Je l'ai invitée, oui.

Cette fois, il me fixe comme si j'étais un sauropode sortant d'un fourré.

— ... Avec Mark ?

— Non, bien sûr que non ! Techniquement, vous êtes encore mariés et Mark a deux grands enfants, il est occupé ailleurs.

— Je n'aurais jamais cru qu'on fêterait Noël ensemble une nouvelle fois.

— Comme quoi, les miracles existent.

Mon père me jette un regard railleur tout en secouant la tête. Il aura beau dire, cette perspective le rend heureux. Tout ce qu'il regrette à cet instant, c'est qu'il fasse nuit et que les paysages qu'il a tant voulu revoir lui échappent. Je lui occupe l'esprit en lui demandant le récit détaillé de ses dernières semaines. Ça nous fait passer le temps jusqu'à ce qu'on arrive en vue du loch Bruich. Eilean Donan se situe plus haut, à la jonction de trois lochs, bâti sur une île. On a fini par construire un pont pour faciliter l'accès à la demeure au XIXe siècle. Lorsqu'on aperçoit ses lumières, mon père m'agrippe la main, ému. C'est le château le plus connu du royaume, le plus représenté sur les cartes postales et le plus admiré à l'étranger, mais aussi le plus cher au cœur de mon père. Le château de son enfance et celui dans lequel il a célébré son mariage avec ma mère.

Construit par le roi Alexander II au XIIIe siècle, il a été une forteresse sous la garde du clan McRac et du clan McKenzie durant des siècles. Le roi bâtisseur est mort entre ses murs en se battant contre les raids des Norvégiens installés dans les îles à l'ouest. Son fils, Alexander III, est le souverain qui est parvenu à les repousser et à récupérer l'ensemble des terres écossaises occupées par les Vikings. Cette histoire m'a toujours empli de curiosité et d'ironie quand je pense que c'est ici-même que mon père, Alexander IV, roi écossais, a épousé une princesse norvégienne, des siècles plus tard.

La Nébuleuse franchit un portail et se gare sur un parking. La demeure mise à disposition de la sécurité se situe là, sur la rive. Les gardes du corps nous escortent sur le pont balayé par le vent, alors que le drapeau des Stuart est dressé sur l'île pour indiquer que le roi est présent. Je guide mon père sous l'arche découpée dans le mur, grimpe avec lui les quelques marches qui mène à la cour intérieure et à la terrasse bordant le loch, puis nous montons dans le donjon principal pour nous installer. Les domestiques logent dans la maison des communs, juste en face.

Dès qu'on pose les pieds dans le grand hall, on sourit, admiratifs du travail de l'intendance : un immense sapin décoré côtoie l'âtre de la cheminée ; des guirlandes de branches de sapin et de houx, nouées de rubans rouges retenant des boules dorées, parcourent toute la pièce ; la tribune du joueur de cornemuse, un peu en hauteur, est illuminée de guirlandes qui, elles aussi, s'éparpillent dans le hall. L'imposante table en chêne soutient déjà la nappe rouge et les chandeliers d'argent d'un côté, de l'autre, le coin salon nous attend avec ses canapés confortables, ses coussins et ses plaids en tartan.

Un domestique nous débarrasse de nos manteaux tandis qu'on nous monte nos affaires dans les chambres, à l'étage.

— Les cuisines vous ont prévu une collation pour vous réchauffer, qu'en dites-vous, Vos Majestés ? s'enquiert Tomas McRae, l'intendant.

Avec son kilt, son accent très prononcé et sa bonhommie, il ne pouvait offrir meilleur accueil écossais à mon père.

— Avec grand plaisir, Tomas, accepte mon père en lui serrant chaleureusement la main.

Ils se connaissent depuis si longtemps, tous les deux. McRae confie qu'ils sont tous très heureux ici de le revoir et qu'ils pensent beaucoup à lui, de quoi émouvoir un peu plus mon père. On s'installe dans le coin salon et je ne peux m'empêcher de poser un plaid sur lui alors que la pièce est chaude, sans aucun courant d'air. Il pourrait râler, mais il n'en fait rien.

— Noël dans les Highlands, soupire-t-il, heureux.

Son regard passe d'un portrait de nos ancêtres à un autre, des armes jacobites – épées et boucliers – disposées en étoiles sur un mur, à une tête de cerf chassé par mon grand-père.

— On m'a prévenu que vous étiez enfin arrivés ! se réjouit Flora en apparaissant au bas de l'escalier, vêtue d'une robe de chambre.

— Je ne voulais pas te réveiller, m'excusé-je, à moitié surpris de la voir encore debout.

— Oh voyons, comment j'aurais pu fermer les yeux alors que vous étiez sur la route ! proteste-t-elle, tout sourire.

Elle prend son fils dans ses bras, les larmes aux yeux. Rien d'autre ne pourrait abattre comme ça cette force de la nature. Mon père la rassure en échangeant des mots en gaélique et elle l'aide à se rasseoir avant de prendre place à côté de lui, pleine d'une tendresse maternelle qui déborde d'elle. Lorsqu'elle glisse un oreiller dans son dos et le borde du plaid sur ses jambes, il lève les yeux au ciel.

— J'ai assez de mon infirmier, tu sais, dit-il en me désignant.

— Tu n'as pas encore entendu le programme que ton « médecin en chef » t'a concocté, corrige-t-elle en me souriant.

Mon père me jette un regard craintif.

— Demain, on va se balader, mais pas trop loin, annoncé-je alors.

— Oh dis-moi au moins qu'on va grimper dans les montagnes.

Je dodeline de la tête.

— Pas trop haut, ajouté-je comme nuance. La neige est moins dense à l'ouest, c'est uniquement pour cette raison qu'on va s'y risquer.

— On pourrait aller sur Skye, lance alors mon père, d'un ton innocent qui ne nous trompe pas du tout, ma grand-mère et moi.

— Euh, non ? proposé-je.

— Pourquoi ? Tous mes lieux favoris sont là-bas et ce n'est qu'à une heure de route.

— Parce que tes lieux favoris ne sont pas chez les McDonald ou les McKinnon mais chez ce bon vieux Graham McLeod, répliqué-je. Ce serait tendre la situation plus qu'elle ne l'est déjà.

— Ne me force pas à sortir mon pire argument, s'amuse mon père.

— Essaie, pour voir ? le défié-je.

— C'est peut-être la dernière fois que je poserai les pieds là-bas.

Ma grand-mère resserre aussitôt sa main sur la sienne, crispée, tandis que je sens ma cage thoracique se glacer. Le silence qu'il impose trouble l'atmosphère joyeuse.

— C'est peut-être aussi trop tôt pour plaisanter avec ça, regrette-t-il avec humour.

— Le cynisme sied mieux à maman, commenté-je.

— Très bien, cède-t-il.

Heureusement, Tomas McRae débarque avec une domestique à cet instant, les bras chargés de plateaux qu'ils déposent sur la table. Il dévoile des bols de soupe fumants, du pain frais et du beurre, quelques fruits et des biscuits au gingembre qui m'arrachent un sourire. Je sais que Brioche est là et, rien que ça, c'est une raison de se réjouir.

*

Halley

Un soleil froid et bleu se lève sur Eilean Donan, en ce 24 décembre. J'enfourne les croissants pour la famille royale, dans une cuisine réduite et cosy. Nous ne sommes que trois pour ce séjour : Spatule, le second du chef de Gio, et un commis du garde-manger. Je le vis comme une pause plus que bienvenue, loin de Holyrood. Après l'entrevue très étrange et intrusive que m'a fait vivre Evan Grant, je n'ai plus traîné en cuisine tard le soir. J'ai servi le dessert de 22 heures, je suis parfois restée avec Aédan dans sa chambre de réception, et je me suis faufilée le plus discrètement possible – avec une crainte que je n'éprouvais pas avant – jusqu'à mon arrêt de bus. La hantise de me retrouver à nouveau coincée a persisté plusieurs jours avant de se calmer sans disparaître pour autant. Evan n'est plus redescendu dans les communs depuis, mais je peux le croiser dans les couloirs du palais en journée.

Impossible de l'évoquer avec Aédan, j'ai bien trop peur des répercussions. Je ne doute pas de sa bienveillance envers moi, mais son meilleur ami semble à un autre degré de protection. Et je redoute plus que tout de semer le trouble alors que je veux rester en dehors de tout drame. Ici, à Eilean Donan, j'ai ma petite chambre dans les communs, une vue sur le loch, un rythme posé, une tranquillité qui me fait du bien.

Une fois le petit-déjeuner parti pour le donjon familial, on boit un café avec l'intendance du château, on se régale de notre part et Spatule s'amuse encore de notre balade de la veille au village, alors qu'on attendait l'arrivée du roi. Je remonte dans ma chambre et prends le temps de faire une sieste. Si seulement Aédan pouvait rester là des semaines entières, quel pied ! Malheureusement, le Nouvel An se déroule toujours à Holyrood.

Avant la préparation du déjeuner, je m'habille chaudement pour déambuler sur le petit chemin autour du château. Le soleil a percé le ciel gris. Il y a même des trouées de bleu éclatantes. Il fait froid, mais les rayons de l'astre sont très agréables en plein visage. Portable en main, je photographie le paysage, profitant de ce mélange de chaleur et de fraîcheur. J'envoie le tout sur le groupe de discussion de la coloc.

Halley – Brioche

Des bises d'Eilean Donan, peut-être bien la meilleure des destinations royales ! Regardez-moi cette beauté !

Brianna – Petit Soufflé
Aaah trop beau ! J'espère
qu'on aura l'occasion d'y aller !
Ici, on fait les marchés de Noël,
mon *Secret Santa* sera...
LÉ-GEN-DAIRE. XD

Elle ne croit pas si bien dire ! Durant notre promenade au village, j'ai déniché le cadeau idéal pour le mien : Gio – puisque c'est son nom que j'ai évidemment pioché. Pour cet amateur de fantôme *and co*, j'espère bien que mon bonnet tricoté en laine blanche, en forme de fantôme des Highlands, lui fera plaisir !

Lucie – Gravlax
Sachez d'ores et déjà que
je vous rapporte du vin et
et spécialités du coin. Je ne reviendrai
pas de France les mains vides !

Brianna – Petit Soufflé
Encore plus hâte de vous retrouver !

Lucie – Gravlax
Hé hé hééé !
Gio – Ketchup-Mayo
Écoutez, ici on est en tee-shirt.
C'est assez inattendu à vrai dire !
Donc c'est apéro au Spritz et *bruschetta*
au soleil... On fêterait pas notre fin
de contrat à Rome ?

Halley – Brioche
Faudra pas nous le proposer deux fois !
(Ultra partante !)

Lucie – Gravlax
Avec grand plaisir !

Brianna – Petit Soufflé
Marche pour moi !
Et au fait, mes ptits BG, on spoile pas les derniers épisodes de *Chefs in Kilts* ! On s'attend !
Gio – Ketchup-Mayo
Promis, on s'attend !
Joyeux Noël les copines

Lucie – Gravlax
Juré ! Passez de bonnes fêtes les amis !

Halley – Brioche
Belles fêtes, amusez-vous bien !

Je plonge mon téléphone dans ma poche, l'estomac réchauffé par nos échanges. Ce serait si bien d'aller à Rome au début de l'été ! Moi qui n'ai jamais eu… d'amis, voilà que je commence à les considérer comme tels. On peut se perdre de vue, mais peut-être pas totalement. Après tout. Quand je pense à Aédan que je ne servirai plus, mon cœur se serre. Est-ce qu'on peut rester en contact ? Ça mènerait à quoi ? Ce que j'aime, ce sont nos moments de discussions et de chamailleries, et nos moments de sexe où seuls nos corps s'expriment. À distance, tout s'annule.

Je me remets en route, les mains dans les poches. Je tergiverse toujours quand une odeur familière et inattendue me chatouille les narines. Ça sent la *weed*… Je contourne le château et tressaille en tombant nez-à-nez avec un homme installé sur un banc, emmitouflé dans un long manteau noir, le cou enfoui sous une épaisse écharpe de laine, une paire de lunettes rondes et teintées sur le nez. Une main appuyée sur une canne, l'autre portant le joint à ses lèvres, il tourne la tête vers moi et me dévisage sans rien dévoiler de ses pensées.

— Désolée, je ne voulais pas vous déranger, bredouillé-je en reculant d'un pas.

Il ne fait pas partie du staff, ça, c'est certain.

— Vous ne me dérangez pas, répond-il d'un sourire.

Il me faut bien une poignée de secondes pour comprendre qu'il s'agit du père d'Aédan, le temps que toutes les informations contenues dans mon esprit se connectent entre elles. Du coup, l'ex-roi Alexander IV fume de l'herbe, comme ça ?

— Euh, je ne faisais que passer, je n'ai rien vu, affirmé-je en désignant le chemin devant moi.

Il hausse les épaules, détendu.

— Un antidouleur comme un autre, prétexte-t-il en faisant la chose la plus saugrenue possible.

Il me tend sa cigarette.

Ça m'est arrivé, par le passé, de fumer de l'herbe. J'ai eu une adolescence spéciale. Une phase de rébellion peu contrôlable. Qui a débouché sur une demande d'émancipation et une discipline de malade pour en arriver là où j'en suis. Je ne vais pas succomber à une telle tentation, hein ?

— Je tiendrai ma langue, ajoute-t-il sur le même ton roublard et complice que son fils.

Après tout…

Je saisis le joint et tire une bouffée qui me fait toussoter. Je prends place à côté de lui, curieuse de savoir s'il se souvient de moi. Il était à Skye l'été de mes huit ans. Je lui rends le joint, consciente qu'il ne vaudrait mieux pas abuser si je dois retourner bosser tout à l'heure.

— Pas plus ? s'étonne-t-il.

— Je travaille aux cuisines, il ne vaut mieux pas.

Son visage s'illumine aussitôt.

— Oh ! Brioche, c'est ça ? Keir m'a parlé de toi.

Ah bordel, je le déteste.

Je présume que Keir est Aédan, de qui pourrait-il bien s'agir d'autre ?

— Halley, corrigé-je.

— La petite-fille de Graham, je me souviens. La dernière fois que je t'ai vue, c'était il y a quinze ans, à Dunvegan.

J'acquiesce.

— La pâtissière qui prépare des croissants dignes de ce nom et une confiture aux baies des chasseurs qui m'a, je dois bien l'admettre, ému ce matin.

Mes joues s'enflamment en entendant de tels compliments. Ma confiture lui a plu, je l'avais faite pour lui, et pour Aédan.

— Mais vous mangez de meilleurs croissants en France, non ?

— Ils se valent, je te l'assure, dit-il avec un sourire bienveillant. Et qu'est-ce que tu fais là ? À Noël ?

Ma première envie est de balancer un évident « Bah je cuisine, c'est mon métier », mais je sais bien qu'il veut parler de l'aspect familial, comme le monde entier apparemment !

— Mon grand-père m'a déshéritée à la naissance, je n'ai rien à faire là-bas, rappelé-je avec lassitude. Et je n'ai plus de famille aux États-Unis. Ici, au moins, je suis entourée de mes collègues.

Ma réponse semble ébranler les traits si confiants de l'ancien roi. Il baisse la main en oubliant de porter le joint à ses lèvres.

— Lorna est morte ?

Sa phrase est un véritable coup de poing dans le ventre. Je n'avais entendu personne prononcer son prénom depuis bien longtemps. Une vague de souvenirs déferle sur moi, je brandis mon bouclier le plus haut possible pour ne pas me laisser submerger par leur violence. Je déglutis, prête à déguerpir.

— Oui, l'année dernière, dis-je d'une voix spectrale.

— Je l'ignorais, murmure-t-il.

Et moi, j'ignorais qu'il la connaissait. Sinon, jamais je ne me serais assise là.

— Alors Graham n'a jamais changé d'avis ? me demande-t-il en me passant la cigarette.

Je tire dessus sans songer au travail à venir, seulement en espérant tasser les émotions bien trop vives qu'il réveille.

— Ça n'a pas d'importance, il ne m'intéresse pas.

— Je comprends, commente-t-il sans aller plus loin.

Il fume à son tour et je songe à fuir sans savoir comment conclure cette discussion dont je me serais bien passée. Pile à cet instant, deux rouges-gorges volètent près de nous et se posent sur le muret qui cerne le chemin, sous nos yeux.

— Ah, se réjouit l'ex-roi à voix basse. Ça faisait longtemps que je n'en avais pas vu. Tu connais la légende d'Eilean Donan, Halley ?

— Non.

— On raconte que le fils d'un chef de clan local avait acquis le don de parler aux oiseaux. Son père en était si effaré qu'il l'a chassé, et le garçon a parcouru le monde en suivant les dires des oies, des hirondelles et des cigognes. Lorsqu'il est revenu par ici, plein d'une sagesse acquise au fil des années, il a réussi à se placer auprès du roi Alexander II et à le prévenir – grâce à ses pouvoirs – de l'arrivée prochaine des Vikings sur ces terres. Et c'est ainsi que le roi a décidé de bâtir un château au croisement de trois lochs et que le royaume fut sauvé.

Les rouges-gorges s'envolent à la fin de l'histoire, comme s'ils avaient traîné pour l'écouter jusqu'à la fin, avant de retourner à leurs occupations. Moi, je ne pense qu'à l'anecdote que m'a racontée le roi à Gualachulain et je serre les dents pour ne pas rire.

— Pourquoi ce sourire ? s'aperçoit tout de même Alexander, amusé.

— Oh rien, je songeais à cette histoire que m'a rapportée Aédan, sur votre ancêtre qui s'est trop penché pour regarder les canards. Il essayait peut-être de capter leur discussion.

L'herbe me tourne la tête ! Je me mets à rire sans raison. Ou presque. Le sourire d'Aédan y est pour beaucoup. D'ailleurs, mon voisin de banc se met lui aussi à rire en me donnant le joint.

— On tient peut-être une explication, en effet.

On s'esclaffe alors que je devrais vraiment – *vraiment* – arrêter de fumer et retourner en cuisine pour préparer le déjeuner. Mais impossible de m'arrêter. Il est cool, le père d'Aédan.

— Qu'est-ce qui se passe ici ?

Je bondis sur mes pieds en retenant la bouffée dans mes poumons, planquant le reste de cigarette dans mon dos. Je me sens blêmir et étouffer en même temps. La grand-mère d'Aédan vient d'apparaître et nous dévisage, l'air outré.

— C'est de la… *marijuana* que je sens ?

Je secoue bêtement la tête à la négative, saisie de vertiges.

— Mère, voyons…, tente de temporiser l'ex-roi.

— Tu l'as trouvé ? intervient Aédan en débarquant à son tour et en se figeant devant le spectacle.

— Oui ! Et cette jeune fille fume de la drogue sous son nez !

— Quoi ? s'interloque-t-il en me fixant, incrédule.

Sans plus pouvoir retenir davantage mon souffle, je lâche les vannes et la fumée s'échappe de ma bouche. Je la balaie de la main, paniquée, et jette un œil sur mon complice qui s'appuie sur sa canne pour se relever.

— Pas de drame, cette jeune fille n'y est pour rien, c'est moi qui ai introduit de la « drogue » ici, corrige-t-il en reprenant le mégot de mes doigts.

Les regards stupéfaits changent enfin de cible.

— Hedda vient d'arriver et tu fumes de la drogue ? répète sa mère.

— Raison de plus, marmonne l'ex-roi.

Aédan esquisse un mince sourire avant de reprendre la main.

— Retourne à tes occupations, Brioche, me dispense-t-il.

Je hoche vite la tête et m'échappe de la scène familiale. Un café bien noir me remettra les idées en place !

*

Aédan

— Ce n'était qu'une question de temps avant qu'Alexander sombre dans la drogue, déclare ma mère, de son meilleur ton cynique.

Ma grand-mère en palpite encore, agitant ses mains avec nervosité, assise sur le canapé. Mon père, lui, décuve tranquillement, posé en face. Il a lâché prise. Les biscuits de Noël circulent entre nous, avec un café bien fort, après un déjeuner copieux. On va tout de même profiter du soleil pour sortir se balader, je l'ai promis.

— Je vais monter m'allonger et bouquiner, ça me calmera les nerfs, bougonne Flora en déposant sa tasse sur un guéridon.

Elle s'apprête à se lever quand la voix effacée et grave de mon père la surprend. *Nous* surprend, même.

— Pourquoi personne ne m'a dit que Lorna était morte ?

L'atmosphère se fige dans le grand hall. Les bûches qui crépitent sont le seul bruit qui perdure et qu'on finissait par oublier, jusqu'à cet instant précis. Parle-t-il de Lorna McLeod ? La mère de Malcom et de Halley ? Qu'il la connaisse ne m'étonne pas, c'était la fille de son garde-chasse et l'héritière d'un domaine qu'il connaît sur le bout des doigts. Mais le chagrin rattaché à sa question me heurte. Ma mère semble tout autant perdue, son regard allant de moi à ma grand-mère. Flora soupire.

— Nous l'avons appris avec beaucoup de retard, de notre côté, dit-elle.

C'est une nouvelle qui m'est parvenue via Malcom mais à un moment où nos rapports se dégradaient déjà. Il n'y accordait de toute façon pas la même importance que mon père. Du moins, c'est ce qu'il me donnait à voir.

— Et nous ne voulions pas t'inquiéter avec ça, ajoute Flora.

— Elle était comme une petite sœur pour moi, coupe mon père. Et sa fille est ici, sous notre toit, loin des siens, orpheline et toujours déshéritée. Depuis quand les Stuart ne règlent-ils pas ce genre de situation ?

Il semble accuser sa mère de l'inaction, mais c'est moi qui me prends les balles.

Parce que je préfère jouer avec eux ? Je n'ai pas d'autres défenses à offrir et la culpabilité me confond. Pas celle due à mes actions contre Malcom, mais plus celle due à la profonde tristesse qui se manifeste soudainement chez mon père. J'en suis le seul responsable.

— Avec Graham McLeod ? relève ma grand-mère. Alexander, tu as oublié à qui nous avons affaire, cet homme est plus buté que tous les habitants de Skye réunis !

— Lorna en valait la peine. Elle était perchée sur son nuage, oui, mais elle en valait la peine.

Ma grand-mère soupire, dans l'impasse. Je décide alors de prendre la parole, en me laissant dépasser par une promesse en l'air.

— Je convoquerai Graham à Holyrood pour en discuter, si c'est ce que tu souhaites. Mais tu te doutes bien que s'il refuse même d'entendre une offre d'achat pour quelques parcelles de terre, il ne changera pas d'avis aussi facilement sur une telle question.

— Ça vaut le coup d'essayer, soutient-il.

J'aimerais ajouter que Halley s'en contrefout et qu'elle a trouvé sa vie et son équilibre loin de tout ça. Mais mon père répliquerait aussitôt que la protection d'un clan et le confort financier que pourrait offrir le vieux Graham ne sont pas à négliger. Il aurait peut-être raison, au fond.

— Bon, si vous voulez bien m'excuser, se décide ma grand-mère en se levant. Aédan, accompagne-moi, s'il te plaît.

Je prends son bras pour la guider jusqu'à l'étage et à sa chambre. Elle attend qu'on soit hors de portée de voix pour – *évidemment*, ce serait bien mal la connaître si on espérait le contraire – revenir sur cet échange.

— Comptes-tu réellement convoquer Graham McLeod au palais pour parler de sa fille ? C'est du suicide !

Son inquiétude semble bien réelle.

— Graham me déteste déjà, je vois mal en quoi ça pourrait empirer les choses, prétexté-je.

Elle lève les yeux au ciel.

— Oh, tu es comme ton père.

— La pomme ne tombe jamais loin de l'arbre.

— Tu vas t'y casser les dents.

Je rajoute une bûche dans la cheminée de sa chambre alors qu'elle prend place sur sa bergère, encore tendue par la conversation.

— Et ne crois pas que ça m'a échappé, me prévient-elle de son ton le plus sévère.

Je fronce les sourcils, perplexe.

— Quoi donc ?

— Que c'est justement la petite McLeod qui fumait avec ton père ce matin ! Ils attirent toujours les problèmes, ces insulaires. Tu aurais dû être plus autoritaire, elle travaille pour toi et on l'a surprise en train de fumer de l'herbe !

Elle ne décolère décidément pas de cet incident.

— Tu as raison, je la mettrai au cachot ce soir.

— Ne plaisante pas, Keir. Si Enora le savait, elle…

— Ah non, pas un mot à Enora, la préviens-je. Et calme-toi, papa se change les idées, il ne prend pas du crack la nuit sur un terrain vague.

Elle se rembrunit. Bien sûr que c'est la santé de son fils qui la tourmente en vérité.

— On te fait signe dès qu'on revient de notre promenade, d'accord ?

Elle acquiesce enfin avec un sourire.

— Très bien. Soyez prudents.

— Promis.

Je ferme sa porte et redescends dans le grand hall. Les voix posées de mes parents finissent par me parvenir. Voilà bien longtemps que je ne les avais pas eu tous les deux réunis sous le même toit. Kenna se manifestera-t-elle à l'occasion ? On serait tous au même endroit pour Noël…

Je m'arrête près de la porte et surprends leurs échanges posés.

— … ce traitement n'était pas envisageable, tu as bien fait, dit ma mère.

J'ignorais qu'ils parlaient encore ensemble de la maladie de mon père.

— Il aurait pu m'offrir bien plus de sursis que cela, semble-t-il regretter.

Mon cœur se serre, je m'appuie contre le mur. Un silence fait suite, mais je crois percevoir le soupir comprimé de ma mère.

— Et maintenant ?

— Maintenant, rien, déclare mon père.

J'imagine d'ici son sourire qui se veut réconfortant mais qui n'est qu'un crève-cœur.

— Tu ne peux pas abandonner, le sermonne Hedda de sa voix la plus glaciale. Keir t'aime plus que tout. Plus que moi, en tout cas. Tu ne peux pas nous laisser seuls tous les deux, ce serait un carnage !

Le sarcasme lui sied définitivement mieux, même si elle m'arrache un cœur absent de la poitrine. Trop d'informations s'engouffrent dans mes oreilles.

— On pensait ne pas pouvoir nous relever de la mort de Kenna, et même si on ne guérira jamais de cette blessure, on y est parvenus.

Il n'a qu'un reniflement en guise de réponse.

— Même s'il te rejette, il aura besoin de toi…

Je ne suis pas censé entendre ça, bordel.

J'ai besoin d'air.

D'un pas lent, je prends la porte de service et descends l'escalier pour sortir. Je rejoins le chemin qui borde le château. Le froid s'abat sur ma fièvre sans freiner ma colère grondante. La sensation de me retrouver au bord d'un précipice, sur le fil d'un basculement qui pourrait tout dévaster, me saisit à la gorge. Combien de temps encore vais-je tenir ? J'ai envie d'abattre le monde entier en espérant dompter la fureur en moi. Rien ne semble apaiser cet emportement… Je ne peux rien faire. Je n'ai aucun pouvoir sur ce qui va se produire, ni aucune chance de m'en relever.

Je ne suis vraiment qu'un rêve inutile. Eliza avait raison.

Je m'appuie contre le mur des communs et allume une cigarette, la gorge nouée. La brise hivernale finira bien par tempérer le battement tortueux de mon cœur.

Une fenêtre s'ouvre au-dessus de moi, libérant une odeur de gâteau sorti du four. Ma meilleure diversion est là, juste sous mon nez. Je termine ma cigarette et suis le chemin qui mène à l'entrée du château. Je passe sous l'arche et me rends aux cuisines, au rez-de-chaussée des communs. Brioche est seule, penchée sur l'îlot central, un bloc-notes sous les yeux, la fenêtre entrouverte pour aérer.

Les paroles de mon père me martèlent la tête. « La fille de Lorna est là, sous notre toit, déshéritée et loin des siens. » Je me suis toujours sentie proche d'elle pour ce qu'on a vécu à Dunvegan, sans aller plus loin dans mes réflexions sur mon attachement.

— Je dérange ?

Elle lève la tête et sourit.

— Non, je tente une recette de *Yule Log*.

— Une bûche de Noël ?

— Oui, un classique des fêtes en France et en Belgique, dit-elle en soulevant un torchon qui recouvrait un rectangle de génoise dorée.

Je serre les dents.

— Je ne voudrais pas remettre en question tes capacités, Brioche, mais ça ressemble plus à une planche qu'à une bûche.

Ses épaules s'affaissent doucement et elle me sort un « Ah, ah, aaah » saccadé qui remue mon estomac comme une cuillère en bois plongée dans une soupe bien chaude. Alors, pour démontrer tout son talent auquel je crois les yeux bandés, elle humidifie sa pâte avec un sirop, étale une crème au *gianduja* et au whisky, dépose des suprêmes d'orange ici et là, et enroule le tout jusqu'à former un cylindre parfait. Elle coupe un morceau sur un côté pour le coller sur la longueur et égalise l'autre côté avant de poser son couteau et admirer sa création presque terminée.

— Il ne restera plus qu'à badigeonner le tout de chocolat et à dessiner des motifs pour simuler l'écorce du bois.

Sa maîtrise et chacun de ses gestes raffinés me fascinent suffisamment pour fermer à double tour mon tourment.

— C'est pour ce soir ?

— Pour le dîner des employés, je vais la refaire pour vous, avec des ajustements.

— Soigne bien le résultat final, ma grand-mère veut absolument te jeter au cachot pour avoir drogué mon père. Il va falloir marquer des points.

Elle écarquille les yeux, entre amusement et panique.

— Mais je n'y suis pour rien, rappelle-t-elle tout de même.

— Je sais, oui.

— Tu ne rapporteras pas cet incident à Enora, n'est-ce pas ?

— Tu ne crains rien. Je connais mon père. Il était content d'échanger quelques mots avec toi, merci d'avoir passé un moment avec lui.

Brioche acquiesce, les lèvres pincées. Ses doigts triturent son torchon et elle fixe le regard sur les ustensiles étalés sur l'îlot, comme si elle cherchait une réponse à une question qui la rongerait de l'intérieur. Puis, elle lève les yeux sur moi et sourit, d'une manière un peu maladroite. J'en conclus qu'elle ne va pas s'y risquer.

— Il a l'air gentil.

— Il l'est, oui. Ta confiture lui a fait très plaisir.

Ses pommettes rosissent et c'est délicieux à voir. Plus ça va et plus je me demande si on ne va pas finir par avoir des troubles dissociatifs de l'identité, tous les deux, à force de jouer un rôle. Je ne sais même plus si on est honnêtes le jour, dans des instants pareils, calmes et complices, ou la nuit, quand elle m'assure qu'elle me déteste et que je l'espère de toutes mes forces.

La présence de mon père me pousse à m'inquiéter plus que de mesure. A-t-elle un avenir assuré ? Les ouailles d'Enora quittent leur poste de commis avec des promesses plein les poches. Mais s'en sortent-ils tous ? La fille de Lorna McLeod sera-t-elle en sécurité ?

— Tu sais déjà où tu iras après les cuisines de Holyrood ? demandé-je alors.

— Bien sûr, répond-elle, perplexe. Je commencerai par postuler au Mirador à New York, avec une recommandation d'Enora.

— New York ? Je croyais que ton idole se nommait Alfredo Bucati, pâtissier de Rome.

— C'est vrai oui, mais je suis rationnelle, dit-elle comme si le raisonnement coulait de source. Les États-Unis sont mon pays, je n'envisage pas de vivre ailleurs. J'adore Bucati et j'espère qu'un jour je le rencontrerai et qu'il me donnera une master class, mais je ne m'installerai pas à Rome. Mon objectif est d'ouvrir des pâtisseries à New York et Los Angeles.

J'opine, déçu par moi-même. Brioche a bien entendu tout calculé, je n'ai pas à m'en faire.

— Et puis, si je décroche un gâteau pour ton mariage, toutes les portes s'ouvriront, avoue-t-elle à demi-voix, tout en scrutant ma réaction.

J'ai presque envie de le lui promettre, espérant déguster sa création en ce prochain jour funeste. Mais je n'ai pas envie d'y penser maintenant.

— On verra, me contenté-je de dire. La tradition veut que le personnel d'Eilan Donan se réunisse avec nous dans le grand hall pour un cidre de Noël à 17 heures, tout à l'heure. Tu en seras ? On porte tous des pulls moches pour l'occasion.

Je lui arrache un rire qui me fait bouillonner de l'intérieur.

— Je ne louperais ça pour rien au monde, assure-t-elle. J'ai même prévu un petit quelque chose pour l'occasion.

— Bien.

Ça me rassérène qu'elle soit avec nous et non pas toute seule. La plupart de ses camarades ont dû rentrer chez eux, il ne reste jamais grand-monde à Noël aux cuisines.

— Votre Majesté ! appelle-t-on dans la cour.

— L'heure du départ a sonné. À plus tard, Brioche.

— À plus tard.

*

Halley

Le coup du pull moche est l'excuse parfaite pour mon chemisier en flanelle rouge et vert émeraude. Le motif ressemble vaguement à un tartan, et avec une broche de sapin qui clignote, gentiment offerte par Spatule pour égayer notre journée : je vais me fondre parmi les invités sans trop détoner. Mon plat entre les mains, accompagnée de mes deux collègues, je me rends dans le donjon central du château. Les femmes de chambre, les majordomes, les chauffeurs, l'intendance… tous sont réunis là, avec la famille royale, dans une salle digne des meilleurs contes de Noël. L'intendant McRae nous accueille avec un verre du fameux cidre des fêtes – chaud et accompagné d'épices – et je dépose près de lui mes mini cookies salés, parfaits pour une mise en bouche avant le dîner.

J'aperçois Alexander, appuyé sur sa canne, des homards en bonnets de père Noël qui se tiennent par la pince pour danser en guise de motif sur son pull. Il m'adresse un clin d'œil sans perdre le fil de sa discussion avec le petit groupe qui l'entoure. La grand-mère du roi porte un pull un peu plus sobre, avec ses frises de flocons et de houx, mais en regardant bien, des licornes semblent courir après des corgis sur certaines. Probablement un clin d'œil à la défunte reine d'Angleterre Elizabeth II qu'elle a dû côtoyer de son vivant… La reine-mère, elle, n'y est pas allée de main morte. Sa tenue est à son effigie : son propre visage, avec des lunettes de soleil, une cigarette au bec et un bonnet rouge. Histoire d'affirmer son choix, elle porte en vrai un même bonnet rouge, une cigarette entre les doigts et une paire de lunettes noires sur le nez. Ce qui la rend à la fois fascinante et terrifiante.

Aédan se fraie un chemin jusqu'à moi et je me force à me mordre la lèvre pour ne pas éclater de rire en le voyant. Un envol de canard avec des strass et la silhouette d'un château dans le fond composent le tableau kitsch de son pull moche personnalisé.

— Tu en restes muette d'admiration, constate-t-il.

— Personne n'aurait pu faire mieux, il est parfait !

— Si tu regardes bien, on aperçoit mon ancêtre sur les remparts, Murchadh. J'ai retrouvé son nom dans les chroniques.

Dès que je me mets à glousser, une petite voix me répète qu'il m'en faut décidément peu. Toute cette histoire me fait rire, sincèrement. Mais une seconde émotion se colle à ce plaisir simple et efficace : la nervosité. Il me rend *nerveuse*. À provoquer des bouffées de chaleur, là, à m'emplir d'impatience à l'idée de le voir, à me réjouir si intensément qu'il vienne à moi de lui-même…

C'est insensé, cet amas indésirable de réactions ! Pourtant, je ne souhaite pour rien au monde qu'il se détourne et s'adresse à quelqu'un d'autre que moi.

— Immortalisé sur un pull, prononcé-je avec un soupir, en espérant que ce foutu trouble qui tourne en rond dans ma tête ne transparaisse pas sur mon visage.

— C'est un hommage dont certains ne bénéficieront jamais. Tu n'as pas de pull de Noël de ton côté ? Aux États-Unis, c'est courant, non ?

Ah, voilà ! Évoquer ma triste enfance va bloquer mes rougissements et abattre mon enthousiasme débordant, c'est parfait.

— Si, c'est vrai. Mais je ne fêtais pas Noël. Ma mère faisait l'effort de mettre l'un de ces sapins en plastique qui clignotait quand j'étais toute petite, et puis elle a vite abandonné. Je finissais surtout par regarder la télé avec une boîte de cookies et un verre de lait.

Et pour une fois, je ne ressens pas de colère en évoquant ce chapitre puisqu'il me sert d'excuse pour arrêter de nager dans les yeux sombres d'Aédan. Je ressens même, d'une manière tout à fait inattendue, un pincement au cœur. Je crois que j'aimais bien cette matinée un peu spéciale sans qu'elle le soit vraiment. Il y avait dans les programmes du 25 décembre tant de joie et d'insouciance que je finissais par l'avaler et par y croire. Je partageais l'impatience de ces gamins à qui on offrait des cadeaux sous un arbre gigantesque dans un téléfilm stupide de bons sentiments, j'imaginais tout ce que je pourrais recevoir si jamais je croisais moi aussi le papy barbu du coin qui se révélait toujours être le père Noël, je me bâfrais de ces images. Comme des cookies. Jusqu'à en avoir des maux de ventre.

— Wow, murmure mon interlocuteur.

Je reporte mon attention sur lui, il semble peiné. Inspirer la pitié la veille de Noël : meilleur plan possible.

— Tu n'as jamais fêté Noël ?

Je creuse ma mémoire, histoire de, mais je n'en ai aucun souvenir.

— Non. Je suppose que si ma mère avait été casée durant les fêtes, peut-être que son copain aurait motivé quelque chose. Mais bon ! Noël pour une mère célibataire, c'est un peu comme la Saint-Valentin, on largue avant pour ne pas s'embarrasser !

Et je ricane de ma blague. Mais Aédan se contente d'un mince sourire pincé.

OK. Je casse peut-être un peu trop l'ambiance.

Livio m'aurait fait un cadeau de Noël, lui. J'en reste persuadée. Si seulement ma mère ne l'avait pas quitté pour un autre qui s'en est totalement foutu.

— Désolée, ce n'est pas un sujet de discussion approprié, m'excusé-je en buvant plusieurs gorgées de mon cidre.

— Disons que c'était un aperçu de ce qu'ont vécu nos ancêtres pendant cent soixante ans, dit-il, pensif.

— Comment ça ?

— De 1581 à 1746, Noël était interdit en Écosse.

— Interdit ? Carrément ?

— Une loi imposée peu de temps après que la religion d'État bascule du catholicisme au protestantisme, après les réformes entamées par John Knox. Un prédicateur violent et très misogyne, qui a tout fait pour abattre Mary Stuart parce qu'il ne supportait pas qu'une femme ait du pouvoir.

Je grimace en me disant qu'il se débrouille plutôt bien lui aussi pour casser l'ambiance.

— Enfin bref, Noël est revenu avec Bonnie Prince Charlie qui a remis le catholicisme sur le devant de la scène, avec tous les défauts de l'Église bien entendu. Il a fallu attendre quelques dizaines d'années pour que les tensions s'apaisent entre les religions et qu'aujourd'hui la liberté de culte soit totale.

Il ponctue son récit par une gorgée de cidre.

— Du coup, tu compares mon enfance à un chapitre terrible de l'histoire écossaise durant lequel Noël était interdit à cause d'un type qui ne supportait pas les femmes ? résumé-je en feintant un air sceptique.

Il hoche la tête, conscient de l'acrobatie qu'il vient d'exécuter.

— Oui, mais tu oublies de dire qu'un Stuart a sauvé Noël, s'amuse-t-il avec évidence.

— Et tu te proposes pour sauver le mien ?

Je n'anticipe pas du tout le double sens qui se cache dans ma voix. Ma provocation fait pétiller son regard et ses lèvres s'arquent d'un côté avec malice.

— De quoi tu as envie ? demande-t-il à voix basse.

Les frissons saccagent ma colonne vertébrale ! J'avais pourtant tout fait pour mettre de côté le trouble inévitable qu'il déchaîne en moi... Il n'y a pas mille sens possibles à son regard dévorant qui parvient à ramollir tout mon bas-ventre en un claquement de doigts. En plus, on est là, au milieu de tout le monde… Vraiment pas le moment ni le lieu !

— Ils sont bons tes gâteaux, Halley, intervient Alexander en en dégustant un. Truffe ?

La chute est vertigineuse, entre les sommets que me fait atteindre Aédan, et le terre à terre de son père qui déboule au milieu de tout ça.

— Euh oui, truffe et parmesan, répliqué-je d'une voix cassée.

— Et sous forme de cookies, s'enchante-t-il.

— Le classique de Noël aux États-Unis.

— Ils sont parfaits. Vous parliez de quoi ? s'intéresse-t-il ensuite.

Aédan – qui devait fatalement se trouver dans le même *mood* sexy que moi – botte en touche avec un « hum » accompagné d'une main sur sa bouche. Alexander fronce les sourcils et me cible. Je sors le premier truc qui me vient.

— De canards. Et de John Knox.

— Oh, wow, commente l'ex-roi, surpris. Mais pourquoi ?

Je me tourne vers Aédan pour le mettre à contribution et il se redresse.

— Je crois que Grand-mère m'appelle, excusez-moi, balance-t-il avec un sourire avant de fuir.

Lâche !

L'ex-roi semble sauter sur l'occasion pour changer de sujet.

— Suis-moi, je vais te montrer quelque chose.

En quelques pas, rythmés par sa canne, il m'entraîne jusqu'à l'immense sapin de Noël. De loin, l'arbre est la perfection même, avec ses décorations rutilantes et accrochées d'une façon si harmonieuse qu'on dirait une photo de catalogue. Pourtant, en regardant de plus près, j'aperçois des objets plus biscornus, cachés ici et là. C'est l'une de ces singularités qu'il semble chercher en plongeant un bras entier à l'arrière de l'arbre.

— Ah, la voilà.

Il décroche une carte rouge à volet et la déplie, découvrant une photo qu'il me montre avec plaisir. Je mets bien quelques secondes à reconnaître le lieu et les personnes présentes : l'un des salons du château de Dunvegan, Alexander alors roi, son fils Aédan, mon grand-père et moi. Une sorte de photo de groupe que j'avais complètement oubliée. On a tous l'air malheureux dessus. Quelle drôle d'idée de mettre ça dans un sapin de Noël. Ma perplexité ne passe pas inaperçue, car Alexander éclaircit aussitôt la situation.

— On accroche toujours nos souvenirs les plus importants à l'arbre de Noël pour les célébrer.

Aédan m'avait raconté pourquoi ils étaient tous les deux présents à Dunvegan, et l'occasion s'était avérée tragique, mais ils choisissent de tout de même conserver cet élément dans leur mémoire vive. Alors que moi, j'ai tendance à vouloir tout bien enterrer profondément. En laissant traîner mes yeux sur les branches, je capte d'autres cartes et y jette un œil en compagnie du père du roi.

— On dirait Aédan, non ?

Alexander se penche par-dessus mon épaule.

— Avec sa sœur, à l'âge de dix ans, il me semble.

Les deux gamins sont bras dessus bras dessous, un grand sourire édenté aux lèvres. Beaucoup trop mignons, tous les deux.

— Ils se ressemblent tellement !

— L'adolescence a fini par faire son œuvre et les différencier.

Il attrape une nouvelle carte, plus haut, moins visible.

— Le premier Noël sans elle… fut un déchirement, dit-il d'une voix cassée.

La photo montre la famille amputée d'un membre. Aédan a perdu le sourire, il se contente de fixer l'objectif sans aucune expression. Perdre sa sœur jumelle a dû être une épreuve insurmontable pour lui, même s'il ne donne pas l'impression d'en souffrir encore aujourd'hui.

— Je suis désolée, murmuré-je.

— C'est ainsi, soupire Alexander avec un sourire attristé. Et je suis désolé à mon tour de te poser cette question, mais je n'ai eu aucun détail de mon côté. Puis-je connaître les circonstances du décès de Lorna ?

Je déglutis, pas vraiment surprise. L'ex-roi baigne dans une mélancolie et une volonté d'entretenir le passé qui ne peuvent mener qu'à ça.

— Un cancer du pancréas. Il l'a emportée en trois mois.

— Je vois.

Il incline la tête sans prononcer un autre mot, pose ses deux mains sur le pommeau de sa canne et demeure ainsi, comme s'il rendait un hommage silencieux. Ça me démange de poser des questions à mon tour mais j'ai peur d'ouvrir une boîte de

Pandore. Pourtant, mal à l'aise face à son recueillement, je ne résiste pas à le meubler.

— Comment l'avez-vous connue ?

Ma question le fait enfin sourire d'une manière beaucoup plus détendue.

— Un peu comme toi et Aédan, nous étions amis d'enfance. Puis, durant notre adolescence, avec un cercle de proches, nous avions fondé un club secret : les Sept de Moidart.

Il guette ma réaction, mais ce nom ne me dit rien. Alors je hausse les épaules, embarrassée.

— Les Sept de Moidart ? répète-t-il, étonné.

— Je devrais connaître ?

— Le nom provient d'un épisode très connu de notre histoire. Les Sept de Moidart sont, à l'origine, les sept hommes qui ont accompagné Bonnie Prince Charlie dans son voyage en mer entre la France et l'Écosse, pour son soulèvement de 1745.

Il contourne l'arbre et revient avec une carte et un nouveau sourire, plus apaisé, aux lèvres.

— Nous voilà.

Malgré moi, je souris en voyant ma mère, âgée de dix-sept ou dix-huit ans, posant de façon alambiquée, un haut-de-forme sur la tête. Ils donnent tous cette impression, d'ailleurs, même Alexander Stuart, alors héritier du trône. Ce dernier m'énumère les noms mais je ne tilte qu'à l'un d'eux.

— Dicky Campbell était le plus extravagant de nous tous.

— Le père de Jenny Campbell ?

— Lui-même. Le fils d'Angus, membre du Conseil, et l'héritier du clan.

Le fils de celui qui a passé un pacte de Glencoe. Et qui a sa main posée sur la taille de Lorna.

Intéressant. S'il était si flamboyant que cela, ça ne m'étonne pas que ma mère – que j'ai toujours trouvée beaucoup trop impressionnable – ait craqué pour lui par le passé.

— Et vous faisiez quoi ? Il n'y avait plus de révolte à mener, avancé-je en espérant alléger la discussion.

— Non, en effet, répond-il. Mais nous étions tous épris d'arts, de théâtre, de poésie, de voyages, d'énigmes, d'histoire… La plupart du temps, nous étions malheureusement séparés par les études puisque les garçons allaient à l'académie militaire, mais dès qu'on se retrouvait, on se réunissait pour échanger nos lectures et faire des récitations.

Il en parle avec un bonheur intact.

— Et ma mère jouait des scènes ? supposé-je.

— Oh oui, très douée pour tout ce qui était tragique.

Impossible de retenir un rire amer ! C'est tellement ma mère : la tragédie ! Elle s'en bâfrait matin, midi et soir. Tout ce que l'industrie du cinéma cherchait d'une starlette… Et ces six nigauds ont dû la conforter dans son talent, au point qu'elle a tout plaqué pour crever *tragiquement* à Hollywood. Vraiment parfait.

Je referme la carte et la raccroche à l'arbre.

— Je crois que j'ai abusé de ta patience, semble s'excuser Alexander.

— Non, non. Pas du tout. Ça me fait plaisir d'entendre ce genre d'anecdotes, lui assuré-je d'un odieux mensonge.

En fait, il ressemble à mon frère avec cette volonté de trouver du bon dans chaque souvenir malheureux. L'un a connu ma mère à un moment idéaliste d'une adolescence dorée, l'autre a réchappé au cataclysme qu'elle était en réalité, et ils viennent tous les deux me faire la leçon sur cette « femme brillante et incomprise ».

— Quoi qu'il en soit, j'ai abusé de mes forces, enchaîne Alexander alors que sa main se met à trembler sur sa canne.

— Vous voulez vous asseoir ? Je vous accompagne, me proposé-je.

Il glisse son bras sous le mien et je l'emmène jusqu'au coin salon. Il s'assied dans le canapé et est aussitôt rejoint par Aédan.

— Tout va bien ? s'enquiert-il.

— Le cidre me monte à la tête, figure-toi, invente Alexander avec un sourire.

— OK, donc plus d'alcool pour toi aujourd'hui, décrète son fils.

— Au moins un whisky ce soir, tu ne m'enlèveras pas ça.

— On verra, si tu tiens debout jusque-là.

La grand-mère débarque à son tour et s'assied auprès de son fils.

— Je vais te tenir compagnie, mes jambes ne me portent plus.

Et ils échangent quelques mots en gaélique qui les font rire. Aédan entre dans la conversation dans la même langue mais sur un ton si abrupt que je sens sa frustration face aux enfantillages de son père et de sa grand-mère. De mon côté, je recule pour les laisser tranquilles. C'est peut-être bien parce que je suis présente que Flora Stuart – qui me menaçait de cachot – est passée au gaélique, pour ne pas m'inclure.

Je rejoins Spatule et mon collègue commis. Les discussions sont beaucoup plus entraînantes et terrestres par ici.

Une heure s'écoule avant que la grand-mère fasse tinter une cuillère sur son verre et requiert l'attention de tous.

— Mes chers amis, merci de nous avoir tenu compagnie en cette veillée de Noël. Nous sommes toujours si heureux de maintenir cette tradition à Eilean Donan chaque année. Il est bientôt 18 heures, si vous souhaitez vous joindre à nous pour la messe à l'église du village, nous allons nous mettre en route.

Il y a un brouhaha dans le hall, la plupart des employés locaux s'y rendent, par ferveur religieuse ou par simple habitude. Spatule et le commis, eux, vont reprendre le travail pour le dîner servi au retour de tous. Toutes mes tâches sont accomplies de mon côté. Alors que les invités sortent chercher leurs affaires et que la famille royale disparaît dans les étages pour se préparer puis ressortir dans la cour, je décide de récupérer le reste de mes cookies puisque j'ai pris l'initiative de les préparer et de les apporter ici. Le bruit des voix et des pas dehors s'éloigne, ne me laissant que le crépitement du feu et le retour d'Aédan. Dans son merveilleux pull moche à canards.

— Tu ne vas pas à la messe ? demandé-je en déposant les petites assiettes récoltées dans mon plat vide.

— Non, je ne suis officieusement pas pratiquant, répond-il en ajoutant une bûche dans l'âtre brûlant.

— Mais tu n'es pas roi de droit divin pourtant ? relevé-je en m'approchant de lui, boostée par mon envie de le taquiner. Il faudrait peut-être dire merci au patron suprême, non ?

Il se redresse, l'expression faussement outrée – son demi-sourire le trahit !

— Si ma grand-mère entendait ça, tu finirais *réellement* par goûter au cachot d'Eilean Donan, me prévient-il.

Mon cœur bondit dans ma poitrine comme un chiot heureux. Être là, avec lui, près du feu, le ventre réchauffé par le cidre et les senteurs de Noël enivrant le hall… On dirait le décor de l'un de ces films que j'ai écumés durant mon enfance. Sauf que le roi est bien réel dans mon histoire, avec toute sa séduction, sa chaleur, son humour, sa vulnérabilité que j'ai entraperçue… Tout ce qui le forge et qui monopolise mes pensées, mes émotions et mon désir. Nos deux corps s'avancent l'un vers l'autre dans un mouvement d'astres dans le ciel, une attraction que je peine à contrôler et qui floute ma raison.

— Oui, mais tu vois, je doute de l'existence de cette fameuse geôle, répliqué-je, le souffle raccourci.

— Toi, tu n'as pas visité le sous-sol du donjon et tu perds de vue – une nouvelle fois, je le précise – le véritable sens de la devise familiale : « Nul ne me provoquera…

— … impunément », terminé-je avec lui en hochant la tête. Je sais. Punis-moi alors.

Je lui arrache un rire alors que son odeur boisée, à la fine touche d'épices, me chatouille le nez. On n'a pas besoin d'évoquer à voix haute le souvenir commun qui nous pilote : ce baiser sur son Clydesdale, sous une pluie battante. Un « Sinon quoi ? » qui ne pouvait mener qu'à un « Sinon je t'embrasse. » J'en ai les veines en feu ! Je prends le plus gros risque de ma vie, ici, alors que n'importe qui pourrait surgir. Mais je le veux, je veux ses lèvres et ses bras plus que tout.

— Très bien, Miss Morland, dit-il d'une voix aussi brûlante qu'une liqueur.

Il se penche vers moi, ravissant tout mon reste d'attention et le transformant en chamallow cuit, craquant et fondant tout à la fois. Et alors que sa bouche entrouverte se trouve juste là, son souffle se mêlant au mien, son nez se frotte sur mon nez avec tendresse, il murmure :

— Je cède…

Et m'embrasse. Mes mains se posent sur son torse, les siennes me rapprochent de lui avec une douceur encore jamais explorée entre nous. Ses doigts s'amusent à me chatouiller la nuque – il sait que j'aime ça. À force de partager des orgasmes, on commence à savoir ce qui plaît à l'autre. Il aime que je lui mordille les lèvres et que je me perde dans ses cheveux, ça le fait sourire au milieu de nos caresses dont l'absence de charge sexuelle me frappe. Il n'est pas question de cela, juste d'un baiser risqué et doux, d'une envie partagée de nous tenir dans les bras l'un de l'autre. Il n'y a rien d'autre derrière, même si mon envie de lui vogue toujours dans un coin de ma tête.

C'est là que je comprends.

Il y a des baisers qu'on n'oublie jamais, et celui-ci… celui-ci ne quittera pas ma mémoire, je le sens. Il marque la fin de quelque chose d'inoffensif et le début d'une autre beaucoup trop terrifiante.

Aédan n'est pas pour moi et je ne suis pas pour lui, c'est gravé dans la roche partout en Écosse. Il est roi, je suis servante. Il cherche une reine, je veux ma carrière. Il souhaite une femme pour endurer sa vie, je veux passer la mienne seule, à l'abri. Jamais je n'ai voulu nier à ce point l'évidence pour bien la voir passer lorsqu'elle se présenterait un jour. Et elle est là, aujourd'hui. Mon attirance pour lui change… Elle se renforce, s'approfondit, s'impose.

Il faut arrêter maintenant, tant qu'il est encore temps.

Reculer, alors qu'Aédan comble tout ce que je désire, me demande un effort surhumain. Je parviens à m'échapper de ses bras et à faire deux pas en arrière, rompant sans brutalité l'enclos chaud que nous formions. J'halète, les sens en panique. J'ignorais qu'on pouvait être à ce point en contradiction avec son propre corps.

— Je… je dois retourner travailler, prétexté-je, les yeux rivés sur lui.

Il semble aussi déphasé que moi mais quelque chose se ferme en lui, rendant d'un coup ses traits froids et impassibles. Il acquiesce.

— Oui, bien sûr.

J'ai envie de rire et de pleurer sans comprendre pourquoi. J'attrape mon plat et me rue vers la sortie. L'escalier extérieur est battu par un vent glacial alors que la nuit est tombée. J'ai l'impression que les éléments eux-mêmes me secouent pour que je me reprenne. Je dévale les marches, bien trop à fleur de peau pour débarquer sans problème dans les cuisines. Alors je grimpe dans ma chambre, toujours chargée de vaisselle, referme derrière moi, dépose le tout sur mon lit et me mets à faire les cent pas.

Ce baiser n'était pas normal ! Il n'y avait rien de normal, évidemment que je panique ! Embrasser ce connard magnifique en pull moche, avec un foutu canard dessus… ça me fait sourire et sangloter, je deviens folle ! J'écrase mes larmes avec rage alors que mon cœur se déchaîne sans interruption, comme si on frappait ma cage thoracique à coup de massue. J'ouvre le robinet du lavabo et plonge mon visage sous l'eau froide.

— Reprends-toi, bordel !

Je me redresse en hurlant dans la serviette avant de me faire face dans le miroir.

— C'est terminé, les conneries.

Il me reste neuf mois à tenir en cuisine, il est temps de prendre du recul et de lui dire clairement que c'est fini. On s'est bien amusés, point.

J'attrape mon portable et cherche le numéro de Malcom. Afin de bien rompre toutes tentations en amont, je vais m'éloigner. Ce que j'aurais dû faire bien avant, c'était une bêtise sans nom de le suivre jusqu'ici.

— Halley ? Tout va bien ? demande-t-il en décrochant.

Il semble entouré d'éclats de voix qui me plongent dans l'angoisse, mais je ne perds pas de vue ce qu'il y a de mieux pour moi.

— Oui, oui. Je me demandais juste si ce n'était pas trop tard pour venir à Dunvegan.

Mon souffle se tarit en prononçant ces paroles. Un blanc suit – je crois que je viens de lui couper le sifflet.

— Bien sûr, finit-il par dire. Je viens te chercher tout de suite. Tu es bien à Eilean Donan ?

— Oui.

— J'en ai pour une petite heure, je t'appelle quand j'arrive.

— … Tu ne vas rien louper, hein ? m'inquiété-je tout de même.

— On les rattrapera, ne t'en fais pas, s'amuse-t-il. À tout de suite.

Et il raccroche.

Bien. Suite du plan, comme ça, à froid : prévenir Spatule, mon supérieur hiérarchique à Eilean Donan. Je reprends mon plat et retourne en cuisine, les idées un peu plus claires.

— Chef, est-ce que ça vous dérange si je pars pour Skye dans une heure ? J'ai la possibilité de voir ma famille, finalement.

La plus hypocrite des excuses ! Mais je dois choisir entre « m'enfoncer dans un abîme de sentiments qui vont me détruire à coup sûr » et « revoir mon grand-père qui me déteste », il n'y a aucun doute possible.

— Je n'y vois pas d'inconvénient, ton travail est terminé pour ce soir…

— Et j'ai des croissants au frais qui n'ont plus qu'à être cuit demain matin, ajouté-je pour bien déculpabiliser de fuir mon travail.

— On s'en sortira, m'assure Spatule. Tant que le roi est au courant, et que ça lui convient, tout roule.

Ah. Je vais devoir mentir parce qu'il est hors de question que je monte le voir pour lui dire que je le fuis. Pas ce soir. Il le faudra bien, mais un baiser vient de me ravager le cerveau, je n'ai pas le courage d'aller plus loin.

— Oui, bien sûr, réponds-je.

Je m'occupe du plat et des assiettes en guettant l'heure, divisée entre le remord et la hâte.

*

Aédan

Elle part en courant et disparaît derrière la porte. Si on était dans un *cartoon*, il ne resterait qu'un nuage de poussière et un virevoltant derrière elle. Ma gorge est nouée, j'ai conscience d'avoir dérapé… et je ne suis pas le seul. Elle aussi. Ce baiser n'était pas anodin. Une ouverture ? Ou une porte qui claque plutôt, non ? J'en avais tellement envie, j'avais besoin de la sentir contre moi, de la retenir… Bordel, encore cette lubie de lui offrir une demeure quelque part dans le nord et de la garder rien que pour moi, pour qu'elle ne disparaisse jamais.

Je voudrais déposer mon tartan sur ses épaules et la réclamer à la face du monde.

À la place, j'ouvre le site d'achat en ligne de Wool From Mull pour lui dénicher un pull de Noël et le faire livrer chez elle. Je perds la tête.

— Eh bien, c'était quelque chose.

La voix moqueuse de ma mère me fait tressaillir de surprise. Hedda est protestante, pas de messe pour elle à Dunvegan, mais je pensais qu'elle resterait dans sa chambre ou plongée dans un bain, de peur de se retrouver seule avec moi.

Au lieu de cela, elle se tient là, fumant sans problème dans un hall historique, un sourire aux lèvres. S'il y avait bien un témoin à éviter pour un baiser pareil, c'était elle. Je soupire, lassé par avance.

— Quoi donc ?

Elle appuie son regard, l'air de dire : « Ne me prends pas pour une idiote, fils. »

— Ce genre de flirt avec le personnel, tous les rois l'ont fait, affirme-t-elle. Disons, presque tous les rois. Mais songe bien que c'est le personnel qui paie, pas le roi.

Son avertissement me glace. Je la connais assez bien pour discerner de la bienveillance dans son conseil, mais pour le « personnel », pas pour moi.

— Je n'ai pas l'intention de saquer qui que ce soit, répliqué-je, nerveux.

— Tu ne pourras jamais être sûr de l'autre dans cette configuration.

— Que veux-tu dire encore ? grommelé-je.

— Est-elle réellement consentante ? Ou répond-elle à la faveur que tu lui témoignes par obligation ?

Cette façon qu'a ma mère de me vider de toute confiance, pour mon bien… j'avais oublié. Je tâte mes poches dans l'espoir d'y trouver mon étui à cigarettes, mais il est resté dans ma chambre. Hedda me tend alors le sien sans un mot de plus. Je me sers, l'allume à une flamme de l'âtre et tire dessus en espérant me vider l'esprit.

Halley s'est-elle forcée pour moi ? Je n'en ai pas eu l'impression. Est-ce que jamais je ne pourrais espérer de relations véritables avec personne ? Suis-je à ce point un rêve inatteignable ?

— Ne t'en fais pas, je vais y mettre un terme, dis-je alors, abattu.

Ou réaliste. Je sais bien qu'il y a un problème. Je m'attache trop à cette fille qui veut tout sauf moi.

— Je vais choisir une reine en janvier pour que le mariage puisse se faire au printemps, je vais me débarrasser de tout ça.

Ma mère lève les yeux au ciel.

— Keir, ne précipite rien, gronde-t-elle.

— Ça changerait quoi de prendre mon temps ? m'agacé-je.

— Pourquoi veux-tu absolument être malheureux ? Tu peux trouver avec une autre ce que tu as avec cette fille.

J'avale ma fumée de travers. Qu'est-ce qu'elle a cru voir au juste ? Est-ce que je deviens aussi transparent que ça ?

— Je ne savais pas que le bonheur était garanti dans une union, rétorqué-je sèchement. Ce n'est pas l'impression que m'ont donnée mes parents.

Tous les traits froids de ma mère se tendent. Elle a l'air de ravaler toute une tirade. Comment pourrait-elle nier une telle évidence !

— La stabilité d'un mariage de raison sera plus forte que toutes les mièvreries d'un mariage d'amour, ajouté-je.

— Et tu sembles oublier, fils, que c'est justement un mariage de raison que nous avons eu, ton père et moi. Et vois comment il tourne !

— Mon père a eu la faiblesse de t'aimer, voilà pourquoi il se termine, la corrigé-je, emporté par ma fureur.

Elle vacille une seconde, le regard effaré. C'est tout à fait ce dont j'avais besoin. D'un tel rappel qui me remet le pied à l'étrier.

— Je ne commettrai pas la même erreur, je n'aurai pas cette faiblesse.

Elle recule d'un pas.

— Non, tu ne l'auras pas, confirme-t-elle avec calme, avant de tourner les talons.

J'inspire et expire, les mains moites et la tension en pleine chute. Ma mère a parfaitement raison sur un point : si mon père nous quitte, ce sera un carnage.

Je monte à l'étage, sors les dossiers du *Taisbeanadh* et les étale sur le bureau de ma chambre. Je pensais me jouer du rite traditionnel, jouer la montre et me donner une chance de faire demi-tour ou de refuser. Mais je n'ai vraiment plus rien à perdre, ça n'a plus de sens de repousser cette fatalité qu'est le mariage d'un roi et la fondation d'une famille.

Je jongle avec plusieurs noms sans savoir quoi en faire parce que je n'ai eu aucun coup de cœur durant les seconds rendez-vous que j'ai alignés en décembre. Je devais pourtant imaginer une vie à deux avec chacune d'entre elles, mais rien. Je ne ressens rien. Ce n'est peut-être pas si mal en vérité.

Autant procéder à une sélection rationnelle :

1/ Jenny Campbell demeure mon premier choix parce qu'elle est ma complice.

2/ Ella Gordon reste dans la course, elle me paraît toujours autant désintéressée et charmée tout à la fois. Elle est douce et intelligente.

3/ Erin Forbes est surprenante, ultra opportuniste sans s'en cacher. Sévère et fonceuse, elle pourrait endosser le rôle de reine sans problème.

4/ Margaret McNeil serait le choix de l'Église si cette dernière pouvait donner son avis. Je garde d'ailleurs Margaret pour cette seule raison, histoire de conserver l'évêque et le cardinal de mon côté encore un peu.

Satisfait, je mets les profils sélectionnés de côté et range les autres. Je jette un œil sur la boîte bleue avec les dernières affaires d'État qui me restent à étudier, le Parlement étant fermé jusqu'au 2 janvier. J'ai encore une demi-heure avant le retour de la messe, je peux avancer dans mon travail et surtout m'occuper l'esprit. Parce que dès que je le laisse dériver, il me ramène aux lèvres de Halley.

Je me force à lire et relire un rapport parlementaire, torturé par un ensemble disparate et violent d'émotions dont je me passerais bien : de la culpabilité, du désir, de la frustration, de la colère… Ce n'est pas la sonnerie de mon portable qui va m'aider à me calmer, et encore moins le nom des expéditeurs : les jumeaux Sinclair.

On nous a signalé la mention de la Black Watch au sein même du Parlement. Bruits de couloir, anonyme. Mais étant donné le lieu, la menace atteint un niveau de plus de notre côté.

L'angoisse. La Black Watch est un sujet au Parlement ? Ou plutôt, dans les couloirs du Parlement ? Si quelque chose se déroule bel et bien en Nouvelle-Écosse, ce serait logique qu'elle surgisse là où les affaires étrangères sont débattues. Mais je n'ai encore rien lu à ce sujet dans les rapports reçus. Quoi qu'il en soit, les jumeaux avaient raison, il se passe quelque chose.

Les voix en bas me ramènent à l'heure qui passe. Je referme la boîte bleue et remercie mes amis avant de descendre. Ma famille se réunit dans le salon tandis qu'une domestique récupère leurs manteaux. L'intendant McRae discute encore avec eux dans une atmosphère détendue et joyeuse. Même ma mère a l'air d'avoir mis de côté notre discussion. La table est mise pour le dîner de Noël. Je n'ai pas le temps de rejoindre mes parents et ma grand-mère que le responsable de la sécurité me fait signe depuis l'entrée sans oser s'avancer dans le hall. Intrigué, je m'approche de lui.

— Votre Majesté, je suis désolé de vous déranger mais un visiteur vient de se présenter à la grille du château. Il affirme qu'il vient chercher quelqu'un et qu'il n'a besoin que d'accéder au parking. Comme nous ne sommes au courant d'aucun départ, j'ai préféré vérifier avec vous.

J'acquiesce, reconnaissant.

— Il a donné son nom ?

— Il s'agit du député McLeod.

Surpris, je hausse les sourcils. S'il vient chercher quelqu'un, ça ne peut qu'être sa sœur, mais je croyais qu'elle avait refusé d'aller sur Skye pour Noël.

— Autorisez-lui le parking, je vais descendre le voir.

— Bien, Votre Majesté.

L'agent tourne les talons et je demande mon manteau avant de sortir. Ma grand-mère semble remarquer mon manège puisqu'elle m'interpelle depuis le coin salon.

— Un problème, Keir ?

— Non, rien de grave, je reviens.

Je me couvre et sors de l'enceinte du château pour traverser le pont. La neige tombe doucement, elle sera plus dense dans la nuit. Malcom est appuyé contre le capot de sa voiture, ganté, bras croisés.

— Tu as peur de prendre feu si jamais tu poses le pied sur le pont ? lancé-je en m'arrêtant devant le portillon sans le franchir.

— Je ne suis pas là pour discuter, réplique-t-il en haussant les épaules.

— Tu as réussi à convaincre Graham d'inviter sa petite-fille chez lui ?

— C'est elle qui a choisi de nous rejoindre, corrige-t-il avec un regard plein de défi.

Ah. Elle fuit ce baiser vite et loin. Sans même me demander la permission de quitter son poste. Je veux bien qu'on ait une relation particulière, mais il ne faut pas exagérer…

— Et tu l'ignorais, ajoute Malcom avec un mince sourire.

Je le savais bien, qu'elle me fragiliserait. Je ne devrais pas éprouver cette déception, ni cette colère, mais c'est le cas. Elle préfère endurer Dunvegan que de rester là, auprès de moi. Ma mère a peut-être raison.

— Et tu l'as encouragée à quitter son poste sans prévenir son employeur ? Vous ignorez tous les deux ce qu'elle risque ? menacé-je, les tempes battues par le sang.

— Tu vas la virer parce qu'elle passe Noël dans sa famille, là où elle devrait être ? rétorque-t-il.

Mon père serait le premier déçu si je partais dans cette direction.

— Elle ne va pas dans ton sens et ça te frustre ? relance-t-il.

Les seuls choix qui me restent sont de balancer Brioche ou de coller mon poing dans la figure de son frère. La première option le torturerait plus qu'un coup, c'est certain !

— Mais qu'est-ce que tu crois, au juste ? Ta sœur couche avec moi depuis plusieurs semaines.

Malcom décroise les bras et se redresse, le regard enflammé.

— Salopard, souffle-t-il.

— Halley fait partie du *Taisbeanadh*, il faut bien s'assurer qu'on s'entendra aussi dans la sphère privée.

— Mais tu ne l'épouseras pas ! s'agace-t-il en tournant sur lui-même. Tu te sers d'elle comme de toutes les autres !

Je grimace. Après ma mère, encore quelqu'un qui me juge.

— Tu n'as pas supporté qu'Eliza soit aussi proche de ta sœur, alors tu as tout fait pour la lui arracher !

Ma tension grimpe en flèche.

— La ferme, soufflé-je, le cœur battant. Tu ne sais rien.

— Je le *sais* parce que Kenna me l'a dit. Non seulement tu as tout fait pour t'accaparer Eliza mais en plus tu as foutu la merde entre elle et sa mère Enora ! Je ne te laisserai pas gâcher la vie de ma sœur, elle a assez souffert pour qu'un tyran né avec une couronne en rajoute !

Il s'interrompt, le visage déformé par la colère. Ai-je déjà vu Malcom ainsi ? La fureur animant son corps ? Jamais. Et tant mieux. Il m'offre enfin une réponse à la hauteur de toutes mes provocations, suffisante pour en finir. Je prends une bouffée d'air glacial avant de reprendre la parole.

— Un conseil, Malcom McLeod. À l'avenir, ne t'avise plus de poser les pieds sur mes terres. Je tolère seulement ton grand-père par égard pour mon père.

— Tu n'auras pas à me le dire deux fois, rétorque-t-il. J'ai bien l'intention de…

— Quant à ta sœur, l'interromps-je d'une voix forte. Elle travaille pour moi, son avenir repose entre mes mains. Ne me donne pas l'envie de balayer sa carrière d'un claquement de doigts.

Il ne dit rien, pourtant son silence est éloquent. Le bruit des roulettes de la valise de Halley, derrière moi, finit par retentir et le faire reculer alors que je le toise, les nerfs à vif. Sa sœur semble ralentir avant de reprendre une marche rapide, si bien qu'elle me dépasse, la tête baissée, les épaules voûtées, comme si elle avait honte de son échappée.

— Désolée, je m'assurais que tout était prêt avant que je parte, bredouille-t-elle en passant le portillon.

Malcom attrape la poignée de son bagage, elle se retourne vers moi, peinant à me regarder en face.

— Je reviendrai après-demain, ou demain s'il le faut, je peux très bien écourter…

— Prends le temps que tu veux, ton frère a accepté que mon père et moi nous baladions sur vos terres à Skye en échange de tes jours de vacances, dis-je en esquissant un sourire aimable.

Malcom serre les mâchoires de rage, mais il n'ose pas démentir, il incline la tête, tandis que Halley se rassure, l'air un peu plus détendue. Je tourne alors les talons pour rentrer, lessivé par cette journée. Je traverse à nouveau le pont, Halley me rattrape et me double, essoufflée. Elle croit vraiment qu'elle doit se justifier davantage ? Le message est pourtant clair depuis longtemps, elle me déteste cordialement. Alors pourquoi ce regard humide, cette crainte qui transparaît sur son visage et cette respiration emportée ?

— Aédan, je suis désolée ! J'aurais dû te prévenir mais je…

— Cesse de croire que je vais te virer à tout bout de champ, m'agacé-je.

Putain, s'il y a bien une chose que j'ai comprise avec elle – comme avec Eliza – c'est que son travail prévaut sur tout. Peut-être que l'une des prétendantes que j'ai sélectionnées finira par estimer que je peux passer avant une carrière ou un stupide passe-temps !

— Tu ne me dois rien, pars, ajouté-je en reprenant ma route.

Je grimpe l'escalier de la cour et retrouve les miens dans le hall. Ils sont passés à table, le dîner de Noël va être servi. Je prends place à mon tour et tente de m'intéresser aux discussions alors que les premiers plats arrivent avec un vin adéquat. Mais tout mon esprit est préoccupé. Kenna m'en a-t-elle réellement voulu d'être sorti avec sa meilleure amie ? Et de l'avoir aimée avec un désespoir encore plus avéré aujourd'hui ? Pourquoi ne m'a-t-elle rien dit ? Et pourquoi s'être confiée à Malcom ?

Lorsque la *Yule Log* de Halley est posée sous nos yeux, le fil de mes pensées prend une autre voie. De la façon la plus étrange, je me sens vidé à l'idée de cette distance géographique qui nous sépare soudain. J'avais pris mes habitudes avec elle, au point où elle couvrait ma réalité d'un voile trompeur. Je me sens moins seul auprès d'elle, mais ce n'est qu'une façade. L'année prochaine, il y aura une femme à mes côtés, ici même, pour les fêtes, et je ferais mieux de me consacrer à ce choix plutôt que d'entretenir un nouveau mirage.

— Keir, tout va bien ? Tu n'as pas dit grand-chose à table, s'enquiert ma grand-mère alors qu'on s'installe au salon, un verre de whisky à la main.

— Tout va bien. Je me disais que je pouvais donner un premier cadeau ce soir, proposé-je en saisissant sous le sapin un rouleau maintenu par un ruban rouge.

Je le tends à ma mère, elle se raidit, surprise.

— Pour moi ?

— Pour toi et papa.

Elle s'en empare et défait le nœud rouge, puis elle déroule la feuille de papier cartonné, les traits tirés, comme si elle s'attendait à un mauvais tour. Mais au fur et à mesure de sa lecture, ses yeux s'embuent de larmes et je la vois déglutir avant d'oser jeter un œil sur moi.

— L'autorisation royale pour votre divorce, annoncé-je, le cœur lourd.

— Tu as convaincu l'Église ? demande mon père.

À force de m'être entretenu avec l'évêque et le cardinal à Holyrood – et je commence à regretter d'avoir préféré coucher avec Halley plutôt que de rencontrer le cardinal, ça m'a forcé à le revoir plusieurs fois pour me rattraper –, j'ai fini par leur arracher un « OK » plus que fragile, mais existant.

J'ai peut-être promis un peu trop vite que tout se passerait bien pour moi en échange, ce qui est préférable pour eux. Alexander IV et sa reine Hedda ne sont plus que des personnages historiques, restent leurs doublons humains.

— En quelque sorte, confirmé-je.

Mes parents se lèvent de concert pour me prendre dans leurs bras. Si ma mère me remercie avec la plus grande sincérité, je sens que la voix de mon père tremble alors qu'il capitule. J'ai l'impression de lui briser le cœur une nouvelle fois et, quelque part, de lâcher sa main, de l'autoriser à partir.

— Tu as bien fait, murmure-t-il lorsqu'il me serre contre lui.

— Je l'espère.

Je les abandonne plus tôt que prévu, prétextant la fatigue, et grimpe dans ma chambre pour m'affaler dans mon fauteuil, près du feu.

On dit souvent que la nuit de Noël symbolise le renouveau malgré l'hiver. Je vais le souhaiter plus fort que d'habitude ce soir, car je ne songe qu'au baiser de Halley. Un baiser qui ne mènera nulle part. L'affirmation de mon père, bien plus terrifiante que le silence, me paraît d'autant plus appropriée en cet instant : « Maintenant, rien. »

*

Halley

Une grande partie du trajet se fait dans un silence pesant. La nuit et la neige bouchent la vue et m'empêchent de profiter des paysages panoramiques de l'île de Skye, une fois le pont passé. C'est peut-être juste moi qui stresse après la froideur d'Aédan et ma faute professionnelle, mais Malcom semble lui aussi rongé par le tourment qui lui fait froncer les sourcils avec sévérité. J'appréhende mille fois plus cette arrivée à Dunvegan. D'autant plus que j'aurais pu en parler avec Aédan, puisque la dernière fois, il était là-bas, avec moi.

— Tout va bien ? finis-je par demander.

Il esquisse un sourire assez droit et acquiesce.

— Oui.

OK. Je n'ai perçu que de vagues bribes de la discussion animée qu'il a eue avec Aédan. J'ai surtout compris qu'ils ne s'entendaient pas aussi bien que je le croyais. Ce trajet est peut-être l'occasion de mettre les pieds dans le plat, après tout.

— Votre échange semblait tendu, tout va bien entre vous ?

Ses doigts se resserrent sur le volant, puis il pousse un soupir.

— On peut dire ça, oui, il m'a banni de ses propriétés.

Je fronce les sourcils, perplexe.

— Comment ça, « banni » ? On est au XXIe siècle.

— Ici, ça marche encore comme ça. Le droit de passage est inaliénable, mais si un chef de clan veut te courir après, il le peut. Cela dit, s'arrêter et rester sur la terre est interdit si on est banni.

Ça a l'air sérieux pour mon frère, mais pour moi, c'est le comble du ridicule.

— Et pour quelle raison ?

Il se mord la lèvre pour s'empêcher de grogner de plus belle, mais les traits de son visage se crispent encore.

— De vieilles histoires, prétexte-t-il.

Bon, il n'a pas envie d'en parler, c'est évident. Je regarde par la fenêtre, espérant apercevoir quelque chose, mais à part la neige qui s'est mise à tomber à gros flocons et une route de plus en plus étroite, c'est le néant.

— Je ne devrais pas te demander ça ni même exiger une quelconque explication de toi, mais…

Il s'interrompt, je demeure suspendue à ses lèvres.

— Mais quoi ?

— Est-ce que tu as une relation particulière avec lui ? formule-t-il avec maladresse.

Mon estomac, déjà bien noué par la soirée, se serre encore.

— Tu peux être plus précis ? grommelé-je.

— Tu m'as très bien compris.

— Et comme tu le dis si bien, tu n'as pas à exiger quoi que ce soit.

Je suis soufflée ! Mais de quoi ils se mêlent ? C'est quoi ce bordel ?!

— Je peux savoir pourquoi vous parlez de moi, tous les deux ?

Malcom souffle, toujours aussi nerveux.

— Parce que tu es ma sœur, que tu ne sais rien de lui et que je ne veux pas qu'il t'arrive du mal.

— C'est gentil, mais je suis aussi une adulte indépendante depuis des années, je suis parfaitement capable de me protéger et de décider seule.

Le monde des adultes m'a abandonnée depuis bien longtemps, au point de me faire m'enrager dès qu'on débarque avec ce genre de prétention devant moi. Je me débrouille très bien seule depuis que j'ai demandé à être émancipée à mes seize ans.

— Je sais, désolé, dit-il du bout des lèvres.

Je croise les bras, piégée. Impossible de faire demi-tour alors que je commence à regretter d'avoir agi sur un tel coup de tête. En parlant « d'adulte indépendante », c'était vraiment une décision impulsive et stupide.

— Et puis c'est toi qui m'as dit que je ne devais pas le juger trop durement le jour où je suis arrivée à Édimbourg, ajouté-je, agacée. « Il n'est pas dans un bon moment », pour te citer.

— Oui, eh bien, son mauvais moment dure depuis trop longtemps. Il ne cherchera jamais ton bien.

— Moi qui le côtoie tous les jours, je trouve sa réputation exagérée.

— Mmh, parce qu'il passe son temps à mentir, voilà pourquoi.

Malcom est en colère, il ne réfléchira pas plus, et je ne vais pas insister. Quoi qu'il en soit, Aédan ne perd rien pour attendre. M'évoquer avec mon frère dans leur combat de coqs, c'était un coup bas.

— Ce sont tes affaires, tu as raison, mais sois prudente. S'il te plaît, conclut-il d'un ton plus apaisé.

Les avertissements deviennent décidément courants. Après celui d'Evan – que je n'ai pas pris en compte, puisque je ne l'estime pas digne de confiance –, celui de mon frère me remplit de doutes malgré moi. Mais ils tombent bien, puisque j'ai l'intention de rompre toute « relation » avec le roi.

Dès qu'on croise le panneau annonçant le village de Dunvegan, je rumine. En vrai, je ne vais faire *que* penser à Aédan durant ce séjour. Il est lié à cet endroit dans ma mémoire.

— Ne t'inquiète pas, toute la famille n'est pas comme Graham, me rassure Malcom avec un sourire. J'ai hâte que tu rencontres mes deux sœurs. Quelque part, ce sont aussi les tiennes à présent.

Ouh là ! Doucement ! Je n'avais pas imaginé que son père remarié avait eu des enfants… Si Malcom a un lien de sang avec les filles de son père, ce n'est pas mon cas. Et donc une bonne raison pour moi de ne pas m'infliger une famille qui débarquerait de nulle part.

— Notre mère était fille unique, mais Graham avait un frère qui a eu deux fils. Ils seront là avec leurs familles.

Je panique. Ils seront combien de McLeod à table ? Toute une bande inconnue qui va me scruter avec curiosité… Si ma mère me voyait, elle n'en reviendrait pas.

— Tu vas découvrir tous tes cousins et cousines.

Je hoche la tête avec un sourire figé. Malcom ralentit sur une route boisée et il se gare près d'autres voitures, devant l'entrée du domaine. Lorsqu'il coupe le moteur, je n'entends plus que mon cœur qui tambourine comme un malade dans ma poitrine. J'ai peur, bon sang ! Alors que je ne crains rien, à part le sale caractère de mon grand-père.

— Allez, viens, m'encourage mon frère.

Je sors ma valise et le suis dans le silence froufrouteux de la neige. Le portail en fer forgé noir, reproduisant des arcs et des motifs celtiques, me paraît soudain familier. Deux lanternes posées sur les piliers produisent une lumière tamisée. Elles éclairent la petite route étroite qui traverse une partie du parc vallonné pour mener au château. Je me souviens de ce fouillis de nature en amont. L'hiver ne mettra pas les jardins en valeur, mais dans mes souvenirs, ils sont luxuriants, pleins d'une diversité colorée et parfumée. Au bout de deux cents mètres, la silhouette à créneaux du château finit par apparaître, de l'autre côté d'un pont qui surplombe un haut fossé. La demeure est bâtie sur un rocher, au bord d'un loch. Il avait tout pour m'impressionner quand j'étais enfant. Et même ce soir, alors que j'ai visité plusieurs possessions royales, je me dis que Dunvegan est particulier, avec ces morceaux d'architecture ajoutés au fil des siècles et malgré sa façade crépie.

Malcom pousse la lourde porte en chêne et me cède le passage.

— Après toi.

Je pose un pied timide dans le hall d'entrée, le corps secoué de frissons. Il fait chaud à l'intérieur. Tout me revient par vagues dès que je regarde autour de moi. Le grand escalier frontal, la hauteur de plafond, les tribunes de part et d'autre, la balustrade en bois vernis, les tableaux démesurés aux murs figurant les ancêtres, le lustre au plafond, les tapis épais qui protègent le plancher d'époque, toutes les ouvertures et les portes en arc Tudor, les miroirs qui agrandissent l'espace et la tête de taureau en haut de l'escalier, avec la devise familiale : *Hold fast*, « Tenir bon. » Je vais me raccrocher à cette idée.

— Ah, vous voilà de retour, se réjouit une dame rondelette et d'humeur joyeuse, vêtue d'une jupe en tartan et d'un pull rouge.

— On a fait aussi vite qu'on a pu, répond mon frère en retirant son manteau.

Elle s'en empare *manu militari* avant de tendre le bras vers moi pour exiger le mien.

— Est-ce que vous vous souvenez de Halley ? ajoute-t-il en me désignant.

La dame relève des yeux électrifiés sur moi, comme si elle n'avait pas vraiment fait attention à moi au premier abord.

— Oh mais bien sûr ! Halley !

Elle se met à rougir d'embarras alors que je retire mon manteau, confuse. Je n'ai aucun souvenir d'elle, de mon côté.

— Rosa Mor ! Je suis la gouvernante de Dunvegan, se présente-t-elle, chamboulée. Par tous les saints, tu ressembles tellement à ta mère…

Je ne sais sincèrement pas si je vais survivre ce soir. Ses yeux bleus se remplissent de larmes alors qu'elle a les bras chargés de nos affaires et qu'elle nous regarde avec une dévotion qui me dépasse.

— On a les deux petits de Lorna ce soir, quelle émotion…

— Rosa ?

Un homme longiligne, aux épaules trapues, apparaît de sous l'escalier, entièrement vêtu de tweed kaki.

— Jeffrey, regarde ! C'est la petite Halley ! Tu te souviens de mon mari ? me demande-t-elle avec espoir. Il est l'intendant du domaine.

Et ils doivent réveillonner en bas, dans les quartiers du personnel…

— Je suis désolée, non, dis-je en secouant la tête.

— Voyons, c'était il y a longtemps, excuse Jeffrey en saisissant ma valise. On va monter tes affaires dans une chambre.

— Oh pas n'importe laquelle, s'emballe Rosa, excitée.

Pitié, tout mais pas celle de ma mère…

— Va pour la chambre de la fée, s'amuse Jeffrey.

… OK. Pourquoi pas.

— Ne vous embêtez pas, je monterai mes affaires moi-même, dis-je, gênée de les faire travailler sur leur temps de repos.

— Ne dis pas de sottises, en quelques minutes c'est fait ! réplique Jeffrey avant de suivre Rosa qui s'éloigne déjà d'un pas bondissant.

Tous deux disparaissent par une porte de service du rez-de-chaussée. Malcom pouffe en constatant combien je suis larguée face à tant de dévouement. Je me suis habituée à être du côté du personnel, et non pas du côté des maîtres et maîtresses de maison.

— Nous vous attendions, déclare une voix forte au-dessus de nos têtes.

Graham nous observe de son œil sévère depuis le haut des marches, droit dans son kilt, les sourcils froncés et l'accent à couper au couteau. La chaleur qui avait fini par m'emplir file d'un coup. Il ne témoigne d'aucune joie à me voir, sans surprise. Juste une tolérance, on va dire. Il se détourne pour s'enfoncer dans le couloir transversal. Malcom pose sa main dans mon dos pour me pousser et m'encourager tout à la fois. On grimpe l'escalier et on tourne à gauche. Des voix s'élèvent dans la vaste salle à manger qui apparaît sur la droite. L'ensemble des invités s'exclame un « aaaah ! » dès qu'ils nous voient.

Contrairement à mon grand-père, tout le monde semble heureux et empressé. Les couverts sont dressés sur l'immense table en chêne, avec une vaisselle digne des réceptions royales. Des couronnes de branches de sapin et de houx en décorent le chemin mais ce n'est rien à côté du majestueux arbre de Noël qui trône dans la bibliothèque adjointe, et dont le feu de cheminée et la montagne de cadeaux attirent toute l'attention des enfants présents. Il règne une ambiance irréelle à mes yeux, pleine de gaîté et d'excitation. Là encore, des tableaux ornent les murs avec des portraits de famille et je dois bien être la seule à craindre de croiser soudain le regard de ma mère, au détour d'une pièce.

— Viens, je vais te présenter mon père, dit Malcom.

Il me mène face à un homme grisonnant, accompagné d'une femme qui semble me guetter depuis que j'ai posé les pieds ici.

— Papa, maman, voici Halley. Halley, je te présente Henry et Miranda.

Le couple me tend aussitôt la main, intrigué. Je la serre en murmurant un « enchantée ». Quelle curieuse sensation… Je croise enfin le premier mari de ma mère, dont je ne sais rien. Celui qu'elle a abandonné avec son fils et qui l'a donc connue comme peu l'ont connue. Sa seconde femme a l'air si adorable, il a vraiment gagné au change. Ma basse jalousie se réveille en me souvenant combien Malcom m'envie d'avoir partagé autant de temps avec notre mère.

— Ce doit être étrange pour toi, j'imagine, déclare Henry.

— Un peu, oui, confirmé-je.

— Malcom nous parle beaucoup de toi, je suis contente d'enfin te rencontrer, ajoute Miranda.

— Moi aussi, balbutié-je, pas tout à fait convaincuc.

J'ai l'impression qu'une main invisible me force à apprécier ces personnes alors que je leur en veux d'exister d'une manière tout à fait irrationnelle.

— Ah, et voilà mes deux sœurs, enchaîne Malcom.

Deux jeunes femmes aux traits semblables et à la longue chevelure châtain s'avancent vers nous.

— Voici Rachel qui attend son premier...

Rachel, main sur son ventre rebondi, m'accorde un sourire au comble de la bienveillance.

— Et Meggie, qui va bientôt accoucher de sa thèse, plaisante Malcom.

Plus cynique à première vue, Meggie affiche un sourire plat et grognon.

— J'en suis à six années de gestation, enchantée.

Voilà qui finit par me détendre.

— Une thèse de quoi ? questionné-je alors.

— Histoire, soupire-t-elle. Ça ne mènera nulle part mais j'aime ça.

— Si tu veux faire le tour des châteaux écossais avec une guide de confiance, c'est Meggie qu'il te faut, me conseille Malcom.

— Et ce serait avec plaisir si tu as besoin d'un rattrapage, ajoute sa sœur.

Graham tape dans ses mains et nous invite à prendre place pour le service du dîner. Je talonne Malcom qui me fait asseoir à côté de lui, en bout de table, face à notre grand-père. Ma seconde voisine est heureusement Meggie qui m'explique qu'ils passent Noël à Dunvegan tous les ans même si seul Malcom est un MacLeod. C'est devenu une tradition. Les deux neveux de Graham prennent place avec femmes, enfants et petits-enfants. Le plus proche de nous, un garçon d'une trentaine d'années, me fait l'effet d'un poète mystique avec ses cheveux longs, sa longue veste en laine et son cache-cou à grosses mailles.

— Teàrlach est barde, m'indique Malcom en remarquant ma fixette.

— Un barde ?

— Oui, un poète qui chante des vers et raconte des histoires avec un instrument de musique. Leur guilde est très puissante en Écosse. Tous les ans, il nous offre des chants, tu verras. Chaque chef et cheffe de clan possède un barde et un sonneur de cornemuse à son service.

J'acquiesce, intimidée. Des domestiques entrent dans la salle à manger et déposent l'entrée sous nos yeux. Ce n'est pas aussi guindé et impeccable qu'à Holyrood, mais je dois reconnaître que c'est quelque chose. D'ailleurs, toute la famille est bien sapée, il n'y a que moi qui porte encore ma chemise en flanelle et ma broche dont j'ai stoppé le clignotement. J'ai vraiment du mal à me sentir à ma place.

Meggie se penche vers moi, tout sourire.

— Bon, le fait le plus intéressant ce soir, quand même, c'est que tu es pâtissière dans les cuisines d'Enora McKenzie. Il faut tout nous raconter !

*

Le dîner s'est étiré jusqu'à minuit, au champagne et au dessert – une bûche là aussi, vraiment délicieuse, au point de m'avoir convaincue de descendre en cuisine demain pour connaître le ou la cuisinière. J'ai fini par me détendre et discuter essentiellement avec Malcom et Meggie. Teàrlach a chanté, accompagné d'une lyre, de quoi hypnotiser tout le monde par la beauté de ses mélodies et l'étrangeté du gaélique pour ma part. On aurait dit un chant d'elfe, tout droit sorti d'une œuvre de Tolkien. Au moment des cadeaux, je me suis mise en retrait pour ne pas subir les airs gênés de tous puisque ma participation est improvisée et que je ne reçois donc rien. De toute façon, je me sens intruse depuis le départ, alors je sors de la salle à manger avec soulagement.

Meggie m'a parlé de la salle des reliques – « Tous les châteaux en Écosse en ont une, c'est obligé ! » – qui se situe à l'étage, il suffit de prendre l'escalier après le salon de musique. Il me semble bien que cette salle m'était interdite par le passé, Graham avait peur que je casse quelque chose à l'intérieur. Alors, quinze ans plus tard, je n'ai qu'une envie : enfin voir ce qu'elle cache. Je traverse l'étage, un sourire aux lèvres en reconnaissant des meubles ou un mur tapissé, un recoin qui me rappelle Aédan. Je retrouve l'escalier et le monte. Le second étage ressemble au premier, avec son long couloir qui dessert plusieurs pièces. La salle des reliques est juste là, pas besoin de s'enfoncer plus loin dans la demeure.

Je pousse la porte et allume la lumière. Des tables et étagères vitrées occupent l'espace. Un ensemble d'objets anciens sont répartis dans le mobilier : des verres, des médailles, des mèches de cheveux d'ancêtres ou de souverains écossais, des morceaux de tartan et notamment celui de

Bonnie Prince Charlie, des armes, des livres et des objets ayant appartenu à des héros et héroïnes de la famille. Je m'arrête devant une impressionnante corne à boire posée sur un pied.

— C'est la fameuse corne de Dunvegan, indique Malcom en me rejoignant. Lorsqu'un héritier prend la tête du clan McLeod, il doit prouver sa valeur en buvant le contenu en entier et en une fois de la corne.

— Remplie d'eau, j'espère ?

— De vin rouge. Elle peut en contenir 1,75 litre.

— Wow. Pourquoi ?

— Prouver sa virilité aux yeux du clan, je suppose.

— Et si c'est une cheffe qui prend la tête des McLeod ?

— Elle s'y plierait, elle aussi. Notre mère aurait dû le faire avant moi.

Je n'y avais jamais réfléchi, mais oui. Lorna était l'unique héritière de Graham. Je retiens de justesse une plaisanterie cruelle au sujet de l'alcoolisme latent lui permettant de relever haut la main le défi. Malcom n'apprécierait pas. Ni même ma conscience après coup.

— Et là, c'est le verre jacobite de Norman McLeod, le chef qui a trahi Bonnie Prince Charlie, m'explique-t-il en désignant un petit verre sur pied en cristal. On raconte qu'il se brise dès que l'orage gronde et qu'il se recolle dès que tout se calme.

— Pratique, commenté-je avec ironie.

— Ne froisse pas Norman, il n'était déjà pas tendre de son vivant, alors mort…

Et il grimace en guise de ponctuation tout en désignant le portrait accroché au-dessus de la vitrine contenant le verre, représentant un homme du XVIIIe siècle, entièrement vêtu d'un habit de tartan rouge, des pieds à la tête !

— Je confirme qu'il n'a pas l'air commode, marmonné-je.

Malcom se met à rire.

— Si tu savais ! On le surnommait le *Wicked Man*[1].

— Qu'est-ce qu'il a fait ?

— Voyons, par où commencer… devise Malcom en croisant les bras. Il a enlevé des hommes, des femmes et des enfants sur l'île pour les vendre en esclavage aux Amériques. Il a participé à l'enlèvement et à la séquestration de la femme d'un avocat d'Édimbourg durant des années. Il a laissé mourir sa première épouse dans le donjon du château pour épouser une autre femme. Et il a changé d'avis au sujet de la révolte jacobite de 1745 quand Bonnie Prince Charlie a posé le pied en Écosse.

Je me souviens bien du fantôme du roi Stuart qui me qualifiait de traîtresse à Samhuinn… Et de cette histoire que m'a racontée Aédan, à propos d'un ancêtre de Dunvegan qui a laissé mourir de faim et de soif sa première femme.

— Quelle fierté de descendre d'un type pareil, marmonné-je.

— Ça fait partie des raisons pour lesquelles j'ai choisi de devenir député.

— Mais les chefs et cheffes de clan ne sont plus aussi tordus aujourd'hui, n'est-ce pas ?

— Ça ne signifie pas qu'on ne peut rien changer à ce système qui perdure. Toutes ces coutumes

1. « L'homme malfaisant. »

vieillottes et dépassées n'ont plus lieu d'être aujourd'hui. Tout comme la royauté.

J'arque mes sourcils, surprise par le cours de la discussion. Son semblant de colère à l'encontre du roi transparaît encore dans sa voix.

— Tu parles d'abolir la monarchie ? Ou de contraindre Aédan ?

— Il y a une différence ? réplique-t-il aussitôt.

— Aédan n'incarne pas le système à lui tout seul, et on ne renverse pas un système sans violence lorsque celui-ci ne veut pas partir.

Il sourit d'un air énigmatique.

— Tu devrais faire de la politique.

— Non merci. Et puis, dès que je sors des cuisines d'Enora, je rentre aux États-Unis, mon véritable pays. Je veux ouvrir mes propres commerces, et non pas mener une révolution dont personne ne veut.

— Personne n'en veut, d'après toi ?

Je hausse les épaules, peu convaincue.

— Tu es le seul autour de moi à en parler, tout le monde l'aime ! Ou du moins, le trouve suffisamment fascinant pour ne pas vouloir le détrôner. Et puis, le Parlement est là pour faire de l'Écosse un pays plus juste.

— Un pays, pas un royaume.

Il joue sur les mots et il en a gros ! Comment savoir ce qu'il désire réellement alors qu'il gronde encore de colère…

— On parle « révolution » sous mon toit ? interroge la voix rocailleuse de Graham, à l'entrée de la salle.

Malcom et moi nous tournons vers lui, surpris de l'entendre au milieu de notre échange. C'est sûr qu'un tel sujet ne va pas le mettre plus en joie en ma présence.

— Pas de trahison sous ma garde, déclare-t-il avec cérémonie. Les McLeod sont alliés aux Stuart.

Mon frère contient un soupir et se contente d'incliner la tête, se ravisant de protester face à son grand-père, mais aussi face à son chef de clan qui a autorité sur lui.

— Suis-moi, Halley, j'ai quelque chose pour toi.

Malcom m'adresse un sourire encourageant, je le laisse donc à ses pensées et accompagne Graham dans le couloir. Il me guide sans un mot. Je l'ai toujours vu comme un grand-père déçu et critique envers moi, mais pour l'avoir observé ce soir à table, je dirais qu'il est en réalité un ours mal léché et peu bavard de base. Il n'a dispensé que quelques mots ici et là et a esquissé l'ébauche d'un maigre sourire à une plaisanterie.

Il s'arrête devant une porte qu'il ouvre. Elle donne sur une chambre qui doit être la sienne, à en croire les couleurs sobres et les objets personnels disposés sur la commode et le bureau à cylindre. C'est ce dernier qu'il déverrouille avant de fouiller un tiroir et d'en sortir une épaisse enveloppe. Lorsqu'il revient vers moi pour me l'offrir, il paraît tendu. Ou fébrile.

— Ta mère me l'a envoyée avant de mourir, dit-il d'une voix encore plus profonde que d'habitude.

Une pierre s'enfonce dans mon estomac. Tout ce que je voulais éviter arrive ! Incapable de bouger ou de prononcer un mot, je reste là, pantoise, espérant disparaître sous terre comme par magie pour fuir de ce foutu château…

— Prends-la, m'encourage-t-il. Je ne l'ai pas ouverte. Je devais te la donner dans le cas où tu reviendrais ici. Alors voilà.

Trop d'informations insensées ! Ma mère qui ne me parlait *jamais* de son père a pris le temps de lui écrire alors qu'elle était condamnée ? Ce grand-père, qui n'a *jamais* cherché à prendre contact avec nous, a tout bonnement accepté ?

Je finis par saisir l'enveloppe puisque Graham ne bouge pas d'un pouce. Elle est lourde de papiers – alors que je n'imagine pas du tout ma mère écrire des romans – et d'un objet dont le relief se fait sentir sous mes doigts.

J'aimerais la jeter au feu, malade à l'idée de vivre à nouveau les « derniers mots » que j'ai déjà subis à l'hôpital. Je pensais m'être débarrassée de tout ça, mais non. Et quel coup de poker de sa part ! Quelles étaient les chances que je revienne ici ? J'en ai des vertiges. Jamais je n'aurais dû quitter Eilean Donan.

— Euh, je l'ouvrirai dans ma chambre, parviens-je à dire, la gorge nouée.

Graham me tend pourtant un coupe-papier d'office.

— Vérifie seulement l'objet.

C'est peut-être bien la première fois qu'il fait preuve d'empressement, alors je cède et éventre l'enveloppe. Tout en gardant le tas de feuilles pliées à l'intérieur, je fais glisser l'objet dans le creux de ma main : une chaîne dégringole avec un médaillon en argent, gravé d'une rose et d'un mot, *còmhla*. Graham retient son souffle.

— Je m'en doutais, murmure-t-il. Le médaillon de ta grand-mère.

— Je ne me souviens pas d'avoir vu ma mère le porter.

— Mais elle l'a gardé.

Il s'en empare et, d'une pression, l'ouvre pour dévoiler deux photos calées à l'intérieur de chacune des faces. Loin de sourire, il fronce ses sourcils broussailleux comme pour contrer un élan émotif et il replace le médaillon dans ma main. Si je reconnais ma mère, jeune, un bébé entre les bras – moi, donc –, je coince sur l'autre durant une seconde avant de comprendre qu'il s'agit de ma grand-mère et de ma mère, enfant.

Ce genre de souvenir familial à chérir ne ressemble tellement pas à Lorna. A-t-elle fait la même chose pour Malcom ? Je ne crois pas, non. Elle se donnait un genre ? Fort probable.

— Tu veux le garder ? proposé-je ne le refermant.

— Ta mère te l'a laissé.

Trop c'est trop ! Je dépose le bijou sur la commode, près de l'entrée.

— Tu sais ce que ma mère m'a vraiment laissé ? m'agacé-je.

Graham, qui n'était déjà pas dans un *mood* heureux, se ferme davantage. De mon côté, j'enrage. La colère m'étouffe et elle écrase tout sur son passage.

— Des dettes. J'ai vendu tout ce qu'on avait quand elle est morte. Le peu d'économies que j'avais réussi à accumuler en travaillant s'est envolé pour payer les frais d'hôpital. Je paie encore, là ! Une partie de mon salaire part dans les poches d'un banquier. Voilà ce que ma mère m'a laissé ! Et toi, pendant ce temps-là, tu dînes dans ton château, avec des domestiques à ton service.

Mon grand-père se raidit sur place. Son visage bourru rougit.

— Ta mère n'a jamais voulu que je l'aide ! J'appelais dès que je la retrouvais, elle ne décrochait pas !

Il tourne les talons, fouille à nouveau son bureau et revient avec une liasse de lettres jamais ouvertes.

— Je lui ai écrit plusieurs fois, en lui envoyant de l'argent, mais tout est toujours revenu !

Je les saisis, incrédule. Des « Retour à l'envoyeur » sont tamponnés sur chacune d'entre elles alors qu'elles portent quelques-unes de nos adresses. Mon cœur menace de défoncer ma cage thoracique. Mes yeux s'embuent d'incompréhension et de fureur. Depuis des années, ma mère aurait pu nous sortir de la situation inextricable dans laquelle nous nous trouvions, et elle n'a jamais rien fait. Par fierté, ou je ne sais quoi.

Je balance les enveloppes entre les mains de Graham et recule.

— Je la déteste encore plus, merci pour ça.

Je sors de la chambre, traverse le couloir à pas rapides et dévale l'escalier jusqu'au premier étage. Ce n'est qu'en ralentissant au niveau des tribunes du hall d'entrée que je m'aperçois que j'ai toujours la lettre de ma mère serrée entre mes doigts. J'aurais dû la laisser là-haut. Le brouhaha en bas, près des portes, attire à nouveau mon attention. Les invités de Graham se rhabillent pour rentrer chez eux. Malcom est en train d'enlacer ses parents et ses sœurs. Il a cette chance-là, malgré tout ce qu'il peut dire. Je n'en démords pas.

Lorsque tout ce beau monde finit par sortir, dès que Graham lcs a rejoints pour les saluer, le silence s'installe dans le château. Notre grand-père s'éloigne de son côté sans un mot, Malcom m'escorte dans ma chambre, située dans la tour de la fée.

J'avais oublié cette histoire de fée, je dois l'avouer. Déjà à huit ans, j'avais du mal à y croire. Mais la légende est imprégnée dans les murs de Dunvegan. De toutes les versions qui existent, comme celle du chef marié à une fée durant une année, je ne retiens que celle qui concerne la chambre que j'occupe ce soir. Une nuit, il y a fort longtemps, une fée est apparue ici, alors que le fils du chef, bébé, avait repoussé sa couverture et prenait froid. Elle l'a emmailloté dans son châle et lui a chanté une berceuse qui demeure encore celle de la famille aujourd'hui. La nourrice a retrouvé le bébé endormi dans un tissu bien précieux, conservé au château et nommé « la bannière de la fée ».

Quand on m'a raconté cette histoire, il y a quinze ans, j'étais si pressée de voir cette étole ! Je m'attendais à une débauche de soie brillante, pleine d'étoiles, mais non. En vérité, c'est une pièce de tissu rongée par les siècles.

— Je vais rester à Dunvegan avec toi quelques jours et ensuite je te ramènerai à Édimbourg, ça te va ? lance Malcom.

— Oui, parfait, réponds-je même si la perspective de rester ici plusieurs jours me tend.

— Je te ferai découvrir le coin, la plage de corail blanc, les *fairy pools*, les montagnes… tu verras, tu oublieras vite le sale caractère de notre grand-père.

Il m'arrache enfin un sourire. Voilà qui me tente plus. Il referme derrière lui et je me laisse choir sur le lit à baldaquin, épuisée. Le feu dans la cheminée crépite doucement, ma valise m'attend dans un coin, je peux me détendre. Ou presque. Avant, je dois me débarrasser de cette maudite enveloppe. J'attrape une bûche pour la jeter dans l'âtre et esquisse le mouvement pour y ajouter la lettre… Mais sans y parvenir.

J'ai vingt-trois ans et j'estime m'être détachée très tôt de cette mère problématique. Pourtant, je doute encore. Je douterai toujours. Elle me torturera toute ma vie, avec ses décisions irrationnelles qui m'ont tant coûté. Alors… est-ce que cette lettre contient enfin un peu de raison ? Je vais être déçue, c'est certain. Mais c'est peut-être trop tôt pour m'en débarrasser. Je la fourre au fond de ma valise et m'assieds devant le feu un moment pour me perdre dans les flammes dansantes.

Je me demande s'il a aimé ma *Yule Log* à Eilean Donan. Je l'espère en tout cas. Et qu'il passe un meilleur Noël que le mien.

Non, arrête de penser à lui.

*

Malcom se gare en bas de la coloc. On a passé plusieurs jours tous les deux à visiter Skye, à éviter Graham qui, de toute façon, s'est occupé de son côté, et à partager un peu plus sur nos vies. Il a compris que parler de notre mère était difficile pour moi, il ne m'a pas relancée une seule fois à son sujet. Il m'a même fait découvrir la distillerie de Talisker avec leur dégustation de whisky, j'en suis ressorti avec des conseils d'accords entre des mets et plusieurs de leur cuvée. De quoi briller en cuisine à Holyrood.

Je me suis aussi – avec peine, je dois le reconnaître – retenue d'envoyer des messages à Aédan chaque fois que quelque chose d'amusant se passait. Alors qu'on n'a jamais échangé de messages, ou très peu. Mais le fait est qu'on se côtoyait quotidiennement et que d'un coup, plus rien. La cure de désintoxication.

— Passe un bon *Hogmanay*, me souhaite Malcolm alors que je referme le coffre, ma valise à la main.

— Un bon Nouvel An à toi aussi.

Je le regarde démarrer avant de pousser la porte de mon immeuble et de grimper l'escalier. On passe chacun le 31 décembre auprès de nos amis respectifs. J'espère que la paix qu'il a retrouvée à Skye va perdurer et qu'il ne va pas sombrer dans de nouvelles idées révolutionnaires. Puisqu'il n'en a plus reparlé de tout notre séjour, je vais considérer ses paroles comme un coup de sang à la suite de sa dispute avec Aédan, rien d'autre.

J'insère la clé dans la serrure de l'appartement et pose enfin le pied chez moi. Les voix de mes amis se font entendre dans le salon et la cuisine.

— C'est moi ! lancé-je en poussant ma valise près de ma chambre.

Brianna déboule, les joues rougies par le bonheur.

— Bon retour chez nous ! me souhaite-t-elle.

Pfiou, quel plaisir d'être là, avec eux ! Ils m'ont manqué et je suis contente de me laisser aller à quelques sentiments d'amitié indolores en leur compagnie.

— On t'attendait pour boire un chocolat chaud et faire notre *Secret Santa*, il faut que tu nous racontes Noël à Eilean Donan ! s'exclame Gio depuis la cuisine.

— Je pose ma valise et j'arrive !

— Tu as reçu un colis, je l'ai posé sur ton lit, m'indique Brianna avant de s'éloigner.

— Merci.

Je cale mon bagage dans un coin et ouvre les rideaux pour gagner un peu de lumière. Le paquet qui m'attend sur ma couette n'a pas d'expéditeur, il provient d'un centre de distribution si j'en crois l'adresse codée inscrite sur l'étiquette. Je n'attends rien, de personne. Alors je l'ouvre avec une curiosité débordante. Le carton renferme une boîte colorée rouge, avec des sapins et des moutons, et un bandeau qui déroule le nom d'une marque : Wool From Mull. Je retire le couvercle et découvre, ahurie, un pull de Noël moche. Enfin, *moche*, tout est relatif. Il est tricoté main, et d'une douceur qui défie les nuages eux-mêmes. Pourtant, le motif de cookies en guirlande avec les verres de lait sont d'un ridicule… Et ils représentent *mon* Noël, celui que j'ai raconté à Aédan.

Je le déplie, puis je retire mon manteau et mon gilet, et je l'enfile, émue par le confort douillet qu'il procure. Au fond de la boîte, reste une enveloppe avec un message :

« À présent, tu as ton pull moche pour les Noëls à venir, même s'il ne vaut pas les canards. Joyeux Noël, Aédan. »

… Il m'a offert un cadeau de Noël. Mon premier cadeau de Noël.

Je me laisse choir sur mon lit, incrédule et touchée tout à la fois. Je n'arrête pas de le malaxer entre mes doigts, la laine m'enivrant la peau. Je ne comprends vraiment rien à ce garçon. Rien de rien. On était d'accord pour en rester au sexe, et on s'entend si bien sur ce terrain-là ! On parvient très bien à vivre chacun dans notre coin en échangeant parfois des piques rigolotes et basta. Pourquoi m'offre-t-il un cadeau de Noël ? Alors qu'on s'est quittés, tendus et grognons ? Je dois le remercier, non ? Je ne peux pas juste ignorer tout ça ! Quel est le véritable sens de ce présent ?

Je saisis mon portable, nerveuse à souhait. J'essaie plusieurs formulations avant de les effacer aussitôt. Peut-être vaut-il mieux rester la plus simple possible. Après tout, ce n'est peut-être, pour lui, qu'un cadeau tout con, sans aucune signification particulière.

Merci pour le pull,
il est magique.

Je ne peux pas faire mieux, je suis au max ! Je fixe mon écran, le cœur battant la chamade, en espérant une réponse qui ne vient pas. En tout cas, pour le moment. Alors j'attrape mon carnet et ajoute un mot sur ma liste d'inspiration pour le gâteau de mariage, le plus inattendu quand on me connaît, mais qui s'est révélé évident durant ce séjour à Eilean Donan et Dunvegan : « Famille ».

*

La page du 2 janvier apparaît dans mon agenda papier qui fait office de planning officiel de mes tâches royales. Les fêtes de fin d'année sont enfin derrière nous. Mon père est rentré dans le Sud de la France, ma mère a passé *Hogmanay* auprès de son futur nouvel époux et tout redémarre lentement à Holyrood. C'est l'année de mes trente ans, l'année de mon mariage aussi. Mon discours du 1er janvier a donné des indices sur les événements des mois à venir. Siobhán maîtrise la communication d'une main de maître. Personne ne sera surpris de voir débouler très vite une fiancée à mon bras. Les rumeurs vont d'ailleurs bon train. Les journaux « savent » que je « fréquente » apparemment quelqu'un, mais personne ne connaît encore son nom. Seul celui de Jenny circule beaucoup.

Le Conseil s'est réjoui de ma sélection de quatre noms. Tous insistent pour que je me déclare en faveur de l'élue à l'occasion du bal des Ghillies, dans quelques semaines. L'occasion parfaite, une histoire en or ! Lors du bal donné en l'honneur du personnel à mon service, je choisis l'épouse idéale et la présente à ma Maison qui se chargera de piailler le récit romantique de la soirée autour d'elle. Les employés sont certes soumis au secret, mais si je leur dévoile moi-même et officiellement ma fiancée, ils auront parfaitement le droit d'en parler autour d'eux. Dans la foulée, dès le lendemain, on fait venir SBC – Scotland Broadcasting Corporation, le premier diffuseur de la télévision du pays – et hop ! Présentation au public de la fiancée, récit fabuleux d'une histoire d'amour hors du commun, annonce du mariage au printemps car on est beaucoup trop épris l'un de l'autre pour attendre, et avec un peu de chance, naissance d'un bébé royal l'année suivante.

« Tout est prêt », m'assure Siobhán. « Il n'y a plus qu'à. » Elle a déposé sur mon bureau un dossier avec des propositions de motifs pour les impressions de vaisselles en tout genre spéciales mariage, une sélection de portraits photos officiels de moi-même pour choisir celui que je souhaite voir apparaître au fond d'une assiette ou sur un mug, et une liste des lieux déjà réservés pour la cérémonie même si la chapelle Sainte-Margaret du vieux château ou la cathédrale Saint-Gilles sont préférables quoi qu'il en soit.

J'en suis donc là, un thé brûlant à côté de moi, le nez dans ce dossier qui me compresse la poitrine. Je vais épouser une totale inconnue. Tout me semblait encore fictif et lointain quand j'étudiais des profils. La concrétisation qui se forme sous mes yeux, avec des cartouches dorés et une date de mariage approximative imprimée sur des pages et des pages de test, me remue les entrailles. Me voilà prisonnier d'un engrenage impossible à freiner et je veux juste m'en débarrasser.

Il est 8 heures du matin et je suis déjà épuisé.

Les trois coups à la porte me sortent du marasme dans lequel je sombre dès que je me penche sur cette histoire.

— Entrez.

Evan se glisse à l'intérieur de mon bureau, de bonne humeur. Il me salue d'un bonjour joyeux et prend place en face de moi, détendu. On n'emprunte décidément pas les mêmes routes en ce moment.

— J'espère qu'ignorer toute la pression que tu subis fait partie de tes bonnes résolutions. Tu vas en avoir besoin.

Je souris en soupirant. Si seulement je pouvais me le permettre !

— Je reçois la Première ministre et Ella Gordon aujourd'hui, pour bien commencer l'année.

Il hoche la tête avec compassion.

— En toute franchise, elle est le meilleur parti. Jenny Campbell est canon, mais trop indépendante pour toi. Erin Forbes a les dents qui rayent le plancher et Margaret McNeil t'emmerde déjà. Tu vas t'ennuyer avec elle.

— Merci pour ton expertise, marmonné-je, de plus en plus réfractaire à l'idée qu'on me dise quoi faire ou quoi penser sur cette question. Ella est très bien, oui. Mais j'attends une confirmation de sa part, savoir si elle a bien compris qu'on parle « mariage » et donc engagement. Pour le moment, sa simple curiosité a ses limites.

— Je vois, temporise mon ami. Les bookmakers avaient tous misé sur Jenny Campbell mais depuis que tu t'affiches avec elle, elle a trop la cote. Alors qu'Ella… voilà la véritable *outsider*.

J'ai fini par avoir eu vent des paris que Siobhán souhaitait me cacher. Mon mouvement avec Jenny a en effet contrecarré de nombreux parieurs puisqu'il était fort peu probable qu'un Stuart s'entiche d'une Campbell. Étant donné que je ne vais pas l'épouser, je plains ceux qui misent tout sur cette issue, persuadés qu'elle est la bonne.

Et puis… reste ma situation avec Halley.

J'ai tout fait pour la mettre de côté durant ces quelques jours, au point d'avoir oublié que je lui avais commandé un pull sur un coup de tête. Recevoir son message quelques jours plus tard m'a plongé dans l'indécision. J'ai bien essayé de répondre quelque chose, mais soit c'était trop froid, soit trop chaleureux. Alors je n'ai rien dit. Et je redoute de la voir à 22 heures, ce soir. Le fait est que je n'ai pas de place pour elle à mon côté, alors que j'en suis à jouer mon destin à pile ou face.

— J'ai une mission pour toi, dis-je alors, contraint plus qu'autre chose.

— Je t'écoute.

J'aimerais… disparaître plutôt que de demander ça, mais je n'ai plus le choix. Je savais qu'on en arriverait là, tôt ou tard.

— C'est à propos de Brioche. Je ne veux plus la voir ici, le soir, c'est terminé.

Je plonge dans ma tasse de thé, rongé par la culpabilité. Je pourrais rompre moi-même, mais après tout, c'est l'artifice d'Evan qui a tout provoqué. Ce n'est pas comme si on avait un lien plus fort que cette pâtisserie du soir et quelques séances de sexe un peu folles. Elle ne désire rien de moi, je ne peux que considérer ce que nous avions comme un passe-temps auquel je mets un terme aujourd'hui.

— OK, tu me rassures, je dois bien l'avouer ! souffle-t-il.

— Que veux-tu dire ?

— Je croyais que tu t'étais trop entichée d'elle.

— Non, j'ai fait le tour, c'est tout, dis-je avec un sourire qui se veut rassurant.

— Tant mieux. Je m'en occupe tout de suite.

Il se lève et sort du bureau.

De toute façon, à la fin de l'été, elle disparaît d'Édimbourg, elle rentre chez elle. Je ne fais qu'anticiper ce qui va arriver. Finalement, elle ressemble vraiment à la comète de Halley. Elle apparaît un soir, fascine le monde entier et s'en va.

« Tu peux trouver avec une autre ce que tu as avec cette fille », a dit ma mère. J'ai beau observer mes quatre prétendantes, ou disons mes trois sérieuses, aucune n'a son sourire, ni son aisance avec moi, ni même cette complexité qu'elle cache en elle et qui m'intrigue. Mais au moins, je me sépare d'elle avant qu'elle ne devienne une autre Eliza, à m'arracher le cœur et à disparaître. Je devrais me réjouir de m'en sortir aussi bien.

CHAPITRE 11

RUPTURE

Halley

L'ambiance dans les cuisines est électrique. Tout le monde se retrouve, raconte ses congés et ses trouvailles de recettes. J'ai rarement été aussi heureuse de sociabiliser. Poche à Douille me présente ses projets de gâteau de mariage qu'il garde secrets pour que son compagnon, Mister Chocolat, les découvre à la loyale. Je peaufine les miens en ajoutant ce que j'ai appris sur Skye.

— En janvier, il y a trois grands événements pour les cuisines, nous expose Mister Chocolat en s'approchant de nous. Un dîner avec les représentants des Territoires de l'Alba, le bal des Ghillies et le Souper de Burns.

— Le Souper de Burns ? relevé-je. Qu'est-ce que c'est ?

— Un incontournable écossais, une commémoration de Robert Burns, le barde national. Tout est très codifié à cette occasion, le déroulement, les étapes… On récite des poèmes, on déguste du haggis et du whisky. Nous, on s'occupera de faire le *tipsy laird*, une sorte de superposition de *sponge cake*, crème anglaise, crème fouettée, framboises et whisky.

Mon chef de partie pousse un soupir en fin de phrase.

— Vraiment pas fameux, commente Poche à Douille à voix basse.

— Non, en effet, confirme Mister Chocolat, dépité. Mais c'est la tradition.

— On s'amusera plus avec le bal des Ghillies puisqu'on va tous y participer, dis-je avec entrain. Apparemment on a carte blanche sur le menu, tant qu'Enora approuve.

— Et il y aura du chocolat, décrète mon chef de partie.

— J'aimerais bien faire des *cannoli*, dis-je à mon tour.

— Va pour les *cannoli* ! s'emballe Mister Chocolat.

Je me frotte les mains, impatiente. Je n'ai guère eu l'occasion de pâtisser italien ici. J'aurais pu en proposer à Aédan à 22 heures, mais ça ne m'a jamais effleuré l'esprit. Les douceurs italiennes représentent beaucoup pour moi, elles sont liées aux seuls bons souvenirs de ma vie. Peut-être qu'Aédan mérite enfin de les goûter. Il ne me reste plus qu'à m'entraîner sur lui. Bon, il n'a jamais répondu à mon message de remerciement, mais après tout, je n'avais pas répondu non plus au sien, avant. Ça ne m'étonnerait pas qu'il ait pensé ainsi. Mon *cannolo* aura raison de sa bouderie.

— Un peu de silence, s'il vous plaît ! requiert Enora de sa voix forte, tassant immédiatement le bruit ambiant des cuisines.

Tout le monde se redresse et jette un œil sur son tablier ou sa veste pour s'assurer que la tenue est en ordre. Même après plusieurs mois sous ses ordres, les commis la craignent encore. D'autant plus à cet instant, alors qu'elle affiche une mine grave.

— Brioche, dans mon bureau.

Je mets bien une ou deux secondes à comprendre qu'elle m'appelle alors qu'elle tourne les talons. Qu'est-ce qu'elle peut bien me vouloir ? Est-ce que Spatule s'est plaint de mon abandon de poste à Eilean Donan ? Sans me prévenir ? Ce serait un coup bas ! Mais je ne vois pas la raison d'une convocation aussi soudaine dans l'antre d'Enora.

Je déglutis, apeurée.

— Vas-y, ne la fais pas attendre, m'encourage Mister Chocolat.

Je défais mon tablier en hochant la tête. Tout en traversant la cuisine, je croise les regards intrigués de Gio, Lucie et Brianna. Je m'enfonce dans le couloir étroit des bureaux en tentant de me rassurer. Elle peut aussi très bien me féliciter pour mon travail… ça n'aurait aucun sens que je sois la seule à en bénéficier, mais pourquoi pas ? C'est plus rassurant de penser ainsi. Je m'arrête devant la porte entrouverte et frappe.

— Entre, Brioche.

Je pousse le battant, fais deux pas à l'intérieur et me fige en apercevant Evan Grant, debout dans un coin du bureau, les bras croisés.

Merde, qu'est-ce qu'il fait là, lui ?

Est-ce qu'il a raconté des bobards à mon sujet pour se venger après que je l'ai repoussé ? Si longtemps après l'incident ?

— Assieds-toi, exige Enora.

Je prends place en face d'elle, blême et angoissée. La cheffe paraît nerveuse alors que Grant semble tranquille, nonchalant même.

— Bon, loin de moi la volonté d'accuser aveuglément, entame Enora. Aussi, je vais te laisser une chance de m'avouer ou de réfuter les faits répréhensibles que monsieur Grant m'a rapportés. Je t'écoute.

Je me braque sur la silhouette immobile d'Evan, les tempes battues par le sang. Qu'a-t-il raconté au juste ? De quoi peut-il bien m'accuser ?

— J-je ne comprends pas, parviens-je à prononcer, d'une voix enrouée.

Enora pousse un soupir et s'enfonce dans son fauteuil. Elle m'a toujours accordé une attention neutre, penchant entre l'indifférence et la bienveillance. Là, j'ai la sensation qu'une colère sourde vrombit en elle.

— Très bien. Alors c'est moi qui vais parler. Monsieur Grant m'a dit que tu entretenais une relation inappropriée avec le roi, ton patron.

Q-quoi ?! Comment sait-il ? Aédan m'avait juré qu'il ne dirait rien à personne ! « J'ai tout à perdre, moi aussi », c'est ce qu'il m'a affirmé ! J'ai l'impression de me prendre un pieu de glace dans le ventre. Je bondis sur mes pieds, prête à vomir des explications sans queue ni tête. Mais rien ne sort, je suis bien trop stupéfaite pour ça.

— Ça ne me semble pas si anodin pour que tu ignores de quoi je parle, ajoute Enora.

Evan ne sait peut-être rien, il veut juste me faire payer mon refus !

— I-il ment ! lancé-je alors.

— Est-ce que tu accuses le roi de mentir ? rétorque Enora. Ce serait une tout autre histoire, si c'est le cas.

« Le roi » ? Je fixe à nouveau Evan, perdue. Il prend son temps mais il se décide enfin à s'exprimer, avec une lassitude et une compassion surjouées qui me font enrager.

— C'est le roi lui-même qui m'envoie, confirme-t-il.

Mes yeux s'embuent de larmes que j'écrase d'un revers de main hargneux. Je n'arrive pas à le croire mais en même temps… Evan n'impliquerait pas le roi dans une telle affaire sans aucune raison.

— Il m'a chargé d'en finir, précise-t-il.

Pourquoi aurait-il fait ça ? Aédan aurait très bien pu me le dire en face : je ne veux plus de toi, point. Il n'était pas obligé de tout rapporter à Enora. Il connaît le risque !

— Je te repose la question, Halley. Est-ce un mensonge ? Est-ce que… le roi t'a contrainte ?

Des étoiles dansent sous mes yeux. Je me rassieds, plus vraiment sûre de pouvoir tenir debout. Je pourrais rugir que le roi s'est servi de moi, qu'il m'a manipulée – et ce ne serait que la vérité, je commence à le comprendre – mais il ne m'a jamais forcée à coucher avec lui. Alors je secoue la tête, désespérée. J'ai été si stupide ! Je me suis fait avoir comme une idiote par ce monstre.

— Bon, conclut Enora, résignée. Ce n'est pas faute d'avoir prévenu dès le départ. Et c'est bien malheureux, tu es un très bon élément, Halley. Je n'avais plus vu ce talent et cette motivation depuis bien longtemps en pâtisserie. Mais je ne ferai aucune exception. On ne couche pas avec son supérieur hiérarchique, c'est une erreur de base. Et c'est pour cette raison que tu es congédiée sans recommandation de ma part. Si on me pose des questions à ton sujet, je ne ferai que dire la vérité : que tu n'es pas une employée digne de confiance.

Je me mords si fort la langue que je réussis à retenir un sanglot déplorable. Pourtant, je ne maîtrise pas la douleur aiguë qui se réveille dans mon ventre. Je plaque une main sur mon flanc avec une grimace.

— Ce travail, c'est toute ma vie, bredouillé-je. Vous ne pouvez pas me faire ça, je n'ai rien d'autre.

— Alors pourquoi as-tu gâché cette opportunité si elle comptait à ce point pour toi ?

Je ravale mes défenses, je n'en ai aucune rationnelle. Je n'ai que cette idée latente en moi, comme quoi je ne suis qu'une incapable, qui ressurgit et engloutit tout comme un raz-de-marée. Parce que je suis *vraiment* une incapable, je me sabote de la plus bête des manières.

— S'il vous plaît, Enora ! insisté-je, au pied du mur. Je vous promets qu'il n'y aura plus rien ! Il n'a aucune importance pour moi !

— Encore une fois, pourquoi gâcher cette opportunité s'il n'a aucune importance pour toi ? répète-t-elle en levant les mains. Je t'avais mise en garde.

C'est un cauchemar ! Je suis en train de dormir à l'appart et je vais ouvrir les yeux d'une seconde à l'autre, ce n'est pas possible autrement…

— Allez, suis-moi.

Enora se lève, je l'imite avec l'impression d'être en pilote automatique. Je ne peux m'empêcher de jeter un œil sur Evan et me glace en percevant son mince sourire en coin, bien cruel comme il faut. Si je n'étais pas plongée dans une telle embrouille morale, je lui sauterais à la gorge ! Enora tourne en direction des cuisines alors que je pensais qu'on se rendrait dans le bureau de l'intendant pour je ne sais quel papier – et espérer pouvoir plaider ma cause face à un autre responsable – mais non. Les battements de mon cœur deviennent si rapides que des vertiges me saisissent. Les casseroles et les hottes tanguent sous mes yeux quand on pénètre dans l'immense salle pleine d'odeurs disparates. Si elles m'ont toujours motivée, à présent elles me donnent la nausée.

— Votre attention s'il vous plaît ! appelle Enora.

Le silence revient comme une vague. Je fixe les carreaux du sol, fiévreuse. Je serre les poings pour ne pas tourner de l'œil.

— Brioche nous quitte aujourd'hui malheureusement, annonce-t-elle en feintant un air chagriné qui m'achève. C'est ce qu'il se passe quand on copine un peu trop avec les personnes que l'on sert. J'espère que la consigne est très claire pour vous si vous espérez éviter la déconvenue de votre camarade ?

Le « Oui, cheffe » qui résonne sous les voûtes de la cuisine me fait tressaillir. Je me sens bouillir de honte, incapable de regarder qui que ce soit. Surtout pas mes amis, encore moins mon chef de partie et son second.

— Tu peux y aller, Halley. N'oublie pas de laisser ta veste au vestiaire. Tu recevras le solde de ton compte dans quelques jours. Bonne continuation.

Plus de Brioche, je ne fais plus partie de la brigade de la Maison du Roi.

Enora pivote et disparaît dans son bureau. Les chuchotements s'élèvent de toutes parts. J'aimerais bouger, mais tous mes muscles sont contractés au point d'en devenir douloureux.

— Halley, mais qu'est-ce qu'il se passe ? s'alarme Brianna en venant à moi.

Que dire ? Comment me défendre ? Je leur ai menti comme un arracheur de dents ! Lorsque Lucie et Gio s'avancent à leur tour, la crainte de devoir parler, d'inventer une histoire ou de fondre en larmes me fait fuir. Je les contourne tous et fonce dans les vestiaires. Aucun d'eux ne me suit, rappelés d'office par leurs chefs de partie. Je m'appuie contre mon casier, les brûlures au ventre plus intenses encore et le souffle court. Je me penche en avant pour tenter d'apaiser ma respiration.

— Je t'avais prévenue.

Je me redresse à la voix d'Evan, incrédule.

— Qu'il ne fallait pas lui faire confiance. Pour tout te dire, il m'a chargé de lui trouver une distraction et je t'ai choisie. Ça aurait pu tomber sur une autre.

Il hausse les épaules en disant cela, comme s'il se dédouanait.

— Je te l'accorde, il a pris son temps avec toi. Le roi peut être joueur, parfois. Mais voilà, il se lasse vite. Ne le prends pas mal, ce n'est pas personnel.

« Ce n'est pas personnel » ?! Je bous, je n'en peux plus ! Evan n'est qu'un salopard, mais c'est le messager. Le véritable mal incarné est ce foutu connard de Grand Despote ! Et il est hors de question qu'il m'utilise sans se prendre un retour de bâton ! Je détale du vestiaire en bousculant Evan au passage. La rage au cœur, je grimpe l'escalier qui mène jusqu'au bureau du roi. Je passe rapidement mes manches sur mes joues pour effacer les larmes alors que j'approche de ma cible. Un valet fait le pied de grue devant, avec un garde que je n'avais jamais vu auparavant. Il me barre d'ailleurs la route dès que je touche au but.

— On ne passe pas, prévient-il d'un regard sévère.

Sans réfléchir, j'invente une histoire en un quart de tour.

— Le roi m'a fait demander pour une commande de pâtisserie.

Il fronce les sourcils, hésitant.

— On ne m'a pas prévenu.

— Parce qu'il doit vous prévenir de tout ce qu'il fait ? rétorqué-je.

Son mouvement de recul me fait ravaler mes menaces. Je lui fonce trop dans le lard. Le valet finit par prendre la parole.

— Elle vient souvent par ici, ce n'est pas étonnant que Sa Majesté la demande.

— Soit, grogne le garde en ouvrant l'un des deux battants.

Je me retiens de le pousser pour passer plus vite, mais j'entre tout de même comme un boulet de canon, prêt à sauter à la gorge de Sa Magnificence. Après tout, je n'ai plus rien à perdre ! En trois pas, je l'aperçois, installé sur l'un des canapés de son coin salon. Il tourne une tête surprise vers moi, j'inspire un grand bol d'air, prête à hurler toutes les insultes du monde, quand une seconde silhouette, assise en face de lui, se redresse à son tour. Je m'immobilise. Durant une courte seconde, je la fixe sans savoir quoi dire, mon esprit moulinant pour la reconnaître.

Putain… la Première ministre.

— Halley ? Que se passe-t-il ? questionne Aédan en se levant à son tour.

Tout se bloque au fond de ma gorge.

Mais qu'est-ce que je suis en train de faire ? Il a joué avec moi et il me jette. J'ai été trop conne pour accepter tout ça… et encore plus pour avoir ressenti quelque chose pour mon bourreau. Car c'est moi, *ça*. M'attacher aux pires personnes qui m'entourent. Souffrir volontairement. Gio était parfait pour moi mais je l'ai envoyer balader pour cette ordure sans cœur parce que c'est ce que je voulais : me retrouver là, démunie. Prouver ce qu'on a toujours prédit pour moi, que je ne ferai jamais rien de ma vie.

Je recule, la tête en feu. Je ne sais même pas quoi dire. Alors je fais demi-tour et retourne direct au vestiaire. Je retire la veste des cuisines brodée à mon nom avec des gestes tremblants et sans coordination. Je ramasse mes affaires et sors du palais en me rendant compte qu'un garde me suit. Mon intrusion dans le bureau royal n'est pas passée inaperçue. J'accélère. Je pense passer le portail sans encombre, mais d'autres gardes me barrent la route. Il ne manquerait plus que je sois collée dans une geôle pour avoir interrompu une réunion d'État. Mais ils se contentent de réclamer mon passe, me retirant le droit d'aller et venir à Holyrood comme bon me semble.

Je file jusqu'à l'arrêt de bus, par pur mécanisme.

Et maintenant, quoi ?

Je serre mon sac contre moi, mon cœur n'a pas cessé de cogner mes côtes. Je retiens des sanglots tant bien que mal pour ne pas attirer plus l'attention sur moi. Le bus arrive, je monte et m'assieds au fond. J'échafaude des plans pour tout annuler : contacter l'intendant et plaider ma cause, traiter Enora de perverse narcissique, exiger qu'on me rende ma place et qu'on lave l'écrasante humiliation que je viens de vivre devant toute la brigade. Elle n'avait pas à m'imposer ça ! Attaquer le palais en justice ? Créer un syndicat uniquement pour qu'on me rende ma carrière…

J'ai foutu en l'air ma carrière. Des années de travail acharné, balayées d'un claquement de doigts. Je pourrai toujours trouver du boulot dans de petits restaurants mais jamais monter plus haut. Enora va veiller au grain et salir mon nom et mon travail. Non. *J'ai* sali mon nom et mon travail. Je ne pourrai plus jamais prétendre au Mirador ni ouvrir une chaîne de pâtisserie de luxe sans qu'on dise : « C'est la fille qui a couché avec le roi d'Écosse, probablement pour avoir de l'avancement, comme l'opportuniste stupide qu'elle est, sans éthique et sans talent. »

J'ai à nouveau envie de vomir lorsque je descends du bus. L'air froid temporise. Je monte à l'étage, referme l'entrée derrière moi et me pose sur mon lit, interdite. Qu'est-ce que j'ai fait ? Qu'est-ce que je viens de vivre, bon sang ! Je fais quoi maintenant ?

Je dois procéder par étape, ne pas craquer maintenant ! Déjà, je vais quitter l'appartement. Impossible de rester là et de subir l'interrogatoire et d'affronter la déception de mes trois colocataires. Je n'en aurai pas la force. Alors je sors ma valise et rassemble mes affaires. En ouvrant le placard de la salle de bains, je me rends compte que la situation est familière. Ça me rappelle quand on ramassait un maximum de choses, ma mère et moi, avant d'être expulsées. Elle disait que c'était comme partir à l'aventure, qu'il suffisait de ne prendre que le nécessaire et qu'on voguerait vers une autre destination incroyable. Un motel miteux, donc. C'est comme ça que j'ai perdu une peluche à laquelle je tenais beaucoup, abandonnée dans une chambre, quelque part à Los Angeles.

Comme quoi, même après des années de lutte contre ce passé, je me retrouve à faire la même chose aujourd'hui.

Je bourre ma valise sans faire attention à bien plier mes affaires, comme ma mère. Et ce n'est qu'en saisissant le pull moche de Noël que je stoppe net.

Pourquoi me l'a-t-il offert si c'était pour me jeter une poignée de jours plus tard ? Quel pervers ! Quel vicelard qui aime jouer avec sa petite chose ! Il a appuyé pile là où ça fait mal. Il s'est servi de ce que je lui ai confié pour me jouer ce sale tour et rire de moi dans mon dos. « Ah la pauvre conne, si elle savait ! » Je pourrais abandonner le pull ici, mais je vais le garder. Je vais l'emmener avec moi et le trancher, petit à petit, le brûler, le dépecer, pour bien me rappeler de la personne qui a foutu ma vie en l'air.

Une fois ma valise bouclée, je m'assieds sur le lit pour réfléchir à l'étape suivante. La plus simple est un billet pour Los Angeles. Je rentre dans mon pays, trouve une chambre d'hôtel là-bas, du travail, je fais le point et je tente de redémarrer. Je regarde les billets disponibles et des sueurs froides dégringolent dans mon dos. Je n'ai pas assez pour payer les prix faramineux affichés. Il faudrait que je parte dans quelques semaines pour que je puisse accéder à un billet raisonnable. Mais d'ici-là, il faut se loger. L'hôtel bouffera mes économies. L'hôtel ou le billet d'avion ?

Je pourrais appeler Malcolm mais tout mon corps rejette l'idée à coups de nausées et de douleurs vives au ventre. Il me dirait qu'il m'avait prévenue, que je ne suis qu'une gamine stupide qui a joué avec le feu. Hors de question. Là non plus, je ne suis pas prête.

Le seul endroit gratuit et où on ne m'accordera pas la moindre attention, c'est Dunvegan. Mon grand-père n'est pas bavard et il m'ouvrira bien une chambre sans me laisser sur le carreau ? Je peux l'espérer en tout cas. Ça me coûte de songer à cette solution, mais je n'en vois pas d'autres. Je serai loin d'Édimbourg, je pourrai me poser un moment et tenter de décider quoi faire.

Je pose les clés de l'appartement sur la table basse du salon et claque la porte derrière moi. Une fois dans la rue, je suis mon GPS pour me diriger jusqu'à la gare routière. Il y a des bus pour Portree, la grande ville de Skye. À partir de là, j'en prendrai un autre pour Dunvegan et je terminerai à pied jusqu'au château. Avec un peu de chance, j'arriverai avant la nuit.

*

Ella Gordon, pour une raison qui m'échappe, a sorti le grand jeu, si je puis dire. Jusque-là, je ne l'avais vue qu'en pull ou en veste, en pantalon chino ou en jupe, d'un classicisme à la fois rassurant et commun. Aujourd'hui, pour le thé auquel je l'ai conviée dans l'un des salons historiques du palais, elle a dégainé la robe bleu roi et le chignon complexe mais lâche. Après tout, elle répond à une invitation royale, mais elle ne m'avait pas encore montré cette facette d'elle-même.

— Ces biscuits sont délicieux, s'enchante-t-elle en grignotant.

— Les cuisines de Holyrood ne volent pas leur réputation, confirmé-je.

L'image de Brioche débarquant dans mon bureau un peu plus tôt dans la journée rebondit dans ma tête. Je n'ai toujours pas d'explication. Ce pourrait être sa réaction après l'annonce d'Evan mais ça me semble disproportionné. On ne s'était rien promis, et elle n'a jamais caché qu'elle avait bien d'autres buts dans la vie.

— Un problème ? s'enquiert Ella.

— Non, non, réponds-je d'un sourire en essayant de chasser cet incident. Ella, comme tu le sais probablement déjà, tu es là parce que tu me plais et que tu fais partie des quatre prétendantes que j'ai sélectionnées.

Ses joues rougissent et elle acquiesce, un sourire touché aux lèvres.

— Et je suis très flattée. Tu me plais, toi aussi.

J'espère que mon expression lui paraît la plus spontanée et sincère possible, parce que, comme je m'en doutais déjà, je n'éprouve rien du tout pour elle, à part une vague sympathie.

— J'aimerais savoir ce que tu attends de cette possible union, au-delà de la sphère publique et du rôle de reine qui incombera à celle que je choisirai.

— Je vois, dit-elle, soudain gênée. Il est encore un peu tôt, mais je suis consciente qu'il s'agirait d'un engagement, et j'ai bien l'intention de le prendre avec sérieux. Je veux des enfants, avoir une vie de famille, quelqu'un à aimer. C'est cette confirmation que tu espérais, n'est-ce pas ?

J'opine de la tête, surpris même qu'elle prononce chacun de ces mots. Elle coche décidément toutes les cases.

— Tout à fait.

— Bien, se réjouit-elle, tout sourire.

Cela dit, nous n'avons aucune conversation, hormis la météo, l'actualité ou les pâtisseries proposées à table. Un quotidien ennuyeux à mourir m'attend avec elle. On termine le thé, je la raccompagne jusqu'à l'entrée du palais et lui répète de ne pas hésiter à m'appeler si elle souhaite discuter avec moi – histoire de la motiver à se dévoiler un peu plus – et je lui déclare que j'ai déjà hâte de la revoir à l'occasion du bal des Ghillies. Alors que je regarde sa voiture s'éloigner, je me rends compte que quelque chose me dérange chez elle. Elle est *trop* parfaite. Dans le sens où elle me montre exactement ce que je souhaite.

« Engagement », « confirmation »… Ce sont mot pour mot les termes évoqués avec Evan. Je n'aime pas du tout ce que je commence à soupçonner.

Lorsque je retourne dans mon bureau, vers 17 heures, je tombe sur l'intendant McDonald qui semble guetter mon retour avec impatience. Il fait un pas nerveux vers moi et s'arrête, comme s'il retenait tant bien que mal un éclat bien plus important.

— Alistair ? Tout va bien ?

— Votre Majesté, nous devons embaucher de toute urgence un nouveau commis pour les cuisines, déclare-t-il, alarmé.

— Allons bon... Quelle est cette histoire, encore ? soupiré-je en servant deux verres de whisky.

— Enora a congédié l'un d'eux ce matin, sans même m'en parler en amont. Et voilà qu'elle réclame son remplacement le plus vite possible pour gérer les événements à venir ce mois-ci !

Je lui tends un verre qu'il se dépêche d'avaler, dépassé.

— Pourquoi a-t-elle viré son commis ? Qu'est-ce qu'il a fait de si grave ? Il a raté une cuisson ? Brûlé une sauce ? marmonné-je, agacé.

— Si seulement je le savais, Votre Majesté, regrette McDonald. Mais elle ne m'a pas donné les détails. Tout ceci est très inhabituel ! Où est-ce que je vais trouver une pâtissière, moi ?

J'avale de travers à la mention de « pâtissière ».

— Quoi ? douté-je, interdit.

— Où est-ce que je vais trouver une pâtissière ? C'est elle qui les déniche normalement. Moi, je me contente de faire les papiers derrière. Et là, elle me demande de lancer un recrutement sans son expertise en amont !

Il m'embrouille avec tout ça sans me répondre sur le véritable nœud de cette histoire.

— Quelle pâtissière ? Quel est son nom ?

Je sais déjà qu'il n'y a qu'une seule commise pâtissière, mais c'est absurde ! Pourquoi virer Brioche ? Sans me consulter, encore une fois !

Alistair repose son verre vide, embarrassé.

— Eh bien, Halley Morland, la petite-fille de Graham McLeod, avec qui vous passiez pas mal de temps, Votre Majesté, ajoute-t-il à voix basse.

Il devait espérer passer outre le nom pour ne pas se retrouver dans cette situation. Il connaît très bien les inquiétudes du Conseil à son sujet et à notre « relation »

Je tombe des nues. Je m'empare du papier d'un geste sec pour lire la raison du licenciement : « Faute grave », c'est tout. Est-ce que c'est une manœuvre du Conseil pour se débarrasser d'elle ? Mais si c'était le cas, pourquoi Alistair semble autant perdu que moi ? Les autres seraient passés par-dessus l'intendant pour ne pas l'impliquer ?

— Quelle faute grave ? interrogé-je, plus vraiment d'humeur à épargner mes collaborateurs.

Alistair ouvre de gros yeux, à la fois paniqué et colérique.

— Mais, Sire, je n'en sais rien !

OK. Je vais demander moi-même à Enora. Je sors de mon bureau, direction les cuisines, d'un pas militaire. On se dépêche de m'ouvrir quand on me voit arriver. Dans le cas contraire, je défoncerais les portes, peu enclin à prendre mon temps. Mon entrée dans la grande salle voûtée des cuisines est donc fracassante. Au point où tous les employés s'immobilisent, stupéfaits. Des bruits de casseroles et des halètements se font entendre alors que tous s'écartent de ma route. J'aurais pu contourner l'endroit pour atteindre le bureau d'Enora en toute discrétion, mais autant qu'ils sachent tous que leur véritable patron n'est pas content *du tout*.

Je traverse le couloir des bureaux et entre dans celui de la cheffe sans frapper. Elle m'adresse un regard surpris, le combiné de son téléphone sur l'oreille.

— Excusez-moi, je dois raccrocher, je vous rappelle.

Elle se lève, prête à en découdre.

— Que puis-je faire pour vous ?

Pas de salutations ni de révérence ? Elle s'oublie en ma présence alors qu'elle n'avait encore jamais osé un tel comportement. Sa satisfaction doit être bien grande pour en arriver là.

— Me fournir une explication, répliqué-je en posant le papier de licenciement sous ses yeux.

Elle n'y jette qu'un coup d'œil dissipé.

— Vous saviez très bien ce qu'il en coûterait en couchant avec mon personnel.

J'écrase ma surprise au fond de moi et contiens toute expression révélatrice.

Ce n'est pas une action du Conseil. Mais il n'y a aucune raison qu'elle soit au courant de ça, *aucune*. Pourtant, c'est bien le seul motif pour lequel elle pouvait virer quelqu'un. Je n'ai pas le choix, si je veux avoir le fin mot de l'histoire, je ne vais pas pouvoir nier.

— Et qui vous a raconté une telle chose ?

Enora affiche un demi-sourire bien trop jouissif.

— Mais vous-même, bien sûr.

Désorienté, j'insiste d'un regard appuyé.

— Par la voix de votre ami, Evan Grant, ajoute-t-elle. Il est descendu me rapporter l'affaire comme vous le lui avez demandé.

Mon cœur manque un battement. En moins d'une journée, je reçois deux avertissements concernant cet ami un peu trop prévenant, qui prend trop de libertés. Et bordel, voilà pourquoi Halley est entrée dans mon bureau ce matin, l'air aussi hagard ! Parce qu'elle croyait que c'était moi qui avais vendu la mèche. Je n'aurais jamais dû confier cette tâche à Evan, j'aurais dû lui parler moi-même… Mais par pure faiblesse, je m'en suis démis. Et elle a dû quitter un travail qui comptait plus que tout pour elle.

— Autre chose ? Sire ? rajoute Enora, avec provocation.

Je recule d'un pas. J'étais prêt à rompre toute intimité avec Halley, bien malgré moi, mais pas à la voir disparaître aussi brutalement et injustement. Elle avait encore neuf mois devant elle.

— À vrai dire, oui, dis-je alors, d'un ton froid.

Je n'ai plus aucune raison de ménager Enora McKenzie, et pour une fois, je suis d'accord avec le Parlement. Elle veut jouer à la plus maligne ? Jouons.

— Il n'y aura pas de remplacement, vous vous passerez d'un poste de commis.

Elle cille enfin, indécise.

— Parce que vous croyez que la brigade peut fonctionner avec un poste en moins ? s'avise-t-elle de rétorquer en posant les mains à plat sur son bureau.

— Vous me faites payer depuis des années le départ d'Eliza de votre foutue brigade, rétorqué-je, la colère bouillonnant dans ma poitrine. C'est mon tour, à présent.

— Elle avait un avenir tout tracé dans la pâtisserie et vous l'en avez détournée !

— Nous étions deux dans cette histoire, rappelé-je d'une voix forte. Votre fille se moquait bien de la pâtisserie, ça a toujours été *votre* choix de carrière pour elle.

Outrée, elle frappe sa table avant de se redresser et de clamer un « On aura tout entendu ! » en levant les yeux au ciel. De mon côté, j'en ai terminé. Je lui tourne le dos, passe la porte et m'arrête tout en la jaugeant pour mieux l'achever.

— Préparez-vous à des coupes budgétaires, j'ai décidé de répondre favorablement à la requête du Parlement. C'est la cuisine qui en fera les frais.

Sidérée, elle reste muette, le regard en feu. Toujours pas de marques de respect ?

— J'attends ! Enora McKenzie ! la rappelé-je à l'ordre.

La cheffe de clan vacille. Elle baisse enfin la tête en ma présence.

— Votre Majesté, dit-elle, d'une voix fantomatique.

Je claque le battant derrière moi et traverse à nouveau la salle voûtée, plongée dans un silence tendu. Ils ont peut-être entendu des bribes de cris. Aucune importance. Qu'ils aillent tous brûler en Enfer, cet endroit n'a plus aucun intérêt sans Brioche.

Je remonte au rez-de-chaussée, saisis mon portable et sors dans le parc enneigé pour être certain qu'aucune oreille indiscrète ne m'écoute. Je cherche le numéro de Halley et l'appelle. Comme je le craignais, ça sonne dans le vide. Mais on doit parler, je dois au moins m'expliquer, tenter de rattraper tout ça. Je ne peux pas me faire haïr par Brioche, pas pour ça ! Elle me déteste comme on déteste les épinards, et non pas un homme qui détruit tout sur son passage. Jamais je n'ai souhaité que sa carrière soit ruinée… Je connais bien Enora, elle ne l'épargnera pas, salira sa réputation en représailles, alors que c'est moi qu'elle vise depuis des années.

Lorsque j'entends le « bip » précédent la messagerie, je n'ai aucun mot. Je raccroche.

Je n'ai pas son adresse, mais Gareth peut me la procurer. Après, est-ce une bonne idée de débarquer chez elle comme ça ? Tout le voisinage va en parler. Je pourrais au moins envoyer quelqu'un. Pas de temps à perdre, je me rends jusqu'au bureau de la sécurité. Gareth bondit sur ses pieds dès que je pousse sa porte et s'incline.

— Votre Majesté ? Je ne vous attendais pas, s'étonne-t-il, du sucre glace au coin des lèvres, un donut à moitié dévoré devant lui.

— Gareth, j'ai besoin que vous retrouviez la trace d'une employée qui vient d'être limogée.

Il s'essuie les mains avec précipitation, s'empare d'un stylo et prend des notes dans son fameux carnet.

— Oui, bien sûr. Quel est son nom ?

— Halley Morland, elle travaille aux cuisines. Travaillait, corrigé-je à mi-voix.

Gareth lève un regard déconcerté sur moi.

— Halley Morland ? Mais elle faisait les meilleurs donuts pour le bureau, bredouille-t-il en désignant une boîte remplie près de sa machine à café.

De quoi me serrer un peu plus le cœur.

— Raison de plus pour la retrouver, dis-je avec un sourire, tout en sachant très bien qu'elle ne sera pas réembauchée pour autant.

— Je m'y attèle tout de suite, Votre Majesté !

Une bonne chose de faite. Je retourne dans mon bureau, Alistair McDonald patiente toujours, assis sur le bord d'une chaise. Il se relève immédiatement, pendu à mes lèvres.

— Vous n'avez pas à vous en faire pour cette histoire de recrutement, vous n'embaucherez personne.

D'abord muet, il finit par lâcher un « Ah ? » hésitant.

— Vous me communiquerez dès que possible le budget de cette année, on va regarder un peu plus en détail ce que nous pouvons couper, ajouté-je. Il est temps de faire des économies et d'épargner mes sujets.

Incrédule, il finit par hocher la tête.

— Euh, très bien, Votre Majesté.

Il quitte mon bureau à petits pas, comme s'il espérait de plus amples explications.

Il ne me reste plus qu'une chose à faire : convoquer Evan.

Je t'attends dans mon bureau,
on doit parler.

Je vais droit au but. Ma résilience a atteint ses limites. S'il y a bien une chose que je déteste, c'est qu'on me manipule. Evan et Enora ont joué leur carte, le Conseil est en train de le faire avec le *Taisbeanadh*, il est peut-être temps que je réplique. Jenny est le jouet d'Angus Campbell, Margaret

McNeil celui de l'Église, Ella Gordon probablement celui des Grant – ce qui expliquerait bien pourquoi Evan a démoli sa propre cousine avant même que je la rencontre, pour se placer comme un conseiller franc et honnête à mes côtés. Reste Erin Forbes qui brille par son ambition – la même que tous les Forbes, sauf qu'ils ne s'en cachent pas, eux. Je donne peut-être l'impression de me laisser mener dans cette histoire de mariage, mais ce serait une erreur de croire que je vais tout accepter.

*

Halley

La nuit est tombée sur la petite bourgade de Dunvegan. Le bus ne va pas plus loin que l'arrêt central. Je descends avec ma valise et me mets à remonter à pied la route étroite qui mène jusqu'au château. Le froid est saisissant tant il est humide. J'ai l'impression qu'il transperce toutes les couches de laine que je porte. Épuisée, nouée de toutes parts, je parviens devant le portail fermé après une trentaine de pénibles minutes de marche. N'ayant pas de badge comme Malcom, je m'approche de l'interphone et appuie sur le bouton d'appel. Je mets bien cinq minutes à avoir quelqu'un. Ils n'attendent pas de visite, ils doivent être surpris, mais je n'en peux plus de mon côté. Je réprime tout en moi, dans l'attente d'être enfin seule et en sécurité quelque part, j'ai besoin d'entrer dans ce foutu château et de retrouver un peu de chaleur.

— Résidence McLeod, j'écoute.

La voix de Jeffrey Mor, l'intendant. Je m'éclaircis la gorge.

— C'est Halley Morland, je sais que j'arrive sans prévenir, mais j'aimerais savoir si c'est possible de rester quelques jours ici…

J'ai l'impression de postuler à je ne sais quelle bourse d'aide comme je l'ai fait par le passé, pour mes études.

— Bien sûr, *lassie*, répond Jeffrey après une ou deux secondes de blanc.

Le portail sonne, me permettant de le pousser. Plus que quelques mètres et je pourrai craquer à l'abri. Le château est déjà ouvert, Rosa se frotte les bras, debout sur le perron. Je presse le pas, elle me réceptionne, tout sourire.

— Viens vite à l'abri, Halley !

Je passe entre ses mains. Elle me débarrasse de mon manteau, de mon bonnet et de mon écharpe. Jeffrey s'empare de ma valise sans que je puisse faire un mouvement pour l'en empêcher.

— Je suis désolée de vous déranger…

— Oh voyons, *lassie* ! Tu es chez toi, ici, me gronde Rosa.

— Ah, vraiment ? relève la voix de mon grand-père depuis le haut des marches.

Moi qui commençais à me ramollir, abattant peu à peu la forteresse que j'ai érigée autour de moi pour ne pas céder aux sanglots, voilà que je me glace à nouveau, ravalant mes émotions. Graham ne va pas me mettre dehors, hein ? À Noël, Malcom m'avait imposée, mais il n'est plus là à présent.

— Bien sûr que oui, soutient Rosa avec force.

— Ne fais pas attention à lui, il te taquine, ajoute Jeffrey en emportant mon bagage avec lui.

Moui. Il a une drôle de manière de taquiner sa petite-fille déshéritée…

Graham descend les marches sans prêter d'attention aux mots de ses employés. Ils ont l'air suffisamment proches pour en arriver à ce genre d'échanges, je suppose.

— Et ton travail au palais ?

J'aurais préféré qu'il disparaisse dans son étage sans aller plus loin. Je déglutis, le regard fuyant.

— Envolé. J'ai seulement besoin de quelques jours avant de savoir comment rentrer chez moi.

Et bon sang, je vais m'écorcher la langue à lui demander de l'argent pour un billet d'avion. Si je lui promets de le rembourser, ça passera peut-être. En levant les yeux sur lui et en croisant son regard si opaque et froid, je ressens une étrange connexion avec ma mère. Une sorte de compréhension qui m'avait toujours échappé jusque-là. Je me retrouve dans une situation qu'elle a dû vivre de nombreuses fois : subir un échec cuisant, revenir dans le giron familial, la queue entre les jambes, et supporter le jugement paternel. Jusqu'au jour où elle a juste coupé les ponts.

— Entre, finit-il par accepter.

C'est déjà ça. Je bredouille un « merci », au comble de l'embarras. Je me débrouille seule depuis si longtemps, demander de l'aide pour un toit, c'est tout autant humiliant que ce que j'ai vécu ce matin dans les cuisines de Holyrood. Rien qu'en y pensant, mes douleurs à l'estomac se réveillent.

— On sert le dîner à 19 heures, me prévient Rosa.

Je n'ai rien avalé depuis ce matin, le petit-déjeuner me semble même figé dans une autre réalité. Pourtant, mon appétit n'est pas réapparu.

— C'est gentil, mais je n'ai pas faim. Je suis juste fatiguée, lui assuré-je en esquissant un sourire.

Elle marmonne dans sa barbe et m'enjoins à monter dans la fameuse chambre de la fée, elle va me rejoindre avec des draps propres. Graham s'en va de son côté sans un mot de plus. Je m'éloigne, pressée de m'effondrer. Je retrouve Jeffrey qui allume un feu dans la cheminée, ma valise déposée près du lit.

— Si tu as trop froid, il y a aussi le chauffage central, m'indique-t-il en désignant un radiateur. Il suffit de l'allumer.

— D'accord, merci.

Il sort, et c'est au tour de Rosa de débarquer alors que je peine à conserver mon calme. Elle prépare mon lit, refusant toute aide, tout en explicitant ses gestes. Elle rembourre mes oreillers, dépose des serviettes dans la salle de bains accolée et fait le tour de la chambre pour s'assurer que tout soit à sa place.

— Si jamais tu as faim, tu descends en cuisine et tu te sers, tout est à ta disposition.

— Merci, c'est gentil.

Cette dévotion coulante de bonté m'étouffe. Rosa peine à sortir, persuadée que j'ai besoin de présence, alors que je m'efforce de lui montrer la sortie. Lorsqu'enfin, elle franchit le seuil, je ferme la porte et tourne la clé. Je peux enfin sangloter et évacuer toutes mes émotions les plus vives et brutes qui tournent en rond dans ma tête. Je glisse sur le sol, contre le lit, me recroqueville et me laisse aller, persuadée que je dois en passer par là pour avoir les idées claires. Mais une fois les vannes ouvertes, je m'aperçois qu'aucune pensée réconfortante ne m'atteint. Je pleure cette scène effroyable dans le bureau d'Enora, celle qui a suivi dans les cuisines, mais aussi d'avoir quitté mes colocataires aussi soudainement, d'avoir perdu leur confiance et leur respect…

Et au-delà de tout ce gros tas de raisons, il y a la perte d'Aédan. Ou plutôt, la perte de la personne que je croyais réelle. Ce garçon attentionné, complice et secret, qui s'avère n'être qu'une façade. Se sentir trahie à ce point, c'est summum de ma douleur et de mon incrédulité. Parce que je me suis attachée à lui, bordel ! J'ai eu cette faiblesse et je vais la regretter toute ma vie, moi qui m'étais bâti un système de défense imparable contre ça… je me suis fait avoir comme une débutante. Je le savais, pourtant, que les sentiments ne sont qu'une perte de temps risible, un saut dangereux dans l'inconnu, avec des *warnings* clignotants partout.

Quand mes pleurs se transforment en reniflements et en hoquètements, ma voix interne de survivante parvient enfin à me rassurer. Je vais rebondir. Je n'aurai pas ce que j'ai toujours souhaité, mais je ne vais pas crever dans la rue pour autant. J'ai la chance d'avoir cette chambre ici, pour le moment. Je *sais* recommencer tout depuis le début. *Ça va aller*.

Je saisis mon portable au fond de mon sac en me disant que regarder les meilleurs moments de la finale de *Chefs in Kilts* qu'on a visionnée ensemble, avec Brianna, Lucie et Gio, me remontera un peu le moral. Je tombe sur plusieurs messages de Brianna qui me demande ce qu'il se passe, personne ne semble comprendre pour le moment. Elle s'insurge après avoir découvert que j'ai quitté l'appartement, et me demande à nouveau une explication.

J'ai honte. J'ai fui par peur et par habitude. Mais je les ai aussi abandonnés sans leur permettre de réagir. Alors je réponds que tout est terminé et que je paierai le loyer de janvier pour qu'ils ne soient pas en difficulté. Je gratte encore sur mon reste d'argent, m'obligeant définitivement à en quémander à mon grand-père.

Je découvre aussi, avec bien plus d'incompréhension, un appel sans message du roi.

— Mais qu'il aille au diable ! m'insurgé-je en effaçant l'historique le concernant et en bloquant son numéro.

Bon sang, la colère me bat à nouveau les tempes. Ce sale rat !

Je jette mon portable derrière moi, sur le lit, et serre mes genoux contre ma poitrine.

Je le déteste, du plus profond de mon existence.

Malcom a raison de vouloir le dégager. Une petite révolution ne ferait vraiment pas de mal à ce pays.

Une nouvelle fois, le fil de mes pensées me ramène à ma mère. Elle aussi, elle a eu raison de fuir ce milieu. Je ne sais pas grand-chose de ses motivations car elle n'en parlait jamais, au point où ça ne m'intéressait pas. Je n'ai posé les pieds dans ce pays qu'une fois, à huit ans, et rien n'a éveillé plus de curiosité en moi pour ce royaume.

J'ai encore la lettre de ma mère, au fond de la valise. J'ouvre mon bagage, retire mes affaires, serre les dents pour m'éviter de hurler en mettant la main sur le pull moche de Noël et finis par sortir l'enveloppe froissée. C'est peut-être le meilleur moment pour la lire. Je suis déjà au fond du trou, je ne devrais pas pouvoir creuser plus. Avec un peu de chance.

Les doigts tremblants, j'ouvre l'enveloppe. Les quelques feuilles portent l'entête de l'hôpital où elle a fini sa vie. Ça me retourne l'estomac. J'ai haï cet endroit. J'inspire un grand coup et les déplie.

« Halley,

J'ai demandé quelques feuilles et un stylo, tant que j'ai la force d'écrire. »

Mélodramatique, bien sûr.

« J'ai bien conscience de ne pas avoir été la meilleure des mères, mais je sais aussi que j'ai eu une fille dégourdie et indépendante. »

— Parce que je n'ai pas eu le choix, grogné-je, déjà agacée.

« Il y a tant de choses dont nous n'avons jamais parlé, et notamment de ma vie en Écosse. Ma première vie, celle que j'ai abandonnée. Si tu lis cette lettre, c'est que tu es retournée à Dunvegan, là où je suis née et où j'ai grandi. C'est un endroit extraordinaire quand on le découvre la première fois, moins lorsqu'on baigne dedans depuis toujours. Les traditions sont tenaces dans certains coins du royaume, comme celle du mariage plus ou moins arrangé entre deux clans. Je ne connaissais pas réellement mon époux, mais il était gentil et prometteur. J'ai toujours été frustrée de ma vie et pleine d'espoir ! J'ai accepté sa demande en imaginant que tout changerait, mais non. Je me suis retrouvée mère sans l'avoir véritablement voulu. J'ai laissé le petit à un meilleur futur pour suivre mes propres rêves. »

J'abaisse la lettre et soupire. Ma respiration s'était coupée à la lecture. J'ai la preuve que Malcom n'a pas été désiré par notre mère, mais comment la lui dévoiler sans le blesser à mort ? Il a encore des illusions. Il pourrait trouver du réconfort dans le fait qu'elle l'a abandonné pour son bien – je suis tout à fait d'accord avec ce point pour ma part – mais ne pas le prendre de la même manière que moi.

« Étant donné l'état avancé du cancer, je sais qu'il ne me reste que peu de temps et que chaque jour a un coût… »

Mon souffle se coupe à nouveau. Je sais déjà que je ne lirai pas tout ce soir, au risque de sombrer bien plus bas que je ne le suis déjà.

« Je vais donc te raconter les choses heureuses que j'ai vécues ici, à Dunvegan et ailleurs, dans ce royaume que je regrette aujourd'hui de ne pas avoir pu revoir une dernière fois. »

Une suite de paragraphes avec des titres occupent toutes les pages jusqu'à la dernière. Je les passe en me les réservant pour plus tard. J'aimerais les aborder avec un esprit un peu plus serein. Ils seront, d'ailleurs, un très bel adieu à l'Écosse durant les jours qui vont suivre. Je pourrais même donner ces pages à Malcom pour qu'il se connecte comme il le souhaite à cette mère absente qui l'intrigue tant.

« J'arrive au bout de tout ce que je voulais partager avec toi. Sache, ma Halley, que même si je ne l'ai pas toujours montré, je suis fière de toi et de ta détermination. Sache que je t'aime autant que je suis capable d'aimer. Sache que je t'ai voulue, très égoïstement, parce que j'aimais ton père, à la folie. Sache qu'il n'a jamais été coursier, qu'on ne s'est pas mariés et que son nom n'est pas Morland. C'est le nom que je nous ai donné à toutes les deux. »

Je marque une pause, soufflée par ses révélations tombées de nulle part à la fin de sa lettre. Ses « je t'aime » ont toujours sonné comme d'odieux mensonges, pour les rares fois où elle me le disait. Mais là, je ne sais pas… ses mots me transpercent. Ça part dans tous les sens. Je passe d'une preuve d'amour maternel inédite à un aveu au sujet de mon père… qui n'est pas mon père… Mais qui est-il ?!

« J'envoie cette lettre sans te dévoiler son nom pour être sûre que ton grand-père, s'il venait à ne pas respecter ma volonté, ne l'apprenne pas. Mais si tu es curieuse, si tu veux en savoir plus, cherche la dame verte à Dunnottar. Ma complice a caché la suite là-bas. C'est ce qu'on s'amusait à faire quand on formait le club des Sept de Moidart dans ma jeunesse. »

— Les Sept de Moidart…

Le club secret dont Alexander Stuart, le père d'Aédan, m'a parlé la veille de Noël, qui s'amusait à se poser des énigmes, à faire du théâtre et à réciter des poèmes. Les fameux hippies des Highlands… Le pire, c'est que j'aurais pris la même précaution. Graham ne semble pas avoir lu la lettre – l'enveloppe était scellée. Mais il aurait pu l'ouvrir, parcourir les mots de ma mère et utiliser une nouvelle enveloppe en réécrivant mon nom dessus.

« Je t'embrasse et on se voit tout à l'heure pour partager un déjeuner sans saveur dans ma chambre.

Lorna Morland McLeod. »

McLeod ! Elle signe avec le nom qu'elle a renié.

« PS : Je joins le médaillon de ma mère pour m'assurer que tu ne le vendes pas avec le reste quand tout sera fini. J'aimerais que tu le gardes, mais si tu m'en veux trop pour cela, je préférerais que Graham le récupère. *Còmhla* signifie "ensemble" et j'ai toujours cru qu'il y avait une part de magie dans les mots et les objets. Peut-être qu'auprès des miens, toi ou mon père, il y aura un peu de moi de retour à Dunvegan grâce à lui. »

Bouleversée, je pose la lettre, me lève et fais les cent pas dans la chambre. Mon père n'est pas mon père. Et au lieu de dévoiler son nom, elle m'envoie une sorte de quête d'outre-tombe que je n'aurais jamais eue si je n'étais pas allée à Dunvegan.

Elle reprend son nom, espère être rattachée à cet endroit même spirituellement parlant, alors qu'elle a toujours refusé l'argent de son père. Elle avait beau vouloir être une starlette américaine, prenant même des cours pour effacer son accent, elle possédait cette mélancolie absurde qui la reliait à ce pays, comme chaque Écossais que j'ai croisé jusque-là, et en particulier Alexander, le père d'Aédan. Ses photos dans l'arbre de Noël, c'est un peu cette magie dont elle parle, celle qui garde les êtres ensemble.

*

Aédan

L'horloge du bureau sonne 19 heures. Impossible d'avancer mon travail, je tourne en rond depuis ma confrontation avec Enora. Les coups à la porte me sortent d'une torpeur bien douloureuse. Je ne visualise que le visage horrifié, blessé et furieux de Halley, et je ne fais qu'imaginer le cours des choses si je l'avais rattrapée à cet instant ou retenue ici malgré la Première ministre.

— Entrez.

Evan se montre enfin. Il était parti pour Glasgow après avoir répandu son venin, il a dû faire demi-tour. Il avance jusqu'à moi, le pas tranquille du coupable sûr de lui.

— Que se passe-t-il ?

J’ai l’impression d’ouvrir les yeux sur lui rien qu’au son de sa voix. Il *sait* ce qu’il a fait, et il vient s’en vanter. Mon cœur tambourine de colère, contre lui mais aussi contre moi-même. J’aurais dû le voir venir bien avant. C’était pourtant son insolence qui m’a toujours plu, de l’académie militaire à aujourd’hui.

— Depuis quand abuses-tu de ma confiance ?

Il fronce les sourcils, vaguement surpris. Il ne s’attendait peut-être pas à un tel raccourci.

— Que veux-tu dire ? Quand est-ce que j’ai abusé de ta confiance ?

— Je t’ai demandé de ne rien dévoiler au sujet de Halley et tu t’es empressé de tout rapporter à Enora, exposé-je froidement.

Il m’offre une expression ahurie avant de lever les mains, l’air impuissant, un rire goguenard s’échappant de sa gorge.

— Mais enfin, Aédan ! C’est toi qui ne voulais plus la voir traîner dans le coin !

— Je ne voulais plus qu’elle vienne ici à 22 heures.

— Et tu ne la verras plus débarquer dans ton bureau, mission accomplie !

J’ai envie de rugir qu’elle a perdu son travail par sa faute, mais c’est tout ce qu’il attend… Que j’affiche une faiblesse pour frapper, comme tous les hommes dans son genre. Ceux qui attendent le moment opportun pour agir.

— Et puis, en toute franchise, elle te fragilisait. Tu passais trop de temps avec elle.

Il a agi en démiurge, choisissant pour elle et pour moi ce qui devait arriver.

J'acquiesce, la gorge nouée. Je revois ma mère me dire que les personnes qui nous servent ne sont pas vraies avec nous, et ma sœur insister sur le « mauvais ami » qu'il est, à me « tirer vers le bas ». Mauvais, oui. Mais un ami malgré tout. À qui je me confie et en qui, étrangement, je me reconnais parce qu'il *est* justement mauvais. Le vieux Campbell avait raison : il y a les ennemis déclarés, sans ambages et francs, comme Malcom, et il y a les amis qui, eux seuls, peuvent vous trahir.

Non seulement Evan m'a désobéi au sujet de Halley, mais s'il recueille mes confidences pour les livrer ensuite aux Gordon et faciliter le couronnement de leur prétendante, la trahison prendrait un chemin bien plus tortueux. Et bordel ! Evan en sait beaucoup trop à mon sujet. Il sait pour les courtisanes de Morgane, mes aventures de passage, tous mes vices.

— Très bien, finis-je par dire en prenant une feuille de papier à l'entête du palais.

J'ai une solution pour l'éloigner, même si elle n'est que temporaire.

— Qu'est-ce que tu fais ? interroge Evan, une point d'inquiétude dans la voix.

Je préfère me concentrer dans ma rédaction plutôt que de répondre. Je décline ma titulature, mon nom, mon ascendance, précise la date et la raison de l'acte. Mon chargé de la sécurité choisit cet exact moment pour frapper à ma porte.

— Entrez, Gareth. Vous tombez très bien, lui dis-je sans lever les yeux. Approchez.

Je ne doute pas qu'il vienne au rapport. Il fera un excellent témoin dans la foulée. L'homme observe tour à tour Evan et ma personne, perplexe, tandis que j'inscris l'identité complète de l'héritier Grant. C'est son père qui va être content, lui qui se plaint de ne pas le voir assez !

Pour finir, je sors le sceau royal et un bâtonnet de cire de leur tiroir. Gareth se propose de lui-même de faire fondre la cire en dégainant son briquet. Le liquide rouge perle au bas de ma signature et j'applique le blason des Stuart. C'est ce dernier geste qui fait tomber le masque impertinent d'Evan. Plus de sourire ni d'allure arrogante.

— Gareth, je vais vous demander de lire le document et de le signer en qualité de témoin.

— Très bien, Votre Majesté, accepte-t-il, intrigué.

Il s'éclaircit la gorge, lit les premiers mots et les répète à voix haute tout en jetant un œil sur mon invité.

— Acte de réclusion.

Un droit que tout souverain Stuart possède sur les membres des clans et qui échappe à la justice de l'État. Pour cette raison, il est très peu appliqué car il a tendance à faire grincer des dents au Parlement. Mais après tout, je viens d'accepter de couper le budget du palais, c'est donnant-donnant. Je crois que la dernière fois qu'un acte de réclusion a été prononcé, ça remonte à l'époque de mon grand-père.

Evan se raidit.

— Quoi ?

— Je t'exile sur tes terres avec interdiction formelle d'évoquer de près ou de loin ma personne. Tu ne paraîtras plus à Holyrood tant que l'acte n'est pas levé, sur une durée d'un mois pour le moment.

Son assurance dégringole, il blêmit et grimace tout à la fois.

— Pour une « distraction » sans importance ? crache-t-il.

— Pour avoir trahi ton roi, corrigé-je. Acceptez-vous de le signer, Gareth ?

— Je suis à vos ordres, Votre Majesté.

Il se penche et appose sa signature au bas du document. En se relevant, il allume la tablette qu'il portait sous le bras et prend l'acte en photo sans cacher un regard préventif en direction d'Evan qui n'en revient pas. Gareth fait du zèle, mais pourquoi pas. Il n'y a qu'une version du papier que le détenteur va devoir présenter à son chef de clan avant d'endurer la punition. Avec un témoin, il ne gagnerait rien à le faire disparaître.

— Tu peux disposer, lui dis-je d'un ton hardi en lui tendant la feuille.

Il hésite une poignée de secondes avant de bondir sur ses pieds et d'arracher l'acte de ma main pour s'éloigner, bourru de mécontentement. Il aurait pu s'y attendre, après m'avoir affublé d'un « faible » il y a à peine quelques minutes. Alors qu'il empoigne la porte, il se tourne vers moi.

— Tout ça pour une pauvre fille qui affirmait haut et fort que tu n'avais aucune importance pour elle devant Enora, parce que son travail compte plus à ses yeux. J'espère que tu sais ce que tu fais.

Et il disparaît derrière le battant.

Il croit peut-être me blesser avec de telles paroles, mais je sais déjà que Halley aime son job pardessus tout. Ça ne m'étonne pas qu'elle l'ait répété à sa cheffe. Elle me déteste, oui, mais je préfère qu'elle le fasse près de moi.

Je m'affaisse dans mon fauteuil, davantage noué après cette confrontation.

— Alors, vous l'avez retrouvée ? m'enquiers-je auprès de Gareth.

— J'ai envoyé quelqu'un à son adresse mais il n'y avait personne. Je me suis alors permis de... ahem, de pister de possibles retraits ou paiement en ligne, confesse-t-il à mi-voix, conscient d'une démarche à la limite de la légalité.

— Et ? pressé-je, pendu à ses lèvres.

— Et j'ai trouvé l'achat de tickets de bus pour Portree, puis pour Dunvegan dans la journée.

Merde. Le seul endroit où je ne peux pas me pointer sans une très bonne raison.

CHAPITRE 12

RÈITEACH

Halley

Trois jours passent sans que je sorte de la chambre. J'attends que Rosa – qui a enfin baissé les bras – dépose son plateau devant la porte et disparaisse pour grignoter quelque chose. Mais les crampes à l'estomac ne m'ont pas quittée. Je me force en espérant ne pas sombrer dans les désordres alimentaires que j'ai connus par le passé. Les fringales atroces qui me menaient à la limite de la boulimie lors de mon adolescence me hantent encore.

Pour m'occuper, je m'assieds sur la banquette collée à la fenêtre et observe le soleil jouer avec la neige sur le loch, je regarde des vidéos sur les coulisses de *Chefs in Kilts*, pleurant dès que le chef Bucati apparaît parce que je ne le rencontrerai jamais, et je dors sous la couette, par tranches de trois ou quatre heures. J'escompte vider mon esprit sans y parvenir.

— Halley ?

La voix de mon grand-père me surprend. Il n'est pas encore venu jusqu'ici, c'est Rosa qui s'y colle tous les jours.

— Habille-toi et rejoins-moi dans l'entrée, je t'emmène avec moi sur le loch.

Quelle drôle d'idée… Ses pas s'éloignent de la porte.

Tous les jours, je me pousse à sortir pour lui quémander de l'argent et partir d'ici, et tous les jours, je me dégonfle. Faire ma valise, prendre l'avion, trouver une chambre d'hôtel, visiter les restaurants à la recherche d'un job… toute cette suite d'obligations me rend malade. Je n'ai pas encore trouvé la force de les affronter. Je suis fatiguée. Si je n'ai pas réussi ici, comment le pourrais-je ailleurs ?

Je m'enfonce dans ma peur et ma couette, incapable de bouger.

— Halley ! appelle à nouveau la grosse voix de mon grand-père.

— Non merci, répliqué-je.

— Ne discute pas, tu as cinq minutes si tu ne veux pas que je te fiche à la porte, grommelle-t-il avant de s'éloigner.

Je serre les poings, agacée. S'il veut me mettre à la porte, qu'il le fasse ! C'est peut-être la solution pour rompre mon cercle vicieux. C'est peut-être même pour ça qu'il veut me voir : me rappeler qu'il ne veut pas de moi ici, qu'il est temps que je parte. Mon cœur s'emballe de crainte. Je n'ai pas envie de faire face à de nouveaux échecs. Les brûlures continues dans mon estomac s'enflamment rien qu'à cette idée.

Alors, je me lève et m'habille en jetant des coups d'œil las dehors. Le temps semble glacial. Je pousse la porte de ma chambre et descends dans le hall, le pas lourd.

Pourvu qu'il ne me jette pas dehors. Pas maintenant, je ne suis pas prête.

Graham se tient en bas, près de la porte, une casquette de tweed sur la tête, en kilt – comme chaque fois que je l'ai vu – et un anorak sur le dos.

— Rosa, vous voulez bien nous préparer un thé chaud et une collation pour notre retour ? demande-t-il à sa gouvernante.

— Bien sûr, avec plaisir, répond-elle en souriant, partageant une sorte de victoire avec son patron, à me voir enfin sortir de mon isolement.

Je ravale une protestation, on verra pour la suite. Graham me guide à l'extérieur, à travers les jardins du château, jusqu'au ponton et à une dépendance de laquelle sort un homme costaud. Il interpelle mon grand-père en gaélique et ils échangent des paroles tous les deux alors que l'inconnu désigne une barque en bois à moteur, amarrée et prête à partir.

— Tu sais nager ? me questionne soudain Graham.

Mon regard va du loch à lui, en passant par la barque. Je frissonne d'avance !

— Oui, mais je n'ai pas l'intention de faire un petit plongeon.

Sans commenter mon ton revêche, il retourne à sa conversation avec son employé. Est-ce que Rosa va en profiter pour faire ma valise et dès qu'on reviendra de ce tour, je vais me retrouver dans un taxi, un billet d'avion à la main ?

Une minute plus tard, nous voilà embarqués tous les deux dans la froideur de l'hiver. Le vent que génère la vitesse me bat le visage. On longe le rocher sur lequel est bâti Dunvegan et on dépasse une petite île.

— Je peux savoir où on va ? lancé-je derrière moi, alors que Graham pilote.

Il fait un geste du menton.

— Là-bas.

Je plisse les yeux pour tenter d'apercevoir quelque chose. La barque ralentit alors qu'on est au milieu du loch. Mon grand-père se met à califourchon sur son banc, de sorte à regarder le rivage en face, puis il me tend une paire de jumelles.

— Regarde.

Je l'imite en me disant que plus vite je m'exécute, plus vite on rentrera au chaud. Au départ, je ne vois que des plages d'algues noircies par le froid et des roches brunes. Puis du mouvement attire mon attention. Des animaux profitent de l'éclaircie pour se prélasser sur la berge.

— La colonie de phoques de Dunvegan, m'indique Graham. Il ne reste plus que quelques petits quasi sevrés avec leurs mères. Tu vois ceux qui sont en train de perdre leur pelage ? Ce sont eux.

Il y a en effet, des phoques un peu plus menus que les autres, avec des crêtes de poils ici et là, soit collés, soit détachés de leurs parents.

— Je les vois, oui, réponds-je alors, fascinée malgré moi.

Je n'avais encore jamais vu ces animaux typiques des régions septentrionales.

— Qu'est-ce qu'ils font là ?

— Le bras de mer qui s'enfonce jusqu'ici est à l'abri des intempéries. La colonie s'arrête sur ce littoral de fin septembre à début janvier. Les femelles mettent bas dans le coin, et dès que les petits ont mués, ils repartent tous. Dunvegan est un havre pour eux, ajoute-t-il avec son accent éraillé.

Je baisse les jumelles et j'intercepte son regard en coin. Est-ce qu'il est en train de me dire que je peux rester ici jusqu'à ce que je sois prête à repartir ? Et qu'il se conduira comme une maman phoque, à veiller sur moi ? Il se dépêche de reprendre son observation en grognant. C'est un petit peu adorable, si c'est ça. Maladroit aussi, mais il n'est pas connu ni reconnu pour sa communication agréable. C'est toujours mieux que son unique « Entre » lorsque je suis arrivée.

— Les mères ne les balancent pas à la flotte ? interrogé-je tout de même.

— Non. Elles patientent. Elles leur apprennent à pêcher, à se nourrir, à nager.

Je déglutis. Il ne l'a peut-être pas remarqué, mais je suis à fleur de peau depuis des jours. Il m'en faut peu pour fondre en larmes. Alors je hoche la tête et me réfugie dans l'observation des phoques. Il ne me fout pas à la porte. Il m'accorde du temps.

— Merci, dis-je tout de même, touchée par cette tentative de rapprochement.

Je crois qu'il n'en mène pas non plus large de son côté puisqu'il se racle la gorge, embarrassé.

— Dunvegan te sera toujours ouvert.

Je renifle.

— Et maintenant, regardons le spectacle, marmonne-t-il.

On demeure silencieux un long moment, à parfois sortir des « oooh » en remarquant un bébé phoque plonger ou une mère revenir avec un poisson dans la gueule. J'aurais cru que cet instant me crisperait encore plus, mais non. Un poids s'envole de mes épaules. J'ai toujours vécu avec un puzzle dans la tête, un puzzle sur ma mère et sa première vie. Je commence enfin, depuis ma discussion avec Alexander, à assembler les morceaux et à identifier des scènes qui m'avaient toujours échappées. Ma mère adolescente par exemple. Je n'avais pas réfléchi à ce simple fait. Ma mère entourée d'amis du même acabit qu'elle, avec les mêmes rêves. Une vie toute tracée qu'elle n'a pas voulue… Mon rejet a toujours été tel que je ne cherchais plus à la comprendre, ni à compatir.

Voilà, c'est ça. Je *compatis.*

Et je vois la peine de ce vieil homme, à côté de moi, coincé dans un milieu et une époque que sa fille a rejetés. Ils se ressemblent, avec Malcom. Ils attendent tous les deux de moi un mot rassurant au sujet de Lorna Morland.

Je baisse les jumelles et me frotte les mains.

— Dans sa lettre, ma mère a souhaité que le médaillon reste avec moi ou ici, avec toi, déclaré-je avec plus de sérénité que je ne l'aurais cru. J'aimerais qu'il soit là.

Graham acquiesce, les mâchoires serrées.

— D'accord, pour le moment. Comme ta mère est enterrée aux États-Unis, j'ai fait dresser une pierre commémorative dans le vieux cimetière du village. Si jamais tu veux te recueillir.

Je préfère ne pas répondre, je hoche seulement la tête. C'est peut-être encore trop tôt pour ça.

— Rentrons, propose-t-il ensuite en reprenant sa position sur le banc pour allumer le moteur. Rosa va encore hurler si je te garde dehors trop longtemps.

— Je ne dirais pas non à un thé bien chaud.

— Tu pourras me dire si ses talents de pâtissière sont avérés ou non, semble-t-il plaisanter, un mince sourire aux lèvres.

Ça, en revanche, ça me noue de l'intérieur. Rien que la mention de la pâtisserie réveille tous les mots terribles d'Enora – « tu n'es pas une employée digne de confiance », « tu as gâché ton opportunité » – et mes propres démons se réveillent instantanément – « je ne suis qu'une incapable ».

En revenant au ponton, la silhouette de Malcom nous salue d'un signe de main.

— Je l'ai appelé pour lui dire que tu étais là, me dit Graham.

Chouette. J'avais très envie d'être jugée.

Mon frère me tend la main pour m'aider à sortir de la barque tandis que l'employé de notre grand-père aide son patron et amarre l'embarcation. Graham et Malcom échangent quelques mots en gaélique et le vieil homme s'éloigne en nous lançant qu'il nous attend pour le thé et qu'on n'a pas intérêt à traîner. On se met en route plus lentement. Malcom me guide sur un chemin qui traverse des parterres de gazon et de fleurs au printemps. Je me souviens que le parc de Dunvegan vaut le détour, avec ses jardins à l'anglaise, à la française, ses serres et même sa chute d'eau qui s'admire depuis un petit pont de bois.

— J'ai appris ce qu'il s'était passé, entame Malcom avec des pincettes.

— Qui t'a raconté quoi ? ne m'étonné-je pas, sur la défensive.

Il se doutait déjà de quelque chose, mais quel fou a bien pu lui rapporter mon renvoi alors que mon grand-père semble ignorer tout des détails ? Pas Aédan quand même ?

— Peu importe qui, je voulais juste savoir comment tu allais. Je sais que ce travail comptait énormément pour toi.

Je soupire.

— La carrière que j'espérais est foutue, comment veux-tu que je me sente ?

Il soupire à son tour, une colère sourde en lui.

— Il ne l'emportera pas au paradis, grogne-t-il.

Ça, je l'espère bien.

— Cette histoire ne te concerne pas, le préviens-je tout de même.

Malcom dodeline de la tête.

— J'aurais pu faire quelque chose.

— Et quoi ? Jouer au frère possessif qui contrôle sa petite sœur ? répliqué-je avec amertume.

— Aédan me provoquait, à ton sujet, avoue-t-il en s'arrêtant au milieu du chemin.

— Comment ça ? m'intrigué-je.

— Il veut des parcelles de nos terres depuis quelques mois et notre grand-père a toujours refusé de les vendre. Alors il s'est intéressé à toi et m'a plusieurs fois dit que je pouvais choisir : soit je lui cédais les terres et il te laissait tranquille, soit il poursuivait son jeu avec toi. Il est allé jusqu'à t'inclure au *Taisbeanadh* pour nous rappeler, à Graham et moi, que tu étais un moyen de pression sur nous.

Soufflée par ses confidences, je tourne sur moi-même en cherchant mes mots. À quel point il s'est servi de moi ? À quel point il a joué avec moi ? Pour ensuite me jeter ? J'avale à peine le fait qu'il a juste trouvé une fille suffisamment débile pour accepter de coucher avec lui sans conséquence, et voilà que toutes ses motivations s'étoffent.

— C-comment ça, il m'a incluse au *Taismachin* ? balbutié-je, ivre de colère.

— Tu es la petite-fille du chef du clan des McLeod et tu étais présente au rassemblement au moment où le *Taisbeanadh* a été prononcé.

Bordel de bordel ! Voilà pourquoi il m'a demandé de venir dans le Grand Hall pour lui servir son foutu dessert ! À quel point, moi, j'ai été naïve ?

— Pourquoi tu ne m'as pas prévenue ? lancé-je, exaspérée.

Malcom retient son souffle et lève les bras au ciel.

— Aédan s'est toujours comporté comme ça ! À provoquer et à menacer ! Mais jamais il n'était allé au bout des choses ! Je pensais que ce n'était qu'un jeu pervers pour lui, pas qu'il finirait par…

Il s'interrompt en me fixant. Je termine pour lui :

— Coucher avec moi ?

Il acquiesce, lui aussi secoué par la colère.

— En plus j'étais persuadé que tu le détestais, je ne m'attendais pas à ce que tu entres dans son jeu, ajoute-t-il, un ton plus bas.

Je plonge les mains dans mes poches. Il n'y aura jamais d'autre responsable que moi-même. Mon frère m'a laissée maîtresse de mes actes, sans chercher à m'embrumer l'esprit avec ses mises en garde.

— Oui, eh bien, on ne m'y reprendra pas, grogné-je.

On reste là, les pieds dans la neige, à tenter de calmer notre respiration.

— Je voulais y aller en douceur, mais c'est terminé, affirme Malcom. On va accélérer le projet de loi pour retirer les pouvoirs aux chefs et cheffes de clan.

— Pourquoi ? Quel est le rapport ? m'étonné-je. Il est en train de punir son grand-père, et non pas son ancien camarade d'académie.

— Parce que si on fait tomber le système clanique, on fait tomber le roi.

Plusieurs nœuds se tendent dans ma poitrine : l'un du désir brut de voir Aédan chuter au moins aussi violemment que moi, et un autre du chagrin qui en découlerait. Il va bien falloir que je remédie à cet attachement toxique qui me lie à cet homme sans cœur.

— Je vois, dis-je alors, sans protester cette fois-ci. Fais ce que tu estimes bon pour ton pays.

Malcom me sourit, presque soulagé de ne pas devoir argumenter. Ce ne sera pas si facile avec notre grand-père lorsqu'il lui apprendra qu'il renonce à diriger le clan McLeod par conviction.

— Et maintenant ? Qu'est-ce que tu vas faire ? s'enquiert-il.

Si je rechigne à parler d'argent avec Graham, peut-être que c'est le bon moment d'en demander à mon frère.

— Passer quelques jours ici pour souffler et rentrer à Los Angeles pour tout recommencer.

À nouveau, des contractions douloureuses me serrent le ventre. Mais je les endure en silence. Elles passeront. Le plus difficile sera le départ et l'arrivée. Une autre routine s'imposera une fois là-bas : la quête d'argent pour rembourser mes dettes, et faire de la pâtisserie pour faire de la pâtisserie, sans rêve de grandeur.

Un vertige me tourne la tête.

— Malcom, hum. Est-ce que tu accepterais de me prêter un peu d'argent pour le billet d'avion ? Je t'en serais éternellement reconnaissante.

Malcom s'approche de moi et enlace mes épaules.

— Tout ce que tu voudras, m'accorde-t-il sans commentaire.

C'est tout ce que j'avais besoin d'entendre. Alors qu'on se remet en marche, un son éclatant retentit dans les jardins.

— Qu'est-ce que c'est que ça ? m'étonné-je.

— Le cor de chasse de Graham, précise Malcom, dépité. C'est l'heure de rentrer.

*

Aédan

Je déambule dans la galerie du musée, Jenny à mon bras. J'ai profité du jour hebdomadaire de fermeture de la National Gallery pour convier ma prétendante favorite à une visite privée. On en est à l'impressionnisme quand, après un échange de banalités devant le classicisme, j'entre dans le vif du sujet.

— Est-ce que ton grand-père est toujours convaincu que tu vas devenir reine ?

— Oh oui, ses pieds ne touchent plus terre ! « Enfin une Campbell sur le trône, enfin notre nom lavé, blablabla... » Dicky le rend si nerveux, si tu savais.

Cette manie de parler de son père en l'appelant par son surnom me fait sourire.

— J'ai peu de souvenirs de lui, avoué-je. Je sais que mon père le reçoit de temps en temps à Monaco, c'est bien tout.

— Je te le présenterai, si tu veux.

— À l'occasion, pourquoi pas.

Le portable de Jenny vibre dans sa poche, elle s'en empare, regarde son message et gémit un « moooh » attendri devant son écran.

— Ma petite Queenie me manque ! C'est ma mère qui la garde, pour ne pas risquer qu'elle interrompe ta demande en mariage.

— Quoi ? grimacé-je, amusé.

— Ils sont persuadés que tu as privatisé le musée pour cette raison. Tu penses bien que je me délecte à l'avance de leur rapporter toutes les merveilles que j'ai croisées ici, très en détail, alors qu'ils attendront une annonce qui ne viendra pas. J'espère quand même que le vieux Campbell ne va pas trop mal le prendre au bout du compte.

— Il te reste trois candidates, est-ce que tu as déjà un choix plus clair en tête ?

Je soupire, indécis au possible.

— Ella Gordon est hors-jeu, annoncé-je.

Hors de question de prendre le risque d'accepter une manipulation d'Evan.

— Le cardinal lui-même m'a appelé pour m'assurer que « si mon cœur me portait vers Margaret McNeil », l'Église passerait complètement l'éponge sur le divorce de mes parents.

Jenny grimace à son tour.

— Aouch. J'en conclus qu'elle n'est plus dans la course ?

— Exact. Reste Erin Forbes.

— Très enthousiaste à l'idée de t'épouser, je te le rappelle. Elle a grandi avec des posters de toi dans sa chambre.

Quelle horreur…

— Sa famille sera aux anges, ajoute Jenny.

— Que veux-tu dire ?

— Les Forbes détiennent les grands médias, le *Guardians of Scotland*, le *Scotsman*, le *Glen*, et tous les torchons à scandales. Ce mariage est une véritable manne pour eux.

Je n'avais pas vu les choses sous cet angle. Je sais qu'Erin est très ambitieuse, mais l'épouser serait m'offrir moi-même sur un plateau d'argent aux journaux du royaume.

— Il ne me reste plus que toi finalement, en conclus-je.

Jenny rit en secouant la tête.

— La plus lesbienne de toutes, *jackpot*, ironise-t-elle.

Mais qu'est-ce que je vais faire ? Je me suis pris au piège… Il faut que j'en sélectionne une et que je m'y résolve, mais accepter de me faire manipuler est bien trop difficile à encaisser.

— Tu as tenté de faire des choix de raison, résume-t-elle en me barrant la route devant un Monet. Mais que te dicte ton cœur ?

Elle tapote ma poitrine de son index, aux aguets. Je me retiens de rire. Elle est la seule à ignorer que j'en suis dépourvu ? Comment ça se passe ?

— Absolument rien, affirmé-je.

— Au-delà de la reine parfaite, il te faut une candidate au *Taisbeanadh* avec laquelle tu t'entendes bien. Une amie, avant d'être une maîtresse.

J'ouvre la bouche pour me moquer ouvertement d'elle, mais je ravale tout.

Il y en a bien une. Enfin, il y en *avait* une. Mais il n'a jamais été question de l'épouser. Tout ce que je voulais, c'était emmerder son frère, rien de plus. Pas question non plus de gâcher sa vie… même si c'est exactement ce qui est arrivé. Cela dit, après tout, est-ce que la solution, pour elle comme pour moi, ne serait pas là ?

— Ah ! Tu as une idée en tête ! s'aperçoit Jenny.

— C'est une très, *très* mauvaise idée.

— Pire que d'épouser Erin Forbes ?

Je penche la tête sur le côté, abattu.

— Pire, oui.

Jenny a un mouvement de recul.

— Pitié, n'épouse pas Erin. Elle est peut-être canon, mais tu vivras un enfer avec elle.

— On verra.

Je regarde ma montre et reprends la marche.

— Sortons d'ici, avant que ta famille s'imagine qu'on planifie notre lune de miel dans la foulée.

— Mouais, commente Jenny, pas dupe.

On se fait la bise sur le perron du musée, bien à la vue de tous, et on part chacun de notre côté. Je m'engouffre dans la Nébuleuse qui démarre aussitôt. Mon cœur s'agite à l'idée désastreuse de ce plan qui se dessine dans ma tête. Elle me haïrait encore plus, mais peut-être qu'elle verrait l'issue bénéfique qui se profilerait alors… Peut-être. Dans tous les cas, je n'ai vraiment rien à perdre. Au mieux, je nous sors de là ; au pire, je pourrais m'expliquer face à elle. Mais c'est risqué. Non, c'est suicidaire. Il faut renoncer. Tout ce qui m'attend, c'est un non légitime, le même sentiment d'échec cuisant qu'avec Eliza et un mariage avec la fille des magnats de la presse. Autant sauter l'étape où l'on se ferait plus de mal que de bien.

Dès que la Nébuleuse s'arrête dans la cour du palais et que la portière s'ouvre, je grimpe jusqu'à mon bureau. Là, l'intégralité de mon Conseil m'attend, à ma plus grande surprise. Tous se lèvent d'un même mouvement, pendus à mes lèvres, Siobhán la première, suivie de près par Angus Campbell, le front humide d'impatience. Est-ce que le monde entier était persuadé que je ferais ma demande en mariage au musée ?

— Alors ? demande ma grand-mère sans rien laisser paraître, ni espoir ni désespoir.

— Alors le musée est toujours aussi agréable à arpenter, réponds-je, adoptant la stratégie de Jenny.

Je les contourne pour rejoindre mon fauteuil tout en discernant le soulagement général, hormis chez Angus, qui se renfrogne. Deux choses me surprennent alors : les membres de mon Conseil ne bougent pas et une boîte en bois précieux se dresse sous mon nez, sur ma table de travail.

— Qu'est-ce que c'est ?

Flora fait un pas vers moi.

— C'est arrivé de Londres dans la journée.

— De Londres ?

Elle acquiesce sans un mot. Je crains le pire. Je soulève le couvercle et découvre une lettre cachetée du sceau des Windsor ainsi qu'un écrin noir. J'entrouvre ce dernier et jette un œil au contenu, le cœur au bord des lèvres. Le service de sécurité a déjà dû vérifier le niveau de dangerosité de l'ensemble.

Une montre bracelet. Ancienne. Gravée au dos d'un chiffre royal : GVR, George V Rex. Elle a donc appartenu au père de la reine Elizabeth II et au grand-père du roi actuel d'Angleterre. Je crains le pire en rompant le sceau de la lettre dans un silence tendu. Je parcours les lignes plusieurs fois, interdit.

— Alors ? réitère ma grand-mère.

J'éprouve une soudaine envie de rire.

— Alors la petite-cousine du roi Charles III, Charlotte de Kent, me demande en mariage en m'offrant la montre que son aïeul aurait portée lors d'une visite officielle en Écosse.

J'esquisse un sourire en bout de phrase et me sens obligé de serrer les dents. Ça ne m'amuse pas du tout, mais l'absurdité de ce courrier me confond. Le Conseil s'esclaffe d'incrédulité, chacun y va de son commentaire dans un brouhaha que je ne tente pas de déchiffrer. L'impression générale demeure négative, quoi qu'il en soit.

— Une reine anglaise sur le trône ? Les clans n'accepteront jamais, prédit Angus d'un ton féroce.

— Surtout que vous êtes cousins, marmonne Siobhán. Même très lointains.

— Le roi Charles a-t-il donné son accord ? doute Flora.

— C'est insensé, les McDonald se retireront de la Maison du Roi si c'est cela, grommelle le vieil intendant.

Si je ne choisis pas une prétendante au bal des Ghillies, ce sera la crise institutionnelle sous mon propre toit. L'étau se resserre et je ne suis qu'un lot de tombola pour beaucoup. Je replace la lettre dans la boîte, la referme et la repousse.

— J'ai du travail, lancé-je d'une voix forte pour tasser l'agitation.

Tout le monde se tait, l'angoisse ne retombe pas. Ma grand-mère plaque ses paumes à plat sur mon bureau alors que je m'installe derrière.

— N'ose même pas considérer cette grotesque demande. Ce serait leur permettre de poser un pied dans notre royaume. Leurs prétentions deviendraient de plus en plus grandes, jusqu'à parler de rassembler à nouveau les deux couronnes et de ramener le pouvoir à Londres !

— Je refuserai avec soin la proposition de la princesse de Kent, lui assuré-je.

— Bien. Et maintenant, marie-toi, Aédan Ier, insiste-t-elle avant de quitter la pièce, suivie de ses collègues.

*

J'ai passé le reste de mon après-midi plongé dans le travail pour ne plus penser à toute cette histoire. Quand l'horloge sonne 22 heures et que je lève le nez des rapports, une seule idée maritale me trotte encore en tête, franchissant les barrières de ma censure. Cette idée folle d'union avec la meilleure comme la pire des prétendantes. Ce serait ma porte de sortie, mais certainement pas la sienne. Je me suis juré de n'épouser qu'une femme dont le destin m'importait peu, le sien se situe bien au-delà de ces murs.

La forcer à cette vie-là finirait de m'achever. Je ne joue pas uniquement avec la mienne, mais avec celle de bien d'autres…

— Pas tant que ça, en vrai.

Je tressaille à la voix de ma sœur. Elle n'était plus apparue depuis Gualachulain. Elle m'observe de la porte d'entrée, loin de moi, penaude. J'avais l'impression qu'elle m'avait juste abandonné après son tour.

— Qu'est-ce que tu viens faire là ?

Elle prend place dans le canapé, alors je m'installe en face d'elle. On n'est jamais restés fâchés aussi longtemps. Si jamais on était fâchés… Son mince sourire m'indique qu'elle espère un passement de cap depuis Eliza.

— T'encourager dans ton choix, me dit-elle alors.

— Lequel ?

— Le choix évident, que tu peines encore à faire. Je suis plutôt d'accord avec Jenny Campbell : n'épouse pas Erin. Ton plan n'est pas si idiot que ça. Ils essaient tous de te vendre leur mariée pour mieux placer leurs pions. Prends-les à revers.

Je m'avachis en arrière.

— Au risque d'empirer la situation ?

— Le risque zéro n'existe pas.

Elle s'accoude sur ses genoux et pose son menton sur ses doigts.

— Aédan, fais-le, tu en meurs d'envie.

Je n'irais pas jusque-là, même si des papillons dans le ventre surgissent à l'énoncé même de sa phrase. Je suis réglé comme une horloge, depuis le départ de Brioche. À 22 heures précises, j'espère les trois coups à la porte de mon bureau qui ne s'ouvre plus sur elle. C'était ce que je voulais, mais elle me manque. L'entraîner dans cette histoire me permettrait au moins de la revoir, seulement je sais aussi que c'est pour mieux la perdre.

— Je croyais que tu ne voulais pas que je joue avec elle ?

— Oui, oui, c'est vrai, mais tu sais, j'étais dans le coin, à Eilean Donan, pour Noël, quand tu as offert à nos parents un divorce amplement mérité…

Je fronce les sourcils, peu sûr de la direction qu'elle prend. Kenna se redresse et étale ses bras sur le rebord du canapé, les jambes croisées.

— Et puis, il se peut que j'ai laissé traîner un œil ici et là quand vous étiez tous les deux. Wow, frangin, quel baiser, déclame-t-elle en battant des cils.

Je lève les yeux au ciel tout en bondissant sur mes pieds.

— Oh bon sang, marmonné-je en me servant un verre de whisky. Qu'est-ce que tu as cru voir, au juste ?

— Euh, pardon ? Qu'est-ce que *j'ai vu*, tu veux dire ? C'était chaud bouillant. Maman l'a très bien compris, elle aussi.

— Il faut que vous arrêtiez toutes les deux, il n'y a rien de sérieux dans tout ça.

— OK ! Si ton déni va jusque-là.

— Ce n'est pas du déni…

— Soit ! Dans tous les cas, tu as l'air plus empressé d'embrasser Halley que d'épouser l'une de tes prétendantes. Tu peux au moins reconnaître ça.

Oui, bon. Elle marque un point, même si ce n'est pas compliqué comme dilemme.

— Peut-être, oui.

Kenna tape dans ses mains, excitée.

— Alors tu as un plan ! conclut-elle en se levant.

Elle se dirige jusqu'à la porte en trompe-l'œil, derrière mon bureau, et me salue en lançant un « J'ai hâte d'en voir plus ! ».

C'est de la folie. Mais avoir l'aval de ma sœur qui m'a si souvent jugé allège le poids sur mes épaules. Si je veux faire les choses bien, je dois commencer par me rendre dans les appartements de ma grand-mère.

Tout se divise en moi. Je suis emballé à l'idée d'exécuter un désir profond – celui de garder Halley rien que pour moi – et je suis effaré à l'idée de m'engager dans un plan difficilement tenable, qui tromperait mon entourage, qui plus est. Mais je décide d'écouter une résurgence de mon cœur : faire mon possible pour rattraper la situation insoutenable de Halley. Je lui dois bien ça.

Deux coups à la porte et je l'entrouvre.

— Grand-mère, tu es là ?

— Entre, Keir !

Je pousse le battant, Flora est attablée à son bureau, en pleine occupation épistolaire.

— Que t'arrive-t-il ?

Je prie pour qu'elle puisse un jour me pardonner mon comportement impulsif et irréfléchi, une nouvelle fois.

— Je t'ai écoutée et j'ai choisi. Je sais qui je vais épouser.

Elle se redresse dans son fauteuil, au comble du soulagement, un sourire heureux faisant courber ses lèvres.

— Formidable !

Elle craignait tellement que je n'y parvienne pas…

— Puis-je connaître son nom ?

Il ne vaut mieux pas trop m'emballer. Je pars sur l'idée d'un quitte ou double. Soit mon plan fonctionne et tout sera révélé au bal des Ghillies, soit mon plan rate et j'épouserai Erin tout en passant ma vie à craindre les médias.

— Je préfère d'abord lui poser la question, dis-je en feintant un sourire gêné.

Elle bat l'air de sa main en approuvant.

— Oh bien sûr, oui, tu as tout à fait raison !

— Je pars demander sa main demain matin et j'ai besoin de toi pour cela.

Ma grand-mère rebouche son stylo-plume et se lève, au garde-à-vous.

— Tout ce que tu voudras, je t'écoute.

*

Halley

Malcom a décidé de rester quelques jours et a installé un bureau éphémère dans un petit salon inoccupé. Je ne me suis pas tout de suite enfermée dans ma chambre, j'ai trouvé la motivation de lire un passage de la lettre de ma mère, celui qui évoque la cuisine de Dunvegan. Je n'avais pas pris le temps d'y descendre à Noël, j'avoue qu'à présent, je suis curieuse. Notamment parce que Rosa a préparé de délicieux biscuits au gingembre pour le café. Ma mère parle de ma grand-mère, Mary, qui était la véritable cuisinière du domaine. Elle aurait laissé ses notes dans un cahier qu'on utilise encore pour des recettes.

Les communs, à semi enterrés, disposent de fenêtres donnant côté cour, à l'arrière du château. C'est donc lumineux ici. La cuisine est une belle pièce carrée, mêlant l'ancien et le moderne. Le vieux fourneau en fonte côtoie la cuisinière dernier cri, la batterie de casseroles en cuivre surplombe la machine à café toute neuve et les livres de recettes élimés sont serrés sur une étagère en compagnie de la première édition d'un Escoffier avec annotations de cuisiniers contemporains. Je tire un tabouret jusqu'au meuble, grimpe dessus, m'agenouille sur la desserte et fouille l'étagère. Lorsque je trouve enfin un carnet épaissi par des ajouts de feuilles volantes et de notes, je m'assieds sur le meuble et le parcours, la curiosité piquée.

Les premières recettes, rapportées d'une écriture élégante à l'encre noire, me paraissent vraiment anciennes, plus encore que celles de ma grand-mère. Des scones, des biscuits, des potages, des viandes de venaison, du poisson, du pain, un menu entier pour un Souper de Burns, avec le fameux haggis et le *tipsy laird* que je n'ai pas eu le temps de tester à Holyrood. Un vrai voyage dans le temps, avec des corrections de la main de ma grand-mère sur certaines recettes. Et puis, je tombe sur la recette de la fameuse brioche que j'avais tant aimé en venant ici, et qui m'a valu mon surnom.

« La préférée de Lorna », lis-je en commentaire, avant la liste d'ingrédients. Rosa me préparait la viennoiserie favorite de ma mère sans que je le sache. J'aimerais avoir envie de la faire, mais je n'ai que le cœur serré en parcourant les mots griffonnés à la plume. Sans raison, je revois Aédan poser la brioche sur mes genoux et me consoler. Je ne comprends pas pourquoi il est devenu aussi insensible aujourd'hui, ni pourquoi il m'a dupée comme ça. J'aimerais la goûter à nouveau, mais elle ne ferait que me rappeler la douloureuse déconvenue de cette histoire avec le roi.

Je prends en photo la page et referme le cahier pour le ranger. Peut-être que l'envie de pâtisser me reviendra. Il le faudra bien lorsque je chercherai du travail à Los Angeles. Je remonte dans ma chambre et replonge dans des vidéos doudous pour passer le temps.

*

J'ouvre la porte au matin et tombe sur Rosa qui dépose le plateau du petit-déjeuner sur le guéridon, près du chambranle. Elle a un petit sursaut avant de rire.

— Oh tu m'as surprise !

— Désolée, je ne voulais pas vous faire peur. Je vais rejoindre les autres.

— Très bien ! se réjouit-elle en reprenant le plateau. Je t'escorte.

Je la suis donc dans le couloir, plutôt contente d'être sortie de mon cercle vicieux. J'ai réussi à me lever, à prendre une douche et à m'habiller. Grande victoire en ce cinquième jour à Dunvegan ! Graham arrondit même les yeux en me voyant débarquer à sa table, dressée dans le salon de musique, près du piano et de la harpe qui attendent d'être joués. Malcom me salue tout en mâchant son morceau de croissant, ravi. Rosa transfère sur la nappe blanche mon café et les douceurs qu'elle avait prévus, nous souhaite bon appétit et se retire. Mon grand-père se contente de sourire sans rien dire et de retourner à la lecture de son journal. Je dois dire que ces longs silences avec lui mettraient n'importe qui mal à l'aise, mais je finis par les maîtriser et les comprendre.

— Qu'as-tu prévu pour la journée ? m'interroge Malcom.

— Faire un tour des jardins et peut-être…

J'aimerais ajouter « regarder les billets d'avion », mais je n'y parviens pas. J'ai un semblant de famille, même si ce n'est que pour une poignée de jours. Je veux en profiter. Tous ces derniers mois, j'ai vécu entourée. De mes amis et colocataires, de ce frère que je croisais régulièrement, et du roi, même si ce n'était qu'un mensonge. L'idée de me retrouver seule à nouveau finit par me tourmenter.

— Je ne sais pas encore, terminé-je avec maladresse.

— J'ai une réunion en visioconférence vers 11 heures, on pourrait ensuite déjeuner à l'extérieur ? Qu'en penses-tu, *Sean*[1] ?

— Si Halley est d'accord, pourquoi pas, répond-il sans lever les yeux de son journal.

J'acquiesce avec entrain.

Lorsque 10 heures sonnent, Jeffrey déboule dans le salon, la respiration saccadée. Il se lance dans une explication en gaélique qui tend peu à peu Graham au point de le tirer de son occupation et de le faire se lever. Les traits tendus, il demeure

1. Grand-père.

immobile quelques secondes avant d'opiner. Jeffrey part d'un pas pressé. Je jette un œil sur Malcom, il a pâli, ses mâchoires se compressent d'agacement.

— Qu'est-ce qui se passe ?

— Un visiteur inattendu, grommelle Graham.

Rosa fait son entrée à son tour, affolée. Un amas de tissu dans les bras, elle cavale jusqu'au chef de clan, balance le tout sur une chaise et se met à déplier avec des gestes secs des vêtements. Mon grand-père retire son pull et en enfile illico un autre, puis une veste en tweed impeccable et enfin une écharpe de tartan aux couleurs du clan – en majorité bleu et vert, avec des touches de jaune et de rouge –, fermée par une broche figurant la tête de taureau et la devise des McLeod, *Hold fast*[1]. Il attache à sa taille le *sporran*, une sacoche en cuir noir accordé à l'ensemble. Rosa inspecte son allure avec une sévérité à toute épreuve, retirant une bouloche de l'épaule gauche d'un œil expert.

J'observe leur manège, ahurie. *Mais qu'est-ce qui leur prend encore ?*

— Vous êtes parfait, constate Rosa.

— Débarquer comme ça, un matin, sans s'être annoncé, grogne Graham.

Le retour des sourcils froncés et irascibles.

— On ne devrait pas être étonnés, marmonne Malcom. Tu veux que je te seconde ?

Graham approuve d'un grognement et mon frère se lève à son tour, tout en vérifiant sa veste et sa cocarde parlementaire.

— La voiture a franchi le portail ! indique la voix de Jeffrey dans le couloir.

1. Tenir bon.

— Et en plus, il refuse de se garer comme tout le monde, râle mon grand-père.

Rosa lève des yeux indignés.

— On ne va pas lui faire remonter l'allée à pied, tout de même !

— Il le mériterait, contre Malcom.

Graham s'éloigne, talonné par son petit-fils. Une fois dans l'encadrement de la porte, il semble se souvenir de ma présence alors que j'observe leur manège en silence.

— Tu peux venir ou rester ici, c'est comme tu veux, dit-il avant de disparaître dans le couloir.

— Mais venir où ? Pour quoi ? marmonné-je, perplexe.

Je me lève, beaucoup trop curieuse pour patienter ici. Je rejoins Graham qui se tient en haut du grand escalier, raide comme un piquet. Malcom se dresse près de lui, en arrière, comme l'héritier qui seconde son chef. Jeffrey est en bas, les battants de la porte ouverts, laissant pénétrer le froid hivernal dans le hall. Rosa ramène les mèches de ses cheveux argentés derrière ses oreilles, nerveuse. L'intendant et la gouvernante de Dunvegan s'inspectent mutuellement alors qu'un domestique s'incline et tend le bras pour inviter le visiteur à entrer.

Au moment où je reconnais les cheveux noirs et le tartan à dominante rouge, je recule jusqu'à me plaquer contre le mur, à l'abri des regards. Un pic d'adrénaline me ravage soudain les veines et les poumons.

Aédan ? Mais qu'est-ce qu'il vient foutre ici ?!

— Votre Majesté, rumine Graham, peu motivé. Que me vaut le plaisir d'une visite aussi impromptue que matinale ?

Il ne descend pas à sa rencontre et lui fait bien comprendre qu'il ne l'invite pas à monter non plus. Un silence plane, rompu par la voix limpide et forte du roi.

— Je viens faire valoir mes droits au *Taisbeanadh*.

Un silence de plomb s'abat alors que les battements de mon cœur m'assourdissent. Je suis persuadée, durant quelques secondes, que tout le monde peut les entendre et qu'ils trahissent ma présence.

— Je vous demande pardon ? finit par répliquer mon grand-père, exsangue.

Malcom renvoie la même expression de surprise brutale.

— Je viens demander la main de votre petite-fille, Halley Morland McLeod, comme le rituel du *Taisbeanadh* me le permet, expose Aédan d'un ton calme et intransigeant.

Hein ? Mais…

— J'espère que c'est une plaisanterie ! riposte mon grand-père qui perd patience.

— Le fait est que je n'ai pas besoin de vous convaincre, vous, Graham, ni même toi, Malcom, réplique-t-il. Ce sont les conditions mêmes du *Taisbeanadh*. Peu importe la femme que je choisis, si elle est d'accord, sa famille ne pourra pas contester l'union. C'est elle que je suis venu convaincre.

Il a pris de la drogue… Je ne vois que ça, ce n'est pas possible autrement ! Croit-il réellement que je vais accepter ça ?

Mon grand-père jette un œil vers moi pour me consulter. Je n'ai pas envie de me découvrir. Si je m'appuie davantage contre le mur, je suis sûre que je peux le traverser !

— Vous voulez bien l'appeler ? insiste Aédan.

La sueur glaciale qui roule dans mon dos me pousse à réagir, sauf que je rebrousse chemin, incapable de rejoindre mon grand-père. Je retourne au salon de musique et tourne en rond. Bordel, je ne peux pas abandonner Graham qui m'offre le gîte et le couvert sans réponse, comme ça ! Mais suis-je prête à faire face à l'homme qui m'a manipulée et trompée ? Et qui le tente à nouveau avec ce revers ridicule ? N'a-t-il pas assez joué avec moi ? Me méprise-t-il autant pour en rajouter ? La leçon était pourtant claire, il a gagné et j'ai tout perdu par sa faute !

— Halley ?

Malcom referme derrière lui avec prudence alors que je m'agite, paniquée.

— Il est reparti ? supposé-je.

— Non, il ne partira pas avant d'avoir pu s'entretenir avec toi.

Un rire nerveux me secoue.

— Non ! Pas question !

— Évidemment, me soutient mon frère. Mais…

— Quoi, « mais » ?

— Crois-moi, si ça ne tenait qu'à moi, je le mettrais dehors sans aucune forme de procès. Mais notre grand-père est sous son autorité, il ne peut pas juste exiger qu'il parte sans conséquence. Aédan lui rend une visite officielle.

Donc, j'impose un obstacle infranchissable à Graham tant que je ne parle pas avec ce maudit roi pour l'envoyer balader de manière quasi protocolaire.

Je baisse les yeux, rongée par la rage.

— Très bien, grogné-je.

D'un pas lourd, je retourne dans le couloir, rejoins mon grand-père et m'expose aux yeux du roi, de son majordome et de son chargé de la sécurité qui se tiennent tous les trois en bas. J'ai du mal à le regarder en face, mon visage doit ressembler à un fer chaud et rougeoyant, prêt à être battu. Le roi s'est paré de son ensemble solennel avec kilt et écharpe aux couleurs des Stuart. Si je fais tout pour éviter son regard, son mince sourire en coin ne m'échappe pas et ne me donne qu'envie de l'égorger avec une petite cuillère.

— Bonjour, Halley.

Ne me « bonjour-Halley » pas ! Salopard !

— Qu'est-ce que tu veux ?

Ma voix me paraît lointaine même pour moi.

— T'épouser.

Je serre les poings en ferrant toutes les pires injures du monde. Je n'en reviens pas de devoir lui lancer un « non » évident tant cette situation me dépasse ! Les gémissements émus de Rosa – déconnectée de toute réalité – ne m'aident pas du tout.

— C'est tout à fait hors de quest…

— Avant que tu refuses catégoriquement, nous devrions en parler, en privé, me coupe-t-il avec résolution.

Je deviens fébrile. Il n'a pas l'air de se rendre compte de ce qu'il m'a fait vivre pour débarquer ainsi, la bouche en cœur, avec ses conneries. Cela dit, la perspective d'un entretien en tête-à-tête pour lui balancer tout mon fiel n'est pas dénuée d'intérêt. Et je ne souhaite pas piéger mon grand-père dans un dilemme imposé par sa culture et son éducation, ni lui porter préjudice avec cette histoire. Je n'espère pas non plus donner à voir toute ma violence naturelle à une Rosa qui paraît à cheval sur l'art de recevoir un roi dans cette maison. Elle qui est au bord des larmes, spectatrice romantique d'une demande qui est loin – très loin – d'être vraie.

Je pivote vers Graham, raidi par la situation qui lui échappe en partie.

— Je suis désolée de te demander ça, mais est-ce que tu m'autorises à discuter avec lui dans un endroit tranquille ?

Je suis assez fière de ma formulation neutre, car j'aurais préféré dire : « Je suis désolée que cet immense connard débarque avec ses délires, mais est-ce que tu as une pièce insonorisée pour que je le vide de son sang en toute tranquillité ? »

Graham commence par grogner puis il désigne une porte sur sa droite.

— Tu peux aller dans la salle à manger et la bibliothèque.

— Merci.

Je tends le bras vers la porte en regardant Aédan pour l'inviter à me suivre sans décrocher un mot. Ce n'est qu'à cet instant qu'il bouge et monte les marches de l'escalier. On entre dans la grande pièce, les feux de cheminée réchauffent l'atmosphère. Gareth referme derrière le roi, nous isolant tous les deux. Durant quelques secondes, ni lui ni moi ne disons rien alors que ma tirade explosive, composée de maints reproches, déferle dans ma tête sans qu'un mot ne franchisse mes lèvres.

— Je...

— Comment tu as pu me faire ça ? l'interromps-je aussitôt.

Je ravale des larmes. *Comment as-tu pu me briser le cœur ?* C'est ce que je voudrais vraiment lui reprocher. Mais ce serait reconnaître toute l'importance qu'il avait fini par prendre alors que nous n'étions pas du tout sur la même longueur d'onde. J'espère que ma phrase englobe tout et écrasera la problématique sentimentale.

— Je te dois des excuses mais aussi une explication, dit-il, d'un ton posé.

Tout ce qu'il dira ne pourra pas m'atteindre.

— Pour commencer, je n'ai jamais demandé à Evan de tout balancer à Enora.

— Comment te croire ? Il est descendu tout seul pour voir Enora, comme ça ? Ce n'est pas lui qui t'a proposé mon nom comme distraction quand tu en cherchais une, peut-être ?

Il grimace en baissant les yeux.

— Eh oui, il m'a tout avoué.

— Soit, reprenons depuis le départ, décide-t-il. Oui, Evan t'a choisie pour moi.

Je le sais déjà, et pourtant, le fait qu'il le confirme me plante un pieu dans le cœur.

— D'où tes pâtisseries de 22 heures. Je n'avais pas l'intention d'aller plus loin à ce moment-là, mais le fait est... que tu me plaisais.

Il m'épargne son air enjôleur qui m'aurait forcée à lui sauter à la gorge. Sa déclaration ne réveille qu'une microscopique flamme dans ma poitrine, très vite soufflée par tout le reste. Un balancement qui me file le vertige plus qu'autre chose.

— Crois-le ou non, mais j'étais content de te voir tous les soirs et de goûter à tes créations, ajoute-t-il d'un ton sincère.

— Ouais, et j'ai été virée, je te le rappelle, rétorqué-je avec froideur. Enora m'a… humiliée devant tous mes collègues parce que j'ai couché avec toi.

Je déglutis, un puissant écœurement dans la gorge.

— Elle va détruire ma réputation et m'empêcher de réaliser mes rêves, donc je m'en fous, en fait, que tu aies passé du bon temps !

Il hoche la tête, la mine grave.

— Il y a effectivement des chances qu'elle fasse ça, admet-il.

J'aurais préféré qu'il me contredise sur ce point. On peut toujours rêver.

— Mais je sais que ta carrière est très importante, jamais je n'aurais demandé une telle chose, assure-t-il en me regardant droit dans les yeux.

J'ai presque envie de le croire.

— Alors, pourquoi ? insisté-je.

Et là, il se redresse, passe une main sur sa bouche, embêté, et détourne encore le regard.

— J'ai demandé à Evan de… rompre avec toi, à ma place, confesse-t-il. Je dois me marier, je ne pouvais pas entretenir une telle histoire avec toi.

Coup de poignard, cette fois. Aiguisé et bien tranchant. Tellement que je recule et me détourne de lui pour ne pas lui montrer combien ça me blesse. Il ne voulait juste plus me voir. Je sais que c'était dans le deal, qu'on n'était là que pour du sexe et que je pensais moi-même arrêter là cette histoire, mais comme je me suis bêtement attachée à lui, ce genre d'aveu est un véritable crève-cœur. Là, je peux le croire sans problème.

— OK, bredouillé-je.

— C'était très lâche de ma part.

— Ça, je ne te le fais pas dire, répliqué-je en luttant pour ne pas céder aux larmes.

Pas ici, pas devant lui. Je tasse le sanglot qui ne demande qu'à secouer mon estomac.

— Si je pouvais revenir en arrière, je le ferais. Je n'ai jamais voulu tout ça.

Je passe une manche sur mes yeux et pivote, un poil ragaillardie.

— Mais c'est impossible. Le pire, c'est que mon frère t'a défendu, jusqu'à ce que tu lui imposes un chantage sur mon dos, au sujet des terres que tu convoites.

Aédan se tend. Il se retient de jurer, j'en suis sûre.

— C'étaient des menaces en l'air, je n'ai pas eu l'intention de les appliquer. Et il le sait très bien, on fonctionne comme ça !

Ça rejoint ce que me confiait Malcom, comme quoi Aédan agissait toujours ainsi. Mais il ne commente rien au sujet des terres de mon grand-père. Ce point demeure nébuleux pour moi. Peu importe, d'ailleurs. Si mon frère avait accepté, il aurait fait quoi ? Il m'aurait juste fichu la paix ? C'est comme ça qu'il a décidé de jouer avec moi ?

— Alors pourquoi m'avoir incluse à ton rite de mariage et pourquoi venir ici, aujourd'hui, avec cette demande ridicule ? relancé-je, nerveuse. Tu n'as pas besoin d'en arriver là si ta conscience te torture.

— Ma conscience me torture, c'est vrai. Mais détrompe-toi, elle exigeait plus que je te foute la paix. Quant au *Taisbeanadh*, ce n'est pas toi qui étais visée, mais ton frère.

— Oui, donc tu t'es servi de moi comme d'un pion, m'agacé-je.

Il soupire, l'air contrarié.

— Oui, peut-être un peu.

Enfin un aveu sincère !

— Tout ça pour atteindre mon frère.

Aédan se pince les sinus, impatient.

— Oui, eh bien, ton frère me tape sur les nerfs ! Il a un don pour ça.

Ça me fait sourire. *Tant mieux*. Et il le fera même dégringoler de son trône sous peu !

— Maintenant, au sujet de ma demande…, aborde-t-il.

— Qui est parfaitement grotesque, commenté-je.

— Écoute-moi, gronde-t-il. J'ai un plan pour nous deux. Pour corriger le tir.

Un plan ? Sa demande en mariage aussi comporte des intentions cachées ? Il n'est pas juste là avec ce prétexte débile pour tenter de laver son image ?

— Corriger le tir ? Tu ne peux pas revenir en arrière !

— Non, mais on peut donner à voir une toute autre histoire. Crois-moi, si on agit vite et ensemble, Enora n'aura rien à redire et tu pourras postuler au Mirador et même ailleurs sans recommandation d'Enora, ta réputation intacte.

C'est si incroyable ! Si inattendu, que je m'étouffe dans ma propre salive.

— En t'épousant ? Tu te fous de moi ? finis-je par dire, ahurie.

— En m'épousant et en me quittant.

Là, il me cloue le bec. Alors il en profite pour m'exposer son idée.

— Je ne peux pas effacer ce qu'il s'est passé avec Enora, mais voilà la version que je te propose : on a eu une aventure tous les deux, je me suis confié à Evan, Evan – qui souhaite que j'épouse Ella Gordon, au passage – vend la mèche à Enora, Enora te licencie. Ce qui n'est pas si grave puisque pour qu'on se marie, il fallait que tu quittes ton poste. Tu rentres chez ton grand-père, je viens demander officiellement ta main, j'exile Evan pour trahison, Enora passe pour une flambeuse qui a joué le jeu d'un traître.

Il marque une pause, comme s'il attendait une approbation pour cette première partie. Je me répète ses étapes, persuadée qu'il y a anguille sous roche. Tout me paraît trop plausible pour être vrai. Mais je bute sur un détail.

— Tu vas exiler Evan ?

— Il est déjà exilé, grâce à un acte de réclusion.

— C'est un vrai truc, ça ? douté-je.

— Oui, c'est un « vrai truc ». S'il s'avise de le contourner, ça peut aller jusqu'à la « haute trahison envers la Couronne », et la justice prendra le relai.

C'est plutôt une bonne nouvelle, même si ce retournement me semble étrange. Ils étaient pourtant proches tous les deux, d'après ce que j'ai pu voir.

— Tant mieux, marmonné-je. Parce que figure-toi que ton ami m'a coincée un soir pour me proposer un café et plus si infinité.

L'expression interdite qu'il m'adresse ne fait aucun doute de son ignorance à ce sujet.

— Quoi ? Comment ça ? Quand ?

— En novembre, avant la…

— Pourquoi tu ne m'as rien dit ?

Mes épaules s'affaissent.

— Tu me demandes vraiment des comptes, là ?

Il tasse sa colère et jure – probablement – en gaélique.

— Et ensuite ? relancé-je. On se sépare quand dans ce plan ?

Aédan inspire avec calme, les traits froncés.

— Et ensuite, on vit ensemble quelques années et…

Je m'étrangle. Voilà l'anguille !

— Quelques années ?!

— Il faut que ça paraisse crédible aux yeux du public. Trois ans, ça me semble correct.

— Trois ans ? répété-je, blême. C'est une éternité !

— On parle d'un mariage royal. À ton avis, que vont attendre le royaume et le monde entier de nous ? m'interroge-t-il plus durement.

Je balbutie, coincée sur le temps de peine que j'encours.

— Des mugs ? finis-je par lâcher, sidérée.

— Des enfants.

Cette fois, un vertige me saisit et je tire une chaise pour m'asseoir. Cette histoire va beaucoup trop loin pour moi. Je veux bien l'écouter, l'espoir de retrouver ma situation professionnelle l'emportant sur tout le reste, mais je dois revenir sur terre.

— Si, au bout de trois ans, nous n'avons toujours pas d'enfants, crois-moi, personne ne trouvera rien à redire si on se sépare. C'est un délai raisonnable. Bien sûr, on peut le raccourcir si tu acceptes de me donner un ou une héritière.

Je lève des yeux effarés sur lui.

— Tu me demandes d'abandonner un gamin ?

— Non, je ne te demande pas de l'abandonner, tu auras tous les droits sur lui ou elle. Mais sache que son seul but dans la vie sera la Couronne.

Et je ferais comme ma mère : je mettrais au monde un gosse, je le laisserais à Holyrood et à ses leçons pendant que je vivrais mon rêve de mon côté.

— Pas question, refusé-je.

— C'est juste une option, je me marie pour cette unique raison à la base. Donc tu ne seras pas la seule à perdre du temps, moi aussi. Mais les pairs d'Enora verront en toi une pâtissière de talent qui est tombée follement amoureuse de son ancien baby-sitter et qui l'a épousé, et non pas une employée qui a fauté.

Je me rembrunis.

— N'exagère pas.

Il sourit avant de reprendre.

— Tu pourras récupérer ta carrière, ta réputation intacte, c'est le principal. D'autant plus que durant ces trois années, tu pourras rencontrer autant de génies de la cuisine que tu voudras, dîner dans les plus grands restaurants du monde, distribuer des décorations à celles et ceux qui le méritent… Tu y gagneras plus que tu le crois.

OK, plutôt convaincant.

— Et qu'est-ce que tu gagnes, toi ? enchaîné-je.

Il souffle, soulagé d'avoir passé un cap.

— Je me suis enfermé dans une situation où chaque clan m'a proposé son pion en mariage. Soit j'envoie balader le *Taisbeanadh* et l'Écosse toute entière me tombe dessus, soit je me marie et j'accepte d'être manipulé. Ma seule alternative, c'est toi. Tu es incluse dans le rituel sans avoir été proposée par ta famille, donc j'ai peu de chance de découvrir un dessein caché de la part des McLeod. Et en plus tu ne veux pas de cette vie-là, on pourra donc se quitter sans trop de peine.

— Tu crois vraiment que ton Conseil et les clans vont accepter cette union tombée de nulle part sans rien dire ?

— Oh, ils vont râler, c'est certain. On se fera sûrement des ennemis. Mais j'aurai respecté la tradition, ils ne pourront pas contester mon choix.

J'emmagasine toutes ses paroles, les idées embrouillées. Je n'aurai pas de meilleure opportunité pour retrouver ma carrière rêvée, mais à quel prix ? Trois années de ma vie, offertes à une fonction qui ne m'attire pas du tout… Et puis-je lui faire confiance ? N'est-il pas en train de me mener en bateau pour d'abord servir ses propres intérêts ?

— Qu'en penses-tu, Halley ?

— J'ai besoin de garanties, dis-je en sortant de table pour atteindre le coin bibliothèque.

Il y a un bureau, dans un angle. Je fouille les tiroirs, en tire du papier et un stylo et reviens auprès d'Aédan pour les poser sous son nez.

— Mets par écrit tout ce que tu viens de dire, date et signe. Si jamais tu ne respectes pas ta parole, j'envoie ce papier aux médias.

— Est-ce ta façon de dire que tu es d'accord ?

— Écris d'abord.

Il hésite un quart de seconde avant de se pencher sur la table et de rédiger une sorte d'étrange promesse de mariage qui ressemble plus à un contrat entre deux entreprises qu'autre chose.

— Si on veut que le plan fonctionne, il faut que l'on se fasse confiance, dit-il.

— C'est loin d'être le cas pour ma part. J'aimerais qu'on ajoute d'ailleurs une condition.

— Tu veux négocier ? interprète-t-il.

J'ouvre la bouche pour confirmer avec le plus d'emphase possible, mais il me coupe l'herbe sous le pied.

— Tu sais que tu vas t'unir à l'homme le plus puissant du royaume ? Que tu auras tout ce que tu désires ? Y compris le pouvoir de te venger si c'est ce que tu veux ?

Il relève ses yeux noirs sur moi alors que je pâlis à mesure que j'assimile ses paroles. Moi qui ai toujours cherché à contrôler ma vie et mon environnement, pour ne plus me retrouver en difficulté… jusqu'à le rencontrer, *lui*. Il détruit tout sur son passage et revient me proposer le pouvoir sur un plateau.

— Je te donnerai tout, Halley Morland. Ma fidélité, Holyrood et la protection du clan Stuart.

Un vertige me tourne la tête une poignée de secondes.

Il peut tout m'offrir en effet, sauf lui.

Ça me remplit d'effroi de songer à une telle chose, mais je ne peux pas m'en empêcher. Trois années à ses côtés en espérant ne pas provoquer mon cœur. Je ne veux toujours pas de ces sentiments, et pourtant ils sont là et ils font d'Aédan la personne la plus dangereuse pour moi.

— Quelle est ta condition, *leannan*[1] ?

Ce n'est donc pas contre les autres que je dois me prémunir, c'est contre lui.

— Ne m'humilie pas, formulé-je.

Son regard tique, il semble perplexe et inquiet tout à la fois. Autant me montrer la plus franche possible pour qu'il n'y ait aucun malentendu entre nous.

— Je sais que tu es amoureux d'Eliza McKenzie et que tu passes la nuit avec des femmes qui disparaissent au matin sans que personne ne le sache.

Sauf moi, rajouté-je en pensée, puisque j'ai croisé cette fille d'une beauté incroyable et nue dans une chambre à Gualachulain. Ma remarque assombrit le visage d'Aédan. Il baisse les yeux. Ce n'est pas vraiment de la honte qui le pousse à fléchir, mais une lourde résignation, puis une volonté d'être clair à son tour.

— Tout est terminé avec Eliza, il ne se passera plus rien. Quant aux courtisanes, puisque c'est ce qu'elles sont, je ne ferai plus appel à elles à partir du moment où je serai fiancé.

J'approuve d'un acquiescement, tourmentée par le souhait que personne ne puisse l'avoir s'il est lié à moi pour trois années. Aédan ajoute ma demande sur la page.

— J'ai une condition à mon tour, avance-t-il.

— Dis toujours.

---

1. Promise, amante.

— Ne ferme pas la porte à une intimité entre nous.

Je m'empourpre d'un coup, passant du blême colérique au rouge stupéfait.

— Je n'ai pas l'intention de te contraindre à quoi que ce soit, ajoute-t-il. Mais trois années, c'est long. Laissons-nous cette option.

Je me garde bien de refuser sans réfléchir. Si l'idée, là, maintenant, me rebute, j'essaie de m'imaginer dans un an, ou deux, seule et pourtant avec lui, sans aucune possibilité d'aller voir ailleurs.

— Note-la si tu veux, mais il n'y aura pas de sexe entre nous, déclaré-je alors, trouvant le compromis avec moi-même plutôt sûr.

Aédan ne fait aucun commentaire, ajoute sa condition, puis il saisit une page vierge et recopie l'ensemble. J'en profite pour me poster devant une fenêtre qui donne sur la cour intérieure et le loch. Mon cœur s'emballe dans ce silence occupé par le bruit de la plume griffonnant le papier. Je suis en train de soupeser le pour et le contre de cette folie. Je me demande même si je pourrais encore en vouloir à ma mère d'avoir fait de tels choix dans sa vie. Je n'ai peut-être pas d'enfant à charge, mais ma propre personne me paraissait déjà être une responsabilité dévorante.

Que va même penser Malcom qui n'espère que sa chute ? Et mon grand-père, alors qu'on se rabiboche à peine tous les deux ? Il ne va pas comprendre. D'un côté, je suis d'accord avec eux, c'est n'importe quoi. De l'autre, je suis certaine d'une chose : ne plus revivre la misère de mon enfance et la fuir le plus loin possible demeure un objectif limpide. Je ne dormirai plus dans une voiture plusieurs nuits d'affilée, la peur au ventre. Je ne suis peut-être pas digne de confiance, mais je suis une battante et je ferai tout pour qu'on le reconnaisse.

*

Aédan

J'appose ma signature au bas des deux textes identiques et jette un œil à Halley, ma promise. C'est bien ainsi que j'imaginais des fiançailles arrangées : un mélange doux-amer, de panique et de calme froid. J'ai bien tout tenté pour plaider ma cause mais sa blessure semble trop vive encore. Elle est en sécurité ici, et très isolée. Il faudrait qu'elle ait une ou un guide à ses côtés pour les jours à venir si jamais elle consent. Je pourrais demander ce service à Jenny, elle devrait se réjouir de ce choix de fiancée.

Mais je m'emballe. D'abord, *sa* signature.

— Je te laisse jusqu'à ce soir pour prendre une décision, puis je rentrerai à Édimbourg.

Elle s'approche, le visage fermé.

Rien ne sera plus jamais comme nos instants volés, je m'en rends soudain compte. On est pourtant tous les deux sous le même toit, là où tout a commencé, mais je ne parviens pas à lui proposer de faire un tour et de discuter, comme par le passé. Tout a changé.

— Tu sembles persuadé que je vais accepter pour sécuriser mon futur, dit-elle, probablement en proie aux nombreux doutes générés par cette situation.

— Si tu refuses, il ne t'arrivera rien. Mais ton frère et ton grand-père demeurent mes sujets, et je n'aurai plus aucune raison de les épargner.

Elle blêmit sous le coup de ma menace.

J'ai beaucoup pensé à elle, à la façon dont je pouvais arranger les choses et la préserver, *elle*. Mais je ne veux plus perdre de vue que c'est aussi *moi*, mon histoire et ma vie.

— Salopard, bredouille-t-elle.

— Moi aussi, je veux sécuriser mon futur. Et un mariage de trois ans suivi d'un divorce est ma meilleure option. Tu as jusqu'à ce soir.

Je tourne les talons et sors d'ici, noué. Gareth et Donan me talonnent aussitôt. L'intendant de Dunvegan fait le guet un peu plus loin, les maîtres, eux, ont disparu.

— Je ne reste pas pour la nuit, seulement pour le déjeuner. Je me contenterai de partager le repas du chef McLeod, ne vous embarrassez pas pour moi

Muet, l'intendant finit par opiner, indécis. Je le laisse en arrière, congédie mes serviteurs et sors dans la cour du château recouverte d'une couche épaisse de neige. J'ai besoin d'air. Je m'avance jusqu'au mur crénelé pour laisser mon regard errer le long des rives du loch.

Dans quelle folie me suis-je lancé ?

Ça me rassurait qu'elle me déteste « comme on déteste les épinards », je ne prenais aucun risque avec elle. Mais la vérité, c'est qu'elle me déteste *pour de bon*. Comme on déteste son pire cauchemar. Je sécurise mon futur pour ne pas épouser l'une des prétendantes du *Taisbeanadh* et à la place, je m'impose la seule qui me hait. C'est respecter mon serment de la pire des façons. Je suis sûr qu'elle ne m'aimera jamais et qu'elle partira au bout de trois années sans se retourner. Alors pourquoi je me sens si ébranlé ? Pourquoi j'aimerais que tout soit différent ?

— J'ignore quelles sont les véritables raisons qui vous animent, mais vous n'aurez pas les terres que vous désirez par ce biais, me prévient Graham en me rejoignant.

Ça, je m'en doutais.

— Ce n'est pas la raison de ma venue.

— Alors pourquoi les vouloir ?

Le vieux McLeod fiche ses pieds dans le sol et me fixe, imperturbable. J'ignore s'il est ivre de colère ou résigné, il affiche la même mine sèche et impassible qu'à chaque rencontre. Cela dit, impossible de lui expliquer mes véritables raisons, je l'ai promis.

— Je les veux pour mon père donc je ne lâcherai rien. Même si ma demande en mariage n'a rien à voir avec cela.

Graham grogne, ses yeux de rapace ne me quittent pas.

— Pourquoi ma petite-fille ? Je la retrouve à peine et vous venez me l'enlever.

— Je ne vous l'enlève pas. Nous allons sceller une alliance entre nos deux clans.

— Les Stuart, s'allier à des traîtres ?

— Trois cents ans ont passé.

— Et vous croyez que j'ignore les dangers d'une telle position pour elle ? Si le *Taisbeanadh* n'avait pas été prononcé, vous n'auriez pas eu mon approbation.

Je n'en doute pas une seule seconde. Ni que je la jette – même temporairement – dans une arène à laquelle elle ne s'attend pas.

— Je la protégerai. Et j'ai peine à recevoir vos leçons, chef McLeod, quand on sait que vous avez vous-même déshérité votre fille et votre petite-fille.

Des feux s'allument au fond de ses yeux clairs.

— Je ne m'attends pas à ce que vous compreniez quoi que ce soit, rétorque-t-il avec la dureté d'un colonel. Si Halley accepte, à contrecœur j'en suis certain, je ne m'écarterai pas. Je serai là, comme un caillou dans votre chaussure, Votre Majesté.

Il incline la tête d'un mouvement militaire et tourne les talons. J'inspire de grands bols d'air, tendu. Je me laisse aller à la fraîcheur jusqu'à ce que mon portable vibre dans ma poche. Je vérifie le message, prêt à tomber sur un « Alors ?? » impatient de ma grand-mère, mais non. Non, un message des Sinclair, de quoi nouer à nouveau ma gorge.

Les services sont passés en « préoccupés » pour la Black Watch, tu devrais recevoir un rapport officiel très vite. Ça vient de mails partis de Holyrood, dans ton cercle restreint. Seulement des suspicions, rien de sûr. Mais la direction est méfiante.

Fais attention à toi et aux tiens. On se voit dès que possible.

*

J'ai pris l'air dehors, sauté le déjeuner alors que je me réjouissais de sortir avec Graham et Malcom – mais la présence d'Aédan a annulé ce repas familial –, et, en fin de journée, je me retrouve là-haut, dans le fameux grenier de la tour. Rien n'a bougé, ici. Je m'assieds contre un mur, dans la poussière, et patiente. Je n'attends pas un fantôme, mais un instant silencieux et calme pour avaler ma décision.

Trois années. Je vais lui donner trois années de ma vie pour retrouver mes projets ensuite. Moins si j'accepte de faire un enfant. Mais ma mère m'a déjà convaincue de l'inverse. Si je peux éviter de bousiller une vie, je le ferai. À part celle d'Aédan.

Parce que j'ai bien l'intention de ne pas l'épargner.

Je vais accepter, mais je ferai tout pour lui faire regretter d'être au-dessus du monde.

La trappe se soulève juste à cet instant. Mon cœur bondit dans ma poitrine. Dans un recoin de ma tête, la brioche tiède que l'adolescent m'avait apportée pour me consoler quinze ans auparavant, parvient encore à m'attendrir. Mais ce n'est pas Aédan qui surgit.

— Ça va ? me demande Malcom en se hissant sur le plancher.

Je hausse les épaules. Je l'ignore, en vrai. J'ai l'impression de nager dans une mer trouble, sans voir le fond ni la surface. Mon frère s'installe à côté de moi, préoccupé lui aussi.

— Dis-moi que tu vas prendre l'argent et rentrer aux États-Unis.

J'aimerais aller dans son sens, mais ce n'est plus d'actualité.

— Je vais accepter de l'épouser.

Malcom échappe un soupir rageur.

— Quelle pression fait-il peser sur toi, hein ?

De le briser, *lui*, déjà.

— Là n'est pas la question. J'ai des rêves, moi aussi. Et je vais les récupérer.

Tout son corps tendu s'affaisse. Il devrait pourtant comprendre puisqu'il a suivi le sien jusqu'à projeter de détruire son propre grand-père dans un futur proche.

— Tu me mets dans une situation vraiment délicate.

— C'est-à-dire ?

— Ma propre sœur va devenir reine alors que je fais tout pour abattre ce système. Comment veux-tu que mon parti et mes opposants me prennent au sérieux ?

Je déglutis.

— Je n'avais pas pensé à ça, avoué-je à voix basse.

Tout va voler en éclat pour nous trois : Malcom, Graham et moi. Tout ça pour sortir Aédan de sa situation étriquée.

— Mais en même temps…, débuté-je avant de ravaler la suite.

Je m'en veux d'avance !

— Quoi ?

— En même temps, je serai au plus près de lui, sous-entendé-je.

Malcom fronce les sourcils.

— Tu te rends compte que des informations chinées par la reine, en dehors de tout circuit légal, seront difficiles à exploiter ?

— Je peux aussi te donner des orientations et des cartouches à utiliser. J'ai déjà appris des choses. J'étais peut-être contrainte au secret par mon contrat de travail, mais ça n'est plus le cas à présent.

Cette fois-ci, je fais mouche. Il hoche la tête, pensif.

Au-delà de tout ça, j'espère de mon côté pouvoir faire payer à Enora ses méthodes. Je redoute plus que tout le moment où ma route croisera celle de mes colocataires et où je leur devrai une explication – ce n'était pas une option au départ, et je le ferai pour rattraper ce tort-là –, mais je me ferai un plaisir de tacler la cheffe des cuisines dès que j'en aurai l'occasion.

— Ça ne change pas que je vais devoir me maintenir à l'écart de toi, aux yeux de tous, et désapprouver cette union.

J'acquiesce, acceptant ce fait inéluctable.

— Ça lui donnera de la profondeur, commenté-je. Ce mariage est si vide de sens à la base !

— J'imagine que les McLeod ne volent pas leur réputation de traîtres, soupire-t-il avec plus de légèreté.

J'en frissonne. Le fantôme de Bonnie Prince Charlie, l'ancêtre d'Aédan, avait-il déjà détecté ce que je m'apprête à faire ? Il m'avait qualifiée de traîtresse à Samhuinn.

— Tu sais où il est ? demandé-je en me relevant.

— Il t'attend dans la salle à manger.

Je fais un crochet par ma chambre pour récupérer nos contrats avant de le rejoindre. Gareth se tient devant le battant de la pièce, il m'ouvre, un demi-sourire aux lèvres. Le responsable de la sécurité se rend-il compte de quelque chose ? J'aimais bien faire des donuts pour son bureau et il s'empressait toujours de mordre dedans et de me féliciter. Je lui renvoie un maigre rictus apeuré. Je vais devoir le balader, lui aussi, passer sous ses radars. Il referme derrière moi.

Aédan patiente, une tasse de thé à moitié pleine sous le nez. Il se redresse en me voyant.

— Tu as pris une décision ?

Je pose ma signature près de la sienne en guise de réponse. Je plie une version en quatre et la glisse dans la poche de mon jean. Il m'imite et plonge la sienne dans la poche intérieure de sa veste.

Je pensais que ce serait plus troublant, mais non. Il vaut mieux que je prenne les choses avec le plus de froideur possible.

— *Leannan*, à partir de maintenant, et même si Graham et Malcom ne seront pas dupes, il faudra que nous paraissions très épris l'un de l'autre face au reste du monde. Tu comprends ?

Leannan… Encore. De quel surnom à la con il m'affuble ? Je ne me laisserai plus avoir par ses jeux, mon cœur va s'imperméabiliser à son contact.

Cela dit, jamais je n'aurais prédit qu'un jour je doive appliquer les rengaines de ma mère. Me voilà actrice. Et, je pense, aussi ratée qu'elle. Comment feindre tout ça aux yeux du monde ? Il a l'habitude, lui. Moi, non.

Aédan s'empare de ma main avec douceur, sa chaleur me surprend. Tout mon corps se raidit d'appréhension.

— Je serai ton allié et ton complice dans cette histoire, ne l'oublie pas.

Un hochement de tête timide suffira. J'ai perdu ma langue, il faut croire.

— Une dernière chose, avant que j'appelle les autres, lance-t-il. L'annonce sera officielle lors du bal des Ghillies, ce qui signifie que tu devras y assister, mais en temps qu'invitée.

Je retire ma main de la sienne, interdite. Le bal qui réunit tout le personnel de Holyrood et la famille royale ? Quel cauchemar !

— Sûrement pas, non, refusé-je.

— Je n'ai pas le choix, c'est une attente du Conseil et des autres prétendantes qui ignorent tout de ton existence. La moindre des choses, c'est de respecter cet événement.

Puis il pivote vers la porte et appelle Gareth sans me laisser le loisir de rouspéter.

Mais dans quelle folie me suis-je lancée ?

*

Aédan

Mon chargé de la sécurité ouvre le battant, prêt à exécuter mes ordres.

— Faites entrer tout le monde.

— Bien, Votre Majesté.

À peine une minute plus tard, le vieux McLeod débarque, talonné par Malcom, la gouvernante et l'intendant de Dunvegan. Donan ferme la marche. Sans même que nous annoncions quoi que ce soit, Graham repère l'air coupable de sa petite-fille.

— Tu as accepté, Halley ? souffle-t-il.

Le député semble résigné. Ils en ont peut-être déjà discuté en excluant leur grand-père.

— Si j'ai perdu mon travail à Holyrood, c'est parce que j'avais une aventure avec Aédan, confesse Halley.

Bien joué. C'était la réponse adéquate. Même si cette stratégie lui paraît douloureuse, son aveu bloque la fureur de Graham qui l'observe, les yeux ronds.

— Alors pourquoi es-tu venue ici, et dans un tel état ?

Le tressaillement qui l'agite ne passe pas inaperçu, je reprends sa main en espérant que ce maigre soutien l'aide. Ses doigts se resserrent sur les miens. Elle se raccroche plus à une branche pour éviter une chute qu'elle ne témoigne quoi que ce soit d'autre.

— Je pensais que c'était terminé, qu'il ne me choisirait jamais, explique-t-elle d'une voix enrouée.

Elle me relâche dans la foulée. Peut-être comprend-elle qu'elle va devoir aligner des mensonges au monde entier et que parfois, il y en a de plus douloureux que d'autres. C'est inévitable dans mon univers.

— Je vois, grogne Graham.

Il me jette un avertissement silencieux, me rappelant bien qu'il m'a dans son collimateur à partir de maintenant. On pourrait s'arrêter là, mais ma confiance en lui demeure fragile. Alors j'enchaîne.

— Graham, appelez un prêtre, s'il vous plaît.

— Pour quoi faire ? bougonne ma promise.

— Pour sceller le *rèiteach*, les fiançailles.

Son grand-père fait signe à Jeffrey qui sort aussitôt de la salle à manger.

— Il sera là dans quelques minutes, le temps qu'il monte du village, promet-il d'une voix fantomatique.

Si ses yeux étaient des fusils, je serais mort depuis bien longtemps. Au milieu de notre face-à-face tendu, les sanglots émus de la gouvernante retentissent alors qu'elle enfouit son visage dans un mouchoir. Il y a au moins une personne heureuse dans cette pièce.

— Donan ? appelé-je.

Mon majordome s'approche, une large boîte en bois sur les bras. Je soulève le couvercle, écarte un papier de soie et saisis avec délicatesse une pièce de tartan Stuart d'une précieuse finesse, accompagné d'une broche en forme de deux cœurs entrelacés et couronnés : un Luckenbooth ancien, symbole d'attachement offert lors d'union et qui appartient à ma famille depuis Mary Stuart.

— Attendez, interrompt Graham avec un sursaut de surprise. Rosa, vous en avez terminé avec l'écharpe de Mary ?

— Oui ! Je vais vous la chercher tout de suite !

La femme se précipite hors de la pièce.

— Je pensais le faire lorsque tu es arrivée ici, il y a quelques jours, explique Graham en s'adressant à sa petite-fille qui affiche un air dépassé. J'attendais que tu te sentes mieux.

La gouvernante déboule parmi nous, essoufflée. Elle a l'air de ne vouloir rien louper, même pas une seconde, de ce qui est en train de se jouer ici.

— La voilà, présente Rosa. Ça fait des jours que je la raccommode.

Le vieux McLeod saisit la pièce de tartan.

— Qu'est-ce que tu fais ? demande Halley, suspicieuse.

— Je te rends le droit de porter le tartan de notre clan, vert et bleu, le nom de notre clan, McLeod, et la devise de notre clan, *Hold Fast*, « Tenir bon », répond-il avec cérémonie.

Il lui passe l'écharpe en bandoulière sur l'épaule droite et attache la broche à tête de taureau sur sa hanche gauche. Le geste symbolise qu'elle est native de son clan. Halley Morland, par ce simple fait, devient une McLeod. Et donc, une héritière. Malcom affiche un sourire malin, et il aurait tort de s'en priver.

— Si je devance le roi, ce n'est pas pour qu'une McLeod devienne reine, mais pour que tu aies un refuge, un appui et une armée derrière toi, dans le cas où les Stuart te mèneraient la vie dure. Compris ?

Graham réussit l'impossible : arracher un sourire ému à sa petite-fille qui opine de la tête. Lui remettre le tartan de mon clan, à présent, signifie que je revendique une McLeod et non pas une Morland sans titre et sans protection. Graham l'embrasse sur les deux joues en glissant quelques mots en gaélique à son oreille. Je ne perçois qu'un « Le sang de ma chair » au passage. Puis, le chef de clan me jette un regard en coin avant de me céder la place.

Je reprends l'écharpe de mon arrière-grand-mère Stuart que m'a confiée Flora pour la remettre à ma promise. Je la glisse en bandoulière et épingle le Luckenbooth sur son épaule gauche. Elle recevra le *crest* des Stuart contenant la devise familiale au mariage, lorsqu'elle deviendra épouse de chef de clan. Tout est bancal, mais la satisfaction que je retire de cet instant me comble.

Le prêtre de Dunvegan, hébété et tremblant, arrive quelques minutes d'un silence tendu plus tard. Il accepte de lier nos mains et de les entourer d'une pièce de tartan pour une bénédiction en gaélique. Nous voilà fiancés devant Dieu, en plus du clan McLeod. Je ne prendrais aucun risque avec le vieux Graham, ni même avec ma *leannan*. Elle serait capable de me glisser entre les doigts.

Sans faire preuve d'une grande familiarité – car je sais que j'ai encore des points à gagner avant d'en revenir, je l'espère, à un semblant de la relation complice que nous avions avant tout ça –, je l'enlace sans la coller, juste pour lui donner l'accolade traditionnelle. À cet instant-là, elle en profite pour murmurer quelque chose à mon oreille.

— Je ne te faciliterai pas la tâche.

C'est dit avec colère, rancœur. Pourtant, son présage me réchauffe le ventre.

— Je n'en attends pas moins de toi.

*

Je ne me suis pas attardé une fois le *rèiteach* prononcé. Malcom n'a pas daigné me serrer la main, se contentant de me menacer des pires châtiments si je m'avisais de blesser sa sœur. Pas plus. Je crois que j'ai perdu tout intérêt à ses yeux.

J'ai fait promettre à l'assemblée de garder le secret et Halley à l'abri jusqu'au bal des Ghillies, et j'ai repris la route pour Édimbourg. Alors qu'on passe le pont de Skye, je sens la panique me gagner. J'ai eu ce que je voulais et j'ignore quelle punition divine je vais m'attirer. Je m'en sors trop bien pour que ce soit vrai. Parce qu'en plus, quelque part, je me sens… *heureux*. De passer une poignée d'années avec elle et de repousser le moment où tout devra cesser pour lui rendre la vie digne d'elle.

— Votre Majesté ? m'appelle Gareth, d'une petite voix.

Je lève les yeux vers lui alors qu'il est installé en face de moi, à l'arrière de la Nébuleuse.

— Je voulais juste vous féliciter, je ne connais pas tous les détails, mais votre choix est excellent.

Je souris, enfin.

— Merci, Gareth. Ça me touche que…

La voiture fait soudain une embardée qui nous déporte sur le côté. Le chauffeur redresse et on regarde tous à travers la fenêtre pour apercevoir l'obstacle. Un SUV aux vitres fumées roule sur la voie latérale, à la même vitesse que la Nébuleuse. Cette vision suffit à provoquer en moi une vague de frayeur qui me plaque sur la banquette. Elle s'intensifie dès que le véhicule se rapproche brusquement de nous pour cogner la carrosserie blindée de ma voiture. Gareth prend aussitôt les choses en main.

— Harry, on va piler, faites le bélier ! s'exclame-t-il, un index appuyé sur son oreillette.

La seconde voiture qui nous escorte se déporte sur la seconde voie tandis que Gareth donne son instruction au chauffeur. Le SUV, sans aucune crainte, tente à nouveau de percuter la Nébuleuse.

— Accrochez-vous ! me recommande Gareth.

J'attrape la poignée de maintien, Donan, assis à côté de moi, blême, m'imite. Le chauffeur freine d'un coup, la ceinture me coupe le souffle mais j'ai le temps de voir la deuxième voiture emboutir le SUV qui accélère dans la foulée. Les collègues de Gareth ne partent pas à sa poursuite, la priorité demeure ma sécurité. Elle se gare en travers de la route, alors que la Nébuleuse la rejoint avec prudence.

On coupe les moteurs. Il ne reste plus que mon souffle saccadé.

— Tout va bien ? s'enquiert Gareth avec sang-froid.

Je hoche la tête.

— Oui, c'est bon, ajouté-je.

— C'était préventif, à coup sûr.

Je fronce les sourcils, largué. Le SUV nous a pourtant poussés sur le côté alors que nous sommes perchés sur l'immense pont de Skye, à plusieurs mètres de hauteur. Il en faut pour traverser les barrières de sécurité, mais la Nébuleuse est très lourde à cause de son blindage, elle aurait pu défoncer la clôture métallique sans problème.

— Pour réellement nous forcer à dévier notre route, il aurait fallu une voiture bien plus mastoc qu'un SUV. On va tripler votre sécurité à partir de maintenant, tranche Gareth, avant de sortir du véhicule pour faire un point avec ses collègues.

J'acquiesce sans discuter. Qui me menace de la sorte ? La Black Watch, ou un pacte de Glencoe ? Et pourquoi ici ? À la sortie de Skye ?

Quel avenir incertain suis-je en train d'offrir à la femme que j'ai choisie ?

À suivre…

REMERCIEMENTS

Un grand merci à mes proches, ma famille et toustes mes amis·es, aux auteurices qui m'entourent et qui me soutiennent toujours, aux copines de Shivers et aux lectrices de *Great Scott*, elles se reconnaitront, *Sláinte Mhath* !

Vous souhaitez en savoir plus sur la suite ? Retrouvez toute mon actualité sur Instagram : @livstoneautrice !

De la même autrice

Witch and God
Tome 1 : Ella la Promise
Tome 2 : L'Enlèvement de Circé
Tome 3 : Insoumise Méroé

Witch and God – Les Dieux du Temps
Tome 1 : Le Chant de Pasiphaé
Tome 2 : Panthéa la Clairvoyante

hachette s'engage pour l'environnement en réduisant l'empreinte carbone de ses livres. Celle de cet exemplaire est de :
300 g éq. CO_2
Rendez-vous sur www.hachette-durable.fr

PAPIER À BASE DE FIBRES CERTIFIÉES

« Pour l'éditeur, le principe est d'utiliser des papiers composés de fibres naturelles, renouvelables, recyclables et fabriquées à partir de bois issus de forêts qui adoptent un système d'aménagement durable. En outre, l'éditeur attend de ses fournisseurs de papier qu'ils s'inscrivent dans une démarche de certification environnementale reconnue. »

Édité par Hachette livre dans la collection Ito
Hachette Livre S. A. – 58, rue Jean Bleuzen,
CS 70007, 92178 Vanves Cedex
editionsBMR@hachette-livre.fr

Composition : PCA
Achevé d'imprimer en Espagne par CPI Black Print
Dépôt légal 1re publication : novembre 2025
28-5808-7 – ISBN : 978-2-01-734853-5 – Édition : 01
Dépôt légal : octobre 2025